新潮文庫

魂に秩序を

マット・ラフ
浜野アキオ訳

マイケル、ダニエル、J.B.、スクーター、その他の仲間たちにわたしは父の家のすべての娘だし、すべての兄弟でもある……

——ウィリアム・シェイクスピア、『十二夜』

魂に秩序を

主要登場人物

アンドルー・ゲージ…………………多重人格障害者アンディの別人格
ペニー・ドライヴァー（マウス）…　〃　をもつ女性
ミセス・ウィンズロー………………アンドルーの大家
ジュリー・シヴィク…………………リアリティファクトリー社長
デニス・マンシプル…………………　〃　社員
アーウィン・マンシプル……………　〃　社員
アーロン………………………………アンディの別人格
ダニエル・グレイ……………………精神科医
ドクター・エディントン……………　〃
ヴァーナ・ドライヴァー……………ペニーの母親
ゴードン・ブラッドリー……………セヴンレイクス警察署長
ホレス・ロリンズ……………………アンディの継父

父はぼくを呼びだした。

はじめて湖から出てきたとき、ぼくは二十六歳だった。そう聞いて困惑するひともいる。「過去がないのに年齢はある？ 何それ？」というわけだ。けど、困惑させられるというのなら、ぼくだってそうだ。だって、ぼくが知っているほぼすべてのひとは、生まれたときの記憶がないばかりか、記憶がないのを少しも苦にしてないんだから。親友のジュリー・シヴィクによると、彼女にとっていちばん古い記憶は、二歳の誕生パーティーのときのことらしい。ジュリーは椅子《いす》の上に立って、自分のために用意されたケーキの蠟燭《ろうそく》の火を吹き消そうとしている。それよりもっと前となると完全に真っ白なんだ、とジュリー。だからといって別に動揺してるふうでもない。人生二年分の欠落なんて、この世でもっとも自然なことにすぎないとでもいうように。

ぼくは最初の瞬間から、それもすべてのことを憶《おぼ》えている。暗闇《くらやみ》のなかで響きわたるぼくの名前、水の振動。目を開けるとそこは湖の底で、水草が絡《から》まり合っていた。周囲の水は黒々としているけど、はるか頭上に日差しが見え、ぼくは父の声に引きよせられ、光に向かって浮上した。

父はアダムやジェイク、サムおばさんといっしょに湖のほとりでぼくを待っていた。彼らの背後には家が建っていて、セフェリスが観覧台に上がり、体を監視している。湖を見下ろす窓辺や森の端にいる連中の視線も感じられた。極度の恥ずかしがり屋で、姿も見せられずにいる。きっとギデオンもコヴェントリー島から見ていたにちがいない。当時は彼のことを知らなかったけど。

家について説明すべきなのだろう。サムおばさんに言わせると、すぐれた語り手は重要な情報を小出しにし、聞き手の興味をつなぎとめるんだとか。でも、ぼくの場合、ここで一気に説明しなかったら、あなたは何がなんだかわけわからんということになるだろうし、それよりかは物語にあきられるほうがまだマシというもの。だからとりあえずは我慢して話に付き合ってほしい。そしたら約束しよう、後々退屈させないよう努力するつもりだ。

家は、湖や森、コヴェントリー島とともにすべてアンディ・ゲージの頭のなかにある。というか、もし生きていたらアンディ・ゲージの頭になっていたもののなかにと言ったほうがいいのかもしれない。アンディ・ゲージは一九六五年に生まれ、ほどなく義理の父親、ホレス・ロリンズという名のとてつもなく邪悪な男の手で殺された。普通の意味での殺人ではない。アンディを殺した責め苦と虐待《ぎゃくたい》は現実だったけど、アンディの死は現実ではなかった。ほんとうに死んだのはアンディの魂だけだった。死の瞬間、魂はいくつかに砕けた。砕けたかけらは、もともとは魂だったという理由から、分裂しても各々が独立した魂となり、アンディ・ゲージの生命の共同相続人となった。

そのころ家はなかった。アンディ・ゲージの頭には暗い部屋がひとつだけあって、すべての魂がそこで暮らしていた。部屋の中央にはまばゆい光の柱が突き立ち、柱に入ったり、引きこまれたりした魂は外に出て、アンディ・ゲージの体のなかに入る。そのときには、どうやって自分がそこにやってきたのか、あるいは、前回、意識を失ってから何があったのかといった記憶はすべて失われている。想像してほしい。こうした生のありようがどんなに恐ろしく、ぞっとすることか。義理の父親による継続的な破壊がそこに加わり、さらに恐怖は増した。アンディ・ゲージの血筋を引いている七つの〈原魂〉のうち五つは、その後、自らを殺害し、壊れてより多くのかけらとなったし、生き残った二つの魂でさえ、それに対処するには分裂せざるをえなかった。

ホレス・ロリンズの恐怖から逃れたとき、アンディ・ゲージの頭には百を超える魂が存在していた。

ほんとうのたたかいがそのときはじまった。何年にもわたり、〈原魂〉の二つの生き残り――ぼくの父のアーロン、父の弟のギデオン――は連続性の感覚を充分なだけつなぎ合わせ、自分たちに何があったのかを明らかにしようとした。ダニエル・グレイという優秀な医師の助けを借り、父はそこに秩序を与えようと努力した。それまでの暗い部屋に代わって、アンディ・ゲージの頭のなかに〈地理〉を構築した。太陽に照らされた田舎の風景。こうして魂同士が出会い、会話もできるようになった。父は家をつくった。魂たちがそこで暮らせるように。森をつくった。どこかでひとりきりになれるように。カボチャ畑をつくった。死者をちゃんと埋葬できるように。ギデオンは利己的だったからいっさい協力しようとせず、〈地理〉を崩壊させようと手を尽くし、そのうちとうとう父は弟をコヴェントリー島に追放せざるをえなくなった。

家を完成させるには大変な労力を要したから、父は精根尽き果ててしまい、外の世界の出来事に対処するだけの熱意はほぼ残っていなかった。だが、誰かが体を管理しなければならず、そこで最後の屋根板が然《しか》るべき位置に釘付《くぎづ》けされた日、父は湖へおもむき、ぼくの名を呼んだ。

他の人々のことで困惑させられる点がもうひとつあった。彼らの多くが人生の目的を知らないってこと。普通、それは彼らにとって悩みの種となっている――とにもかくにも、誕生したときの記憶が何もないことよりは悩ましい問題だ。でも、ぼくにはそんな事態など想像さえできない。自分が何者なのかを知るには、自分がここにいる理由を知らなければならない。そしてぼくは、自分が何者なのか最初の瞬間から知っていた。

ぼくの名前はアンドルー・ゲージ。はじめて湖から出てきたとき、ぼくは二十六歳だった。父の疲労ではなく、父の力を携えて生まれた。父の苦悩ではなく、父の粘り強さを携えて。父がはじめた仕事を終わらせるために、ぼくは呼ばれた。その仕事を選んだのは父だが、それを実行するのはぼくだ。ぼくはそのためにつくりだされた。

I

EQUILIBRIUM

第一部　均衡

第一の書　アンドルー

I

ペニー・ドライヴァーと出会ったのは、二十八歳の誕生日から二カ月過ぎたときだった。あるいは、二歳の誕生日を二カ月過ぎたときといったほうがいいのかもしれない。数え方次第だ。

その朝、ジェイクがいちばん最初に起きた。ほぼ毎朝、そうなのだが、日の出とともに部屋から飛びだし、ドタバタやかましい音をたてて階段を降り、休憩室に入った。この騒々しい突進が呼び水となり、家に住む他の魂たちも次々目覚めた。ジェイクは五歳で、一九七三年にジェイコブという死んだ魂の残骸《ざんがい》から生まれてからずっとそうだ。ませている五歳とはいえ、基本的にはやっぱり子供で、他の人々が静寂を求めているのがわからず、その点ではいい子じゃない。

ジェイクのドタンバタンやかましい足音でサムおばさんが目を覚まし、罵声《ばせい》を放った。サムおばさんの罵声でアダムが目覚めた。アダムの部屋はサムおばさんの隣だ。

アダムはそれなりに年をとっているから、ほかのひとたちが静寂を強く求める気持ちは重々理解していながら、ときにはあえてそれをないがしろにする。あのときも、鬨《とき》の声をつづけざまにあげたもんだから、父は壁をドンドン叩《たた》きだし、いい加減にしろと怒鳴った。そのときには全員が目をさましていた。

　ぼく自身はというと、その気になれば騒ぎを無視したってよかった。ほかの魂たちとはちがい、ぼくは家のなかで眠らず、体のなかで眠る。体のなかにいると、家から発せられるいちばんやかましい騒音でさえ、アンディ・ゲージの頭のなかに広がるただの反響音にすぎず、自在に追いはらえる。ただし、その騒音が観覧台から発せられるときは別。アダムは、もちろんそれを心得ていて、ぼくがわざと寝過ごそうとすると、すぐさま観覧台に出てきては、ぼくが気づくまで雄鶏《おんどり》みたいに声を張りあげる。日によってだけど、ぼくはアダムがかすれ声になるまで叫ばせておくこともある。どっちがボスか思い知らせてやろうとして。でも、この日の朝、ジェイクが階段を駆けおりた瞬間、ぼくの目はぱっと開いていた。

　ぼくが眠っている部屋――体が寝ている部屋――は、改修されたヴィクトリアンハウスのなかにある。その家は、シアトルから四十キロ東に位置する、ワシントン州オータムクリークに建っている。ヴィクトリアンハウスの所有者はミセス・アリス・ウインズロー。彼女がぼくの父を下宿人として受け入れたのは一九九二年、ぼくがまだ存在すらしていないときのことだ。

ぼくたちは一階の一部を賃借した。スペースは広かったけど、散らかっていた。こうした乱雑さは多数性が必然的にもたらす、その副次的な効果といえる。現実世界の所有物を最小限に抑えようとしてもどうしてもそうなってしまうのだ。ただベッドに横になってさえいれば、あえて首《こうべ》をめぐらさなくても、すべてを目にすることができた。サムおばさんのイーゼル、絵筆、絵の具、それからまっさらのカンバス二枚。アダムのスケートボード。ジェイクのパンダのぬいぐるみ。セフェリスの竹刀《しない》。ぼくの本、父の本。ジェイクの小さな本棚。アダムの『プレイボーイ』のコレクション。サムおばさんのアート作品（ただし印刷物）の山。以前は父のだったけどいまはぼくのものになったカラーテレビ（リモコン付き）。ぼくが五分の三、アダムが十分の三、ジェイクが十分の一を所有するビデオデッキ（話すと長くなる）。CDプレイヤー――ぼくが二分の一、父が四分の一、サムおばさんが八分の一、アダムとジェイクがそれぞれ十六分の一ずつ所有（話すともっと長くなる）。ラックいっぱいのCDやビデオテープ、所有者いろいろ。車輪付きの大きな洗濯かごに詰めこまれた汚れた衣服。誰も所有権を言いたてようとはしないけど、ほとんどはぼくのものだ。

わざわざ周囲を見回そうとしなくてもそれらは見えた。寝室以外にも、居間、大きなウォークインクローゼット、バスタブ・トイレ・洗面所がそろった〈充実〉のバスルーム（充実しているというのはいろいろな意味で）があった。キッチンはミセス・ウィンズローと共有だった。でも、キッチンはそんなに散らかっていなかった。ミセス・ウィンズローはほぼ毎度、ぼくたちの食事を用意してくれた。また、ぼくたち用の食料保管場所を冷蔵庫内の棚ひとつ、食料貯蔵室《パントリー》内の棚二つだけに限定し、それ以外は使わせようとしなかった。

ぼくはぼくたちをベッドから連れだし、バスルームに向かわせ、朝の儀式をはじめた。最初は歯だ。どういうわけかジェイクは歯ブラシを動かすのが大好きだから、ぼくは歯磨きをまかせようと観覧台に退き、ジェイクに体を譲った。それでもぼくは警戒しつづけた。前に言ったようにジェイクは子供だ。でもアンディ・ゲージは大人の体をしていて、身長も百七十センチほどあるから、何サイズも大きい、ぶかぶかの洋服さながらジェイクの魂にかろうじてひっかかっているという感じだった。体をまとっているときのジェイクはぎこちない動きしかできず、体の外縁部と外界との距離をしょっちゅうまちがえる。全員でひとつの頭を共有しているから、もしジェイクが落とした歯磨きのキャップをとろうとし、体をかがめた拍子に頭を流しの角に打ちつけようものなら、全員が悲劇に見舞われる。そこでぼくはジェイクから目を離さずにいた。

　今朝は事故がなかった。例によってジェイクは丹念に歯磨き仕事をした。左右、上下に動かし、奥の磨きにくい歯まで含めて、すべての歯をきれいにした。デンタルフロスもできたらいいのだが、ジェイクには少々難易度が高すぎる。

ぼくは体を取りもどし、トイレにすばやくしゃがみこんだ。この仕事はほぼ毎朝、ぼくが担当している。といっても、父からは、たまには自分にもやらせてくれと言われたりもする。父いわく、快便の喜び。外側から見ていて自分でできないのが心残りに思えるごくわずかなことのひとつなのだそうだ。アダムもときどき志願する。たいていは『プレイボーイ』の最新号が届いた直後に。でも、ぼくはめったに甘やかしたりしない。アダムの要求を聞くのはせいぜい月に一回か二回という程度。ほかの連中が動転するせいだ。

　トイレの次はトレーニングだ。バスタブのとなりに敷いたバスマットの上に体を伸ばし、セフェリスに日課を完遂させる。腹筋二百回につづいて腕立て伏せを二百回、最後の百回は右と左それぞれ一方の腕だけで同じ数ずつこなした。ぼくが観覧台から戻ると、筋肉痛がして、全身汗まみれになっていたが、だからといって不平をこぼしたりはしなかった。そのおかげで体の腹のあたりは洗濯板みたいにぺったんこだし、重いものだってもちあげられるのだから。

つづいてぼくはアダムとサムおばさんをシャワーの下に二分間ずつ立たせた。まずはサムおばさん。以前は、一回ごとにシャワーを浴びる順番を交替していた。でもサムおばさんはアダムよりもずっと温かいお湯が好きだというのに、アダムは体を渡す前、毎度のように温度調整するのを〈忘れていた〉から、いまでは、毎日、サムおばさん、アダム、そしてぼくという順番でやっている。アダムが承知しているように、もしぼくに冷たい水を浴びせたり、目のまわりを石鹸《せっけん》の泡だらけにしておこうものなら、一週間にわたってシャワー特権が剝奪《はくだつ》されるだろう。

ぼくの番になると、すばやく体を洗い（他の連中はこすり洗いしようという気をめったに起こさない）、お湯で流し、タオルで体を拭《ふ》き、寝室に戻って服を着た。父は観覧台に出て、服選びを手伝ってくれた。ヴィクトリアンハウスから離れているとき、ぼくはフルタイムで体を管理している。だとするなら、昼間の服装についてはぼくひとりが責任を負うべきはずなのだが、サムおばさんに言わせるとぼくは生まれつきファッションセンスが壊滅的らしいし、その点、父も内心、申し訳なさを感じているのだろう。

「そのシャツはいかん」父がぼくに助言した。ぼくが最初に選んだ組み合わせをベッドに並べたあとで。

「ズボンと合わない？」ぼくはルールを思いだそうとした。「ブルージーンズならなんにでも合うはずだったけど」

「ブルージーンズはなんにでも合う」と父。「だが、どんなものとも、ブルージーンズとさえ絶対に合わない服もあるんだ」

「これ、センス悪い？」シャツをもちあげ、さっきよりきびしい目で検討してみた。明るい黄色の太い格子柄《プレイド》に加え、赤と緑の格子柄《チェック》まで入っている。春のクリアランスセールで大量に手に入れたバーゲン品のひとつ。着たら気分があがりそうな気がした。

「最悪だということをわたしは知ってるが」と父。「そんなに気に入ってるのなら、ここで着る分には全然かまわん。だが人様の目にふれるような真似《まね》は慎んだほうがいいだろう」

ぼくはためらった。そのシャツは好きだし、他人の思惑に左右されて何かをあきらめるなんて絶対にいやだ。けど、その一方でほかのひとからよく思われたいという気持ちもある。

「おまえが決めることだ」父は忍耐強く言った。

「わかった」まだあきらめきれないまま。「ほかのを着る」

ぼくたちは着終えた。最後に腕時計をはめ、ベッドわきの小卓の置時計と見比べて時間をたしかめた。置時計だと四月二十一日、月曜、午前七時七分。腕時計の日付と曜日もそれと一致しているが、時刻はちがう。

「二分ずれてる」父が指摘した。

ぼくは小さく肩をすくめた。「腕時計は遅れ気味なんだ」

「それなら修理すべきだ」

「修理なんて必要ない。いまのままで問題ない」

「ビデオデッキの時刻表示も修正すべきだ」

この問題は、長年にわたり、ぼくと父の間でいさかいの火種となっていた。以前、父は何十個も時計を置いていたものだ。時間の喪失を防ぐための手立てとして。知っているかぎり、ほんの一秒さえ失ったことはないし、ぼくはそこまで神経をとがらせていなかったので、各部屋一個ずつにしてしまった。その決定をめぐってぼくたちは喧嘩《けんか》した。残った時計の時間をぼくがちゃんと合わせておかなかったときもそう。とくにビデオデッキ内蔵の時計のこととなると、ぼくがあまりにもどうでもよさそうにしているので父はカンカンになった。停電があったり、たまたまプラグがはずれていたりでデッキの表示が12:00:00に戻ってしまい、そのまま何日もたってからぼくはようやくリセットするというありさまだったのだから。

「そんなの別にどうでもいいよ」思っていたよりもきつい口調になった。シャツの趣味の悪さを指摘された落胆から立ち直りきれていなかったせいだ。「そのうちちゃっとくから」

父は何も答えなかったけど、明らかに不満げだった。ぼくがビデオデッキを直視すまいとすると、父は体の周辺視野を使って視界に収めようとした。

「とにかくやっておくって」ぼくは言いはり、寝室を出た。居間を抜け――そこの時計は不届き千万にもベッドわきの小卓の時計より一分進んでいた――、横の廊下を進み、キッチンに入った。すでにミセス・ウィンズローは朝食を準備していた。

「おはよう、アンドルー」とミセス・ウィンズロー。ぼくがひと言も発していないのに。彼女はそれがぼくなのだとつねにわかっていた。たしかにほぼ毎朝、最初はぼくではあるんだけど、たとえほかの誰かに体をゆだねていたとしても、ミセス・ウィンズローなら、何も聞かずともちゃんとそれが誰なのかわかってくれただろう。その意味でミセス・ウィンズローはアダムに似ている。魔法じみた人読み術の使い手とでもいえばいいのか。「よく眠れた？」

「眠れたよ、ありがとう」普通なら相手にもよく眠れたか訊《き》くべきところだが、ミセス・ウィンズローは慢性的な不眠症だった。ぼくの知っている誰よりも睡眠時間が短かった。セフェリスを別にすれば。セフェリスはいっさい睡眠をとらない。

ミセス・ウィンズローは遅くとも五時には起きていて、ぼくたちのシャワーの音を聞くころにはすでに調理をはじめている。こうした仕事ぶりを見るにつけ、ミセス・ウィンズローのぼくたちに対する思いやりと愛情がどれだけ大きいか痛感しないわけにはいかなかった。なぜならば、朝にすることすべてがそうなのだが、朝食もみんなでする活動であり、その準備に要する労苦はけっして小さくないのだから。ぼくが席についたとき前に置かれているのはひとり分の食事じゃない。注意深く割り当てた、みんなのための食事だ。まずはぼくのための食事で、皿半分を占めるスクランブルエッグとマグカップに入ったコーヒー。ぼくは満腹になるまで食べ、それからほかの連中に体を譲り、それぞれの魂が次々とミセス・ウィンズローにあいさつする。

「あら、あなた、おはよう」サムおばさんが気どって言う。サムおばさんの朝食はハーブティーと全粒粉のトースト、それにミントゼリーからなっていた。前はタバコを一本の半分だけ喫《す》っていたが、父はそれをやめさせ、かわりにもう少し長く外にいるのを許した。サムおばさんはお茶をちびちび飲み、トーストを少しずつ上品に食べるので、そのうちアダムはいらいらしてきて、観覧台で咳払《せきばら》いしだす。

「おはよう、美人さん」アダムがチャラい男になりきる。アダムは女たらしぶるのが好きだけど、十二歳から六十歳までの女性がいると落ちつきをなくしておどおどしてしまうというのがほんとうのところで、もしミセス・ウィンズローの髪がグレイじゃなかったら、こんななれなれしい態度をとるだけの度胸はなかったんじゃないかな。

朝食――イングリッシュマフィン半分とベーコン一枚――をがつがつむさぼりながら、アダムなりの誘惑のウインクをした。でも、ミセス・ウィンズローがウインクを返すと、アダムはぎくりとしてベーコンを誤って気管に入れ、ゲホゲホ激しく咳きこんだ。

「おはようございます、ミセス・ウィンズロー」とジェイク。アダムが咳きこんだせいでジェイクの高い声はしゃがれていた。ミセス・ウィンズローが小さなボウルを置くと、ジェイクはなかのシリアルをぎこちない手つきでほじくりかえした。ミセス・ウィンズローはまた、小さなグラスにオレンジジュースを注いだ。ジェイクはぱっと手を伸ばしたが、少々あわてすぎたようだ。グラス（といってもほんとはプラスチック製、同じことが以前もあったから）が宙を舞った。

ジェイクが凍りついた。そこにいるのがミセス・ウィンズロー以外の誰かだったら、とっくに体から離脱してしまっていただろう。でも、実際にはまだその場にいて縮こまり、両手をぎゅっと握り、筋肉を張りつめさせ、いまにも手の指関節のあたりをバシッとやられるか、でなければ顔に一発食らうのではないかとびくびくしながら身構えていた。ミセス・ウィンズローはあまり急激に反応しないよう慎重にふるまった。最初は気づかないふり、それからごくごくさりげない調子でこう言った。「あらあら、わたしがテーブルの端っこぎりぎりに置いたせいね」ゆっくりと立ちあがると、シンクへ歩みより、ぼろ切れを水に濡《ぬ》らし、こぼれたジュースを拭きとろうとした。

「ごめんなさい、ミセス・ウィンズロー!」ジェイクが衝動的に口にした。「ぼくは――」

「落ちついて、ジェイク」ミセス・ウィンズローがテーブルの表面を拭きながらなだめた。「フロリダが広大な州なのは知ってるでしょ。そこには大量のオレンジジュースがある。要するに〝原産地にはいくらでもある〟。だからくよくよしないでまた飲んで」ふたたびジェイクのグラスを満たし、今度は直接、手渡した。ジェイクが慎重に受けとった。「よかった」ミセス・ウィンズローが言った。「少しも被害なんかない。黄金みたいなのは見かけだけ」ジェイクがくすくす笑う。といってもすっかり緊張がほぐれたわけでもなく、家のなかに戻るまでは堅苦しさを残していた。

セフェリスはおはようというかわりにうなずくだけだった。彼の朝食はいちばん質素だった。小さな皿に盛った塩漬けラディッシュ。一度にひとつずつ口に放りこみ、キャンディみたいにバリバリ嚙《か》んだ。そのときになるとミセス・ウィンズローも自分の朝食、温めなおしたビスケットにマーマレードをのせたのを食べようとしている。マーマレードの瓶のふたが開かないので、ミセス・ウィンズローは瓶をセフェリスに差しだした。

体に対するセフェリスの大きさの比率は、ジェイクと正反対だった。セフェリスの魂は二・七メートルほどもあり、それがアンディの大きいとはいえない体にぎゅうぎゅうに詰めこまれ、エネルギーとパワーを放出している。親指と人差し指でちょいとひねるだけで瓶のふたを開けた。同じ筋肉を使ったとしてもぼくにはあんな芸当はできない。

「*Ευχαριστώ*（ありがとう）」とミセス・ウィンズロー。セフェリスが仰々しい身振りで瓶を手渡してくれたので。

「*Παρακαλώ*（どういたしまして）」セフェリスが応じ、別のラディッシュをボリボリ砕いた。

最後の食べ物がたいらげられてしまうと、ミセス・ウィンズローはキッチンカウンターの上の小さな白黒テレビのスイッチを入れ、ぼくの父のためにまたマグカップにコーヒーを注いだ。父は少し雑談でもしようと外に出てきていたのだ。二人はいっしょにニュースを見るのが好きだ。以前、ミセス・ウィンズローは旦那《だんな》さんと見ていた。ぼくの父といるとどういうわけか昔を思いだすのだろう。父は父で、ミセス・ウィンズローといっしょにいると、昔からの念願である普通の家族としての生活を享受《きょうじゅ》しているような気になれた。でも今朝は普段ほど愉快じゃなかった。七時半にトップニュースとして報じられたのは、キャンプ中のロッジ家を見舞った悲劇の続報だった。ニュースを見た父は、ビデオデッキの時間表示をめぐるごたごたのとき以上にうろたえ、ミセス・ウィンズローも暗く沈みこんでいた。

あなたもロッジ家の事件を憶えているかもしれない。ほんとだったら全米各地で大々的に報じられてもおかしくなかったんだけど、実際はそうならなかった。同じ時期に別の似たようなニュースがあったせいだ。それでも人々に知られた事件ではある。ウォレン・ロッジはタコマでグラウンドキーパーをしていたが、二人の娘を連れ、オリンピック国立公園へキャンプに出かけた。キャンプ旅行に出て二日後、州警察はミスター・ロッジのジープが国道百一号線でレーン間を蛇行しているのに気づき、路肩に寄せるように命じた。ミスター・ロッジは錯乱していて、頭皮には深いひっかき傷を負っていた。当人の証言するところだと、クーガーがキャンプ場に侵入し、彼に襲いかかってきた。ロッジはぶちのめされ、その拍子に意識をなくしてしまったらしい。意識を取りもどしたロッジは娘たちのテントがずたずたに破れ、寝袋は切り裂かれ、血まみれになっているのに気づいた。二人の娘——十二歳のエイミーと十歳のエリザベス——についていえば、何時間もかけ、あらゆる場所を探したものの、結局、発見できなかった。

証言はほんとうかもしれない。アメリカ北西部の太平洋岸では人間がクーガーに襲われるのはけっして珍しいことではない。ミスター・ロッジは見るからに屈強だったし、運がよければ、大型ネコ科動物と取っ組み合いをしても生き残れそうだった。だがテレビに映るミスター・ロッジを見ていたとき——警察から車を止めるよう指示された一件の翌日、彼は記者会見を開き、ボランティアたちに向けて娘たちの捜索を支援してほしいと訴えていた——、心にもやもやが広がるのを感じた。ミスター・ロッジの話は真実かもしれないが、彼の話しぶりはどこか妙だった。観覧台からミスター・ロッジの涙に濡れた顔をじっと見やり、ぼくの直感を言葉にしたのはアダムだった。「やつがクーガーだ」

それ以降ずっと——そのときでほぼ一週間——、ぼくたちは警察が同じ結論に到達するのを待っていた。これまで疑惑がおおっぴらにささやかれることはなかった。どいつもこいつもぼんくらばかりというのでなければ、警察だってきっとそう考えているはずだ、とアダム。それで父はこう確約した。もしミスター・ロッジがすぐ逮捕されないようなら、自分でメーソン郡の地方検事に電話するか、でなければぼくに電話させる、と。

「ほんとにミスター・ロッジが殺したと思ってるの？」ミセス・ウィンズローが尋ねた。番組は、ミスター・ロッジがボランティアたちに協力を訴えかけている映像をまた流していた。続報とはいっても、実際にはそれまでのニュースの焼き直しにすぎず、そのうえ、捜索活動に従事している人々の間では、生きた少女を見つけだすという希望はすでに失われかけているとのコメントまで付されていた。

父がうなずいた。「やつはまちがいなく二人の娘を殺した。しかも、やつが娘にしたことはそれだけじゃない」

ミセス・ウィンズローはしばらく無言だった。それからこう言った。「彼は異常者だってこと？　我が子を殺すなんて」

「頭のおかしな人々は自分の犯した犯罪を隠そうとしない」父は言った。「やつは自分のやったことが間違った行為だと知っている。けれども、その帰結に向き合おうとはしない。それは異常ってことじゃない。利己的なんだ」

利己的。父が口にする最悪の悪罵。ミセス・ウィンズローは、当然、次にくるべき問いを発しなかった。ぼくの頭をずっと悩ませていた問い、すなわち、〈どうして？〉という問い。なかには他人の幸福など一顧だにしないやつもいるのだろうし、それはそれでありだとしよう。にしてもだ、いったい何がどうすれば、あんな真似、つまりミスター・ロッジが自分の娘たちにやったような極悪非道な真似をやらかしたいなどと思うようになるのだろう？　ミセス・ウィンズローはその問いを発しなかった。どうせ父には答えられないと知っていたから。人生のほぼすべてをかけて答えを探しもとめながらも。それ以外の質問もいっさいせず、ミセス・ウィンズローは怒りの感情を抱え、押しだまったままその場にすわっていた。父はコーヒーを飲みほし、ニュース番組は別の話題に移った。やがて仕事に行く時間になった。父はミセス・ウィンズローの頰にキスし、ぼくに体を譲った。

ヴィクトリアンハウスの玄関広間には家族の肖像が掛かっている。いまよりも若く、髪の色も黒いミセス・ウィンズローが亡夫や二人の息子とともに写っている。全員が、まだ修繕されていないヴィクトリアンハウスの正面芝生に立っていた。かつてあった一件について父が話してくれてからというもの、あの写真の前を通りすぎるとき、きまってぼくは少しだけゆっくりと歩いた。今日は、完全に足を止めた。するとミセス・ウィンズローが背後にやってきて、ぼくを玄関の外へと導いた。外に出ると、空はこの季節には珍しく澄みきり、雲は東側にそびえるウィンター山の周辺でごちゃごちゃ群れている以外、ひとつも見当たらない。ミセス・ウィンズローから弁当を手渡された（完全なる一食。昼食は分け合わない）。ミセス・ウィンズローは「いい一日になるように」と告げると、ポーチのスイングチェアにすわって午前の郵便を待った。郵便屋はあと二、三時間はこないだろうが、それでもミセス・ウィンズローは待つだろう。いつものように。あまりにも寒いときにはキルトにくるまって。

「大丈夫、ミセス・ウィンズロー？」ぼくは出発前に尋ねた。「何か必要なものでもある？」

「わたしなら大丈夫、アンドルー。とにかく無事に帰ってきて。ただそれだけ」

「心配しないで」ぼくは言った。「もし誰かが何かしようとしたら、ぼくは数で圧倒してやるから」定番の多重人格者ジョークで、いつもなら上品な微笑《ほほえ》みをせしめるぐらいの効き目はあるのだが、今日のミセス・ウィンズローはぼくの腕を軽くたたき、こう言った。「さあさあ、行ってちょうだい。みなさん、遅くならないようにね」

公道に続く小道を進んだ。歩道に出て振りかえると、ミセス・ウィンズローは雑誌を手にとっていて、それを読んでいるか、あるいはその振りをしていた。ヴィクトリアンハウスの一面を背にし、ひどく小さく見えた。ひどく小さくて、ひどく孤独そうだった。実際、彼女は孤独だった。ぼくにとってはただ想像するしかないような類《たぐい》の孤独だ。それはいったいどんなものだろうと考えた。ほかの魂がいつもいっしょにいるのよりも気楽なのか、それとも大変なのか？

「ミセス・ウィンズローのことは心配するな」アダムが観覧台から言った。「彼女は大丈夫だ」

「ニュース番組を見てすごく嫌そうだった」

「嫌そうなんてもんじゃない」アダムがぼくをあざけった。「憤慨していた。当然ってもんだ。あんな話を聞いて怒りくるったりしないやつらのほうこそ心配すべきだな」

ミセス・ウィンズローに向かって最後に手を振り、意を決して歩きだした。一ブロック歩き、背後のヴィクトリアンハウスも見えなくなってしまうと、ぼくは言った。

「あいつ、捕まると思う？　ウォレン・ロッジだけど」

「だといいがな」とアダム。「捕まるかどうかは別として、罰を受けてほしい」

「どういうこと？」

「ときどきはそんなこともあるってだけ。ときどき連中は、まんまとやりおおせた、ひとり残らずだまくらかしてやったぞと思ったりするんだが、そうは問屋が卸すもんか。最終的にはやっぱり罰を食らうんだ」

「どんなふうにして？」ぼくは尋ねた。「誰の手で？」

けど、アダムはそのことについてもう話そうとしなかった。「とにかく警察が逮捕してくれるのを期待しよう」アダムはそう言うと、家のなかに戻り、もう少しでリアリティファクトリーに到着というときまでふたたび出てくることはなかった。

2

ぼくはイーストブリッジ・ストリートのリアリティファクトリーで働いていた。上司のジュリー・シヴィクは、ぼくがはじめて自力でものにしたほんとうの友人だった。ぼくを呼びだしたとき、父はビットウェアハウスの商品補充係をしていた。ビットウェアハウスは州間高速自動車道九十号線をオータムクリークとシアトルの間で降りてすぐのところにあるコンピュータ専門の巨大アウトレットストアだ。最初の計画だと、ぼくはそこでの仕事も引きつぐはずだった。体の運営にかかわってくる他のさまざまな活動をひきついだように。結局、うまくいかなかったんだけど。有能な商品補充係になるには、どの商品がどこにあるか、商品が切れているときにはどこで在庫を見つけたらいいか心得ていなければならない。さらに――ビットウェアハウスでは〈わからないことがあれば、お近くの店員にどうぞ〉というのが顧客サービスの基本ポリシーだったから――在庫品を見つけたらそれでおしまいというわけではなく、その用途についても把握しておく必要がある。この仕事を三年やっていた父はすべてを熟知していたが、ぼくはそうじゃなかった。

これはいわく言いがたい問題のひとつであり、多重人格者ではないひとたちにはとうてい理解してもらえそうにない。父がぼくを創造するにあたり、実用に役立つたくさんの知識を授けてくれたのは明らかだ。湖から出たときにはしゃべり方を知っていた。世界についての概念というか、少なくとも世界に属しているものの一部についての概念は備わっていた。イヌや雪片、フェリーがどういうものか、現実のイヌや雪片、フェリーを見る前から知っていた。とするなら、こういう質問が出てくるのは当然の成り行きというものだ。その手の知識を全部ぼくに授けるだけの力があったというのに、どうして最強の商品補充係になるノウハウを授けてくれなかったのか？　もっと言えば、どうしてサムおばさんのフランス語力、セフェリスの武道の腕、そしてアダムの嘘《うそ》発見術を授けてくれなかったのか？

その理由を知ってたらいいんだけど。だって、そんなスキルがあったら役に立つんじゃないかと思えるときがたびたびあるのだから。もちろん、サムおばさんに通訳してもらってもいいし、セフェリスはただちに体を防御できるようつねに身構えてるし、アダムは観覧台にいて、ぼくが頼もうが頼むまいが人々に向かって「嘘こけ」と言う。

これはこれで悪くはないんだけど、自分で能力を行使できるに越したことはない。だいいち、他の魂からの助けは無料というわけじゃない。彼らは見返りを求める。でも、その願いをかなえるのはかならずしも容易ではない。彼らの才能だけを拝借できたら、そっちのほうがよっぽど手っ取り早いし、安上がりだろう。

どうして才能だけ拝借するわけにはいかないのか。情報と経験とのちがいにその原因があると父は考えている。「雨って何？」とぼくが生まれた日に訊かれたら、辞書に載っている定義を述べただろう。今日、同じことを訊かれたら、やっぱり辞書に載っている定義を述べるだろう。でもその一方で、それを述べながら、曇った朝のあの瞬間、わざわざ傘をもっていくだけの意味があるかどうか決めなければならないあの瞬間を思いうかべるだろう（この地域の場合、答えはたいてい意味が「ある」となる）。あるいは、水たまりに逆さまに映った世界、びしょ濡れになったウールのセーターの不快なべとつき、サマミッシュ湖州立公園の濡れた葉のにおいを思いうかべるだろう。経験により、ぼくの答えの外形が大きく変化したかというとそんなことはない。でも、答えの〈意味〉はすっかり変容してしまった。

記憶が決定的な役割を果たす。誰もが知る事実はたしかに存在する。だが記憶、そして記憶が喚起する感覚となると、それぞれの魂に固有のものだ。記憶を言いあらわすることはできるけど、厳密な共有は絶対にできない。そして特に強烈な記憶と密接に結びついた知識も共有できない。サムおばさんのフランス語の知識のように。それはたんなる文法とか語彙《ごい》とかじゃない。高校の先生だったミスター・カニヴェットの記憶から切りはなせない。それまでそんな大人はただのひとりもいなかった。ミスター・カニヴェットはつねに親切に接し、けっして傷つけたりしなかった。ぼくはミスター・カニヴェットに会ったことはないし、サムおばさんみたいに愛することはできない。ミスター・カニヴェットに対して抱く感情、といってもそれは他者を介した、間接的なものにすぎないのだし、サムおばさんがミスター・カニヴェットから学んだ知識だって、これからもずっと間接的に行使するほかはない。

父の職業経験も同じで、それを活用できるのは父だけだった。共有はできない。それぞれで獲得しなければならない。ぼくたちは何週間か特訓を続けた。父は観覧台から細かく指示を出し、RAMチップやSCSIポートやらヌルモデムケーブルやらに関する無数の質問に答えた。でも与えられた時間は短すぎ、憶《おぼ》えることは多すぎた。半年もあればなんとかなったかもしれないが、三週間目の終わりを迎えた時点で、父の勤務評定——実際にはぼくの勤務評定——はガタ落ちで、ぼくたちはクビになるかどうかの瀬戸際《せとぎわ》に立たされていた。

　父はぼくのことを同僚に話していなかった。それがプラスの方向に作用したかというと、むろんそんなことはない。いまでもぼくはこう思っている。父は事実を話すべきだった。いま代替要員を訓練してるところだって。でも、たとえ自分が多重人格者だとみんなに話したほうがいいとわかっていたとしても、二度にわたる強制拘束を経験した結果、父はそうしようという気にはなれなくなっていた。ミセス・ウィンズローにはいちかばちかの思いで打ち明けてはいたが、ビットウェアハウスの人間は誰ひとり事実を知らなかった。そのためアンディ・ゲージがまるっきり別人のようにふるまいだすと、彼らはただ戸惑うしかなかった。当時のアンディときたら、いつもうわの空で、ごく単純な作業でさえもてあましていた。なかでも主任のミスター・ウィークスは、つねに気が気じゃない様子だった。ビットウェアハウスの在庫管理システムで中心的な役割を果たしているコンピュータのハードディスクをまちがって再フォーマット化したときなんて、おまえドラッグでもやってんのかと思わず口にしてしまったほどだ。

「ミスター・ウィークスにほんとのことを話すのはありなんじゃない？」ぼくは提案した。「みんなにほんとのことを話すとか」

「誰もが理解してくれるわけじゃないんだ」父が応じた。「これは複雑な真実なんでね。複雑なのって好かれないんだ。とくに権力をもっているひとからは。そのうちわかるとも」

そのうちわかるとも。経験のみが答えを出せる質問をしたとき、父は判で押したようにそう答えた。あのころは耳にタコができるくらいその返答を聞いた。で、そんなふうな受け答えをするとき、欲求不満を感じていたのはぼくだけじゃない。父もそうだった。家を建てた以上、難所は乗りこえたと父は思っていた。すべてをぼくの手にゆだねるのは簡単だろうと。だが、それでも父はいまなお経験から学びつづけていた。あのときぼくと父の二人ともが思い知った。ぼくが父のかつての人生に足を踏み入れたとしても、それでおしまいってことにはけっしてならない。ぼくはぼくなりの人生を築きあげなければいけない。ぼくなりの仕事を見つけ、ぼくなりの友人を選びだし、そして誰が信頼できるか、ぼくなりの判断を下す必要がある。

ぼくはミスター・ウィークスのオフィスに行き、仕事をやめると告げた。ぼくがそう言うのを予期していたかのようにミスター・ウィークスはうなずき、こう言った。専門家のもとで薬物依存から離脱するためのカウンセリングでも受けたらどうだ。しっかり検討してみるんだな。考えてみます――これまたしょっちゅう耳にしていた、父の定番の受け答えだ——とぼくは答えた。それからその日の仕事をやりきろうとビットウェアハウスのフロアに戻った。そのときぼくはジュリー・シヴィクと出会った。ジュリーが目を留めたとき、ぼくは七番通路に据えたはしごの上にいて、在庫収納棚に置いてある箱を整理していた。すでに退職を告げたからといって、コンピュータに関する知識を習得する意欲までなくしたわけではなく、ぼくと父はグラフィカルユーザーインターフェースをめぐるひどく込み入った議論に熱中していた。それでジュリーは自分のほうに関心を向けさせるため「すみません」と何度も口にしなければならなかった。

「こんにちは」ぼくはようやくジュリーに気づいて言った。はしごを降り、シャツで手の汚れを払う。「何かお困りで？」

一見して少しヤバめな感じだった。ぼくよりも五センチばかり背が高く、肩幅も広い。黒のTシャツの上から茶色のレザージャケットをはおり、黒っぽいジーンズをはいている。髪の色も黒だった。どストレート、飾り気なし、襟までの長さ。トロいやつに当たっちゃったとでもいうように、いらっとした顔をしていた。ほかの客のそんな顔はこれまでにも見たことがある。でもジュリーはほかの連中よりもいらっとした表情を浮かべるのが上手だった。彼女の顔立ちには何か特別なところがあって、そのせいでいらつきを普通のひとよりもうまく伝達できるのかもしれない。

「納税申告書の作成ソフトが欲しいんだけど」彼女はシュリンク包装された箱の小さな山を抱えていた。「お勧めはどれ？」

「何に使うのか訊いてみるんだな」父が言い、ぼくは質問をそのまま伝えた。「何にお使いになるんですか」

彼女は、超・超トロいやつだなというような目でぼくを見た。「納税の準備をするためだよ」と彼女。「決まってんだろ」

「個人の所得税、それとも中小企業？」と父。

「個人の所得税、それとも中小企業？」ぼくが尋ねた。

「ああ……」ジュリーの表情が和らいだ。「それって重要？」

「えーと」ぼくは言いかけ、口を閉じた。同時に、父が必要な知識を補塡《ほてん》してくれた。

「えーと」ぼくはつづけた。「個人所得税申告書に記入可能なプログラムが必要なら、これがお勧めですね」ぼくは山のいちばん上の箱を指した。「なぜなら……なぜならいちばん安価だし、機能はすごくベーシックで、説明書もわかりやすい。何か特殊な様式が必要だというのなら別だけど……。一方であなたが自営業者か中小企業の経営者なら、より高度なソフトが必要になるわけで……。農家とかじゃないですよね？」

父が黒子となって口にする台詞《せりふ》をそっくりそのまま拝借し、口ではこう質問してはいたが、農家の税金の何が特殊なのか、ぼく自身、よくわかっていないのだった。でもジュリーは農業に従事していなかったので、その点をたしかめる機会は訪れなかった。

「けど、あたし、いま開業準備中なんだよね」とジュリー。「で、昨年分については個人所得税申告書に記載しなきゃいけないし、そしたら必要なのは――」

「待って」話をさえぎり、指を一本立てた。父は別のことを語っていた。

「待って？」とジュリー。

「ちょっとだけ……」

またジュリーがいらっとした顔になった。「何を待つわけ？」

「ぼくの父」そう告げた。

「あんたのお父さん？」

「こりゃいいや」父は観覧台にいるのだが、そこにアダムも加わった。「楽しめるぞ」

「あんたのお父さん？」ジュリーがくりかえした。

「そう、ぼくの父」

彼女はぼくの背後に誰かいないか探すふりをした。最初は体を横に傾け、つづいてつま先立ちになり、ぼくの頭越しに見やった。「どこにいるの？」最後にそう口にした。

「観覧台に」ぼくは自分の背後にちらりと目をやって言った。

「観覧台？」

「一種のバルコニーとでもいったらいいのかな、家の正面側に設置されてる。ぼくの頭のなかで」

「あんた、なんなの？　統合失調症？」

「いや、多重人格障害のほう。統合失調症とは別」

「多重人格障害。ほかの人格たちと体を共有してるんだ」

「ほかの魂たちだよ」父から聞いた話を思いだし、付け加えた。「これって複雑な真実なんだ」

「だろうね」あとで打ち明けてくれたのだが、そのときジュリーは、ぼくが正直に話しているのか、でなければこれまで会ったなかでいちばんの嘘つきにちがいないと確信した。どっちに転んでも面白そうだ。「さっき家がどうだって言ってたんだっけ？」

なんだかんだあって最後に「仕事が引けたら一杯どう？」と彼女が誘ってくれた。

ぼくはすっかり舞い上がってしまい、父の意見を聞きもせずオーケーした。でも、ぼくが自主性を発揮したと見て、父は喜んだ。そしてアダムは、ジュリーが安全だと正式に表明した。「どっちにしろ彼女は斧で人を殺す異常者じゃない。おまえがそうなんじゃないかと向こうは疑ってるだろうが」

その日の晩の八時十五分、ビットウェアハウスの外の駐車場でジュリーに会った。基本的にぼくは移動にはバスを利用してるんだけど、ジュリーは車をもってて、いっしょに乗っていこうと誘ってくれた。ぼくがオータムクリークに住んでいると知ったジュリーは、ブリッジ・ストリートのバーはどうかと訊いてきた。ミセス・ウィンズローの家とは目と鼻の先だ。「あたしんちもすぐ近くだし」ジュリーが付け加えた。

車は一九五七年式キャデラック・セダン・ドゥヴィル。〈二線級のクラシック〉とジュリー。おじさんから買ったとかで、修理したら売りに出してひと儲《もう》けしようと目《もく》論《ろ》んでいた。

「どっか調子でも悪いの？」

「まあ、ほぼ全部」ジュリーは車の欠陥を逐一あげつらい、さらに、そこで挙げられなかったいくつかをアダムが付けたした。駐車場から出るとき、車台から外れかかった何かが舗道にガツンとぶつかり、背後に火花の航跡を残した。「大手術が必要だな」

「すごくお金がかかるんじゃない？」

「交換する部品によってはけっこう高くつくのもあるけど、作業はあらかた自分でできそうだから。一瞬、そっちの窓を開けてもらえる？　右折の合図を出さなきゃいけない」

おそらくは自動車の修理の件から話題をそらすためなのだろうが、ジュリーは自分自身のことを話しはじめた。年は二十四、出身はロードアイランドだが、十六歳で家を出てからは各地を転々とした。二年間ボストン大学に通い、最初は物理学、次は工学、それからコンピュータサイエンスと専攻を次々に変え、学位取得にはいたらないまま退学し、以後、実験助手、修理工、ガソリンスタンドの店員、美術館の鑑賞ガイド、B級ホラー映画のセットデザイナー、火災監視人、お手軽料理専門の調理人、ブラックジャックのディーラー、オレゴン州ユージーン公共事業局の看板書きの仕事についた。直近だとシアトルで理学療法士の助手をしていた。「でも、農業は一度もやったことないんだよね」ジュリーが言い、にやりとした。

いずれにせよ、とジュリーはつづけた。理学療法の仕事もドンづまってしまったので一念発起したんだ。これまでみたいにあっちこっちふらふらするだけの半端《はんぱ》な暮らしから足を洗い、ここいらで人生をやり直し、仕事に真剣に取り組む必要があると。キャデラックを売ってくれた例のおじさんが手を回してくれたおかげで、中小企業向けのビジネスローンも組めたし、オータムクリークの建物も賃借できた。彼女はそこでコンピュータソフトの設計会社を立ちあげようと計画していた。

「どういう種類のソフトを設計するわけ?」

「ヴァーチャルリアリティのソフト」とジュリー。知ってて当然という目でこちらを見たが、ぼくはこれまでそんな言葉を聞いたことがなかった。

「ヴァーチャルリアリティって何?」

「ビットウェアハウスで働いてるくせにヴァーチャルリアリティを知らない?」

「そんなに前から働いてるわけじゃない」

「そうみたいだね」

「で、それ、なんのこと?」

ジュリーはそれには答えず、またもや話題を変えた。少なくともぼくにはそう思えた。「あんたの頭のなかの家について教えて」

すでにぼくたちはブリッジ・ストリートのバーにいて、ジュークボックスのそばのボックス席のひとつを占めていた。ジュリーは〈サタデーナイト・スペシャル〉を頼んだ。それが特大ピッチャーに入った黒ビールだとわかったときにはすでに遅きに失した。アルコールを飲むのは父の定めたきまりに反するし、ぼくはソーダを注文するつもりだった。でもあえて自分の失敗を認めたりはしなかった。ジュリーがぼくのグラスに注いでいるときも止めたりせず、そのかわり会話に入ってからもいっさい手をつけずにいた。

　ぼくは家について話した。アンディ・ゲージの頭のなかの暗い部屋のこと、父が苦闘の末、〈地理〉を創造したこと。整然と、わかりやすく話そうとはしてみたんだけど、思いどおりにはいかなかった。誰かに打ち明けるのははじめてだし、おっかなびっくりという状態だったから、どの点をくわしく取り上げ、どういう順番で語ったらいいのか見当もつかなかった。口うるさいやつがいたっていうのもマイナス要因だった。父はぼくを邪魔すまいとして観覧台を離れたが、アダムはその場に残っていた。ぼくが見知らぬ人間相手にあけすけすぎると思っていた。

「けど、それのどこが悪い？　自分だって彼女は危険じゃないと言ってただろ」

「彼女は斧殺人鬼じゃないと言ったんだよ。だからって俺たちのことをなんでもかんでも話していいわけじゃない」

「いや、ぼくは――」

「で、ホレス・ロリンズはあんたの父親なの？」ジュリーが訊いた。自分がぼくたちの話に割りこんだとか夢にも思わずに。

　その質問を聞き、ぼくはぎょっとした。「ぼくの父じゃない」ぼくは応じた。「アンディ・ゲージの父親だ。アンディ・ゲージの〈まま父〉。ぼくとは無関係。ほんとはアンディ・ゲージとも関係ない」

「あんたのほんとうの父親は死んだってこと？」

「アンディ・ゲージの父親」ぼくは訂正した。「サイラス・ゲージ。溺死《できし》した」

「アンディ・ゲージの父親……あんたにとっての父親はサイラス・ゲージじゃないと。ホレス・ロリンズでもない。別人格ってことかな。別の〈魂〉」

「アーロン」ぼくはうなずいた。「ぼくの父の名前だけど」

「あんたを湖から呼びだした……あんたを創造したひと」

「うん」

「それって実際いつの話？」ジュリーが知りたがった。「あんたが呼びだされたのって」

その点については突っこんでほしくなかった。アダムの非難とは裏腹に、あえてジュリーに話さずにおいたことはたくさんあった。その手の省略のほとんどは、ただなんとなく、直感的にそうしただけであって、仮にどういう理由であのときそうしたのか訊かれたとしてもぼくはただ途方にくれるだけだっただろう。でも、誕生日を曖昧《あいまい》にしていた理由なら完璧《かんぺき》にわかっていた。ぼくは気まずさを感じていた。ジュリーはすごくたくさんの人生経験を積んでいた。ぼくにはそんなものはほとんどない。ぼくがほんとうはとんでもなく未熟だと知ったら友だちになってくれないんじゃないかと思ったのだ。けど、こうなった以上、なるようになるだけだ。

「ひと月前」ぼくは認めた。「ひと月前に湖から出てきた。すごく世間知らずに見えるかもしれないけど——」

「ちょっと」とジュリー。「あんた、生後一カ月なの？」

「いやいや」ぼくはうろたえながらもこう応じた。「年は二十六歳だよ。生まれたのがひと月前ってだけで」

ジュリーがかぶりを振った。「どっちも正しいなんてありえないよ」

「実際そうだし」ぼくは言った。「何か問題でも？」

「じゃ、あんたの物理的な体は二十六歳ってこと？」

「いや、体は二十九歳だよ」

「それならあんたのどの部分が二十六歳なの？」

「ぼくの魂」

ジュリーはまたかぶりを振った。ぼくは助けを求めてアダムのところに行った。

「わかった……アダムが言うには、体と魂はつねに結合しているのだから基本的にはたがいの鏡像だ。双子みたいなもんだ」

「同じように見えるってこと？　魂に外見ってあるの？」

「もちろん」

ジュリーが笑った。「じゃああたしの魂は歯並びが悪いってこと？」

「だろうね」ジュリーの口をちらりと見た。「体のほうがそうなってるんなら。目の色も同じだし、体格も同じ、声も同じ——年も同じ。でもぼくたちの場合、そういうんじゃない。ぼくたちのなかで体のなかにずっととどまっている者はひとりもいない。だから、その手の同一の結合が存在してるわけじゃない。アダムが言うには——」

「アダムって誰？」

「ぼくのいとこ」

「それもまた別の魂？　あんたの父親みたいに？」

「うん」

「アダムは何歳なの？」

「十五歳」

「アダムはずっと十五歳？　それとも年をとったの？」

「ちょっとだけ年をとった」

「ちょっとだけってどれぐらい？」

「うーん、正確に言うのは難しい。アダムが外に出ていた時間がどれくらいかによるんだよ。アダムはしょっちゅう体に入って時間を盗んでた。ほかの連中だってそうなんだけどさ。なので、アダムが盗んだ時間を合計してだ、ぼくの父が責務を負い、家の建造に着手して以降、アダムが外に出るのを許された時間に足し合わせれば、アダムがどれぐらい年をとったかわかる。父は一年ぐらいだと踏んでる。アダム本人は何も言わないけどね」

「自分がくすねた時間がどれくらいになるか、あんたのお父さんに知られたくないんじゃないの」ジュリーが推測した。

「盗んだ時間をどう使ったか説明するのが面倒なんだ」

「魂は体を支配してるときだけ年をとるの？」

「もちろん」

「どうして？」

「さあ。とにかくそうなってるからとしか言いようがない」

「アダムはどう言ってるの？」

「アダムが言うには……アダムが言うには、ポーカーだって現金を賭《か》けないかぎり上達しない、あれと理屈はいっしょなんだって。ごめん、ぼくにはどういう意味かわからない」

「いいって」とジュリー。「わかる気がする」

ジュリーはピッチャーを手に取り、自分のグラスにビールを注ぎ、ぼくのグラスの中身が少しも減ってないのに気づいた。「どうした?」とジュリー。「黒ビールは嫌い?」

「ぶっちゃけ酒はやらない」観念して打ち明けた。「家のきまりだから」

「マジで?」ジュリーがピッチャーを掲げた。特大サイズのピッチャーのビールはまだ半ガロン以上残っていた。「これ全部ひとりで飲んだら、あんたに担《かつ》いでいってもらわないと帰れないかも」

「ごめん。先に言っとくべきだった」

「いや、気にしないで。あたしが訊《き》くべきだった」ジュリーはカウンターのほうを手で示した。「ほかに何か要る?」

「いや、とくに何も」

「好きにして……」ジュリーはまた自分のグラスを満たした。「じゃ今度はあんたの魂について聞かせて」

「どういうことを聞きたいの？」

「どういう見た目なの？　もしあんたの魂が見え、現にあたしが見ている姿と比べられるなら、どこがどうちがうわけ？」

「ああ」ぼくが応じた。「実際はたいしてちがわない。ぼくは父に似ているし、父はアンディ・ゲージに似ている。魂のなかじゃいちばんといってもいいくらいだけど、例外が……とにかくそっくりそのままなんだ」

「じゃ、ちがいとかあるの？」

「少しは。ぼくの髪はもっと黒い。ぼくの顔はもっと細い——顔立ちも微妙にちがう」

「ほかには？」

「うーん、傷痕《きずあと》とか」アンディ・ゲージの右目の上に残るぎざぎざの線を指差した。

「また別のいとこのジェイクは、一度、体を手に入れたとき、これをやった。つまずいて倒れ、ガラスのテーブルの端にぶつかった。ジェイクの魂には同じ傷痕があるんだけど、ぼくの魂には何もない。なぜなら——」

「なぜなら、その出来事はあんたの身には起こらなかったから」

「そのとおり」

「これはどう?」ジュリーは体の左の手のひらのある個所に触れた。親指の付け根のふくらみ。それまでビールグラスに触れていたジュリーの指は冷たく、湿っていて、これまでに経験したことのない心地よさを感じた。でも、ジュリーが何を言っているのか理解したとき、自分の手を彼女の手から引きはなした。

「こんなの父が以前やったなんだかにすぎない」ぼくは言った。「レジの伝票差しで自分を刺した」話にはさらに先があるのをおそらくジュリーは察している。だからといって無理やり先をうながすような真似《まね》はしなかった。

「ほかのちがいは?」とジュリー。

「小さな点がいくつか。大きいのはないかな」

観覧台でアダムがふんと鼻を鳴らす。「そうだ。大きなちがいはない。例外があるなら——」

「アダム!」ぼくは制止した。

「なんなの?」

「なんでもない」ぼくは言った。「アダムがなんだかいけないことを言うから。ただそれだけ」

ジュリーが興味津々《しんしん》という感じで身を乗りだした。「なんて言ってるの?」

「ただのたわごと。アダムは厄介者だから」

「あたしたちの話をずっと聞いてたの？」

ぼくはうなずいた。「聞いてコメントしてた。いつもそうしている」

「あたしも彼と話せる？」

無邪気な頼みだった。で、あとになってわかったんだけど、ごくフツーの頼みでもあった。ジュリーの質問というのは往々にしてそうなのだが、あのときもぼくをぎょっとさせた。ジュリーがそう言ったのはアダムのことに純粋に興味があるからだとすんなり受けとめるんじゃなく、ぼくとはもう話したくないからなんだろうとついつい考えちゃったんだな。

「ぼく、なんかやらかした？」アダムに訊いた。

「やらかしてないよ。彼女は別に怒ってるわけじゃない。ただ術を見たいだけだろう」

「術って？」

「奇術だよ」

「奇術を見たいってこと？」またまた混乱し、ジュリーに尋ねた。

「はあ？」とジュリー。

「ほら」アダムが申し出た。「俺の言ってる意味がわからないのなら、これから見せてやる。ちょっと体を貸してみ」

はねつけてやるべきだった。湖から出てわずか一カ月だったけど、アダムの一見、太っ腹な申し出に乗ったらろくなことにならないのはわかっていた。でもあいつはいかにも自信ありげな口ぶりだったし、ぼくはどうしていいかわからず、観覧台へひっこみ、アダムにあとをまかせた。

今度はジュリーがぎょっとする番だった。転換を一度も見たことのない人間は、それが肉体の劇的な変容を伴うものとしばしば思いこんでいる。それまで普通の人間の姿をしていた狼男《おおかみおとこ》が、満月の夜になると全身毛むくじゃらになり、口から牙《きば》まで生えてくるように。実際はもっとずっと微妙だ。肉体は変化しない。変化するのは身体言語だけだ。といっても、こっちのほうがよっぽど動揺を引きおこしたりもする。生来、ぼくはちょっとシャイだし、その場のマナーとしてつねに目を合わせようと心がけてはいるが、サムおばさんによれば、それでもやっぱり〈上品で遠慮がちな眼差《まなざ》し〉だそうだ。もちろん、アダムは遠慮がちどころか、じろじろ無遠慮に見つめる。ぼくから体を受けとったと思ったら、アダムのやつ、ティーンエイジャーのガキまるだしで露骨すぎる流し目をキメてみせた。あのときのジュリーのリアクションから、そうにちがいないとわかった。ジュリーの顔から笑みが消え、自分をかばうようにシートの奥へ体をずらした。ぼくはどうやらとんでもないヘマをやらかしたみたいだぞと気づかせてくれた最初のきっかけがそれだった。

「やあ、ジュリー」とアダム。そのシルキーボイスを耳にしたとき、ぼくは少しぞっとした。「よーく見てくれ」アダムが右腕を突き上げ、宙で振った。「こっちの袖《そで》にはなーんもないし……」左腕でも同じことをした。「……こっちもない」両腕を下げ、中央へ引き寄せ、ピッチャーの両側をがしりとつかんだ。「見ろ……」

「まさか」ぼくが言った。「アダム！　やめろ！」

ビール。決まってる。アダムが欲しがっていたのはビールだ。飲酒は家のきまりに反するが、アダムはきまりなんて気にしない。なんといってもアダムはギデオンの息子なのだ。大の酒好き。『プレイボーイ』より好きなくらい。

アダムがピッチャーを唇までもっていこうとしたので、ぼくは体を奪いとろうとした。しかし、アダムはやり遂げるまで何がなんでもその場にとどまろうと決意していた。長いことぼくを押しとどめておく必要はない。電撃一気飲みはアダムのもっとも洗練された〈才能〉のひとつだ。アダムが頭をうしろに傾けただけで、ピッチャーのなかの黒ビールは、勢いよく排水管を流れおちる雨水のようにどんどん目減りしていく。ただの一度も息継ぎせず、ついにアダムは中身を全部飲みほした。

「ぷぁぁぁぁぁぁああ――」アダムは空のピッチャーをテーブルにドンと置いた。つづいて一方の手でジュリーのグラス、もう一方の手でぼくのグラスをつかみ、ぐいとあおり、一瞬で中身を空にした。まるで、裁縫のとき指先にはめる小さな指ぬきに入れた液体でも飲みほすような調子で。で、締めはロファンファーレ。「ジャジャーン!!!」それからアダムはテーブルごしに身を乗りだし、口を開け、ジュリーの顔の真ん前で盛大にげっぷした。

それでおしまいだった。自分の悪ふざけがおもしろくてしかたないといわんばかりにギャハギャハとヒステリックな笑いを発しながら体を離れ、家に駆けもどった。その後の始末は全部ぼくに押しつけて。

ジュリーは平手打ちでも食らったような顔をしていた。ぴんと背筋を伸ばし、開いた手のひらをテーブルの端にぎっちり貼《は》りつけていた。押しやろうとする動きの途中で凍りついてしまったとでもいうように。家のなかから、怒りくるい、どなりちらしている父の声が聞こえた。そして、どなり声にほとんどかき消されてはいたが、ドアをバタンと閉ざす音も。アダムはなおもゲラゲラ大笑いしながら自分の部屋に閉じこもった。でもそのすべては遠く離れた場所での出来事にすぎなかった。直《じか》に接している世界は、ジュリー、そして衝撃のあまり目を見開き、あっけにとられている彼女の表情でできていた。

ぼくはシートにどさっと沈み、両手ですばやく口元を押さえた。そんなことをしたってアダムのやらかしたげっぷを押しもどせるはずもないのに。あのときはこっちだって体を放りだしてしまいたいくらいだった。体、そしてこの場の状況をまるごと別の魂に押しつけられるんだったら、なんだってくれてやっただろう。でも、それは許されなかった。物理的な脅威に立ちむかうというのならセフェリスに頼むのもありだけど、気まずい状況に対処するのはほかならぬぼくの責務だ。たとえその状況を引きおこしたのがぼくじゃなくたって。それが家のきまり。

「ほんとうにごめん……」思わずそう口をついて出てきたけど、口元をまだ手で覆《おお》ったままだったから、言葉はこもって聞こえた。「ほんとうに、ほんとうにごめん、ジュリー——」

ジュリーは目をぱちくりさせ、我に返った。「あれがアダム?」

ぼくはうなずいた。「そう、アダム」

「あんたが言ってたとおりね」とジュリー。「たしかにティーンエイジャーだった」

ほどなくその晩はおひらきとなった。ぼくはずっと弁解していた。ジュリーは、全然気を悪くしてないと言ってくれたけど。「ちょっと驚いただけだから」けど、驚いただけっていう感じではなかった。なんか用心深くなったし、内にこもってるみたいっていうか。もう質問を口にせず、会話もはずまないまま、行きづまってしまった。なんだか気持ち悪くなってきた。頭がふらふらし、吐き気がする。アダムはひとりこっそり楽しんでやろうと、もっていけるだけ酔いをもちさっていったが、黒ビール半ガロンには、優に二つの魂をふらふらにさせるぐらいのアルコールが含まれていた。ジュリーはぼくの目がとろんとしてるのに気づいて言った。「そろそろ家に帰ったほうがいいんじゃない」

「いや」ぼくが言った。頭が左右に揺れる。「別に大丈夫だけど。ぼくはただ――」でもジュリーはすでにボックス席を離れ、勘定を済ませようとレジに向かっていた。ピッチャーの縁についたわずかな泡を見つめているとジュリーが戻ってきた。「行こうか」ジュリーがぼくの肩をチョンチョンとせっついた。「家まで送ってくよ」

このときのジュリーの指の感触はあんまり心地よくなかった。見上げるとジュリーはにこりともせず、冷淡な顔をしていた。「歩いて帰れるから」

「どうだか」

「自分こそ運転大丈夫？」

ジュリーは一度そっけない笑い声を発した。「うん、だと思う」とジュリー。「あたしは一杯しか飲んでない。憶《おぼ》えてる？」

車で走ったのはほんのちょっとだけだったけど、それでもミセス・ウィンズローの家に着くころになるとぼくはもううつらうつらしはじめていた。「ここでいいの？」ジュリーがひじでこづき、ぼくを起こした。「テンプル・ストリートの39って言ったよね？」

ぼくはさっと顔を上げた。ぼくたちはヴィクトリアンハウスの前にとまっていたが、ここがあのヴィクトリアンハウスかどうか、すぐには判断がつかなかった。「だと思うんだけど」ぼくは答えた。「なんか変なんだよ。すべてが変なんだよ……」

「家に入って」ジュリーが命令した。「すぐ寝なさい」

「わかったよ……」それでも車から降りる前に、もう一度、謝ろうとした。ジュリーはぼくをさえぎって言った。「さっさと寝て、アンドルー」

「わかった」とぼく。「わかったよ」ドアハンドルを引くと、掛け金がかかってるみたいに、ちょっと隙間《すきま》が空いただけでそれ以上は開かなかった。思いっきり押したところ、ギーッという音をたててドアが開いた。歩道の縁石とこすれ、ドアの塗装に幅広い縞《しま》の傷がついた。

ジュリーが怒りを押し殺し、ふーっと息を吐いた。ぼくはまた謝ろうとしたが、ジュリーは言った。「とにかく車から降りて。降りるだけでいい。閉めるのはあたしがするから」

ぼくは車から降りた。フロントシートにかかっていたぼくの体重がなくなったせいでキャデラックの右側がわずかに跳ね、ドアの端が縁石から浮きあがった。でもジュリーがドアを閉めようとして体をずらすとドアはふたたび沈下した。ジュリーが悪態をつき、ドアハンドルをつかんだまま、なるべく左の端へ尻《しり》を寄せようとした。

「やっぱりぼくが閉めたほうがよくない?」

「やっぱこれだな!」ジュリーがぴしゃりと言った。ダメ押しの悪罵《あくば》を吐き捨てると、手のかかるやりかたには見切りをつけ、力まかせにドアを引っぱり、さらにまた塗装の層をこそげおとした。平手でドアロックのボタンを叩《たた》きつけるとカチャッと大きな音がした。

「おやすみ!」ジュリーにそう呼びかけた。「誘ってくれてありがとう!」ジュリーが「おやすみ」と返してくれていたとしても、ぼくの耳には届かなかった。助手席の窓に向かって腰をかがめ、さよならしようと手を振ると、ジュリーはキャデラックのエンジンをふかし、走りだした。通りに出た途端、穴ぼこにゴツンとはまり、さらにもうひとつ火花のシャワーが盛大に噴きだした。このときは車台から何かが落ちたような音までちゃんと聞こえた。でも、ジュリーはスピードをゆるめなかった。

　翌朝、割れるような痛みとともに目がさめた。アダムからのプレゼント。酔いの半分はもっていったが、二日酔いはまるまる残していった。家が火事になったみたいだった。

　おまけに父はぼくに怒っていた。「アダムに体をゆだねるべきではなかった」

「自分でもわかってる」とぼく。「まさかアダムがあんな真似をするなんて」

「アダムが何をしたかはとりあえず関係ない。体を管理するのはおまえの役割だったはずだ」

「ジュリーがアダムと話をしたいと言ったから！」

「だから管理を放棄したと？　ジュリーに頼まれたから？」

「まあ……」

「まあだと？」父は追い打ちをかけた。

「混乱しちゃったんだ……ジュリーが何を望んでるのかわからなくて。アダムはわかってると言ってたし、だから――」

「いや」と父。「そんな話はいいんだ、アンドルー。おまえは体の責任者だ。だが、おまえが混乱しているときには、いつでも外に出ていけるなどとアダムに勘違いさせるようなら、これからも責任者でいられるとは思わないでくれ。今後は、人前に出たら、生死にかかわるような緊急事態を別にすれば、いかなる理由があろうとも、けっして体を放棄することがないようにするんだ。わかったか？」

「わかった」ぼくは答えた。「でも……」

「アンドルー――」

「でも、誰かがアダムと話したいと言ってきたら？　で、べつにぼくもそれで戸惑ったりもしてなくて、ただ、あんまり不躾《ぶしつけ》な態度をとるのもなんだかなあってときは？ぼくはどうしたらいい？」

「もし誰かがアダムと話をする必要があるというのなら、まずはわたしに言ってくれ。そしたらアダムに行儀よくふるまうよう、わたしからきっちり言いきかせておく」

父はぼくを処罰しないことにした。二日酔いで苦しんでる以上、ほかに罰は必要ないと判断したのだろう。二日酔いだけじゃない。やらかしたヘマの結果にも苦しんでいた。頭がはっきりしてくると、ジュリーと電話番号を交換しなかったという事実に気づかざるをえなかった。したがって、ジュリーに連絡したいと思っても、そのための手立てはひとつもなかった。ジュリーはぼくの住所を知っていたから、その後の二、三日は、ジュリーが立ち寄ってくれるんじゃないかという希望を抱きつづけたが、一週間過ぎても彼女はこなかった。あんまり考えたくはなかったんだけど、アダムのせいで彼女がすっかりびびってしまったと結論を下さざるをえなかった。

で、それから約一週間後、ぼくがブリッジ・ストリートを歩いていると、旅行者一行が車をとめ、道を訊いてきた。彼らはフランス系のカナダ人で、英語をあまり話せなかった。そこでぼくはサムおばさんを観覧台に呼びだし、通訳を手伝ってもらった。やたらとめんどうな手順を踏むはめとなった。サムおばさんは旅行者の話を聞き、ぼくにその意味を伝える。ぼくはそれに対して言いたいことをサムおばさんに伝え、するとサムおばさんはそれをフランス語に変えて、ぼくに言う。ぼくはそのフランス語をそのまま声に出して言う。旅行者一行が車で去ったあと、体の向きを変えると、ジュリーが横に立っていて、笑いながら頭をゆすっていた。

「すごっ！」とジュリー。「人工衛星からの送信を受けとってるひとでも見てるみたい。家族のなかでフランス語を話すのは誰？　やっぱりいとこのアダム？」

「いや」とぼく。「おばさんのサマンサ。ほんとは、やっぱりぼくのいとこなんだけど、でも、年も上なんで、ぼくたちはサムおばさんと呼んでる」ぼくは続けた。「アダムは、バーであんな真似をやらかしたんでいまだに罰を受けている」

「罰って？　どういう罰？」

「ビールを飲んだあと、しばらくの間、アダムは部屋を出ようとしなかった。そこで父は三日間、鍵《かぎ》をかけて閉じこめた。いまはまた家のなかを自由に動きまわってるけど、あと一週間は観覧台に出られないんじゃないかな」

「ずいぶんきびしいじゃん」言葉とはうらはらに、ジュリーの声からはそのぐらいの罰は当然という気持ちがにじみでていた。

「あんなことをするなんて、アダムのやつ無礼にもほどがある」ぼくが言った。「ぼくもまちがいをやらかした。きみに警告もせずにアダムを呼びだすなんて」

「まあ、あたしもあのときはすっかり取り乱しちゃってさ」ジュリーが認めた。「車のことでもムカついてたし……」

「ドアの塗装費用ぐらいなら喜んで払うよ」ぼくは申し出た。

「んー、それは別にいいかな。そもそも、正直に言うと、塗装の件はそんなにたいしたことじゃないんだ」

「いやいや、ぜひ弁償させて……でなければ、せめてお返しぐらいはさせてほしい。新しい仕事についたら」

「新しい仕事？　なんかそうなんだってね。仕事を探してるって聞いたけど」

「聞いたって、誰から？」

「あんたの前のボス。この前、ビットウェアハウスに行ったとき、あんたがいないかと思って訊いてみた。そしたら店長だってひとが、あんたは店をやめたって言うじゃない」

「ぼくがいないか訊いてみたって？　ほんとに？」

「うん、まあ……いったん気持ちが落ち着くと、あの夜、あんたんちの真ん前で車から放りだすような真似をしちゃったし、悪いことしたような気がしてきてさ。どっちにしろビットウェアハウスでいくつか買うものもあったし、だったらあんたの様子も見ておくかと思ったんだ。そしたらもうやめちゃってるし。で、新しい仕事って？」

「まだ見つけてない」とぼく。「店から推薦状をもらえそうにないし」

ジュリーがうなずいた。「うん、ビットウェアハウスで話したひと、ヤクがどうのこうのとちょっと話してた」ジュリーが眉《まゆ》を上げた。「やっぱりアダム？」

「ともいえない……話せば長くなるっていうか」

「また〈複雑な真実〉？」ジュリーがにかっとした。「どんな仕事を探してんの？」

ぼくは肩をすくめた。「なんでもいいんだ。仕事しながらおぼえられるようなやつなら」

「またコンピュータ関係の仕事とかだったらなんか問題ある?」

「いや……ただ、あんまりくわしくはないよ。どうして?」

「ただの思いつきなんだけどね」とジュリー。「今日が賃貸借契約の開始日なんだよ。商業用賃貸借契約とかいうみたいだけど、あたしが立ちあげようとしてるビジネスのための賃貸借契約ってことだよね? これから建物を見にいこうと思ってんだ。あたしはいろいろ設立のための準備に追われてるから、手伝ってくれるひとが必要でね。ひょっとしたらだけど、あんたに長期でやってもらえる仕事もあったりするかもしれない」

「わからないな」とぼく。「オフィスの立ち上げを手伝ってほしいってことなら、喜んで協力させてもらうよ。けど、ヴァーチャルリアリティなんて全然知らないし」

「えっ、そんなことないって。実際、あたしの知り合いの誰よりもよく知ってんじゃない」

「ひとつも知らないって!」ぼくは強く否定した。「それが何かさえ知らない。きみも教えてくれなかった」

「こう言ったらいいのかな。あんたの頭のなかにある世界とよく似てんだよね」

「ヴァーチャルリアリティが家みたいだってこと? そんなはずない。家は現実じゃない」

「ヴァーチャルリアリティも現実じゃない」

「よくわからない」

「全然かまわない」混乱しているぼくに微笑《ほほえ》みかけた。「そのうちわかるって」それからまたもやぼくはぎょっとしたんだけど、ジュリーは腕をぼくの腕に絡《から》ませた。ぼくたちが昔からの友人であり、バーでの一件なんてなかったかのように。「いっしょに歩いて。行く途中、基本計画を話したげる」

3

ブリッジ・ストリートには、実のところ二つの橋がある。西の橋は、オータムクリークという名前の由来となった支流《クリーク》にかかっていて、町から出ていくときの主要ルートとなっている。東の橋は、もっぱら材木運搬用のトラックによって利用されており、オータムクリークの春季の支流、ソー運河という名の小渓谷にかかっている。運河を越えると、イーストブリッジ・ストリートは四百メートルほど舗装されているが、その先は砂利に覆われている。

ペニー・ドライヴァーに会った朝、ぼくは運河にかかる橋を渡り、仕事場に向かって歩いていた。二年前、ジュリー・シヴィクとともに同じ道をはじめて通り、その場所に行った。イーストブリッジ・ストリートの舗装路を末端近くまで行くと、その横手に二千平方メートルほどの土地が広がっていて、リアリティファクトリーはその敷地のなかに位置していた。ここはもともとトラックの発着所だったのだろうと父は思った。敷地の一方の端には給油所があって、さびついたディーゼルオイル用ポンプが設置されていた。しかし、ジュリーが物件を借りうけるまでの数年間、ここは保管施設として使用されていた。主な建物、その後、ファクトリーとなった建物は、コンクリート壁でできた長い〈小屋〉だった。ともかくもジュリーは〈小屋〉と呼んでいた。といっても実際のところ建物は巨大で、なかの広さはビットウェアハウスにもひけをとらなかった。支柱が二列、その場を区切るように並んでいる以外、がらんとしたスペースが広がっているだけだ。

ファクトリーに着いたのは八時を少し過ぎたころだった。ジュリーはすでにきていた。ディーゼルオイル用ポンプのそばの日除《ひよ》けの下に彼女の車がとまっていた。二年前に乗っていたのと同じ五七年式のキャデラックは、いまだに修理中のままだ。本腰を入れて修理をしなかったんだろうと思われても仕方ないところだが、実際はそうじゃない。ジュリーは熱心に修理を進めた。やったりやらなかったり、とぎれとぎれではあったとしても。ただ、ひとつの問題を解決すると、そのたびにきまって新たな問題がもちあがり、その結果、車のコンディションを総体として見ると少しも向上していないのだった。ジュリーは、いつかキャデラックを売っぱらってやるといまでも言いはっている。ひと儲けしてどうのこうのという話はとんと口にしなくなったが。

ぼくは建物を回りこみ、横手のドアから入った。なかではジュリーの声が小屋の垂木《たるき》にぶつかって反響していた。ジュリーはいくつもの軍用テントからなる迷宮の奥にいて、マンシプル兄弟のどちらかと議論をしていた。おそらくは語り口調の穏やかな弟のアーウィンのほうだろう。というのも、聞こえるのは議論の一方の側であるジュリーの声のみだったし、もしジュリーがデニス相手に侃々諤々《かんかんがくがく》やってたら、そうはならなかったはずだから。余計な話を聞かずにすむよう、わざとふんふん鼻歌を歌い、オフィスとしてぼくにあてがわれた指揮官用のテントに入り、Eメールをチェックするため席についた。

テントのことを説明しておくべきだろうな。

はじめて行ったとき、小屋のなかはひどいありさまだった。電気は通ってなかったし、建物には窓もなかったから、ジュリーはなかのスペースがどれだけ広いか、ぼくにわかってもらおうと、懐中電灯であちこち照らした。たしかに広かったが、廃物も大量に残されていた。懐中電灯の光線がさっと移動すると、折れた金属パイプの長い山がいくつも浮かびあがった。もともと足場だった、とジュリーが説明してくれた。以前はそこに物品収納用のロッカー棚が配置されていた。保管施設が閉鎖された際、ロッカーは撤去され、足場は切断されて、ただのスクラップとなった。どういうわけかスクラップはそのまま残っていた。何はさておき、まずはダンプカーを借り、スクラップをどこかへ運び去る必要がある。「いまんとこ、惨事のあとにしか見えないのはわかってる。けど、ここのポテンシャルって絶対すごいと思う。そのためにはとっととスクラップを一掃しとけって話だけど」

「たしかに……そこについてならぼくもしっかり手伝える。スクラップを一掃するってこと。重いものだってもちあげられる」

「開始したらせいぜい一週間ぐらいで片をつけないと。ガラクタを処分したら、テントだって張れるし、そしたら――」

「テント？」

「この建物にはひとつちょっとした問題がある」ジュリーが懐中電灯を上に向け、染《し》みだらけの厚板からなる、先の尖《とが》った天井を照らした。「雨漏りするんだ。ひどくはない。っていうか、水浸しってほどじゃない。ただ、コンピュータをその下にさらしておくのはやっぱり心配だしね」

「で、テントをここに張ると？　雨のとき、コンピュータが濡《ぬ》れないように？」

ジュリーがうなずいた。「余剰品として放出された軍用テント。おじさんがフォートルイスの補給係将校の知り合いで、ただ同然の値段で手に入れられそう。しかも、欲しいサイズをぜーんぶ取りそろえて」

「屋根の張り替えとかしたほうがよくない？」

「そんな余裕はない。少なくともいまのところは。ファクトリーが軌道に乗り、どっかのベンチャーキャピタルをつかまえたら、でなきゃ助成金でも入ったら――」

「修理するのになんでこっち持ちなの？　ここを借りてるのなら……」

「それも契約の一部なんだ。ここの家賃がめっちゃ安いのもそのおかげ。こっちが費用をもち、物件の現状も改善するって条件に同意したんだよ」

「自分で屋根を修理しなきゃいけないと？」

「ほかにもいろいろあるんだけど、まあ、そう」

「でも、修理するだけの余裕がなかったら……」

「たしかにいまは余裕がない」とジュリー。「でも、それはいい。すぐ修理しろって話じゃないしさ。契約が切れるまでになんとかすればいい。一方でさっさとやっとかなきゃいけないこともある。ガラクタをきれいに片付けたら、電気系統を復活させ、ここに運びこむ装置類がきっちり動くようにするとか。屋根の張り替えはもっと長期的なプロジェクトだな。あんたにうってつけのプロジェクトなんじゃない」ジュリーが付け加えた。「建築の才能があるみたいだし」

「家を建てたのは父さんだよ」ぼくは思いださせた。「大工仕事っていったって、全部ただの想像なんだから」

だが、ジュリーは話を聞いてもいなかった。すでに自分自身の想像に浸ったままそっぽを向いて、また懐中電灯で周囲を照らし、スペースの測定にいそしんでいた。その姿を見ていたとき、突然、ぼくは理解した。このひと、全然、実務に向いてないんだなって。そんなのとっくにわかってたよって感じかもしれないけど、ぼくはあのときはじめてそう思った。しかもそれは、ぼくが、アダムや父の助けを借りず、完全にぼくだけの力で下したはじめての人物評価でもあった。あのときのぼくにはなんだか奇妙な達成感があった。ジュリーという人間のなかにプラスの価値をもつ何やらを見《み》出《いだ》したような、そんな気にさえなったくらいだ。こんなふうに感じられたのはかえってよかったのかも。ジュリーはやることなすことことごとくまともにできなかったから、それでブチ切れる人間が続出した。でもぼくは、いつだってやりすごすことができた。ジュリーの無能さがいとおしいとさえ思えた。だって、そのたびにぼくは、自分の目に狂いはないとますます強く確信できたんだから。

それは別として、ジュリーのアイデアは、全部が全部、最初にそう思えたほど現実離れしているわけでもなかった。ジュリーの車といっしょで、ファクトリーの屋根も完全に修復されることは一度もなかった。といっても、何度もぼくは屋根に登り、無視できないくらいの大きさになった水漏れ穴を修理してきたんだけど。そういうわけで、テントは、恒久的な設備となった。なんだけど、たとえ必要性がなくなったとしても、やっぱりテントは置きっぱなしになっていたと思う。テントにはもうひとつ意外な副次的効果もあったんだ。機械装置の水濡れを防いだだけじゃなくって。テントの導入により小屋のひとつだけの広い部屋はたくさんのもっと小さな部屋へと分割され、ファクトリーの居心地のよさはぐんと増した。他人からの干渉を受けず、自分の好きなことをやれるプライバシーの領域がそこに出現した。まあ、パーティションで仕切られた通常のオフィススペースでも似たような結果は得られたかもしれない。けど、いまにして思えばだけど、テントという手法はより効果的にそれをやってのけた。しかも、こっちのほうが楽しかったのは言うまでもない。リアリティファクトリーで仕事をしていると、ジプシーキャンプのなかで仕事をしているような気分になった。ジュリーがクリエイティビティを発揮し、テントの外側を別々の色に塗るよう指示したもんだから、そんな気分はなおさら高まった。

ぼくのテントはスカイブルーに塗られ、そこにスプレーペイントで雲が描かれていた。サムおばさんがステンシルのつくり方を教えてくれた。なかにはオーク材の大きな机が据えられていた。ジュリーとぼくとで足場を捨てにいったとき、廃品置き場で見つけ、頂戴《ちょうだい》してきたのだ。修理済みのペンティアム搭載パソコンも備えつけてあった。ジュリーの助けを借り、ぼく自身のウェブサイトを開設し、他の多重人格者とオンラインで情報交換できるようにした。ジュリーはミセス・ウィンズローのところに設置するため、もう一台、コンピュータをあてがおうかと言ってくれたけど、ぼくと父は共同でそのアイデアを拒否した。そんなことをしたら、どっちがインターネットをするかでアダムとジェイクは喧嘩《けんか》をはじめるだろうし、そんなのは絶対にごめんだった。

今朝、ネットのプロバイダーにダイヤルインしようとすると、エラーメッセージがくりかえし表示された。ときどきこんなふうになるときがあった。二年間かけてトラブルシューティングした結果、ファクトリーの電力系統は充分信頼が置けるものとなっていたが、電話会社であるUSウェスト社との接続にはいまだにちょくちょく不具合が生じた。

ぼくは呼びかけた。「デニス？」

隣のテントにいるデニス・マンシプルが大声で応じた。「切れたな」

「また交換機かな？」ぼくは尋ねた。

「アーウィンはちがうと言ってる」とデニス。「電話はできる。ネットに接続できないだけだ。おそらくあっち側のトラブルだろう。ちょっとだけ様子をみてくれ」

「だよな」アダムがくすくす笑った。「ちょっとだけ様子をみろ。そしたら電話も通話不能になる」

「黙れ」コンピュータを作動させっぱなしのまま、デニスのテントに行った。デニスのテントは血のように真っ赤で、あちこち偽《にせ》の弾丸孔で穴だらけになっていた。スプレーペイントされたゲームキャラクターのララ・クロフトとデューク・ニューケムが入り口フラップの両側でガードしていた。デニスがせっせとソフトのコードを書いているのはいつもといっしょだが、しっかり服を着こんでいたのには驚かされた。

マンシプル兄弟はアラスカ生まれだ。両親は、ホームステッド法により自作農場を得た入植者だった。デニスとアーウィンはユーコン川沿いに広がる原野のなかの開拓を地で育ち、十代の間、人口百人を超える町に行ったこともなかった。隔絶した環境で人格形成期を過ごしたこと――小学校には〈無線〉通学をした――は、彼らの精神に決定的な影響をおよぼした。「あの兄弟、社会生活のイロハを知らないわけじゃないんだよ」ジュリー・シヴィクは一度、言ったことがある。「社会生活のイロハが、世間の連中の大半とは別物だってだけで」（同じことがぼくにも言えるかもと言ったら、ジュリーはこんなふうに違いを説明した。といっても、ぼくにはいまだによくわからないんだけど。「あんたはただ奇妙ってだけ」ジュリーは言った。「マンシプル兄弟はなんかヘンテコなんだ」)

デニスは服が大嫌いだった。極寒の地で生まれ育ったせいでもあるんだろうし、二十キロ以上も余計な肉がついてるからってこともあるんだろうけど、いつだろうが、たとえほかのひとにとってはパーカが必要なくらいに肌寒いときだろうと、やつにとっては暑くて暑くてたまらないのだった。で、なんの気兼ねもなく、やたらくだけた格好であちこちふらふらし、しかもどこかでほんのちょっとでも長居しようものなら、身に着けているわずかばかりの衣服をゆるめ、脱ぎはじめるという始末。デニスのテントに行ってみたら、上半身は腰痛《ようつう》防止用のサポーターのみ、下半身はパンツ一丁という格好をしているなんてこともざらにあった。でも、今日のデニスはボタンのついた本物のシャツを着て、短パンをはいていた。おまけに靴まで。

「デニス」ぼくは言った。「服を着てるんだ」テントのなかで鼻をきかせると、空気までさわやかだった。「風呂《ふろ》にも入ったのか」デニス相手だと平気でこんなことが言える。デニスは、何かに対して腹を立てるということがけっしてない人間だった。アーウィンが相手だと、もっと気を遣う必要がある。

「提督の命令だ」とデニス。提督とはジュリーのことだ。デニスはジュリーのことを、〈提督〉やら〈大将〉やら、ときには〈ビッチ女帝〉やら、テキトーな称号で呼んでいた。といっても最後の称号は、ジュリー本人からは歓迎されなかったんだけど。「今日から新しい従業員がくるんだとさ。女の子。少なくとも最初の一週間ぐらいは胸毛を見せるなというお達しがあった」

「新しい従業員？　どういうひと？」

デニスが肩をすくめた。「今月、至宝様がシアトルで会ったんだと」

「ジュリーは何も言ってなかったけど」

「なんで言う必要があるんだ？　おまえら夫婦か？」

「いや、でも……新しい従業員って何をするわけ？　何をさせるために雇ったんだろ？」

「知るか」とデニス。「だいたいおまえさんがなんのために雇われたのかさえ俺にはいまだにわかんねえけどな」

デニスはなんと言われようとちっとも気にしないタイプってだけじゃない。相手がむっとしようがなんだろうがちっとも気にしないタイプでもあった。けど、仕事内容のことでいじられてもしょうがないというか、別にデニスが悪いんじゃない。〈クリエイティブ・コンサルタント〉というのがリアリティファクトリーでのぼくの正式な肩書だった。ジュリーによると、これぞぼくのための役職らしい。ヴァーチャルリアリティの究極のありよう——ある想像上の宇宙があり、そこでさまざまなひとが出会い、交流し、ともに創造性を発揮する——をじかに経験してるから、というのがその理由。

実際のところ、それが事実と異なるのは明白だが——父が家を建てたのは輩《やから》を整理するためであって、創造性がどうのこうのという御託とはなんの関係もない——、いったんそれを呑《の》みこんでしまうと、これはこれで面白そうだと認めざるをえなかった。けど、何年も時代の先を行くようなプロジェクトのコンサルタントを務めるのは大変なんだ。

最初のVR体験は期待外れもいいところだった。『メトロポリス・オブ・ドゥーム』というクソゲーがそれで、安っぽい3Dゴーグルをつけ、手持ちサイズのトリガーボタンで操作する。ゴーグルをつけると、鮮紅色の3D線画で描出された都市らしき像が浮かび上がった。目に見えないコンベアベルトに乗って、街のメインストリートをじりじり進んでいく。すると、ジェット戦闘機と思《おぼ》しきピラミッド型の小さな飛行物体が〈ビル〉の間から飛びだし、こちらに向かってロケットを発射する。戦闘機を撃ちおとすのがゲームの目的だ。ゴーグルは人間の動きを感知するので、頭の向きを変えることで視野の中央に表示される十字線を移動させ、敵機に照準を合わせられる。しかし、モーションセンサーの感度が鈍すぎた。頭の向きを変えると、一拍間をおいてようやく十字線が移動した。ひとつめの戦闘機を撃ちおとすころには頭が痛くなった。それとゴーグルも曇った。

「ごめん」ぼくはジュリーに言った。眉から垂れる汗をぬぐいながら、ゴーグルをジュリーに返した。「こんなの手伝えない」

「そんなに早まらないで」とジュリー。「これはあたしの試作品じゃない。イメージだけつかんでもらおうと――」

「きみの説明、っていうかそれを聞いてぼくが思ってたのとはちがうんだよね。それと、家とはまるでちがう。家は現実じゃないけど、現実のような気がする。でも、これは……玩具《おもちゃ》としても出来がよくない」

「あたしもそう思う。でも、あたしのパートナーたちが制作中のVRシステムははるかにレベルが高いし、はるかにたくさんの先端技術を取り入れている」ジュリーは考えこんだ。「現実のような気がするって言ったけど、どれぐらい現実的なの？」

「ん？」

「家は現実じゃないけど、現実のような気がすると言ってたけどさ。その経験の質についてもっと知りたい。家のなかにいるときでも、あんたの五感はちゃんと機能してるんだよね？」

「うん。もちろん」

「なら、完全な幻覚みたいなもんか」

ぼくは顔をしかめた。「幻覚という言葉は不適切な気がする」

「適切な言葉で言ったら何？」

「なんだろ。そもそも適切な言葉があるかどうかもわからない」

「夢はどう？」とジュリー。「夢を見るのと似てる？」

「似てない。むしろ、きみの話を聞いて思いうかべてたヴァーチャルリアリティのほうが近いかも。想像上の場所だというのに自分はすっかり目覚めていて、ほかのひとたちもいっしょにいる、みたいな。でも」――ゴーグルを指差して――「これはまるっきり別物。だから、どう言えばいいかわからない」

ジュリーは少しもめげず、「紹介したげるから、あたしのパートナーたちに会ってみて」

未開の地で育ったというのに、マンシプル兄弟はハイテクノロジーに通じていた。

両親の自営農地は夏の間、太陽光発電により電気をまかなっていたし、一九七五年にはもう家にコンピュータだってあった。デニスとアーウィンの父親はアルテアの自作用キットを郵便で注文していた。兄弟は、アルテア、そしてどんどん高性能になっていく、その後続機とともに成長した。冬の長い夜は、プログラミングをして過ごした。とくにアーウィンは、古い機種の内部をよくいじっていた。一九九三年、兄弟は『ストーンシップ』なるフリーソフトのアドベンチャーゲームを共同制作し、大金を稼いだ(アーウィンはストーリーを創案し、デニスが実際のコードの大半を書いた)。この一件で二人は自信をつけ、これを本職としてやっていこうと心を決めた。二人はアラスカをあとにすると、ソフトウェア業界で一旗揚げてやろうという野心を胸に南下し、シアトルに居を定めた。カリフォルニアは暖かすぎるんじゃないかという不安があり、シリコンヴァレーはあきらめた。

ジュリーが彼らと知り合いになったのは、理学療法士のところで仕事をしていたときだった。腰痛持ちのデニスが治療のために通っていたのだ。兄弟は当時、というのは一九九四年の後半ということになるんだけど、シアトルに移りすんですでに一年以上が経過していたというのに、めぼしい成果をあげられずにいた。『ストーンシップ』でかなりの成功を収めていたこともあって、それに続く野心的プロジェクトに世間の目を向けさせようとはたらきかけてはみたものの、大手のソフト制作会社からの反応は鈍かった。稼いだ金もあらかた使いつくしていたし、そろそろシアトルでの生活に見切りをつけ、故郷に戻ろうかと考えはじめていた。ところが当時のジュリーは、自分自身、職業上の問題を抱えていたから（ジュリーと理学療法士はしばらく前からつきあっていたが、すでにその関係も終わりを告げ、あとはクビになるのを待つばかりだったし、おまけに住居からの立ち退《の》き期日まで目前に迫っていた）、兄弟を説得してリアリティファクトリーを設立させ、自分はまんまと業務管理者、資金調達主任、非公式のＣＥＯの座におさまった。

兄弟が開発したヴァーチャルリアリティ・システムはアイドロンと名づけられていた。『メトロポリス・オブ・ドゥーム』と同じく、こちらでも３Ｄゴーグルが用いられた。といっても、アーウィンにより特別な設計がなされていたから付け心地はよかったし、あっというまに曇ったりもしなかった。データグローブも付随していて、操作者の右手の動きに関する情報、指差しているのか、振っているのか、はたまたぎゅっとつかんでいるのか等々をアイドロンに伝えた。

たしかに『メトロポリス・オブ・ドゥーム』よりはマシだった。画像はフルカラーだったし、画面を構成するさまざまな形態は稠密《ちゅうみつ》で、質感も備えていた。ワイヤフレームじみた輪郭線だけ引いて一丁上がりっていうんじゃない。コンベアベルトに乗って移動するなんてのもなし。かわりに、画面内で自由自在に動けるようになっていた。くるりとターンしたり、上下に浮遊したり、前後左右にスライドしたり、データグローブをはめてジェスチャーすれば、そのまま画面に反映された。誰かがこちらを狙《ねら》って撃ってくるようなこともなかった。アイドロンのゴーグルのなかに広がっているのは戦争で荒廃した都市ではなく、玩具でいっぱいの遊戯室みたいなものだった。ポンポンよく弾むボールは、投げたり打ったりすることができたし、マジックマッシュルームをつつくと、床からスミレやタンポポが生えてきた。

にもかかわらず、やはりそれは家とはまるでちがっていた。画像の質は向上していたが、それでも現実というよりはマンガっぽかった。それと、見ることはできるが、触れることはできない。マジックマッシュルームをつつくのは空気をつついているようなものだ。花のにおいは嗅《か》げないし、ビニールの小さなアヒルを浮かべた池の水の味もわからない。最初にアイドロンを試したときには、ボールが弾む音さえ聞こえなかった。ゴーグルにはステレオイヤフォンが内蔵されていたが、アーウィンはまだそれを作動させてはいなかった。たしかに〈自由な〉動きにはちがいないが、ときには腹が立つほどのろくさかったり、ぎくしゃくしたりもした。とくに大量のタンポポの画像を描かせられ、コンピュータがへばってるときには。

そもそもこれで何をしようというのか、さっぱり意味がわからない。

「意味っていったら、エンドユーザーがこれやってみたいってことが意味なんだ、でいいじゃん」とジュリー。「そういうこと」

「まあ、それはそれでいいよ。でも、出来がよくないとかそういうんじゃないけど、ほんとにこれにお金を払うひとなんていると思う？　仮想世界でボール遊びをするだけなのに」

「わかってないねえ、アンドルー」とジュリー。「アイドロンは遊戯室じゃないよ」

「そう？」

「うん。アイドロンは遊戯室の制作者なんだ」ジュリーの説明によると、アイドロンは〈ソフトウェアエンジン〉であり、一種のプログラム言語であり、なおかつインタープリタでもあるらしい。「遊戯室は応用例のひとつにすぎない。デモ。けど、このソフトウェアエンジンを使えば、お好みの理由でお好みの〈地理〉を設計できる。なわけで、あんたが不動産の開発業者で、まだ青写真のなかにしかないビルの内部を見せに誰かを連れていきたいと思ってるとする。アイドロンを使えばそれができる。あるいは、仮想世界でボール遊びを、ただし自分だけの物理法則を適用させてやってみたいと思うかもしれない。アイドロンならそれもできるってわけ」

「うーむ」聞かされた例がたいしておもしろいとは思えなかった。口に出しては言わなかったけど。でも、ジュリーはぼくの反応の薄さに気づき、すぐさま別の例をもちだしてきた。で、たしかにそれはぼくの興味を惹《ひ》いた。

「あるいは」とジュリー。「あんたは怪我《けが》してるかもしれない」

「怪我？　どうして怪我してるの？」

「たとえば事故とか。脊髄《せきずい》を損傷したせいで体の一部が麻痺《まひ》し、脚の感覚もない。一生、車椅子《くるまいす》で過ごさなければならないかもしれない。でも、これがあれば」——ジュリーはデータグローブの甲を指でコツコツ叩く——「好きなときに立ち上がってダンスできる」

「エンジンが完成したらそんなことが可能になるってこと？」

「そう」ジュリーが笑みを浮かべた。「だから、わかるよね。ただの高価な玩具なんかじゃない。適切なアプリケーションさえあれば、より充実した人生を送るためのツールにだってなる」

より充実した人生を送るためのツール……。ぼくはそのフレーズが気に入った。

「いい感じだね」ぼくは言った。「けど、実際は誰がそんなアプリケーションをプログラムするんだろ？　だって——」

「エンドユーザー」ジュリーが言った。

「車椅子のひと？」

ジュリーがうなずいた。「プログラミング・インターフェースの完成バージョンは、すごく直感的になるし、すごく使いやすくなる。ヘッドセットとグローブを使えばまるっきり新しい〈地理〉を定義し、創造できる」

ぼくは興味を惹かれた。アンディ・ゲージの頭のなかだと、家や土地を変更していいのはぼくの父だけだった。でも、どうやらこれを使えば、ぼく自身も同じ力を行使できるらしい。

「実際どういうもんか、やらせてもらえるかな？」ぼくはまたゴーグルとデータグローブを手に取ろうとしたが、ジュリーに止められた。「あくまでも完成版ではってこと。これ、まだ完成してない」

「えっ……試しにできるテスト版とかもない？」

「うん。ごめん。デニスはアイドロンのコアエンジンの制作をまだつづけてるし、いまのとこ、アプリケーションはそれぞれでコード化しなきゃいけない。単純化された地理エディタ——名前はランドスケーパー——の完成は、まだ先の話だね」

の？」

「先ってどれぐらい？」突如、疑念が湧《わ》いてきた。「アイドロンはいつできる予定な

「いつできるかって？　とにかくできあがったときだよ」

二、三カ月に一度、デニスは新規のデモ・プログラムをやっつけで形にしては、未完成の状態にとどまっているアイドロン・エンジンの最新バージョンとして披露した。潜在的投資家をおびきよせるための餌《えさ》。リアリティファクトリーが提供できる、ブツとしての製品にいちばん近いものは何かといったら、このデモということになる。ぼくがコンサルタントっぽくふるまう唯一《ゆいいつ》の機会でもあった。デニスがコード化にとりかかるに際し、ジュリーはぼくも彼といっしょにすわらせ、デモに何を取り入れるべきか、なんらかのサジェスチョンを訊《き》きだそうとした。でも、ブレーンストーミングが長時間に及ぶことはなかった。しかもぼくの提案の大半は、デニスが実行しようとしてもできないものばかりだった。「宇宙船エンタープライズ号のホロデッキじゃねえんだよ！」挙句の果てに堪忍袋《かんにんぶくろ》の緒が切れ、ついにはぼくをどやしつけておしまい。「においが感じられるようなプログラムとか無理にきまってんだろ！」

というわけでぼくはほぼすべての時間を費やし、コンサルタント以外の仕事をしていた。アーウィンがハードを組み立てたり解体したりするのを手伝い、デニスのため

に、データ列を入力し、ジュリーのために使い走りをし、屋根の水漏れ箇所を修理し、その他のメンテナンス業務をこなした。たとえば、簡易便器《ハニーバケット》を空にしたりだとか。ジュリーもマンシプル兄弟もその手の仕事となるといっさい手をつけようとはしなかった。そんなこんなで始終何かにかしていたし、時給六ドル分の仕事ぐらいはしっかりやってるという手ごたえもあった。それはそうなんだけど、だからといってほかにたいして雑用があるわけでもなく、いったい五人目の従業員が何をするのかさっぱりわからなかった。

「おそらくインターフェース・デザインについてそれなりの知識があるんだろう」ぼくがさらに質問を続けると、デニスはこう言った。

「インターフェース・デザイン？　彼女はプログラマってこと？」

「最高司令官はそうお考えのようだ」

「で、彼女はきみといっしょに仕事をすると？」

「いっしょに仕事をするのはおまえのほうかもな」とデニス。「俺が彼女をプログラマと認めるかどうか次第だ」

「いよいよランドスケーパーを実装するってこと？」

「かもしれない」それからその質問についてもう少し真剣に考え、付け加えた。「であってほしいね。エンジン自体については手助け不要っていうか」

「ああ、そりゃそうだろうさ」アダムが観覧台から割りこんだ。「あいつは四年間、そればっかやってたんだぜ。それで手助けが必要だとか誰が思うんだよ」

「静かに」

デニスがくるりと椅子を回転させ、ぼくと向き合った。「なんだ？」

「なんでもない」

「頭の奥の見物席からコメントでも届いたか？」

「アダムがわめいただけ」

「ああ、そうかい」デニスは家のことを知っていたが、ほんとに信じてるのかどうかはわからない。ぼくがアダムや父と話している声を耳にするたび、〈どうせこいつ精神病っぽい外見を見せつけようとしてるだけなんじゃね〉的な態度をとった。

ペニー・ドライヴァーはそれから十五分ほどしてファクトリーにやってきた。ぼくは自分のテントに戻り、さらに何度かネットにつなごうとしてみたのだけど、やっぱりうまくいかなかった。アーウィンを探そうとしてまた外に出たとき、彼女を目にした。

ペニーは小屋の横手のドアから入ってきた（小屋には正面のドアもあった。ガレージ風のドアで大型トラックが通りぬけられるくらい大きかったが、一度開けてしまうと二日がかりで閉めなければならず、いまでは誰もがそこを壁だと思うようにしていた)。彼女は戸口のすぐ内側に立っていた。後ろに回した一方の手でまだドアノブをつかんでいて、何かあれば即、また外に飛びだす気でいるようだった。おそらくジュリーは、行先に何が待ちうけているか彼女に話していなかったのだろう。

「探してる場所はここでまちがいないよ」ぼくはそう呼びかけた。

ぼくの声を耳にした瞬間、彼女は文字どおり飛びあがって驚いた。床からほんの少しだけ足を浮かせ、キーッという甲高い悲鳴まで洩《も》らして。それから空いてるほうの手をもちあげ、胸に押しあてた。ショックで心臓が止まりそうになったかのようだ。

「ごめん」ぼくはゆっくりと彼女に近づいた。ジェイクに対してそうするように。「ごめん。驚かすつもりはなかった。でも、ここはまちがいなくリアリティファクトリーだと伝えたくて。きみがリアリティファクトリーを探してるのならだけど」

ぼくは手を差しだした。が、彼女は応じようとはしなかった。瞬時にして驚きは消え去り、彼女はひたすら困惑を露《あら》わにし、ただぼくを見つめた。ショッピングカートのなかに入れた記憶のない豆の缶詰でも見るような目で。ほかにどうしていいかわからず、ぼくも見つめかえした。

彼女はとても小柄で、身長は百五十センチをわずかに上回るぐらいだし、体つきもきゃしゃだった。色褪《いろあ》せたグレイのセーターはだらりと垂れ、裾《すそ》がひざのあたりまできていた。しわだらけのブルージーンズ。短く刈った髪はグチャグチャだった。長々と眠り、いましがたベッドから転がりでたみたいだ。それなのに目は充血し、その下にはくまができていた。

突然、彼女はドアノブを離すと、正面で腕を組み、すばやく三歩だけ歩みでた。ぼくは彼女の迅速すぎる動きに恐れをなし、思わず横に飛びのいた。彼女はぼくのことを無視し、ぐるりと首《こうべ》をめぐらせ、小屋のずっと奥まで見渡した。テント、染みだらけの天井板、雨漏りを溜《た》めておくバケツ、捨てきれず、遠くの隅に寄せあつめてある錆《さ》びかけのスクラップ片、うねうねと蛇行する、防水の絶縁体で覆《おお》われたケーブル。

彼女が唇をゆがめた。

「クソふざけやがって」彼女が言った。「ど腐れマンコなクソ穴かよ」

「いまなんて？」

「聞こえただろ」アダムが嬉々《きき》として言った。「彼女のどの言葉にひっかかってんだ、〈ど腐れマンコ〉か、それとも〈クソ穴〉か？」

ペニーは腕組みをやめた。目をパチクリさせ、またこちらを向くと、隣にぼくがいるのに気づいてあらためてぎょっとしたようだった。今度は飛びあがりもしなかったし、キーッと悲鳴をあげたりもせず、さっと後ずさった。さっき進みでたときと負けず劣らずの唐突さで。またドアに背中を向け、おずおずと手を振って挨拶《あいさつ》した。

「ハイ」彼女が言った。

「ハイ」ぼくが返した。

「ハロー」とアダム。「誰か、パレードを見たやついるか？」

ジュリーが二つのテントの間から姿を見せ、むっつりした表情のアーウィンが続いた。「ハイ、ペニー！」それからジュリーはぼくにうなずきかけ、付け加えた。「もう二人は顔合わせしたみたいだね」

「まあ、そうかな」奇妙なふるまいだらけの朝だった。ジュリーがこちらにやってきたとき、これはほんとうにほんとうの話なんだけど、ぼくは彼女の表情にどこか不自然さを感じた。なんだかしてやったりという微笑み、目に浮かぶひそかな喜び。でもぼくはその考えを払いのけた。いや、さっきまでやっていたアーウィンとの喧嘩の余韻に浸ってるだけなんだろと考えながら。アダムならまた別の見解を口にしたかもしれないが、やつはまだペニーのほうにすっかり気をとられていた。

「それじゃ」ジュリーがぼくたちのそばに立った。「正式な紹介をしておくか。アンドルー・ゲージ、こちらはペニー・ドライヴァー。ペニー、こちらはアンドルー」

「どうぞよろしく、ペニー」もう一度、握手を求めた。今度はペニーも応じてくれた。明らかにいやいやではあったけど。一度だけそっと握りしめ、それから手を離した。

「なんだけど」とジュリー。「ペニーはマウスと呼ばれたがってる」

「いや、そうじゃない」観覧台からアダムが指摘した。「彼女が尻込《しりご》みしたのを見たか？　マウスと呼ばれるのを嫌がってるんだ」

「アダム」大きな声を出さないよう気をつけて尋ねた。「今朝のジュリーは変だと思わないか？　ジュリーの表情ときたら、なんというか――」

「ハイ、マウス！」デニス・マンシプルの声がとどろいた。テントから出てきたデニスは、上から三つまでシャツのボタンをはずしていて、それを目にした途端、ジュリーは顔をしかめた。「デニス！」かみつくような調子で言い、自分のブラウスの襟をつまんで合わせた。

デニスはそのサインを無視した。胸毛をすっかりさらしながらペニーにどかどか近寄り、荒っぽく手をつかむと、その拍子にペニーは倒れそうになった。「よろしく、マウス！」

「あいつは彼女が好きなんだよ」アダムがにやにやした。「彼女のことをセクシーだと思ってる。でも彼女のほうはデニスのことをデカデブゲロゲロのブタ坊やだと思ってる」

最後の部分は、アダムに投影されたデニスの像なのかもしれない。まあ、実際、デニスと握手したときのペニーときたら、汚らしい何かに指を突っこんだかのような顔をしていたんだけど。「けど、ジュリーのほうはどうだと思う、アダム？」

「さあね」とアダム。「彼女は普段から少々ブッ飛んでるし、別になんでもないのかもしれない。でなけりゃなんかアホな思いつきで、おまえたち二人をくっつけてやろうとしてるのかも」

「ぼくたち二人って、ぼくとペニーのことか？　彼氏と彼女みたいに」

「まあな」さらににやにや。「〈彼氏と彼女みたいに〉そうかもしれない……でなきゃ、ジュリーもパレードを見たのかも」

「パレードってなんだ？　なんの話？」

「よーく見とくんだな」とアダム。「そのうちわかるって」

デニスはまだ握手したままだった。一日中でも握手しっぱなしでいるつもりらしい。

「もう充分！」とジュリー。二人の間に割って入り、デニスのシャツの大きくはだけた胸元に向けていらだたしげに手を振った。「さっきどうしろって言ったっけ？」

「幾重にもお詫《わ》びいたします、ああ、偉大なるお方」とデニスは言うと自分からボタンをはめはした。ただしのろのろと時間をかけて。

「ドアホ」ジュリーはペニーに顔を向けると、申し訳なさそうに微笑んだ。「ごめんね」ジュリーが言った。「見たとおりで、うちはすごくだけてんの。ときどきちょっとくだけすぎかな。こっちのヌーディストはデニス・マンシプル。で、あっちのミスター・ふくれっ面《つら》は彼の弟のアーウィン」

アーウィンはぼくたちから優に十歩分以上は後方にいて、ペニーと握手しようとも、それどころか挨拶がわりに会釈《えしゃく》しようとさえしなかった。ただむっつりしてただけ。

「さてこれで全員と会ったし」ジュリーがつづけた。「ビッグテントに戻って、システムでも試してみない？　デモとかやってみたら、これからどういう仕事をすることになるのかなんとなくつかめるんじゃないかな」

「わかった」ペニーが同意した。それだけはぜったいに嫌だとでもいうような口調だったが、ジュリーがひじをつかみ、先に立ってどんどん進んでいくので、最後に一度振りむき、自分がさっき通ってきた戸口のほうに切なげな顔で目をやったきり、あとは観念したように引きずられていった。

その名前が示しているように、ビッグテントはファクトリーで最大のテントだった。

テントは小屋の南端に、壁に対してはすかいに張られていた。そうしないと支柱の列の間にうまく収まらないのだ。もともとは陸軍の食堂用テントだったのだが、ぼくたちは塗料を塗りつけ、サーカスの大テントっぽくした(ジュリーとアーウィンがいかにもめんどくさそうに取りかかったものの、その後はぼくひとりで作業をした。サーカスのテントを模した紅白の縞模様《しまもよう》なんて一瞬で面白味を失う)。ファクトリーの備品の大半がここに保管されていた。ネットワーク化されたCG制作用ワークステーション群もそうだった。ジュリーのおじさんが、トラックの荷台から機材が道端に落ちるのを目にし、それを拾ってきたのだった。

ビッグテントはぼくの寝室かってぐらいにごちゃつき、かつての小屋のありさまを彷彿《ほうふつ》とさせるぐらいにとっちらかっていた。とはいえ、無秩序さは複数の階層をなしていて、テントのなかに入ってみると、ジュリーがアーウィンと口喧嘩していた理由がなんとなく察せられた。一夜明けたら、ワークステーションの一台が中身をすっかり取りだされ、そのパーツが作業台を覆っていたという次第。よくある話ではあった。アーウィンはしょっちゅうコンピュータのなかのどれかをオフラインにし、バラバラにして部品を交換していた。さらにもうちょっとだけ余分にパフォーマンスを絞りだすつもりで。だが、マシンのひとつを停止させれば、ネットワークを構成するその他の部分にいろいろと問題が生じかねない。とりわけこれからデモを走らせようというときには。というわけで、ジュリーは、今日はシステムをフル稼働《かどう》させたいとあらかじめアーウィンに言っておくのを忘れたか、あるいは、むしろこちらのほうがありそうなのだが、アーウィンがそれを聞いていなかったかのどちらかだった。

テントのなかに並べられた機材を目にしたペニーは、別の奇妙な反応を示した。ひじをつかんでいるジュリーの手を振りほどくと、作業台に近づき、大量のコンピュータのパーツについていかにも権威者っぽい口調で意見を述べた。ペニーが何を言ったのかはよくわからなかった。科学技術用語満載の言葉は、ビットウェアハウスの元従業員なら精通していて然《しか》るべきだが、ぼくにはまったくちんぷんかんぷんだった。でもアーウィンはそれを聞いて深く感じ入ったようで、さっきまでのふくれっ面《つら》はどこへやら、いまはずいぶんと気をとりなおしていた。

「そのとおり」アーウィンはペニーに言った。「前に扱ったことがあるのか?」

その問いに答えるかわりに、ペニーは他のワークステーション、分解されていない二台を調べた。一台のコンピュータの前に行くと、プラスチックと金属でできた外カバーのざらざらした箇所に親指を走らせた。「ブランド名を紙やすりで削りおとしたの?」そう尋ねた。

「最初からそうだったんだ」ジュリーが大声を発した。「それも条件のひとつ。特別な取引の」

「だな」とアダム。「九〇パーセントオフ、シリアルナンバーなし……」

「静かに」

ペニーがこちらを見つめていた。

「おっと」ぼくが言った。「ごめん、きみに言ったんじゃない」

「アンドルーは頭のなかから声が聞こえるんだ」デニスがにやにやしながら説明した。

「そこに家族がいるんだと」

「家族……？」

「いろいろ複雑なんだ」とジュリー。余計なことを言うなとばかりにデニスをにらんだ。「アンドルーが自分で説明してくれるよ。本人がその気になりさえすれば」

まるっきりそんな気にはなれなかった。とにかくあのときは。「じゃあ」ぼくが言った。話題を変えようとして。「どのデモを走らせる？」

デニスは端末の前に腰を下ろし、いくつかキーを叩《たた》いた。「〈ダンシング障害者〉はどうだ？」そう提案した。「おまえ好きだろ？」

ぼくが最初にアイドロンを試したとき、ジュリーはぼくの関心をつなぎとめようとしてその場で適当な話をでっちあげたって話は前にしたはずだけど、〈ダンシング障害者〉というのは、そのアイデアをもとにしてできたアプリケーションのデモ・バージョンだった。下半身が麻痺したひとのためのアプリケーションで、〈ランドスケーパー〉なる、ヘッドセットとグローブの組み合わせからなるインターフェース機器を使って、自分自身をプログラムに取りこむのだ。インターフェースはまだ完成していなかったけど、アプリケーションそのものについて何度もぼくがうるさく訊くものだから、根負けしたジュリーはデニスに指示し、やっとこさデモ版をコード化させた。復員軍人庁の代表にプレゼンしたところ（〈ダンシング障害者〉という呼び名は彼の前で口にしないよう注意したけど）、ものすごく気に入ってもらえて、研究用助成金として五千ドル支給される運びとなった。

「いいね」とぼく。「それで行こう」

「わかった」とジュリー。「アンドルー、車椅子のひとの役をやってくれる？　あたしたちはペニーにデータスーツを着せるから」

データスーツはデータグローブの全身バージョンだった。リアリティファクトリーにはデータスーツが三着あり、それぞれサイズが異なっていた。大柄の大人用、小柄な大人用、子供用という具合に。ジュリーはペニーのために子供用のデータスーツをつかんだ。

「これは脱がないとね、マウス」ペニーのブカブカのセーターの袖《そで》を引っぱり、ジュリーが言った。ペニーはまたぎくりとし、いっさいジュリーの指示には従おうとしなかった。「さあ」ジュリーがうながした。「手伝ったげる……」ペニーの背後に寄り、セーターの腰のあたりをつかむとぐっと引き上げた。

一瞬、ペニーは身を固くし、セーターを脱がせまいとした。彼女の顔に信じられないほどの素早さでさまざまな表情が浮かんでは消えた。怖がるべきか、激昂《げっこう》すべきか、それとも従順になるべきか決めかねているかのように。しかも、あのときぼくは、ほんの一瞬だけ、とてつもなく激しい怒りをたしかに見た、というか、見たような気がした。ペニーがくるりと振りむき、自分の服を脱がせようとしたという理由で、ジュリーを殴りつけるんじゃないかと思ってしまったくらいだ。でも、その怒りは一瞬で消え去った。怒りの表情は、出現したときと同じく、瞬時に消え去った。その後のペニーは相手に身をまかせているだけで、ジュリーが彼女の両腕を宙にもちあげ、セーターを上にずらし、首から抜きとったときもおとなしくしていた。

下にはたいして身に着けていなかった。実際のところ、セーターの下に身に着けていたのは極小のタンクトップだけだった。肩と鎖骨はむきだしで、まちがいなくノーブラだ。タンクトップは明るいピンク色で、フロントには〈ファックドール〉とプリントされていた。それを読んだときぼくは顔を赤くしたにちがいない。ぼくが顔を赤らめ、デニスが口笛を吹くと、ペニーはまるで裸を見られたように両腕を胸の前で交差させた。一方でジュリーはペニーの背後にしゃがみこんでいたので、前のほうでくりひろげられた一連の出来事にはまったく気づかないまま、データスーツの下半身にペニーの脚を入れようとしていた。「右足を上げてくれる、マウス……マウス？」

ぼくは、デモで自分の役を演じるために使う車椅子を取りにいった。車椅子自体はごくごく普通——これまた軍の余剰物資——だった。だが、それに付随するデータグローブは、個々の指の動きを四肢の動きとして解釈するよう特別にプログラムされていた。車椅子にすわり、アーウィンの助けを借りてデータグローブをネットワークにつなぐと、デニスは端末のキーをたたき、コンピュータ生成のマネキンっぽい人物を前のモニタに出現させた。グローブのなかの人差し指を曲げると、マネキンは左脚を上げ、後ろに蹴《け》った。中指を曲げると、マネキン像は右脚を上げた。車椅子のアームレストのセンサーパッドを人差し指と中指で同時にたたくと、マネキン像はビシッと両足を合わせ、ジャンプした。親指と小指を振ると、マネキンは両腕を振った。

「いいんじゃないか」デニスが言い、つづいてペニーに注意を向けた。さんざん説得したあげく、ようやくジュリーはペニーをデータスーツにすっぽり収め、ジッパーを引き上げた。この部分のシステムチェックにはより時間がかかった。というのも、データスーツをチェックするには、着用している人間が片足で立ったり、ぴょんぴょん跳んだり、腕を振ったりなどなど、さまざまな動きをする必要があるんだけど、ペニーはひどくもじもじしていたのだから。でも最終的には、ジュリーからさらに何度もせっつかれ、チェックは無事終了した。

今度はヘッドセットをつけなければならなかった。前にも言ったけど、アーウィンの設計により着け心地はよくなっていたが、それでも着けはじめというか、スイッチがまだ入っていないときには多少、閉所恐怖症的な感覚をおぼえた。言ってみれば、ケーブルが付属した重い目隠し。アーウィンがヘッドセットの後ろのストラップを調整すると、ジュリーのつぶやきが聞こえてきた。「リラックスして、マウス。一瞬、真っ暗になるだけだから」

アーウィンがヘッドセットをネットワークに接続し、スイッチを入れた。３Ｄのテストパターンが目の前に出現した。デニスがサウンドチェックを実行した。目には見えない機関車がまずは左耳、次に右耳のそばをガタゴト通りすぎ、それから両耳のそばを同時に走った。ぼくはデニスに向けて親指を突きだした。

「オッケー」とデニス。「はじめっか……」デニスが最後のシークエンスをタップしおえると、ぼくはデータグローブのなかの人差し指と中指を湾曲させ、すわっている男の脚のように折りまげた。

テストパターンが切りかわり、一人称視点で捉《とら》えられたアイドロン世界が画面に表示された。このデモの場合、巨大な舞踏室が映しだされ、チェッカーボードのような白黒二色の床は、青い大理石の支柱にぐるりと囲まれていた。舞踏室には天井も壁もなかった。舞踏室は虚空《こくう》のなかに浮かんでいた。虚空はというと、最初はどんよりとした赤なのだが、デモの進行にともない、朝焼けさながら徐々に輝きを増し、その色彩を変えていった。

頭を下にパンし、〈自分自身〉をじっくりと眺めた。ほんとうのぼくではなく、アイドロンのぼく、アニメーション画像の車椅子に乗ったマネキン像としてのぼくだ。そこで創造される幻覚は驚くほどに説得力があった。ほんとうならもっと真に迫ってたはずなんだけど、マネキンの脚の位置が現実と微妙にちがっているのが感じられ、その分だけ説得力はそがれた。人差し指をさっと振ると、現実の脚はずっと動かないままなのに、アイドロンのアンドルーは左足を前に振り上げ、自分は別に障害者でもなんでもないんだと証明した。

見上げると、アイドロンのペニーがダンスフロアの反対側でぼくと向き合っていた。アイドロンのペニーは現実のペニーよりも背が高かった。腕と脚も太く、大柄で、胸もずっと大きかった。どこかの水着モデルの顔をデニスがスキャンしてコンピュータに取りこみ、テクスチャーマッピングで三次元化した顔。表情にはまったく変化がない。顔自体は似ても似つかないが、動きはペニーのそれだった。ぎこちない足取りで移動し、腕を組み、組んだ手を戻し、怪物がいつ背後に出現するか気になってしかたがないとでもいうように肩越しに背後をちらちら見ていた。

音楽がはじまった。曲はライル・ラヴェットの〈ワルツを踊る愚か者〉。ピアノとギターのスローなバラードで、ちょっと悲しげな曲だけどぼくはとても好きだった。最初の旋律が流れた瞬間、人差し指と中指をまっすぐ伸ばした。現実世界では車椅子にすわったままなのに、アイドロンの世界にいるアイドロンのアンドルーは健康な両脚で堂々と立っていた。時計と逆回りに手をひねり、人差し指を横に振った。アイドロンのアンドルーはなかば振りかえり、車椅子を蹴りつけ、すると車椅子は粉々になり、ハトの群れになって宙に飛びたち、舞踏室で旋回しはじめ、大理石の支柱の間を行ったりきたりした。時計回りに手をひねり、人差し指の前で親指を曲げ、前に向けた手の先を下げた。アイドロンのアンドルーはふたたびアイドロンのペニーと向き合い、左腕を腰の前で横に伸ばし、おじぎをした。

アイドロンのアンドルーはアイドロンのペニーとの距離を慎重に保っていた。もしぼくがペニーに近づいていたら、デモに組みこまれたサブルーチンが作動し、ぼくたち二人のアイドロンは手をつなぎ、いっしょにダンスしていただろう。だが、現実の世界で実際に接触していないならば、相手と触れ合っているという感覚は得られないし、目には見えるけど手では触れられない誰かと抱き合うというのは不条理な経験だから、ペニーなら絶対に激しいパニックに陥るだろうと思ったのだ。そこでぼくは離れたところにいて、彼女とともにエアダンスをしていた。アイドロンのアンドルーは右腕を横に突きだし、前にもってきた左腕を何かを抱えているように曲げ、音楽に合わせて体を揺らしていた。アイドロンのペニーも体を揺らしていたが、こちらは腕を上げようとはせず、不安げな面持ちで見上げ、ハトの様子をうかがっていた。

そのときデニスの声が割りこみ、ヘッドセットのスピーカーから響きわたった。

「タルくてたまらん！」ライル・ラヴェットのソフトなバラードがブツンと途切れ、それにかわってローリング・ストーンズの〈ブラウン・シュガー〉が流れてきた。ぼくが反射的に頭をぱっと動かすと、その拍子にヘッドセットの何かのコードがはずれた。ゴーグルのなかが真っ暗になった。イヤフォンからはなおも轟音《ごうおん》が流れてくる。

「ふざけんなよ、デニス！」ぼくはヘッドセットをはずそうと手を伸ばした。デニスはぼくの文句になど耳も貸さなかった。ただぽかんとした顔でペニーを見ていた。ペニーはまだヘッドセットをつけて踊っていた。だが、そのダンスはさっきまでとは別ものだった。

さっきまでのもじもじした揺れは跡形もなく消えていた。これまでの内気さはどこへやら、ペニーは、腰、腕、脚、手、足、そのすべてをビートに合わせてくねらせ、全身を使って激しく動いていた。なんというか、アダムが後になって指摘したように、突然、タンクトップに記されていた例のスローガンがそこまで不似合いというわけでもないように思えてきた。

デニスは固まったままじっと見つめていた。アーウィンも見つめていた。ぼくも見つめていた。ぼくたちのなかでペニーを見つめていないのはジュリーだけだった。というのはぼくを見つめていたから。あの妙な笑みを顔に浮かべて。ようやくぼくはそれに気づいた。そしてぼくが気づいたらしいと察したジュリーは、ペニーのほうへさっと頭を振り、眉《まゆ》を吊《つ》り上げた。「で、あんたはどう思う？」とでも問いかけるように。

「アダム」ぼくは言った。「いったいどうなってるんだ？」

「いやはや、アンドルー、なんだろうねえ」厭味《いやみ》ったらしさ全開でアダムが応じた。「俺の頭がまだまともなままだったら、ペニーは別の人間になったみたいだとでも思うんじゃないか。でなければ、何人もの別の人間になったみたいだと」アダムはげらげら笑い、付け加えた。「パレード、最高。だよな？」

第二の書　マウス

4

マウスは見知らぬ家の見知らぬベッドに寝ている。手は、見たこともない男の太腿《ふともも》の間にはさまり、ぎゅっと押しつけられている。今日が何曜日なのか、ここがどこの街なのかもわからない。どうやってここにきたのかも。

一瞬前は日曜日の夕方だった。四月二十日。自分のアパートメントのキッチンにすわり、『シアトルタイムズ』紙で上映中の映画欄をチェックしていた。グラスで赤ワインを飲みながら。いい考えのはずはないが、飲みたいという欲求は圧倒的だったし、誰が置いたのか、シンクの上の食器棚には栓を開けたボトルがあった。そこでマウスは自分でグラスに注ぎ、ひと口すすり、上映開始時間の列に沿って指を下に這《は》わせ、『イングリッシュ・ペイシェント』にしようか、それともジム・キャリーの新作にしようかと頭を悩ませた。

——そしていま、マウスはそこにいない。意識を喪失したという感覚はない。まばたきしただけだというのに、いきなりすべてが変わってしまった。それまでちゃんと服を着てすわっていたというのに、いまは裸で脇《わき》を下にして横になっている。ワインの新鮮な味はウォッカとタバコの不快な後味に変わっている。マウスは蒸留酒《ハードリカー》もタバコもやらない。なのに後味には馴染《なじ》みがある。まるで普段からどちらも、それも大量にたしなんでいるかのように。指の下の新聞紙の冷たいざらつきは手を握りしめる温かい肉の感触に変わっていた。見知らぬ人間の顔が自分の顔からほんの少し離れたところに出現し、いびきとともにジン臭い息を発していた。

マウスは叫ばない。そうしたいのだが、生まれてから何度となく時間の喪失――そして事実の隠蔽《いんぺい》――に悩まされてきたせいで、反応を制御する術《すべ》をすでに身につけてしまっていた。マウスは心のなかで叫んだ。実際にはただキーッという声が洩《も》れただけだった。しゃっくりじみた短く鋭い音。しかもこの音でさえも響きわたったりはしなかった。というのも、すぐさま唇をきつく閉ざし、音が大きくなる前に封じこめてしまったのだから。

これはひどいやつだ。もちろん、時間の喪失がいいなどということは絶対にない。それは異常さの徴候だし、だとするならば、自分がどれほど役立たずでみじめな人間なのかを示す証拠でもある。だが、ひどさにもさまざまな程度がある。気がつくと見知らぬ男といっしょのベッドにいるのは、ひどさのなかでも下の下の部類に属する。とはいえ最低最悪ではない。少なくとも見知らぬ男は寝ているし、自分の手が相手にふれているだけだ。時間を喪失してはっと気づくと、きつく抱かれていることもあったし、親密な会話の真っ最中ということもあった。一度など、男がマウスの上にのっかっていて、マウスの脚を押しひらいていた。そのときはさすがに大きな悲鳴をあげたが。

これはそこまでひどくはないが、充分ひどくはあった。とはいえ、マウスがこう考えているとき、気づいたらこんな状況にいるなんて自分はどこまでひどい異常者なんだろうと考えているときでさえ、マウスが〈案内人〉だと考えている、精神の別の部分はそこに距離を置き、恐怖と自己嫌悪《けんお》を超え出て、冷静に分析的思考をめぐらし、時間と空間のなかに自らを再び位置づけようとしている。朝のようだ。この小さな寝室の窓からぼんやりした灰色の光が漏れでているところからすると、いまは夜明けらしい。何曜日の朝かは推測しがたい。月曜の朝だったらいいのだが。それならば失ったのはひと晩にすぎない。だが主観的に言うと、一日を失うのもまるまる一週間失うのもまったく同じだった。そしてマウスは、これまでまる一週間、それどころかまるひと月失ったこともあった。一度、マウスがもっと幼かったとき、まる一年を失った。

持続期間がどうあれ、すべての時間喪失後の感覚はまったく同じだった。その間の時間は存在しなかったとしか思えなかった。

とはいえ、それを知るための方法はいくつかあった。自由なほうの手で頭皮にふれ、毛が伸びているかどうかたしかめた。マウスは髪をできるだけショートにし、ほったらかしにしているのが好きだった。しかし、意識喪失の時期はそんなことも忘れてしまう。ヘアスタイルの急激な変化は往々にして、かなりの時間が失われたという事実を示す最初の手がかりとなる。今回、髪の長さは変わっていないようだ。それから日曜の昼食のとき頬の内側を噛《か》んだのを思いだす。舌で探ると、まだ傷は残っていて、強烈な痛みが走った。

それならば月曜の朝だ。おそらくはそうだろう。もしその夜の大半をとなりの見知らぬ男と……ともにしていたら……そんなに遠くまで移動したはずはない。きっとここはシアトルエリア内のはずだ。しかも家に近い。よくもあれば悪くもある。いい点はこうだ。どうやって家に帰ればいいか、あまり頭を悩ませずにすみそうだ。悪い点はこうだ。自分がどこに住んでいるか、こいつに話してしまったかもしれない。

自由にならないほうの手を引く。楽に抜けるが、その際、前腕が冷たいゴムの塊にふれた。ベッドシーツの上の使用済みコンドーム。押しとどめる間もなく、口から嫌悪の叫びが洩れる。

見知らぬ男の閉じたままのまぶたの下で眼球が動く。男の手が上にきて、彼の口と鼻にふれる。鼻息が荒くなる。マウスが息を呑《の》むと、男はぐるりと転がり、こちらに背を向ける。ふたたび眠りに陥るが、いびきの音は変化していた。より浅く、真の目覚めにより近づいている。

恐怖で身がすくむ前に、〈案内人〉が行動をうながす。マウスは軽い。マットレスの端から滑りおちてもベッドスプリングはほとんど認識しない。最後は床にしゃがみこみ、そこで耳をすましながらじっと待つ。だが、このとき見知らぬ男はなんの反応も示さない。

マウスの服は寝室のドアのそばにある。ともかくも靴とジーンズは。黒いレースのパンティーとピンクのタンクトップは見覚えがないが、同じ山の一部なのだからやはり自分のものとみなすべきなのだろう。ブラがないのに気づき、一瞬、イラッとする。マウスは小柄だし、実際にはする必要もなかったのだが、ブラなしだとだらしなく見えると彼女は思う。もっとも、だらしない格好だからといって文句の言えるような立場でもない。

できるかぎりすばやく、音をたてずに服を着る。他の所持品がないかどうか部屋を見回す。そもそも何を所持していたかはっきりしない以上、何か忘れ物をしていないかどうかわかるはずもない。だが、マウスはほかの所持品はないと最終的に結論づける。何か置きわすれたとしても、それが埋め合わせがきくものであることを祈るしかない。

服を着て出発の準備が整うと、寝室のドアの裏にかかっている鏡で自分の見た目をチェックし、タンクトップのフロントにプリントされたわいせつなフレーズにはじめて気がつく。最初、マウスはこれがトリックだと思う。その文句はなんらかの方法で鏡の表面に記されているにちがいない。夜明けにこの部屋からこそこそ出ていくような女に対する悪罵《あくば》だか訓戒だかとして。だが、そうじゃない。マウスは見下ろす。言葉は彼女の衣服の上に、彼女の上に記されている。

このままでは外に出られない。不安が急旋回する渦となって上昇し、マウスは振りむき、もう一度部屋を見渡した。ベッドわきのドレッサーの上にセーターが無造作に脱ぎすてられ、だらりと垂れていた。マウスのセーターではない。大きすぎる。それでも家に帰るまで体を覆《おお》い隠す役目ははたしてくれるだろう。さっとひったくるとドレッサーの上に置いてあった小物がいくつか払いのけられ、カチャカチャやかましい音をたてて床に散らばった。見知らぬ男が身動きし、マウスはセーターをつかんだまま急いで部屋を飛びだした。

寝室の外は狭苦しい通路になっていた。一方の壁には窓、もう一方の壁にはドアがそれぞれいくつか並んでいて、マウスは寝台列車の片側通路を思いうかべる。その途端、新たな不安が湧《わ》きおこり、マウスはこんな疑問を抱く。もしかするとほんとうに列車のなかにいるんじゃ？　しかし、〈案内人〉が指摘するように、そんなはずはない。ほんとうの列車の通路はこんなに散らかっていない。乗客が通路を私物置き場として利用していいはずがない。そもそもここは動いてもいない。

列車の客車に似ているが、客車ではないとなると、どういうたぐいの家なのか？　マウスは気づく。トレイラーハウスだ。自分はトレイラーのなかにいる。だとすれば、出口を見つけるのは簡単だ。寝室がトレイラーの一方の端にあるなら、出口は反対側の端に近いどこかにあるはずだ。

マウスは通路をたどっていく。トレイラーの長さのなかばまで行くと、リビング兼ダイニング区画になっていて、その内側は古典的トレイラーパーク居住底辺白人様式で統一されていた。内側がへこんだカウチ、おんぼろテレビ、電気式の偽《にせ》暖炉、木の裂片を寄せ集めてつくったダイニングテーブルの上のビールの空き缶と汚れた皿の山。リノリウムの表面が剝《は》がれかけたカウンターがリビングを小さなキチネットから隔てているが、こちらにもビールの空き缶が大量に置かれていた。

トレイラーハウス団地で暮らす底辺白人。滑稽《こっけい》な話だが、マウスの心に恥辱をかきたてたのはこの場所の下品さだった。この場所の下品さは、自分がこの場所にいるという単純な事実よりもはるかに強烈な恥辱を呼びおこした。この手の顚末《てんまつ》はこれまでにも何度もあったが、マウスは一度たりとも素敵な家で目覚めたことはない。たえず人生を中断させる狂った精神が、これこそがおまえにふさわしい場所なのだとマウスの心に強く刻みつけようとしているかのように。底辺の暮らし以外をおまえが望むなどもってのほかだと。たしかにマウスはつねに自分の家を品よく飾り、整理整頓《せいとん》し、こぎれいにしようと心がけているが、そんなことはどうでもいい。つねにこうした場所に戻ってくるのだから。

ここから出なければならない。トレイラーから外へ出るためのドアはリビングの向こうの角、キチネットへの入り口のそばだ。マウスは急いでそこに行く。セーターを着る。ポンチョと思えばちょうどいいサイズだ。ビールとタバコのにおいが漂う。マウスはドアを開く。冷たい夜明けの風が流れこみ、彼女のそばを過ぎ去り、テーブルの上のビール缶をカタカタ揺らす。

マウスは思う。そういえば上着は？

昨日の夜は寒かった。だとしたら上着を着ていたはずだ。脱出寸前になってもう一度、振りかえってみると、偽暖炉の前の床に二着の上着があった。そのひとつは傷《いた》んだレザージャケットで、サイズ的には自分にぴったりのようだったが、パンティーやタンクトップと同じく、これまた見覚えがなかった。

マウスはためらう。もしあれが自分の上着なら、もっていくべきだ。自分のものを残していきたくはなかった。何か残していけば、自分を追跡する手がかりを与えかねない。とはいえすでにセーターを盗んでいる。もしも上着が自分のものでなければ、そしてそれも盗んでしまったら、あいつは警察を呼ぶかもしれない。どうすべきか？

寝室の方向から何やら物音がして、マウスは踏ん切りをつける。レザージャケットはそのまま残し、ドアから外に駆けだした。と同時に、男が寝ぼけた声で呼びかけた。

「おーい？」

トレイラーの外の木造の踏み段に出ると、配送用のビニール袋に入った『シアトル・ポスト・インテリジェンサー』紙が置いてある。日付をたしかめる。思ったとおりだった。今日は一九九七年四月二十一日、月曜日。ひと晩失《な》くしただけだ。それを確認したときにマウスが得た安心感について言うなら、どんなに大げさに形容したところで誇張のしすぎにはならないだろう。

マウスの車は、トレイラーの真ん前の通りにとめてある。マウスの車だということに疑問の余地はない。ビュイック・センチュリオン、見まちがえようのない巨大な黒い車体。中古車を頭金千ドル、残金は月百五十ドル四十八カ月払いのローンを組んで購入した。現在も支払い中。欲しい車ではなかった。買おうと思っていたのはホンダ・シビックだった。ずっと小さくて、ずっと経済的。だがどういうわけか、結局、ビュイックの売買契約書にサインをしていた。

昨日の夜、車を運転していたのが誰であろうと、路上駐車の仕方をもう少し学習しておかなければならない。タイヤがひとつ縁石の上に乗りあげていただけじゃない、車体の向きまで逆だった。だが、運転者はまるっきり無頓着だったわけでもない。ビュイックのドアはすべてロックされていた。窓からなかが見えたが、キーはイグニッションにささっていなかった。ジーンズのポケットを確認したが、やはりキーはない。

「そんな」マウスが小声でつぶやく。「そんな、そんな、そんな――」もう少しで逃げられたのに！　もう一度ポケットを、隅から隅まで探った。

「おい」声がマウスを呼ぶ。

マウスがキーッと声を発する。ポケットから取りだした、片手いっぱいの小銭が散らばる。五セント貨や一セント貨が平たい雹《ひょう》のようにビュイックの屋根でバラバラ音をたてる。

見知らぬ男が踏み段のいちばん上に立っていた。冷気をものともせず、Tシャツと薄汚れたボクサーショーツだけで外に出てきていた。レザーのジャケットを腕にかけ、左手で鍵《かぎ》の束をじゃらじゃら鳴らしている。「これがないと遠くまで行けないぞ」

マウスは大きく息を呑む。男は嘲《あざけ》っているのか？〈案内人〉はそう考えない。口調に悪意はない。まばたきして眠気を追いやろうとするので頭がいっぱいらしい。とはいえ、男は踏み段を下りず、鍵の束を渡すような仕草もいっさいしない。

「なあ」見知らぬ男があくびを嚙みころす。だるそうに手を動かし、背後のトレイラーを示す。「戻ってきて朝飯でもどうだ？　でなきゃ、もう少しだけ待ってもらえれば、いっしょにどっか行ってもいい……」

マウスは首を振る。脅《おび》えている様子を見せまいとしながら。だが、見知らぬ男はマウスの表情から何かを見てとる。男自身の表情が不安で険しくなる。

「あのな」男が言う。「昨日の夜のことを全部、俺のせいにしようってんじゃないよな？　そりゃたしかに二人とも完全にできあがってたよ。それはわかってる……でも、憶《おぼ》えてるよな？　俺は確認したぞ。それも二度。ここに俺といっしょにきたいかと。そしたらおまえはそうだと言った。そうしたいと言ったんだ」

そう、男の顔は不安に満ちている。だが、それはマウスを気遣っての不安ではなく、マウスが何をしでかすかわからないという不安だった。「憶えてるよな？」

「行かないと」マウスが告げる。

「おまえがそうしたいと言ったんだ」見知らぬ男が執拗《しつよう》に言いたてる。「朝の光やら何やらのせいで後悔したくなったのかもしれない。勝手にそうすればいい。だが、昨日はたしかに言ってたぞ……」

「行かないと」マウスはくりかえす。今度はもっと大きな声で。

「わかった。あと少し。俺ははっきりさせたかっただけだ。何があったのか二人とも承知の上だってことを。ただはっきりさせて――」

悪態つきのマレディクタがだらだら続く繰り言にうんざりし、マウスを押しのけ、ドカドカ歩みでて叫ぶ。「黙って彼女にクソ鍵を渡せばいいんだよ、ゲス野郎！」

マウスは目をパチクリさせる。縁石から踏み段のいちばん下まで瞬間移動していた。両手をぎゅっと握り、こぶしをつくっている。喉《のど》がこわばっている。いましがた叫んでいたかのように。見知らぬ男が彼女を見つめている。

「わかった」男が告げる。懐柔するような声。「わかったって。とにかく落ちつけよ。ここにおまえを引きとめようとしてるんじゃない、ただ――」

「――クソ売女《ばいた》が！」マウスは縁石に戻っている。レザーのジャケットをつかみ、ビュイックの運転席側のドアに差しこんだキーを回している。肩越しに見知らぬ男の姿が見える。いまは踏み段を下りきったところにいて、ふらふらとその場で円を描いている。片手を股間《こかん》にあて、もう一方の手で顔の横を押さえつけて。顔からは出血もしているようだ。「このクソ売女が、なんてことを――」

沈黙。マウスは銀行の駐車場にとめた車のなかにいる。エンジンは切っていたが、キーはイグニッションにささっている。レザージャケットは隣の助手席に投げだしてある。外の青空はさっきよりも明るい。

マウスはハンドルを握ったまますわっていて、また場面転換が起こらないかどうかたしかめようとしている。銀行の建物の壁面にはデジタル式の時計兼温度計が設置されていて、時間、日付、気温というサイクルでくり返し表示されるのをマウスは見つめる。時間は緩慢に増大し、気温は一度ずつ上昇するが、急な跳ね上がりはなく、日付は同じままだ。

マウスはリラックスしはじめ、すると、いまいるのが知っている場所だと気づく。銀行の建物は新しいが、通りの向こうでは古い店構えの建物が何軒も連なっていて、こちらは見覚えがある。ここはシアトルのユニヴァーシティ・ディストリクトだ。ワシントン大学の学生だったころに住んでいた地下のアパートメントから五ブロックも離れていない。

ここからなら家に帰れる。帰りたくてたまらない。そして、わいせつなタンクトップを着替え、処分してしまいたい。ひどいにおいのするセーターといっしょに。でも、〈案内人〉の断固たる主張にしたがい、まずはリストを求めて車内をチェックする。

今日のリストはビュイックのグローブボックスのなかに押しこまれていた。半分空になったウィンストンの箱、ウォッカの携帯用酒瓶もあったが、こちらは見ないふりをする。しわくちゃのバーのナプキンにはなぐり書きの文字で雑用やらアポやらが五、六個ほど列挙されている。それぞれの間には余白がもうけられているが、これは実行後にチェックを入れるためのものだ。最初の項目は、ほかの倍ぐらいありそうな文字でこう記されている。〈リアリティファクトリー――午前八時三十分。きれいな格好で！　時間厳守!!!〉

新しい仕事のことなら、ある意味、何かの助けを借りて思いだす必要もないくらいだ。金曜の夕方、それについてはじめて知ったときから、ほかのことはほとんど考えられなかった。実際、昨日の夜、映画に行こうと思いたったのも、手を伸ばし、食器棚からワインのボトルを取りだしたのも、そうすれば、ともかくもあれこれ悩まずにすむ——何時間かその件を頭のなかから追いはらえる——ような気がしたからだ。

だが、それはたしかに昨日の晩のはずなのに、あれからまだ一時間もたっていないように思える。頭のなかのどこかではまだ昨日の晩が続いているような感覚が残っていて、新しい仕事は明日が初日だと考えている自分がいる。リストは、その明日がもうすでに今日なのだという事実をはっきり突きつけている。マウスは銀行の時計にまた目をやり、家に帰る時間がないと気づいて狼狽《ろうばい》する。もしまだユニヴァーシティ・ディストリクトのかつてのアパートメントに住んでいたら、家まで行けるだろうし、シャワーだってさっと浴びられるかもしれない。しかし、現在のアパートメントはクイーンアン・ヒルにあり、目的地とは反対方向だし、車で行っても十五分はかかる。八時三十分までにオータムクリークに行こうとしたら、いまから十分以内に高速道路に乗らなければならない。

「大変……」マウスは着ているセーターのへりを引っぱる。不潔にもほどがある。銀行の時計に目をやる。「大変だ……」〈きれいな格好で〉とリストには記されている。そして、〈時間厳守〉と。だが、両方ともクリアするのは無理だ。新しい仕事をまだひとつもしていないというのにヘマをやらかした。

「この役立たずのクズ」ビュイックのバックミラーに映る自分自身がちらりと目に入

る。こぶしを腿に打ちつけ、リズミカルに、あざになって残るほどの力をこめてドンドン叩《たた》く。「役立たずのクズ、役立たずのクズ、役立たずのクズ――」

銀行の時計がさらに一分経過したことを示す。マウスは自らへの殴打《おうだ》をやめ、ビュイックのエンジンをかけ、ふかし、タイヤをきしませて駐車場を飛びだす。二ブロック行くと信号につかまり、またもや二者択一の選択を前にして決めかね、悩み苦しむ。仕事に遅刻はするが身なりは整っているのと、遅刻はしていないがあばずれ女そのものの格好をしているのとで、よりひどいのはどちらなのか？

バンと大きな音がして、物思いにふけっていたマウスが我に返る。地元大学チーム、UWハスキーズのトレーナーを着た大男が通りを横切ろうとして前方を移動していたが、その途中、バスケットボールを車のボンネットの上でバウンドさせたのだ。はずみでそうなったのではない。男はマウスが独り言を言っているのに気づき、驚かしてやれとでも思ったのだろう。跳ねかえってきたボールをキャッチし、男がげらげら笑う。マウスがぎょっとして飛びあがったのを見て、よほど面白かったのだろう。

耐えられない。マウスが消える。マレフィカが出る。〝荒くれ〟マレフィカはマレディクタの双子の妹だ。マレフィカはアクセルペダルを軽く踏む。ビュイックが横断歩道にがくんとつんのめり、ハスキーズ・ファンの向こうずねに当たる。軽く突いてやっただけのこと。せいぜい男がボールを手放し、ボンネットに顔から倒れこむ程度、肝を冷やす程度の強さで。

実際、一瞬、男は肝を冷やす。マレフィカは男の目に恐れを見てとる。しかし、そのとき男はひどいミスをする。心のなかでマレフィカのことをただの小娘にすぎないと考える。自分が何をやらかしているのか、誰にちょっかいをだしてるのかわかっていないのだ、と。男の恐れは怒りに変わる。ボンネットの上で体を起こそうとする。回りこみ、運転席のドアを乱暴に開いてやる気だったのだろう。

マレフィカはアクセルペダルをふたたび踏みこみ、その状態を維持する。時速八キロ、それから時速十六キロになり、ハスキーズ・ファンを前方に押しやる。不安がふたたび男をとらえる。「おい！」男が叫ぶ。靴底が舗道でずるずる滑り、両方の手のひらで車のボンネットを叩く。「おい！　おい！　おい！」恐れが恐怖に変わる。フロントガラス越しにマレフィカと見つめ合い、彼女の意図を読みとったせいだ。男が横に身を投げだすのと、マレフィカがこんどは目一杯アクセルを踏みこむのとほぼ同時だった。

なおも加速を続け、交差点を渡りきったとき、マレフィカはバックミラーに目をやる。背後の横断歩道ではハスキーズ・ファンが地面から起きあがりつつあった。彼女に向かって何やら叫びながらこぶしを振っているが、ついさっき小便をちびるくらいにびびっていた以上、いまさら強面《こわもて》ぶるのは難しい。

マレフィカが笑う。たしかに彼女は小娘だ。そのとおり。しかし、でかくてごっつい車に乗った小娘だ。下手に手を出さないほうがいい。次の角では一時停止の標識を無視して突っ切る。ビュイックのクラクションを鳴らし、さらに三人の歩行者を蹴散《けち》らしながら。

——するとマウスはオータムクリークを目指し、州間高速自動車道九十号線に乗り、東へと車を走らせている。決断はすでに下していた。自分ではいつそうしたのか憶えていなかったが。ビュイックのなかにはタバコの煙が充満している。ビュイックのハンドルから片手を離し、セーターの前にこぼれおちた灰を払おうとし、車のコントロールを失いかける。

「大変」ビュイックの動きを安定させ、低速車線に乗り入れる。ハンドルを回して窓を開ける。冷気がどっと流れこみ、タバコの煙を一掃するが、セーターのほうはどうにもならない。それはまだ悪臭を放っている。彼女はまだ悪臭を放っている。

昨日の夜、具合が悪くなったとか言うのはありかも。吐き気がひどかったんです。夕食に何か悪いものを食べたみたいで。腹痛のせいで夜遅くまで寝つけなくって。洗濯するのも忘れてて、気づいたときにはもう手遅れだったんです……。

そうだ、とマウスは思う。ぞくぞくするような高揚感とともに。どうせいっときのことだ。そう、もしかしたら信じてもらえるかもしれない。彼女のことを誇らしくさえ思ってもらえるかも。具合が悪かったにもかかわらず、初日に遅刻せずやってきたというので。だがマウスはよく心得ている。それからも失敗、弁解の必要なヘマは続くが、その場を切りぬけようとしてつける嘘《うそ》の数は限られている。やがては見抜かれるだろう。彼女がほんとうはどういう人間か知られるだろう。

役立たずのクズ……。

5

どうしてまた自分が前の仕事を失うはめになったのか、マウスはよくわからずにいる。三日前に、それはなんの前触れもなく終了した。だが、自分からやめたのか、それとも解雇されたのかは定かでない。マウスが知っているのは、なぜかジュリー・シヴィクもそこにかかわっていたということぐらいだった。

マウスが働いていた修理屋、ルディズ・クイックフィックスは、シアトルの繁華街にあって、パイオニアスクエアからわずかに離れた場所に位置する小さな店舗にぎゅっと押しこまれていた。店主のルディ・クレンツェルは四十五年来同じ場所で仕事を続けている。最初の三十年間は主にタイプライターやステレオ、テレビを修理していたが、一九八〇年代以降、徐々にではあるが、業務の大半はコンピュータ機器の修理で占められるようになり、大学生ぐらいの年齢の〈見習い〉が仕事のほぼすべてをこなしていた。

マウスは去年の八月、見習い職に応募した。前任のルディの見習いが大学院進学のためボストンに引っ越したのだ。雇い入れに際しての面接では序盤からつまずいた。ルディがパソコン修理の経験を尋ねたのに対し、口ごもってしまい、うまく答えられなかった。実際のところ、経験ならかなりあった。そのはずだ。コンピュータのメンテナンスや修理の仕事なら前にもいくつかやったし、手際《てぎわ》を褒められもした。ぜったい才能があると言われつづけてきた。とはいえマウスは実際に機械を修理した例をひとつとして憶えておらず、当人からして自分の職歴を信じきれずにいるようなありさまなのだから、自らの才能について説明すればするだけうさん臭さが漂うのだった。ルディもそれに気づき、いぶかしんだ。「もしあんたがそんなにやり手なら」こう尋ねた。「なんでわざわざうちになんかくるんだ?」マウスは思わずこう口走った。「リストにあったので」

そう口にしてしまったあと、マウスはこれでもう雇ってもらえないだろうと確信した。それでもルディは店から追いだす前にテストしてみようという気になったらしい。奥のごちゃついた作業室へとマウスを連れていった。テーブルには四台の壊れたパソコンが並んでいた。「こいつでお手並み拝見といくか」とルディ。一瞬、マウスは頭が真っ白になり、どう手をつけたらいいのかわからず、その場にただ突っ立っていた。

ルディがいらだたしげに咳払《せきばら》いした。マウスはいちばん近いパソコンに向かって一歩踏みだした。気がつくとマウスとルディはまた店の表側にいて、握手をしていた。

「――それじゃ明日の朝にまた」ルディが言っていた。「ラリーがやめてから未処理のブツが山のように溜《た》まってるから、すぐとりかかってくれ」

「わかりました」とマウス。ルディが開いたドアを手で押さえ、マウスは歩き出た。どうやら仕事につけたとぼんやり思いながら。しかし、翌日のリストを見るまでは心から信じることができなかった。

クイックフィックスで八カ月近く働いたころ、ジュリー・シヴィクがやってきた。八カ月、同じ仕事をしているのはマウスにとって新記録だった。平均はせいぜい三カ月というところだし、ひとつ前は人材派遣会社のサイバーテンプスで働いていたが、ここはわずか三週間しか続かなかった。順調な三週間、とばかり思っていた。突然、すべてがらがら崩れ落ちるまでは。期間終了の直前まで上司は彼女のことをきわめて有能で、きわめて仕事熱心な従業員だと語っていた。派遣先のすべての会社もみなそう言っていると。ところがある日、次の派遣仕事の件でサイバーテンプスの本社に出向くと、受付係にこう訊《き》かれた。「いったいなんの用件できたんですか?」

「新しい派遣先を紹介してもらおうと……」とマウス。

「ほかをあたって」受付係が告げた。何がどうなっているのか訊きだす前に警備員がやってきて、マウスは建物からつまみだされた。

どうしてサイバーテンプスはマウスをクビにしたのか？　マウスは知らないふりをしようとしたが、答えは明白だった。彼女が悪人だから、それが理由だ。最初のうち、マウスは仕事を熱心にこなしていた、というかそう思ってもらえるよう、うまく自分を繕っていた。おかげで彼女が基本的に腐った人間だという事実は覆い隠されていた。しかし最後はなんだかんだでヘマをやらかし、本性があらわになり、そして雇い主の怒りをかった。理にかなった説明としてはこれ以外、ありそうになかった。

マウスが驚いたことに、一カ月、さらにまた一カ月と時が経過していったにもかかわらず、ルディ・クレンツェルが彼女を嫌う兆候はいっこうに見られなかった。きっと新しい職場環境のせいにちがいない。以前、気づいたことがある。仕事をいちばん長く続けられたのは、他人とほぼ接触せずにいられたときだった。クイックフィックスは店こそ小さいが、ルディとはあまり会話をしなかった。朝にハローと言い、晩にさよならと言うだけで、それ以外の一日の大半をマウスは奥の作業室で過ごし、ルディはずっと店の表に出ていた。マウスはコンピュータを修理し、ルディは客の応対をした。仕事に余裕ができると、マウスは『シアトル・ポスト・インテリジェンサー』

紙の〈今日のクロスワードパズル〉をしたり、ラジオを聴いたりした。ルディは正面カウンターの下に大量に隠しこんでいたジェームズ・ミッチェナーの本を読んだ。三メートルも離れていないところにすわっているというのに、別々の建物にいるのと変わりなかった。

マウスがルディの存在を意識するのは、陸軍時代の旧友がクイックフィックスに顔を見せるときぐらいだった。いつもは穏やかな口調のルディ・クレンツェルだが、この連中、白い髪をクルーカットにし、大きくてがっしりした体つきの男たちを前にすると、陽気で騒々しい男に変わり、下劣なジョークを飛ばし、マウスの耳が痛くなるほどの大声で笑った。ときどき、新たな旧友がはじめてやってきたときなど、ルディはマウスを奥から呼びだし、客に紹介した。マウスはこんにちはと言い、握手だけすると、さっさと断りを入れてその場を離れ、作業室に戻り、ドアを閉めてラジオの音量を上げた。

四月のある日の午後、それまで聞いたことのない声、女性の声が表の部屋から聞こえてきた。珍しいことだった。この地域の女性は、パソコンの修理が必要なとき三番街にあるPCドクターを利用する。料金はクイックフィックスの倍だが、ここほど質屋っぽくはない。だが、この女性はどちらかというと、ルディの軍隊時代の友人に近く、客という感じはあまりしなかった。マウスは興味を惹《ひ》かれ、作業室のドアをわずかに開くと、こっそり様子をうかがった。

女はカウンターに寄りかかり、向こう側にいるルディのあごの無精ひげについたパン屑《くず》を払いのけようとしていた。露骨に色気を振りまくような仕草だったから――女はルディの腕に胸を押しつけながら毛づくろいでもしているかのようだ――、ルディは顔を赤らめ、元妻がどうのこうのと口にし、女は笑った。

マウスはもっとよく聞きとろうともう少しドアを開いた。別に盗み聞きしてるわけじゃないと自分に言いきかせつつ、ルディが自分の名前を呼び、紹介してくれるのを待っていた。といっても、物音ひとつたてず、その場でじっとしていたから、ルディも女もマウスがそこにいるのに気づかなかった。二人はしゃべりつづけ、マウスはその会話から女性の名前がジュリー・シヴィクだと知った。朝鮮戦争のとき、アーノルド・シヴィク伍長《ごちょう》という男がルディの部隊に所属していたらしく、ジュリーはその男の姪《めい》だった。前に〈アーニーおじさん〉がきたとき、ジュリー宛《あて》の梱包物《こんぽうぶつ》を預けていったとかで、彼女はそれを受けとりにきたのだという。その中身がなんなのかマウスにはわからないが、梱包物を押しつけられ、ルディは迷惑がっているようだった。さっきのお色気攻撃でメロメロになっていなかったら、雷でも落としていたかもしれない。

「合法的にアーニーの力になれるのならなんの文句もないがな」会話の途中、ルディがそう言った。「ここはヤバいブツ専門の倉庫じゃないんだ。その手のことで煩《わずら》わしい思いをさせないでくれ」

「あら」ジュリー・シヴィクがルディの腕に手をかけた。「ブツは盗品じゃないんだけど。少なくとも、実際に盗んだものってわけじゃ……」

「そうかい」とルディ。「アーニーから話を聞いたときの印象だとそんな感じだったんだがな」腕を引きはなすとスツールから降り、作業室のほうに顔を向けた。マウスは戸口からさっと離れた。

「梱包物は地下室だ」ルディは言いながら作業室に入ってくると、奥の階段に向かっていった。「アーニーから、人目につかないところにしまっておくよう言われた。その何かが実際に盗んだものじゃないのなら、妙な要求じゃないか」

「ルディ……」ジュリー・シヴィクが言い、ついていこうとしたが、ルディはそれを止め、階段の降り口で待っているように命じた。

「ここで待っててくれ」とルディ。「梱包物をもってくるよ」

マウスは作業台にかがみこみ、正面のＰＣに集中しているふりをした。でたらめに選んだ道具をつかんだ。赤いプラスチックの柄のついた小さなねじ巻き。マウスはねじ巻きを使い、開いた外カバーの内側を突っついた。

「ハイ」ジュリー・シヴィクがすぐそばから声をかけた。マウスはキーッと声を発し、ねじ巻きを宙に放りなげた。

「こらこら」とジュリー。「落ちついて。そんなにびくびくしない！」

マウスは手を胸に押し当てた。「だって、向こうにいたんじゃ」そう言って、階段のほうを手で示した。

「いたよ」ジュリーが手を差しだし、握手を求めた。「ジュリー・シヴィク。あなたは……？」

「ペニー。ペニー・ドライヴァー」

「マウスか」とジュリー。手をわきに戻しながら。「かわいいニックネーム。あなたに合ってる。で、問題は何？」

「ニックネームのこと？」

「修理中のコンピュータのこと」

「ああ」とマウス。「これ……壊れてる」

「なるほど」とジュリー。「それなら、あなたがいま修理していたとしてもおかしくない。けど、どう壊れてるわけ？」

「まだ……よくわからない。とりかかったばかりだし」

「ふむふむ」ジュリーが外カバーをはずしたPCの内部をちらりと見た。「で、ちょっと教えてほしいんだけどさ、マウス。どこが具合悪いのかたしかめようってとき、あなたはいつもPCから電源部を外しておくの？」

「ちょっと教えてほしいんだけどな、うるせーババア」マレディクタががなりたてた。「ひとがこれから仕事しようってとき、あんたはいつもあーだこーだ問いただすのか？」

「電源部」マウスが口ごもった。「電源部は……それも問題の一部ではある。でも、取りはずしておく必要があった。えーと、ほかに何か故障してないかたしかめるために。だからそれはいまでも、わたしにはなんだかわからないけど……」マウスが口をつぐんだ。ジュリーが顔面蒼白《そうはく》になっているのに気づいたからだ。「何か問題でもある？」

ルディが階段を上がり、戻った。横に〈合衆国陸軍余剰物資〉とステンシルされた段ボール箱を抱きかかえている。「ほらよ」ジュリーのほうに箱を押しだした。ジュリーは箱を受けとろうとすばやく移動した。

「ありがとう、ルディ。心から感謝する……」

「わかった、わかった……お二人さん、自己紹介は？」ルディが尋ね、マウスにうなずきかけた。

「ああ、まあね」とジュリー。「いまおたがい紹介し合ってたとこ……マウスから聞いたんだけど、彼女をこきつかってんだって？」

ルディはくすくす笑った。「彼女は自分で自分をこきつかってるんだ。これまで何人も雇ってきたが、ここまで仕事熱心な人間ははじめてだよ」

「へえ……彼女はハード専門？　それともコードのバグを修正したりもできるの？」

「なんで？」

「別に。興味を惹かれたから……」

「妙な気は起こすなよ」ルディが釘《くぎ》を刺した。「並みの見習いだって、代わりを見つけるのにえらく苦労するってのに」

「妙な気？」ジュリーは純真無垢《むく》な笑みを満面に浮かべ、ルディを見た。それで相手の気を惹こうという魂胆なのだろうが、もはやその手は通用せず、ルディはしかめ面《つら》で応じた。「まあいい」とルディ。「おまえさんもおまえさんの盗品ではない何だかもそろそろ引きはらってもらうとするか」

「すぐ帰るって」とジュリー。「またね、マウス……」ジュリーが部屋から出ていった。ルディも彼女のあとを追って戸口を抜け、ドアを閉めた。マウスはラジオのボリュームを上げ、仕事に戻った。

午後の残りの時間はあっという間に過ぎ去った。

その日、マウスは仕事が終わってからも帰宅せず、リストの指示に従い、エリオット・ベイ・ブックカンパニーに向かった。本屋に着くと地下のカフェに行き、空いているテーブルを見つけ、紅茶のアールグレイを頼んだ。ティーバッグを浸している間にノートパソコンをテーブルに据えた。そのノートパソコンはしばらく前からマウスの所有物となっていた。とはいえ、それがいつからか、そしてそもそもどこで入手したのか、誰かに聞かれたとしてもマウスは答えられなかっただろう。しかし、マウスはそんなことを気にもしなかった。ただ電源を入れ、ワードを開いた。

ワードの画面が開くのを待ちながら、カフェの壁の時計に目をやった。六時二十五分。次に目をやると七時十三分になっていた。そして、またもやジュリー・シヴィクが隣に立っていた。

「――そこに誰かいる～？」ジュリーはマウスの目の前で手をさっと振った。「マウス？」

マウスはあわてて手を伸ばし、ノートパソコンをバタンと閉じた。作成中だったファイル――タイトルバーによると〈スレッド.doc〉――がちらりと見え、すぐに視界から消えた。ノートパソコンのラッチがカチッとはまり、そこではじめてマウスはジュリーをまともに見た。

「ハロー」マウスが言った。

「ハロー」ジュリーはノートパソコンに目をやった。「また邪魔しちゃった？」

マウスは答えず、ただじっと見つめ、ジュリーが用件を切り出すのを待った。少ししてジュリーが言った。「聞いて。今日、店でうるさく尋ねたから、まずそれを謝ろうと思って……」

「うるさく尋ねた？」

「そう……いろいろ質問して動揺させたみたいだったから」

マウスはかぶりを振った。たしかに居心地の悪さは感じたが、動揺したおぼえはなかった。

「ふーん」とジュリー。「まあ、いい。とにかく謝りたかったし、それに――」

「わたしがここにいるとどうしてわかったの？」

「車が故障してさ」ジュリーが説明した。「ロードサービスにきてもらって、ここから少し離れたところにある修理工場まで運んでもらったんだよね。八時までには用意できてるって話だったし、時間をつぶそうとここに入ったわけ。あなたを見つけたのはただの偶然」そう言って笑みを浮かべた。

「とにかく」ジュリーが続けた。「ウザいやつとか思われたくはないんだけど、ばったり会ってしまった以上、ルディのところで訊いた最後の質問の答えを聞いときたいんだよね」

「電源部のこと?」マウスは不安げに下唇を嚙んだ。ジュリーの訪問以降のどこかの時点で壊れたPCの修理はたしかに終えていた。閉店間際に持ち主がパソコンを取りにきた。にもかかわらず、どこに故障の原因があったのか、マウスはわからないままだった。

「電源部……?」ジュリーがかぶりを振った。「ちがうちがう、そうじゃなくって。ルディにした質問のこと。あなたがコードのバグを修正する仕事もできるかどうかっていう」うつろな顔で見つめているマウスに向かって。「わかる? コード、ソフトウェアのコードだけど」

「ああ」とマウス。「わたしは――」

「こういうこと」ジュリーがマウスのノートパソコンに手を伸ばした。マウスは抗《あらが》おうとしたが、ジュリーはただそれをわきにどけ、自分のパソコンを置くためのスペースをつくっただけだった。椅子《いす》を手でつかみ、腰を下ろし、二人の膝小僧《ひざこぞう》が触れるぐらいにまで接近した。「実は」ジュリーがつづけた。「ソフトウェアの会社をやってんだけど、二年前からヴァーチャルリアリティのプロジェクトに取り組んでてね。うちの代表プログラマのデニスは、すごく優秀なやつなんだけど、最近仕事のペースが落ちてんだよ。それで新しい人材を入れようと思ってて。デニスの尻《しり》に火をつけてくんないかなあって」

ジュリーがノートパソコンのキーボードをパチパチ叩《たた》き、ウィンドウを開くと、画面はスクロールする文字、数字、記号で満たされた。きっとソフトウェアのコードだろう。そうマウスは推測した。中国語のほうがまだしもというぐらいにちんぷんかんぷんだったが。「これ、うちで作成したあるプログラムモジュールのソースコードの一部なんだけど」ジュリーが説明した。「いや、一部だったと言ったほうがいいかな。デニスはこのバージョンからは結局、バグが見つかった。全然複雑なもんじゃない。じゃあ、なんでいったん取りかかったら、ほんの何分かでバグを見つけて修正をかけた。じゃあ、なんであたしがこのコピーを残したままにしてるかっていうと、誰かがうちの未来の従業員としてふさわしいかどうか、これでテストするためなんだ」期待するような目でマウスを見た。

マウスはかぶりを振った。口を開き、こう言おうとした。まちがった印象を与えてしまったのなら申し訳ないんだけど、代わりの仕事を探してるわけじゃないし、だいち――

不意に自分の椅子がテーブルから後方へ押しやられた。ジュリーは気づいてもいないようだった。前に身を乗りだし、パソコンの画面をじっくりと眺めていた。

「ふむふむ」ジュリーがあごを撫《な》でた。「デニスが思いついた修正とは同じじゃないみたいだけど……」テーブルの上に置いた紙の束をひっかきまわし、一枚を引っぱりだすと、画面に表示された内容と突き合わせた。「やっぱ同じじゃない」紙の山から別のページを引き抜いた。「マジか……あなたの解決策のほうがすぐれているかもしれない……どっちにしろ、よりシンプルだし……」ジュリーは二枚のページを元に戻し、いまや尊敬の念さえ顔に浮かべてマウスを見た。「んで、ルディの店で働いててどんだけ楽しい？」

マウスは肩をすくめた。その問いにどう答えていいかわからなかった。ルディの店で働いているのは生計を立てるためだった。それと、そうするようリストが指示するからでもある。楽しく思えるかどうかなんて最初から論外だ。

「面白いとかありえないよね」ジュリーがそれとなく言った。「奥の部屋に一日中い

て、故障した配線基板を交換するのなんて……」

「全然いいけど」

「あたしの会社についてもっと話をさせて」とジュリー。マウスの空のカップを手で示した。「お茶をおごるからもう少し話さない？」

「ほんと言うとお茶は好きじゃない」とマウス。

「オッケー……んじゃ別の飲み物でどう？ ビールとか、でなきゃグラスワインとか？」

「ワインかな」マウスが応じた。「赤ワインなら言うことなし」

――マウスは帰宅し、アパートメントのキッチンにいた。ガスレンジの上の時計は十一時五十五分を示していた。頭がズキズキし、ひどく空腹だった。冷蔵庫の前で一瞬足をとめたあと――平たくて分厚いターキーのローストとチェダーチーズの四角い塊を見つけ、立ったままで両方ともむさぼり食い、紙パック半分ほどの量の牛乳で流しこんだ――ベッドにふらふらと入った。疲れきっていたから、リストを見て全項目を遂行し終えたかどうか確認するだけの気力も残っていなかった。

翌日、仕事に出ると、ルディはそれまでにない態度をとりはじめた。といってもす

と言った。だが昼食から戻ると（外出した記憶はなかった）ルディは妙にぴりぴりしていたし、その日の晩、帰りの挨拶《あいさつ》をしたときも返事はなかった。

　それが火曜日のことで、その後、日を追うごとにルディの態度はさらにとげとげしさを増した。水曜日の朝ははじめてマウスに怒鳴り、作業室が〈ぐちゃぐちゃでひどいありさま〉だと文句を言った。なんだろうと、あんなふうにほっぽりだしてしまったら、もう二度と見つかりやしない、と。

「何を探してるの？」マウスは不安を感じながら尋ねた。「探すのを手伝うけど」こんなふうに手助けを申し出たものの、ルディの怒りに油を注いだだけだった。ルディは、金曜の閉店時間までには作業室を整理しておけとマウスに命じ、憤然と部屋を出ていった。

　金曜になり、この八カ月恐れつづけていた瞬間がついに訪れた。そのときマウスは帰り支度をしていた。命令されたとおり、作業室はきれいに整頓しておいた。積み残しになっていた修理仕事も残り二つを数えるのみだったので、そちらも片づけた。

「すべておしまい」マウスは六時直前に表の部屋に出てきて、そう告げた。

　ミッチェナーの『漂流者たち』をむっつりした顔で読んでいたルディはマウスに目

をやろうともしなかった。

「わかった。それで」とマウス。「今日、ほかにやっておくことがないなら……」

返事はない。

「わかった」マウスが言った。「じゃ帰るよ。月曜日にまたね、ルディ」

ドアに手をかけたとき、ルディが言った。「いや、こなくていい」

マウスは振りむいた。ルディが本の上からにらんでいた。「こなくていい？」マウスが尋ねた。

「そうだ」ルディが言った。「憶えてないのか？」ふんと鼻を鳴らした。「まあそれも当然かもな。うちの仕事は〝まともな神経じゃ耐えられないくらいに退屈〟らしいから、記憶するのさえ耐えがたいんだろう」本を下に置き、深く息を吸いこんだ。「おまえがここを去る前に言っておきたいことがある。理由がなんであれ、自分の仕事が気に入らないというのなら、それはそれでけっこう――うちで働く以上、こっちだって嫌々仕事してほしくはない。だが、俺のことを馬鹿《ばか》にする資格はおまえにはない。たしかにここはチンケな激狭店かもしれない。それでも俺はここを誇らしく思っている。苦労して店を立ち上げ、誰の力も借りずに何年も続けてきた。それを馬鹿にする資格はおまえにはない。たいしたものじゃないかもしれない。だが、俺が知るかぎり、おまえはそれすら手にしてない……」

マウスは下唇が震えているのを感じた。泣きたかった。何をやらかしたにせよ、ルディに許しを請《こ》いたかった。だがそのどちらとも怖くてできなかった。何か音を発したり、ほんの少しでも邪魔したら、ルディがカウンターの背後から出て、マウスに殴りかかりそうな気がしてならなかった。そこでマウスは黙りこみ、ドアのそばでじっとしていた。その間もルディは誹《そし》りつづけた。マウスへの非難は延々と続いた。

「……要するにそういうことだ」ルディが話を締めくくった。腹の虫もようやく治まったらしい。ルディもまた、目のまわりを赤くし、いまにも泣きだしそうだった。

「おまえさんに言いたいことはそれだけだ。さっさとうちの店から出てってくれ」

「ルディ……」マウスはそう言おうとしたが、出てきた言葉はさえずりのような、意味をなさない音の連なりにすぎなかった。ルディが立ち上がり、キーッという大きな音をさせてスツールを後ろに押しやった瞬間、マウスは駆けだした。

クイックフィックスから大慌《おおあわ》てで逃げ去り、涙があふれだすよりも先に車に到着した。運転席に滑りこみ、平手を叩きつけてドアロックし、それから二十分近くの間、ハンドルに覆《おお》いかぶさるようにして泣きじゃくった。時間が消失してくれたらいいのにと願った。この瞬間も、今日という日も消え、気がつけばその後の時間になっていたらいいのに。しかし、時間はつねにマウスとともにあり、発作的な号泣は徐々に収まった。マウスは車を走らせ、家に戻った。

アパートメントに入ると、暗闇《くらやみ》のなかで赤い光が点滅していた。留守番電話にメッセージが残されていた。リビングの明かりをつけると再生ボタンを押した。ジュリー・シヴィクの声が流れた。「ハイ、マウス！　いまは金曜の午後四時ごろ。例の件なんだけど、月曜で大丈夫かどうか確認しようと思って電話を入れてみた……」

留守番電話が置かれている小卓は、木製の天板の内側にガラスがはめこまれていた。メッセージが流れているとき――ルディが知らせをどう受けとめたか気にかかるとジュリーは述べている――、マウスはガラスに映った自分自身の姿を目にした。自分自身と見つめ合いながら、マウスはこう思った。いったいあなたは何をしたの？

自分が狂っていることをマウスはすでに知っていた。それでも声に出してそう問いかけてみるだけの勇気はなかった。

6

今日のリストには、リアリティファクトリーに行くための一連の指示が記されていた。指示があったにもかかわらず、しかも自宅に立ち寄らず、まっすぐ向かったというのに、マウスは数分遅れで到着する。後方であおり運転するトレイラーに気をとられ、オータムクリークの出口ランプを見落としてしまい、次の出口から引きかえすはめになる。町には入ったものの、ファクトリーはなかなか見当たらない。二つ目の橋を渡り、四百メートル進んだ左手。指示としてはそう記されているが、週末に電話で話をしたとき、ジュリー・シヴィクはファクトリーについて〈ちょっとだけさびれた感じ〉と形容していたので、まさか文字どおりの廃墟《はいきょ》だとは思いもしない。マウスはいったん通りすぎ、さらに二キロ近く車を走らせたところで間違いに気づく。

「大変！」――またまた引きかえし、マウスは叫びながらファクトリーのゲートに入る。

地所はさびれているどころか、もはや完全に見捨てられてしまったかのような観がある。だが、敷地には新しい車体の古いキャデラックがとめてあった。マウスの記憶だと、ジュリーは電話で自分の車が改造したキャデラックだと言っていた。だとすると、やはりここでまちがいない。ジュリーはここで働いている。ゲートを入ってすぐの場所にビュイックをとめる。いつでも逃げだせるように鼻面《はなづら》を外側に向けて。すでに遅刻しているというのに、エンジンを切ってからも少しの間その場にとどまっていた。それから勇気を奮いおこし、車から出る。

横手のドアを開けて本館に入れ。指示にはそう記されている。本館というのは、敷地の中央に建つ、長くて低い倉庫風の建造物にちがいない。マウスは建物を回りこんで左側に行き(古タイヤの山が金網フェンスで取りかこまれているせいで右手には進めない)、きょろきょろ見回し、地所を囲むようにして生い茂る雑草や灌木《かんぼく》から何か忍びよってきていないか何度もたしかめた。ドアの前で立ちどまり、セーターを整える。襟元と裾《すそ》の双方をぐいと引っぱり、タンクトップを完全に隠しこむ。

リストに記された指示のニュアンスからすると、勝手に入っていってもよさそうだったが、マウスはいずれにせよノックする。返事はない。気は進まないながらも試してみると、ドアノブはあっさり回転する。ドアを開き、足を踏み入れる。

嘘でしょ。建物は外側の覆いにすぎず、コンクリートの壁とつぎはぎだらけの屋根が何を保護しているのかというと……あれってテント？「探してる場所はここでまちがいないよ」女の声が呼びかける。マウスがキーッとうめく。「ごめん、ごめん」声が謝る。女の声ではないとマウスが気づく。声の持ち主は、くしゃくしゃになった薄茶色の髪の少年っぽい男だった。驚くほどの俊敏さでマウスに向かって突っこんでくると、マウスは恐れをなしてあとずさり、ドアにもたれかかる。

ジュリー・シヴィクが現れ、マウスは安堵《あんど》する。しかし、安堵感は一瞬で消え去る。ジュリーは彼女をマウスというあだ名で呼ぶよう少年っぽい男に言い、すると別の男、丸ぽちゃの〈トロール〉じみたぶさいくなデブが「ハイ、マウス！」と叫びながら、近くのテントから飛びだしてきた。太った体に似合わないスピードでやはりマウスに突進し、じっとりしてパン生地じみた両手で彼女の手を包みこむ。

マウスは圧倒される。朝が断片化しはじめ、時間の一部が脱落し、事象のなめらかな流れに振動を走らせる。「システムでも試してみない？」ジュリーがうながし、全員が建物の一方の端に据えられた大きなテントに向かう。ジュリーとマウス、少年っぽい男、太った男、第三の男。第三の男は瘦《や》せてむすっとした顔をしていて、ひとこともしゃべらない。男たちの名前を当然、知っているかのようにマウスは感じているが、実際にはまだ知らない。

ジュリーはマウスのためにテントのフラップを開いてやり、同じことをしてもてなそうとしている〈トロール〉をひじで押しのける。マウスはなかに入る。すえた臭《にお》い、かび臭さが漂っているスペースにありとあらゆる電子装置が詰めこまれている、というのがその瞬間、マウスが受けた印象だ。

——それからマウスはテントの中央に立っている。名前のない男たちがじっと見つめ、ジュリーはセーターを脱がそうとして——

——何か重いものを無理やり頭にかぶせられ、目が覆われる——

——宙に浮く巨大なチェッカーボードが登場する幻覚のなかに没入している。光り輝く亡霊が黒と白の方形からなる表面を彼女に向かって滑走する。〈トロール〉の声が耳のなかで話しかけ、ダンスするように指示する。

もうムリ。耐えられない。マウスが消える。〝ぼんやり〟ドローンが出現する。ドローンは言われるがままに行動し、何も感じない。「踊れ、マウス」とトロール。ドローンは従順に体を左右に揺らす。それから音楽が変わる。そのときまでドローンは意識さえしていないが、とにかく音楽は変わり、するとこれは自分の大好きな曲だと気づいて〝淫乱《いんらん》〟ロインズがとってかわる。ロインズは大のダンス好きだ。昨日の夜、レインダンサーズなるナイトクラブに出かけたのは彼女だ。そこで見ず知らずの男であるジョージ・ラムと出会い、そいつの家までいっしょに行こうという誘いにも同意した。そのままセックスまでするという流れだったが、ジョージのトレイラーハウスに着くころになると楽しめそうにもないと気づき、この退屈なお仕事をドローンに押しつけた。

ロインズがダンスしているが、やがて音楽は停止する。夢の世界のスイッチが切られ、ヴァーチャルリアリティのヘッドセットが額からもちあげられる。それから〝脳みそ〟ブレインがロインズにとってかわり、PCを修理し、コードを書く……。

マウスが戻ると、午前はすでに終わっている。そのときには、さっきとはまた別の小さなテントにいる。木製の折り畳み椅子にすわっていて、ジュリーが年季の入った机の背後から話しかけている。机の上のデジタル時計によれば、いまは十二時十二分だ。頭痛はするが、疲れてはいない。十二時十二分といっても、と〈案内人〉は推測する。昼の十二時十二分だろう。夜中じゃなくて。

「――昼食が済んだらデニスと話し合い、これからあなたが取り組む課題をきっちり洗いだして」ジュリーが話している。マウスはその言葉をろくすっぽ聞いていない。あくまでもさりげなく自分自身の姿をたしかめる。視線を下に向けると、ちゃんとセーターを着ているし、タンクトップはふたたび覆いかくされている。ほんとうにむきだしにされていたとすればだが。ジュリーの手でセーターを無理やり脱がされたという記憶が脳裏をかすめた。もしかするとそれもまた幻覚にすぎないのかもしれない。浮遊するチェッカーボードのように。

だが、もしそれが幻覚だったのなら、もしある種の精神病エピソードが生じたのなら、その間、彼女は実際には何をしていたのか？　ほかの誰かは気づいたのか？　マウスは、少しの間、ジュリーを観察し、こう判断する。ジュリーはくつろいだ口調で穏やかに話をしている。マウスが少し前に異常な行動をしていたら、そんな人物を前にこんな調子で話したりはしないだろう。それでも、とマウスは思う。いまが十二時十二分ということは彼女がここにきてから三時間半が経過している。何があったのか？

「――お腹空《なかす》いてる？」ジュリーが尋ねる。

「えっ？」とマウス。ジュリーが優しく微笑《ほほえ》む。「ごめん」マウスが言う。「その……一瞬、うとうとして……」

「別にいいよ」とジュリー。「お腹が空いてないかどうか尋ねただけ。ちょっと考えてたんだけど、多少の現金はあるし、みんなでランチに行ってみてもいいかなって。

経費扱いってことで。どう思う？」

「わかった」とマウス。ほんとうは家に帰り、ルディ・クレンツェルに電話し、また仕事に復帰させてくれと頼みこみたかった。だが、そんな選択肢はなさそうだ。リストに記されていない。

ジュリーがほかの連中を呼びにいくときもマウスはぴったりくっついている。やりとりに注意深く耳を傾け、男のうちの二人についてはどうにかこうにか名前と顔を一致させることができた。少年っぽい男はアンドルーと呼ばれている。トロールじみた男――シャツの胸元をだらしなくはだけた姿で見つかり、ジュリーに一喝された――はデニスだ。三番目の男の名前はいまだに聞きとれないが、ひどく物静かな人間だし、名前がわからなくても問題ないと判断する。向こうから話しかけてこないのなら、相手の呼び名を知る必要もない。

彼らは外に出る。するとジュリーが、後ろの席のクッションがどうのこうのと言いだし、全員が自分の車に乗っていくのは無理かもなどと心配しだす。「別にいいんじゃない」マウスが答える。思わぬ成り行きだが、特に落胆もしない。「自分の車でついてくから」

「俺もマウスの車に乗ってこうっと！」デニスが叫び、マウスが身をすくませる。そこでジュリーが助け舟を出す。「ダメだよ、デニス」と諭す。「あんたはあたしの車に乗って。話したいことがあるから」

「はあ、いまじゃないとダメなの？　ダイナーに行ってからでいいじゃん」

「ダメだね、デニス」ジュリーがくりかえす。「アンドルー、あんたがマウスといっしょに行ってくれる？　マウスが道に迷ったりしないように」

「道に迷う？」デニスが叫ぶ。「何言ってんの、提督？　ダイナーはブリッジ・ストリート沿いだろ。ゲートを出たら右折して、あとはまっすぐ行きゃいいだけだろうが」

「とっとと車に乗りな、デニス」デニスはブツブツ文句を言いながらもキャデラックをドカドカ回りこみ、助手席のドアの前に行くのだが、すでにそこには物静かな男がいて、ジュリーがドアロックを外すのを待っている。「おまえは後ろだ！」デニスが吠《ほ》え、物静かな男を押しのける。

キャデラックにすわった途端、ジュリーとデニスの間でまた言い争いがはじまったが、窓は閉じられていたから、何を言っているのかマウスにはわからない。アンドルーを見ると、ぶつぶつ独り言を言いながら考えごとに没頭しているようだ。少ししてはっと我に返ると、マウスに目をやり、申し訳なさそうに肩をすくめる。「いったんジュリーがこうしようと決めたら」とアンドルー。「はたから何を言おうがどうにもならない」マウスのビュイックに向けてあごをしゃくる。「行こうか」

ダイナーまでの道すがら、アンドルーは一応の礼儀として当たり障《さわ》りのない会話を試みる。それなりの努力はしているようだが、マウスと二人きりでいるせいで気づまりな思いをしているという事実は隠しきれていない。マウスは思う。もしかしてジュリーが見落とした何かをアンドルーは目にしたのか？　午前中の九時から十二時までの間、わたしは何をしていたのか？　訊いてみようかとも思うが、もちろん実行には移さない。アンドルーの気遣いのせいでマウスはかえって不快になり、どうやら彼のことは好きになれないようだと確信する。

そうこうするうちに、クロム合金とネオンをふんだんにあしらった五〇年代風のダイナー、ハーヴェストムーンに到着する。マウスはジュリーのキャデラックにつづいてダイナーの裏手の駐車場に入る。サイドブレーキをかけ終えるのも待たず、アンドルーは車から出ていく。「チンポ吸い野郎」マレディクタがその背中に向かって毒づく。

ダイナーに入ると、デニスはマウスの隣にすわろうとするが、またしてもジュリー・シヴィクが邪魔だてする。ジュリーはマウスの左隣の席をとると、マウスの右隣には、デニスではなくアンドルーがくるよう指示する。「いったいなんなんだよ、出会い系か?」デニスが大声で文句を言う。「どういうわけでこいつを彼女と隣り合わせにしようとするんだ?」「ほら、デニス」ジュリーがメニューを手渡す。「目の前に食べ物がきたら気分もよくなるって」

ウェイトレスが注文をとり、ランチがくるのを待っている間、ジュリーはその場の会話をはずませようと努力するがうまくいかない。もっと具体的に言うなら、ジュリーはアンドルーとマウスに話をさせようとする。まずアンドルーに対して、あらかじめ用意していた一連の質問を投げかける。「ねえ、アンドルー、知ってた? マウスは前にビットウェアハウスで働いてたことがあるんだって。あんたもそうだったよね?」という具合に。だが、アンドルーは食らいつかない。露骨に居心地悪そうにしているし、しかもデニスからは〈出会い系〉などと小ばかにされ、ジュリーはたちまち断念する。食べ物がくるまで誰も何も話さない。

さっきはアンドルーのことを好きになれないと思ったマウスだったが、食事中にある出来事が起こり、それをきっかけとして彼女の心に変化が起こる。彼らのテーブルのすぐ近くにボックス席があり、男が四、五歳の女の子とすわっている。男は大きな

Tボーンステーキを機械的に切り分け、フォークに刺してひと切れずつ口に運ぶ。女の子は空腹ではない。豆とマッシュポテトを山盛りにした皿が前に置かれているが、それを食べるでもなく、スプーンを使って豆をあちこちに動かしたり、グレービーソースに模様を描いたりしている。しまいにはそれにも飽き、スプーンのくぼみ部分で皿の端を試しに軽くたたいてみる。その響きに満足し、ベルか何かのようにくり返し打ちはじめる。

男がフォークを下に置く。女の子のスプーンをもつ手をつかみ、動きを止めさせる。無言のまま、余計なことをしたらただじゃすまないぞというようににらみつける。一瞬、少女はおとなしくなり、また豆をいじりだす。男はステーキに戻る。そのうち女の子はまた飽きてきて、スプーンでコップの横側をたたき、カチンと鳴らす。

このとき男はもうフォークを下に置こうともしない。いったん腕を引き、それから手の甲で女の子の顔を張った。強烈な一撃を食らい、女の子はシートの上で横ざまに飛ばされ、ボックス席から転げおちそうになった。顔が紫色になり、女の子は静かに泣きだす。他の常連客の何人かが音を聞きつけ、そちらに顔を向けるが、また目をそらす。

そのときアンドルーが立ち上がる（「やれやれ」デニスが言う。「またかよ」だが、アンドルーは無視する)。ボックス席へと歩いていき、テーブルの女の子の側に立ち、男をじっと見つめる。男はまたステーキを切り分けている。

「ちょっといいかな」アンドルーが声をかける。

ボックス席の男はすじを嚙《か》みおえるのに少々時間をかけ、それからようやくこう尋ねる。「なんか用か?」

「あなたの娘さんか?」

「そうだ。俺の娘だ」ボックス席の男が答える。「文句でもあるのか?」

「あんなふうにぶったら、鼓膜が破れたっておかしくない」アンドルーが教える。

「あごの骨が折れたかもしれない。あるいは」男のこぶしに握られているフォークを指差す。「目をつぶしていたかもしれない」

男が皿にフォークを落とし、両手をこすり合わせる。いらだたしげにため息をつく。

「口出しするな、クソ野郎」

「クソ野郎と呼ぶんじゃない」

ボックス席の男はアンドルーの口からそんな言葉が出たのが信じられないようだった。男はアンドルーよりもずいぶん大きく、外見ははるかにみすぼらしい。スーツを着ているが、服自体はしわだらけで擦りきれている。まるで長時間、きつい肉体労働に従事していたかのように……あるいは、彼を不愉快な気にさせる人々に暴力をふるっていたかのように。「てめえの目をつぶしてもらいたいのか？」男が言う。「それともてめえの大事なところを切りとって——」

「脅しはやめてくれ」アンドルーがさえぎって言う。相手の男とちがって脅しつけるわけではないが、断固たる響きをたたえた声で。父親——よい父親——が、危険な道へ進もうとする子供に向かって、思いとどまるよう語りかけるときの声。そのマッチで遊ぶのはよすんだ。

　アンドルーが少しも脅《おび》えていないと知ってボックス席の男はうろたえ、気後れする。一瞬、アンドルーの顔をまじまじと見つめるが、やがて視線を下に移し、アンドルーの手元に目を留める。武器でももってるんじゃないかと思い、たしかめてみたのだろう。マウスはそう受けとめる。武器はない。アンドルーの体は丈夫そうだが、だからといって腕っぷしに自信がありそうでもない。わけがわからない。

「あんた、頭がおかしいのか？」アンドルーはその問いをうっちゃっておいた。ボックス席の男が、今度は用心するような口ぶりで続ける。「なあ、俺が俺の娘をどう扱おうが、あんたには関係ないんじゃないかな」

「小さい女の子をぶちのめす大人の男がいたら、見て見ないふりなんかできるもんか」アンドルーが大声で言うと、またもや客たちが振りむきはじめる。「あんたは自分を恥じるべきだ」

「自分を恥じるだと!」男がばか笑いする。ボックス席の外に目をやり、自分に注視している店の常連客のなかに同朋《どうほう》を探しもとめる。男の視線がジュリーの上に留まる。「この男だが、信じられるか?」そう問いかける。「自分のことを俺のクソ良心かなんかだと思ってやがる!」

「まあ、あんたにはそれが必要だよね」ジュリーが言う。

男がこくりとうなずく。「そうかい」アンドルーに顔を向ける。「ほらよ。あんたに一票だ」

「票なんかいらない」アンドルーが応じる。

「ああ、もちろんだ」男が言う。「あんたは自分が正しいと思ってるよな? 育児の専門家だと。だが、いいか。こんなクソガキにあんた自身が我慢しなければならないとしたら——」

「この子がぼくの娘なら、〈クソガキ〉とは呼ばないな。ぼくがガツガツ食べている間、彼女は泣いたりしないだろう」

一瞬、またまた男はいまにも殴りかかってきそうな気配を漂わせる。しかし、アンドルーはまばたきもせず、尻込みもしない。じっと目を見据えている。結局、ボックス席の男は、アンドルーがなぜ恐れないのか、その理由をあえて問いただしたりはしない。「わかった」シートの上で体をひねり、必死にズボンのポケットを探る。「わかった。これでどうだ？　あんた自身がガキをつくるんだな。いいか？　ガキをつくり、何年かいっしょに暮らし、そのあとでまたここにきて、ガキの扱いについて説教しやがれ」テーブルに置いた皿の隣に二十ドル札をバンと叩きつける。「行くぞ、レベッカ」男ががなりたて、ボックス席からすべりでる。アンドルーを押しのけ、小さな女の子を抱え上げる。女の子はそれまでの涙もどこへやら、二人のにらみ合いを興味津々《しんしん》といった面持ちで見守っていた。男は女の子を抱えたまま立ち去ろうとする。ドアまで行く途中で足を止め、振りかえり、アンドルーに指を突きつける。「二度と会う機会がないよう祈るんだな、クソ野郎」

「今後もあんたが小さな子を殴りつけてるという噂《うわさ》が耳に入ったら」アンドルーが言いかえす。「あんたはまたぼくと会うことになる。ぼくだけじゃないからな」

「頭がどうかしてる」男は手を下げ、かぶりを振る。ウェイトレスの視線に気づき、「ここってイカレポンチ大集合の店なのか、なあ？」

男は女の子を連れて外に出る。アンドルーは二人が姿を消すまで見ていたが、やがてテーブルに戻る。

「ほんとあれだけはやめてほしいね」とデニス。

アンドルーがうなずき、悲しげに答える。「きみの気持ちはわかってるよ」

「さっきだって殺されていたかもしれない。銃を抜いておまえを撃ち殺していたかもしれない。よくある話だ」

「銃はもってなかったんじゃないかな、デニス」

「ステーキナイフはもっていた。こぶしだってあった……」

アンドルーはかぶりを振る。「あいつはぼくを殴らないだろうとアダムは思っていた」

「アダムか……」デニスが目をぎょろりとさせる。名前の前後に聴覚的な引用符を付して言う。「〝アダム〟がまちがってたら？」

「そしたらセフェリスが助けてくれる」

「セフェリス……まあ、おまえ、ほんと頭おかしいよな。あの男の言うとおりだ。今回の件のどこが最悪かわかるか？　これで少しでも何かが変わるかというと、そんなことはまったくない。だいたいあの男が自分の子供をぶたなくなると思うか？『恥を知れ』と言われたぐらいで？」

「何も言わずにいるよりはマシだよ」アンドルーが言いかえす。とはいえ満足げなところは少しもない。デニスのほうが正しいのかもしれないと疑っているみたいに。

「そうだ」とデニス。「やつは変わらない」

「それはどうでもいい」アンドルーが主張する。「いや、それはもちろん問題だけど、だからといって何もしなくてもいいってことにはならない。誰かがまちがった行いをしているというのに咎《とが》めもせず、やりすごすなんてできない」

「なんで？　咎めたって何も変わらないのなら……まさかこう思ってるわけじゃないよな？　次にあの男が娘に暴力をふるいたくなったときに、おまえのことを思いだすとか？」

「それはない」思わず言葉を発してしまい、マウス自身が驚く。「でも、女の子は思いだすんじゃないかな」アンドルーとデニスがともにマウスに目を向ける。ジュリーが微笑む。

昼食後、彼らはリアリティファクトリーに戻る。そこでマウスはふたたび時間を失いはじめる。けっして意外ではない。マウスに仕事に取りかかるようジュリーが命じたちょうどそのとき、それは生じる。「オーケー」とジュリー。「あなたとデニスとあたしとでこれからじっくり――」

——次に意識を取りもどしたとき、マウスはひとりっきりで、近接した二つのテントの間のスペースにうずくまっている。そこで自分が何をしているかもわからず、立ち上がりかけるが、左側のテントから二人の声が聞こえ、動きを止める。一方はジュリー、もう一方はアンドルーの声だった。

——典型的なMPD（多重人格障害）だよ」とジュリー。「三人、もしかすると四人の人格と話をした」

「パレードだ」とアンドルー。「アダムの言い方だとそうなる」

「変な話だけど、あんたと知り合ってなかったら気づかなかったかもしれない。こう思って済ませたかも。『うわっ、この子、すっごい気分屋だわ！』けど、ある程度、あたりがつくようになると……うすうすは感づいてたんだ。ルディの店であの子から怒鳴られたときに。けど確信したのはその後、本屋で偶然、会ったときだった。何杯か酒を飲んでからは一目瞭然《りょうぜん》だった」

「彼女を酔わせたわけ？」

「そんな気はなかったんだけどね」弁解するような口調だった。「ワインを一杯おごると言ったんだよ。そしたら、お代わりしてもいいかとか言われちゃってさ。そんでもって、あの子、さらに三杯、勝手に頼んじゃってたんだ」

「ジュリー!」

「あたしにどうしろと? あの最後の三杯なんて、いったい誰が注文していたのかさえ、あたしにはわからなかった」

「その後、彼女を家に送りとどけたんだろうね」

「そうしようとはしたんだよ、アンドルー。マジで。彼女、酔っぱらってるようじゃなかった。でも小柄だし、五杯も飲んでたら……けど、あたしの車に乗ろうとしなかった。無理強いしようとしたら、まだ会ったことのない新しい人格が出てきて、彼はこう言った。そいつは男、まちがいなく男で、声は完全にしらふだった。そいつは言った。『いや、朝に仕事に出かけるし、彼女は自分の車が必要なんだ』あたしが言った。『あんなにワインを飲んだのに彼女自身で運転すべきだと本気で思ってる?』するとあいつは言った。『心配するな。わたしが家まで送りとどける。前にもやったことがある』そのときでさえあたしは彼女を――彼を――みすみす帰らせる気はなかった。おやすみと言い、反対方向に歩いていくふりをして途中で引きかえし、彼らについていった。少なくともちゃんと車に乗るところまでは見届けるつもりだった。でも彼らは車にまっすぐ向かわず、コーヒーショップに入った。それであたしは待ってるだけ待ってやろうと思って、外でぶらぶらしていた。そのうち車を引き取りに行く時間になってしまったけど、彼らはやっぱり外に出てこないし、こう考えた。オーケー、彼らは大丈夫だろう。酔いがさめるまであそこで待ってるんだ……申し訳ないとは思ったんだけどね、アンドルー、あたしに何ができた？　あのときとはちがう。あんたが酔っぱらったときとは」

アンドルーは音を発するが、テントの生地越しに聞いているマウスにはそれが何を意味しているのか判断がつかない。沈黙が生じる。それからアンドルーが言う。「で、きみは、うちで仕事しないかともちかけた」

「彼女が二杯目のワインを飲む前にね。そう。彼女もオーケーした」

「誰が承諾したんだ？」

ジュリーが笑う。「うん、それ、あたしも考えたけどね。家の番号を聞いてたから、次の日の朝早く電話をかけてみた。無事家に帰っているかどうか確かめるためでもあったし、うちで仕事をするという話を憶《おぼ》えているか探りを入れるためでもあった」

「憶えてた？」

「誰だかは憶えていた。電話に出たのが誰であれ。けど、土曜にまた話をしたときには、なんだかとまどってるみたいだった。度忘れしてしまったんだけど、一生懸命ごまかそうとしてるっていうか。ほんと言うと、今日、彼女がここにくると百パーセント確信してたわけじゃない」

アンドルーが尋ねる。「どうして彼女に仕事の話をもちかけたのかな？」

「どうして？」ジュリーが大声を出す。疑問を抱く余地があるなんて驚きだとでもいたげに。だが、テント越しに耳を傾けているマウスでさえ気づいているように、その驚きは演技にすぎない。「彼女が天性のプログラマだから。ただそれだけ。少なくとも、彼女の魂のひとつは。今日、ランチのあとであんたも見たはずだよ。仕事に取りかかってるときの彼女を見たら、デニスでさえ感心してた」わずかな間。「なんだよ、あたしの言ってることが信じられない？」

「信じるよ、彼女がいいプログラマだってことは」とアンドルー。「でもアダムは、きみが彼女を雇ったのには別の理由があると考えているし、ぼくもそのとおりだと思う」

さらに間。

「まあね……」とジュリー。

「まあね？」

「オーケー」とジュリー。「オーケー、オーケー。要するにこういうことだよ。プログラミングスキルの高さが、彼女を雇った第一の理由だというのはまちがいない。しばらく前から誰か、とりあえずパートでもいいから雇いいれたいと考えてたからね。だから仕事のことで彼女に打診してみようという考えは最初からあったんだ。MPDのほうと結びつけたのはそのあとのことでさ。神にかけて誓ってもいいよ、アンドルー。けど、いったん結びつけると、思ったことがあって……」

「なんだろ？」

「だから、問題は彼女がわかってないってこと。いや、彼女のなかにいる人々のなかには明らかにわかってるやつもいる。彼女を家まで送りとどけるとあたしに言ったやつとか。でも、彼女、つまりあんたが今朝会った女性はわかってない。絶対そうだとあたしはにらんでる。で、思ったんだ。ひょっとしてあんたなら——」

「ああ、ジュリー……これはまずい考えだ」

「前にあんた、お父さんのときどうだったか話してくれたじゃない。家を建てる前。彼がまだわかってなかったとき。カオス状態で生きてるみたいだったと。だったら……彼女だって同じ状態のはずだよね？　カオス状態で生きてるっていう」

「だろうね、でもジュリー——」

「だからあたしとしてはこう思うんだよね。あんた自身もそういう経験をしてるし、彼女に手を差しのべたいとか——」

「ぼくはそんな経験はしてないよ」とアンドルー。「経験したのは父さんだ。しかも二人とも精神科医じゃない。彼女に必要なのはそれだよ」

「オーケー、わかった。でも、必要なものなんて手に入れられるわけがない。そもそも自分がどういう状態かわかってないんだし――」

「もし彼女がわかってないのなら、おそらくそのための準備がまだできてないんだ。無理やり教えこもうとしたって、かえって逆効果なんじゃないかな」

「自分の異常さについて何も知らずにいるほうがマシだってわけ？」

「ぼくが言いたいのは、彼女自身に関しての、本人が聞きたがらないような話をしたって混乱させるだけだってこと。もしそうなったら彼女はけっして話に耳を傾けようとしない。別の魂を呼びだし、その情報から身を守ろうとするだろう。そしてさらに彼女を混乱させるなら、呼びだされた保護者はきみを脅威と決めつけ、きみから彼女を引きはなそうとするかもしれない。けど彼女は、何が起こっているか知らずにいるだろう。ある日、目覚めると新しい仕事についている。もしかしたら新しい街で暮らしているかもしれない。どうしてこんなことになったのかわからないまま、変化に対処しなければならない」

「まあね」とジュリー。非難に対して応じるような口調だ。「いきなりドカンとかませとか、さすがにあたしだって言うつもりはなかったっていうか、とにかくいまはない。あたしのアイデアはこんな感じ。まずあんたは彼女と知り合い、友だちになり、そのうちあんた自身の過去を打ち明ける。家を建てるまで、あんたのお父さんとかほかのひとたちがどういう状態でいたか話して――」

「症状をぐだぐだ説明しろと？」

「まあ……実際にはそういうこと。あんたなら、あんたのお父さんがどういうふうに時間を喪失していたかを話せるし、お父さんがつけていたリストについても教えられる。だから、せっつかなくていい。でももし『ねえ、それってわたしの人生みたい』と彼女が口にしたら、そのときは――」

「やっぱりあまりいいアイデアには思えないよ、ジュリー。それにこんなことをするんだったら、彼女を雇う前に言ってほしかったね。だって、いきなりドカンとかますってことなら……きみは一週間も前からこの件について知ってたというのに、ぼくは今朝になってはじめて聞いたんだよ、それもデニスから」

「わかってる、わかってる……たしかに言っておくべきだったよね。そうしようとはしたんだけど、そんなことしたって先入見を与えるだけだし、よくないと思ったんだ」

「先入見を与える？　どういうこと？」

「だから……MPDうんぬんという話は伏せたまま、あんたを彼女に会わせたらいったいどういうことになるか見ておきたかったんだよね。あたしの指摘抜きでMPDに気づいたらってことだけど」

「でも、さっき一目瞭然だと言ってたよね。ほんとは迷ってたんじゃないの？　もしかすると自分はまちがってるんじゃないか、彼女は多重人格者でもなんでもないんじゃないかって」

「いや、それは確信していた。ただちょっと思ったんだ――」

「何を？　ぼくを驚かせてやったらおもしろいぞとでも？」

「アンドルー！」

「ごめん、ジュリー」とアンドルー。「でも、ぼくはほんとに……すごくひっかかってるんだよね。きみがこんなことをしようとするなんて。これはゲームじゃない。ヴァーチャルリアリティのシミュレーションなんかじゃないんだ」

「アンドルー……」

「こんなのフェアじゃない」アンドルーが言いはる。「ぼくに対してもそうだけど、それより何より彼女に対して。ぼくにはきみの考えが理解できないよ、ジュリー。全然理解できない」

「アンドルー！……アンドルー、待って！」

　アンドルーがテントから出ていく。マウスは見つからないようカンバス地の壁にぴったりへばりついたまま、そろそろと正面のほうに移動する。テントの正面の角から覗《のぞ》きこむと、出ていくアンドルーの姿が目に入る。すぐさまマウスは気づく。退出はただの演技だ。アンドルーは猛然と立ち去るどころか、すぐ外で足を止め、ジュリーが追いつくのを待っている。やってきたジュリーは自分の過《あやま》ちを深く悔いている。とはいえマウスはいぶかしむ。ずいぶん悔いてるみたいだけど、これまたただの演技？

「わかったよ、アンドルー」ジュリーがアンドルーの前腕に手を置く。ルディ・クレンツェルのときと同じ、色仕掛けでたらしこもうという魂胆だ。「わかった、あたしはヘマこいた。認めるよ。後悔してる。ほんとに。でも、彼女はいまここで働いている。それはもう取り消せない。あたしのヘマのせいで彼女にあたるとかやめてね」

「もちろん、ぼくは彼女にあたったりしない。けどジュリー――」

　ジュリーはアンドルーの腕を軽く引き、胸にかすめさせる。「とにかくいっしょに働いて」ジュリーが頼みこむ。「ＭＰＤの話題が出なかったら出ないでかまわない。二人のそりが合わなくたって別にいい。あたしは余計なことを言うつもりはない。それは約束する。でももし――あくまでもしなんだけど――彼女が助けを求めてきたら、助けを求めるだけの準備ができたのなら、できれば――」

「ぼくはどんな約束もするつもりはないよ、ジュリー」

「あたしも頼むつもりはない。ただ、とりあえず様子見だけでもしようよ、いい？」

ジュリーが微笑みかけ、パチパチまばたきする。アンドルーが何も言わずにいると、ジュリーはその問いに自分で答える。「オーケー、それじゃ……」最後にまたアンドルーの腕を引き、解放する。「彼女の様子でも見にいくか。デニスに言っといたんだよね。空いてるテントを使って、彼女を別のテストプロジェクトに取り組ませてくれって。けど、いまごろはもう片がついてるかもね」

ジュリーはアンドルーの頬にキスする。アンドルーはぎょっとしたようだ。それからジュリーはくるりと背を向け、その場から立ち去る。アンドルーはその場に取りのこされる。明らかに憤慨し、少なからず当惑もしている。アンドルーは去っていくジュリーを見つめる。マウスはそんなふうに見つめているアンドルーを見つめる。

マウスはいま盗み聞いた会話の内容に魅了されている。といってもその大半は理解できなかったが。今日はこれで二度目になるが、防御を緩めてみようかと思う。こんなふうに行動する自分を想像する。隠れ場から歩みでて、アンドルーの肩を軽くたたき、こう尋ねる。あそこで話してたことってなんだったの？ さっきわたしのこと話してたよね？

今度のはたわいもない思いつきなんかじゃないが、それでもマウスは実行には移さない。マウスは尻込《しりご》みし、身をひそめているが、ほんの一瞬の後、また別の興味深い出来事を目撃する。

ジュリーが声の届かない場所にまで行ってしまうと、アンドルーの顔が変化する。ほんとうなら表情が変わるとでも言うべきなのだろうが、このとき目にしたのはもっと根源的な変化だった。アンドルーの狼狽《ろうばい》は一瞬にして消失し、それまでのわずかに不快そうな面持ちははるかに苛烈《かれつ》で、はるかにどす黒い何かに変わる。嫌悪《けんお》一歩手前の侮蔑《ぶべつ》。

「クソ女」アンドルーが言う。「おせっかいなクソ女」

それからまばたきし、するとまたもや少年っぽくて、混乱し、わずかに腹を立てているアンドルーに戻っている。「ああ、ジュリー」そうつぶやく。聞き耳を立ててるように首をもたげ、それから付け加える。「静かにして」

「マウス？」ファクトリー内のどこか別の場所でジュリーが呼ぶ。「マウス、どこにいるの？」

マウスはふたたび消え去り、返答もしない。マレディクタとマレフィカが代わりばんこに出てきて、前に目をつけていた隠れ場に引きこもる。物資の保管貯蔵用テントがそれで、なかには大量の箱が山積みになっていた。箱を配置しなおせば、間に合わせにすぎないものの、孤独を確保するための砦《とりで》を簡単に構築できる。彼女たちはそこに行き、壁を築いて閉じこもる。マレフィカはとくに頑丈そうな箱を引き寄せて腰かけ、マレディクタがタバコに火をつける。

彼女たちは孤独の砦に長いこととどまり、物思いにふける。

第三の書　アンドルー

7

火曜の朝、仕事に出ると、最初の二通のEメールが待っていた。精神的にきつい週になるだろうという予想はすでについていた。前日の午後、ジュリーとあんなふうに衝突してしまった以上は。ぼくの意向を確認することなどすっとばし、ジュリーがぼくの人生をしちめんどくさいものにしようとしたのは今回がはじめてというわけじゃない。ジュリーは誰かれかまわずあれこれおせっかいするのが好きだし、びっくりさせるのも好きだ。一方で許可を求めるのは好きじゃないというか、少なくとも、ほんとうなら許可を得るべきなのに何も気に留めていないときが往々にしてある。そして釈明を求められたときにはつねに――自分の意に反する計画やら策謀やらに巻きこまれるのはごめんだと相手からきっぱり拒絶されたときにはつねに――ジュリーの反応は一貫している。毎度のように反応が同じなので、アダムは名称まで考案した。いわく〈ジュリー・シヴィク印、適正なる叱責《しっせき》に対する三段階反応〉。

第一段階は約二十四時間続く。〈悔恨〉だ。自分が友人同士の境界線をずかずか踏みこえてしまったという事実を知らされるや、ジュリーは弱腰になり、相手をなだめようとする。自分が境界を侵犯してしまったという思いでジュリーは深く傷つき、彼女がつけこもうとした友人はその姿を見て罪悪感を抱きはじめる。まるでやりすぎたのは自分のほうだとでもいうように。しかし、最初の疑念が生じたまさにそのとき、ジュリーは突如として第二段階に移行する。アダムは第二段階を〈両天秤《りょうてんびん》の均衡〉と呼んだ。二日から五日つづくこの段階においてジュリーは他人のあらさがしに没頭し、ふだんなら気にも留めない些細《ささい》な無礼や過《あやま》ちにいちいち食ってかかる。第二段階で最悪なのは、第一段階といまの状況との関連性についてジュリーがけっして理解できないという点だ。もしもいまから二日後、ぼくの靴ひもの結び方が変だと怒鳴り、そしてぼくがジュリーに対して「あのね、ジュリー、きみがいま怒っているのはなぜかといったら、実は心のなかに潜んでいる罪悪感のせいなんだよ」と言ったとしても、ジュリーがそれに賛同するはずがないし、そもそもぼくが何を言ってるのかさえ理解しないだろう。どういうわけでぼくにそれがわかるのかというと、前に試したことがあるからだ。

第三段階となる〈和解〉は、第一段階の穏当バージョンだ。ある時点でジュリーは愛想のよさを取りもどし、一日ないしは二日かけて埋め合わせをしようとする。埋め合わせのきっかけとなった何やらがあるとは断じて認めようとはしなかったけど。こうしてすべてが終わる。少なくとも次に同じようなことが起こるまでは。といっても、ペニーがリアリティファクトリーで働きつづけるのなら、次のときはそれほど先のことではないかもしれない。

昨日の午後、ペニーを助けてもらいたい、検討だけでもしてくれと懇願されたとき、ぼくは、約束はいっさいしないと答えた。とはいえ、はっきりダメとは言わなかったし、おそらくジュリーは、これ——明確な拒絶がなかったこと——に乗じて、ぼくがすでに約束したと解釈してしまうだろう。ぼくにはわかっていた。そんなわけだし、ペニーを助けるのはありかどうか、ある程度の時間——実際は昨日の夜ほとんどすべて——をかけて検討してみたのは言うまでもない。そして検討すればするほど、ぼくが助けるのは無理だという思いはますます強まった。

理由のうちのいくつかはすでにジュリーに話している。ぼくは心理療法士じゃないし、たとえ心理療法士だったとしても、ペニーの側で助けてもらうだけの素地ができていない以上、助けようとしても役に立たないだろう。だが、あまりにもせこすぎるがゆえに口に出すのもはばかられ、これまでのところ話してはいなかったけど、ぼくが二の足を踏んでいた最大の理由が実はほかにあった。ペニーのことが好きになれなかったんだ。

ペニーが嫌いだというわけじゃなかった。彼女に対するぼくの感情はニュートラルなものだった。好意もなければ悪意もなく、肯定的でも否定的でもなかった。偶然会っていたら、なんの関心ももたなかっただろう。もちろん、それを語るのがぼくだという点を踏まえれば、これほどまでの無関心さはいくぶんか否定的なものだといえる。たいていぼくは新しく出会った人々に興味を抱く。ぼくがペニーについてニュートラルでいるのは、いわば彼女に狙《ねら》いを定めて攻撃を加えているようなものだ。少なくともジュリーはそう思いたがるだろう。でも、ぼくは実際にそんなふうに感じていたし、それはどうしようもなかった。

そしてぼくがそう感じていた以上、ペニーを助けることはできなかった。父が家を建てはじめたとき、ぼくはまだ生まれていなかった。でも、話はたっぷり聞かされていたし、当時は苦難の連続だったと知っている。父にとってそうだっただけじゃない。ぼくは父を愛しているが、サムおばさんによるとあの最初の時期、父は生ける地獄そのものだったという。しかも、その時期に先立って、父は体の支配権をめぐってギデオンと闘いをくりひろげていたのだ。あの苦難の時期、真の友、あるいは家族、あるいはミセス・ウィンズローのようにとてつもない忍耐心の持ち主、あるいはドクター・グレイのようにその筋の専門家でなければ、とうてい父と行動をともにすることはできなかった。知り合ったばかりで、ニュートラルな感情を抱いているだけの顔馴《かおな》染《じ》みといった程度では耐えられたはずがない。

「なら無視無視」アダムが言った。「ペニーはおまえの問題じゃない。おまえがここに連れてきたわけじゃない。助けるという約束もしなかった」

「わかってる。けど、ジュリーが――」

「ああ、ジュリーか」アダムはせせら笑った。「そうだよな。忘れてた。ジュリーを失望させるわけにはいかないんだった」

「ジュリーはぼくたちにとても親切にしてくれた」

「俺たちに親切にしてくれた。たしかに。だからおまえはいまでもまだ考えている――ジュリーがすごく親切だというんでな」

小屋に入ると、自分のテントにまっすぐ向かい、パソコンの電源を入れた。Eメールが二通届いていた。どちらも差出人はスレッドという人物だった。昨日の晩遅く、真夜中過ぎに送信され、最初のメールの件名は〈ミスター・ゲージ〉、二つめの件名は空白だった。おそらく迷惑メールの類《たぐい》だろうと思いながら最初のメッセージを開いて読んだ。

件名：ミスター・ゲージ
日付：１９９７年４月22日（火）00：33：58
送信元：スレッド〈thread@cybernrthwest.net〉
送信先：housekeeper@pacbell.net

ミスター・ゲージ
わたしがこうしてメールを書いているのは、ペニーが自分自身を見いだすための手助けをあなたにしてもらいたいと思ったから。無理な頼みなのはわかっている――あなたはわたしたちのことをまったく知らない――でも、ペニーはとても長いことおびえていたし、何がどうなっているのか理解するだけでも彼女の助けになるはず。どうかわたしたちを助けてほしい。
t

次のメッセージは最初のメッセージから三分もたたないうちに送信されていた。こんな内容だ。

件名：
日付：１９９７年４月22日（火）　00：36：22
送信元：スレッド〈thread@cybernrthwest.net〉
送信先：housekeeper@pacbell.net

もうひとつだクソ野郎もしおまえが彼女を傷つけたら信じられないくらいこっぴどく痛めつけてやる

奇妙に聞こえるかもしれないが、何よりぼくを当惑させたのは最初のメッセージだった。おそらくは受信者としてぼくの名前が記され、文面もよりパーソナルな内容だったせいだ。「彼らはどうやってぼくたちのアドレスを手に入れたのかな？」
「あててみな」とアダム。ぼくが答えずにいると、アダムはこう続けた。「ありがとよ、ジュリー、ずいぶん俺たちに親切なこって……」

「アダム！」ぼくが言った。「アダム、やめてくれ、ジュリーは絶対に——」

「テントの外に誰かいる」とアダム。

ぼくは椅子《いす》にすわったまま体を起こし、耳をすませた。物音が聞こえたような気がする。誰かがすり足で移動するかすかな音。「おーい？」大声で呼びかけた。誰も答えなかった。立ち上がり、テントの正面へ忍び足で移動し、束《つか》の間《ま》、入り口のフラップに耳を押しあてていたが、肩をすくめ、外に出た。

誰もいなかった。少なくとも目に見える範囲には。「おーい？」ぼくはまた呼びかけた。隣のテントでデニスが叫んだ。「なんだ？」「なんでもない」ぼくは叫びかえした。テントの外側をぐるりとまわり、角にくるたびに念入りに確認したが誰もいなかった。また正面に戻り、なかに入りかけたとき、ジュリーから声をかけられた。「ちょっと」

「ジュリー！」くるりと振りむくと、どういうわけだかジュリーがぼくの真後ろに現れ出た。「げ……元気？」

「まあね」ジュリーが微笑《ほほえ》む。ぼくの腕に柔らかな手を置いた。「あんたは？」

「ぼくは……うん、おそらく……でも——」

「よかった」とジュリー。「ねえ、アンドルー。いま忙しくないんだったら、もうちよっとあの件について――」

考える間もなく言葉が口をついて出た。「ぼくには無理だよ、ジュリー」

ジュリーは話の途中で口をつぐんだ。腕に置いた手がびくっとした。

「ペニーについて頼まれたことだけど」そう説明した。ぼくがなんの話をしているのか、ジュリーははっきりわかっているはずだと思いながら。「ぼくにできるはずがない。考えてくれと言われたのは憶《おぼ》えているし、そうしてみた。でも、やっぱり無理だとしか思えない。それで……それではっきり話しておきたかった。おたがい誤解せずにすむように。わかってほしい」

ジュリーはぼくの腕から手を離した。唇をすぼめる。「ジュリーはちゃんとわかってるって」アダムが言った。

「まあ、とにかく」ぼくは一気にまくしたてた。「とにかくだよ、ぼくはいま重大な問題を抱えてて、それをなんとかしなきゃいけない。それで……それであとで話がしたいんだけど、いいかな？」ジュリーは口を開いて返事しかけたが、ぼくは背中を向け、自分のテントにさっと入った。

なかに入ってすぐ足を止めて待った。ジュリーはぼくを追ってなかに入ろうとはせず、かといってさっさと立ち去るわけでもない。ジュリーは口で息をしているらしく、はあはあという音がテントのフラップのすぐ向こうから聞こえた。しばらくして静かに、だがはっきり「クソッ」と吐き捨て、靴底をファクトリーのコンクリート床に叩《たた》きつけ、大股《おおまた》で歩き去った。

「第二段階か」とアダム。「今回は早々におっぱじまるぞ」

ぼくはデスクに戻り、パソコン画面の文章を読みなおした。

　もうひとつだクソ野郎もしおまえが彼女を傷つけたら信じられないくらいこっぴどく痛めつけてやる

「これ、どうしたらいい、アダム？」

「そうだな、クソ野郎と呼ぶなと言ってやるとか。昨日は大成功だったぜ」

「こっちは真面目《まじめ》に話してるんだ。心配したほうがいいのかな」

内側でアダムが肩をすくめるのを感じた。「しなくてもいいだろう。いまのところは」とアダム。「保護者っぽい感じがするけどね。乱暴な言葉遣いとかでヤバそうなふりしてるだけだろ。おまえに迂闊《うかつ》な真似《まね》をさせないために……要するにだ、彼らが聞く耳をもたないというのなら話は別だが、さしあたりは——」

頭にイメージが浮かんだ。ペニージャない。ジュリーだ。怒ってドンドン足を踏み鳴らし、去っていくジュリー。「彼らを助けるべきなのかも」ぼくは言った。「バカなことを言うな。まずい考えだ。自分でもそう言ってたじゃないか。おまえ自身がそうしたいってわけでもないだろ」

その点について議論はしなかった。そのかわり、スレッドからの二通のメッセージを――未返信のまま――〈保存メール〉フォルダーに移動した。

こんな日は小屋の屋根の状態でもチェックするにかぎるとぼくは思った。伸縮はしごをもってきて、それから一時間、屋根板のゆるみ、隙間《すきま》、腐った張り板がないか徹底的に調べた。

十時半ごろジュリーが下から大声で呼びかけた。何やら心配ごとでもあって、気を揉《も》んでいるようだ。「アンドルー! アンドルー!」

「どうかした?」屋根の縁へとあわてて移動し、あやうく体勢を崩しそうになった。

「何かあった? 誰か怪我《けが》でもしたとか?」

誰も怪我なんてしていなかった。気を揉んでいるように聞こえたのは、ジュリーがいらいらしきっているせいだ。「いったいそんなところで何してるの?」

「あんたは俺がここで何してると思ってんだ?」アダムが言う。次に言うセリフをぼくに提供するときにはいつもそうするように、さりげない口調で。ぼくは、それを声に出して言ってしまわないよう我慢しなければならなかった。

「雨漏りのチェックだけど」ジュリーに言った。心のなかでは、アダムに黙ってるよう注意した。

「今日、雨漏りをチェックしてくれと指示した？」

「えーと、指示はなかったかな」とぼく。「でも……」でもそんな指摘は筋違いだ。これまでだってほとんどそんな指示は出してないんだから。「何か用事でもあるの？」

「あるよ！　だからあんたをあっちこっち探してたんだろ！」

「ああ……わかった。すぐ降りるよ……どこへ行けばいい？」だが、ジュリーはすでに建物のなかに入り、背後のドアをバタンと閉めてしまった。

「ずいぶんご親切なこった」とアダム。

「黙ってて」

ジュリーと他の連中はビッグテントにいた。ジュリーはデニスと打ち合わせ中で、アーウィンは床であぐらを組み、データスーツのひとつで見つかった配線ミスを修理していた。ペニーはひとりだけ隅のほうにいて、ノートパソコンのキーをせっせと打っている。ペニーの姿が目に入ったとき、胃に奇妙なうずきをおぼえた。しかし、ペニーがたまたまこちらに視線を向けたときでも、その目はとくに期待感を浮かべていたわけではなく、ぼくに気づいて合図を送ってきたわけでもなかった。いま体を管理する役割を果たしているのがどの魂かはわからないが、少なくとも二通のEメールのいずれの書き手でもなかった。

ジュリーのほうに行き、その隣に立って、彼女がぼくに気づいてくれるのを根気よく待った。「オーケー」数分してジュリーが穏やかに言った。「結局、あんたにいてもらう必要はなくなった。もういいから」

「わ、わかった……」ぼくが言った。

「でも、せっかく降りてきたんだし」立ち去る隙も与えず、ジュリーが付け加えた。「アーウィンでも手伝ったら」

自分の名前が口にされるのを聞きつけ、アーウィンが顔を上げる。困惑した表情からすると、別にぼくの助けなんて必要としていないし、なんでジュリーがそんなことを言ったのか、わけがわからないと思っているのは明らかだった。それでもぼくはそばに行って腰を下ろし、役に立とうとはしてみた。

その後、ふとした拍子に視線を感じた。振りかえるとペニーがじっとこちらを見つめていた。新しい魂がペニーの目から外を見ている。スレッドだとぼくは思った。

「スレッドだ」アダムが追認した。「別のやつになるほどペニーはムカついていないようだ」

そのときデニスが叫んだ。「おい、マウス！」すると、スレッドであれほかの誰であれ、とにかくそこにいるやつは目をしばたたき、それから姿を消した。

アダムとぼくはともにずっと気をつけていたが、その日の午前中、スレッドは戻ってこなかった。昼食後、ぼくはまた屋根に上った。

件名：ミスター・ゲージ
日付：１９９７年４月23日（水）　01:04:17
送信元：スレッド 〈thread@cybernrthwest.net〉
送信先：housekeeper@pacbell.net

ミスター・ゲージ

わたしの頼みがあなたの負担になってなければいいと思う。実際に会って話をすべきだったんだろうけど、わたしは少々内気だし、あなたもそうなんじゃないかという気がする……そのうちどこかで直《じか》に会ったりできる？　もしそのほうがあなたにとって都合がよければ……

t

「これ以上先延ばしにするのは無理そうだよ」ぼくが言った。アダムは返事をしなかった。ぼくはもう一度試した。「昨日、返事を出したほうがよかったんじゃない?」

やはり返事はない。水曜日の朝だった。アダムはガン無視を決めこんでる。仕返しのつもりらしい。昨日の夜の言い争いで、ぼくがサムおばさんに味方したのを根にもってるのだろう。

「わかった」とぼく。「自分だけでなんとかできるよ」

観覧台からほんの一瞬、くすくす笑いが聞こえた。それからふたたび沈黙。ウェブブラウザでメール返信用のウィンドウを開き、キーボードの上に指を浮かせた。

スレッド様、とぼくは思ったがタイプはしなかった。申し訳ありませんが、ぼくはあなた、あるいはペニーを助けられません……。

スレッド様、もちろん、あなたを助けたいのはやまやまですが、残念ながらぼくは適切な人間ではありません……。

スレッド様、もしペニーがほんとうにほんとうに〝自分自身を見いだす〟つもりなら、必要なのは腕のいい医師であって――。

「スレッド様」アダムがこらえきれずに提案した。「ほんと言うと、きみのこともペニーのこともぼくにはどうでもいいんだよ。でも、もしジュリー・シヴィクに頼まれたら、どうせへいこら従うだけなんだし、とりあえずじらしてやるかと――」

「黙れ」とぼく。

「はあ？　俺のアドバイスが欲しかったんじゃないのか？」

「欲しいよ。けど、そっちに助ける気がないのなら……」

誰かがガサゴソとテントに入る音が聞こえ、コンピュータの画面から顔を上げた。

「ジュリー……？」

ジュリーではなかった。ペニー、あるいはむしろペニーの体と言ったほうがいいかもしれない。魂はスレッドだ。すぐさまぼくは、身体言語、つまり身振りや顔の表情、態度などがそれまでとは一変しているのに気づいた。ペニーが、いつなんどき天敵に襲われても不思議じゃないとでもいうようにびくびくと背中を丸めていたのに対し、スレッドの立ち姿や身のこなしはより自信に満ちていた。いまは明らかにひどく不安げだが、それでもペニーよりは堂々としていた。

「ミスター・ゲージ？」彼女が尋ねた。

「はあ」小さな声で。ぼくは深く息を吸った。「ハイ」

「こんにちは」彼女が手を突きだした。ぼくは求めに応じて握手し、すると突如、精神的にひどく混乱してしまった。ついさっきまではEメールで返信し、今回の件はあきらめてくれと伝えるつもりだった。しかし、こうして直に向かい合うと、父が最初に助けを求めた当時のさまざまな話が脳裏に甦《よみがえ》ってきた——どれだけ父が脅《おび》えていたか、どれだけ勇気を振りしぼらなければならなかったか。うじうじと救いの手を差しだせずにいる自分が突然、利己的で卑《いや》しい人間のように思えてきた。

でも、その思考がなんらかの結論へと至るよりも先に、ジュリーがいきなりテントに飛びこんできた。完全に第二段階だ。「アンドルー！」ぼくに向かって吠《ほ》えたてた。「アンドルー、頼みがあるんだけど——」肉体的にはペニーである誰やらを目にし、ぱっと足を止めた。

「えっ」とジュリー。ぼくからスレッドへ、机の上で握り合っているぼくたちの二つの手へ、それからふたたびぼくへと視線を移動させた。「ああ、ごめん……あとでまたくるよ……」

「ちがうって！」立ち上がり、スレッドの手を離す（実際はただ離したんじゃない。むしろ強引に払いのけたというか）。「いや、ここにいてくれても——」

「邪魔する気はなかったんだよね」ジュリーは笑みを浮かべていた。二日前、ぼくとペニーがはじめて会ったときに浮かべていたのと同じ自己満足的な微笑み。「二人はそのままつづけて、あたしはちょっと……」後ずさりしてテントから出ていこうとした。

「まるっきり邪魔なんかしてないよ！」そんなつもりはなかったが、口から出てきたのは叫び声だった。まるでとんでもないことをやらかしたとジュリーが責めたて、ぼくがそれを全力で否定しているみたいに。

「わかったから」とジュリー。「そんなに興奮しないで」

「で……なんか用？」

「簡易便器《ハニーバケット》なんだけどさ」とジュリー。もう笑みを浮かべていなかった。「なんて言うか……なんか汚いんだよね。デニスのせいだと思う。掃除してもらおうと思ったんだけど、もしいま取り込み中なら――」

「ちがうよ」やっぱり必要以上に大きな声で。「すぐ取りかかる」

スレッドのほうをちらりと見た。ぼくの不意の激昂《げっこう》ぶりを目にしてぎょっとしたみたいだったが、それでも自分たちの会話が再開というか、開始されるのを待っていた。

何か彼女に言うべきだし、その場にほったらかしにするなんて無礼だというのはわかっていた。でもぼくには何も考えられなかった。ましてやジュリーが目の前に立っているというのに。そこでぼくはただうなずいて、支離滅裂なことをブツブツつぶやくだけだった。それから歩いて外に出た。その場から逃げだしたと思われないよう必死にとりつくろいながら。

「なんと言葉巧みな」とアダム。テントを出た瞬間、ぼくは小走りになった。「たしかにおまえの言うとおりだ。自分ひとりでうまくやってる」

「助けてもくれないくせに」ぼくは怒って言った。

「心配するな。話しかけようとするたびにおまえがキレつづけたら、彼女だって察してくれるって」

「別にキレてない。びっくりしただけだ」

しかし、ほんの少しして奥のトイレエリアに行って、簡易便器を浄化するための準備にとりかかっているとき視線を感じた。顔を向けると、スレッドが少し離れたところに立っていて、こちらをじっと見つめていた。ぼくの脳がまたガチガチに固まってしまった。足元を見下ろし、口にする言葉を考えだそうとした。アダムにまた助けを求めてみたが、やっぱり黙りこくっていた。ついには何か一語でも無理やりひねくりだせば、あとは魔法のように次から次へと言葉が口をついて出てくるだろうと期待し、顔を上げ、「実は……」と言った。

彼女はその場を去り、後方のテント群のなかに姿を消していた。ぼくはあとを追わなかった。次に姿を見たとき――約一時間後、ビッグテントから出てきた――、彼女はもうスレッドじゃなかった。

それからぼくは自分のテントに戻った。やっぱりEメールで返信しようかと思いながら。そこを離れたときと同じく、コンピュータの電源は入ったままだったが、ブラウザは閉じられていて、あらためて開いてみるとスレッドの最後のメッセージは削除されていた。〈保存メール〉フォルダーを確認すると、最初の二つのメールも消えていた。

件名：ミスター・ゲージ
日付：1997年4月24日（木）　06：01：03
送信元：スレッド〈thread@cybernrthwest.net〉
送信先：housekeeper@pacbell.net

ミスター・ゲージ

あなたを困らせて心から申し訳なく思う。わたしはしない何が問題なんだクソ野郎? 誰かがおまえに助けを求めてきておまえはそれが何か話しさえしない おまえの腐れケツにケリを入れるべきだチンポ吸いマンコ野郎

木曜日の昼前、ジュリーがまた、ぼくを探してやってきた。ぼくはファクトリーの裏の森の奥にいて、簡易便器の汚物を捨てた穴に新しい石灰をシャベルですくっていれていた。ジュリーがくるのを目にしたとき、ぼくはまた叱責されるんじゃないかと思って身がまえた。今日、石灰を穴にまいておけという指示は受けていなかった。でもジュリーが口を開いたとき、その声は怒気をおびていなかった。むしろ不安げだった。「ペニーの姿、見た?」

「ぼくが?」ぼくは言った。「いや、ぼくは——」

「ほかの誰も見てないんだよね。車もない。さっき家に電話したけど出なかった。無事ならいいけど」

最後の言葉は問いかけじみて聞こえたけど、気づかないふりをした。「そうだね」

「じゃあ、ペニーから全然連絡はないの? 今日はこないとかなんとか言ってなかった?」

「昨日から全然、連絡は……話はしてない。今日はこないとも言ってなかったよ」

ジュリーはうなずいた。ジュリーを欺《あざむ》いたのかと思うと、恥辱がどっと湧《わ》きおこった。これまで受けとってきたEメールのことを話したかったが、そんなことをしたらジュリーはきっと余計な口出しをするようになるだろう。ただでさえ、ぼくは何をどうしたらいいのか決めかねているというのに。

「わかった」とジュリー。「どっちみちシアトルに行くし、ペニーのアパートメントにも立ちよってくるつもり。あたしが出かけているときにペニーが姿を見せたら、あたしが心配してたと伝えてくれる？」

「わかった、ジュリー」

「ありがとう」ジュリーは立ち去りかけた。ぼくが腰を曲げてシャベルを手に取ろうとすると、ジュリーが言った。「ああ、ところで……」

「ん？」

「昨日のあれってなんだったの？」

「あれってなんのこと？」

「あんたとペニーの邪魔したとき。あのときキレてたよね。なんだったの？」

「ぼくがキレた？」戸惑っているふうを装《よそお》ったが、全然うまくいかなかった。ぼくはほんとうに嘘《うそ》をつくのが下手だ。「キレてなかったけど」

ジュリーは無言のまま、「んなアホな」とでも言いたげに両方の眉《まゆ》を上げた。

「キレてなかったよ」ぼくはくりかえした。「彼女、ペニーはおはようと言いにきた。ただそれだけだよ」

「ふーん」とジュリー。それから肩をすくめ、話を切りあげた。「まあ、とにかくあたしがペニーを探しにいったと忘れずに伝えて……」

汚物穴の処理を終えると、屋根修理に必要な材料を買いに町まで歩いていくことにした。購入用の現金をいくらか借り、収納用テントのひとつから陸軍払い下げのバックパックを取ってくると、道を歩きだした。

よく晴れて暖かな、夏のように素敵な日だった。オータムクリーク・カフェ（ハーヴェストムーン・ダイナーの向かいにあるベジタリアンレストラン）ではウェイターたちがテーブルをいくつか歩道に出していたのでぼくは日向《ひなた》の席につき、のんびり食事をとった。カフェのなかではニュース専門のラジオがかかっていて、ホウレン草のラザニアを食べおえようとしていたとき、警察は事情聴取のためウォレン・ロッジの行方を追っているとニュースキャスターが告げた。警察は、クーガーではなく、ウォレン・ロッジこそが二人の娘を失踪《しっそう》させた張本人ではないかとの疑いをもっている。

なんともうれしいニュースだったので、ぼくはしばらくそのテーブルにとどまっていた。二十分後、同じニュースが報じられ、おかげで観覧台に出ていた父も自らの耳でそれを確認できた。それからぼくはミル・ストリートの金物屋に行き、屋根板を買った。

ファクトリーに戻るため東の橋を渡っていたときだった。一台の車が接近する音が聞こえた。きっとジュリーにちがいない。シアトルから早めに戻ってきたのだ。あるいは、道に迷った観光客かもしれない。でも肩越しに振りかえったとき、ペニーのビュイックが背後に迫ってきているのに気づいた。なのにぼくときたら、ウォレン・ロッジのニュースで有頂天になっていて、あわてふためくことさえ忘れていた。ぼくは手を振った。もし車を運転しているのがスレッドだったら、車を止めて乗りこみ、ついには彼女とおしゃべりするという展開になっていたんだろうけど。

でも、運転しているのはスレッドでも、さらにはペニーでもなかった。ビュイックの運転席にいる魂は、ぼくが会ったことのないやつだった。少なくとも、ご本人と直々《じきじき》に対面したことはなかった。口汚い保護者。保護者の表情がはっきりわかるぐらいにまで接近したとき、彼女（あるいは彼）が激怒しているのに気づいた。ただのいらいらとか、ふつうに怒っているとかじゃない。まさしく激怒していた。

「まずいぞ」とアダム。それからぼくは、自分が厄介なことになっているのに気づいた。

手を振るのをやめ、腕をわきに下げ、車に背を向けた。最初の直感は「駆けだせ」と命じていたが、何かがぼくを押しとどめ、それはまずい考えだと告げた。そこで橋の残り部分を速足で渡り、舗装されていない路肩に出ると、ふたたび歩みを緩めた。このままビュイックが追いぬいてくれればいいと願って。そうはいかなかった。車はぼくの隣に寄せると、こちらにペースを合わせた。保護者がにらみつけているのを感じながらも、ぼくは視線をまっすぐ前方に据え、ただ歩きつづけた。

やがて保護者がビュイックのクラクションを長々と鳴らしたので、ぼくはやはり最初の直感にすがりついた。いきなり走りだしてみたが、最初に思ったほどまずい考えでもなかった。というのも相手の怒りに油を注ぐというよりは、もともと怒り狂っている相手に対し、無意味なジェスチャーをしているだけにすぎなかったのだから。ビュイックはタイヤをキーッときしませて追いぬき、路肩に突っこんでぼくの行く手をさえぎった。

保護者は車の窓から身を乗りだして叫んだ。「このクソ車にテメエの小汚ねえケツをさっさとのっけやがれ、チンポ吸い野郎、でないとテメエのクソボケ頭をぶっちぎって――」

アダムもぼくに向かって何か叫んだ――おそらくは「車に乗るな！」――が、ぼくはもう橋に向かって駆けだしていた。保護者はまた行く手をふさごうとしたが、ビュイックをバックさせるのはそんなに簡単じゃない。どうにかこうにか車よりも先に橋にたどりついたが、横断はせず、横手にさっと移動した。

とはいえ、ソー運河の底に下りる小道らしきものはない。ただ岩だらけの急な坂が広がっているにすぎず、あのときぼくは滑ったり這《は》いつくばったり転げたりを等分でくりかえし、バックパックいっぱいに詰めこんだ屋根板で頭と首のうしろをガッツンゴッツン強打した。運河の両岸に沿って走る小道もなかったから、川上に向かって逃げるのはあきらめ、橋のアーチの下に隠れた。凍りつきそうなほどに冷たい水に膝《ひざ》まで浸《つ》かったままその場に立ち、ほぼ真上から響くビュイックのアイドリング音、そして興奮してわめきちらしている保護者の声を聞いていた。彼女――そう、保護者はまちがいなく女性だ――は、橋の上を一方の端からもう一方の端へせかせか歩きまわり、出てきて姿を見せろ、でないとありとあらゆる手を使って危害を加えてやると宣《のたま》っていた。ぼくは寒さで歯がガタガタ鳴りださないよう口を手で押さえ、さらにくしゃみもこらえた。

やがてあまりの騒々しさに恐れをなし、渓谷の上手の縁でリスだかウッドチャックだかが大きな音をたてて下生えを突っきっていき、保護者はそれをぼくだと勘違いした。クソとっとと戻ってこいと命令したが、そいつは従わず、ほどなく彼女もあきらめた。さらに何度か悪罵《あくば》を吐き、橋の端から端までもう二、三回行ったりきたりすると、ビュイックに飛びのり、キーッというすさまじい音をたててタイヤをきしませ、走り去った。

その後に訪れた沈黙を破ったのは父の声だった。父は観覧台からこう語りかけた。

「この件についてミーティングを開く必要があるな」

ミセス・ウィンズローがヴィクトリアンハウスの玄関ドアを開いたとき、ぼくはちょうどポーチの踏み段を上がっている途中だった。「アンドルー！　いったい何があったの？」

「いろいろ複雑なんだ」とぼく。

「とにかくなかに入りなさい」

ぼくはミセス・ウィンズローについて奥のキッチンに行き、朝食用テーブルについた。ミセス・ウィンズローがコーヒーを淹《い》れてくれた。ぼくは靴とソックスを脱いだ。

ミセス・ウィンズローがしつこく勧めるので、ついでにジーンズも。

やめておけとアダムから警告を受けるまでもなく、さっきの出来事について洗いざらい話すわけにはいかないってことはぼく自身、百も承知だった。ミセス・ウィンズローに対してはどこまでも正直でありたいのはやまやまだったし、それにその問題についてて自分の頭の外部にいる誰かと話してみたいという気持ちも大いにあったけど、これまでの経緯を振りかえるなら、威嚇《いかく》的なEメールみたいに、ミセス・ウィンズローを過剰に動揺させかねないような要素だっていくらか含まれている。そこでぼくはわざと話を曖昧《あいまい》にするつもりで、ひと言だけ口にした。「職場のあるひととトラブっちゃってて」

「あるひとって……」ミセス・ウィンズローが眉をひそめた。「ジュリーのこと？」

「いや」とぼく。「新入りの女の子。新しいプログラマ。ペニー」

「で、その子は何をしたの？　堤防からあなたを転げ落としたとか？」

ぼくは内心びくびくしながら笑った。びしょ濡《ぬ》れで泥だらけのありさまを見れば、そう当たりをつけたとしても別に驚くようなことじゃないんだろうけど。「ぼくがあなたを信頼してるのは知ってるよね、ミセス・ウィンズロー」とぼく。「ほかの誰よりも。でも、今回は、ぼくだけの、ぼくたちだけの力で対処する必要があると思うんだ。父はハウスミーティングを呼びかけたし、きっとどうしたらいいか知ってるはずだ。だから、あなたは心配しないで」

「もちろんあなたのプライバシーは尊重するつもり」とミセス・ウィンズロー。口調からすると、心配すべきかどうか自分なりの決定を下したらしい。「でも……こんなこと言わずもがなだとは思うけどね、アンドルー、もし助けが必要なことがあれば、たとえばそう、仕事をやめる決意をしたというのなら――」

「仕事をやめる！ なんでそんな話になるの？」

ミセス・ウィンズローは椅子の背で乾かしてあるぼくのジーンズをちらりと見た。

「たとえば、もしあなた自身とそのペニーというひととの間にいくらか距離を置く必要があるのなら。もしあなたのお父さんがそれをいい考えだと思うのなら――」

「ああ……」

「家賃のことは心配しないで。これだけは言っておきたかった」

「うん、ありがとう、ミセス・ウィンズロー。その必要はないと思うけど、とにかく感謝するよ。父さんも感謝する。で、その父さんなんだけど……」コーヒーのマグカップをテーブルに置いた。「そろそろ例のミーティングをはじめないと」

ミセス・ウィンズローがうなずいた。「邪魔が入らないよう見といたげる」

ぼくたちは二人して立ち上がった。ミセス・ウィンズローはぼくのマグカップを取ってシンクに向かい、途中でテレビのスイッチを入れた。ニュースキャスターの声を聞いたとき、ぼくはあることを思いだした。「ミセス・ウィンズロー？」ぼくは言った。「ウォレン・ロッジのこと、聞いた？」

「聞いたけど」期待していたのよりもずっと浮かない声でミセス・ウィンズローが応じた。それからこう理由を説明した。「最新のニュースだと、警察は彼を見つけられずにいるみたい。彼は逃げ去った」

「ああ」とぼく。「所詮《しょせん》は時間の問題じゃないかな――」

「どうかねえ」無理からぬことだが、ミセス・ウィンズローは懐疑的だった。「そろそろミーティングを開きなさい、アンドルー。二、三時間したら夕食に呼ぶから」

「わかったよ、ミセス・ウィンズロー」

誰かが体を管理しなければならない。いろんな意味で当然といえば当然なんだけど、絶対的に正しいわけでもない。あまりいい考えとはいえないが、体を放置することだってできないわけじゃない。体に危害が及ぶことのない場所を確保するのがコツだ。何か悪いことが起こるとしても緩慢にしか起こらず、しかも何度も警告が発せられるような場所。その点を考慮し、ハウスミーティングの準備をすべく、燃えあがる火、被覆の擦りきれた電気のコード、ぐらついている本棚、逃げだしたサーカスのトラなど、突発的なカタストロフの潜在的な発生源をチェックした。冗談めかして言ってるけど、けっして笑いごとじゃない。家の建造以前のこと、いまでも記憶に残っている初期のあるミーティングの際、父が体に戻ってみるとカラスがくちばしで胸をつついていた。

寝室は安全だ（窓はすべてきっちり閉ざされ、掛け金もかかっている）とぼく自身も父も納得がいくだけ確認すると、ベッドに横たわり、マットレスの上で楽な姿勢をとった。

かつてジュリーから訊《き》かれたことがある。体から離れるのってどんな気分？「縮まって自分自身のなかに入っていくような感じ？　それとも浮遊してどっかへ行っちゃうとか？」ぐだぐだになりながらも何度か説明を試みたが、そのうちこんなエクササイズを思いついた。完璧《かんぺき》ではないにせよ、ざっくりとしたイメージは伝えてくれる。頭を後方に倒し、できるだけ遠くに押しやってほしい。首のうしろの筋肉に〈張《テンション》り〉を感じるだろう。たちまち痛みが走る。その張りが外へと広がり、顔の前を覆《おお》い、自分の胴、腕、脚へ急降下し、皮膚全体を一領のよろいのような固い殻へと変えるのを想像してほしい。よろいのうしろから体の外に出る。気がつくと体の背後ではなく、どこかまったく別の場所にいる。このすべてが心臓の鼓動が二拍する間に起こるのだと想像してほしい。

だいたいは、まあ、こんな感じだ。少なくともぼくにとっては。ぼくがインターネットで交わしたやりとりからすると、どうやら多重人格者の一部は、微妙なちがいこそあれ、それを経験しているらしい。もちろん体を離脱したあとに何が起こるかは、各人の内的地理のありよう次第だし、内的地理のありようは多重人格者それぞれで異なる。

アンディ・ゲージの内的地理の地図はこんな感じだ（次頁）。

地図の下側に記されたXはぼくが現れでた箇所だ。内界と外界をつなぐ導管たる光の柱の隣。光の柱の下端は、湖の南岸をのぞむ丘の頂上と接している。Xからは、湖の外周に沿って西から北へ小道がぐるりと湾曲し、最後に三方向に分岐している。右の道は、西岸につくられたボート乗り場の桟橋に至る。真ん中の道はまっすぐ平らにつづき、カボチャ畑に至る。左の道は、また別の、より幅の広い丘を上り、家に至る。距離の性質は、いわば形而上学《けいじじょうがく》的な問題であり、これについてはそのうちまた立ちもどるとして、さしあたり光の柱から家の玄関までの道の距離は一・五キロ程度と思われるとだけは言っておこう。

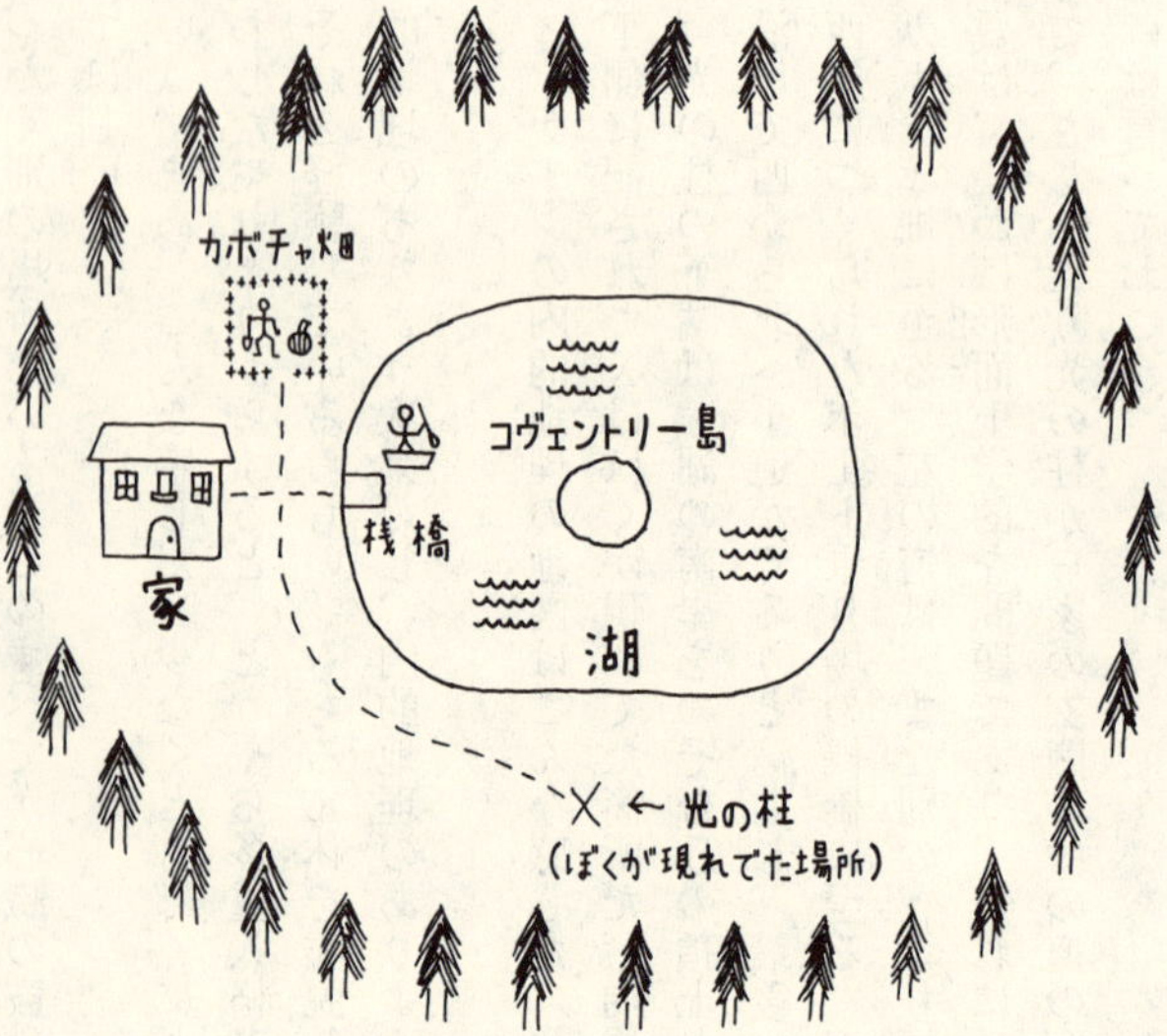

カボチャ畑
コヴェントリー島
家
桟橋
湖
光の柱
(ぼくが現れでた場所)

内界にいるときも、色、音、におい、味、触感のすべてが、外界にいるときとまるっきり同じように感じられる。家は見た目も感触も現実の家そのものだ。丘、岩、木々は、現実の丘、岩、木々と何ひとつ変わらない。唯一《ゆいいつ》の明白な違いがあるとすれば、それは自分自身だ。いったん内界に入ってしまってからはもはや肉体をまとっていない。だから、自分の魂の身長次第で、たとえば視線の位置は、外界にいたときに比べ、高くなるかもしれないし、低くなるかもしれない。

内的地理の上には空がある。現実の空そのままに、太陽や月や星も備わっている。天体の運行を管理するのはもっぱら父の役目であり、おかげでそれらはほぼ現実同様の動きを維持していた。基本的に外界が昼なら内界も昼であり、夜についても同じ。内的地理には天気も備わっている。こちらも父が管理している。ただし、現実世界、少なくとも現実世界の太平洋岸北西部の天気とは一致させられていない。昼であれ夜であれ、アンディ・ゲージの頭のなかはつねに晴れていて、けっして雨は降らない。ときどき、クリスマスごろになると、父はジェイクやそれ以外の子供たちのために短時間だけ吹雪を演出したりもした。

内的地理に適用される物理法則について言うと……まあ、いろいろ複雑だ。地理といっても実際に存在しているわけではないのだから、外界では不可能なことでも内界では可能となる。といっても、ぼくはこうした不可能なことが実現するのに慣れているし、普通のことでしかないから、いくつか例を挙げてみろと言われてもかえって難しいくらいだ。もっとも、ひとつだけだけど、すでにその手の不可能なことについて暗に言及している。距離の問題がそれだ。内界だと、自分次第で距離はどうにでもなる。内界でA地点からB地点まで行こうとするとき、現実にAからBに移動するときとはちがい、その間のすべての点を通る必要はない。たとえば、丘の頂上に突き立つ光の柱のそばにいて、そこから家に行こうとするなら、道を通っていってもいいのだが、そうしなくてもかまわない。急いでいたり、歩く気になれないのなら、自分が家にいるのだと思いさだめればいい。思念した瞬間、あなたはもう家にいる。

今日は、そこまで急いでいるわけじゃなかった。他の連中全員がぼくを待っているのは知っていたけど。しばらく丘の上に立ち、湖面の向こうを見つめた。当然のように視線は、ギデオンが幽閉されている湖面の島、コヴェントリー島に引きよせられた。見るべきものは多くはない。湖中央の深い水域からもやが立ちのぼり、島の輪郭がぼんやり浮かびあがっていた。

内的地理の天気は父が管理しているとぼくは言った。もやは管理していない。呼びだしもせず、立ち去らせもしなかった。いまになって思いかえしてみると、当然、それはある種の懸念《けねん》材料となっていたはずだ。けれども、森やカボチャ畑じゃなく、湖と関連しているという理由で、父は、それを潜在的危険の兆候というよりも無害な異常と見なすようにしていた。

光の柱についてもいえることなんだけど、湖は内的地理に先立って存在していた。もともとそれは一種の虚無だった。アンディ・ゲージの頭のなかにある暗い部屋のひときわ暗い領域。そこからときおり新しい魂が排出された。内的地理を建造する途中、父は虚無を少々馴致《じゅんち》し、水に似た形状を与えた。風景のなかに黒い穴がぽっかり開いているのよりはマシだし、父はぼくのときみたいに新しい魂をそこから意のままに呼びだす術《すべ》も覚えた。とはいえ父は虚無を完璧に支配するにはいたらなかった。厳密にいうと湖は依然として独自の存在でありつづけていたのだから、自らの意志で行動したからといって、言語道断というわけでもなかった。だからそんなことがあっても、父はあえて心配しようとはしなかった。父が心配しなかったので、ぼくも心配はしなかった。ただ興味はあった。

「アンドルー」父が丘の頂上にいるぼくのかたわらに現れでて言った。

ぼくはあいさつ代わりにうなずきかけ、湖の向こうを見つめつづけた。白濁した風景のなか、一瞬だけでもコヴェントリー島をはっきり捉《とら》えられないかと思いながら。

「以前よりもやが頻繁に出てない?」ぼくは尋ねた。父は答えなかった。父がいらいらしはじめているのがわかった。それでもぼくは続けた。「絶対、前より頻繁になってる。ぼくが湖から出てきたときにはほとんど――」

「アンドルー」

「うん、知ってるよ。ミーティングだよね」

「そうだ」と父。「ミーティングだ。行くぞ」

ぼくたちは行った。家にいると思念した。そしてそこにいた。

アンディ・ゲージの頭のなかにある家の平面図は次頁のとおり。

ご覧のとおり、その構造はごく単純だ。一階はひとつの巨大な休憩室となっている。南西の角に階段があって、それを上ると二階の回廊に至る。回廊には四つの側面があり、そのどれからでも下の休憩室を眺めわたせる。各人の寝室や育児室に行くにはこの回廊を通らなければならない。回廊の東の短い廊下を通りぬけた先が観覧台となる。

ミーティングに備え、休憩室の中央には長いテーブルがセットされていた。テーブルの一方の側の幅は他方の側よりも広くなっていて、一家の長である父は広いほうの側の席についた。ぼくは父の右にすわった。アダムは父の左。ぼくの隣にサムおばさんとジェイク。セフェリスはアダムの隣。さらにテーブルをぐるりと囲むように、サ

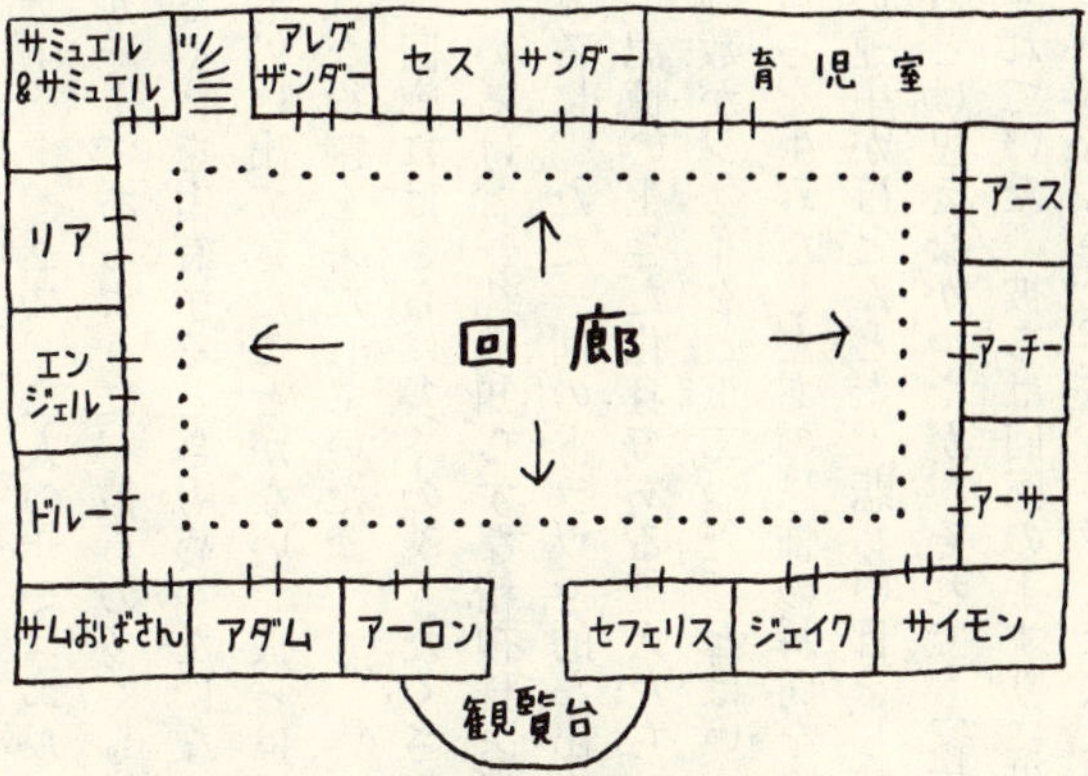
サミュエル
&サミュエル
アレグザンダー
セス
サンダー
育児室
リア
エンジェル
ドルー
回廊
アニス
アーチー
アーサー
サムおばさん
アダム
アーロン
セフェリス
ジェイク
サイモン
観覧台

二階

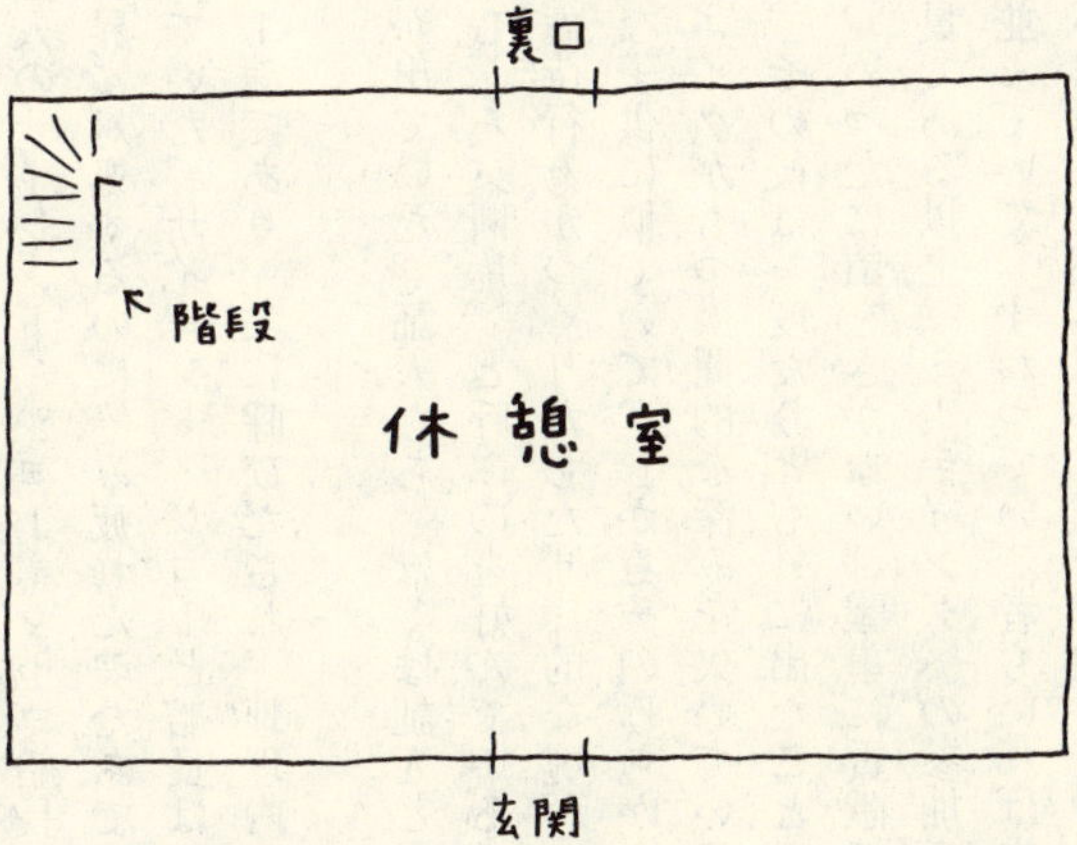
裏口
階段
休憩室
玄関

一階

イモン、ドルー、アレグザンダー、エンジェル、アニス、アーサー、リア、サンダー、アーチー、セス、二人のサミュエル、墓掘人のサイレント・ジョー、マーコ船長。父がそうであるように、彼らの多くも外の世界に対処するのに倦《う》み疲れた魂たちで、もはや体を占有するときもめったになくなっていた。サイレント・ジョーと船長は一度も外に出てきたことがない。彼らはヘルパー魂であり、父に呼びだされ、地理内で特殊な役割を果たしていた。

回廊にはさらに多くの魂、たくさんの魂が出ていた。証人たち。ぼくは証人と言っているけど、礼儀知らずな精神科医連中はむしろ〈断片〉と呼ぶのを好んでいる。要するに、ただ一回のトラウマ的な出来事や虐待《ぎゃくたい》行為がつくりだした断片的な魂。つらい記憶の生きた化身である証人たちは小さな子供に似ていて、しかもそのうちかなりの数がジェイクと瓜二《うりふた》つだ。とはいえ、ジェイクがもつ人間的な深みを欠いているし、自らを生みだしたあの恐怖の瞬間を除けば、その後は一度たりとも外に出たことのない連中がほとんどだ。悲しい目をしていて、めったに口をきかない。議事に貢献できるとは思えなかったが、それでも家族の一員である以上、ミーティングへの参加を許されていた。彼らは回廊の手すりに沿って並んでいて、すわっている者もいれば立っている者もいた。彼らの背後を大人のヘルパー魂三人が巡回していた。飽きたり動揺したりしている証人たちがいたら、すぐさま育児室に連れもどそうというのだ。

父はミーティングの開会を宣言した。

「わたしたちがこうして集まったのはほかでもない」父が続けた。「アンドルーが、リアリティファクトリーの同僚のひとりから一連の脅しを加えられた。しかもそのうちの一部は肉体に危害を加えようとする威嚇であり、わたしたち全員にとってけっして他人事《ひとごと》ではない……」ペニーに関係して起こったこれまでの事件について説明しはじめた。話しおえるころには、証人の半数以上が回廊から姿を消し、テーブルに着いている魂のうちの二つが異様な興奮状態におちいっていた。保護者がビュイックに乗ってぼくを追いかけまわしたくだりに達すると、アニスは手で耳をふさぎ、二階にある彼女の部屋に向かって駆けだした。その一瞬ののち、アーサーが家の裏口から飛びだし、森のほうへ突進した。ストレス解消のため、立木を何本か切りたおすつもりなんだろう。こんなことがあっても父はまったく動じなかった。ハウスミーティングの際、その手の反応はいたって当たり前のことだったのだから。「……これが起こったことのすべてだ」父は締めくくった。「さて、わたしたちはこの件についてどう対処すべきか議論する必要がある」

サイモンが手を上げた。「このペニー・ドライヴァーなる人物はどの程度、危険なの？」サイモンが質問した。「ほんとうに肉体を傷つけたりするのかな？」

父はアダムのほうに顔を向けた。「今日、俺たちが見た魂なら本物の暴力を行使しかねない」とアダム。「セフェリスと俺はそう確信している。俺たちを傷つけたいと本気で思っているわけじゃないだろうが、ブチギレたら何をしでかすかわからない」

「それなら」サイモンがまっすぐぼくを見た。「誰かが警察に電話すべきだ。いつ暴力を受けるかもしれないというのに、みすみすそれに甘んじるなんてばかげてる」テーブルを囲む他のいくつかの魂も同意の言葉をつぶやいた。

「アンドルーはどうだ？」父が発言をうながした。

「警察沙汰《ざた》にする必要はないと思うけど」提案を聞き、ぼくはぎょっとしていた。「そりゃたしかに今日は生きた心地もしなかったよ。でもアダムの言うとおり、ぼくたちを傷つけるのが目的だったとは思えない。彼女たちはただ……助けが欲しいんだ。ぼくたちを傷つけようとしているわけでもなければ、不快な目にあわせようとしているわけでもない。ペニーの魂たちは助けを求めている。良かれ悪《あ》しかれ、ぼくたちがなんらかの助けを与えられるはずだと確信しきっている。なりふりかまわず助けを求めてるって感じさえした」

「だからといって他人を脅していいってことはない！」サイモンが叫んだ。「誰かを車で追いまわしていいわけない！」

「ぼくたちだって助けが必要だった」ぼくは彼に思いおこさせた。「過大な要求をして誰かを怖がらせたことが一度もなかったとでも？」

「何を言いたいんだ、アンドルー？」父が尋ねた。「つまり、こういうことか？　ペニーの、なんというか、自暴自棄なふるまいを見逃してやるべきだと。そして彼女を助けてやれと？」

「まあ……」

「だが、おまえはこれまでそんなふうにはふるまってこなかったじゃないか。ペニーとはいっさいかかわりたくないというようにふるまってきただろうが」

「わかってるよ」ぼくは言った。「でも、もしかしたら……もしかしたらフェアなことなんじゃないかな。ペニーに何かの助けを提供してやれるっていうか、とりあえず正しい方向ぐらいは指し示せるのなら――」

「嘘つきめ！」アダムが叫ぶと、さらに十人以上の証人が脅えて飛び去った。「もしかしたらフェアなことなんじゃないかな」アダムがあざけった。「フェアかどうか、親切かどうかなんてなんの関係もないよな。ペニーのことはこれっぽっちも気にかけてないくせに。ほんとうの狙《ねら》いはジュリーなんだろ」

「ええーっ」とサイモン。「彼女はもういいよ……」

「ジュリーのためばっかりってことはないよ！」ぼくは抵抗した。「ほんとうに思ってるんだよ――」

「ジュリーのためばっかりじゃないと！　ということは自分で認めてるように――」

「アダム！　アンドルー！」父が叫んだ。「二人ともいい加減に――」

「提案があるんだけど」サムおばさんの落ちついた声がその場のごたごたを引き裂き、ぼくたち全員を一瞬で黙らせた。「やっぱり」とサムおばさん。「ドクター・グレイに会いにいくべきなんじゃないかな」

ジェイクは議論の間、席でほぼずっと居心地悪そうにもぞもぞしていたんだけど、そのときになって背筋をぴんと伸ばして言った。「あっ、そうだよ！　ドクター・グレイに会いにいこう！」

だが、その考えに接したときの父はあまりうれしそうには見えなかった。「ドクター・グレイは引退したよ」サムおばさんに思いおこさせた。「体調を悪くして」

「死んだわけじゃないでしょう」サムおばさんがやりかえした。「どのみちそろそろ顔を出しておかないと。それぐらいの礼節ははたさないとね。最後に会ったのはもう一年以上も前だもの。アドバイスのひとつぐらい気持ちよくしてくれるよ。直接ペニーと会ってみたいと言うかもしれない」

「適切とは思えない。誰かの家に出張ってそんな頼みごとをするなんて――」

「すばらしい考えだと思う」ぼくは言った。「ドクター・グレイを訪ねるという点だけど。サムおばさんの言うように、ドクター・グレイならどうすべきかアドバイスできるだろう。だって、これだけうってつけのひとはいないよ」

「アンドルー」

「明日にでも会いにいける。今夜、電話して、時間をとれるかどうか確認してもいいよ」

「明日は金曜日だぞ」と父。「出勤日じゃないか」

「明日はファクトリーに行ったって仕事にならないよ。どうせペニー相手にかくれんぼするだけだろうから。ぼくが休みをとったってジュリーは気にするもんか。少なくとも、ぼくがペニーの力になろうとしてるっていうか、そのために手を尽くしてるようだと気づいてさえくれたら、絶対大丈夫だ」

「いいアイデアとは思えんがね」と父。「わたしは……」

テーブルの反対側でドルーが急にしゃべりだした。「明日、ドクター・グレイに会うのなら、帰りがけに水族館に行ってみない？」

「うわあ!」ジェイクが叫び、椅子《いす》のなかで跳ねあがった。「だったら玩具屋《おもちゃ》のマジックマウスはどう? 通りがかりみたいなもんじゃん!」

それをきっかけにその場はどっと騒がしくなった。父が何を懸念し、ドクター・グレイを訪問するのに二の足を踏んでいるのかはよくわからなかったが、いずれにせよそれを表明する機会はいったん先送りにされた。テーブルについている魂たちの半分ほどが、ついでに立ち寄ってみたい場所を口々に訴えだしたせいだ。父はすべて却下したが、ひととおり片付くころになると、ドクター・グレイへの訪問はなぜか既成事実化していた。

「わかった」父は折れた。「わかった。ドクター・グレイに会いにいこう」

「玩具屋のマジックマウスも行きたいなあ」あきらめきれず、ジェイクは付け加えた。

ミーティングはそれでお開きとなった。体に戻ると、ミセス・ウィンズローがぼくの寝室のドアをノックしていた。「アンドルー?」

「はい、ミセス・ウィンズロー?」ぼくは上体を起こして固まったまま、ベッドわきの小卓の上の時計を確認した。五時近かった。

「あなたに電話みたい」とミセス・ウィンズロー。

「ジュリーかな?」

「いいえ。ジュリーはもっと前に電話してきていた。取り込み中だと言ったけど。今度のひとは名前も言わない。どうしてもあなたと話したいと言ってきかなくて」

げっ。

「アンドルー？　あとでまた電話するように話しておく？」

「いや」ベッドから脚を下ろした。「いや、自分でなんとかするよ……」部屋を出て、居間に入った。「ごめん。汚い言葉を吐きかけられてなかったらいいんだけど……」

「下品な語彙《ごい》をおもちのかただ」ミセス・ウィンズローが認めた。「けど、全然、聞いたことのない言葉というわけでもないしね」

電話は横廊下に据えてある台に載っていた。その上のよく目に入る場所には緊急連絡用番号のリストが貼《は》られていた。中毒症状対応センター、病院、消防署、警察署、そしてＦＢＩ。

受話器を手に取った。「もしもし？」

返事はない。電話はまだ切れてない。

「もしもし？……」

息遣いが聞こえた。だんだんいらいらしてきた。

「誰なんだ？　名前を言えよ」

「チンポ吸い野郎」電話をかけてきた人間はいらだたしげにささやいて切った。

ぼくは受話器を受台に置いた。キッチンの戸口で聞いていたミセス・ウィンズローが進みでて、ぼくの横に立った。

「アンドルー？」緊急連絡用番号のリストを指で示した。「誰かに電話する必要はある？」

「うん」ぼくは答えた。「でも警察じゃないよ。ドクター・グレイなんだ」

「えっ……ちょっと待って。上においてあるアドレス帳に彼女の番号を控えていたはずだから」

「だいじょうぶ」ぼくは言い、また受話器を手に取った。「父がまだ憶《おぼ》えてるはずだから」

8

翌朝、オリンピック・アヴェニューをジュリーのアパートメントまで歩いていった。細かな霧雨が降っていたが、気にならなかった。傘をもっていたし、湿り気を帯びた冷気が頬をかすめるのでうとうとせずにすんだ。朝の五時四十五分だった。きっかりその時刻ではないとしても、せいぜい前後二、三分の範囲内には収まるだろう。あくびが出るのは朝早いせいだけじゃなかった。ペニーの魂たちが前の晩にさらに二回も電話してきたのだ。九時ごろに一回、真夜中過ぎにもう一回。九時ごろの電話は、スレッドからだった。といっても最初だけだったが。ミセス・ウィンズローが電話を取り、またぼくの寝室にやってきて、「〈T〉という名のひと、知ってる？」と尋ねた。でも、ぼくが電話に出ると、スレッドはかろうじてわずかな言葉――「ミスター・ゲージ？」――を発しただけで、たちまち口汚い保護者がとってかわり、悪罵と脅しをぶわーっとまくしたててぼくの耳を痛めつけ、こちらがひと言も言いだせないうちにさっさと電話を切ってしまった。

真夜中過ぎの電話は、最初の一語から〈口悪〉だった。ミセス・ウィンズロージゃなく、ぼくが出たのはラッキーだったとしか言いようがない。あのときぼくはなかなか寝つけず、キッチンに行ってホットミルクをつくろうとしていた。横廊下に入り、ちょうど電話のそばを通りかかったとき、呼び出し音が鳴った。最初の呼び出し音で手に取った受話器を耳に当てると、「チンポ吸いマンコ」という言葉が聞こえ、すぐさま電話を切った。十五まで数え、まちがいなく通話が切れたのを確信すると、朝まで受話器をはずしっぱなしにしておいた。でも、そんなことがあったせいでホットミルクはたいして役に立ってくれなかった。

とにかく前日の晩、こちらから電話を一度かけただけで、話はすんなりついた。ドクター・グレイとは簡単に連絡がとれ、喜んで会おうと言ってくれた。電話に出たドクター・グレイは元気そうだった。ほんの少し聞きとりにくいところはあったが、力強さを感じさせる声だった。

ジュリーにも電話し、今日は休むと言おうかと思ったが、いったんそうしたらいろいろ言いたくないことまで話させられるだろう。そこでその代わりに少し早起きし、町から出る途中、ジュリーにメモを残していくことにした。もちろん、これはジュリーのアパートメントに立ち寄るための口実にもなった。アダムなんて、おまえのほんとの目的はむしろそっちなんだろと主張したくらいだ。

ジュリーと知り合った最初の年――ぼくがこの世に生まれでた最初の年――、ぼくはジュリーのとこに頻繁に出入りしていた。仕事場から帰ろうとするジュリーにしょっちゅうついていき、彼女のうちでだらだらし、ときには何時間も居座った。そのうち毎日のように家に行くようになり、住んでるのも同然という状態に至った。自分用の鍵《かぎ》さえもっていたほどだ。実際、ジュリーとぼくは、ルームメイトになろうかと本気で話し合っていた。その後、事情は一変した。しばらくの間、ぼくはジュリーのアパートメントを出禁になった。仕事場では相変わらず毎日、顔を合わせてたけど。その後、訪問禁止令が解除され、立ち寄るのを許されはしたものの、以前と同じというわけにはいかなかった。一度、長居しすぎて嫌がられてしまうと、今度もまた長居しすぎて嫌がられるんじゃないかという気がしてリラックスするどころじゃなかった。たとえジュリーから直々にきてくれと言われていたとしてもそうなのだ。

その結果、奇妙なことが起きた。誰かの家を訪ねるのは、その誰かさんといっしょの時間を過ごしたいからだとふつう思うよね？　ぼくだって以前はそう思ってた。でも、いまはちがう。ジュリーのアパートメントに寄るのはいまでも好きだけど、くつろぎ、心から満喫できるのはジュリーが不在のときだけだ。三カ月前、ジュリーが一週間、町を離れることになり、留守の間、彼女が育てている植物への水やりを頼まれたときみたいに。毎日、植物の世話を終えてからしばらくジュリーの寝室へ行き、幸福な思いで腰を下ろしていた。馬鹿《ばか》げてる。だってジュリーがいない以上、そこはただの部屋にすぎない。それでもぼくはそこにいられて幸福だった。ジュリーとぼくがルームメイト同然だったころのことを思いださせてくれたのだから。気軽に訪ねていき、長居しすぎているんじゃないかとか余計な心配をしなくてもよかったころのことを。

となると、やっぱりアダムは正しかったのかもしれない。どうしてぼくがジュリーにメモを残そうと決めたかというと、ほんとは、ジュリーがまだ寝ているときにアパートメントに立ち寄りたかったからなのかもしれない。ジュリーに迷惑をかけていると感じることなく、〝訪問〟したかったというか。

もともとは三階建ての民家の屋根裏部屋だったのを改装したアパートメントにジュリーは住んでいた。アパートメントに行くには命を危険にさらし、外階段を上っていかなければならない。外階段は、囲いの付いた木造の非常階段といったようなもので、安全堅牢《けんろう》とはいかないながらも建物の側面に取り付けられている。覆い付き階段のいちばん下に据えつけられた扉にはノブがなかった。ノブがなくなってからすでに半年ほどが経過していて、ジュリーは取り替えなくちゃと口ではずっと言っていたものの、新たなノブが取り付けられる気配はなかった。その代わりといってはなんだけど、穴に通したロープの両端に結び目をこしらえ、結び目の一方を引いて扉を開閉できるようにしていた。扉の内側にはブリキの郵便受けが釘《くぎ》で打ちつけてあった。メモをそこに入れるだけでもよかったのだが、ジュリーはそれを見ないかもしれないとぼくは自分に言いきかせた。そもそも朝イチで郵便受けを確認すべき理由もない。アパートメントのドアの下にメモをすべらせておくほうがいい。

上っていくとき、一歩踏みだすたびに階段がきしみ、ギーギーと不気味に鳴った。最上部まできてもまだ安心はできない。階段を上りきってから屋根裏部屋の戸口に達するまでの間に五センチほどの隙間《すきま》があり、ジュリーのアパートメントに入る際、下に目をやると、三階下にある大家のところのゴミ缶のふたが見えた。

それは問題なかった。ぼくは高所恐怖症じゃない。それより何よりぼくが心配していたのは、階段のきしみのせいでジュリーが目をさましてしまうんじゃないかってことだ。とはいえ、階段を上りきった場所に立っていても、アパートメントのなかで何かが動いている物音はまったく聞こえなかった。もう少しその場で耳を傾けることにした。するとジュリーと知り合って一年目のとある冬の日の記憶が甦《よみがえ》り、ぼくは心を躍らせた。あの日、ジュリーとぼくはまさしくこの階段を使ってクリスマスツリーを引っぱりあげ、それから――

「あぁぁ」アダムが観覧台でうめいた。「あぁぁ、ベイビー……ああ、それ……ああ、そこ！……あぁぁぁぁぁああ……」

「アダム！」ぼくはささやき声でたしなめた。「アダム、黙れ！」

「あぁぁ、ベイビー……あ、あ、あ、あっ……いい……いい……いい！」

「よせ、アダム！」

「おまえがやめたらやめるよ」とアダム。「ぼんやり物思いにふけるのはやめて、さっさとクソメモを置けよ」

「わかった、わかった……」うずくまり、隙間の向こうに手を伸ばし、アパートメントのドアの下にメモをすべらせた。それから立ちあがるかわりにさらに低く腰を曲げ、床の上にべたりと両手をつき、右目がドアの下の隙間と並ぶくらいまで頭を下げた。無事、向こう側へと達したメモが見えた。ドアマットの毛もじゃの縁、ジュリーのブーツ一足、それから――。

父の声。「アンドルー」

「わかったよ」とぼく。「わかったから」立ちあがり、そこから離れた。

六時五分のシアトル行きメトロバスに乗った。途中、いくつも停留所があり、しかもラッシュアワーで渋滞していたからシアトルに行くまでに約一時間かかった。着いたときにはかなりバス酔いしている状態だったので、傘をさしてパイオニアスクエアを散歩し、湾岸地区に向かった。家にいる魂たちの半数ぐらいが見物のため観覧台に押しよせ、どこにウィンドウショッピングしに行きたいか、口々に提案した。

七時五十分のワシントン州フェリーに乗り、ベインブリッジ島に向かった。渡航には三十五分ほどの時間を要するが、今日は特別の一日だし、船上では遭遇する可能性のあるトラブルもきわめて限られているため、父は通常の家のきまりの適用を一時停止し、セフェリス、サムおばさん、サイモン、ドルー、アレグザンダーそれぞれに体を委《ゆだ》ね、何分かずつそこで過ごさせてやった。ドルーとアレグザンダーは歩きまわり、窓から海峡を眺めるだけで満足した。毎朝のワークアウトをやりそこねたセフェリスは甲板の上で体を低め、腕立て伏せをはじめた。サムおばさんはフェリーの軽食堂で接客係からタバコをせしめようとした。おそらくは目的を遂げていただろう、父が観覧台からサムおばさんのことを監視していなかったなら。最後はサイモンの番だった。そのときには島に到着しようとしていて、外ではまだ霧雨が降っていたけど、サイモンは傘もささず、屋根のない前部甲板に出ていこうと決めた――フェリーが埠頭《ふとう》に着くところを見たかったのだ。

湿った体を震わせ、船を降りた。二、三ブロックぶらぶら歩き、ストリームライナー・ダイナーに行き、そこでぼくたちは朝食をとった。ミセス・ウィンズローのつってくれる食事に比べるとはるかに非能率的で、かつまたはるかに高くついた。ぼくはメインの料理二皿、付け合わせ四皿、飲み物を三つ頼んだ。言うまでもなく食べ物の大半は皿の上に残ったままだったが、それでも全員が食事をすませるころになると、ぼくはすっかり満腹になった。

それが九時二十分ごろだった。ぼくは通りをまっすぐ進んでゲーセンに入り、アダムとジェイクにそれぞれ一ドル分ずつゲームをさせた。アダムが『モータルコンバット』をプレイしている間に太陽が顔を出した。そこでアダムが最後の敵の首を切ったあと、ぼくたちはさらにウィンドウショッピングをつづけた。

すべてをひととおりすませたときには十時になっていて、ぼくはまたバスに乗ってベインブリッジ島内を進み、そのまま別の海峡を横断し、キトサップ半島のポールスボーに向かった。ポールスボーはリバティーベイという入り江のいちばん奥にある町だ。ドクター・グレイはここで暮らしていて、脳卒中を起こす前は患者の診療にたずさわっていた。途中、花屋に寄って手早くヒナギクの花束を買い、十一時五分前にドクター・グレイの家に着いた。

治療で訪れるにしてはずいぶん遠い道のりに思えるかもしれない。だが、父は遠方にもかかわらず定期的に通いつづけた。少なくとも週に一度、ときには二度。仕事の予定に支障をきたさないようであれば。どうしてもそうしなければならなかった。

統計の教えるところによると、平均的な多重人格者は、正しい診断が得られるまで、約八人の精神科医の診察を受けている。しかも、これでもまだ話の半分にすぎない。たとえ正しい診断が下されていたとしても、適切な治療法を知っている人物と遭遇するには、さらに八人の精神科医の治療を受ける必要があるかもしれない。

多重人格障害（現在の言い方だと〈解離性同一性障害〉）の治療プロセスを説明するにあたり、古典的な比喩《ひゆ》としてたびたび引き合いにだされるのが割《わ》れた花瓶を修復する作業だ。比喩が示唆《しさ》しているように、治療の仕方は明確だ。欠片《かけら》を拾い、接着剤を手に取り、元どおりに貼り合わせる。あるいはもっと人間に即した言い方だと、原人格の欠片や破片すべてを確定し、話し合い療法や催眠療法、薬といった〈接着剤〉を使い、一体化している一個の全体へと再統合する。そう、あの有名な多重人格者、〈シビル〉みたいに。

この治療モデルにはひとつ問題がある。誤った比喩が用いられているという点だ。花瓶を割り、二十年間地中に埋め、ふたたび掘りおこしたとしても、なんの問題もなく元どおりに継ぎ合わせることができる。なぜそうできるかというと、最初から花瓶は死物であり、破片は不活性だからだ。でも、人間の魂は磁器でできてるわけじゃない。魂には命があり、生き物のつねとして変化だってする。粉々に砕けたって変化しつづける。

そういうわけで花瓶の比喩は忘れてほしい。代わりに嵐《あらし》のなかで引きちぎられたバラの木を思いえがいてほしい。枝は庭園じゅうに散乱するが、ただその場に転がっているだけではない。ふたたび根づき、成長しようとするんだけど、それぞれが空間と光を求めて争い合うので前ほど容易じゃない。それでも散乱する枝——枝の大半——は成長し、嵐の十年後か二十年後かには、一本ではなく、たくさんのバラの木がそこに生えているだろう。そのうちの何本かは重度の発育不全に陥るだろうし、どの木をとってみても、庭園全体をその一本だけで独占している場合に比べると、充分な成長をとげられないだろう。だが、それでもバラの木々は、パズル片の単なる集合体などではけっしてない。はるかにそれを上回る存在なのだ。

〈割れた花瓶〉型の治療モデルを〈バラの木〉の比喩にあてはめることはできない。

バラだらけの庭園をバラの木一本だけの状態に戻すには、はめこんで貼りつけるだけでは足りない。剪定《せんてい》し、根こぎにし、処分する必要だってあるし、そのうえ、作業がすべて終わったときそこにあるのは元のバラの木ではなく、フランケンシュタイン的なそのパロディーにすぎない。そもそもそこにさえ行きつかない可能性だってある。パーツ用に一部を取り去られようとしている小さなバラの木が好ましい反応を示すとはかぎらない。

父は苦労してそのことを学んでいった。ドクター・クロフト、一九八七年に最初に父にMPDという診断を下した、ミシガン州アナーバーの精神科医は、割れた花瓶の比喩の正しさを信じて疑わなかった。二人は、四年間という歳月を費やし、アンディ・ゲージの頭のなかにいる他の魂を父に合体させようと試みた。部分的にであれ、一定の成功を収めたといえそうなのは、〈証人〉との再統合を試みたときだけだった。ときどきではあるが、ある特定の〈証人〉を生みだした虐待事件を解除する――精神的に生きなおす――ことにより、父は〈証人〉の記憶を自分自身の記憶とし、こうしてその証人を吸収するのに成功した。でも、そのプロセスは過酷極まりなかったし、そのうえ、それが定着するともかぎらなかった。サイモンやドルーといった、もっと複雑な魂を吸収しようとする試みについて言うなら、完全な失敗に終わったばかりか、たいていはそれがきっかけとなり、その後に混沌《こんとん》と時間喪失に支配された時期が続いた。

この手の混沌とした時期のひとつが終わった直後のこと、意識を取りもどした父は、自分がアナーバー精神医療センターの施錠された医療観察病棟にいることを知った。ドクター・クロフトの治療メソッドはあてにならないのではないかという疑いを父が抱きはじめたのもあのときだった。閉鎖病棟から解放されると、父は選択可能な代替治療についてドクター・クロフトとかなりの時間をかけて議論した。ドクター・クロフトは、他の選択肢はないと主張した。再統合だけがたったひとつの手段なのだ、以上。父はカッとして、ドクター・クロフトが再統合に〈固着〉するのはある種の投影なんじゃないかなどとそれとなく口にした。

あんまりな言い草だった。ドクター・クロフトは切断手術を受けていた。大学時代、アメフトのスター選手だったが、酔っ払い運転による事故で片脚を失った。父はこうほのめかしたのだ。ドクター・クロフトのMPD治療戦略は、彼がもはや自分自身を完全なかたちで取りもどしえないがゆえの、一種の代償行為ではないのかと。父自身、あとで認めているように、こんなふうに言いがかりをつけるなんて無礼千万だし、弁解の余地もなかった。あのときどんなに欲求不満だったとしても、そんなことはまったく関係ない。ドクター・クロフトもそう考え、閉鎖病棟に送りかえし、父に報復した。

二度目に病棟から出たあと、父はミシガン州を離れようと決意した。最先端のメンタルヘルス・ケアの本場は西海岸だという噂《うわさ》を聞いていたので、シアトルに転居した。たしかに〈革新的な〉精神科医は山ほどいた。父もそうした医師と数多く知り合った。ドクター・マイナーという医師によると、MPD症状の原因の大半は通常の児童虐待ではないのだとか。虐待は虐待でも、全米に散らばっている悪魔崇拝のカルト教団が共謀して行っている儀式こそが原因なのだ。ドクター・ブルーノという医師は前世回帰療法に入れこんでいた。ドクター・ホイットニーという医師は、通常業務に従事しつつ、副業として地球外生物に性的暴行を受けた人々のためのサポートグループを運営していた。ドクター・レオポルドは、精神療法の補助手段として訴訟を起こすよう勧めていた。「両親を訴えろ」ドクター・レオポルドは最初のセッションで父にそう助言した。「自己を取りもどすつもりなら、あなたをこんな目にあわせたろくでなしどもに反撃しなければならない」

これら革新的精神科医全員に共通する点をひとつ挙げるなら、ドクター・クロフト同様、彼らもまた、〈割れた花瓶〉型治療モデルの支持者だということだ。多重人格は悪魔崇拝者たちによる悪だくみの結果なのか、あるいは前世で刑場に引かれ、四つ裂きにされたという事実の副次的な作用なのか、彼らの見解は分かれるかもしれない。たとえそうだとしても、アンディ・ゲージを治そうとするならば、ひとつの魂に戻す必要があるという点については全員が一致していた。地球外生命体レイプのカウンセラー、ドクター・ホイットニーが主張しているように、「当然、再統合しなければならない！　普通になりたくないのか？」

途方に暮れた父は、一九九二年春のある日、シアトル公立図書館に立ちより、『多重人格を生きる——多重人格障害者のための日常生活ガイドブック』なる自己啓発書を見つけた。ドクター・ダニエル・グレイ（表カバーに貼られたステッカーによると著者は地元在住）が著したこの『ガイドブック』は、多重人格を治療すべき病理ではなく、管理すべき状態としてとらえ、対処しようとしていた。「多重人格者が直面する主たる困難は」ドクター・グレイが序文で記している。「彼らの異常さに由来しているのではない。その多くは、彼らが機能不全を起こしているから生じているのだ。多重人格そのものに問題があるのではない。左利《ひだりき》きそれ自体に問題があるわけではないように。時間の喪失、定職に就けず、ひとつところで長いこと腰を落ちつけられないこと、ただたんにその日を乗りきるためにさえ詳細なリストが必要なこと。これらはたしかに問題ではある。しかし、多数の人格をひとつの世帯としてまとめあげ、一致団結してことにあたらせれば、克服可能な問題なのである」

さすがのドクター・グレイも、再統合を目標としてMPD治療を進めていくのは不適切だとまでは言ってない。けど、せいぜいのところ、優先度の低い選択肢のひとつにすぎないとこの女性精神科医ははっきり指摘している。重要なのは、コントロールのない状態で人格転換が起こるために生じた混乱を除去し、秩序を課すことだ。最終的に魂がひとつになろうが、あるいは十、あるいは百になろうが、そんなことは枝葉末節の事柄にすぎない。

ドクター・グレイの考えは同業者の間であまり受けがよくなかったなどというものではなかった。そんな生易しい話ではなかったのだ。だが、父にとって『ガイドブック』は、いわば天からの贈り物であり、ドクター・グレイ本人に会うためならポールスボーよりもはるか遠くにだって出かけていっただろう。

ドクター・グレイの家は、話の流れからしていかにも似つかわしく思えるのだが、彼女自身が設計し、建造した二階建てのクラフツマン様式だった。ドアをノックすると、ドクター・グレイのパートナー、メレディスがなかに入れてくれた。メレディスはぼくの花の趣味を褒め、表の診察室で待っていたらと勧めてくれた。「ダニエルは上でいま気持ちを整えてるところ」とメレディス。「もう少しだけ待ってて」

ヒナギクを水に活《い》けようとしてメレディスがその場を去ると、ぼくは診察室に入った。以前はここでドクター・グレイが患者と面談していた。アンディ・ゲージの頭のなかに〈地理〉を構築するというアイデアをドクター・グレイがはじめて父に話したのもここでだった。診察室は広くて明るく、古風な照明やいまだに現役のガス暖炉が配されていた。背の高い窓は、患者の気分次第で、大きく開け放したり、薄いカーテンで軽く遮蔽《しゃへい》したり、よろい戸をがっちり閉ざしたりしていた。

診察室の中央にはオーク材のコーヒーテーブルが絨毯《じゅうたん》の上に据えられ、足載せ台のついたふかふかの椅子、高くてまっすぐな背もたれのついた椅子、座部がクッションになった揺り椅子、横になれるぐらいに長い快適なソファなど、不揃《ふぞろ》いな取り合わせに囲まれていた。コーヒーテーブルの上には二冊の本が並べられていた。一冊はドクター・グレイの『ガイドブック』だった。もう一冊は、そのときは何かわからなかったけど、カバーには壊れた鏡のイラストが用いられていた。鏡の破片部分には実際に反射する光沢ある素材が使われていた。誰かが本を手に取り、それを見ると、割れた破片のなかにそのひとの顔が写しだされるように。本のタイトルは『砕けた心を通して』、著者はドクター・トマス・マイナーだった。

「まさか」観覧台の父が言った。「そのクソはありえない」父が本のことを言ってるのか、それとも著者について言ってるのかはわからなかった。

「これって父さんが昔、診察を受けてたドクター・マイナーと同じ人物？」

「ああ。ありがたいことに本は絶版だ」

「これ、まだ新しいんじゃないかな」ぼくは指摘した。最初の章を開き、目についた一節を読んでみた。


セオは古典的な神経症だというのが、わたしが最初に下した診断だった。この甘やかされた金持ちの娘は、両親の金をセラピーにつぎこみ、数千ドル無駄遣いしたら、精神分析にも飽きはて、誰もがそうするように、遅ればせながらも成長し、人生に向き合おうという心境にいたるのだろう。どうせ将来はそんなところだ。だが、さしあたりはとんでもなくウザいガキだってことがはっきりしつつあった。


ぼくは啞然《あぜん》とした。「このひと、ほんとにプロの精神科医？」

「こんなのは序の口だ」父が請け合った。「しかも、これはやつの最初の本、悪魔主義者の陰謀を発見する前に書いた本にすぎない」

診察室の外からモーターの回転音が聞こえた。車椅子用のリフトが作動し、ドクター・グレイを一階に運んだ。ほんの少しして、カチャリという音とともにリフトが停止した。短い沈黙、引きのばされたうめき、ガチャンという音、それからドクター・グレイの声が聞こえた。「まったく、こんちくしょうめ！」家の奥から駆けよる足音。メレディスが言った。「またゲートが開かなくなったの？」それから二人の声。「自分でなんとか――」「いいからわたしに――」「こんちくしょう、メレディス！」「ダニエル、離して――」「わかった、わかったから！」「――あと何センチか下がって、わたしが――」「早くして」――最後にまたガチャンという音がし、ドクター・グレイが言った。「オーケー、これでよし、下がって」

また別の、もっと小さいモーターがぶんぶん音をたて、ドクター・グレイの車椅子が診察室に優雅にすべりこんだ。「アンドルー！」ドクター・グレイがぼくに挨拶《あいさつ》し、ぼくは驚いたふりをしようとした。それまでのごたごたなど何も聞こえていなかったかのように。

ほんというと、驚くふりをするのは難しくもなかった。ドクター・グレイの外見はショッキングだった。前にも言ったように彼女の声は力強く、明瞭《めいりょう》だった。相変わらず目は輝いていた。しかし、体重は激減していた。腰をかがめ、ハグすると、全身の皮が弛《たる》んでいて、骨がごつごつと当たった。そのうえ老《ふ》けてもいた。最後に会ってからまだ一年ほどしかたっていないというのに、十年分もしわが増え、かつて茶色だった髪は彼女の苗字《みょうじ》にならったかのようにすっかりグレイに変わっていた。

「あっ」ハグをやめて体を起こすと、ドクター・グレイが言った。「マイナーの駄本を見つけたのね」

「ああ、うん」手にした本にちらりと目をやり、「父さんはとっくに絶版になったのにと言ってた」

「そうだったんだけど、復刊になったのよ。書評用としてわたしにも一冊送りつけてきた。ざまあみろとでも言いたいんじゃないの」

「うわ、ヤな野郎」

「うむ」ドクター・グレイが肯定の意味をこめてうめいた。「とにかくすわって！」ソファを手で示した。「すわって楽にして。家族に挨拶させて」

「わかった」ぼくはソファにすわり、観覧台に引っこんだ。他の連中に挨拶させるためだ。予想はついていたし、ただの儀礼にすぎないともわかっていた。でも、自分勝手かもしれないけど、できればこんなことはすっとばしてしまいたいという気持ちがむくむく湧《わ》いてきた。ドクター・グレイにペニーのことを話したくてうずうずしていたし、それに、ドクター・グレイが他の連中の相手をしているうちに疲れきり、ぼくの相手をする前に気力が尽きてしまったらどうしようかと思うと不安でしかたなかった。この前訪ねたときは、突然ドクター・グレイがどっと疲労感に襲われたせいで面談を途中で切りあげなければならなかった。

ドクター・グレイが脳卒中に見舞われたのは一九九五年の一月だった。当時、父は構築中の〈地理〉と家に最後の仕上げを加えつつあった。一歩間違えばすべてが瓦解《がかい》しかねない微妙な時期だ。父がどうやってその衝撃に耐えたのか、ぼくはいまだによくわかっていなかった。ドクター・グレイの先見の明により大いに助けられたのはまちがいないんだけど。ドクター・グレイが緊急治療室に運ばれた日の翌日、ドクター・エディントンという医師が父を直接、訪ねてきた。ドクター・グレイの思いやりのある仕事仲間で、フリーモントからきたのだという。ドクター・エディントンは、悪いニュースを伝え、トラウマカウンセラーとして力になろうと申しでた。ドクター・グレイが万が一に備えて書いておいた手紙も持参していた。ドクター・グレイは、はっきりこう記していた。あなたがこれを読んでいるということは、何か恐ろしいことがわたしの身に起きたにちがいない。でも、あなたには恐ろしいことが起きてほしくないと思っている。だから、どうか強い人間になってちょうだい。そして、ドクター・エディントンの助けをいれて。

父は強かった。独力で家を完成させ、ぼくを湖から呼びだした。計画どおりにきっちりと。ともかくも表向きはそういうことになっている。一方、ドクター・グレイは何カ月か寝たきりだった。ぼくが生まれてから約一週間後、はじめてドクター・グレイに会ったとき、彼女は必死に努力しないとまともに会話もできない状態だった。その後、症状は目覚ましく改善したけど、完全な回復はとうてい望めそうにないと早々に判明した。

ドクター・グレイが脳卒中になったことで何が悲しかったかというと、それが彼女の心身にダメージを与えたという点もさることながら、それ以上にドクター・グレイと父との関係に亀裂《きれつ》が入ったことのほうが大きい。ぼくには事情が呑《の》みこめず、父もこの件についてぼくと話し合おうとはしなかった。最初は、友人の衰弱した姿を目にするわけだし、父もきっとつらいんだろうなあと思っていた。でも、やっぱりそんなはずはないとあとになって考えが変わった。ドクター・グレイの状態が最悪のときでさえ、父は病院に見舞いにいくのをためらったりしなかった。ドクター・グレイを訪ねたり、連絡したりするのを嫌がるようになったのは退院後のことだ。ドクター・グレイが会話する能力を取りもどすにつれ、徐々に嫌がるようになっていったのだ。いまぼくはそれについてこう考えている。父がドクター・グレイを避けるようになったのは罪悪感と不安の入りまじった感情を抱えているせいだ。なぜ罪悪感かといえば、父も患者のひとりとして、ドクター・グレイを過重労働に追いやり、ついには脳卒中にいたらしめたことに対する責任を免れえないのだから。なぜ不安かといえば、自分自身は純粋にいたわりの気持ちから見舞いに行ったとしても、かつての患者が訪ねていくということになれば、それがドクター・グレイの負担となり、ふたたび脳卒中の発作を引きおこすきっかけともなりかねないのだから。

いまでも父は尻込《しりご》みしていた。真っ先に前に飛びだし、挨拶をするんじゃなく、自分はうしろに引っこみ、他の魂たちを優先させた。いよいよ自分の番がくると、父は簡潔な言葉で、そして――それを目にするのはつらかったが――丁寧だけどほとんど感情のこもっていない口調のまま挨拶を終えた。ドクター・グレイが、二人だけで話をしたいから観覧台を飛び越えてこないかと誘ったが、父は、無理をさせるわけにはいかないからと言って固辞した。ぼくはそれを聞いて喜ぶべきところだったんだろうけど、どういうわけかがっかりしてしまった。ドクター・グレイもがっかりしたみたいだ。口をすぼめ、どうしても二人だけで話したいと言いかけた矢先、それを制するかのようにメレディスがおやつをいっぱい載せたトレイを手に診察室に入ってきた。父はその隙をつき、ここぞとばかりにぼくに体を返した。

「ねえ、アーロン——」ドクター・グレイが言った。メレディスがコーヒーテーブルの上を片付け、トレイを置くスペースをつくった。

「ちがう、ごめん、ぼくなんだけど」とぼく。「父はなかに戻っちゃった」

「こんちくしょう！　あいつに言ってやって——」

「これ、素敵じゃない？」メレディスが花瓶をトレイからもちあげた。

「ん？」ドクター・グレイがぶっきらぼうに返事した。それからヒナギクを目にし、態度を和らげた。「ええ、素敵ね」ぼくを見た。「あなたがもってきたの？」ぼくはうなずいた。「とっても素敵」とドクター・グレイ。「すごく気が利いてるわよ、アンドルー」視線をトレイのほうにさまよわせた。「マカロンでもどう？」

「いや、いい」ぼくは答えた。「いまはお腹《なか》がいっぱいっていうか。あとでいただこうかな」

「好きにして」ドクター・グレイがじろりと目を向けると、メレディスはエスプレッソカップをトレイから取り、特別なポットから飲み物をついだ。ドクター・グレイはエスプレッソをブラックのまま薬のように一気に飲みほした。「お代わり」メレディスが二服めをついだ。ドクター・グレイはそれも一気に飲みほした。ドクター・グレイは「もう充分」となり、もう一杯つごうかというメレディスの申し出を手で払った。メレディスはカップをトレイに戻し、診察室を出ていった。

「それで、アンドルー」とドクター・グレイ。「電話の話だと、女のひとと面倒なことになってるんだってね。それって……」いったん口をつぐみ、集中した。「……ジュリーのこと？　そういう名前、たしかジュリーだったんじゃない」

「そう、ジュリー・シヴィク」とぼく。「ジュリーはぼくのボス。でも、面倒なことになってるのは彼女じゃない」

「でも、前は面倒なことになってたよね？」遠い目で当時を思いだしているようだ。「この前、ここにきたときには。彼女のことが頭から離れずに……」

「うん、まあ、たしかにそうだけど、でも……」

「なぜか彼女はあなたをロマンチックに誘惑し、それから心変わりして、あなたはひどいトラブルを抱えながら、なんとかそれと折り合いをつけようとしていた」

「そうだけど、でも……終わった話だよ。いまじゃなんとも思ってないし」

「あら、そう！」ドクター・グレイは夢想からぱっと覚め、顔を輝かせた。「それはよかった！　で、新しい女の子は誰？」

「名前はペニー・ドライヴァー」ぼくが言った。「でも、彼女は……ロマンチックな関係じゃない。いっしょに仕事してるってだけで」いったんここで間を置いた。なんとなくドクター・グレイにその点についてしっかり気に留めておいてもらいたかったからなんだけど、彼女は何かを期待するような顔でぼくをじっと見つめているだけだったので、少ししてこう続けた。「彼女は今週の月曜にリアリティファクトリーで働きはじめた。ジュリーが雇ったんだ。そしたら、実は……」

ぼくは事情を話した。ドクター・グレイはじっと聴き入っていたが、最初はまったく無反応だったから、目を開けたまま寝てしまったんじゃないかとなかば本気で心配してしまったくらいだ。でも、ペニーを雇い入れたほんとの動機を聞かされ、ジュリーと衝突するにいたった成り行きをくわしく話しているうち、ドクター・グレイはまた意識を取りもどし、力強くうなずいた。「いいね」とドクター・グレイ。「彼女のやり方に反対してくれてよかった。あなたの言うとおり、まずい考えだね。しかもそんなふうにいきなり話をもちだすなんて」

「うん」ぼくは我が意を得たりとばかりに続けた。「ジュリーは善意でやってると思うんだけど――」

「善意って評価されすぎだよ」とドクター・グレイ。「わかってると思うんだけど、善意って好きじゃないんだ」

「うーん……」

「脱線したみたい。ごめん。続けて」

話が後半に入り、「ペニーが自分自身を見いだすための手助け」をしてくれないかと言って、スレッドがぼくにはたらきかけてきたときの経緯をくわしく説明した。ドクター・グレイはたびたびそれをさえぎり、Eメールの正確な言い回しだとか、ペニーやスレッド、〈口悪〉が何かを言ったりやったりしたときの態度だとかについて質問した。ドクター・グレイはまた、ぼくがとった行動についても逐一知りたがり、ぼくのほうはと言うと、彼女の口から善意についての見解を聞いたばかりだったので、自分の行動のいたらなさを指摘されるんじゃないかと思って冷や冷やしていた。その後、ドクター・グレイが下した評価は肯定的なものだったんだけど。

「あなたはとっても上手に自分を律したみたいだね。状況が状況だというのに」

「まあ……ブチギレもしたけど」

「ちょっとぐらい動揺するのは仕方ないよ。威嚇《いかく》だってされてたんだから。でも、その娘《こ》とはこれから話し合わなきゃいけないだろうね――」

「わかってる。ただ――」

「ジュリーとも話をして、何があったか伝えないと。ジュリーを巻きこみたくないと思ってるのはわかってるけど、ペニーのせいであなたの仕事に支障が出るのなら、あなたのボスはそれを把握しておく必要がある。ましてやペニーを雇い入れた責任者はジュリーなんだから」

それに対してぼくは何も言わなかったが、ドクター・グレイはぼくが何か言ったみたいに反応した。ぼくの顔にきっと何かを見たんだろう。脳卒中がほかにどんな影響を及ぼしていようと、直感の鋭さは変わりがない。

「もしペニーをめぐる状況がますます悪くなるようだったら」ドクター・グレイが尋ねた。「ジュリーはあなたに全部の責任をおっかぶせると思う？」

「まあね」ぼくは注意深く言った。「直接非難するってことはないと思うけど……まるでぼくのせいでこうなったっていう態度はとりかねない」

「じゃあ別の質問をさせて。ジュリーへの執着はもう克服済みと言ってたけど、実際、どうだったた？」

「どうだったって？」

「どうやってふっきったの？　わたしの記憶だと、この前ここにきたときのあなたは彼女なしじゃいられないという感じだった。しかも、わたしはたいして力になれなかった。会話の最中に眠りこける始末で……」

「そんなことないよ！」ぼくは言った。「力になってくれた……少なくとも、あのときの状態で最大限、力になってくれた」

「それってたいして力になれなかったってことでしょ」とドクター・グレイ。「で、どうやって自分の感情を制御したの？　ジュリーともっと話し合ったの？　それとも――」

「まさか。あのころになると、ぼくの気持ちのこととか、ジュリーは話すのもうんざりって感じだった。かといってジュリーを責めることはできない……だって愛は合理的なものじゃないし、二人の人間がいっしょになれないからといってそこに論理的な説明は必要ない。どんなに二人がしっくりいくように見えたって……それでもぼくは論理的な説明を求めつづけた。ジュリーは力を尽くし、ぼくのためになんとかわからせようとしてくれたんだけど、ぼくが同じ質問を何度もくりかえすもんだからすっかり嫌気がさしてしまった……」

「ジュリーとはもう話せなかったってことね。それならどう解決したの？」

「偶然……偶然、聞いてしまったんだ」

「何を聞いたの？」

ぼくは両手を見つめた。

「何を聞いたの？」ドクター・グレイは辛抱強く問いをくりかえした。

「なんか気恥ずかしいっていうか」

ドクター・グレイは真顔でぼくを見つめた。「からかわないと約束するから」

ぼくはため息をつき、重い口を開いた。「ここを訪ねてから一週間ほどたったころだったかなあ。ジュリーは別の男、ロードサービスのトリプルAのオフィスで出会った自動車修理工と付き合いだした。それでぼくは半狂乱というか、頭がどうかしてしまったんだよね。どうしてもうぼくとは付き合えないかっていう理由を説明しようとしたとき、その理由のひとつとして、いまは誰とも付き合う気になれないからとジュリーは言ってた。それなのに舌の根も乾かないうちに、ジュリーは誰かと付き合いはじめた。それであの週末、ジュリーがもううんざりしてるのはわかっていたけど、ぼくはもう一遍、説明を聞こうと彼女のうちまで足を伸ばした」

「何があったの？」

「ジュリーのアパートメントのドアの前まできて、勇気を振りしぼってノックしようとしたら、彼らの声が聞こえてきた。ジュリーと修理工の」

「声が聞こえた……？」

「いっしょになって。だから、ほら……」

「ああ」とドクター・グレイ。

「ジュリーの寝室は入り口のドアからいちばん遠くの部屋なんだけど、アパートメントは小さいし、しかも声はやたらとやかましかったから」

「で、あなたは寝室でいっしょになってる二人の声を聞いた。で、それから?」

「んー、くるりと向きなおり、立ち去るべきだったんだ」

「ええ、そうするべきだったわね」ドクター・グレイも同意した。「でも、あなたはほんとは何をしたの?」

頬がひどく熱かった。一瞬、ぼくは恥ずかしさのあまりドクター・グレイの顔さえまともに見られなかった。ぼくはうなずいた。「どうしようもなかった」それから父が聞いているかもしれないと思い、すばやく修正した。「いや、どうにかはできた。もちろんできたんだろうけど、ぼくはそうしようとしなかった」

「どういう気がした? それを盗み聞いていたとき」

「ひどい、ぞっとする、まちがってる。でも、一方で……カタルシス的な経験って知ってるよね?」

「そりゃ知ってるけど」とドクター・グレイ。「むしろそれって代理経験なんじゃないのかなあ」

「いや、カタルシスだよ。たしかに代償的なところもあったけどね、とくに最初のうちは……ジュリーは心から楽しんでるみたいだった。もちろん、これがぼくだったらなあとは思ったよ。あんなふうに彼女を喜ばせてあげられたらなあと。ほんのちょっとだけど、そうしてる自分を想像さえした。でも、そのうちだんだんと……胸が締めつけられるような気がしてきた。体が震えるくらいに泣きじゃくってるときに感じる思いというか。といっても、あのときぼくは実際に泣いてもいなかったし、体を震わせてもいなかった。すべてが終わったとき、彼らがすべてを終えるのを待って、こそこそ立ち去ったとき、ぼくはきれいさっぱり洗浄されたみたいだった。ぼんやり、ぐったりして、少し熱っぽかった。でも、どういうわけか気分はよくなった。

「ぼくはこう思ったのを憶《おぼ》えている。『もしかしてぼくたちがいっしょになれなかった理由はあれか』ぼくとしてはあんなふうにジュリーを……喜ばせたい……という気はまんまんだったけど、ただぼくにはそれができなかった。もしかするとジュリーはそれを知っていて、それでぼくの代わりに修理工を選んだんだ。こうしてぼくはそれについて考えながら家に帰り、その夜は早く床に就き、ぐっすり眠り、翌日起きたときには受けいれていたよ。ジュリーとぼくとはけっしてカップルにはなれないんだという事実を。あの頭に取り憑《つ》いて離れようとしない感情のすべて、説明を求める欲求、そのいっさいが消え去っていた」

「浄化された」とドクター・グレイ。

「そう」

「あるいは抑圧された」ドクター・グレイが言いたした。「あるいは分裂した」

「分裂――……ちがう！」ぼくは異議を唱えた。ひどい言いがかりだ。「ぼくが何かを分裂したことなんて一度もない。時間を失ったこともない。一瞬だって！」

「その夜はぐっすり寝たと言ってたけど……」

「ただの眠りだよ。意識喪失じゃない！　だいいち、もし意識を失っていたら、家のなかの誰かが気づいたはずだ！」

「わかった。だったらいいけど」ドクター・グレイが言った。「意識喪失はなかった。けどあなたは、自分が信じたがっているほどにはジュリーに対する感情を清算しきれてないような気がする。それは心に留めておくべきね。ジュリーに対する感情とペニーに対する感情とがごっちゃにならないようにするためだけでも。あなたの動機が百パーセント善意に発しているときでさえ、混乱した多重人格者に対処するのはけっして容易じゃない」

「それでペニーの件はどう？」さっさと話題を変えたくてそう尋ねた。「ぼくはどうすれば？」

「最初にしなければいけないのはペニーと話をすることだね」とドクター・グレイ。

「まとめ役になってる女性の名前って――」

「スレッド」

「スレッド、そう。基本的な原則を決めて。まずは保護者に話をつける必要があるんじゃないかな。虐待《ぎゃくたい》を許すつもりはないとはっきり伝えて。これ以上の脅しはなし、深夜の電話もなし、そんなのはいっさいなしだって。で、すごく重要な話をするとね、アンドルー」指を一本、警告するように突きたてた。「もし脅しが今後も続くようなら、少しでも暴力がエスカレートするなら、ためらわず警察に電話する必要がある」

ぼくは眉《まゆ》をひそめた。

「ものすごく重大なことなのよ、アンドルー」

「それが重大なのはわかってるよ」ぼくは言った。「でも……でも、彼女をひどい目にあわせたくないんだ。彼女がどっかにぶちこまれるとか、絶対に嫌だからね」

「わたしだって彼女がどっかにぶちこまれるのは望んでない」とドクター・グレイ。「けど、あなたが狂暴な別人格にいたぶられるところを見たくもない。だから約束して――」

「わかった。約束する。誓ってそうする」

「そう……ならいい。接触して規則を定めたら次のステップに移る。彼らがここまできて、わたしと会う気があるかどうかたしかめて」

「ダメだよ！」ぼくは言った。「ドクター・グレイ、あなたにそんな頼みは――」

「彼らを治療しようと言ってるんじゃないの」そう言って、ぼくを落ちつかせた。

「そもそもできるはずがない。そんな気力もない。でも別の医者に回す前にこの女性と直《じか》に会っておきたいの。診断を確定したい」

「わかった。ペニーを連れてくるぐらいはできるんじゃないかな。やってもいいよ」

「そのうち」ドクター・グレイが付け加えた。「あなたを紹介する件についても話し合いたいんだけど」

「ぼくを紹介する？　なんのために？　ぼくは別に――」

「あなたにも話せるひとがいたら役に立つんじゃないかと思っただけ。もちろん、専門家で。人生で何か問題が起こったら、それについてカウンセリングしてくれるひとが。毎週セッションする必要はない。月に一回だけ、でなければ親身になってくれる耳が必要になったときに。わたしがやれたらいいんだけど、つねに対応できるかどうか保証のかぎりじゃない。さっきも言ったけど、とにかく気力がないんだよ……」そう言ってるときでさえ、車椅子《くるまいす》のなかに少し沈んだみたいだった。ドクター・グレイは気持ちを張りつめ、この一時間ばかりどうにかこうにか、乗りきってきたが、どうやらそれも限界に達しつつあるようだった。

「ドクター・グレイ」急に不安をおぼえ、声をかけた。「大丈夫だよね?」

「それは……ひと言じゃ答えられそうにないな、アンドルー」ドクター・グレイが笑った。不自然な笑いだった。

「今日、くるべきじゃなかったのかな? 父はまずい考えかもしれないと思っていた。あなたがかなり――」

「何言ってんの、アンドルー、やめてよ」頑張ってやっとの思いでそう口にしたようだった。「わたしは……変な話だけど、あなたのお父さんと他の人々を治療したから、あなたとも親しい間柄みたいな気持ちでいる。けど、ほんとは……ほんとは、おたがいのことをほとんど知らないんだよね。あなたはまったく知らない……全盛期のわたしを」そう言ってため息をついた。「適応するのは大変だった」頑丈な手で車椅子のひじ掛けをゴツンと叩《たた》いた。「もう患者を診察できないのかと思うとやっぱりつらい。前みたいな調子でガンガン仕事できないのもつらいものなのよ。だから何か問題があってわたしのところにくるときも悪いとか思わないで。わたしは喜んで助けるつもり。助ける機会があれば、わたしだってうれしい。もっと力になってあげられたらよかったんだけどね。あなたが……あなたが人生の第一歩を踏みだしたときに」

「申し訳なく思う必要はないよ」ぼくはそうなだめた。「父が家を建てるとき手伝ってくれただけでも充分だよ。実際、結果は成功だった」

「そう、よかった」ドクター・グレイが言い、一瞬、目を閉じた。「メレディスを呼んでもらえる？　そろそろ少し上に行って休んだほうがよさそうね」

「ああ、そうだね」とぼく。「ぼくはもう――」

「よかったら、お昼もいっしょにどう？」ドクター・グレイがまた目を開けた。「まずは少し眠らないと。待ってる間、マイナーの本でもぱらぱら眺めてたら。感想でも聞かせて」

「一段落だけ読んだよ」ぼくは言った。「ひどいもんだ」

「大変けっこう！　じゃあほかの段落も読んでみて。昼ごはんを食べながら、どこがどうひどいかくわしく話して」疲れたように笑った。「楽しませてちょうだい」

ほんとに楽しませてやれてたらさぞや幸福だったろうに。でもドクター・グレイは昼寝を終えて、下に戻ってくることはなかった。結局、メレディスはドクター・グレイ抜きで昼ごはんにしようと提案した。ぼくたちはポーチに出てサンドイッチを食べ、ぼくはちびちびかじる合間に（ぼくはまだそんなに空腹じゃなかった）ドクター・グレイの状態について尋ねた。「調子のいい日もあればよくない日もある」メレディスは曖昧《あいまい》に答えた。「今日は平均というところかな――あなたに会えたのはうれしかったみたいだけど」

食べおえてからもう少し待っていた。せめてさよならぐらいは言いたかったけど、ドクター・グレイは眠りつづけていた。そこでメモを書き、会ってくれたことに感謝し、スレッドとコンタクトをとったらすぐ連絡すると記した。それからぼくはバス停に向かい、オータムクリークに帰る長い旅路についた。

帰路、ぼくはジュリーのことを考えた。

9

セックスに関し、ぼくが戸惑うしかなかったことは別段、意外ではない。家にいる他の魂の大半とは異なり、ぼくはレイプされたこともないし、性的な虐待を受けたこともなかった。でも、ぼくにしても世界についての現実的な知識をどこかから得ているのはたしかだし、多重人格世帯がセクシュアリティについて抱いている集合的認識が多少ゆがんでいたとしてもいたしかたない。

ぼくを途方に暮れさせたのは行為の手順ではなかった。それならば頭にしっかり叩きこんでいるつもりだ。それを実行するのはやっぱりひどく怖かったけど。ぼくを当惑させたのは、セックスへといたるアプローチのほうだ。正確に言うと、二人の人間はおたがいがひとつになりたいと思っているとどうやって見定めるのか、その事実をどう相手に伝えるのか？　いちゃつくのが基本だとはわかっていたが、友だち同士が普通に仲睦《なかむつ》まじくしてるのとどうちがうのかはわからなかった。相手がキスしてもらいたがってるとあなたが思ったときのことを想起してほしい。それがただの勘違いではないと確認し、しかも赤っ恥をかかなくてもすむような方法はあっただろうか？ 訊《き》いてもいいのか、それともわざわざ訊かなければならないようならすでに見込みなしということか？ あなたが誰かとキスしていたのならどうか？ 相手がさらに先に行きたがっているとき、どうやってそれを知ったのか？ 何かサインでもあったのか？

これらの問いのすべてに対して父が口にしたのは、「そのうちわかるとも」というなんとも物足りない答えだけだった。父はそれ以上、力にはなってくれなかったが、だからといって責めるわけにはいかなかった。いやいやながらの行為を考慮に入れないとすれば、父はまったくの未経験者だった（いまもそうだ）。ぼくが知るかぎり、父は誰ともデートしたことがないし、そうしたいという欲望を表に出したこともなかった。

家には、性的だったりロマンチックだったりする関係、あるいはそうした関係の一部を経験したことがある魂もいた。しかし、通常、彼らはその記憶を厳重にしまいこんでいた。たとえば、アンディ・ゲージの思春期のどこかの時点でということになるが、サムおばさんには〈恋人〉がいたのをぼくは知っていた。サムおばさんと恋人がたっぷりいいことをしていたのも知っていた（アダムが秘密をバラした）。でも、サムおばさんはそれについてけっして話そうとはしなかった。恋人の存在さえ認めようとしなかった。「レディはけっして秘密を洩《も》らさないものなの」と言ったきり、その問題については黙して語ろうとしなかった。サムおばさんがそれほどレディじゃなかったとしても、ぼくの役に立つようなことを知っていたかどうかは疑わしい。たしかにサムおばさんは経験豊富かもしれない。でも、結局のところ、そのひとが誰かとある関係をもっていたからといって、その関係を結ぶにはどうすればいいか知っているとはかぎらないのだ。

一九九五年の終わりごろ、ジュリーがぼくに惹《ひ》かれているんじゃないかという気がしてきたときにはほかの誰かの力をほとんどあてにできなかった。ああ、それでも他の魂たちは余計な口を出してきたよ——あいつらはいつもそうしてた。けど、そんなの、ミセス・ウィンズローの決まり文句を借りるなら、スケートするのに象にアドバイスをもらうようなものだ。

というか、ほぼそういうようなものだと言うべきかな。いまにして思えば、アダム（こちらも未経験者）は状況をなかなか的確に見ていたってことは認めざるをえない。でもアダムの指摘はあまりにもどぎつかったから——ぼくが聞きたいこととはまるっきり反対——ぼくは真剣に耳を貸そうとはしなかった。

「ジュリーはおまえとのファックに興味なんてもってるもんか」アダムがずけずけと言った。

「なんでそれがわかる？」ぼくが尋ねた。「『プレイボーイ』で読んだのか？」

侮辱してやるつもりだった。でも、アダムはそれを聞いて大喜びした。「まあな」からから甲高い笑い声を発した。「〈車のトラブルを抱えた女たち〉号で……真面目《まじめ》な話、ジュリーにはいろんな面があるが、少なくともシャイじゃない。ほんとに欲しいものがあれば、はっきり伝えるだろうよ。伝えるという目的からすれば考えられないくらいに不都合な方法を選ぶかもしれないが、それでも伝えはするはずだ」

「今回はちがってたりして」ぼくは別の可能性を示唆《しさ》した。「ジュリーはまだ気持ちを決めかねているのかもしれない」

「ちがうね」とアダム。「ただおまえとファックしたくないだけだ」

「アダム——」

「ジュリーが一度も考えなかったと言ってるんじゃない。考えたことぐらいはあるかもしれない。ときどき空想にふけったかもしれない。退屈しているときとか。ひょっとしたらおまえはそれに気づいたのかもしれない。でもそれは本気じゃない。もし本気でおまえとファックしたいのなら、とっくにそうしていただろうよ」

ぼくはそれを信じたくなかった。ジュリーがぼくに興味をもっているのかもしれないという主張の根拠はきわめて薄弱なものだったけど。たしかにジュリーはいかにも馴《な》れ馴れしげな態度でぼくにべたべた接してはいたが、アダムが何度も飽きることなく指摘したように、彼女はほぼ誰に対してもそんな調子だった。デニスに対してさえ、彼らが喧嘩《けんか》していないごく稀《まれ》なときにはそうだったのだ。一方、ジュリーとぼくは仕事以外でも二人だけでひどく長い時間を過ごすようになっていたけど、ジュリーはぼく以外の誰ともそんなことはしていなかった。ぼくたちのプライベートな会話は往々にして極度にパーソナルな内容となり、ただの他人に対しては言うもはばかられるような話題にも及んだ。ぼくたちは秘密を共有し、ジュリーはぼくを〈親友〉と呼んだ。

それにいろいろな事件があった。ぼくたちがただの親しい友人以上だっていうか、もっと親密になれるんだってことを示唆するような出来事。ぼくに希望を与えてくれた、いろいろなこと。

たとえば、感謝祭の前夜、ぼくたちは祝日を祝おうとしてブリッジ・ストリートのバーに出かけた。ぼくたちが出会った日に行った、あのバーだ。ジュリーはカミカゼをオーダーした。ぼくはストロベリーマルガリータをアルコール抜きで飲んだ。飲み物を運んできたウェイターは、明日、家族と会うため家に帰るのかと思うとぞっとすると洩らし、それを聞いてジュリーが自分の家族、とくに父親について話しだした。ぼく自身のことを話すわけじゃないから簡単にすませておくけど、ジュリーと父親の関係は、アンディ・ゲージと義父との関係には遠く及ばないにせよ、相当ひどいものではあった。十六歳で家を出たのにもそれなりの理由があったのだ。ぼくは同情しようと精一杯努力をしてみた。一度、ジュリーは二時間近く父親について話していた。ぼく自身には、虐待する親のもとで暮らした経験はまったくなかったのだから。でもジュリーは、気にしているふうでもなかったので、ぼくはそのまま話を聞き、ジュリーは心のうちを洗いざらいぶちまけた。ぼくが家まで送っていったときもジュリーはまだ話しつづけていた。あのときぼくはずっと彼女の手を握っていた。

オリンピック・アヴェニューにあるジュリーのアパートメントの前までくると、ジュリーは話すことがなくなってしまったようだった。ジュリーはしばし無言で突っ立っていたかと思うと、ぼくのほうに体を傾け、両腕をぼくの首に巻きつけ、上にきてフトンに寝かせてくれないかと訊いた。上に行くとき、ジュリーはぼくにぐったりと寄りかかっていた。なかに入ってからも照明をつけず、ぼくを奥の寝室へと導いた。

暗闇《くらやみ》のなか、手探りでマッチ箱を見つけると、フトンの隣の薄くて幅の広いトランクの上に置いたろうそくに火をつけた。ぼくが無言で見守っていると、ジュリーは目の前で服を脱いだ。完全に脱いでしまう。裸のまま、永遠とも思える間、クローゼットのなかを探しまわった。最後に薄くて透きとおる白いネグリジェを取りだし、頭からすっぽりかぶった。ぼくのところに戻ると、また両腕をぼくの首に巻きつけ、口にべったりとキスした。

「ああ、彼女はキスしたな」その後にアダムが言った。「だが、キスをして、ここにいてくれと言ったんじゃない。キスをして、気をつけて帰ってねと言ったんだ。そのちがいに気づいたか？」

そう、ぼくは気づいていた。でも、あの夜以降、それ以外のことにも気づくようになった。ジュリーが言ったりやったりしたことで、隠れた意味をもっているんじゃないかと思えるあれやこれや。感謝祭後のあの週みたいに。ジュリーは家主と大喧嘩をやらかし、ぼくのところにきて、賃貸契約を解消しようと思っていると話し、それからふと思いついたとでもいうような調子で「ねえ、あたしたち、いっしょに暮らすべきなんじゃない」と言った。ぼくが「いい考えだけど、ミセス・ウィンズローのところから引っ越す踏ん切りはついてないんだよね」とかなんとか、適当にはぐらかしていると、ジュリーはこう答えた。「ミセス・ウィンズローとよりも、あたしといっしょに暮らすほうが断然楽しいと思うんだけど……」あるいは、その次の週。朝、車が動かなくなったせいで、ジュリーは凍りつくほどに冷たいみぞれのなかをファクトリーまで歩いてこなければならなかった。それからぼくのテントに入り、服を脱いで下着姿になり、ハンドタオルを使って体を拭《ふ》こうとし、ぼくに言った。「アンドルー、いっしょにハワイまで逃げてくれる？」ぼくが「いや〜」と言うと、ジュリーはぼくの膝《ひざ》の上にすわり、頭をぼくの肩に載せ、濡《ぬ》れた髪をぼくの首のうしろのくぼみに押しつけて言った。「お願いだから、アンドルー？　お願いだから、ここから連れだしてくれる？」あるいはその二、三日後、ぼくがデモ版のために出したアイデアについてデニスがこうからかったとき。「こいつ、絶対、アホな提案してくるぞっていう期待だけは裏切らないもんなあ」すると通りかかったジュリーが指摘した。「アンドルーが期待を裏切らないことだったら、ほかにもあるはずだけど……」

わかってる、わかってる——おそらくは深読みしているだけなんだろう。でも、あのとき……あのとき、ぼくはジュリーがシグナルを送ってるんだと確信していた。疑り深いアダムがどう思おうが知ったことじゃない。

それからクリスマス、ぼくにとってははじめてのクリスマスがやってきて、ジュリーは二人でツリーをとってこようと言いだした。ミセス・ウィンズローのヴィクトリアンハウスにはすでにツリーがあった。彼女が結婚前から所有していた二・五メートルのプラスチック製多年生植物。でも、ジュリーは、そんなの本物のクリスマスツリーじゃないと主張した。「やっぱ生きてる木を切りたおしに行かなきゃ」とジュリー。「それが伝統」

「毎年、そうしてるの?」ぼくが尋ねた。

「そういうわけじゃない。ほんと言うと、一度もやったことがない。それでもやっぱり伝統なの。あたしたち二人の伝統になるかもね……」当然ながら、ジュリーとともに伝統を打ちたてるんだと考えた瞬間、たちまちぼくはそのアイデアに魅了された。

ジュリーに頼まれ、彼女のおじさんがスノークォルミーにある樹木育成地まで車で送ってくれることになった。ある日の晩、仕事が引けてから、ジュリーのおじさんがトラックでやってきて、ぼくたちを乗せてくれた。ジュリーは一日中、うきうきしていて、おじさんにはぼくを〈あたしのソウルメイト〉と紹介した。ジュリーのおじさんは頭髪が半分白くなった年配の男性で、これまでぼくが聞いたうちでもっともしわがれた声の持ち主だった。手を差しだし、「感激」とだけ言い、その後はしばらく口を閉ざしていた。町を離れている間、ジュリーはひとりでしゃべりつづけていた。そのときの話題はリアリティファクトリーで最近あった出来事に関することばかりだったんだけど、彼女がやたらとぼくを褒めあげるのに気づいた。ぼくがどんなにクリエイティブか、どんなに仕事熱心か、どんなにいい人間か。ぼくを喜ばせようとして言ってたんだろうけど、その間ずっと、ぼくは妙な胸騒ぎをおぼえていた。褒めあげているとはいっても、その多くは相当に盛られていたし、いくつかは完全なつくりだった（ぼくには〈音楽的才能〉なんてない。家にいる魂で、多少なりとも音楽的才能らしきものを持ち合わせているのはサムおばさんぐらいだけど、それだってたいしたことはない）。またもやぼくは、ここに何か隠れたメッセージでもあるんじゃないかといぶかしんでいた。ジュリーはおじさんに何かを伝えているのか、それともぼくに何かを伝えようとしているのか？

スノークォルミーの樹木育成地ではさまざまなサイズにプレカットされたマツの木が販売されていたが、あくまでも〈伝統〉にこだわっていたジュリーは、のこぎりを借りて林に入るべきだと主張して譲らなかった。ジュリーは駐車場からなるべく遠いところの木を選ぶと、その後の伐採作業の間、監督者の役割に徹していた。彼女のおじさんとぼくとが代わりばんこにのこぎりを挽《ひ》いているかたわらで、声援を送ったり、遅々として進まない仕事ぶりをなじったり、雪玉を投げたりしていた。雪玉の標的となったのはもっぱらぼくだった。

オータムクリークに戻ると、ジュリーはおじさんにやたらと礼を言い――「あなたは最高だよ、アーニー、とにかく最高」――、アパートメントにきて一杯やらないかと誘ったが、おじさんは、また別の用事があるからと言って断った。トラックの荷台に乗りあげ、荷物の上を覆《おお》っていた大量の運搬用当てふとんをどかし、その下に隠れていた段ボール箱の山を露呈させた。段ボール箱のひとつを開き、スコッチのボトルをとりだすと、ぼくたちに一本ずつ手渡した。「楽しい休日を」おじさんのしゃがれ声。すると、観覧台にいるアダムがうれしそうに声を発した。「見て、ママ、納税印紙のラベルが貼《は》られてないよ～!」

ジュリーのほうは、きつく丸めた茶色い紙袋をおじさんに渡した。中身がなんだったのかはわからないけど、おじさんは大喜びだった。「じゃあな!」そう言うと、贈り物をコートの内ポケットにすばやくしまった。ジュリーのあごの下を軽くつつき、ぼくの肩をポンと叩く。「二人ともくれぐれも気をつけて」最後にジュリーにウインクすると、おじさんはトラックの運転台に乗りこみ、走り去った。

トラックが視界から消えると、ぼくは自分のスコッチのボトルをジュリーに差しだした。「メリークリスマス」ぼくは言った。「ほかにもプレゼントがあるんだけど、でも……」

「うん、あたしからもプレゼントがあるけど、まずはこの木をなかに入れないと」

二人で木を階段から引っぱりあげ、ジュリーの寝室まで運びこんだ。それからジュリーはスコッチを手にし、エッグノッグをつくるためキッチンに入った。木はあらかじめ買ってあったスタンドにセットしておくよう、ぼくに言いつけて。作業は思ったよりも面倒で、どうにかこうにか格好よく据えつけたとき、ジュリーが両手にひとつずつマグカップをもって戻ってきた。「乾杯」そう言って、ぼくにマグカップの一方を手渡した。

「乾杯」試しに口をつけたぼくは、卵入りクリームのなかに酒の味を感じ、顔をしかめた。「ああ、ジュリー……忘れちゃったんだろうけど、ぼくは――」

「シーッ」ジュリーはぼくの唇に指をあてた。「あんたが言わなければ、あたしも言わないから」

もちろん、言うの言わないのの問題じゃない。酒を父から隠すのは、言ってみればマニキュアを指の爪《つめ》から隠すのと似たようなものだ。礼儀として、ほんのひと口だけまたすすり、それからさりげなくマグカップをわきに置いた。「それじゃ贈り物を交換する？」

ジュリーは首を横に振った。「ううん、まだ。まずはツリーに飾り付けをしないと」そう言ってクリスマスの飾りをしまってある大きな箱をクローゼットから引っぱりだした。小さな電球でこぶだらけになっているコードを二本取りだし、ぼくに一本手渡した。「まずこのもつれたのをほどいて」

ぼくたちは仕事に取りかかり、だらだらとおしゃべりしながらコードの結び目をいじった。ぼくはどこでエッグノッグミックスを買ったのかとジュリーに尋ねた。

「ミックス！」ジュリーが鼻で笑った。「そう言ってもらえるのはありがたいけど、あれは自家製」

「ほんとに？」ぼくはマグカップ越しに目をやった。「エッグノッグ本体のことだけど——スコッチ以外っていうか。紙パックで売られてるやつかなと思ったんだよね」

「ほんとに卵でつくったの」ジュリーが軽口を叩いた。「卵はニワトリに産ませた。クリームも使ったけど、こっちは乳牛からとった」

「自分で乳牛を飼ってて、その乳を搾《しぼ》ったってこと？」

「あのね、アンドルー……」ジュリーはいらっとしかけたが、ぼくも軽口を叩いているだけだと気づいた。「わかった、わかった」ジュリーが認めた。「たしかにクリームは紙パック入りのを使ったよ。でも、ほかの材料と混ぜるのはあたしがやった」自慢気に笑みを浮かべた。「アリゾナ州フェニックスのルルズ・メキシカンキッチンでいろいろ覚えた、使える技のひとつ」

「メキシコ料理店でエッグノッグを出してたの？」

「クリスマスの時期はね。いっしょにグリルを担当してた男が秘密のレシピを教えてくれたんだ」

いっしょにグリルを担当してた男……。ジュリーがそう言ったときの口調がどこかひっかかった。「ボーイフレンドだったとか？」

ジュリーは眉間《みけん》にしわを寄せた。手にした電飾用のコードに対し、少しだけ強く意識を集中させたようだ。「そう」とジュリー。観覧台にいるアダムが忠告した。「やめとけ」

でも、ぼくは忠告に従わず、たどたどしく尋ねた。「ぼくのことをそんなふうに思ったことってあった……ある？　ボーイフレンドってことだけど」

ジュリーの眉間のしわはさらに深くなったが、ぼくの話など聞こえなかったかのように電球のコードをほどきつづけた。しばらく返事がなかったので、ぼくは、もしかすると質問を声にし忘れてしまったのかと思いはじめた。しかしそのうちとうとうジュリーはぼくに視線を向けて言った。「たしかいっしょに暮らしてた理学療法士について話したはずだけど、憶えてる？」

「うん」ぼくが答えた。「リアリティファクトリーを立ち上げる前、そいつの下で働いてたんだっけ？」

ジュリーがうなずいた。「あいつのところで働いたし、いっしょに暮らしてたし、まあいろいろ。別れてからは一度も会ってないし、話もしてない。まだシアトルに住んでいるかさえわからない。フェニックスの男のときもいっしょ……ユージーンの男、ラスヴェガスの男、イエローストーンの男、ニューヨークの男、それとボストンの四人の男たちのときも。いつもこうなんだ。誰かと恋愛関係になり、その関係が終わるとき、彼らはあたしの人生から消えている。あんたにはそんなふうになってほしくないんだ、アンドルー。あんたはあたしの人生にいてほしい。赤の他人じゃなくて」

「ああ」ぼくは言った。うれしくもあり、失望してもいた。でも、大きいのは失望のほうで、ややあってためらいがちに問いかけた。「それでどうかな？　もしだよ、仮にそれが終わらなかったとしたら？　どうかな――」

ジュリーは悲しげな笑みを浮かべた。「恋愛はいつかかならず終わる」ジュリーが言った。「知らないの？」

そう、ぼくは知らなかった。ジュリーの言葉が正しいとも思わなかった。ただ、それを論じるとしても、ぼくの場合、はなはだ心もとない立場から物申すにとどまっただろう。反証ひとつ出せないまま、ぼくは電球のコードをほどく作業に戻った。束《つか》の間《ま》、気まずい沈黙があり、それからジュリーはとってつけたような陽気さでこう告げた。「キッチンでエッグノッグを入れなおしてくる」このときの隠れたメッセージは明らかだった。戻ってきたら話題を変えようね。そして、実際にそうした。その後、さよならを言い、家までひとりとぼとぼ歩いていたときのこと。ぼくは遅ればせながら気がついた。そういえば、ジュリーはぼくに惹かれているとも惹かれていないとも言ってなかった。

「そんなの問題か?」アダムが尋ねた。「彼女はおまえとヤりたくないんだよ。いい加減、ドタマに叩きこんどけ」

ぼくはそうしようとした。懸命に努力した。それでうまくいってたかもしれない。クリスマス後の水曜日のパーティーの日にあんなことが起こらなかったら。

あの年、クリスマスイブと大晦日《おおみそか》が日曜にあたっていたため、ジュリーは双方を兼ねたオフィスパーティーを中間となる二十七日の水曜日に開くことにした。ぼくとジュリーは食事と飲み物の係となった。ジュリーはおじさんからもらったスコッチの二本目を使いきってパンチをつくった。ぼくはクッキーとチョコレートケーキを焼いた。

マンシプル兄弟は余興担当を仰《おお》せつかった。

水曜日の午後五時、ぼくたちは祝宴のためにビッグテントに集まった。ジュリーはぼく以外の全員にパンチを配り、デニスはアイドロンを立ち上げた。あのときリアリティファクトリーにはデータスーツが二着しかなかったのでぼくたちは代わりばんこに着用し、ヴァーチャル・ピンポンやヴァーチャル・スキーボール、ヴァーチャル・ピニャータ割り（目隠しはしないが、ピニャータはさっと動いて打撃をかわす）に興じた。最後にデニスは、〈究極の〉ヴァーチャル・パーティーゲーム、ヴァーチャル・ツイスターの開始をアナウンスした。

「それ、何？」ぼくが尋ねた。

ジュリーが眉を吊《つ》り上げた。「ツイスター、やったことないの？」

ゲームの現実世界版についてジュリーが説明してくれたけど、最初はずいぶん奇妙なものに思えた。VR版はさらに奇妙だった。ヴァーチャル・ツイスターの場合、色付きの円は〈床〉に配されているだけではない。プレイヤーの全身を取り巻き、宙にも漂っている。

「円に手を伸ばして」ぼくが言った。「体をよじる……」

「そう」とジュリー。

「ルールはそう。けど、ゲームの趣旨からすると勝ち負けはどうでもいい……」
「……最初に倒れたひとが負けと？」

それじゃこのゲームの趣旨ってなんなのか？　ヴァーチャル・ピニャータ割りもそうだけど、笑いでその場を和ませるというのもその一部ではある。でも、ジュリーがほのめかしたように、ツイスターの場合、ゲーム的な体裁はあくまでも口実にすぎず、プレイヤー同士がいっしょになってごろごろ転がることこそがその本来的な趣旨なのだった。対戦相手さえ適切なら、たしかに魅力的ではある。とはいえ、サイバースペースではゲームのそうした面はうまく再現しきれていなかった。アーウィンとぼくとでヴァーチャル・ツイスターを最初にやったとき、ぼくたちの現実の体はビッグテントの別々の隅にあった。ヴァーチャルな肉体的接触は、現実の肉体的接触を伴っていない以上、当然ながら、なんの感触も得られない。それに、あのときぼくたちが使用していたソフトウエアエンジンのバージョンには、衝突処理のサブルーチンにいくつかバグがあった。コンピュータ内のゲームマスターがぼくに「左手――赤」と告げ、アーウィンのアイドロンが手近な赤い円の前をふさいでいるとき、わざわざアーウィンの体を迂回《うかい》して腕を伸ばさなくても、そのまま体を貫き、赤い円に手を届かせることができた。

ジュリーはモニターのひとつでそれを確認して抗議した。「あんたたち、やり方がちがってる！」ほろ酔いで文句をつけた。「ほら、アーウィン。ちょっとそのスーツ、貸してみな。どうするか教えてやるよ」

アーウィンはデータスーツをジュリーに渡した。ジュリーはそれを身に着けると、ぼくたちの現実の体がヴァーチャルな体と同じ間隔をとるよう、アーウィンに命じてぼくたちの位置を調整させた。「右手——青」コンピュータがぼくに指示した。ジュリーの肩越しに青い円がちらりと見え、手を彼女の胸に通そうとすると……抵抗を感じた。

そのとき以降、このゲームについてずっとよく理解できるようになった。一方でゲームはより危険性を増した。というのもジュリーとぼくのヴァーチャルな体と現実の体の動きが完全に一致していたわけではなかったのだから。そのせいで生じた事故のすべてが不快だったわけではない。ジュリーがぼくの背中の向こうにあった緑の円に手を伸ばし、まちがってぼくの尻《しり》をつかんだときもあまり気にはならなかった。もっとも、そのほとんどは不快だったけど。ジュリーは胸郭にぼくのひざ蹴《げ》りを食らう必要はなかっただろうし、ぼくの腹への一撃にしたってなかったほうがずっとよかった。ゲームの最後、ジュリーは、無謀にも「左足——黄色」に挑戦した。ジュリーの足で両脚を払われた瞬間、ぼくは宙に浮き、くるりとはじかれて背中から落下した。

「痛ッ」ぼくは言った。

「アンドルー⁉」あわてふためいたジュリーはヘッドセットを脱ぎすてたものの、ぼくがひどい怪我《けが》を負っていないと知るやげらげら笑いだし……それからそっとぼくの上に倒れかかった。

ぼくは打撲傷を負いながらも、ヴァーチャル・ツイスターにすっかり魅了されていた。

その後、少しゲームを中断し、飲食を再開した。ジュリーとデニスは酔い、アーウィンは完全に酔っぱらった。それから六時半ごろ——そこまで時間がかかったのは驚きだが——デニスはシャツを脱いだ。最後のパンチを自分でついで飲みながらジュリーは言った。「あのね、デニス、あんたがそうやって露出するのってほんと魅力的だよね〜」

デニスは例によって少しもめげることなく、両腕を頭の上に掲げた。「体を空気にさらさないとな」少しの間、腋《わき》の下を冷やすとジュリーにこう言った。「それでどうだい、恐れを知らないリーダーさんよ？　俺が魅力的だというのなら、一度、ツイスターでお手合わせといくか？」

おそらくデニスはふざけて言っていただけなのだろう。背中のサポーターを身につけてはいなかったが、それでもデニスはデータスーツに体を収めるのにひどく苦労していた。でも、ジュリーの目付きからすると、どうやら真剣にそれを考慮しているようだった。それもただただ、相手のいかなる挑戦だろうと受けて立つだけの肝っ玉の持ち主だと証明したいがために。もしジュリーが、あんたがマジその気ならやってみなよと言えば、デニスは実際にやるだろうとぼくにはわかっていた。ぼくは妙な気分になった。ジュリーには、デニスであれ誰であれ、ぼく以外の人間とはツイスターをしてほしくなかった。しかし、そんなことになる前に、アーウィンが屈《かが》みこみ、アイドロンのヘッドセットのひとつの上に吐いた。こうしてゲームの時間は完全に終止符を打たれた。

「そろそろ家に帰る時間だ」ぼくはみんなに気づかせた。

ジュリーはしらふでなかったし、そもそも彼女はキャデラックをまた修理に出していたという次第で、ぼくたちは全員で歩いて町まで戻った。軽い雪が降っていて、ジュリーとデニスは異常なエネルギーに駆りたてられ、先へどんどん走っていき、雪片を舌でキャッチし、『蛍の光』をいっしょにがなりだした（ぼくはこの曲をよく知っているわけではなかったけど、二人がデタラメな歌詞を歌っているのは明らかだった）。アーウィンはゾンビよろしくよたよたと歩き、ときどき立ち止まってはまたゲロした。ぼくは静かについていった。アーウィンからは目を離さず、ジュリーとデニスからは距離を置いて。

東橋を渡り、交差点にきた。ジュリーがアパートメントに帰るためには横道に入らなければならない。ぼくはためらった。ジュリーについていくべきか、それともマンシプル兄弟とともにこのままブリッジ・ストリートを進んでいくべきか。だが、ジュリーが代わって決断してくれた。腕をぼくの腰にひっかけ、もう一方の手を上げると兄弟に向かってさよならと手を振った。「お二人さん、また明日」

「おやすみ」アーウィンがよたよた歩きながらつぶやいた。振りかえりもしない。デニスはずっと敏感に反応し、ジュリーがぼくを横道に引っぱっていくのを興味津々《しんしん》という顔で見ていた。

「おい、お偉い権力者殿」ぼくたちの背後から声をかけた。「これからどうするつもりだい？」

「教えてなんかやらないよ、デニス」ジュリーが叫びかえした。

「そうかい？」デニスはわずかにゆらゆらしながら立っていた。「やつのことで心変わりしたってわけか？」

「シーッ！」余計なことを言うなとばかりにジュリーが笑いながら合図した。

「はあ？」難聴の人間のようにくぼませた手を耳にあて、デニスが訊きかえした。

「聞こえなかったなあ、提督。なんて言った？」

「おやすみ、デニス！」笑いつづけていたジュリー（何がそんなにおかしいんだろ？）が叫びかえした。それからぼくの手をぐいと引いた。「ほら、アンドルー」

「えっと、ジュリー――」

「走ろう！」ジュリーがまたぼくの手を引いた。

で、ぼくたちは走った。背後のデニスが叫んでいたが、どういう内容かはわからなかった。ジュリーはなおも笑いながらぼくの手を引き、先に立って暗い通りを駆けていき、やがて声のまったく届かない場所に出た。

ジュリーのアパートメントがある建物に到着した。部屋に上がる前にジュリーは正面の芝生へと走っていき、バタンと倒れるとぼくも引っぱられて、地面をうっすらと覆っている雪の上に突っ伏した。いっしょに転げまわり、ぼくはまた背中をひねったものの、ジュリーは気づかなかった。

「ヤバっ」仰向けになってジュリーが停止した。「飲みすぎちゃった」それからぼくのほうに転がり、片ひじをついて体を起こし、こう尋ねた。「ちょっと上にくる？

時間だってまだ早い」

「うーん……わかった」ジュリーはぼくの声からためらいを聞きとると、何かについて決意を固めようとするかのようにじっくりとぼくを見た。片手を上げて、ぼくのまつげから雪片を払うとぼくの髪の毛の房を人差し指にくるくる巻きつけた。

「ほら」とうとうジュリーが言い、立ち上がった。

キッチンに上がると、ジュリーは二つのショットグラスにストレートのスコッチを注いだ。「ジュリー――」抵抗しかけたが、ジュリーはそれを無視して言った。「頼むよ、アンドルー、一杯だけ。一度だけ乾杯して」

「乾杯って何に？」

「新しい経験に」ジュリーがいたずらっぽく言った。

そこでぼくは折れ――あえて折れることを選んだ。あとでその代償を支払うはめになるとわかってはいたが。「あた……新しい経験に」ぼくは言い、飲んだ。ジュリーは飲み物をぐいっとあおった。ぼくはすすろうとはしてみたのだが、結局のところ一気に流しこみ、喉《のど》に広がる熱さのせいで思わずむせそうになった。

ジュリーは二つのグラスにまた酒をついだ。前回と同じく、このときも彼女は天井の照明はつけず、クリスマスツリーの電源を入れたので、さまざまな色の柔らかな光が室内を照らしていた。ジュリーはフトンの端にドカッと腰を下ろした。ぼくはそこから少し離れた床の上にそろそろとしゃがみこんだ。

このときジュリーはぼくが顔をしかめているのに気づき、「背中を痛めた？」と尋ねた。

ぼくはうなずいた。「ツイスターだ」

「大変」とジュリー。それから背後のフトンの表面を軽く叩いた。「背中をマッサージしてあげる……ほらきて、アンドルー、噛《か》みついたりしないから」

ぼくはフトンに乗り、ジュリーの指示するまま腹這《はらば》いになった。「あら、緊張してるみたいだね」ジュリーはぼくの上に覆いかぶさり、そう指摘した。

そう、そのとおりだった。不安と興奮が相半ばし、ぼくは緊張していた。アダムが観覧台に上がってきたらしいが、彼も脅《おび》えているのは、それも言葉を失うほど脅えているのは明らかだった。それはいいことだ。外野のアダムからぐちゃぐちゃ嫌味ったらしいことを言われないで済むのなら、こんなにありがたいことはない。

ジュリーはぼくの背中で両手を何度か軽く上下させ、状態をたしかめた。ぼくはリラックスしようとした。するとそのとき、ジュリーがぼくのシャツの裾《すそ》をジーンズから引っぱりだした。

「こらこら、アンドルー、落ち着いて」とジュリー。「傷つけたりしないって約束するよ。もう」――さらにもう少しシャツを引っぱりだした――「これ脱がせていいよね?」

イエスと言いたかったのだが、言葉を口から出せそうにもなかった。

「わかった」少ししてジュリーが言った。「とりあえずこのままにしとくけど、裾は出しておくね」ジュリーがぼくの上で体の位置をずらし、それから何かの生地が肌の上をすべる音が聞こえた。ジュリーのシャツが取り去られ、塊となってフトンのわきの床に落ちた。ぼくは軽く息を呑《の》み、さっと首《こうべ》をめぐらせた……ほっとすると同時にがっかりもした。ジュリーはまだブラを身につけていた。

「デニスみたいでごめん」ジュリーが笑顔でぼくを見下ろして言った。

ジュリーはデニスみたいではなかった。ほんとだよ。シャツを着ていないデニスとシャツを着ていないジュリーはまるっきり別物だった。

さっきフトンに乗ったとき、ショットグラスはすぐ手の届くところに置いておいた。いまになってぼくがグラスに手を伸ばすと、ジュリーはそれを面白がり、ぼくが酒を飲み終えるまで辛抱強く待っていた。それからジュリーはぼくから空のグラスを受けとると、わきに置き、ぼくをそっと押しやって腹這いに寝かせ、シャツの下に差し入れた冷たくて柔らかい手を背中の上へと走らせた。

その後の十五分間は、まちがいなくあのときまでのぼくの人生でもっとも幸福で、もっとも恐怖に満ちた時間だった。とはいえ、これが世間の二十六歳ならとんでもなくすごいことってことになるんだろうけど、言うまでもなく、ぼくの場合、生まれてからまだ日が浅いわけで、いくらこれまでの人生でいちばんとか言ったってそこまで大ごとというわけでもない。客観的に見て、背中のマッサージがどれだけ気持ちよかったかはわからない。比較すべき対象がなかった。それでもぼくは大いに楽しんだ。ジュリーがぼくの打撲傷に指を押しあて、痛みのあまり思わずうめき声をあげてしまったときでさえ。

まぶたがひくひくしながら落ち、不安を振りはらおうとしかけたときだった。ジュリーがこう言った。「ところでアンドルー……来年の抱負は何?」

ぼくの目がふたたびぱっと開いた。「ぼくの……ぼくの抱負?」

「そう、あんたの抱負」ジュリーは一方の手をぼくの首に添えたまま、もう一方の手を、腰の細くなった部分へ下げ、ジーンズのウェストバンドのすぐ上の皮膚を指先で軽く払った。「さっきの乾杯と同じじゃっていうかさ。この一年、どんな新しい経験がしたい?」

「えっ……ぼくは……その……」

「そんなに考えこまないで」一方の手をふたたび肩のほうに移動させるとき、上体を深く曲げたので、ジュリーはぼくの上にほぼ横たわるような格好になり、こう耳にささやいた。「何か選んで。これまでやったことがなくて、これからやりたい何かを……」

そのときぼくの顔はフトンの上で横を向いていた。ジュリーはぼくの顔が真っ赤になっているのを見てとったにちがいない。わずかに体をうしろに引いたのだから。

「アンドルー？」

「ジュリー……」ぼくは動転しきっていて、いまにもトンチンカンなことをやらかしそうになっていたが、ほかにどうしていいかもわからなかったし、助けを求める相手もいなかった。ジュリーがシャツを脱いだとき、アダムはもう観覧台から去っていた。ぼくは意を決して口にした。「ジュリー、もしかして——ぼくを誘ってる？」

ジュリーは笑ったが、それまでの気楽な笑いとはどこかちがっていた。「もしそうだったら？」

「ほんとにそうなの、それともそうじゃないの？」口から出た声は、自分が思っていたよりもはるかに大きかった。ぼくは声を低めようとした。「頼むよ……頼むからからかわないで、ジュリー」

長い間があり、それからジュリーがごろりと転がり、ぼくから離れた。「クソッ」

「ジュリー?」ぼくは頭をもちあげ、ジュリーを見た。ジュリーは仰向けになって天井を見つめ、両手で髪の毛をひっぱっていた。

「クソッ、クソッ、クソッ」とジュリー。「いったい何してんだろ? あたし、どうしたんだろ?」

「どうかしたって?」ぼくは言った。別にぼくに向けられた質問ではなかったのだが。

「ジュリー、別にどうもしてないよ……もしきみがしたかったら……そう。ただ、なんというか、ぼくにはわからないんだよ。先週、こう言ったよね。言ったはずだと思うけど。ぼくとは恋愛関係にならない、なぜならば……」

「わかってる」

「……恋愛は長続きしない。友情はそうじゃない。きみはぼくが自分の人生にずっといてほしいと……」

「わかってる」ジュリーはうなずいていた。「わかってる。あんたの言ってることが正しいよ、アンドルー」

ぼくの言ってることが正しい? 「ちょっと待って」とぼく。「ちょっと待って、それはきみの主張だったはずだよね。ぼくにはそれが真実とは思えない。きみ自身、実際は真実とは思ってないのかもしれないけど、それはそれでいい。ぼくは、ただきみのほんとうの気持ちを知りたいだけなんだ」

「あたしのほんとうの気持ちは……」

ジュリーは両手を髪の毛から離し、ぼくを見た。あの瞬間のことは、ぼくの脳裏から消え去ったりしないだろう。その場に横たわっているジュリーはとても美しく、ほんの束の間だったけど、いまこの瞬間こそが好機だとぼくはたしかに実感していた。せめてあのときぼくが何かをしていれば――屈みこんでキスするとか、ジュリーの顔に触れるとか、とにかく何かかにか――、あの晩はまったく別の結果を迎えただろう。もしかしたらその後、恋人同士になっていたかもしれない。でも、ぼくにとって、誰かを誘惑することは、誰かに誘惑されること以上に未知の事柄だったし、ただためらう以外、なす術《すべ》もなかった。

そして好機は過ぎ去った。「ダメか」ジュリーがかぶりを振った。上体を起こし、ぼくに背中を向けた。「シャツをとってくれる、アンドルー？」

「ジュリー」まるで冷水をピシャッと胸にかけられたかのように思わず息が止まりそうになった。「ジュリー、かまわないよ、別にそんなことしなくたって……だから……ただ話をするとか、でなきゃ――」

「あたしは酔いつぶれる必要がありそうだよ、アンドルー」ジュリーは、まだぼくのほうに目を向けない。「ごめんね。時間はまだ早いけど、でも……やっぱりそうするのがいちばんいいんじゃないかな。あんたは帰ったほうがいい」ようやくそこでジュリーはぼくのほうに顔を向け、こわばった笑みを浮かべ、赤ん坊の頭をポンポンするような調子でぼくの膝を軽く叩《たた》いた。「シャツをとってくれる？」

「わかった……」ぼくはシャツを渡した。シャツを身につけるとき、ジュリーは完全にそっぽを向いていた。ぼくの前でブラだけの姿でいるのが突然、いたたまれなくなったとでもいうように。服を着たジュリーはさっさとフトンから離れ、二つのショットグラスを取りあげ、ドアまでふらふらと行き、出るとき天井の照明をつけた。

ぼくも立ち上がり、突然の明るさのなかでまばたきした。シャツをたくしこみ、キッチンに入った。ジュリーはジャバジャバと威勢よくショットグラスを洗っていた。

「ジュリー？」ぼくはそう声をかけたものの、遠慮してそばにはいかなかった。

「うん？」ジュリーはぼくに背中を向け、シンクの上にかがみこんでいた。

「さっさと帰ってほしいと思っているのは承知しているけど、でも……明日。明日、きみがちゃんと目覚めているときだけど……この件について話をしてもいいかな？」

「話す?」ジュリーは蛇口を締め、ふきんに手を伸ばした。「もちろん」まずはショットグラスを、次に自分の手を拭いた。「もちろん」そうくりかえし、ふきんをかけた。ぼくのコートはキッチンテーブルの上にあった。ジュリーはそれを手に取り、ぼくに差しだした。「はい、どうぞ」

「ジュリー――」

「シーッ」ジュリーはコートをぼくの手に押しつけた。それから身を乗りだし、ぼくの頬にすばやくキスした。ぼくは首をめぐらせ、唇を彼女のほうに向けたが、すでにジュリーは後方に引っこんでいた。「気をつけて階段を下りて」ジュリーがそう言って、ぼくのために戸口のドアを手で押さえていてくれた。

その日はよく眠れなかった。たしかに酒は入っていたが――父がありとあらゆる言葉でぼくを叱《しか》りつけたのは言うまでもない――、酔いつぶれるほど飲んではいなかった。時間だってまだ早かった。家に着いたのは八時になるかならないかというころだった。いつもの就寝の時間までにすっかり酔いはさめ、何時間も寝がえりをうつはめになった。

翌朝、最初のうちジュリーはぼくを避けていた。成熟した人間なら調子を合わせ、何ごともなかったかのようなふりをしただろうが、ぼくにそんな真似《まね》ができるはずもなかった。ぼくが「昨日の晩、どうやらずっと眠れなかった」らしいってことをデニスの口から聞き知ったあと、ジュリーはようやくぼくの憔悴《しょうすい》ぶりに気づき、哀れみをおぼえたようだ。昼頃、ジュリーはぼくのテントに顔を出した。

「ほんとうにごめんね、アンドルー……」ジュリーは深く悔いているような様子でぼくの机の前に立っていた。

「謝る必要はないよ、ジュリー」ぼくが言った。「こう言ってよければだけど、きみがぼくに誘いをかけてきたからといって、それを不快に思ってるわけじゃないんだから。ぼくはただ、それについて説明を聞きたいだけなんだ」

ジュリーはため息をついた。「説明することなんか別にないんだけど。あたしは酔っていた。あんたは酔っていた。あたしたちは——」

「ぼくは、きみが飲むようにと勧めたから飲んだだけだよ」ひどくきつい口調だったのでぼくたち二人ともがたじろいだ。

「オーケー」とジュリー。「オーケー、わかった。あたしは酔っていた。あんたを酔わせた。あたしのせいだ。それでも説明することはない。人間は酔ってるときバカなことをしでかすんだよ、アンドルー。要するにただそれだけのこと」

「でも、きみはぼくに少しも惹《ひ》かれていないと思ってた——」

「惹かれてるにきまってる。あんたはとても魅力的な人間だよ。でも――」

「じゃあ、なぜぼくたちは恋人にはなれないの？　もしきみがぼくに惹かれ、ぼくがきみに惹かれているのなら、ぼくたちがおたがいを好きなら――」

ジュリーは、ぼくたちが恋人になれない理由を半ダースも挙げることとなった。それと、別の理由もあった。アダムが指摘していた理由で、さすがにジュリー自身が口にしたりはしなかったが、おそらくこれがほんとうの理由だろうとぼくは信じるようになっていた。要するに、ジュリーはなんの興味ももっていないのだ。もしかしてぼくに興味があるんじゃないかと思えるような態度をたまたまジュリーがとるようなときがあったとしても。

こうした理由のいずれもぼくを満足させはしなかった――ぼくが受け入れようとしていた理由を含めて。ほんとうにぼくが知りたかったのは、〈どうしてぼくたちは恋人になれないか？〉じゃない。〈どうすれば恋人になれるか？〉だった。好機をまた呼びもどすにはどうすればいいのか？　絶対、あのとき好機は到来していたとぼくは確信していた。今度こそその好機を逃さないためにはどうすれば？　どう誘惑すればいいんだ、ジュリー？

ジュリーはその問いに答えはしなかっただろう。ぼくがそれを率直に伝える術を知っていたとしても。しかも、実際、ぼくは知らなかった。そこでただ〈どうしてダメなのか?〉と訊《き》きつづけ、ついには——たちまちのうちに——ジュリーもいろいろな理由をこねあげるのに嫌気がさしてしまった。

一月の第二週になると、ジュリーは仕事が終わってからぼくと付き合うのをやめてしまった。しかも、ファクトリー内でもうまい具合にぼくを避けていた。あの月、ジュリーは出張で何度もシアトルに足を運び、ときにはまるまる数日間町にいた。ある夜、ぼくがアパートメントの外で待っていると、あたりが暗くなってからずいぶんしてジュリーが戻ってきた。彼女はそっけなくこう告げた。勝手にうちにくるのはもうやめて。

「これからずっとってこと?」ぼくは息を呑んだ。

「さしあたりは」ジュリーは目をそらし、じれったそうに足を床にコツコツと打ちつけた。

「さしあたりって? さしあたりいつまで?」

「あたしのことを忘れてくれるまで」ジュリーがぴしゃりと言った。「それがどんなに長くかかっても」穏やかな声になり、「そんなに長くかからないとは思うけどね、アンドルー。でも……」

あの夜のひどい気分からして、これこそが最低最悪だとぼくは思った。あまりにも耐えがたかったので、翌日は仕事を休み、父の許可も求めず、勝手にドクター・グレイに会いにいった。だが、その一週間後、ジュリーがデニス相手に、シアトルで修理工と出会って付き合いはじめたなどと話しているのを盗み聞いてしまった。

アダムと父は、余計なことは言うなと警告した。そんなことをしたって厄介ごとを招くだけだし、そのせいでクビにされる可能性だってある。たしかに二人の言うとおりだし、ぼくも二十四時間近くどうにか自分を抑えていたが、結局は欲望に屈してしまった。勝手にジュリーのアパートメントに行き、階段を上り、立ち止まった。ノックしようとして勇気を奮いおこしていると、奇妙な音が聞こえ……そして聞き入った。

ぼくの〈浄化〉は本物ではないとドクター・グレイは考えていた。ドクター・グレイがそう結論づけるのもわからないではないが、ぼくはどうしてもそれを正しいと思いたくなかった。翌日、目覚めたとき、ジュリーに対する妄執の念がきれいさっぱりなくなっていたのに気づき、ほっとしたのを憶《おぼ》えている。あれが巧妙に仕組まれた一種の精神的な錯覚にすぎなかっただなんて、どうにも耐えられなかった。とはいえ、あのときのカタルシスなど幻想にすぎないという見解は受け入れられなかったにせよ、これですべてきれいさっぱり片が付いたのかという点になると、ぼく自身、心のどこかでは疑わしく思ってもいた。もしかしたら、ぼくのなかには、ジュリーに対する思いがまだくすぶったまま残っていたのかもしれない。わずかな思い。いつかふたたび好機が訪れるかもしれないという、まだ消え残っている希望の小さな火。そんな火なら、維持しつづけるのだってたやすかっただろう。ジュリーと修理工の関係はひと月以上は続かず、その後、ジュリーは誰とも付き合っていない。それなら、もしかすると……。

バスに乗ってポールスボーからフェリーの発着所に向かい、フェリーに乗ってシアトルに戻る間、ぼくはそれを――そのすべてを――じっくりと考えた。考えに集中するために家のなかに入り、ぼくが没頭している間、別の魂たちに体を使わせてもよかったんだけど、ぼくは疲れていたし、頭痛の兆《きざ》しも感じていたのでそのまま外にとどまった。そのせいで、今日、まったく外に出る機会のなかったエンジェルやリア、一応、外には出たもののもっと長い時間いられたはずだと感じているサイモンは、こんなの不平等じゃないかと不平をこぼした。ぼくは、ひとりにしてくれと彼ら全員に言った。父は、ぼくの気分を察して、ぼくの決定を支持し、もし行儀よくしていたら、いつか埋め合わせをするとサイモンたちに約束した。それでエンジェルとリアの不満は収まったが、サイモンはそのかぎりでなく、相変わらずぷんぷんしていた。

フェリーがシアトルの埠頭《ふとう》に到着すると、二番街とマディソン通りの角にあるメトロバスの停留所へ急いだが、オータムクリーク行き三時二十分のバスにはぎりぎりで間に合わなかった。次のバスは四時十分までこないので、ウェストレイクセンター・モールを軽く見てまわるだけの時間はあるよとサイモンが提案した。ぼくは、ほっといてくれとサイモンにもう一度、警告した。そのうち四時十分のバスがエンジントラブルのせいで遅れて到着したが、運行はいったん中止になってしまった。サイモンがぐずりだした。ぼくはかんしゃくを起こして、黙れと怒鳴ったが、おかげで現実世界のほうでゆったりと休息がとれた。代行のバスがきたときには、他の乗客は誰ひとり近くにすわろうとしなかったのだから。

五時四十五分過ぎにオータムクリークに戻った。家に向かってテンプル・ストリートの最後のブロックをよろよろ歩いているときには、さっさとなかに入り、手早く何か食べ、熱い風呂《ふろ》にゆったり浸《つ》かりたいとしか考えられなくなっていた……。

……そのとき、ヴィクトリアンハウスの正面の縁石のところにとまっているペニーのビュイックが見えた。

ひどく長かった一日の締めくくりに際し、もっとも対処したくない事態がこれだった。もっとも、その後はっきりしたんだけど、ペニーがぼくをとっつかまえる気なら、このときをおいてなかったかもしれない。ぼくはすっかりへとへとになっていて、ふたたびパニックに陥ったりはしなかったのだから。サイモンに対して憤慨し、メトロバスの運行体制に対していらいらしていたせいで、ジュリーのことを考えるのはいったんやめていた。

ぼくはビュイックに向かって歩いていった。ヴィクトリアンハウスのポーチに腰を下ろしていた人物がぱっと立ち上がるのが視界の片隅で見えた。さっと気をつけの姿勢をとる衛兵さながらの俊敏さで。

「大丈夫だよ、ミセス・ウィンズロー」ぼくは呼びかけた。

「ほんとうに大丈夫、アンドルー?」

「うん」ぼくは言った。ミセス・ウィンズローがショットガンを手にしているのに気づいたが、少しも驚きはなかった。「ほんとに大丈夫。なかに入ってて。少ししたらぼくもなかに入って夕食をとるから」

かすかな動きでうなずき、ミセス・ウィンズローが家のなかに引っこんだ。どうやら遠くまでは行ってない。玄関ドアのすぐ裏に身を潜めている。銃を手に、ペニーがビュイック・センチュリオンでぼくを拉致《らち》しようとする動きをほんの少しでも示したら、すぐさま外に躍りでようと身構えて。おかげで安心していいのか、かえって心配の種が増えたのか、ぼくにはなんとも言えなかった。

どっちにしろ、これ以上ぐずぐずするわけにはいかなかった。ぼくはビュイックの助手席側のドアを開けて乗りこんだ。運転席にいるのは〈口悪〉らしい。彼女はハンドルに屈みこむようにしてすわり、いらだたしげに右手をダッシュボードにコツコツ打ちつけていた。

「やあ」ぼくが言った。「そろそろ話をすべき――」

「クソドアを閉めやがれ」〈口悪〉が応じた。

ぼくはため息をついた。どんな虐待《ぎゃくたい》に対しても我慢してはいけない。ドクター・グレイはぼくにそう忠告した。それでもいきなり対決姿勢ではじめるのは避けたかった。そこでぼくは言われたとおりドアを閉めた。「さあ」ぼくは言った。「これで――」

ダッシュボードでカチャッという小さな音がした。シガーライターのボタンが飛びでた。〈口悪〉はこちらに振りむくとすばやい動きでシガーライターを引っつかみ、隣にすわっているぼくのほうに身を乗りだした。

「クソ野郎！」怒気を含んだ声でささやき、突然、ほんの数センチのところまで顔を近づけたかと思うと、ライターの熱いコイルをぼくの頬のすぐ上に突きつけた。「このクソ野郎が！」

観覧台にいるアダムが叫び、危険を知らせた。すぐさまセフェリスがそこに出て、いつでも体に飛びこみ、あとを引きつごうと身構えていた……でも、ぼくはそれを許さなかった。そうすべきだったといまはわかっている。それに、恐怖を感じるべきだった。誰かが熱い金属を振りかざし、火傷《やけど》を負わせてやろうと迫ってきたら恐怖をおぼえるのが正常な反応だ。とはいえ、どういうわけかぼくは恐怖を感じなかった。もしかすると心の奥底にはぞくりとするような恐怖がわずかながら潜んでいたのかもしれないが、あのときぼくが感じていたのはもっぱらいらだたしさだった。

「そいつをのけてくれ」ぼくはうんざりして言った。

シガーライターは震えていた。それをぼくの顔に押しつけてやろうと〈口悪〉がいよいよ決意したかのように。ぼくはわずかに首をひねり、彼女をまともに見た。「きみはほんとに無礼だな」ぼくは言った。「もしきみが無礼な態度をとるのなら、ぼくはペニーを助けるつもりはない」

彼女は手をそっと引いた。とはいえ完全に引っこめはしなかった。ライターのコイルはまだぼくに向けられ、その背後で彼女の左腕はうしろに引かれていた。「ペニーを助ける?」

ぼくはうなずいた。「もしきみが礼儀正しく……」

「礼儀正しい！」〈口悪〉が鼻で笑った。

「なら丁寧にか」とぼく。「ねえ、ぼくもきみに無礼な真似をしていたとわかってるし、申し訳なく思う。でも、もしきみがぼくをこれ以上脅すのはよすと、それと家主になってくれてるあの女性をもう動転させるような真似はしないと言ってくれるなら、きみの要望どおり、ぼくもペニーを助けるために努力すると約束する」

〈口悪〉は、少しだけ長い間をとり、思案しながらぼくを見つめた。最後に腕を下ろし、シガーライターを挿入口に戻した。「いいだろう」彼女が言った。

「……それ本気なの？」もっと友好的な別の声がそう付け加えた。「わたしたちを助けてくれるの？」

「そう、本気だ。スレッドか？　スレッドだよね？」

「ええ」スレッドが微笑《ほほえ》みながら言った。「〈アリアドネの糸《スレッド》〉のスレッドっていうか。あの話、知ってるよね？」

「と思うけど……で、保護者の名前は？」

「保護者？」

「ええと」――ダッシュボードをちらりと見た――「汚い言葉を使うひと」

スレッドはぼくの視線をたどり、シガーライターに行きついた。「ああ」彼女が言った。「双子のことね！　マレディクタとマレフィカ。マレディクタはおしゃべり――それと悪たれ口――の担当なんだけど、二人はいつもいっしょにいる」

「ほかにもいるの？」ぼくが尋ねた。

「ああ、そうね、いっぱいいる」彼女が興味ありげにぼくを見つめた。「あなただってほかの連中がいるんでしょ？」ぼくがうなずくとスレッドもうなずき、満面の笑みを浮かべた。「そうだと思った！」彼女が言った。「わたしたち以外にも同じようなひとがいると知っていた。あなたはうまくやるにはどうすればいいか知っているんでしょ？　どうやれば……混乱をより少なくできるか」

「うん」

彼女はそれまでずっと息をつめていたが、ようやくほっとできたとばかりに大きく吐きだした。「ああ、ありがたい！……それで最初はどうすればいい？　何をしなきゃいけないの？」

「ひとによるけどね」ぼくはそう告げた。「ペニー自身はどの程度知ってるの？」

「ペニー」スレッドがくりかえした。「えーと、彼女をそう呼んでくれてありがとう」

「マウスじゃなくて？」

スレッドがうなずいた。「マウスっていうのは、ペニーの母親がいつもそう呼んでた名前。そしてペニーが死んだあと――」

「あのクソババアがペニーを殺したあと」マレディクタが割りこんだ。

「――マウスだけが残った。彼女はいまでも自分をペニーだと思っている。これはわたしの考えだけど、ひょっとしたら彼女はまだペニーになれるのかもしれない。もしも……あなたが助けてくれれば。あなたが彼女をペニーと呼んでくれるってことは、たとえ実はそうじゃないんだと教えられてからも、それでもやっぱりペニーと呼ぶべきだと承知してくれてるってことは――今後の展開に希望がもてそうな気がした」

「気づいたのは助けてもらったからだけどね」ぼくは打ちあけた。

「あなたがわたしたちと話をしようとしなかったのでわたしは少し困ってた」スレッドが続けた。「マレディクタがあんなEメールを送ってごめんなさい。わたしをすっとばして出しちゃったのよ。だから最初、あなたがどうしてああいう態度をとるのかわからなかった。あんなことをするなんて彼女はひどく失礼だった」

「かまわないよ。いまはもう――」

「……それであなたからEメールの返信を受けとったとき、わたしはどう考えていいかわからなかった。わたしは――」

ぼくの額の中央で突然、突き刺すような痛みが走り、一瞬、視界がぼやけた。

「——ミスター・ゲージ？」

「ごめん」ぼくはこめかみをもみながら言った。「ごめん、ぼくは……なんか疲れてるみたいだ。また明日、でなきゃ日曜にでももう一遍、この話をできないかな？　もうきみから逃げたりしないと約束する。とにかくいまは……なかに入って休まないと」

「もちろん」スレッドはぼくにメモ用紙を一枚手渡した。「ペニーの家の電話番号。いつでも電話して。ペニーが出たら、あなたの名前を言ってちょうだい。そしたらわたしたちのうちの誰かが代わるから」

「わかった」ぼくはうなずいた。「週末に電話する。ちゃんと——」

彼女が隣にいるぼくのほうへとまた身を乗りだした。最初はぼくをハグするつもりかと思ったのだが、土壇場《どたんば》になって首を横に傾《かし》げ、唇をぼくの唇に押しつけた。

「素敵なひと」唇を離すとき、新しい魂が言った。ぼくの顔の横に添えた指を下に這わせた。

ビュイックの外で別の車のクラクションが鳴った。ペニーが音のほうに顔をさっと向け、目を細めた。「あのクソ女、ここで何しやがってるんだ？」マレディクタが言った。

思わずぼくは助手席のドアに身を寄せて縮こまった。頭のなかでさっきのキスの意味について解釈をつづけながら。「そろそろなかに入らないと」ぼくは言った。

「どうぞ」マレディクタがうわのそらで言った。「けど、いいか！　そのクソ番号はなくすなよ！」

「なくさ……」ぼくは車からよろけでた。マレディクタが車を発進させ、通りの反対側に停止したキャデラックとあやうく接触しかけた。ビュイックがスピードを上げて立ち去ると、キャデラックがまたクラクションを鳴らした。

「ジュリー？」ぼくが訊いた。

「アンドルー！」ジュリーが必死に窓を引き下げた。「アンドルー、いったいどうなってんの？」

通りを越えてキャデラックのほうに向かうとき、ぼくはひどく脅えていた。ビュイックに接近したときよりもはるかに脅えていたくらいだ。「ここで何をしているわけ、ジュリー？」

「何をしているかって……何言ってるの、アンドルー、あんたを捜してたんじゃない！　昨日からどこに行ってたの？」

「メモはなかった？」

「メモ？　なんのメモ？」

「今朝、きみのアパートメントに置いてきたんだけど」

ジュリーはかぶりを振った。「メモなんてなかったけど」

「いや、あったはずだけど。ドアの――」

「第一に昨日は仕事をさぼってさっさとどっか行っちゃったし、次に昨日の晩、電話したのに連絡も返さない。今日は仕事に出てこないし、いまは……」――振りかえり、立ち去ったビュイックのほうに目をやる――「……ペニーときたら、あたしをひと目見た途端、連続殺人鬼に出くわしたかのように逃げだし、ついでにあたしの車の後部フェンダーまでふっとばしそうになった」

「それはお気の毒に。きみを少々心配させたのなら、それもすまなかったと思う。でも、メモはちゃんと残しておいたはずなんだ」

「なんて書いてたの？」

「こう書いた。今日、出勤しないのは、ポールスボーに行ってドクター・グレイに会うため。ペニーのことで何か助けを得られないか訊いてみる。きみのお望みどおりに」

「ああ」たちまちジュリーがおとなしくなった。「それからこう言った。「それで結果はどうだった?」

「まあ……うまくいったと思う。でも、いいかな、ジュリー……すぐにでもその話を聞きたいと思ってるだろうけど、とにかくいまは疲れきってるんだ。だから、その件について話すのは月曜まで先延ばしにしてもいいかな?」

「月曜日!」

「まっさきにするよ。約束する。早めに出社するから、そしたら——」

「待ってよ、アンドルー! 週末の間、お預け食わせるのとかやめて。そこまで言って——」

「じゃあ明日に」ぼくが言った。「明日、電話するからそのときに」

ぼくにはわかった。ジュリーはノーと言いたがっている——いまこの場ですべてを聞かせてほしいと言いたがっている。ただ見るからにぼくは疲弊しきっていたし、ジュリーとしてもあっさり一蹴《いっしゅう》するのははばかられたのだろう。「わかった。じゃ明日」ジュリーがしぶしぶ認めた。「明日早くに」

「朝食をすませたらすぐにでも電話するよ」ぼくは約束した。「おやすみ、ジュリー」

ぼくはその場から去りかけたが、ジュリーは窓から手を伸ばし、ぼくの腕をつかんだ。「アンドルー?」

「うん？」

「あたしに怒ってないよね？」

「怒る？　どうしてぼくが怒ってると思うの？」

「えーと……」ジュリーはまた背後に目をやった。「なんでもない。でも、いいかな。明日、朝ごはんを終えたらあたしに連絡するんじゃなくて、あたしのアパートメントにきていっしょに朝ごはんを食べるのはどうかな？」

「そっちにいく――」

「そう、昔みたいに」ジュリーは目を輝かせて微笑んだ。「前みたいにつるめないのも、やっぱ寂しいもんだよね。いまでもときどき、というかしょっちゅう思いだす」ジュリーはぼくの腕を離すとそのまま手を上にもっていき、ぼくの頰を撫《な》でた。ペニーの名無しの魂がぼくにキスしたあとでやったのとまったく同じ仕草。「あんたはどうなの、アンドルー？」ジュリーが尋ねた。「思いだしたりする？……アンドルー？」

第四の書　マウス

10

日曜の朝、マウスが目覚めると、英国海外特派員協会からの封筒がキッチンテーブルの上に置かれている。

日曜の朝。二つの日付け付き時計、ひとつはベッドわきの電気時計、もうひとつは化粧だんすの上にある、万が一のときのための電池式時計。その双方を確認したあと、マウスはようやくそれを確信する。四月二十七日、日曜日。先週のかなりの時間が失われていた。とくに木曜日と金曜日は。その二日間については、フラッシュのような閃《ひらめ》き、支離滅裂な断片的記憶しか残っていない。金曜の夜はまた酒を飲んでしまったにちがいない。土曜日に遅く起きたときはひどい二日酔いだったのだから（とはいえ、ありがたいことに、そのときはひとりで自分のベッドにいた）。土曜の午前中の残りはびくびくしながら不安な思いで過ごした。アパートメントを出たくてたまらなかったが、実行できなかった。外に出ようとしかけるが、そのたびにマウスはくるりと向きなおり、またなかに戻った。五度目の試みの際、ようやくマウスは、玄関ドアの内側にテープで貼《は》りつけた一枚の新聞紙に気づいた。〈クソ電話が鳴るのを待て〉と黒のフェルトペンで殴り書きされている。そこでマウスはあきらめて室内にとどまった。一時ごろに電話が鳴り、するともう土曜の夜になっていた。

いまは日曜の朝。マウスは裸足《はだし》でキッチンに行き、目やにを拭《ぬぐ》い、今日もまた二日酔いなのか確認しようとする。おそらくはちがう。頭痛はするが、二日酔いのときの頭痛とはちがう。口のなかはからからだが、昨日起きたときに感じた不快な後味はない。

キッチンのシンクでグラスに水を満たす。グラスを唇までもちあげ、くるりと振りかえろうとしたとき視界の片隅で封筒をとらえ、さらに回転し——そして飛びあがる。マウスをおじけづかせたのは封筒ではない。グラスの底の向こうに母親の屈折した像が見えたせいだ。マウスの母親はキッチンテーブルのわきの椅子《いす》にすわり、ひざの上できちんと両手を組んでいた。鋭い爪《つめ》。

「かわいいマウス」母が告げる。ひどく明瞭《めいりょう》な声で。「手紙がきてるよ」

マウスはキーッと叫び、鼻から水を噴いた。手からグラスが転げおち、床にあたって砕ける。つま先立ちになり、激しく咳《せ》きこんでいたマウスは、椅子が空っぽだと気づく。実際に母親がここにいるわけではない。もちろんだ。いるはずがない。

だが、封筒は現実に存在している。パリッとした四角い白色の紙がナプキン入れに立てかけてある。封筒を手に取ろうとマウスはそろりそろりと移動する。あんなに気をつけていたというのに、左足の指の付け根で細長いガラスの破片を踏みつけ、またキーッという声を発し、結局、痛めた足を引きずり、テーブルに向かう。

封筒の素材は、厚みのある立派な上質紙、結婚式の招待状か国王の召喚状に使われるような紙だった。高い値で購入した封筒にちがいない。盗んだのでなければ。おそらくはパシフィックプレイス・モール内のどこかの店から万引されたのだろう。切手はない。もしマウスがまだ母親と暮らしているのなら、切手が貼られていただろう。切手額面の金額よりは図柄で選ばれたイギリスの派手な切手が。だが、いかにも本物っぽく見せかけようとする気などはなからないようだ。封筒はイギリスから、あるいはそれ以外のどこからも送付されていなかった。

マウスは差出人の住所をじっくりと眺める。優美な黒い手書き文字は雅《みやび》やかでありつつ、それでいてどこかひとを食ったところもある。

英国海外特派員協会

1234キャッチペニー・レーン
センチュリー・ヴィレッジ、ドーセット州91371
イギリス

これまで何十回も見ているというのに、マウスはそのたびに住所に盛りこまれた虚偽——あからさまなインチキ——にぎょっとせざるをえなかった。十代だったときのマウスでさえ、イギリスの郵便番号は五桁《けた》ではないと知っていた。91371ならアメリカの郵便番号だ。もっと重要なのは、そもそもそれはマウスの誕生日だということ。一九七一年九月十三日。キャッチペニー・レーンとかセンチュリー・ヴィレッジだとか、番地と町の名前もおかしい。おまけに州の名前はドーセットときた。もちろん、実在する場所だが(マウスは調べていた)、ドーセットは母親の旧姓でもある。

誰がどう見てもただの偽《にせ》手紙にすぎなかったから、マウスはいまさらながら母親の騙《だま》されやすさを思いしらされ、うんざりせずにはいられなかった。上等な紙と美しい手書き文字に魅了され、ただのペテンだとはつゆも思わなかった。バカな女、マウスは考えるというか、考えはじめる。バカなおいぼれ……。

だが、突然、恐怖が湧《わ》きおこり、形成されかけていた禁断の思考はすぐさま葬《ほうむ》られる。恐怖の激烈さゆえ、一瞬、マウスが姿を消し、あとを任されたマレディクタはひるむことなく指摘する。「そう、あの女はバカなおいぼれマンコだった」

――マウスが戻ると、封筒をぎゅっと握りしめていて、高価な紙はくしゃくしゃになっている。

足の切り傷から血が流れている。傷の処置をするべきだ。ガラスの破片も片づけたほうがいい。だがまずは、〈協会〉が送ってきた秘密のメッセージを確認しなければならない。怪我《けが》する危険を冒し、キッチンの床をまた横断し、シンクの隣の銀器を入れた引き出しに向かい、封筒を開封するためのナイフを捜す。

マウスは奇妙な手紙をしょっちゅう受けとっていた。リストについては言うまでもない。書き手不明のこの行程表のおかげでマウスの人生はかろうじて秩序らしき外観を保っている。落書きのときもある。突如、出現するメッセージやお説教。昨日の朝、玄関ドアに貼りつけられていた新聞紙の上の殴り書きのように。覚書の場合もある。詳細な文書がときおりどこからともなく送付され、まだ気づいていない危険についてマウスに警告し、あるいは格闘中の問題を克服するためのアドバイスを与えてくれる。

すでに母親は死んで埋葬されているのだから、いまではあのときほど心配しなくてもいい。でも、マウスがもっと若く、まだ母親の家にいて、母親の支配下で暮らしていたときには、とくに危険な種類の手紙があるのだと強く意識していた。リストはたいてい安全だ。やるべきこととして、母親のつねに変化しつづけるルールに背くような何かが指定されていないかぎりは。実際、母親もリストを普通に受けいれていた。どうせマウス自身が書いたのだろうと思っていたのだ。（「いい子のかわいいマウス」母親がこうささやいたのを思いだす。「いいアイデアだよ。おまえのちっちゃなうっかり頭をしっかりはたらかせるんだね」）この記憶は別の記憶に結びついている。母親がマウスを整えられていないベッドに押しやり、こう叫んだときの記憶。「おまえは何を忘れた？　何を忘れたんだ？」そしてマウスが悲鳴をあげるまで乳首をひねる。その記憶はひどく鮮烈で、マウスはそれを思いだした途端、はっと息を吞《の》み、自分を守ろうとして両手で胸を覆《おお》う。落書きは少しだけ危険だ。とはいえ、通常、落書きはマウスの母親が見ることのできない場所に出現する（学校のマウスのロッカーのなか、ときどきマウスが逃げこむ空き教室の黒板上）。あるいは、即、抹消できる場所（霜で覆われた窓ガラスとか浴室の曇った鏡なら、腕のひと振りで消去できる）。

だが、覚書は危険性が高い。マウスは中学生時代の出来事をよく憶《おぼ》えている。ベン・ディーリングという男の子が、マウスに対し、何やら思わせぶりな態度で接してきた。ある日の昼食時間のこと、ベンは彼女のところにやってきて――いつものようにマウスは学食の奥の小さなテーブルにひとりでいた──、こう声をかけた。「あの、いっしょにすわってもいいかな?」マウスは声のほうをちらりと見上げ、即座に目を伏せ、そのまま無言でいた。ベンはその沈黙をイエスの意味で受けとり、腰を下ろした。「それで」ベンは自分のトレイの上のあの豆を使ったメキシコ料理、フリホーレスの凝固した塊をフォークで突きながら言った。「ここの食い物、どう思う?」

マウスはその問いに答えなかった。それどころかベンが何度会話を試みようとも無言を通した。もう一度、ベンのほうを見ようともしなかった。いかにも親しげに語りかけてくるが、どうせ何かのいたずらにちがいない。ベンは学校でも人気のある男の子なのに対し、マウスのほうはまったく目立たない生徒で、いじめの対象になるときを除けば、みんなから無視されていた。ベンが本気でマウスに話しかけたいと思ってるとか、どう考えてもありえない。だからマウスはベンを無視した。さっさとあきらめ、どこかに消えてくれればいいのにと願って。

だが、ベンはあきらめもせず、昼食時間が終わるまでずっと、しかもいかにも楽しげにその場にとどまっていた。マウスが沈黙を通すことが自分にとって無上の喜びのひとつだとでもいうように。始業のベルが鳴るとベンは笑みを浮かべたまま立ちあがって言った。「ありがとう。また明日」

約束したとおり、翌日もベンはきて、同じテーブルについた。学食にいる生徒の一部が遅ればせながらもベンの妙なふるまいに気づき、二人のほうをじろじろ見て、くすくす笑った。洩《も》れ聞こえる笑い声のせいで傷ついたマウスは、ますます深く自分の殻に閉じこもり、またもや口を開く気をなくした。ベンのほうは、耳をふさぎ口を開こうともしないマウスのお決まりのふるまいにまだまだ飽きたらないかのようにふるまいつづけた。

その次の日、ベンは学校を休んだ。昼食時にベンが姿を見せないので、最初、マウスはほっとした。しかし、昼食時間のなかばまでくると、マウスは学食内をきょろきょろ見回し、ベンがほんとうに休んだのか、それとも別の誰かといっしょのテーブルにつこうと決めたのか見定めようとしている自分に気づいた。さらに次の日、ベンが戻ってきて、またもやマウスのテーブルについたとき、マウスはベンの陽気な「やあ」に対し、かろうじて聴きとれるような小声で「どうも」と応じた。

ベンはマウスの画期的ともいうべき変化を目の当《ま》たりにし、満面に笑みを浮かべた。

「昨日はこなくてごめん」ベンが謝罪した。「妹が具合を悪くしたんで、ぼくが家にいて世話してやらなきゃいけなかった」

「別にかまわないけど」マウスがぼそぼそと言った。

だからといって会話が弾んだわけでもない。もっぱらベンがマウスに質問し――「学校はどう？」「好きなバンドは？」――、マウスはいかにも気のない、のっぺりとした口調で、しかもせいぜい一言三言で応じるだけだった。どうしてベンがこれをおもしろいと思うのかマウスには理解できなかった。中途半端《はんぱ》な返答をくり返しながら、マウスは自分から質問しようと勇気を振りしぼっていた。「どうしてわたしのことをかまうの？」もちろん、実際にはそんな質問などするどころではなかった。すべての勇気を振りしぼっても、どんな音楽が好きか、話すのがやっとだった。

昼食時間の終わりにベンはまたありがとうと言い、いい週末をと付け加えた。それからふと思いついたかのように尋ねた。「ねえ、放課後、付き合ってくれない？」誘いを耳にした瞬間、マウスは驚きのあまりまた無言へと逆戻りしてしまった。ちゃんとではないが首を振り、なかばうなずき、キーッという声も短縮版で洩らした。「それじゃあ」とベン。「終業のベルが鳴ったら正面前の階段の上で待ってるから。付き合ってもいいということならだけど、そこまできてくれる？」それだけ告げると自分のトレイを手に取り、さっさとその場をあとにした。口もきけずにいるマウスひとりをテーブルに残して。

その日、マウスは昼食後の授業中、不安な思いを抱え、時計を見つめてすごした。

もうすぐ終業のベルが鳴るのかと思うと怖くてたまらなかったし、そのとき自分がどうするのかもわからなかった。ベンの目的がなんなのか、いまだに見当もつかない。もしこれが何かのいたずらだというなら、ずいぶん手が込んでいる。ただのいたずらのために昼食時間三日分を無駄にしたりするだろうか？　反対に、もしこれがいたずらじゃないのなら、ベンは本気でマウスと友だちになろうとしていることになる……でもなんのために？　なぜ、なぜ、なぜ？

自分はどうすればいいのか？　時間が刻々と経過するにつれ、どうせ自分が決めるわけじゃないという確信が徐々に強まり、それがマウスにとっての唯一《ゆいいつ》の慰めとなった。

三時三分前ごろ、マウスの不安は頂点に達した。教室の壁掛け時計の秒針が最後の何周かに入ったときにはめまいまでしてきて、頭はくらくらし、体はふらふらした。誰かが入室のためにドアをノックしているかのように、後頭部がコツコツ叩《たた》かれるのを感じた。ついに終業を告げるベルが鳴り、頭のなかで銃声じみた轟音《ごうおん》が鳴りひびいた。マウスはがくがく震えながら、成層圏に飛ばされないように両手で椅子の座部をぎゅっとつかんだ――

――すると、マウスは自分の部屋にいて、小さな書き物机を前にしてすわり、窓の向こうの日没を見つめていた。無意識のうちに首をめぐらせ、時計付きラジオに目をやった。午後五時十七分だった。

マウスは、学校に着ていった服をまだ身につけていた。ただ、全身が薄い埃《ほこり》の膜で覆われ、右ひざには泥汚れが付着していた。片方の脚のストッキングにキイチゴがついていて、両腕と両手の甲にはかすり傷ができていた。

覚書が正面の机の上に置かれていた。二つの筆記体で記された三段落の手記。それを記すために用いられたペンがその上に載っていた。マウスはペンを取り上げてわきにのけた。二人の書き手の手の温《ぬく》もりがまだ残っていた。

覚書にはこんなことが記されていた。

ごめんねマウスけど全然いい話じゃない。ベン・ディーリングは学校の正面階段であなたを待っているのに飽きてしまうと、サウスウッズ公園に行き、他の二人の少年、クリス・チェイニー（もしかするとほんとの名前は多少ちがってるかも）とスコット・ウェルチと会い、三人でその場に突っ立って、あなたのことをネタに冗談を言い合っていた。そのとき連中が話していたところだと、ベンがどんなに頑張ったところであなたと手をつなぐのは無理だとクリスは主張し、古い自転車を賭《か》けてもいいと言ったみたい。どうしてそんなことをしたのかはわからない。おそらくクリスはたんにそのまんまのゲス野郎にすぎず（クリスのガールフレンドのシンディ・ホイートンは、体育の授業のとき、いつもあなたの足をひっかけて転ばせる女だから、もしかすると一枚噛《か》んでるのかもしれない）、おそらくベンは心底その自転車が欲しかったんだと思う。いずれにせよ、全然いい話じゃない。ベンはあなたのことを好きじゃない。ただのゲスないたずら。

その下にまた別の、より怒りに満ちた手がこう書いていた。

そんなこと最初からクソわかってんだろうがおまえはほんと救いようのないクソ薄らボケだよな!!!

メッセージの内容を理解したとき、マウスの目に涙があふれだした。悲しみは苦々しさをともなってはいたが、マウスは奇妙なほど冷静に受けとめた。悲しみがなんの理由もなく生じたとでもいうように。たとえ訊《き》かれたとしても、はたしてこの涙が失望のせいなのか、痛みのせいなのか、それとも憤《いきどお》りのせいなのか、マウスは答えられなかっただろう。ただただ不快だった。不快だし、それと真実がどこにあるかはともかく、マウスは、すべてが自業《じごう》自得だと信じて疑わなかった。

涙がこぼれ、頰を伝い、マウスは思った。役立たずのクズ。

「かわいいマウス」母親が背後から声をかけた。

マウスはキーッと声を発し、椅子にすわったまま振りむいた。目にたまった水を必死に拭おうとした。泣いているところを見られ、すっかりおじけづき、机の上で丸見えになっている覚書のことなど完全に忘れてしまった。

「そろそろ夕食だし、手を洗う時間だよ」マウスの母が言う。よこしまな喜びをたたえ、目がぎらついている。そんなときはしょっちゅうあった。気がつくと、いつのまにか母親はマウスの背後にいるのだった。母親のお気に入りのゲームのひとつ。ときどき母親が大声を発して自分がその場にいることを告げると、そのたびにマウスはぎくっとして飛びあがった。母親がそばに忍び寄り、うなじにかかる息にマウスが気づくまで——必要なら何分だろうと——待っているときもあった。

母親のゲーム全般について言えることだが、これもまたマウスにとって嫌悪《けんお》の対象だった。そうしたわけではじめて書き物机を買ってもらったとき、戸口側が目に入るよう、別の壁の前に据えつけてほしいと要望した。だが、母親はこう主張した。机は当然、窓の前に据えるべきよ。昼の間、自然光で作業できるものね。もちろん、机は母親の考えていた場所に据えられた。そんなことにこだわっても、たいした意味はなかったのかもしれない。何年にもわたりドッキリを仕掛けられてきた経験からマウスは理解していた。家のなかには、その気になった母親がマウスの背後に忍び寄れないような場所、マウスが安全でいられるような箇所などただのひとつもなかった。

「手を洗う時間だよ、マウス」母親がくりかえした。それまでの悪意ある陽気さがほんの少しだけ弱まった。マウスは最後にさっと目を拭い、椅子からひょいと立ち上がり、そそくさと廊下に向かった。

マウスの母親は戸口に突っ立ったまま、わきにどこうともしなかった。これも別のゲーム。マウスは部屋から出ていこうとすれば、ドア枠に対して横向きになり、ぴったり体をつけ、母親の広い腰のかたわらをじりじり進まなければならなかった。つねったり、平手でぶったり、母親がそのときの気分で加えてくる攻撃に無言で耐えながら。今回、母親はマウスに手を出さず、しばらく待っていた。そしていよいよ戸口を通りぬけようとする瞬間、全身の重みをかけて横に傾き、ドア枠を背にしたマウスを押しつぶそうとした。マウスは歯をくいしばった。大声を上げるのはルール違反だと知っていたからだ。永遠のように思えた一瞬が過ぎ去ってしまうと、圧力は次第に弱まり、マウスはどうにかこうにかすり抜けると、廊下を駆け、バスルームに向かった。

その夜の夕食は子牛肉のシチューで、上等な磁器で食卓に出された。ドライヴァー家には粗悪な陶磁器はなかった。普通に上等な陶磁器は普段の食事用、きわめて上等な陶磁器は特別な機会用。家にある陶磁器が上等だと、どうしてマウスが知っていたかというと、母親がつねづねそう口にしていたからだ。それだけでなく、こんなに立派なお家《うち》に住んで、こんなに素敵なものに囲まれて暮らせるなんて、自分もマウスもとても恵まれているとも。

「わたしたちってすごく幸運よね?」あのときも母親は言っていた。「こんなに立派なお家に住んで、お家のなかは素敵なものだらけだなんて」

「ええ」マウスが機械的に言う。「ほんとね」

「ほんとにそう。すごく幸運なことはほかにもある。あなたのお父さんはわたしたちをちゃんと養わなきゃいけないとすごく配慮していたし、おかげでわたしたちはこういう素敵なものを購入できる」

「そうね」とマウス。

ダイニングの壁にはマウスの父親の写真が掛けられている。写真のなかのモーガン・ドライヴァーは、イギリスのどこかの田舎にいるらしく、丘の上の城の前に立っていた。まるで写真の撮影者がカメラのフォーカスを父親に合わせるべきか、それとも背後の巨大建造物に合わせるべきか決めかねているかのように、父親の像はわずかにぼやけていた。だが、もっとじっくり見ると、父親が陰うつな顔つきをしているのに気づく。新婚ほやほやの男にしては、驚くほどに陰うつな顔つき。

イギリスへの新婚旅行。あれは、これまでマウスの父親が与えてくれた素敵なもののうちでも、最初期の、そしていまなお最上級の部類に属するものだった。昔からマウスの母親は英国のものが大好きだった。「わたしが小さかったころから、いまのあなたよりも小さかったころからずっとそうだったのよ、かわいいマウス」そして、ブリテン諸島を旅行したあの何週間かは、マウスの母親にとって依然として人生のハイライトでありつづけていた。「素晴らしかった」あのときのことを口にするたびに——しかもそれはしょっちゅうあった——母親は言ったものだ。「すごく素敵だった。しかも、エスコートしてくれる素敵な紳士までいた」

エスコートしてくれる素敵な紳士。モーガン・ドライヴァーは金持ちではなかった。マウスの母親の話を聞いているかぎり、けっしてそうは思えないだろうが。父親は保険の販売で生計を立てていた。仕事の関係でしょっちゅう旅に出ていたから、航空券を格安で購入し、上等なホテルに安く泊まるための手ならいろいろ知っていたし、小金もっていたが、けっして金持ちというわけではなかった。

にもかかわらず、あのとき父はたんまり保険金をかけていた。マウスや彼女の母親の生活を金銭面で支えるという意味でいうなら、父親がやった、ただひとつの重要な行動は、エンジンの固定具が劣化した近距離用小型ジェット機に乗ったということだ。あれが起こったとき、マウスはまだ二歳だったから、現実の父親のことはまったく知らなかった。彼女にとって父親は一連の物語にすぎなかった。そのうちのいくつかは母親が教えてくれた物語、いくつかは祖母が教えてくれた物語であり、それ以外にもわずかながら、覚書で伝達される想像上の話もあった。マウスは祖母の物語がいちばん好きだったが、心にもっとも重くのしかかっていたのは母が教えてくれた物語だった。英雄的な騎士であるモーガン・ドライヴァーの物語。悲劇的な死を遂げたものの、家族がいつまでも素敵なものに囲まれて暮らしていけるよう、ぬかりなく先手を打っていた。

「なんとよいことなのでしょう、必要とするものを我が身にあてがってもらえるなんて」マウスの母親がシチューを自分の皿に取り分けながら言った。「なんとよいことかしら、立派なお家にいて、素敵な品々に囲まれているのって」こんな話をするとき、言い回しとか口調とか、母親の声はなにげなく貴族っぽさを気どっていた。口にこそ出さないが、マウスはそれがいやでたまらなかった。とはいえ、母親に向かって妙な気どりはやめてくれなどと言えるはずもなかった。気どった口調のせいでいらいらさせられるのは、ずけずけとした口調で猛烈に攻撃されるのよりはマシだった。ずっとマシだった。

「なんと素晴らしい……」

「そうね」とマウス。

「素敵な食べ物を食べ、素敵な家具をそろえ、素敵な洋服を着るのっていいわよね……」

すでに関心をほかに向けつつあったマウスだったが、洋服という言葉を耳にし、ふたたび気を引きしめた。バスルームで念入りに汚れを落としてはきたが、母親はブラウスやスカートについた泥汚れやストッキングのほころびをけっして見逃さなかっただろう。素敵な服を与えてもらえる恵まれた女子が、泥のなかを這《は》いまわってそれを台無しにするなんてもってのほかだ。

マウスはテーブルの向こうをこっそり見つめ、これからお仕置きされるのだろうかと思った。その点、母親は予測不可能だった。あるとき母親を怒りくるわせることが、別のときには大笑いさせ、また別のときには完全に無視される。ときどき母親は、その場では素知らぬ顔をしているが、あとになってから、しかもまるっきり別の文脈で唐突にその話をもちだしたりする。

とりあえず、とマウスは確信した。母親は服のことで騒ぎたてる気配はない。母親は素敵なものについてのいつもの繰り言をはじめていたし、娘よりも目の前の食べ物のほうに関心が向かっているようだった。マウスは少しだけ緊張を緩めた。

「ベン・ディーリング」母親が突然、口にし、マウスは不安が湧きおこるのを感じた。

「ベン・ディーリング、ベン・ディーリング」母親は単調な節に乗せてくり返した。

「すべての女性がベン・ディーリングを愛する」母親は首を一方に傾《かし》げた。井戸の底で縮こまっている何か小さいものを見つめるフクロウのように。「ベン・ディーリングという名前に聞きおぼえはなかったはず。まちがいなくあなたの口からは聞いていない。でも、そのとき思いだしたのよ。そういえば、ベン・ディーリング・シニアという男がいて、〈掃きだめ街〉で廃品販売業をしているのを」

マウスの母親はウッズベイスンのことを〈掃きだめ街〉と呼んでいた。ウッズベイスンは、サウスウッズ公園の南側に位置する町の一部だった。寝室ひとつだけのボロ家とトレイラーパークだらけの貧民地区で、住民は最低のろくでなしばかりだった。

どうしてマウスの母親が〈掃きだめ街〉の住人は最低のろくでなしばかりだと知っているかというと、運命の屈辱的ないたずらとでも言うべきか、彼女自身がウッズベイスンの生まれだったからだ。三十二年にわたり惨《みじ》めな生活を送ったあと、彼女の高位な人格が現出し、モーガン・ドライヴァーとの結婚により悲惨な境遇から救出された。〈掃きだめ街〉の住人の魔の手からはなんとか逃れたものの、その後も連中はマウスの母親に対して嫉妬《しっと》しつづけ、つねにはかりごとをめぐらし、彼女を悲しませるためのいかなる機会も逃さなかった。ドライヴァー家やその周辺で何かまずいことがあると――庭の木が暴風で倒れたり、地下が浸水したり、電球が寿命よりも早く切れたりといった具合に――マウスの母親は何かかにか屁理屈《へりくつ》をこね、〈掃きだめ街〉の陰謀のせいにした。

言うまでもないが、マウスは、〈掃きだめ街〉の近場に行かないようきびしく言われていた。しかも、〈掃きだめ街〉の住人と親しくするのは、たとえ意図してそうしたわけでないとしても、母親に対する背信、断じて許しえない罪を意味するのだった。不安が一気に広がり、マウスはとんでもない地雷を踏んづけてしまったと思わざるをえなかった。

「廃品販売店の経営者！」母親が陽気さを装《よそお》い、声を張りあげた。「おまえはあいつの息子の知り合いだ」

「いいえ！」マウスがキーッという声で言った。「ちがうの。わたしは――」

「ちがうって？」

「そうじゃないの」母親の視線に射すくめられ、マウスは力なく抗弁した。口から出た声は小さく、ささやきにしか聞こえない。「わたしは……」

「わたしは、なんなんだい？」母親は問いただした。「彼を知らないと？」左手がテーブルの下に一瞬、隠れる。ふたたび出てきたときには覚書をひらひらさせていた。紙を頭上にかざし、タンバリンでも鳴らすように手首をくいくいひねる。「こいつを知らないって？」

マウスは狼狽《ろうばい》した。自分が狼狽しているのを知ってはいたが、心ここにあらずという状態で覚書に向けて手を振り、かろうじてこれだけ口にした。「ただの悪ふざけだったの……」

「ただの悪ふざけだったの」母親が口真似《くちまね》をした。「簡単にひっかかるかどうかもわからないような人間を選んで、わざわざだましにかかったりする？　でしょう？　何かきっかけがあったからこそ、彼はあなたと手をつなげると見込んだわけよね？」

「何もなかったの」

「『何もなかったの』」

「口をきいたことだってなかった」

「そうよねえ。となると彼は、ある日、だらだら時間をつぶしていて、誰だったら手をつないでくれるかなあとか考えていると、突然、頭の上で明かりがピカッと点《つ》いた。で、『ヴァーナ・ドライヴァーの娘はどうだ？　一度も口をきいたことはないし、俺にはこれっぽっちも興味ないみたいだけど、一丁、頑張ってやってみっか』とか言ったと」

「どうしてわたしに目をつけたのかわからない」マウスは悲しげに言った。「もしかしたら……もしかしたらそこに書いてあるように、シンディ・ホイートンが――」

「ところで、あなたのお友だちは誰なの？」何を訊かれているかわからず、マウスが目をしばたたくと、母親は覚書をまたひらひらさせた。「あなたの友だちよ。あなたがベン・ディーリングの見張り役を頼んだ子。彼のこと、興味もなかったはずなのにねえ」

「知らない」言葉が口から出た瞬間、それがどんなに馬鹿《ばか》げて聞こえるか、マウス自身にもわかった。母親だけじゃない。それを聞いたひとなら誰だってそう思うにちがいない。

「あなたは知らない」母親がくりかえした。「もちろん、そうよね。ベン・ディーリングも知らないのに、ベンの見張り役を頼んだ子が誰かなんてわかるわけない」

「わたしはそんなこと――」

「わたしが何を知らないか、知ってる？　自分がどんなに幸運かわかってるとあなたが言うとき、それが真実なのかどうかをわたしは知らない。与えられている素敵なものをほんとにありがたく思っているかどうかも知らない。思うんだけど、もしかすると、あなたは役立たずで、感謝の念もなく、嘘《うそ》つきのクズかもしれない。しかも、〈掃きだめ街〉のゲスな男の子とつるんで人生を台無しにしようとしているのに、考えなおそうともしない。それに――」

残酷な言葉を聞いて、マウスは傷ついた。いまにも泣きだしそうになりながらも必死にこらえていると体が震えてきた。世界には、涙を見せれば相手が同情してくれる場所が存在している。しかし、ここはそのような場所ではない。母親を怒り狂わせたいのなら、泣くことにまさる手段はなかった。なんとか平静さを保とうとしながらも、母の投げつけたひどい非難に対し、どうにかして反論してやろうとマウスは考えていた。ベンとは手もつないでいない、ろくに話もしていない、それなのに母親はまるでマウスが……マウスが……。

マウスは一瞬、目を伏せるという過《あやま》ちを犯した。また目を上げると、母親はすでに正面にすわっていなかった。

マウスは叫び、テーブルの下に隠れようとするが、母親の動きはあまりにもすばやく、マウスをつかまえ、椅子に放ると、その椅子を後ろに投げとばした。床にぶつかったときの衝撃でマウスは気絶し、その後、意識を取りもどしたときには母親の足が胸のど真ん中をどんと押さえつけていて、身動きもとれなかった。

胸の上の足が石の重しのようにのしかかるので呼吸もままならなかった。「あれは何かしら?」母親が言った。マウスは肺に息を取りこもうとしてもがき苦しんでいた。母親はうしろのテーブルに手を伸ばすと、ひとつかみの熱いシチューをすくいあげ、ぜいぜいあえいでいるマウスの顔に投げつけた。「あら大変!」母親が叫んだ。「誰がそんなことをしたの? わたしは知らない」さらにひとつかみ。「それはどう? わたしは知らない」それから母親はマウスの胸から足をどかすと、マウスが充分に息を吸いこめないうちにいきなり襲いかかり、一方の手でマウスの口をつかみ、もう一方の手で鼻をぎゅっとつまんだ。「ママ、どうして全然息ができないの?」マウスの耳にささやいた。「わたしは知らない」

その後、母親はマウスの頭を床に何度も叩きつけた。いや、あのときはそう思ったが、実際には酸素不足のせいで頭がガンガンしていただけなのかもしれない。真実を確認するのは困難だ。そのときにはもうマウスは体を離脱し、暗闇《くらやみ》に滑りこんでいたのだから。マウスは暗闇で体を丸め、眠りにつき、母親がほかに何をしようと彼女とはなんの関わりもなかった。

十九時間後に目覚めると、彼女は自分の部屋のベッドの端にすわっていた。時計付きラジオで確認するまでもなく、まだ一日も経過していないのはなんとなくわかった。ひどく乱暴にひねられたせいで鼻には痛みが残っていたし、胸骨の、母親に踏みつけられていた箇所があざになっているのが感じとれた。両腕のひっかき傷はすでに消えかけていたが、それでもまだ残っていた(さらにいくつか不可解なうずきや痛みがあり、とくに股間《こかん》は赤剝《あかむ》けになったかのようにひりつくので、思わずマウスは暗闇にまた頭から飛びこみたくなったが、余計なことは考えないようにした)。

自分の置かれている状況がわかったあと、マウスが真っ先にしたのは、その場にはほかに誰もいないかたしかめることだった。クローゼットを三度、ベッドの下を二度見て、そこでようやく母親の不在を事実として受け入れることができた。当然にも、そこから二つの疑問が生じた。母親はどこにいるのか？　彼女はいまどういう気分なのか？　母親が怒り狂っている最中に生じた意識喪失の何が厄介かというと、騒ぎがどう終結したのか——終結したとしてだが——、マウスには知りようがないという点だった。

さらに何分かマウスは部屋のなかを確認した。手がかりが記されたリストでもないかと思ったのだ。しかし、覚書に対する母親の反応を目の当たりにしたリスト作成者はすっかり縮みあがり、いまなお恐怖から立ちなおっていないようだ。でなければ、母親が先にリストを見つけ、腹立ちまぎれに破ってしまったか。理由はどうであれ、マウスは何も見つけられず、ただただ母親が待ち伏せしていないことを祈りながらこっそり二階の廊下に出た。

母親は廊下にいなかった。マウスはバスルームにすばやく移動してドアを閉め（錠はない）、隅やバスタブ、シャワー室を確認し、洗面台のお湯の蛇口をひねった。便座に腰かけ、小用を足し、股間のひりつく痛みをまたもや断固、無視した。小用を終えるころには洗面台の上の鏡は曇り、マウスは落書きでも浮かびあがってこないかと思って長いこと見つめていた。何も浮かびあがらなかった。

勇気を奮いおこし、一階に下りてみると、母親はキッチンにいてシンクの横に置いたまな板の上で何やら切りきざんでいた。「かわいいマウス」母親が振りむきもせずに言った。声からはなんの感情もうかがえず、マウスがそこにいることを知っていると伝えるのみで、脅しつけはしないが、かといって喜んで迎えたりもしない。マウスは逃げだし、身を隠したいという衝動をぐっとこらえ、少しの間、その場にとどまった。母親がほかに何か言ったりしたりするかたしかめたかった。その後も母親は何も言わず、何もせず、ひたすら切りきざみ、そのうちマウスは、嵐《あらし》がほんとうに過ぎ去ったのかどうかよくわからないまま、こっそり姿を消した。

日曜の午後、すれちがいざまに母親はふざけてマウスを押した。マウスは階段を転げおち、手首をくじいた。その日の夕食で母親は、固形の厚切りバターが載った、凍ったままのマメを付け合わせとして出し、どうしてマウスが出された野菜を食べたがらないのか理解できないとでもいうような振りをしていた（最初、母親はこういう冗談なんだという体を装っていたのだが、マウスが砂利じみたマメをひと匙《さじ》分たりとも口に入れようとしないので真剣に怒りだし、終《しま》いにはマウスに食卓から離れるよう命じ、空腹のまま眠りにつかせた）。こうした出来事は不快だったが、けっして特別というわけではなく――いつもの典型的な〈お遊び〉――、とりわけて母親の気分を示すようなものではない。月曜の朝になり、そこでようやくマウスは、ベン・ディーリングの件で母親がいまだに怒りをくすぶらせているという事実をまざまざと思い知らされることとなった。

マウスが学校に行こうとしていたときのことだ。ドアから出ようとすると、そのときまでひどく優しげな雰囲気をたたえていた母親が、いきなりマウスの痛めたほうの手首をつかんで引きとめ、こう尋ねた。「それで、〈掃きだめ街〉の男の子のことはどうしようと決めたんだっけ?」

マウスは何を決めたのかわからず、あわてて答えをひねりだした。「彼とはもう二度と話さない!」

「正解……じゃない」母親が怒鳴った。ほんとうはそれで正解だったのだろうが。また陽気に微笑《ほほえ》むと、母親はこう付け加えた。「今日、あなたが戻ってきたら、わたしは家にいないかもしれないけど、心配しないで。ちょっと用事を済ませてくるだけだから」頭を上下にゆすり、くすくす笑いそうになるのをかろうじてこらえている。「わたしが戻ってくるのを待ってなさい。知らない人間が訪ねてきても無視して!」

その日の昼食のとき、ベン・ディーリングはまたマウスのそばにすわろうとした。ベンが自分のテーブルのほうにやってくるのを目にし、追いはらってやろうと腹をくくり――

――すると、マウスは教室にいて、終業のベルを聞きながらノートを閉じていた。ベン・ディーリング、クリス・チェイニー、スコット・ウェルチ、そしてシンデイ・ホイートンが学校の正面口前の階段の上で群れていて、それを横目で見ながらマウスは校舎を出た。全員がマウスを見つめていた。敵意むきだしだが、びくついてもいた。マウスからの攻撃を恐れているかのように。マウスは、襲われたらどうしようなどと思いながら、その場を大急ぎで通りすぎた。「わかってる？　あんたの頭、完全にどうかしちゃってるよ」シンディ・ホイートンがマウスの背中に叫んだ。

マウスが帰ると、家は空っぽだった。最初はほっとしたが、夕食の時間になっても母親が戻らないので不安になりはじめた。もしかしたら家は空っぽではないのかもしれない。母親は用足しに行かず、どこかに隠れていて、いちばんいいタイミングで急襲してやろうと待ちかまえているのかもしれない。マウスは空腹になりかけていたが、だからといって抱えている不安は少しも軽減しなかった。

暗くなってから一時間ばかりが過ぎ、ようやく母親が帰宅した。意気揚々と、うきうきしていて、マウスはさらに不安をつのらせた。それまでどこにいたのか、母親は何も言わず、ただマウスの頬をつねり、遅い夕食の準備にとりかかった。出てきた料理は、マッシュポテトとホウレン草のホワイトソース和《あ》えを添えたラムチョップだった。マウスの大好きな料理。不吉なことこのうえない。

二人がほぼ食べおえたとき、玄関ベルが鳴った。「いったいあれは誰なのかしら？」

母親がくすくす笑い、小走りで玄関口に向かった。わずかな間があって、母親が大声で呼びかけた。「ペニー！　ペニー、いますぐこっちにきて！」

ペニー。母親がマウスを本当の名前で呼ぶのは親しくない人間の前だけだった。それも、たいていは、親しくない人間をうまいことだまくらかしてやろうとするときに限られていた。いったい新たにはじまったのはどういうゲームなのか、そしてそれはどれだけの痛みをもたらすのか？　マウスはそんなことを考えながらするりと椅子から離れ、母親の叫び声がする方向へと向かった。

驚いたことに玄関口にいたのはベン・ディーリングだった。ベン・ディーリングと背の高い男。おそらくはベンの父親だろう。ベンはむっとしているようでもあり、ばつの悪い思いをしているようでもあり、誰とも、とくにマウスとは何がなんでも目を合わせようとしなかった。ベンの父親とマウスの母親は怒っていた。もっともマウスにはうっすらと感じとれた。ほんとうに怒ってるのはベンの父親だけだ。

「例の女の子か？」ベンの父親が尋ね、マウスのほうにあごをしゃくった。

「ええ」マウスの母親がさもつらそうな顔で認めた。「わたしの娘よ」

マウスは一歩だけ後ずさりした。背の高い男が殴りかかってくるかもしれないと思ったからだが、男はそうせず、かわりに息子のほうを向いて尋ねた。「どうだ？」

ベンはため息をつき、仰々しいまでの奮闘努力の末、ようやくマウスの目を直視した。「ごめんなさい」

どうやらそれで充分ではなかったらしい。ベンの口から言葉が発された途端、父親が息子の後頭部を思いっきりどついたのだから。「何がごめんなさいなんだ？」ベン・シニアが言った。

「あんな賭けしてごめんなさい」ベンがそらんじていた文句を嫌々ながら唱えた。

「だまそうとしてごめんなさい。あれはまちがいだった」それから父親をちらりと見た。まるでこう言い足すように。これで充分？

「いいだろう」とベン・シニア。「車に戻って俺を待ってろ」ベンは喜び勇んで命令に従った。

「それでだ」ベン・シニアはマウスに注意を向けた。どうやらマウスのほうもそらんじていた文句を口にするものと思いこんでいたようだったが、マウスは彼を見て目をぱちくりさせるばかりだったので、咳払《せきばら》いをしてこう続けた。「見てのとおり、息子はきみのメッセージを受けとった。いや、むしろわたしたち全員が受けとったと言ったほうがいいか」

わたしのメッセージって？　マウスはわけがわからなかった。ベンの父親はマウスの困惑を見てとり、声を荒らげた。「おいおい、いい加減にしてくれ！」マウスはさらに一歩下がった。

「なんなんだよ……」ベンの父親は上着のポケットに手を押しこんだ。「俺が言ってるメッセージというのは、そこで何も知らないという顔をしてるがな、お嬢さん、きみが今日の夕方、うちのリビングの窓に投げつけたこれのことだ」そう言って取りだしたのは、ボロボロの紙にくるまれたレンガの塊だった。そのレンガをマウスは一度も見たことがなかった。しかし、ベンの父親が紙を均《なら》すと、まぎれもなく自分が書いた覚書だとわかった。一瞬、マウスは恐怖に見舞われ、自分は何をやらかしたのだろうと考えた。それから母親が〈用事〉なるものに出かけていたのを思いだした。

「ペニー！」母親の怒りの演技は完璧《かんぺき》だった。「ペニー、なんてこと！　あなた、どうかしてしまったの？　こんな真似するなんてありえない」そう言いながら母親はくるりと振りむき、ベンの父親に背中を向けた途端、怒りの仮面を外し、その下のちゃめっけたっぷりな歓喜の表情をさらした。マウスに向かって舌を突きだし、ウインクした。「ああ、ミスター・ディーリング」仮面をつけなおし、こう続けた。「ミスター・ディーリング、ほんとうにごめんなさい。いまのお話を聞いてどんなにわたしがショックを受けているか、とうていわかってもらえないでしょう」

「息子はたしかにひどいことをした」ベンの父親が言った。「だからといって」――

レンガをもちあげ――「破壊行為で応じてもいいということにはならない」

「ええ、もちろん、いいはずがありません！」とマウスの母。「わたしにはペニーが何を――」

「きみが今日、学校でやったこともだ、お嬢さん」ベンの父親が付け加えた。「そう、息子はそれについても教えてくれた」

「今日、学校で？」怒りの仮面がわずかにずり落ちた。「この子が何かやった……学校で？」

「抑えの効かない気性というのは危険なものだ」ベンの父親は気味悪げに言った。

「これはあなたの手に委《ゆだ》ねる」覚書とレンガをマウスの母親に差しだした。「頼むから、娘さんをうちの息子にもわが家にも近づけさせないでくれ」

「そのことなら心配ご無用」マウスの母親が言い、さらに仮面がずれ、悪意の片鱗《へんりん》が顔をのぞかせた。いったん口をつぐみ、それからなだめるように続けた。「もちろん、窓の損害については弁償させてもらいます」

だが、ベンの父親は、ここは何かがおかしいと察知したらしく、こう言った。「損害のことは気にしなくていい。手綱をしっかり引きしめておくんだな。娘さんが誰かを傷つけたりしないように。抑えの効かない気性を……」そう締めくくると、警告するようにマウスに指を突きつけた。それから踵《きびす》を返し、立ち去った。

「手綱をしっかり引きしめておくんだな。娘さんが誰かを傷つけたりしないように」マウスの母親が仮面を脱ぎすて、男の背中に向けて口真似した。ディーリング親子が車で走り去ると、母親が尋ねた。「学校で何があったの？」

マウスも同じことを考えていた。その日の出来事を振りかえり、記憶からすっぽり抜け落ちていた事実をそのとき思いだした。授業が終わってから外に出て、ベンや彼の友人たちの前を通りすぎたとき、ベンの髪はぐちゃぐちゃで、上着とシャツは染《し》みだらけだった。乾いた食べ物汚れ。「トレイの上のランチをベンの頭の上にぶちまけてやったんじゃないかと思う」マウスは蚊の鳴くような声で言った。

「思う？」母親が横目でちらりと見た。これで三度目だが、マウスはあとずさった。しかし、母親はいきなり大笑いし、愛情たっぷりに一方の腕をマウスに巻きつけた。

「わたしたちは〈掃きだめ街〉のクズどもに思いしらせてやった！」勝ち誇って言った。「アイスクリームでもいかが、わたしのかわいいマウス？」

それがベン・ディーリング事件の結末だった。ともかくも母親にとっては。もちろん、マウスのほうはそれですまなかった。レンガ投げつけ事件とランチぶちまけ事件の噂《うわさ》はたちまち学校中に広まり、マウスは〈頭ブチギレ女〉として認定され、嘲《あざけ》りと悪口の格好の的となった。

その後、二週間ばかり経過したある日の朝、まったく心当たりのない〈学校からのお知らせ〉がマウスの通学カバンのなかから出てきた。終えていた宿題を詰めこもうとしていたマウスがそれを見つけた。マウスはじっくり見ようとしたが、それより先に母親が手からぱっとひったくった。

「これは何？」母親はお知らせにざっと目を通した。目を丸くし、つづいてもう一度、今度はより丁寧に読みだすと、見る見る興奮したような面持ちに変わっていった。「わあ、すごいじゃない！」声を張りあげて。「なんて素晴らしい機会！」振りむくと、マウスの頭をひじで軽く小突いた。「どうして昨日の夜、教えてくれなかったの？」

マウスは小突かれて顔をしかめ、ただ肩をすくめるしかなかった。母親がお知らせを読みおえると、それを受けとり、自分でも目を通した。「御関心をおもちの親御さんへ」という文言でお知らせははじまっていた。

このたびきわめて魅力的な新課外プログラムが開始される運びとなり、貴殿のお嬢様のような並外れた生徒たちに参加していただけるようになったことをお知らせいたします。高名なる英国海外特派員協会の特別なおはからいにより、わたくしどもは……

すぐさまマウスは奇妙な点に気づいた。使用された用紙には学校の正規のレターヘッドが入っていた。しかし、通常のお知らせだと文面は謄写版《とうしゃばん》で印刷されているのに、今回はタイプライターで打ちこまれていた。奇妙なことに、〈う〉音入りのひらがなが他の文字よりも下がった位置に表示されるというタイプライターの癖にも馴染《なじ》みがあった。何年か前、マウスが祖母からもらったアンダーウッドの古い手動式タイプライターは、やはり〈う〉音の文字を打つと一段下の位置に表示された。マウスの母親は出来損ないの贈り物に立腹し、高価な電動タイプライターをマウスのために買ってくると、アンダーウッドのタイプライターを処分するようにと命じた。マウス自身も処分したと思いこんでいた。だが、学校のタイプライターが処分したアンダーウッドとまるっきり同じ欠陥を有し、しかも書体まで同じだなんてことがあるのだろうか。そういえば、とマウスは疑問に思った。アンダーウッドを廃棄したときのことがどうしても思いだせないのだが、これはいったいどういうわけなのか？

お知らせで語られている〈きわめて魅力的な新課外プログラム〉もかなり奇妙だっ

た。もったいぶった言い回しだが、要はただの文通プログラムにすぎない。英国海外特派員協会は、〈並外れた〉アメリカの中高生――マウスはその形容詞が自分にあてはまるとはとうてい思えなかった――と彼らにもまして並外れたイギリスの全寮制学校の生徒が手紙を交換するプログラムを立ちあげた。しかも、お知らせが匂《にお》わせているところだと、イギリスの生徒の多くは貴族階級に属しているらしい。目的ははっきりしないが、少なくともアメリカの生徒側にとっては、プログラムへの参加を通じ、異文化を吸収できるという利点がある。はるか彼方《かなた》の英国に暮らす若い貴族や貴婦人との接触を通じ、アメリカの高校生は〈並外れた生徒〉から〈スーパー並外れた生徒〉へと向上し、燦然《さんぜん》と光り輝く未来を手に入れることになるだろう。イギリスの若者たちが何を得られるのかは、お知らせからまったく読みとれなかった。

マウスにとっては馬鹿らしい以外の何ものでもなかった。悪ふざけのようにも思えた。学校ではすでにペンフレンド交流プログラムが実施されていたが、アフリカやアジアの貧しい村の子供たちに葉書を送りましょうというのがその趣旨だった。ヴァーナ・ドライヴァーの娘に似つかわしいのはむしろこちらのほうだろう。でなければ、〈掃きだめ街〉の無料飲食所でボランティア活動に従事するとか。

「これは申し込まないと」母親が言った。「今日、申し込みなさい」

「わかった」マウスが答えた。

そして、マウスはそうしようとした。さっさと昼食を切りあげると、課外活動課に行った。運営管理者のミスター・ジェイコブズは頭をかきかき、英国海外特派員協会なんて聞いたこともないと言った。

「悪いね」ミスター・ジェイコブズが言った。「もしよければ、〈葉書で第三世界の子供たちと仲良くなろう〉プログラムの申し込みを受けつけておくが……」

「いいえ、けっこうです」とマウス。

「それなら」ミスター・ジェイコブズがお知らせをマウスに返した。「何か情報でも入ったら、連絡するよ。まあ、誰かのいたずらのような気はするがね」

もちろん、誰かのいたずらだ。だが、問題があった。家に帰り、言われたとおりにしなかったと母親に話さなければいけない。申し込みできなかったと。そんなことを考えていると、左の手のひらがむずむずし、見下ろすと素肌にボールペンでこう落書きされていた。〈**申し込んだ振りをしろ**〉

マウスはひとり納得してうなずき、手を洗った。授業が終わって家に帰り、文通プログラムに申し込んだと母親に話した。その後、驚くほど短期間のうちに、英国海外特派員協会からの封筒がドライヴァー家の郵便受けに出現した。やがておびただしい数届くことになる英国海外特派員協会の封筒の最初のひとつ。封筒を見つけたマウスは、差出人の住所、そして切手を見て、信じられないという思いでかぶりを振った。カラフルな二ペンスの切手はエリザベス女王の肖像が図柄になっていて、滲《にじ》んだ消印は切手の内側だけにとどまり、封筒の上にはまったくはみだしていなかった。切手は、ゴム糊《のり》でそこに貼《は》りつけられたようだった。

二ペンス、とマウスは思った。ペンスはペニーの複数形だから、一ペニー二枚分。イギリスからはるばるアメリカまで手紙を送るのにそれで足りるのだろうか？　マウスはひどく疑わしいと思った。疑惑に駆られ、あれこれ考えていると、少し前、母親と三番通りのバートルビーズに行ったときの記憶が甦《よみがえ》った。バートルビーズは高級文房具店だが、ちょっとしたスペースながらコレクター向けの切手やコインを取り扱っている売り場もあった。消印のついた外国切手ならそこで買える……あるいは盗むことだって。マウスはそう推測した。

封筒はただのいたずらだ。学校からのお知らせがそうだったように。勇気さえあれば破り捨てていただろうが、マウスにそんな勇気はなかった。いずれにせよ、すでに母親はその手紙を目にしていて、マウスの手から奪いとると、それを見下ろしてくっくっと喜びの声を洩《も》らした。マウスとはちがい、これっぽっちも疑いなど抱かずに。

「中身を見てみようか」母親が言った。ペーパーナイフをとってくるのももどかしいらしく、ミツバチの巣にとびかかるクマさながらの勢いで封筒に襲いかかった。たとえは適切だった。母親は封筒の折り返し部分をビリビリ引き裂くと、クマよろしく鼻をなかに突っこみ、ハチに刺されたかのようにビクッと身を引いたのだから。母親はもう一度、試した。今度はかぎ爪《づめ》でもついていそうな手の指をそろそろとなかに差し入れたものの、やはりさっと引っこめた。「チクショウ！」母親が悪罵《あくば》を吐いた。「チクショウ！　チクショウ！　チクショウ！　クソ野郎！」怒りの発作が突発的に生じたかと思うと、瞬時のうちに収束し、むすっとした仏頂面《ぶっちょうづら》になった。「ほら」封筒をマウスに突きだした。「あなたがやって」

マウスが封筒の上を注意深く開き、なかを覗《のぞ》きこむと、なかには蜂蜜《はちみつ》もなければ針で刺すハチもおらず、もっと小さい、もうひとつの封筒が入っていた。宛名《あてな》として、〈ミス・ペネロピ・アリアドニー・ジョーンズから、ミス・ペニー・ドライヴァーへ〉とだけ記されていた。マウスは母親が動揺した理由をすぐに察した。なかの封筒が紫色だったのだ。

紫色は母親のアンラッキー・カラーだった。吸血鬼にとってのニンニクがそうであるように、紫色を目にしただけでヴァーナ・ドライヴァーはアレルギーじみた発作に襲われるのだった。ちゃんとしたうなずきにはなっていなかったが、マウスの頭が首の上で前後に揺れていた。母親は手紙が読めない。マウスだけ読めという意味なのだろう。

「ほら、早く！」母親がきつい口調で言い、脅しつけるように手を上げた。「開きなさい！」

マウスは紫色の封筒を開いた。内側の二枚の便箋《びんせん》も紫色で、手書きの文字で覆《おお》われていた。マウスのよく知っている手書き文字。「拝啓 ミス・ドライヴァー」マウスは読んだ。「このようにしてあなたとの文通をはじめられるのは、わたしにとってこのうえない喜びです。長い期間にわたり、この文通を続けていけたらとわたしは願っています……」

手紙は〈ドーセット州、センチュリーヴィレッジ〉での暮らしについてかいつまんで紹介しているが、外封筒に記された差出人の住所がそうであったように、これまた、明らかにただのでたらめでしかない。その大部分はジェーン・オースティンの小説、あるいはむしろハーレクインロマンスの一冊からのパクリのように思えた。とはいえ、マウスの母親には鎮静剤にも似た効果を及ぼした。とうとうクマは蜂蜜をものにした。母親は貪《むさぼ》るように聞き入っていて、イギリス人学生からの手紙と称されているこの文書がもしかしたらそんな代物《しろもの》ではないのかもしれないという疑いなどつゆも抱いていないようだった。一方でマウスはというと、自分がいま読みあげている内容に集中しようと努力しながらもついついその先に目をやり、自分だけに向けられた隠されたメッセージ、手紙に秘められたもうひとつの手紙を探してしまうのだった。

とうとうマウスはそれを見つけた。ほぼ末尾といっていい箇所、〈ペネロピ・ジョーンズ〉という署名の下に一行、こう記してあった。〈ここの部分は声を出して読むな〉その下には追伸として覚書があり、体育の授業でシンディ・ホイートンが実行しようとしている悪だくみについて警告していた。

最初の驚きを乗りこえると、覚書の書き手に対して怒っている自分に気がついた。わざわざこんなに回りくどく、潜在的な危険を孕《はら》んだやり口を使ってメッセージを届けるなんて。母親のイギリスへの熱烈な思い入れが紫恐怖症を上回ってしまったら？　その場合、母親は自ら手紙に目を通し、覚書も読み、すべてがペテンだと察していただろう。そんなことになれば、マウスがどんな目にあったかわかったものではない。たとえペテンが露見しなかったとしても、こんなやりかたで覚書を届けられたら、マウスはさらに無駄な労力を費やさなければならなくなる。というのも、マウスが朗読を終えると、言うまでもなく母親は開口一番、返事をすぐ書くようマウスに命じたのだから。おまけに母親は返信の内容を監修したいとまで言いだした。こうしてマウスが返信を苦心して書いている間、母親は肩越しに覗きこんでは、文のひとつひとつ、言い回しのひとつひとつに難癖をつけた。

その後、マウスは理解した。母親をだますこと、しかもできるだけ露骨なやり口でだますことは、目的を実現するための手段であり、かつまた、それ自体が、覚書の書き手にとっての最終目標のひとつなのだった。覚書の書き手も怒っていた。ペネロピ・アリアドニー・ジョーンズによるマウス宛ての二つ目の手紙は充分すぎるほどにそれを物語っていた。手紙はこうはじまっていた。

拝啓　ミス・ドライヴァー

魅惑のドーセット州からあなたとあなたのご家族にご挨拶《あいさつ》を。わたしやわたしの仲間の英国人に代わって、あなたのお母様にお伝えしてね。おまえは醜い年寄りババアで、わたしたちはぷんぷん臭《にお》う巨大なクソをおまえの上にひりだし、おまえのど腐れマンコなケツ穴におまえのクソ素敵ななんだかんだをぶちこんでやりたくてうずうずしてると……。

声に出して読みあげていたマウスは、〈あなたのお母様にお伝えしてね〉の件《くだり》にかかった途端、いったん口をつぐみ、恐怖のあまり呆然《ぼうぜん》としてその後の文面を眺めていた。

「どうしたんだい、かわいいマウス？」突然の沈黙を不審に思い、母親が声をかけた。

「なんなの？　彼女は何をわたしに伝えてほしいと言ってるの？」

マウスは恐怖で喉《のど》を詰まらせ、目を上げた。手紙を折りたたんでいると、母親が言った。「とっても素敵だった、なんていい子なのかしら、どうしておまえはこの子みたいじゃないんだろうね？」

ひとりになった途端、マウスはその手紙をびりびりと引き裂いた。覚書の部分をたしかめようともせずに。「もうやめて」マウスは、なかば命令するような、なかば懇願するような口調で言い、手紙の残骸《ざんがい》をトイレに流した。「もうやめて、もうやめて、もうやめて」

だが、もちろん、そこで終わらなかった。英国海外特派員協会からの封筒は、その後何カ月、何年にもわたって届きつづけた。怒りにまかせ、届いた手紙を自らの手で次から次へと破棄しつづけながらも、母親はそれがペテンであるとは気づきもしなかった。ペネロピ・ジョーンズは執拗《しつよう》なまでに便箋や封筒をもっと好ましい色に変えようとしなかったから、母親はいらだちを募らせるばかりだった。そのためいくつかの覚書は失われたが、大半はマウスのもとに届いた。マウスが家を出てからでさえ、母親が死んで埋葬されてからでさえ、覚書の書き手は、一種の内輪ネタのつもりなのだろうが、英国海外特派員協会を介して届けられたという体で重要なメッセージを送りつづけた。

そして、またもやそれが届いた。マウスは銀器用の引き出しからバターナイフを取りだし、封筒の上側をきれいに開封した。内側から小型の封筒を抜きとり、濃厚な紫色を目にしてひそかに喜びを感じる。母親を寄せつけない魔法の防壁。「ミス・ペネロピ・アリアドニー・ジョーンズから」マウスは読む。「ミス・ペニー・ドライヴァーへ」これまたマウスの心をくすぐる。手紙に隠された覚書ではたいていマウスという呼び名が使われているが、封筒の外側にはつねにペニーと記されていて、彼女はそちらの名前のほうを好んでいる。できればみんなにもその名で呼んでもらいたいと熱烈に願っているが、実際のところそう呼んでくれる人間はほぼいなかった。

紫色の封筒の上側も切りひらき、一枚だけ入っていたラベンダー色の便箋を抜きとる。そこにはこう書いてある。

今日すべきこと（97年4月27日、日曜日）

1. シャワー。
2. きちんとした服装。
3. 昼にハーヴェストムーン・ダイナーの外でアンディ・ゲージに会う。
4. 彼の話を聞く。

変だ。全然、覚書じゃない。これはリストだ。わざわざこんなふうにして送りつけてきたのも、それが重要なメッセージだからにちがいない。だが、マウスは戸惑う。アンディ・ゲージに会う？　なんのために？　いったいなんの話を聞くのか？　そもそもアンディには、何か言わなければならないようなことでもあるんだろうか？　こんな特別な方法で通知することを正当化するような何かが？

もしかしたら実際には謎《なぞ》でもなんでもないのかもしれない。マウスは当惑しているふりをしているだけなのかもしれない。自分がこうした成り行きをずっと期待していたという事実を隠蔽《いんぺい》するために。いったいどういうことなのだろうと自分に問いかけてみると、真っ先に思いうかぶのは、月曜日にリアリティファクトリーで偶然、耳に入った奇妙な会話なのだから。二つのテントの間で盗み聞いたアンドルーとジュリーの会話。マウスに関する会話のようだった。

そう、絶対にまちがいない。マウスは不意に確信する。自分が何を根拠に確信しているのかはよくわからなかったが。しかし、それについてじっくり考える余裕はない。もう十一時近い。体を洗い、服を着て、オータムクリークに昼までに行こうとすれば、急いで行動する必要がある。

アパートメントの奥へふらふら移動し、バスルームに向かう。床にできるだけ血の跡を残さないよう気をつけながら。バスタブの縁に腰を下ろし、足の裏からグラスの破片を取り去る。手が震えているが、それは痛みのせいではない。

マウスは興奮している。

マウスは恐れている。

11

一時間後、ハーヴェストムーン・ダイナーの前にいるアンドルー・ゲージの姿を目にしたとき、マウスは思わず父親の写真を連想した。ハネムーンのときの重苦しい写真、母親の家にあったダイニングテーブルの上にどんよりと浮かんでいるかのような例の写真ではない。祖母の家の暖炉のマントルピースに飾られていた、もっと愛想のいい父が写っている別の写真だ。

マントルピースの写真は、マウスの父親の高校でプロムが催された日の翌朝に撮られたものだ。モーガン・ドライヴァーと彼の友人たちは最後のダンスが終わると車に乗りこんであてもなく流していたが、勢いよく溝《どぶ》に突っこんでお開きとなった。誰ひとり大怪我《おおけが》こそしなかったが、ずいぶん田舎のほうまできてしまっていたから、夜じゅうかけて町まで戻らなければならなかった。夜明けごろ、マウスの父親のデート相手がその写真を撮った。モーガン・ドライヴァーは道沿いに引きかえしながら、親指を突き立て、通りかかった車を停止させようとしている。上着を肩にはおり、黒いタイは襟のまわりにだらりと巻きついている。シャツの裾《すそ》はズボンの外に出していた。火のついていないタバコは口の端から垂れ、左目の上にひどい裂傷ができているというのに笑みを浮かべていた。

いまはもうこの写真はない。マウスの母親が燃やした。ドライヴァーのおばあちゃんが死んですぐ、スクラップ数冊分の他の写真とともに。みっともない写真だったから。マウスがその理由を尋ねると母親はそう言った。要するに、それらの写真は、母親がいつまでも大切に残しておきたいと考える夫のイメージとは合致しないということだ。ドライヴァーのおばあちゃんが教えてくれたいくつかのエピソードもそうなのだが、こうした写真が指し示しているのはまるっきり別の父親像だった。タバコを喫《す》い、酒を飲み、卑猥《ひわい》な冗談をとばし、八歳のときにはぬかるみに両足で飛びこんでいたモーガン・ドライヴァー。

母親がそれらすべてを廃棄してしまったのは残念だったが、記憶のなかに写真はくっきりと刻みこまれている。好きなときにページを繰って見られるよう、おばあちゃんのスクラップブックのコピーを頭のなかに置いているかのように。そしてプロム後の父を捉《とら》えたあの写真は、マウスの心のなかのマントルピースの上にいまも飾られていて、現物同様の鮮明さをしっかり保持していた。

どうしてアンドルー・ゲージがあの写真を思いださせるのか、すぐにはわからない。ハーヴェストムーン・ダイナーの前の歩道に立っているアンドルーはヒッチハイクしようともしていないし、それどころか往来に注意を払ってさえいない。カジュアルだがこざっぱりした格好。上着はちゃんと着ているし、襟のボタンもはめていた。額に傷を負って出血しているわけでもない。おそらくは、とマウスは結論づける。アンドルーの態度の何かが父親の写真を連想させるのだ。アンドルーはいかにも気楽そうに立っている。世界にすんなり溶けこみ、心地よさげに。マウス自身がそんなふうに思えたことはほぼなかった。しかし、父はずっとそんなふうにして生きてきたのだろう。少なくとも結婚するまでは。

車でさらに近づくと、アンドルーが独り言を言っているのに気づく。自分相手にジョークでも飛ばしてるのか、いきなり大笑いする。異様な行動だが、アンドルーは人目など少しも気にかけていないようだ。ビュイックのマウスに気づいても、まずいところを見られたとか動揺するでもなく(これがマウスで、自分が独り言を言ってたところを見られたら、大いに動揺していただろう)、ただ笑みを浮かべ、手を振る。世界にすんなり溶けこみ、心地よさげに。

マウスはダイナーの裏の駐車場に乗り入れ、入り口からいちばん離れた角に車を止める。気持ちを落ちつけるためになるべく多くの時間を稼ぎたかった。バックミラーで自分の姿を確認し、新しい指示が付け加わっていないかどうかリストを確認する。何も付け加わっていない。アンドルーが言わなければならないこととはなんなのか、手がかりは依然として何もない。話を聞くこと以外で自分は何を求められているのか、それを知るためのヒントもない。

車のドアを開き、外に出る。アンドルーが両手をポケットに入れ、駐車場を横切って近づいてくる。いまは他人の視線が気になるようだ。先週の月曜、リアリティファクトリーからここに車でいっしょにきたときはひどく居心地悪そうにしていたが、いまはそこまでじゃない。だが何かについて懸命に考えているのははっきり見てとれる。

「ハイ」マウスは声をかける。そうしないことには何ひとつ先に進みそうになかったし、自分が何をしているかわかっている振りだけはしておきたかった。

アンドルーのほうはというと、悪あがきはせず、素直に当惑をさらけだしていた。

「ペニーか？」いまはじめて顔合わせをするかのような調子で。マウスは「そう、わたし」と答えたいのをぐっとこらえ、ただうなずく。

その後、気まずい沈黙が続く。マウスに与えられた指示は聞くことだ。話すことじゃない。それに、マウスとしてはどうしてもアンドルーから話を切りだしてもらう必要がある。アンドルーが何かしらヒントを出してくれれば、それに乗っかって話を進められる。しかし、アンドルーも同じリストにもとづいて行動しているかのようで、〈彼女〉が何か口にするのを待っている。

とうとうアンドルーが沈黙を破る。「どうしてここにきたかわかってないんだよね？」

マウスが目をしばたたく。いまのは聞き間違い？　そうマウスは思ったが、つづいてアンドルーはこう言ってのけ、彼女をさらにぎょっとさせる。「今朝起きたとき、今日、オータムクリークへ出かける計画なんてきみにはなかった。でも、その後メッセージを受けとった。メモ書きだったかもしれないし、リストのかたちをとっていたかもしれない。そこには、ぼくとここで会うよう指示があって――」

彼らは公園にいて、それぞれが長い木のベンチの両端に腰かけている。マウスは頰を赤らめ、わずかに息を切らしている。アンドルーも頰を赤らめている。両手はまだポケットに突っこんでいる。両腕は体の両脇《りょうわき》に寄せ、ベンチの上でなるべくわずかなスペースだけを占めようとしていた。マウスに接近すまいとしているかのように。会話の最中というわけでもなさそうだ。アンドルーはマウスを見ようともしない。

そこでマウスは首《こうべ》をめぐらし、周囲をすばやく一瞥《いちべつ》する。この公園に見覚えはない。隣接する通りに建ちならぶどの家々も。だが、自分たちはまだオータムクリークにいるのだろう。〈案内人〉が指摘するように、上空の太陽の位置は変化していない。だとすると遠くに移動したはずがない。

「五分」とアンドルー。

マウスが彼を見つめる。

「ダイナーの駐車場を出たのが五分前」アンドルーが続ける。「ここはメイナード公園。ブリッジ・ストリートの四ブロック南だ。きみはすごく速足だった」ひと息つき、ゆっくりと頭を動かし、彼女と向き合う。「ペニーか？」

マウスはすでに理解している。アンドルーがどうして自分の名前を疑問形で呼ぶのかを。アンドルーは知っているのだ。アンドルーは彼女の意識喪失のことを知っているし、リストのことも知っている。ほかに何を知っているのか？

「あのときさみを怖がらせたとしたら悪かったと思う」アンドルーはふたたび目をそらす。「父から単刀直入に進めるよう言われた。それが正しいやり方ならいいんだけど。こんなことをするのははじめてだから」

どうしてリストのことを知ってるの？　マウスはそう思うが、口にはしない。

「どうしてぼくがリストのことを知っているか、不思議に思ってるよね」アンドルーが言う。「そして、きみの意——」

マウスは背中を木にもたせかけて立っている。いまはひどく息切れしていて、過呼吸状態となっている。目をきつく閉じていた。無理やり目を開くと、周囲にはもっと多くの木が見える。マウスはひとりで林のなかにいる。

いや、ひとりではない。「ペニー？」彼の声、静かだが近い。また彼女を怖がらせ、彼女はどこかに逃げそうになる。マウスは消えはじめるが、精神的に背中をドンとひと押しされ、暗闇から飛びでる。

「ペニー、ぼくを怖がらないで」とアンドルー。「怖がらせようとしてるんじゃない。助けたいだけなんだ。きみがこれまで何を耐えしのんできたか、ぼくは知っている。そしてぼくが知っているということをきみにも知ってもらう必要がある。ぼくたちがそれについて話せるように……」

マウスが見回すと、左に十歩分だけ離れたところにアンドルーがいる。アンドルーが横方向にさっと移動し、彼女の視野に入る。降伏しようとする銀行強盗よろしく両手を上にあげて。「助けたいだけなんだ」同じ言葉をくりかえす。けっして接近しようとはしない。その場で体をかがめ、地面にすわりこむ。「ぼくはここにずっといるよ、いい？」

この行動――ズボンが泥まみれになるぐらいなんでもないとでもいうように、平然と泥の上に腰を下ろすこと――を目にしたマウスは、またもや父親を思いだす。おばあちゃんバージョンの父親だ。そう思ったからといって完全に落ちつきを取りもどせはしなかったが、それでも一瞬、自分が怖がっているという事実は忘れられる。マウスは木から離れ、くるりと向きなおり、正面から対峙《たいじ》する。

「きみを動揺させてしまったのなら申し訳ないんだけどね、ペニー」とアンドルー。

「でもぼくはきみの意識喪失を知ってるし、それに――」

「どうやって？」甲高いキーキー声だったが、アンドルーは意味を察する。

「こんな経験をしているのはきみだけじゃない。ほかにもいるんだ」

マウスは震える手を上げ、指差す。「あなたも？」

イエスかノーで答えられる質問だったが、アンドルーは顔をしかめて言う。「かならずしもそうじゃない」それから「複雑なんだ……ぼくの父はきみと同じで、意識喪失を経験していた。父は時間を失った。ときには数分、ときには数日。自らの行動に何か指針を与える必要があったから、〈やるべきことリスト〉はつねに必須《ひっす》だった。リストがあっても、父はつねにトラブルに巻きこまれたし、自分がやった記憶のない何やらのせいで非難もされた。どうやっても小切手帳の帳尻《ちょうじり》を合わせられなかった。自分の所有物はたえず消え、自分の所有物以外のものが見つかった。たとえば洋服。それぞれの服についてはもちろん、洋服ダンスのなかが総とっかえになってるときだってあった。サイズ的にはぴったりだけど、買ったこともない服、父ならけっして買わなかったはずの服……」

マウスはめまいをおぼえ、体を支えるために木に手を当てる。

「それと、メッセージ。父はときどき匿名《とくめい》のメッセージを受けとった。あるいは電話の留守録にメッセージが入っていた。役に立つ助言のときもあれば、ただの嫌がらせのときもあった。侮辱、さらには脅し。ひとつのメッセージのなかに双方含まれているときもあった。父を助けようとしたのが誰であれ、そいつは一方で父に対してひどくむかついているとでもいうように」

「〈協会〉だ」とマウス。

「うん？」とアンドルー。「そうか。ペニーだよね？」

「そう」とマウス。もはや木のそばに立っておらず、かかとの上にしゃがみこみ、アンドルーの前にいる。両腕でむこうずねを抱え、あごをひざに乗せて。いまはひと息ついていて、ともかく気持ちもいくらか落ちつく。

「父にメッセージを送った連中——魂たちを総称する特別な名前があったわけじゃない」アンドルーがつづける。「彼らは別に誰かに対して正体を偽ろうなどとはしていなかった。きっと父は、少しは黙っててくれたらいいのにと思ってたはずだ。父にはひとりで家を借りるだけの余裕はなかった。アパートメントのシェアフレンドが、父宛ての留守録のメッセージをたまたま耳にしたときとか……ずいぶん厄介なことにもなった」

なった。マウスはアンドルーが過去形を使ったのを聞きのがさなかった。こんな質問をしたくはないのだが、どうしても知る必要がある。「お父さんはどうなったの？」それから、アンドルーに答える暇も与えず、自分で答えを口にする。「拘禁されたんでしょ？　狂ってるという理由で」

「え？」アンドルーは驚いているようだ。「いや……だから、その、父は狂ってなかった。父が狂っていると思っていた何人かとは少し揉《も》めたけど、でも……」

「拘禁された」マウスが心得顔でうなずく。

「ずっとじゃない」とアンドルー。「一度だけ、少しの間。いや二度か。でも父はまた出てきた。二度とも。実際には狂っていなかったから。ついには助けを得た。意識喪失を止める方法を見つけた。ペニーか？　意識喪失を止める方法があるんだ」

アンドルーはマウスに嘘《うそ》をついている。きっとそうだ。残酷な罠《わな》。アンドルーは〈協会〉に働きかけ、〈協会〉がマウスに命じ、ここにこさせる。アンドルーはマウスの精神障害に関して知っていることを突きつけ、恐怖をあおり、それから嘘をつく。

マウスは深くため息をつき、泣きだしそうになるのをこらえる。「どうやって？」

マウスが尋ねる。「どうやって意識喪失を止めたの？」

「父は家を建てた」とアンドルー。

このときはマウスは、自分が聞き違えたにちがいないと確信する。「お父さんが……」

「父は家を建てた」アンドルーがくりかえす。また眉《まゆ》をひそめる。「なんていうか、これが大変でね……すべてを正直に話したいんだけど、説明がまずかったら、ぼくの頭がおかしいと思われるだけのことだ。でなければ、きみは恐怖を感じ、また逃げだすか。そこでひとつ頼みがあるんだ。いますぐぼくといっしょにきてほしい。見てもらいたいものがある。それがほんとに役に立つかどうかはわからない。でも……役に立つかもしれない。少なくとも、ぼくがきみに語りかける適切な言葉を見出《みいだ》すためには役に立つ」

「いっしょにどこに行くの？」マウスが用心深く言う。

「ぼくが暮らしている場所。遠くはない。ブリッジ・ストリートのあちら側を少し先に行ったところ」

「わかった」マウスが言う。もしかしたらやっぱりこのひとは頭がおかしいのかもしれない。

彼らは立ちあがる。しゃがみこんでいたせいでマウスのひざがひりひりする。アンドルーが先に立って林を抜ける。そこはメイナード公園の一画だとわかる。公園を出て、北へと歩いているとき、マウスが気づくと、アンドルーはまた独り言を言っている。もごもごしていてほとんどは聞きとれない。だが、マウスは少なくとも二度、自分の名前を聞いたような気がするし、また、一度、アンドルーは「黙れ！」と大声で叫び、マウスはぎょっとして飛びあがる。マウスは動揺している。一方的な会話を聞かされているからというよりは、このままそれが続けば、そのうちもう一方の側の声が聞こえてきそうで、それが不安だった。

マウスは思う。わたしはずっとついていったりしない。ブリッジ・ストリートに着いたら向きを変え、ダイナーに戻り、自分の車に乗って家に帰る。アンドルーはわたしを止められない。

マウスはそう決意するとさらに一歩踏みだし、ポケットに突っこんだ手で〈協会〉

からのリストを握りしめた。太字で記された最後の項目が脳裏に閃《ひらめ》く。

4．彼の話を聞く。

ブリッジ・ストリートに着く。マウスはダイナーの方向に向かわない。アンドルーは通りを渡り、マウスもついていく。

反対側の縁石に足を乗せたとき、二人を呼ぶ声がする。「ちょっと！　ねえ、アンドルー！　マウス！」

ジュリーだ。同じ街区の先にいて、必死に手を振っている。アンドルーはジュリーを目にすると、いらだたしげにシーッと小さな音を洩らす。「ああ、ジュリー、こんなときに」とつぶやく。

「――善意なんだ。彼女のことは好きだよ。すごく。けど、ときどき……」

ジュリー・シヴィクとブリッジ・ストリートは消えている。アンドルーとマウスは閑静な住宅街の通りを歩いている。

「とにかく」長たらしい演説を締めくくるような調子でアンドルーが結論づける。左前方に見える大きな家を手で示す。「ここがそう」

二人が近づくと、グレイの髪の女性が玄関ドアを開ける。「ただいま、ミセス・ウィンズロー！」アンドルーが呼びかける。女性が手を振るが、視線はマウスに注がれていて、表情はあまり好意的ではない。マウスは、この女性と前に会ったことがあるのだろうかと考える。仮に会ったことがあったとして、彼女からあんな目で見られるなんて自分は何をやったり、言ったりしたのか？

だが、そのときアンドルーがポーチの踏み段を飛び跳ねるように上がって言う。「ミセス・ウィンズロー、こちらは友人のペニー・ドライヴァー」すると女性は温かな笑みを浮かべて言う。「はじめまして、ペニー。なかに入って楽にして」

「――コーヒーを淹《い》れてくる」ミセス・ウィンズローが言い、廊下を歩き去る。

「ありがとう、ミセス・ウィンズロー」アンドルーが廊下の中央から離れた位置にあるドアを開け、手振りでなかを指し示す。「こっち」

だが、マウスはなかに入らず、不安そうな面持ちで体の向きを変える。

「ペニーか？」アンドルーが問いかける。

「ええ」声が震える。

アンドルーが首をかしげる。「ああ」そう言って指差す。「帰りたくなったなら、玄関はそこ。鍵はしてない」

「わかった」どうして自分がそれを知らなければならないと思っているということをアンドルーは知っているのか？　そんな疑問が浮かぶものの、わざわざそれを口に出したりはしない。「ありがとう」

アンドルーが開けたドアから、彼につづいてマウスもなかに入る。アンドルーによると居間。室内には椅子《いす》が何脚か置かれている。少なくとも二脚、それと幅の狭いソファは見える。といっても、誰かが腰を落ちつけるには多少、整理が必要だろう。部屋はとんでもなく散らかっていて、ソファ、椅子、壁沿いの棚、それと床の空きスペースの大半もモノであふれかえっている。箱、本、玩具《おもちゃ》、服、いろいろな安物雑貨、がらくた。「ごめん」アンドルーがマウスの表情に気づいて言う。「どうやら空間布置障害があるみたいで」

居間の一方の隅を占めているのはミニチュアの家だ。人形の家なんかじゃなく、プロ仕様の縮尺模型。建築家が周囲の景観付きで制作するような。ミニサイズの家は専用の小さなテーブルに置かれ、ぐちゃぐちゃな部屋のなかでもそこだけ異彩を放っている。アンドルーがマウスをここに連れてきたのはおそらくこれを見せるためなのだろう。彼は巧みに誘導しているかのようだ。しかし、それからアンドルーは右を向くと、ソファに向かい、その上の壁にかかっている大きな油絵を手で示す。

集団の肖像画。二十人ほどの人々が前景に立っている。親類のように見える。ほぼ全員がアンドルーに似ている。たくさんの男、数人の女、男の子ひとり、巨人ひとり。大きな吹き抜けの部屋にいる。壁には明るい色の光沢を帯びた鏡板がはめこまれ、突き出し型の白熱灯が一列に並んでいる。電球は部屋の下半分に晴れやかな輝きを投げかける。しかし、その上方、部屋の二階部分を構成する長い回廊では、白熱灯の間隔が広がり、電球自体の輝きも弱い。このほの暗い高所にも別のグループが集まっている。下の集団よりも多人数で、この陰気な列はほぼすべて悲しげな顔をした子供たちからなっていた。彼らの陰うつな表情がマウスの不安をかきたてる。彼らが後景に位置し、しかも手すりの向こう側にいてくれてありがたいとマウスは思う。

絵画には〈サマンサ・ゲージ〉と署名されている。

アンドルーは前景グループに属している黒髪の人物を指差す。「これがぼくの父だ」アンドルーが言う。家族はきわめてよく似ている。アンドルーと彼の父親はほとんど双子といっていいくらいだ。

マウスはアンドルーの父親のわきにいる、より金髪っぽい人物を指す。「あれはあなた？」

「いや」アンドルーが眉をひそめる。「ギデオンだ」悪の呪文《じゅもん》でも唱えるようにその名を口にする。それからグループの左端に、ひとりだけ少し離れて立っている別の人物を指差す。「あれがぼく」

「なるほど」マウスが言う。そこまで似ていなかったが。顔が変。

「ぼくのことは忘れて」絵に手を置き、アンドルーとされる人物を覆いかくす。「いずれにせよ、ぼくは特殊なケースなんだ。でも、ほかの人物は」――空いている手で示す――「ほかの人物は、ぼくの父親版の〈協会〉だ。以前に比べたら、いまの状況はずっといい。おたがい顔を合わせられるし、直接、腹を割って話し合える。でも、以前の父はいまのきみと似たようなもので、ここできみが見てるこの部屋だってただの暗い空間にすぎず、暗闇《くらやみ》にいる魂の大半は眠っていて……」

このときアンドルーが何を話しているのかわからないと言えたらよかったのだが、マウスはある程度わかっていたし、しかもさっきから何もかもが腑《ふ》に落ちはじめている。アンドルーが話しているかたわらで絵画を見つめていると、こめかみの内側で徐々に圧力が高まっているのを感じる。小人の群れがそこに集まり、ちょうど子供たちが窓ガラスに顔を押しつけるような調子で、頭蓋骨《ずがいこつ》の内側をぐいぐい押しやっているようだった。

「……そこで父は、全員が同時に目覚めていられる場所をつくりださなければならなかった。集会所、父の頭のなかの」

「頭のなか……」

「そう」とアンドルー。「というのも、彼らはそこに住んでるからだ。きみはそれを知ってるよね、ペニー？　きみの〈協会〉は——だからこそ、彼らはきみがどこにいようとつねにメッセージをきみに届けられるんだし、きみが意識を喪失しているときにはきみの体を支配できる。きみがどこにいようとつねにその場所を知っているし、つねにきみのところに行ける。だって、彼らはつねにきみといっしょなんだから」

一瞬、アンドルーは腕を上げ、彼女の額の中央を人差し指の先端で押し、こう言おうとする。「〈協会〉はここにいる」実際にはまだやらないが、そうしようとしていて、マウスはそれを予期し、もし実際にアンドルーがそうしたら自分の頭が爆発するだろうと知っている。そして、〈協会〉のメンバーは頭蓋骨から一気に飛びでてくるだろう。石の下から昆虫がうじゃうじゃ湧いて出てくるように。そうしたらマウスは頭がおかしくなり、完全に正気を失い、決定的にすべての希望は断たれてしまうだろう。

アンドルーが腕を上げる。

「やめて」マウスが言い、あとずさり——

——すると顔を前に向け、氷のように冷たい流れのなかに倒れてしまう。

マウスは叫びながらふらふらと起きあがる。水は深くないが、水流があり、川床の石はつるつるしているので、うまくバランスがとれない。「助けて」マウスがキーッという声を発する。

「ペネロピ！」彼女の背後で声が呼ぶ。「*Σταμάτα*（止まれ）！　*Περίμενε*（待って）！」

マウスは――

――木々の間を駆けぬける。小さな町の公園ではなく、今度はほんとうの森だ。ジーンズの脚が泥と葉っぱで重かったが、けっして休むことなく、全力疾走する。何キロも走ったような気がするが、実際のところはわからない。だが、何か恐ろしいものが迫りつつあるとどれだけ確信していたところで、永遠に走りつづけられはしない。最後には足を止めなければならない。たとえ一瞬だけだとしても。マウスはふらつきながら小さな空き地で足を止める。上半身を曲げ、両手を両ひざに置き、目を閉じ、追跡者のたてる音を聞きとろうと耳をすませる。

ふたたび目を開けると、足元の地面に言葉が殴り書きされている。この茶番をやめろ。マウスは指の爪の下にそれまでなかった土がついているのを感じる。うなじがぞくぞくする。真後ろに誰かが立っているときのお馴《な》染《じ》みの感覚。

マウスは振りかえらない。そんな振りだけをすると、前に飛びだし、一気に走りだす。急激すぎる加速のせいで体が置いてけぼりを食らいそうになる。

全速力で木にぶちあたる。

「――出血してる」アンディ・ゲージがかたわらにしゃがみこむ。

マウスは仰向けに横たわり、目を細めて空を見上げる。額が腫《は》れあがり、頭の横を血が垂れ落ちるのを感じる。首が痛い。いまのマウスは落ちついている――ショック状態で――が、心は病み、自分自身にうんざりしている。血まみれ、泥まみれで地面にのびている自分、狂気に支配された自分に。

「ペニーか?」アンドルーが尋ねる。

「わたしってクズでしょ」マウスが言うと、涙が目の隅から流れ、その場の混乱はさらに増す。「狂っていて、哀れで、役立たずの――」

「ペニー……」

「――ただのクズ」

「ペニー、もうやめろ」アンドルーが命じ、マウスが従う。すなわち、そう言うのをやめる。〈協会〉が暮らしている頭のなかでは、やはりこう考えつづけている。役立たずのクズ。

それからアンドルーが言う。「ダイナーにいた女の子を憶《おぼ》えてるか?」マウスはなおも泣きながら、目を閉じる。どこかに行って、マウスは思う。どこかに行って、わたしは役立たずのクズなの、放っておいて。

「先週の月曜日」アンドルーはあきらめない。「父親にぶたれていた女の子だが、憶えてるか? ペニー?」

「ええ」マウスが答える。もちろん、憶えている。

「父親はなんと呼んでいたか、憶えてるか?」

「ええ」

「クソガキだ」とアンドルー。「〈クソガキ〉。そんなふうに呼ぶのが正しいと思うか?」

「いいえ」とマウス。

「そうだ」アンドルーが同意する。「そんな呼びかたをするなんて恐ろしいことだ。ぞっとする。じゃあ役立たずのクズと呼んでいたらどうだろう? 適切な呼びかただろうか?」

「いいえ……」

「そう、ひどい呼びかただ。不適切だし、真実でもない。ちょうどきみの母親がきみをそう呼んだとき、その呼び名は不適切だし、真実でもなかったように」

マウスはうなじに鋭い痛みを感じながら首を横に回し、アンドルーと向き合う。

「誰が……誰がわたしの母親のことを話したの？」

「きみだよ」とアンドルー。

「わたしは絶対――」

「きみ自身じゃない。きみの〈協会〉だ」

「わたしのじゃない」マウスが抗《あらが》う。

「いや、きみのなんだ。きみが彼らを呼びだした。きみひとりの手には負えそうにない、とてつもない恐怖を前にしたとき、彼らの力を借り、なんとか対処しようとして。彼らはいまでもそこにいて、きみを助けようとしている。ほとんどの場合、そうなんだけど、彼らにも独自の欲求や欲望があり、それが事態を複雑にしている」

「頭おかしい」

「いや」とアンドルー。「母親からあんな仕打ちを受けてたら、それこそきみの頭はおかしくなっていたかもしれない。ダイナーにいた父親みたいに、ろくでなしになっていたかもしれない。でも、そうはならなかった。きみは創造的なことをやった。すごいことだ。でも、きみが人生をやり直したいと思ったら、もっと創造的にならなければならない」

　マウスはゆっくりと起きあがる。アンドルーが手を貸す。首を回し、周囲を見渡そうとするが、首と肩がいまはひどく痛む。「ここはどこ?」顔をしかめながら尋ねる。

「リアリティファクトリーの裏の森。リアリティファクトリーから八百メートル行ったところ。もう少しで見失うところだった。きみについていくためにセフェリスを呼びださなければならなかった」

「セフェリス?」

「複雑なんだ」アンドルーが言う。

　マウスは思う。なんだかすべてが複雑になっていくみたい。

「とにかく話して」とマウス。「何もかも話して」とうとう降参する。「何をしなければならないか話して」

12

三日後、マウスはこの前とは別の散らかった居間にいる。今度は、ワシントン州、キトサップ半島のポールスボーの居間。マウスは考えている。車椅子のこの医者は母親と祖母のどちらのほうに似ているだろう？

おばあちゃんもヴァーナ・ドライヴァーも重度の脳卒中に見舞われた。おばあちゃんは発作後、あっという間にこの世を去った。ある日、おばあちゃんは元気だったが、翌日には集中治療を受けていて、さらにその翌日にはもうこの世のひとではなくなっていた。ドライヴァーのおばあちゃんの死はマウスの幼児期でもっとも悲しい出来事だった。この喪失によりマウスは心に深い痛手を負い、葬儀のあとほどなくして暗闇のなかに引きこもり、まる一年間眠りつづけた。これまでもっとも長い意識喪失だ。

マウスの母親の死はより長引き、祖母のときとはまったく別のかたちで心に痛手を与えた。おばあちゃんは発作後、昏睡《こんすい》状態におちいったのだが、ヴァーナ・ドライヴアーは意識を保っていた。寝たきりで、衰弱して動けず、話もできなかった（いや、最初から話をする気はなかったのかもしれない）のだが、執拗にマウスを目で追い、つねににらみを利《き》かせていた。母親の世話をしていた看護師たちはあまりそれを重視しないようにとマウスに言った。まばたきで質問に返答させようと試み、何度か失敗をくりかえしながらも、やがて確実に意思疎通《そつう》できるようになるまでは、母親が周囲の状況を完全に把握しているかどうか、はっきりしたことはわからないのだと。しかし、マウスはあの絶え間ない凝視以外のコミュニケーションをまったく要しなかった。まちがいなく母親には意識があった。意識があり、怒っていた。そしてマウスと自分の立場を何がなんでも逆転させたいと心の底から願っていた。

車椅子の医者も怒っている。終始、その感情を抑制してはいるが、それでも二度ばかり、怒りが顔をのぞかせる。一度目は医者の世話をしている女性が、少々強引に手助けしようとするとき。二度目は、医者がマウスと二人だけで話をしたかったというのに、アンドルーがなかなかそれを察しないとき（「キッチンにいるメレディスが手伝いを必要としているかもしれないから様子を見てきて」と医者が言い、アンドルーがこう答える。「何を手伝うの？」医者は「とにかくメレディスが必要としていることと」と告げる。それでもアンドルーはさっぱりピンとこないまま、その場に居座っているので、しまいには医者もしびれを切らす。「出てって、アンドルー！　一時間したら戻ってきて」）。

アンドルーは、医者が怒りっぽいとあらかじめマウスに釘《くぎ》を刺していた。アンドルーの言葉を借りれば「ときどきちょっとプンスカしてるときがあるんだ」。心配することはないからとアンドルーは請け合ったが、彼が居間から出ていくとき、マウスは依然、不安な思いでいる。

医者はそれを察して、即座に謝る。「ごめんなさい」医者が言う。「こんな態度をとるなんて医者失格ね。ほんとならあなたを安心させなきゃいけないのに。いらいらさせるんじゃなくて。もしかするとわたしは生まれつき他人の不快感を掻《か》きたてるような性格の持ち主なのかもしれない。これのお世話になってからも」――手で車椅子のわきをポンポン叩《たた》く――「わたしの性格は少しも変わらない。あなたが辛抱してくれたらいいんだけど」

マウスにとっては新しい経験だ。誰かから辛抱してくれと頼まれるなんて。しかも、その誰かはマウスに対して怒ったからではなく、マウスのそばで怒ったから、辛抱してほしいと言っているのだ。「わかった」マウスは言う。

「よかった」医者が言う。「本題に入りましょう……アンドルーはあなたに自分の多重人格について話したとか。それでいい？」

マウスはうなずき、まだ残っている首の痛みを感じてわずかに顔をしかめる。

「アンドルーの話を聞いたとき、あなたの反応はどういうものだったの？」

「わたしの反応？」

「どう思った？……大丈夫、正直に話して。この部屋から一歩出たら絶対に口外しないから」

「なんて言うか……すごく変だと思った」とマウス。あまりにも変すぎる、とは言わない――最初の好奇心、これでいよいよ自分の状態にも光が当てられるだろうという希望は徐々に薄らいでいった。マウスがことの真相に思いいたったからだ。アンドルーが〈父親〉と述べていた人物は、マウスが思いこんでいたような生物学的な親ではなく、心理的な親、かつてのアンディ・ゲージにほかならない。そして、目の前にいる〈彼〉、マウスが話をしているこの〈アンドルー〉は、父親の生物学的な息子ではなく、父親の〈協会〉の一員なのだ。もしかすると特別会員なのかもしれないが、本質的には彼の、原アンディ・ゲージの想像の産物にすぎない。

あまりにも変すぎる。バカげている。もしもマウス自身の〈協会〉が別の選択肢を残してくれていたら、おそらくいま彼女はこの場にいないだろう。目覚まし時計が今朝鳴りだしたとき、マウスは気づいた。アパートメント内のあらゆる壁、あらゆるドアに同じ〈やるべきことリスト〉が貼《は》りつけられていた。電話の留守録ボタンも点滅していた。聞きもせず、メッセージを消去したが。あのとき再生ボタンを押していたら、何を耳にしていたかはわかっている。マウスとそっくりな声がドクター・グレイとのアポをすっぽかすなと警告していただろう。おそらくは二言三言、侮辱をまじえて。

「変」ドクター・グレイが言う。そこにどういうニュアンスがこめられているのか、じっくり思いめぐらしているような口調で。

マウスは目をふせる。「たしかにわたしは狂っているかもしれない。でも、少なくともわたしは……現実ではある」

「アンドルーは現実じゃないと？」

マウスはためらう。アンドルーについて非難めいたことを口にしたくはなかった。これまでずっとよくしてくれたのだから。「アンドルーは、彼の……彼の〈父親〉が……自分をつくったと言ってる」

「そうね」医者が言う。「あえて言えば、すべての人格はつくられたものなんだけどね。生まれ変わって新しい自分になると言うひとがいるけど、だからといってその新しい自分が偽物《にせもの》というわけじゃない」

「そういう話じゃないと思う」

「たしかにそうかもしれない。でも、わたしはアンドルーが現実だと確信している。あなたが多重人格かどうかについて言うと、それはまだわからない」

突然、マウスは期待を抱く。「わたしが多重人格じゃないかもしれないってこと?」

医者が肩をすくめる。「その可能性はあるわね。でも、アンドルーから聞いたところによると、治療を受けていない多重人格者に起こりがちな状態にあなたは何度も見舞われているんだとか。意識喪失。明らかに自分でやったはずなのに、どうしてもそれを思いだせない。あなたは何があったと思ってるの?」

「わたしは……」

「どう説明しているの? あなた自身に対してということだけど。見知らぬ場所で目覚めたとき、あるいはあなた以外誰も知るはずのないことに言及している匿名のメッセージを受けとったときとか。何があったと自分に言いきかせてるの?」

「何もしてない」お手上げだというように両手を広げる。「あれはそういうもんじゃ……説明なんてしない。ただ起こるだけで」

「でも、説明が欲しいとは思ってるよね」

「あれがなくなって欲しいとは思ってる」

「わかった」医者がうなずく。「わたしたちに何ができるか確認しましょう。あなたがよければだけど、わたしは意識喪失を誘導したいと思ってるの。ただし、今回は――」

「わたしにはあれを起こせない」マウスが異議を唱える。「ときどきはそうできたらいいのにと思うけど、わたしにはコントロールする力が――」

「ああ、それは別に問題じゃないでしょう」医者が言う。「でも、今回は、意識喪失の間も意識を目覚めさせておけるかどうか調べてみたい」

「意識喪失の間も意識を目覚めさせておく……？」矛盾した言い回しに戸惑い、かぶりを振る。「どうやって？」

「じゃあ、これに答えて」医者が言う。「あまり考えすぎずにやってみること。議論の糸口として、こう想定してみましょう。意識喪失が起こっているとき、あなたはたんに気を失っているだけじゃない。ほんとうはどこか別の場所に移動させられているのだと。あなたはそこがどういう場所だと想像する？」

「想像なんてしない……できない……」

「何も考えずに答えて。時間を失うとき、あなたはどこに行くの？」

「暗闇のなか」マウスが答える。

医者は満足げにうなずく。「とっても安全な場所、暗闇。でも、そこに光を当てなければならない。そこの箱をとってもらえる？」

医者は暖炉のマントルピースに載っている白い小さな箱を指差す。マウスはそれを手に取り、医者に渡そうとするが、医者は言う。「いえ、それはあなたのもの」

マウスはまたソファに腰を下ろし、膝《ひざ》に箱を載せる。ふたを持ち上げると、黄色いプラスチックのきらめく半球が見える。安全ヘルメット。プラスチック製の硬い帽子は、正面に採掘用のライトがついている。

「これをかぶれと？」

「そうしてもらえるなら」医者が言う。「少し大きめかもしれないけど、内側のヘッドバンドで調整できる」

マウスはヘルメットをもちあげ、そっとかぶってみる。マウスには大きすぎて重い。首が痛い。少ししてやはりヘルメットを脱ぐ。

「ダメそう？」医者が尋ねる。

「首が痛くなる」マウスが答える。

「かぶらなくてもかまわないけど」と医者。「とりあえずもってて。そのうちフィットするようになる。ライトのことは気にしないで。必要なときには勝手に点《つ》く」

医者は車椅子にすわったまま腰をかがめる。コーヒーテーブルの上に別の種類のライトをセットする。小さなストロボ。反射板の角度を調整してマウスの顔のほうに向け、スイッチを入れる。「光をじっと見つめて、ペニー」医者がうながす。

マウスは光に目を向けたくはなかった。まばゆい輝きは目をくらませ、閃光《せんこう》のたびにピッという不快な音を発する。マウス自身の意志とは無関係に、視線は自然とそちらへ引き寄せられる。ストロボの反射板の中心に視線を据えると、光の性質が変化する。光は密度を増して波——移動する輝く壁と化し、マウスを呑《の》みこみ、去っていく。ピッという音はひきのばされ、低い音域に下降し、低音の振動となって光の波と同期する。

医者がまた口を開く。彼女の声も変化し、広がりを増してすべてを包囲する。伝道師、あるいは〈燃え尽きることのない柴《しば》(旧約聖書、出エジプト記)〉から発せられる主の声のようだ。「楽にしてちょうだい、ペニー」医者が言う。「リラックスし、光を見つめて。恐れないで。まもなくわたしはあなたの〈協会〉の一員に語りかけ、前に出て、わたしと話をするようお願いする。いつもならこういうとき、あなたはあなた自身の奥深くへと引きこもり、ふたたびあなたが呼びだされるまで眠っている。今回は、表面近くにとどまり、目覚めたままでいて。必要ならあなた自身が踏みとどまるための場所もつくって。いま手にしているヘルメットもあなたとともに内部に移行するし、そこではサイズもぴったりで、かぶり心地もよく、すべての危害から守ってくれる。正面のライトは暗闇のなかで自動的に点灯するから、周囲を見回し、自分がつくりあげた場所を見ることができる。何を言ってるかわかる？」

「ええ」マウスは言うが、ほんとうにそうなのか定かでない。

「けっこう。これから三つ数え、それからスレッドという人物に話しかける。イチ……ニ……サ――

――ン」

部屋が収縮し、医者とコーヒーテーブルとストロボライトが一方に移動し、マウスとソファがその反対側へとうしろ向きに飛んでいく。

いや、そうじゃない。ソファは動いていない。何も動いていない。マウス自身を除いては。マウスは後方へ引っぱられ、そして……そして、その先には……

その先にあるのは？

マウスは固い――あるいは、少なくとも固形の――表面の上に立っている。まっすぐ前方に視線を向けると、いまでも居間が見える。しかしさっきよりも小さくなっていて、暗闇のぎざぎざの縁に周囲を囲まれている。まるで壁にできた穴から、あるいは明かりのない洞窟《どうくつ》の入り口から外を覗《のぞ》き見ているみたいだ。

洞窟の入り口のすぐ外から声が聞こえる。反響し、耳に届く。マウス自身の声だが、新たな抑揚を伴っている。「こんにちは、ドクター・グレイ」

洞窟の入り口の下から手が出て、視界に入る。彼女の手だ。ペニー・ドライヴァーの手。コーヒーテーブル越しに手が伸びる。手が沈んだかと思うとストロボのスイッチを切る。それから医者と握手する。

「はじめまして」医者が言う。「あなたはスレッド？」

居間が上下に揺れる。こんなんじゃ絶対、船酔いするとマウスは思ったが、実際にはそうはならない。「アリアドネの糸《スレッド》からとった名前」声、ペニー・ドライヴァーの声。「あの物語は知ってる？」

マウスは聞くのが嫌で――別の誰かが彼女の声を使って会話しているのだ――、くるりと背を向ける。正面にはただ闇しかない。マウスは恐怖を感じるが、医者から渡されたヘルメットが手のなかにあり、医者がヘルメットの保護力について語っていた言葉を思いだす。もう一度、ヘルメットをかぶる。今度は完璧《かんぺき》にフィットし、不快感もない。首の痛みは跡形もなく消えている。

採掘用のライトが光り、マウスは自分がトンネルにいると気づく。トンネルになった洞窟。入り口から先に進むにつれてトンネルは狭まり、その先には一列になって通るのがやっとの道、下降する傾斜路が続いている。採掘用のライトが点灯しているというのに、通路の先は見通せない。しかし、マウスはどういうわけかわかる。そのうちトンネルの幅はふたたび広がって出口に達し、外にははるかに大きいスペースが開けているだろう。深みから湧きおこる生温かな隙間風《すきまかぜ》がマウスに吹きかかる。突如、大勢の人々が洞窟の床の上で寝ているイメージが浮かぶ。眠る人々はずらりと列をなし、全員が同じタイミングで寝息をたてている。

「おい、マウス」新しい声、いらだたしげなささやき声がごく近い場所から呼びかける。マウスは声のほうに振りむく。採掘用のライトに照らされ、黒いレザージャケットの女が、ほんの一瞬前までがらんとして何もなかったトンネルの壁にもたれかかっている。女はマウスとほぼ同じ背丈だ。爪先《つまさき》に金属をつけたブーツ――ジャケットと同じ黒いレザーで、ひざのすぐ下まで編み上げになっている――をはいているからか、実際よりも背が高く見える。手入れしていない黒々した巻き毛は絡《から》まり合い、房となり、メドゥーサの蛇になった髪を思わせる。その髪に取りかこまれている顔にはひどい傷痕《きずあと》が残っている。頬と額はあばただらけで、それ以外の肌もざらざらして荒れている。凍りついた侮蔑《ぶべつ》の小片、意地悪で冷淡な青い目。ひびわれた唇をへの字にし、つねにせせら笑いを顔に貼りつけている。

「それで」彼女が言う。「とうとうおまえはそのクソまなこをおっぴらいたまま、なかに入ろうと決意したわけだ」

マウスが視線を下げると、別の女性が見える。ガーゴイルのような姿勢で洞窟の床にしゃがみこんでいる。最初の女性とは双子同士で、服装も顔立ちも同じだが、こんなことがありうるとすればだが、さらに醜怪だった。あばたはより深く、髪はよりもつれ、目はより冷たい。

マウスは無言のまま、この邪悪な双子からじりじり後ずさる。驚いたことにマウスは恐れていない。ただただ……嫌悪《けんお》している。

「クソマウスちゃん」最初の女が声を荒らげる。「あたしたちがおまえをクソ傷つけようとしてここにいると思うのか？　それともおまえはあたしたちにとってクソいい子すぎるだけなのか？　この腐れマンコが」

アグリー（醜悪）とアグリアー（もっと醜悪）、マウスはこの女たちにぴったりの名前をひねりだそうとする。トラッシー（クズ）とトラッシアー（もっとクズ）。連中が何をもくろんでいるかはわからないが、関わり合いになるのはごめんんだ。

「クソマウス」アグリーだかトラッシーだかがくりかえす。心底、ムカムカしているといった口調だ。「なら、いいだろう、この腐れマンコ、マスでもかきやがれ……」

彼女が卑猥《ひわい》な身振りをし、彼女と相方はともに消える。

医者の声が洞窟の入り口から響きわたる。「——記憶の痕跡《こんせき》？」

「そう、わたしは起きたことの多くを知っている」ペニー・ドライヴァーの声が言う。「わたしは〈日記〉をつけている。それも二つの。ひとつは、日々の出来事、わたしたちの身に起こるさまざまなことを綴《つづ》った普通の日記。もうひとつは過去の記録。ペニーの母親によってわたしたちになされたとわたしが知っているものもあれば、疑っているだけのものもあるけど、とにかくそれらを記している。マウスが自分の人生の秩序をふたたび取りもどそうと本気になったとき、その助けになってくれればいいと思ったから」

「マウスはペニーなの？」

「マウスはペニーだった」

マウスは狭い通路に入り、下降する。マウスが下るにつれて、洞窟の入り口からの声は徐々に消え入る。やがて規則的な間隔を置いてそよぐ風の音しか聞こえなくなる。

それから、まさしくマウスがそうなっているはずだと予期していたその場所で通路の先の視界がふたたび開ける。空間は広大すぎて、どれだけの面積になるか見当もつかない。採掘用のライトは強力だが、サーチライトのように頭を後ろへ前へさっと動かしても、先に伸び、薄闇のなかに消えているごつごつした石の床しか見えない。おそらくは無限に続いているのだろう。その巨大さにもかかわらず、どういうわけかその空間は居心地のよさを感じさせる。隙間風はすでにばらばらな息の音の集合体、鼻息のハーモニーへと変わっている。まだ眠っている人々の姿は見えないが、前方の闇に目を凝らすうち、彼らが近くにいるとマウスは気づく。

マウスは何歩か踏みだし、それから足を止める。興味はあったが、不安でもある。もしここで迷ってしまったら？　マウスは出口まで無事に戻れるよう、目印になりそうなものを探す。頭をぐるりと回すと、目につきやすい白い丸石の山——まさしくマウスが探していたもの——がライトの光のなかに出現する。マウスは腰をかがめ、石を拾い集める。

そのとき息遣い越しに新しい音が聞こえる。足音。マウスは目を上げる。さらにいじめてやろうと双子のアグリーの一方あるいは双方が戻ってきたにちがいないと思ったのだ。しかし、実際はそうではない。靴底の硬いブーツではなく上品な軽い靴のたてる足音。

そこにいるのは七歳ぐらいの幼い少女で、パーティーにでも出るような格好をしている。彼女の靴はピンクで、シルクとタフタのドレスも同じ色、お祭り気分。だが、顔は悲しげで、マウスと同じ茶色の目は何かに取り憑《つ》かれている。少女は何かを携えている。小さな袋。ビロードの生地の袋は引き紐《ひも》で口を締められている。一方の手で袋をもち、腰のあたりに固定している。前に進むにつれ、袋は大きく揺れ、ねじれる。

マウスは丸石を床の上に放り、立ち上がる。逃げだしたいという強い衝動に駆られる。少女がさらに近づくと、マウスは彼女のドレスが最初に思ったほどきれいでないと気づく。縁は汚れてほつれているし、一方の側には、何かが垂れおちたらしく、濃い茶色の染みができている。染みは油か渇いた血のように見える。しかしマウスは突然、そのどちらでもないと気づく。チョコレートシロップの染み。

そういえば、ドレスには見覚えがある。自分のドレスだ。いや、だったと言うべきか。母親からのプレゼント。嫉妬心《しっとしん》からのプレゼントというものがある。相手に何かをあげること自体が目的なのではなく、別の誰かのプレゼントに打ち勝つことを真の目的とする。この場合だと、打ち勝つべきプレゼントに相当するのは、マウスの祖母が買ってくれた夏用のドレス。

あれは夏も終わりに近い時期だった。マウスとドライヴァーのおばあちゃんはウィローグローヴ・リアルト劇場に行き、昼の回の『マペットムービー』を見た。その後、二人はアイスクリームを食べようと三丁目で足を止めた。そのとき、マウスはリトルミスイズ洋品店のウィンドウに飾られている夏用ドレスに気づいた。単色で染めただけのドレスだったが、何かがマウスの目を惹《ひ》いた。「試着してみるかい？」祖母が尋ねると、マウスは「うん、お願い」と答えた。ほんとうはそこまで関心があったわけではなかった。実際は、家に帰るのをもう少し先送りしたい一心でそう口にしたまでのこと。それでもドレスはぴったりだったし、マウスにとてもよく似合っていた。少なくともドライヴァーのおばあちゃんはそう思い、マウスに買ってあげたのだった。

家に帰り、母親がそのドレスを目にした瞬間、マウスはまずいことになったと思った。おばあちゃんの前にいるとき、ヴァーナ・ドライヴァーは心から感謝しているといった態度をとり、「ああ、ミリセント、そんなことまでしてくれなくてよかったのに」としか言わなかった。あくまでも儀礼を装《よそお》いつつ非難めいた言葉を口にしたが、表面下でははるかに激烈な感情が渦巻いているのをマウスは察していた。玄関口に立ち、おばあちゃんの車が去っていくのを見送っているとき、マウスは母親の手で肩をがっちりつかまれるのを感じていた。鋭い爪《つめ》が深々と食いこみ、マウスは悲鳴をあげまいと唇を嚙《か》みしめてこらえた。おばあちゃんの車が視界から消え去った途端、母親はマウスを家のなかに引きずり入れ、ドアをバタンと閉めた。

「おまえは自分をなんだと思ってるんだ？」母親が詰問《きつもん》した。「施しか何かを受けて生きているつもりか？　服ならもうもってるじゃないか。美しい服を。どうしてもっと服をくれとせがんだりする必要があるんだ？　それでおまえがどういう目で見られるか、おまえはわかってるのか？　わたしがどういう目で見られるか、わかってるのか？」

「わたしはせがんだりしなかった！」マウスが抗弁した。「おばあちゃんに欲しいかと訊《き》かれただけ。おばあちゃんは親切で言ってくれて——」

「親切だって！」母親が腕を繰りだす。マウスは平手打ちを食らってよろめき、耳がジンジン鳴るのを感じた。「ヤな女だよ！　おまえのことをほんとに気にかけている人間なら、あんなおぞましいものを与えるはずがない。まさかおまえがそこまでバカだなんて！」

「ごめんなさい！」マウスはキーキー叫ぶと、両腕を掲げ、弱々しいながらも自己防衛を試みる。「ママがそうしろと言うのなら、返してもいい！　捨てたって——」

「部屋に行きな！」ヴァーナ・ドライヴァーが怒鳴りつけ、その命令に服従する暇さえ与えず、もう一発お見舞いしたので、マウスは壁に叩きつけられた。

翌日、満面の笑みを浮かべ、マウスの母親はプレゼント用に包装された箱を携えて帰宅した。「かわいいマウス！」そう玄関ドアから呼びかけた。「サプライズだよ！」部屋で本を読んでいたマウスにはそれがいい知らせとは思えなかった。マウスは静かにしていた。しかし、当然ながら、母親はやってきて、マウスを見つけた。

「早めの誕生日プレゼントだよ」母親は箱を突きだした。「ママがどんなにあなたのことを愛しているか示したかったの」マウスはそれが嘘《うそ》だと知っていた。母親が自分を愛しているという部分ではない。それはほんとうだとマウスは心から信じていた。嘘は、プレゼントの動機として愛情を挙げているところだ。嫉妬心からのプレゼント。マウスにはそれが何かわかっていた。箱を開け、なかに入っているドレスを目にする前ですら。

「わあ……すごくかわいい！」マウスは叫んだ。最高に熱狂しているふうを装って。

「そう、美しいでしょ」母親が言った。「それだけじゃない。今夜はディナーに行くんだから。アントワーヌに予約を入れておいたの」

アントワーヌ・キッチンはウィローグローヴ・マリオットホテルに併設されており、この町の最高級レストランといえば真っ先に挙げられるのがこの店だった。マウスの母親は特別の機会にこの店に行くのを好んでいた。マウスだってこの店を気に入っているはずだった。アントワーヌのデザートは極上なのだ。しかし、実際はというと、楽しいふりをするのにおおわらわで、心から楽しむというのにはほど遠かった。普通にアントワーヌへ行くときでさえそうなのだから、今回のように嫉妬心からのプレゼントの一環としてディナーに行くなんて、恐怖の行事以外の何ものでもなかった。

それでもマウスは勇敢に立ち向かおうとした。ドレスを着て、やはり母親が買ってくれたサテンの靴を履き、ドレスがどんなにかわいいか——どんなに美しいか——さらに何度か口にした。母親もドレスアップした。白い手袋、白いハイヒール、大きなつばがだらんと垂れた白い帽子、そして濃紺の地に白の大きな水玉模様の入った、襟ぐりの深いドレス。

アントワーヌに着くと、メインのダイニングルームは貸し切りの予約が入っていると告げられた。町の二大名家であるハルベック家とバージェス家の結婚披露宴が開かれるのだという（カール・ハルベックは『ウィローグローヴ・リポーター』紙の発行人であり、バージェス家が同族経営している瓶製造工場はウィローグローヴの住人にとって最大の働き口となっている）。マウスは母親がむかっ腹をたてるのではないかと思ったが、母親はその告知を冷静に受けとめ、給仕長が二人をもっと小さな付属ダイニングルームへと案内するときも文句ひとつ言わずについていった。

「さあ、なんでも好きなものを注文して」マウスの母親が言った。マウスは何を頼むか悩んでいるふりをし、メニューに載っている珍しい料理のいくつかについて説明をしてくれと母親に頼んだ。それからマウスはチキンクロケットを選んだ。不安のあまり食欲がないときでも、チキンクロケットならすんなり食べられると経験上、知っていたからだ。

二人のテーブルは、二つのダイニングルームをつなぐ戸口に近い位置にあり、進行中の結婚披露宴の音が聞こえた。戸口に面して腰かけていたヴァーナ・ドライヴァーはもっとよく様子を見ようとして、ひっきりなしに横に体を傾けた。母親が気もそぞろの様子なのでマウスはこの上ない幸福感に満たされ、クロケットが運ばれてくるまでの間、セットされたナイフやフォークにひたすら見入っていた。

二人は、というか少なくともマウスはディナーを食べた。母親はパーティーにすっかり気をとられていたせいで、料理にはほとんど手をつけず、マウスのことも完全にほったらかしだった。おかげで、ウェイトレスがやってきて、デザートをどうするかと訊《き》かれたとき、マウスは、ほんとうに食べたいものを誰はばかることなく注文できた。アントワーヌ特製トリプルファッジ・サンデー。ヴァーナ・ドライヴァーはチーズケーキを注文すると、「お手洗いにいく」と告げ、メインのダイニングルームに姿を消した。

マウスの母親はずいぶん長いこと戻ってこなかった。マウスは気にもしなかった。サンデーが運ばれるや、ものすごい勢いでスプーンを口に運んだ。ひとりのうちにできるだけ大量に味わっておきたかった。

三個あったアイスクリームの塊のうち二つをたいらげ、最後の塊の上にチョコレートシロップをドバドバ追いがけしていると、メインのダイニングルームから笑い声が聞こえてきた。何かがマウスの注意を引いた。チョコレートシロップの容器をテーブルに置き、静かに椅子《いす》を離れると、メインのダイニングルームに通じる戸口まで行って向こう側に目をやった。

部屋の一方の端にバンドスタンドが設置されていた。バンドスタンドの前のテーブルはどかされ、広い空きスペースがつくられていた。マウスは急拵《きゅうごしら》えのダンスフロアのど真ん中にいる母親の姿を認めた。白い信号旗じみた帽子は否《いや》が応《おう》でも目につく。母親は花婿《はなむこ》のベネット・ハルベックを相手にダンスをしている。その笑顔からすると、母親はすっかり有頂天になっているが、ベネット・ハルベックは罠《わな》にでもかかったようだった。助けを求めて懇願するみたいに、周囲にいる他のカップルにちらちら視線を投げかけている。ようやく音楽が途切れると、ここぞとばかりにわが身を引きはなそうとした。だがヴァーナ・ドライヴァーはそれを許さず、ハルベックに両腕を巻きつけて抱き寄せ、体をすりつけだした。この顚末《てんまつ》を目にしたテーブルの見物人の間から笑いが洩《も》れたが、新婦にとってはとうてい耐え難かったらしく、付き添いの女たちをわきに従え、猛然とダンスフロアに飛びだした。

マウスはその後の展開を見たくなかった。すばやく回れ右すると、テーブルに戻った。ふたたび椅子によじ登ろうとした拍子にチョコレートシロップをひっくりかえし、こぼれた中身でドレスを汚し、狼狽《ろうばい》のあまり叫びを洩らす。

メインのダイニングルームで最後の笑いの爆発があり、それからやかましい音でバンドがまた曲を演奏しはじめる。ほんの少ししてマウスの母親はテーブルにまた姿を見せた。母親はまだ笑みを浮かべているが、その笑みはどこかこわばり、帽子はなくなっていて、髪の毛はぼさぼさになっていた。「そろそろ出るよ」声に生気はなかった。

「わかった」マウスが答えた。運命を受け入れるつもりでぺこりと頭を下げて立ち上がり、母親にチョコレートシロップの染《し》みを見せた。ナプキンを使って必死にふきとろうとしたが、おかげで染みはますます大きく広がっただけだった。ドレスはもはや使い物にならなかった。それなのにヴァーナ・ドライヴァーはマウスを怒鳴りつけることも手を上げることもなく、一度、舌打ちしただけだった。銃の撃鉄を起こすときのような音。「そろそろ出るよ」そうくりかえした。

帰りはアントワーヌの裏口を通って出た。マウスはおびえきっていたから、そういえば出るときに支払いもしなかったと頭の片隅でぼんやり思いうかべただけだった。駐車場を横断するとき、心細さについレストランのほうを振りかえった。後退していく、笑いと光のオアシス。

それから二人は車に乗った。シートベルトをしようとしてマウスは気づいた。このままシートベルトをしたら、チョコレートシロップで汚してしまう。そこでジレンマに陥る。マウスの母親は、厳守しなければならない決まりをいくつか定めていた。車に乗ったらシートベルトを締めなければならないというのもそのひとつだ。しかし、その一方で、車を汚くしたり、汚れをつけたりしてはいけないという、同じく厳守しなければならない決まりもあった。キャンディや溶けたアイスクリームのべたつく汚れはなかでもきびしく禁じられていた。だとすれば、たとえ掟《おきて》を破る結果になったとしても、しつこい汚れは絶対につけないでおくという一事こそが優先されなければならない。それさえ気をつければ、見逃してもらえるか、そうでなくともなんとなくうやむやになる可能性は高い。結局、シートベルトはほったらかし、シロップの染みがシートに絶対に付着しないよう、注意深くドレスの位置を調整した。

母親は自分のシートベルトをバックルで固定し、エンジンをかけた。三ブロックか四ブロック運転する間、ひと言も言葉を発しなかった。それからいきなり急ブレーキをかけ、マウスはダッシュボードに投げだされた。ひどく痛い思いをしたわけではなかった。突然の衝撃に見舞われ、マウスはわっと泣きだした。ヴァーナ・ドライヴァーは薄笑いを浮かべ、車を先に進めた。

車での帰路は異様に長く感じられた。マウスは最初それをありがたいと思った。母親はほかの懲罰をいくつも用意していて、家に帰って二人きりになった瞬間、本腰を入れてとりかかる気だと確信していたから、急いで家に帰りたいという気など少しもなかった。しかし、すすり泣きがおさまると、周囲の様子に目が行き、自分たちがまったく見覚えのない通りを走っていることに気づいた。車は遠回りし、知らない場所に入りこんでいた。マウスが前方に顔を向けた。次の交差点にさしかかったとき、標識が目に入る。右折の矢印が記され、その上に〈南森林公園〉と記されていた。

車は右折せず、左に曲がり、さらに〈掃きだめ街〉の奥へと進んでいった。いくつか横丁を抜けるとそのたびにあたりの景色はみすぼらしさを増し、やがて行き止まりになった路地にたどり着いた。案内標識もなければ街灯もない。ヴァーナ・ドライヴァーは、まるで自分自身がここから先に進むのを嫌がっているかのように路地の入り口でためらっていたが、それでもそろそろと車を先に進めた。

路地に面する地所のうち、まともな家が占めているのは半分ほどにすぎない。残りのほぼ半分にはトレイラーハウスが置かれていた。地所のひとつはからっぽで、雑草が生い茂っていたし、また別の地所では焼け焦げた丸太小屋が月明かりのなかで朽《く》ちた姿をさらしていた。小屋の前には鎖につながれたドーベルマンが一匹いて、マウスと母親の車が通りすぎると激しく吠《ほ》えたてた。

行き止まりになっている路地の奥まで進み、最後の地所の前に出た。放置され、崩れかかった板張りの家が黒々と立っていた。丸太小屋ほどひどいありさまではないが、そうなるのも時間の問題のように思われた。屋根は沈み、側面の壁のひとつはたわみはじめ、マウスのところから見える窓はことごとく割られ、あるいは板を打ちつけられていた。

家にガレージはなく、建物横の庭へ入っていく一対のタイヤ痕《こん》が残っているだけだった。ヴァーナ・ドライヴァーもそちらに車を進め、エンジンを切った。マウスは、これからひどく恐ろしいことが起きるにちがいないと確信し、すわったまま凍りつき、できるだけ静かに呼吸していた。静かにしていれば母親を欺《あざむ》き、そこでマウスが身をひそめていることも悟られずにすむとでもいうように。

虚《むな》しい希望。カチリという音をさせてヴァーナ・ドライヴァーがシートベルトをはずすと、悲しげにため息をつく。「かわいいマウス。おまえはドレスをダメにした」声には悲しみがたっぷりこもっていたから、マウスのほうがまんまと欺かれ、母親は怒っているんじゃない、ひどく失望しただけだなどと一瞬、思ってしまった。「わざとじゃないの」マウスが訴えた。「だって——」

「ああ、そうかい」母親がマウスを見て言った。「でも、おまえはわざとそうしたとわたしは思ってるけどね」

そのときマウスはドアの取っ手をつかんでいた。ドアを開き、一方の足を外に出し、地面につけた瞬間、母親に髪をつかまれ、なかに戻された。そのまま二つのフロントシートをずるずる越え、運転席側のドアから外に引きずりだされた。もがきつづけるマウスを母親は肩に担《かつ》ぎ、車を回りこみ、家の正面まで運んでいった。

マウスは声をかぎりに叫んだ。路地の向こうでドーベルマンがそれに応《こた》えるかのように立て続けに吠えたてた。しかし、他の家やトレイラーからの反応はいっさいなかった。一方で、マウスの叫びやイヌの吠え声のせいでほとんどかき消されてしまってはいたが、マウスの母親は淡々としゃべりつづけていた。二人がまだ車のなかにいて、マウスの欠点を穏やかにあげつらっているかのように。「わたしが努力しているのは知ってるでしょう」マウスの母親が言った。「一生懸命努力しているのよ。素敵なものばかり与えてもらってるはずのあなたになんとか感謝してもらいたくて。でもあなたときたら、それが当たり前だといわんばかりの態度で、いつも……ただ捨ててしまうだけ。それならそれで結構。自分に与えられたものを無駄にしたいというのなら、物乞《ものご》いになって〈掃きだめ街〉で暮らしたいというのなら、まともな人間は誰ひとりあなたとかかわりをもとうともしなくなるでしょうけど、それも結構。時間を無駄にするのはやめにしましょう」

母親は家の玄関ドアを蹴《け》り開けた。なかは風通しが悪く、かび臭かった。マウスはにかわのようなにおいを嗅《か》ぎとり、細長く引き裂かれた壁紙がいくつも垂れ下がっているのを見た。それからにおいが変化した。二人はキッチンにいて、床には割れた瀬戸物が散乱していた。母親は別のドアを開いていた。マウスは背中に無を感じ、最後にもう一度叫び声を上げた。

「ほら、こうだ」ヴァーナ・ドライヴァーが言い、マウスを地下室に投げ入れた。

地下室の階段を転げ落ちるときには痛かったはずだ。しかし、マウスは何も感じなかった。あのときマウスは体を離脱していた。あるいはなかば離脱しかかっていた。ドン、ドシンという音を聞き、その音が反響するのを聞いた。トンネルから聞こえてくるかのように。しかし、痛みはなかった。それからマウスはひんやりとした土間の上に仰向けになっていた。地下室のドアがバタンと閉じ、その場は完全な暗闇《くらやみ》と化した。

マウスはしばらく横たわっていた。十分かもしれず、一時間かもしれない。ひょっとしたら三時間かもしれない。暗闇自体は恐ろしくなかった。むしろマウスは平穏さ、さらには心の安らぎめいたものさえ感じた。自分がここにきた経緯——母親にこんなことをさせるなんて自分はいけない子だ、きっとそうにちがいない——を思いだそうとしたマウスは、そこでふたたびわっと泣きだした。

頬の涙も乾きかけ、マウスはそろそろ立ち上がろうと思った。外に出る方法を見つけないと。そのとき音が聞こえた。かすかなきしみ。慎重にドアを開こうとしている。階段の上のドアではない。別のドアだ。地下室の別の区画に通じるドア。もしかすると直接、外に出るドアかもしれない。じっと横たわったまま聞き耳を立てていると、またきしみが聞こえた。同じドア。閉じられている。恐怖が戻ってきた。地下室にいるのは自分ひとりじゃない。

マウスはあわてて起き上がった。混乱しきっていたとはいえ、階段からそれほど離れた場所に落ちたはずはないと判断し、暗闇のなかで必死に手探りした。指の先端がざらざらした木の厚板をかすめた。いちばん下の段だ！　踏み段に手を這《は》わせ、手すりの支柱を見つけてひっつかみ、それを支えにして体を引き上げる。それから手すりをつかもうとしたのだが、マウスの手に伝わったのは木でできた手すりの感触ではなかった。先に手すりをつかんだ別の手。その手はくるりとひっくり返ったかと思うと、マウスの手首に絡みつき、万力のような力で締めつけた。

そして、それから……

……そして、それから何が起こったのかマウスは知らなかった。叫びの途中で意識を喪失し、ふたたび倒れ、気がついたときには自宅の自分の部屋にいて、朝の日差しのなか、ベッドの端にすわっていた。朝食だから下りてくるようにと母親が呼んでいた。母親にもらったピンクのパーティードレスは消えてしまった。あれから一度も見かけない。おばあちゃんが買ってくれたサマードレスも同じ。あの手に手首をつかまれてから地下室ではたして何があったのかはわからないが、いずれにせよ、その記憶も消えていた。ありがたいことに。

こうして少女とともに洞窟のなかに立っているマウスは、いまになってようやく理解する。それは真実ではないのだと。母親が燃やした父の写真と同じく、ピンクのドレスも消えていない。それはここにある。どこを探せばいいか知っていたら、おばあちゃんのサマードレスもここのどこかで見つかるかもしれない。地下室で意識喪失後に起こったことについての知識は……それもここにある。

そうだ。マウスは少女が手にしている袋を見る。袋が生き物よろしくよじれ、マウスはそこに何が入っているか知っていると思う。その推測を裏付けるかのように、袋の引き紐がひとりでに緩む。袋の開いた口が唇のようにすぼまり、マウスは静かなきしみを聞く。暗闇のなかで地下室のドアがこっそり開かれる音。

「いや！」マウスはキーッと声を発する。かかわるのはごめんだ。何があったか思いだしたくもない。一歩あとずさり、くるりと向きなおって走りだそうとする。しかし、彼女がそうしようと思った瞬間、それはもうはじまっている。洞窟、トンネル、洞窟の入り口、すべてが前方から後方へとぼやけ去る。

――するとマウスは医者の居間に戻っていて、すさまじいスピードで自分の体に入っていく。そのままソファから飛び去ってしまわないのが不思議なくらいだ。それでも上体は激しく前につんのめる。安全ヘルメットは膝から滑り落ち、床の上で転がる。

「ううううう」マウスがうめく。手を上げてうなじに当て、強く押す。痛みが戻ってきた。しかも、前よりもひどい。「いったいなんなの……」
「ペニー？」医者が言う。「ペニー、大丈夫？」
マウスは答えない。首をマッサージしかけたが、激痛がこめかみまで駆け上がっただけなので即座に手を止め、それから――痛みがわずかに引くと――頭の横や最上部に沿って指を這わせる。探査するかのように。
「ペニー？」医者がくりかえす。「何を見たの？」
マウスは両手を額にあてる。ここにきっとあるにちがいないとマウスは思っている
が、どこにも穴はない。眉《まゆ》の上にぽっかり開いている洞窟の入り口はない。すべすべ
した皮膚があるだけだ。
「ペニー」
マウスはゆっくりと両手を下げる。首筋をピンと立てた姿勢が崩れないよう細心の
注意を払いつつ、少しだけソファの奥に腰をずらす。「もう二度とあそこには戻らな
い」
「何を見たの？　誰かと会ったの？」
マウスはこっそり何かをうかがっているような顔になる。何かを聞きとろうとして
いるみたいだと医者の目には映ったにちがいない。だが、マウスは聞きとろうとして

いるのではない。感じとろうとしているのだ。いまでは頭の内側に存在すると知っている例の空間に意識を集中する。〈協会〉のメンバーの誰かがほら穴の入り口近く、声の届く範囲内に身をひそめていないか、感じとろうとする。

「ペニー……」

マウスには誰の気配も感じられない。だからといって、その場に誰もいないということにはならない。一か八かやってみようと決意すると、声をひそめ、早口で語りかける。「彼らを始末できる？」

「彼らを始末……？」

「頭のなかにいるひとたち。あなたは……」マウスはこう言いたいと思う。「彼らを殺せる？」だがその言葉はあまりに残酷すぎるような気がする。マウスがささやけば、まちがいなく彼らはそれを耳にするだろう。「……処理できる？」

医者はその要求を聞いても、とくに驚きはしない。かといって、喜んで承諾しようというわけでもなさそうだ。「ペニー」医者が言う。悪い知らせを伝えるときのような声で。「そもそもどうして彼らがそこにいるのか、あなたはわかってる？　アンドルーはあなたに――」

「あいつらがどうしてそこにいるかなんてどうでもいい！　ただ消えてほしいだ

け！」それだけ言うと、勇気は尽きる。「お願い」マウスが懇願する。「あいつらとかかわりたくない。あの恐ろしい双子や気味の悪い少女だけじゃなく、あいつら全員と。わたしはただ……始末してもらえないの？」

「ごめんなさい」医者が言う。

「催眠術とかできない？　あるいは、そうだな……薬とかあるかもしれない。わたしが飲めるような薬が……」

しかし、医者はかぶりを振る。「あなたの別人格を抑圧するような魔法の薬があったとしても、別人格はいつかまた表に出てくる。でなければ、あなたはまた新しい別人格を呼びだす」

「ちがう」マウスは言いはる。「そんなことはない。わたしは――」

「あなたはそうする。実際にそうしてるのよ、ペニー。精神的に耐えがたい状況に直面すると、あなたはそんなふうに対処する。つまり、解離し、過酷な状況を別の誰かに譲りわたす。適切な療法を施せば、そこまで破壊的ではない方法でストレスに対処できるようになるけど、一夜で実現できるわけじゃない。悪いけど」

「アンドルーによると」マウスが口ごもる。医者の気分を害するのではないかと不安になったせいだ。「アンドルーによると、あなたは……あなたのやりかた……わたしたちの病気の……治療法は、たいていの精神科医とは別だって話だけど。ひょっとして……ひょっとしたらだけど、もしわたしが別の医者に診てもらったら、もしかするとそのひとは……その……」最後は言葉につまる。

医者は眉をひそめるが、怒りはしない。「わたしが用いる方法のなかにはたしかに正統的とはいえないものもある」そう認める。「それについて意見を述べるとしたら、アンドルーは最適任者とはいえないかもね。彼の治療というか、彼のお父さんの治療は……中断されてしまったから……それも不幸なかたちで。けど、それは関係ない。ほかの精神科医とわたしはいろいろ見解が異なるけど、あるひとつの点については一致している。病気を引きおこした経験と折り合いをつけるのは、治療を進めるうえで大事なステップだってこと。だとしたら、あなたは〈協会〉の協力を得なければならない。彼らのことを現実の人間と見なそうが心理的な幻影と見なそうが、いずれにせよ、彼らのもつ情報にアクセスする必要がある。その後、彼らがあなたに情報を伝えてからということだけど、最終的に彼らをどう処分すべきか、話し合う機会はいくらでもある。彼らを再統合するか、なんとか共存していくか、それともそれらを組み合わせて対処するか。たしかに重要な問題にはちがいない。でも、それがほんとうに問題になるのは、治療がある程度、進んだ段階になってからのこと。出発点で彼らを処分するわけにはいかない」彼らのもつ情報にアクセスする必要がある……。マウスは、袋を手にしていた少女を思いだす。大きな洞窟のなかにいたひとたち、発する音は聞いたが、目にはしなかったひとたちのことも思いだす。まさか！　彼らがみんな子供で、全員が袋を手にしているとしたら？　たったひとつの記憶との再結合を想像したときに感じた恐怖でさえ手に負えないのに、それを百倍するなんて……いや、もっとひどい、これまで経験した意識喪失の数だけ掛け合わせなければならないのだから。

「いやよ」マウスが言う。「ありえない。そんなのできない」医者に目をやる。「無理」

「そのための備えができているかどうかはあなたにしか決められないけど」医者は意外なほどの粘り強さを発揮し、そう応じる。「あなたがここにきたという事実からすると、備えはほぼできているんじゃないかな。でも、強制はしない。わたしはただ、あなたにわたしの電話番号、それとシアトルにいる別の医者の電話番号を教えるだけ。あなたがさらに先に進もうと決意したら、治療にあたってもらうはずの医者。あなたはいったん家に戻り、それからまた、必要なだけ考えて。ひとつだけ提案があるの」

医者が警告でもするかのように指を立て、付け加えた。「あなたは自分の別人格たち、あなたの〈協会〉をただ否定的にしか考えていないみたいだけど、それはまちがいだと思う。そういうふうに思いたくなるのはわかる。あなたの人生をこれだけめちゃくちゃにしているんだから。でも、彼らはあなたの敵じゃない」

「わたしの友だちでもない」マウスはアグリーのいらだたしげなささやきを思いだす。

「友だちではないでしょうね、おそらく。でも……味方ではある。利益をともにする人々。まるっきり同一の利益ではない。ときにはたがいの意向が相反するかもしれず、たとえそうでなくても彼らのことが気に食わなかったりするかもしれない。それは向こうにしても同じ。でも、基本的にあなたたちは同じ目的に向かって進んでいるし、彼らと敵対するよりも協力し合ったほうがはるかに建設的だと思う……あなたの表情からするとわたしは信頼してもらえてないみたいだけど、それは別にかまわない。そのことを心に留めて検討してみて」

「わかった」

「いいでしょう。もしあなたがよければ……メレディスを呼んできて……」

医者は、二つの電話番号が記されたカードをマウスに渡すよう、パートナーに指示した。医者自身の番号、そしてドクター・エディントンの番号。マウスはカードを札入れに押しこみ、医者に言われた言葉のひとつひとつをじっくり考えてみるつもりだとせいぜい本気らしく言う。

ほんの少ししてアンドルーが散歩から戻ってくる。自分がいない間に何があったか、興味津々《しんしん》という感じだったが、たぶんさっき怒鳴られたせいだろう、まだむっとしているらしく、ひとつも質問を発しない。医者は急にぐったりした様子だったが、それでもなんとか自分を奮いたたせ、近いうちにまた電話してくれとアンドルーに告げる。「あなたのお父さんと話がしたいから」それから、「前にも言ったけど、ドクター・エディントンに連絡して、診察の予約をとるようにして」アンドルーは言われたとおりにすると答えるが、マウスの耳には、さっきの自分といっしょで、アンドルーも口先だけでそう言っているようにしか聞こえない。

車に乗って、ポールスボーを離れようとしていたときのこと。アンドルーが我慢しきれなくなり、こう尋ねる。「で、どういう感じだった？」

マウスが肩をすくめる。「よかったんじゃない」

車の内側が収縮する。医者が三つ数えたとき、居間がそうなったように。気がつくとマウスは洞窟の入り口に戻っている。今度はヘルメットなしで。ペニー・ドライヴァーの口から出るアグリーの声を聞く。「ふざけんな、ちっともよかねえよ。あのちんけな娘、内側をちらりと覗《のぞ》き、あたしたちを見て、ブチ切れやがって。クソガキのマウスちゃん」

「マレディクタ」アンドルーが言う。「きみは……きみは、マウスに親切にしてやったのか？」

「あいつは自分のクソ影を恐れている。どうしてあのガキにクソ親切にしてやる必要がある？」

「マレディクタ……」

突然、怒りが炸裂《さくれつ》し、マウスはふたたび前へ突進する。アグリー——マレディクタ？——は不意をつかれる。束《つか》の間《ま》、両者の間で支配権をめぐる争いが起こると、ペニー・ドライヴァーの両手はだらりとハンドルにかかっているだけとなり、ビュイックはふらふら左側に寄る。マレディクタは危険を察知し、戦いを放棄する。

「ペニー？」アンドルーがぎょっとして目を見開くと、マウスはハンドルをふたたびつかみ、ビュイックを本来の車線に戻す。「いまは話しかけないで」マウスが返答する。「気が散るから」

「わかった」アンドルーが言う。

マウスは憤慨していた。予想だにしなかったが、医者を訪問したせいで事態はますます悪くなった。ただ意識を失うだけでも充分ひどいが、余計な真似《まね》をしないで黙ってろとばかりに、自分自身の頭の奥へ叩《たた》きこまれ、しかも、その間、別の誰かが自分の体を乗っ取って、自分についての悪口を並べるのを聞いたり見たりするよう強制されるとなると……。

今後、マウスはけっして気を抜けない。支配者の地位を虎視《こし》眈々《たんたん》と狙《ねら》っている〈協会〉の企てを阻止すべく四六時中警戒し、何があっても撃退できるよう万全の態勢をとっておかなければならない。

だが、マウスはすぐに気づく。つねに警戒しつづけるのは大変だ。フェリー乗り場に着くころには疲弊しきっていて、何日も寝ていない人間のように震えている。乗船の順番待ちをしていると、マウスは頭をハンドルにあずけて――

――それから一時間半後、また頭を上げる。ビュイックのエンジンは切られている。車は、オータムクリークにある、アンドルーが住む家の前にとまっている。

「ペニー?」アンドルーがそっと言う。

オータムクリーク! 何があったのかを理解し、マウスはぱっと体を起こす。するとふたたびうなじに突き刺すような痛みが走り、悲鳴をあげる。

「ああ、ペニー」マウスの痛みが伝わったかのように、助手席にいるアンドルーが顔をしかめる。「検査を受けにいったとばかり思ってたけど。病院には行かなかったの？」

マウスはアンドルーを見る。彼女の目は涙でかすんでいる。「わからない」病院に行こうとはした。日曜の夜に。そこまでは知っている。だが、緊急治療室の入り口まで行くと、何人かの警備員が拘束衣の男を地面に組みふせているのが見え、こんな思いが頭をよぎった。自分自身から逃れようとして木に頭を叩きつけたなどと話したりしたら、自分も拘束衣を着せられるはめになるのではないか。こうしてマウスは身動きできなくなり、その後、何が起こったのかは記憶にない。もしかするとマウスは緊急治療室に入ったのかもしれない。つまり、別の誰かが入ったのかもしれない。もしそうなら、そいつは少しの役にもたってくれなかった。

「これからいっしょに病院に行ってほしい？」アンドルーが申しでる。

「いいえ」マウスが答える。「大丈夫」手の甲で目を拭《ぬぐ》う。視界がはっきりし、アンドルーの家主の姿が目に入る。彼女は正面のポーチに腰を下ろし、こちらを見つめている。マウスを見つめている。「わたしのことが好きじゃないみたいね」

「誰？　ミセス・ウィンズローのこと？　もちろん、きみのことが好きだよ」

「わたしを信用していない。あなたに危害を及ぼすと思ってる」

「たしかにミセス・ウィンズローはぼくの身を心配してる。でも、相手がきみだからというわけじゃないよ、ペニー。ミセス・ウィンズローは――」

「わたしが狂っているのを知っている。自分の目で見た」

「きみの暴走ぶりは見ている」アンドルーが譲歩する。「一度。でもそうじゃなくても、やっぱり監視はするだろう。別にきみだから警戒してるわけじゃない」

「わかった」マウスが言う。目を閉じ、またハンドルのほうに頭を下げる。ふたたび意識喪失が起こってほしいと期待して。だが、自分が望んでいるときにはけっして意識喪失は起こらない。

アンドルーが言う。「ミセス・ウィンズローの家族は殺されたんだ」

マウスがふたたび頭を上げる。「えっ？」

「旦那《だんな》さんと二人の息子」とアンドルー。「彼らは殺された。だから過保護に見えるかもしれないけど、きみのせいだと思うべきじゃない」

「いったい何があったの？」衝撃を受けたマウスが尋ねる。

アンドルーは答える前に考え、自分自身の〈協会〉に助言を請《こ》う。「彼らはある週末、サンファン諸島に旅行した」とうとうアンドルーが口を開く。「何年も前のことだ。ぼくの父がここに引っ越す前、ぼくが……ぼくが引きつぐ前。とにかく彼らは旅行に出かけた。ミセス・ウィンズローもいっしょに行く予定だったんだけど、出発直前になって具合が悪くなり、家にとどまらざるをえなくなった。そして旅行の途中、フェリーの上で彼らは出会った」――ここでアンドルーは〈クーガー〉みたいに聞こえる言葉を口にするが、その後、自分で訂正する――「とてつもない悪人に。ミスター・ウィンズローに頼みこみ、まんまと彼らの車に同乗した。フェリーを降り、周囲にほかのひとたちがいなくなると、即座に男は銃を出し、ピュージェット湾に臨む崖《がけ》に向かえと命じた。それから男はミスター・ウィンズローを撃ち殺し、男の子二人を海に飛びこませた」

「警察は犯人を捕まえたの？」マウスが尋ねる。アンドルーの口調からして、答えがノーだと察しながらも。

アンドルーがかぶりを振る。「いや、その件では捕まえていない。けど、ぼくのいとこのアダムは、結局、別件で逮捕されたと考えている。少なくとも、ぼくたちはそうであってほしいと願っている」

マウスもかぶりを振りかけるが、それをやめ、顔をしかめる。「話がよくわからない」

「警察は、その殺人では男を逮捕していない」アンドルーが説明する。「だが、やつからの連絡はそのときが最後ではなかった。射殺したミスター・ウィンズローの財布を探り、ミセス・ウィンズローの写真やら住所が記された何やらを見つけだしたのだろうと警察は見ている。逃亡した男は、彼女に手紙を出しはじめた……」

「彼女に手紙？」

「ほとんどは短い手紙」とアンドルー。「ぞっとする短信。絵葉書、グリーティングカード。ときには長い手紙のときもあった。しかし、すべては不快で邪悪な代物《しろもの》だ。きみが受けとったいちばん下劣なメッセージの百倍ひどい」

「でも、そいつは何を書いてよこしたの？　脅し？」

「むしろ自己満足の証《あかし》とでも言うべきかな。短信は決まって、自分が何者か思いださせるところからはじまる。といっても、もちろん、名前はけっして明かさない。自分のやったことを思いださせ、それを名前代わりにする。それから、自分が自由の身であちこち転々としていて、いかに楽しい思いをしているか得々と語りだす。実際、やつはずいぶんいろんな場所に行っている。消印からは全米各地の地名が読みとれたし、一度使われた地名が再登場することもなかった。

「それで、これが約五年続いた」アンドルーはいったん口をつぐみ、頭をかしげる。

「五年半だな」

「五年……」キーッという声を発するが、言葉は途中で喉《のど》に詰まる。

「そう」とアンドルー。「新しい短信が届くたびに、ミセス・ウィンズローは警察に引きわたした。警察は手がかりを求めて中身を確認したが、役にたつような情報はまったく得られなかった」

「でも、それなら……結局、捕まったって、どうして言えるの？　もし警察がまったく――」

「殺人を犯したとか、メッセージを送りつけてきたとかの罪で逮捕されたわけじゃない」アンドルーが続ける。「でもそのうちメッセージはこなくなった。なんの前触れもなく、ぱったりと。警察は、それとアダムもだけど、あの手の人間というか、五年半もこういうメッセージを送りつづけるような人間が自分からやめる決断を下すはずがないと考えている。だったら、やつの身に何かが起こったにちがいない。おそらくは別の犯罪で逮捕された。あるいは、ただ死んでしまっただけかもしれない」

「でもそれは確実じゃない」マウスはおびえている。「あなたは――」

「たしかに。でも、そう願うことはできる。最後に送られた短信にはイリノイ州北部の町の消印が押されていた。一九九〇年八月。ほんの数日後、超巨大竜巻がその近くに襲来した。いや、ほんとのところはわからないよ。けど、もしかすると、あの最後の短信を送ったあと、やつは野外にいて、どこにも避難できないまま竜巻につかまったのかもしれない。アダムは、やつがそういうふうに最後を迎えていたならいいのにと願っている。そしてときどき……あくまでもときどきだけど、ぼくもそうだったらいいのにと思う。

「とにかく」アンドルーが結論づける。「とにかく、どうしてぼくがこんな話をしているかというと、これはたしかに恐ろしい話だけど、きみにわかってほしいからなんだ。きみがやったことというか、この前、ここにきたとき、人格転換を起こし、森に逃げこんだことなんて、ミセス・ウィンズローにとって、どうでもいいことなんだよ。それと、きみは自分が悪い人間だと言ったりするよね？　ペニー、真面目《まじめ》な話……きみがそう言ってるのを聞くと、悪い人間がどういうものか、きみはまったくわかってないんじゃないかと言いたくなる。といっても、きみはほんとうは知ってるんだよね？　知りすぎているといってもいいくらいに」

マウスは答えないが、気がつくとバックミラーにちらちら目をやり、母親がビュイックの後部座席に忍びこんでいないかチェックしているのだった。母親はいない。いるはずがない。

「それからもうひとつ」アンドルーが言う。「父がはじめてぼくにこのことっていうか、ミセス・ウィンズローの家族に何が起こったのか話してくれたときだったっけか、父はこう認めた。父自身がはじめてその話を聞いたとき、自分にできたらいいのにと思ったことがいくつかあって、ひと目でいいから短信を見てみたいというのもそのひとつだった」

　マウスはアンドルーをじっと見つめる。

「いや、病的な理由からじゃない」あわててアンドルーが説明する。「ただ――いったい何がひとをそんな恐ろしい行動に駆りたてるのか、ひとがそうした行動を欲するのはどうしてなのか、父は知りたかったんだ……そして父はこう思った。殺人者が書いた文章を自分が読めば、深いところまで理解を行きとどかせ、言外の意味まで汲《く》みとれるんじゃないかと」アンドルーが肩をすくめる。「だが、父はメッセージを見せてくれとは言えなかった。ミセス・ウィンズローの手元にはもうなかったし、そもそもひとに頼めるようなことでもない。

「だから父は、殺人者の動機を解明するにはいたらなかった。でも、やつの目的ならわかると言っていた。それは明らかだった。ミセス・ウィンズローの魂を破壊したかったんだ。なぜかはわからないが、とにかくやつはそれを求めていた。

「そしてやつは失敗した」

　そしてやつは失敗した。その言葉を聞いたとき、マウスの背骨を奇妙な震えが駆けあがり、首の痛みを一瞬、別の何かに、頭蓋骨《ずがいこつ》の後ろでじゃらじゃら鳴る銀色で軽い何かに変えた。

「やつは失敗した」アンドルーがくりかえす。「それでも、たしかにやつはミセス・ウィンズローを傷つけたし、あの事件がなければあそこまで彼女の人間性が変わることもなかっただろう。やつのせいで、ミセス・ウィンズローは精神を少し病んでしまったほどだ。彼女はいまでも毎朝、手紙がくるのを待っている。ミセス・ウィンズローはこの家を離れられないだろうと父は思っている。もう短信は届かないと確信するまでは。不眠に悩まされ、つねにぼくの身を案じている。たしかにそれはそうなんだけど、それでもミセス・ウィンズローは生きのびた。傷を負ったけど、打ちくだかれはしなかった。そして――ペニーか？――ミセス・ウィンズローはいい人間だ。いまでも」

マウスはアンドルーの言わんとすることを理解するが、受け入れるにはいたらない。きっぱり首を振ると、強い痛みがぶり返し、目にまた涙がこみあげる。「わたしはいい人間じゃない」

「どうしてそう思うのかな？　母親に折檻《せっかん》されたから？」

「なぜなら」マウスは言い、それから口をつぐんで考える。なぜなら、わたしは折檻されて当然なのだから。

アンドルーはマウスの心を読む。「折檻されて当然だなんてありえないよ」静かに要求する。「ダイナーにいた女の子を思いだして、ペニー。あんな小さな子がだよ、いったい何をしたら、あそこまでひどい仕打ちを受けても当然だってことになるんだろ？」

「知らないわよ！」マウスが叫ぶ。泣きながら両方のこぶしをハンドルに打ちつける。「そんなこと憶《おぼ》えてない！ でも絶対、わたしは……わたしは……」声をつまらせ、すすり泣く。

アンドルーはマウスの涙がおさまるのを待って、やさしく尋ねる。「ペニーか？ 少しなかに入る？」

マウスはなおも鼻をすすりながらどうでもよさそうに肩をすくめる。

「もしあれだったら」微妙な提案を口にするときのようにアンドルーが言う。「父にも会えるけど。きみにその気があれば」

「あなたのお父さん？」

「呼びだしてもいい。そしたら父と話ができる」

「あなたのお父さん」マウスが袖《そで》で鼻を拭う。「どうして……」

「何が問題かというと」とアンドルー。「いまきみが経験していることは……ぼく自身の身には一度たりとも起こってないわけで。ぼくの場合、多重人格者だという事実と折り合いをつける必要はなかった。つねにずっとそうなんだから。そのすべて、自分が多重人格者だという事実とどうにかして折り合うという部分は、ぼくの誕生以前に起こったことだ。だとしたら、ぼくはこれ以上きみの力になれないかもしれない」

「そんな」マウスが反射的に言う。「あなたは力になってくれている」

「そうは思えない」とアンドルー。「充分じゃない。でもぼくの父なら……」肩をすくめる。「というわけで父と会いたい？」

別に、とマウスは思う。それでもマウスはここから車を運転し、ひとりで――といっても、単独でというわけでもないのだ、やれやれ――家に帰らなければならないのだと考え、気が進まないことのうちでも、アンドルーの〈父親〉と会うのはもっともマシな選択肢だと判断する。

「わかった」マウスが折れる。「いいけど」

「すばらしい」アンドルーが微笑《ほほえ》む。「それじゃ、なかに入って」ドアの取っ手に手を伸ばす。「ミセス・ウィンズローがコーヒーか紅茶を淹《い》れてくれる……」

アンドルーははずむようにして車から出ていく。マウスは思う。世界にすんなり溶けこみ、心地よさげだ。マウスの一部はアンドルーにあきれていた。家族三人の殺人と老婦人への精神的な虐待《ぎゃくたい》について話した直後だというのに、こんなにのほほんとふるまえるなんて。それでいてマウスの一部はうらやましさを感じていた。もしかしてアンドルーやアンドルーの父親はそのコツを教えてくれるかもしれない。邪悪さを認識し、なおかつその邪悪さに食いつくされないためにはどうすればいいのか。もしマウスにそれができるなら、洞窟《どうくつ》にいた少女のことをもう恐れる必要はないのかもしれない。

アンドルーは家の正面の小道を小走りで進み、ミセス・ウィンズローに呼びかける。ポーチの踏み段を上がっていると、ミセス・ウィンズローが何やら語りかけ、アンドルーが噴きだし、二人でいっしょに大笑いする。屈託もなく。

マウスは車から出ると──最初はゆっくりとした動きで──彼らに合流しようと進んでいく。

第五の書　アンドルー

13

ジュリーはペニーに嫉妬《しっと》している。ともかくもアダムはそう思っていた。何がどうなってるのかぼくにはわからなかった。ペニーを助けようと決断したのだから、ジュリーはきっと喜んでくれるはずだとばかり思っていた。実際、ジュリーは満足しているようだった。とくに最初のうちは……しかし、その一方で奇妙な行動もとりはじめた。

土曜の朝、自分のアパートメントで朝食をとらないかと招待してくれたのもそう。予想してなかったけど、うれしかった。でも、土曜の朝、早々に出かけていくと、ジュリーは建物の外でぼくを待っていた。

「ダイナーに食べにいこう」ジュリーが提案した。

「ダイナー?」ぼくは言った。「でも、たしか……たしかここで朝食をとろうって話だったと思うんだけど」ぼくは食料品の袋を掲げた。「冷凍シナモンロールをもってきたよ。食後のお楽しみにと思って」

「アパートメントはちょっと散らかってんだよね」とジュリー。「それに、冷蔵庫は空っぽだから——忘れちゃっててさ。シナモンロールだけじゃあんまりだよ」

「わかった」ぼくはがっかりして言った。

「さあ」ジュリーが袋に手を伸ばす。「溶けないように冷凍庫に入れとくね。ここで待ってて……」シナモンロールを受けとり、急いで部屋に戻った。そのまましばらく戻ってこなかった。

「ほんとのことを言えよ」待っているときにアダムが言う。「何を考えてるのかさっぱりわからないのもジュリーの魅力の一部だと」

「静かにしろ。もうジュリーには惹《ひ》かれてない」

アダムは話にならないとでもいうように笑顔のひとつも浮かべない。

「おまたせ」ようやく戻ってきたジュリーが少し陽気すぎる声で言った。「食事に行こう！」腕をぼくの腕に絡《から》ませると、元気よく、ぼくを引きずるようにして通りを歩きだした。

「ジュリー」よろめきながらもペースを合わせようとした。「ジュリー、もう少しゆっくり！」

「お腹《なか》が空《す》いてるの！」ジュリーが叫び、ぼくの頭の横にキスをしたので、一瞬、頭のなかがぐちゃぐちゃになってしまった。落ち着きを取りもどしたときにはブリッジ・ストリートにいて――いまは穏当な速さで移動している――、ジュリーはペニーのことをしつこく訊《き》いてきた。

「いまはまだそんなに話せるようなことはないよ」ぼくが答える。厳密に言えば、それは真実ではない。でも、受けとったEメールのこととかマレディクタに追いかけられ、ソー運河へ逃げこんだこととかは口にすまいともう決めていた。その話を除外したら、実際、話せることはたいしてなかった。

「でも、ずっといっしょだったんだよね？」

「そうじゃない」

「けど、昨日、寄ってみたら、あんたは……」

「ずっといっしょだったわけじゃない」ぼくは説明した。「ペニーが勝手にきただけだよ。きみと同じように。というか、実際にはペニーのなかの連中がそうしたんだけどね。ペニーはその場にいなかった」

ジュリーは満足そうだった。「じゃあ家族には会ったんだ」

「そのうちの二、三人だけどね」マレディクタがシガーライターで火傷《やけど》させてやると脅したときのことを思いだしながら。

「彼らは何を望んでいたの？」

「ペニーを助けてほしいと思っている」

「ならあたしが言ったとおりだ」

「そうかもしれない」ぼくが言った。「でも、ペニー自身が助けを求めているのかどうかはまだわからない。それに――」

「そうね」ジュリーが口をはさんだ。「でも、ペニーのなかの連中が彼女に救いをもたらそうとしているのなら、それっていい兆《きざ》しだよね？」答えを待たず、ジュリーが続けた。「それで、ドクター・グレイのほうはどう？　あそこに行ってどうだったの？」

ぼくは肩をすくめた。「どうだってわけでもないけどね。ドクター・グレイはペニーに会いたいと言った。ペニーがそう望んだらだけど。でもぼくにはわからない、いったい――」

「わかった」とジュリー。ぼくたちはハーヴェストムーン・ダイナーと通りを隔てたところにある角で足を止めた。横断歩道の信号が青になったが、ジュリーはそれを無視した。「そしたら、あんたとペニーはもう一日、休暇が必要だよね？」

「だろうね。考えもしなかったけど。でも……まあ、そうかもしれない。というか、ペニーはそうだろうね。なんにしてもまずは――」

「必要なだけ休みをとってくれてかまわないけどね。ただ、今度はその前にひと言でいいからあたしに言って。いい？」

「わかった。でも――」

「それと、もしあんたたち二人でポールスボーまで車で行く必要があるなら、喜んで乗せていくから。その日、あたしの車が走るとしてだけどね、もちろん……」

「わかった、ありがとう、ジュリー」そう丁寧に答えはしたものの、心のなかではなんか変な提案だと感じていた。「でも、知ってるだろうけど、ペニーも車をもってるし、先走りしすぎなんじゃ――」

「とにかく心にとどめておいて」とジュリー。「必要なことがあればなんでも言ってね。喜んで力になるから」

「わかった」ぼくは言った。「わかった、ありがとう」信号に目をやると、また青になっていた。「それで……まだお腹は空いてる？」

その朝、ハーヴェストムーンは混雑していた。テーブルが空くのを待っている間、ドアのそばの新聞ラックをざっと見渡した。『シアトル・ポスト・インテリジェンサー』紙と『オータムクリーク・ウィークリー・ガゼット』紙のいずれの一面にもウォレン・ロッジの写真が載っていた。『ポスト・インテリジェンサー』紙の見出しは〈人間狩りは続く〉で、『ガゼット』紙の写真の下には、〈クーガー〉いまだに逃亡中というキャプションが付されていた。

ジュリーはぼくが目を惹かれているのに気づいた。「すごい話だよね」とジュリー。「疑問なんだけどさ、母親はどこにいたんだろ？」

「母親？」

「そう、だからミセス・ロッジ」

「ミセス・ロッジ？……奥さんは死んだとばかり思ってたけど」

ジュリーはかぶりを振った。「新聞によると、あいつは離婚してるんだって。けど、元の奥さんが死んだって話はどこにも出てなかったはずだよ」

「でも奥さんがまだ生きてるのなら」やつの妻が生きているかもしれないと言われ、ぼくは動揺していた。「前の夫がどういう人間なのか知っていたはずだとは思わない？　疑いくらいは抱いていたはずだよね？　娘たちを守ろうとしていたとは思わない？」

「うん。あたしならそう思う。だから母親の居場所が気になったんだよね」

ウェイトレスがきて、席に案内した。ぼくは父に頼んでいくつかの不満の声を押さえつけてもらい、朝食をひとつだけ、シュリンプ・チーズ・オムレツを注文した。食事のとき、ジュリーはペニーについていくつか質問してきたが、そのほとんどにぼくは答えられなかった。「あのね、ジュリー」ぼくは言った。「ぼくはほんとにペニーのことをまだ知らないんだよ。全然。そもそもたいしてコンタクトできてるわけじゃないし、そのわずかなコンタクトにしたって、相手はペニー以外の魂だったんだから」

「その魂たちはどういう感じ？　何人と会った？」

「二、三人かな。でも――」

「どういう感じ？」

ジュリーがしつこく訊くので、ぼくはスレッドとマレディクタについてざっとだけ説明した、というかそれぐらいしかできなかった。

「マレディクタ」ジュリーがにんまりした。「それって、悪口屋ってこと？」

「そういうところだね」

ジュリーがうなずいた。「彼女には会ったんじゃないかな。ペニー版のアダムみたいなもの？」

むしろペニー版のギデオンだろうとぼくは思った。アダム自身はその比較を歓迎していなかったが、彼の返答は割愛しよう。「マレディクタはマレディクタだ」適当にごまかしておいた。「彼女が保護者だってことはわかってる。けどそれ以上となると……ぼくの一家の誰かと比較するのは適切じゃないような気がする」

「もちろん」ジュリーが言った。「あんたにキスをしたのは彼女？」

ぼくは驚いて目をぱちくりさせた。ジュリーに見られたのでないかと疑ってはいた。やはり見られていたのだ。その気になったときのジュリーの観察眼は実に鋭い。「あれが誰だったのかはわからない。というか、そもそもなんだったのかわからない」

「ふーん」ジュリーは信じられないというように眉《まゆ》を上げた。「言えないことは言えないと」

朝食を終え、ダイナーを出たとき、ブリッジ・ストリートを西へ向かうレッカー車がすれちがいざまにクラクションを鳴らした。特筆すべきことじゃない。ジュリーがとっさにとった行動を除けば。ジュリーはぼくのひじをつかむとくるりと回転させ、ぼくの顔を通りからそむけさせた。

「ところでアンドルー」ジュリーが明るく言った。「うちにきて、ちょっと時間をつぶさない？」

「はあ？」ジュリーの手をふりほどき、さっきのレッカー車のほうを肩越しに見やった。レッカー車はもう一ブロックも先に行っていた。「誰だった、ジュリー？」

「誰って誰が？」ジュリーがすっとぼけて言った。ぼくは思った。アダムはまちがってる。ぼくはこんなのが魅力的だとは全然思っていない。

それでもジュリーが自分のアパートメントにこないかとまた申し出たとき、当然、ぼくはそうすると言った。わかりきったことをわざわざ口にしたりはしなかった。朝食前に散らかり放題で客を迎えいれるわけにはいかないのなら、いまだって散らかり放題なのはまったく変わりないはずだ。ジュリーとともに戻り、午前中の残りはそこで時間をつぶし、とても楽しく過ごした。昔みたいに。

それから昼ごろ、ジュリーが三分間のうちに三度目となる伸びとあくびをしているのに気づいた。ほのめかしかもしれないと思い、帰ろうとして立ち上がった。「ミセス・ウィンズローのところに帰らないと」ぼくが言った。「週末に連絡するとスレッドとマレディクタに約束してるし、今日の午後にでもそうしたほうがいい。マレディクタはやきもきしてるだろうから」

「うちから電話してもいいけど」伸びを中断し、ジュリーが言った。

「いや、いいよ。長い電話になるかもしれないし」

「わかった」とジュリー。「あんたたち気が合うとわかってたんだ」

ぼくは努めて無表情を装《よそお》った。けど、〈気が合う〉ってどういう意味？　ジュリーは話を聞いていなかったのだろうか？　仕事のとき、それからあの最初の日のランチのときにほんの二言三言交わしたのを別にすると、ぼくはペニー自身とはまだ話もしていない。

「また説明するとかやめとけ」アダムが助言をくれた。「じゃあまたとだけ言って、ここから出ていきゃいい」

「わかった」そう言って上着を手に取った。「じゃあまた、ジュリー」振りむき、アパートメントから出ていこうとし……ドアに手をあてたまま足を止めた。「ジュリー？」

「何？」

「どうしても力になりたいというきみの気持ちはすごく素晴らしいと思う。でも、ちゃんとわかってる？　ペニーが彼女自身の家を建てようと決意したとしても、きみがそのプロセスにかかわれるとはかぎらない。ぼく自身だって、おそらくそこにはかかわれないだろう。せいぜいペニーをドクター・グレイに引き合わせるぐらいで。もしペニーがアドバイスか何かを求めてぼくのところにきたとしても、それについては話せないかもしれない。話したくないからじゃなくて、なんというか……」

「プライベートな問題だから」ジュリーがうなずいた。「そうね、もちろん。わかってる。それでいい」

「わかった」ほんとかなという気持ちはあったものの、そう答えておいた。「なら、いいけど。とにかく……」

「よかったらあとで電話して」

家に戻るとペニーの番号に電話した。最初の呼び出し音でスレッドが出た。「もしもし、ミスター・ゲージ」

「やあ」ごく短い時間だったけど、ぼくたちは話をした。スレッドはずばり訊いた。自分とマレディクタとで実際に会って話をしたいから、オータムクリークに行ってもいいか？　ぼくもなんとなく予想していて、マレディクタと双子のかたわれとが行儀よくするなら、それもいいと決めていた。今日の午後だったらいつでもミセス・ウィンズローの家まできていいとぼくはスレッドに言った。「ペニーはくるのかな？」

「まさか」スレッドは驚いたような声で言った。「ペニーはこの件についてまだ何も知らないのに」

二時十五分前、ビュイック・センチュリオンがヴィクトリアンハウスの前の縁石沿いに停車した。ミセス・ウィンズローは少し前からポーチで腰かけている。あらかじめ訪問者が誰かは話していた。ミセス・ウィンズローの視線を背中に感じながら表の小道を通り、車へと近づいた。

マレディクタが運転席にすわり、タバコをふかしていた。スレッドは運転ができなかった。「なかに入ってコーヒーか紅茶でも飲む？」ぼくが尋ねた。

マレディクタは、ポーチで腰かけ、見張り番をしているミセス・ウィンズローに目をやった。「いや」にべもなく答えた。「クソ車に乗れ。別のところに行こう」

粗野な返答に眉をひそめながらも、ミセス・ウィンズローのほうに顔を向けると、大丈夫と言うようにうなずきかけ、車に乗りこんだ。「行き先は？」

結局、町じゅうあちこちの場所に連れまわされることになった。車が走っている間は、マレディクタが話をした。少しの間、どこかに停車しているときはスレッドが引きついだ。二人それぞれの話を聞くうちに、ジュリーが発していた質問に対する答えのいくつかがわかりだした。スレッドはペニーの半生をざっくりと説明した。ペニーは一九七一年にオハイオ州ウィローグローヴで生まれた。二年後、巡回販売員をしていた父親は飛行機事故で世を去った。それから十五年以上にわたり、ペニーの母親、ヴァーナ・ドーセット・ドライヴァーなる狂った女性はペニーの魂を緻密《ちみつ》に、ぬかりなく破壊し、ばらばらにした。最終的にペニーは奨学金を得て、ワシントン大学に逃亡した。翌年、母親が死に、ペニーは晴れて自由の身となった。スレッドはすぐれたレポーターのように最大限の客観性を保持しつつ話をした。ペニーが抱いた感情については躊躇《ちゅうちょ》せず描写しながらも、スレッド自身の感情はけっして明かさず、ペニーの人生でスレッドが果たしている役割についてもごく控えめに語るのみだった。

マレディクタには客観的に語る気などさらさらなく、むしろあえて自分の感情をぶつけてくるのだった。しかも、その感情は、主としてニュアンスのさまざまに異なる憎しみ、怒り、恨みつらみからなっていた。マレディクタは自分の行動を自慢し、憶《おぼ》えきれないほど頻繁に〈マウスのクソケツを救ってやった〉と言い、さらにこう付け加えた。「あたしとマレフィカとで面倒見てやらなきゃ、マウスはいまごろ壁にべっとりついたクソ染《じ》みにでもなっていただろうよ。なんで面倒見てるのかというと、あのクソガキがそんな扱いを受けるのにふさわしくないからというんじゃなくって、こっちのクソ首もそこにかかってるからっていうだけのことなんだけどね」

スレッドとマレディクタはペニーの人生についてぼくに語っただけじゃなく、ぼくの人生についても質問した。スレッドは家という考えに魅了され、実際に家を建て、運営していくうえで必要なあれこれを聞きたがった。マレディクタはもっと懐疑的で、家の建造にともなういくつかの問題について知ろうとした（「マレフィカとあたしにもクソ部屋をあてがってもらえるのかよ?」とマレディクタ。「誰かが悪さしたら? どうやってアホどもに規則を守らせるんだ?」)。ぼくはなるべく疑問の余地がないように答えておいた。最後には——そのときにはもう午後も遅い時間になっていて、またもやぼくはへとへとになっていた——彼女たちも納得した。

「わかった」とマレディクタ。「やるよ。クソ家を建ててやる」

「ペニーはどうなのかな?」ぼくは尋ねた。「彼女は協力してくれるのか?」

「クソマウスか」マレディクタがせせら笑った。「ああ、従うだろうよ。いい子にしておくほうが身のためだ」

「けど、ペニーは知らないんじゃないかな、きみたちがこんなふうに——」

「知ってるよ。充分に。知らないふりをしてるけど、ほんとうは知ってる。マウスはバカじゃない。クソびびりなだけで」

「わかった。でも——」

「こっちはさ」とマレディクタ。「明日、マウスをここまで引っぱりだすから、あんたの口から事情を話してくれ。彼女がクソ本気になって話を聞くよう、がっちり見張っとく」

「明日か」ぼくは考えこんだ。週末をまるまる台無しにしてもいいのか自分でもよくわからなかったが、そうしてくれとともかくも相手から頼まれたのだから。頭のなかではいろいろ反論を練っていたが、マレディクタがシガーライターのボタンを親指でぎゅっと押したので、それを口にするのはとりあえずやめた。

「ああ」マレディクタが言い、上着のポケットからウィンストンのパッケージを取りだすと、さっと振って一本だけ出した。「マウスは従うだろう。そのためにこっちも手を回しとく。けど、もしマウスが従わなかったら……もし従わなかったら、クソ仕切り役は別の誰かに任せる」マレディクタがぼくを見やる。「それもありだ。いいか？」

「ペニーと話してみるよ」熱されたシガーライターのボタンが飛びだすのを待ちながら、ぼくはうわのそらで言った。「きみはペニーがぼくと会うよう手を回してくれ。ぼくはペニーが事情を理解してくれるよう最善を尽くす」

「クソいいね。頼んだ」とマレディクタ。

こうして次の日の昼、ぼくはハーヴェストムーン・ダイナーの前でペニーを待っていた。アダムがマレディクタの物真似《ものまね》をしていて、ぼくは噴きださないようこらえていた。「なんだよ、このクソ天気？　クソ四月にしちゃあクソ澄んだクソ空だな。そうクソ思わないか？」

それからペニーが到着し、お遊びはしばらくの間とりやめとなった。〈走り屋〉と呼ばれるタイプの保護者的魂がいて、脅威を与える状況から体を脱出させるのがその役割となっている。ペニーには少なくとも二人の〈走り屋〉がいて、まもなくぼくはその二人と出会うことになった。

最初の〈走り屋〉はペニーの到着後、間髪を入れずに出てきた。ぼくのせいじゃない。ペニーとどう話したらいいか助言を父に求めたら、ずばり本題に入れと言われた。でもその一方で釘《くぎ》を刺されもした。たとえぼくがどんな態度で接しようとも、ペニーはぼくの言葉に耳をふさごうとして何回かは人格転換するだろうと。「自分自身について真実を知るのはほんとに恐ろしいことなんだ。わたしは憶えてるがね」

「でも、マレディクタの話だと、ペニーはすでに知っていると……」

「たしかにペニーは真実、あるいはその一部に薄々気づいているだろう」父が言った。「しかし、それと、はっきり知るのとは別だ……あるいはひとからずけずけ指摘されるのとは」

スレッドとマレディクタによると、ぼくと会うようペニーに指示するメッセージを残しておくとのことだった。話の切りだし方としては申し分ないとぼくは思った。まずメッセージについて何か話し、それから自然な流れで誰がメッセージを送ったのかという問いに移行する。適切なプランだが、すんなりとした移行は実現できなかった。メッセージ――ペニーの見地からすれば、ぼくが知るはずのない事柄――について言及した途端、ペニーは恐怖し、そこで最初の〈走り屋〉が登場した。〈走り屋〉だからといって、実際に走るわけではない。すばやく歩くだけだ。あごが胸にひっつきそうになるくらいに頭を下げ、両腕をわきにぎっちり固定し、こぶしを握りしめ、すり足になり驚くほどの速さで歩いた。ぼくがあっけにとられている間に、彼女は駐車場から出ていき、ブリッジ・ストリートをそそくさ移動しはじめた。ぼくは彼女を追いかけ、ペニーの名前を呼んだ。彼女は振りかえらなかったが、ぼくが背後に接近すると、彼女は音をたてはじめた。喉《のど》の奥から発せられる発情期のネコのような低い鳴き声。それを聞いた途端、ぼくの腕の毛が逆立った。その音で怖気《おじけ》づいたのはぼくだけでなかった。他の歩行者も、ペニーの口から出たあの発情期のネコのような声を聞きつけ、あわてて彼女に道を譲った。

それからぼくは彼女と並び、肩に手を置いた。すると発情期のネコのような声は何オクターブも上がり、甲高い叫喚となった。ヤマアラシが絶叫したらこんな音になるのかもしれない。叫喚を耳にし、ぼくはその場で足を止めた。〈走り屋〉はさっと身を引いて自由の身となり、すたすた動きつづけ、通りの次の角を回って姿を消そうとしていた。

「彼女を見失うな！」アダムが警告した。

ぼくはまた追いかけた。ただし、今度は距離をおいて。あの叫喚はもう聞きたくなかった。〈走り屋〉は一ブロック近く先にいて、メイナード公園に入ろうとしていた。一瞬、彼女を見失ってしまったかと不安になった。だが、ぼくが公園に入ると、ペニーの体はベンチにすわって、ぼくを待っていた。

「ペニーか？」ためらいながら尋ねた。〈走り屋〉はすでに去っていた。それは明らかだった。だが、どの魂がかわりに居座ったのかはわからなかった。

するとペニーは暗く、険悪な顔つきになり、ぼくは察した。

「すわれ」マレディクタが息巻く。「クソ一分で彼女を戻してやる」

ぼくはすわった。険悪な顔つきは消え、混乱がとってかわった。ペニーの背中が丸くなった。自分の置かれた状況を理解するだけの余裕を少しだけ与えると、ぼくは話を再開し、きみはさっき意識喪失していたと事務的に、たいしたことじゃないというような調子で指摘した。

別の〈走り屋〉、今度は短距離走者が出てきた。そいつはベンチの背後の木々のなかへと駆けだした。

「やれやれ」ぼくはため息をつき、追いかけようと立ち上がった。ずばり本題に入る式のやりかたはあまりうまくいかなかった。

かいつまんで言うと、その日、ぼくは体を酷使した。最終的にペニーは、あのとき話す必要があったことを残らず聞いてくれはしたのだが、その前にぼくはスニーカーの底をさらに何キロ分か減らさなければならなかったし、ペニー自身もあやうく首の骨を折りかけた。

その日の晩、ドクター・グレイのところに電話し、約束をとりつけようとしたのだが、彼女は電話に出られなかった。「この週末、ダニエルの症状がかなり悪いのよ、アンドルー」メレディスが言った。「昨日からずっと、ベッドから離れられない状態なの」

「そんな」ぼくが言った。「まさか……ぼくが訪問したせいじゃなければいいんだけど」

ぼくを元気づけるかわりに、メレディスはただこう尋ねた。「わたしにできることでもある?」ぼくは電話した理由を説明した。「ふむふむ……とにかく、明日は誰かに会うなんて絶対、無理ね。週の後半ならなんとかなるかもしれない。木曜日か金曜日にでもまた電話してもらえる?」

「わかった」待たせられるとわかったらマレディクタはどう感じるだろう？

月曜の朝、早めに出勤した。ジュリーと話をするため、それと謝るためでもある。日曜のいつだったか、何度かくりかえされた逃走反応の合間にペニーとぼくは、ブリッジ・ストリートでジュリーとばったり会った。タイミングが悪かった。ジュリーが遅ればせながら察したように──こちらに向かって駆けよってきていたというのに、ぼくの表情に気づくと、急にのろのろ歩きになった。「ハイ」とジュリー。「おじゃまだった？」

「おじゃまだよ」マレディクタが声を張りあげた。「失《う》せやがれ」

あのときの動揺をジュリーはまだ引きずってるんじゃないかとぼくは思っていたんだけど、それは正しかった。物品保管用テントのひとつに入っていて、古いプリントアウトを詰めこんだ箱をがさごそやっていた。最初はこちらを見ようともしなかったが、そのうちいやいやながらもぼくの存在を受け入れてくれた。「で」そっけなく言った。「どうしたの？」

「あの、ペニーもドクター・グレイに会いに行くと言ってくれたよ……」

「わかってる」ジュリーが言った。

「わかってる？」

「そう。今日、病欠の連絡をしてきたのは、だからなんでしょ?」

「ペニーが病欠の連絡を入れてきた?」

ジュリーがようやく顔を上げた。うんざりしたような表情を浮かべている。ぼくが知らない振りをしているだけだと思っているのだ。「知らなかったとでも言いたいわけ?」

「いや」ぼくが言った。「ほんとに知らなかったんだよ。いつ電話してきた?」

「今朝の五時半ごろ」とジュリー。「電話をもらうのにいい時間じゃない」

「ペニーはなんて言ってた?」

「今日は行かないとだけ。どうしたのかと訊いたら、てめえには関係ねえんだよと言われた」

「マレディクタだ」とぼく。

「そう、マレディクタ。いったいあたしの何が気に食わないの?」

「きみのことが気に食わない?」

「会うと必ず敵意丸出しなんだよね」

「マレディクタは誰にでも敵意をもってるんだよ、ジュリー。ペニーに対してさえそうなんだから。そういう性質なんだ」

「うん」ジュリーがかぶりを振った。「あたしの場合、やっぱり何か根にもたれてるような気がする」そう言って目を細めた。「あたしのことで何か言った？　彼女を怒らせるようなことを？」

「いや」ぼくは言った。「少なくともぼくは言ってないと思う。どういうこと？」

「こんなふうに言ったんじゃないの？　あたしがペニーを雇った理由はただひとつ、そうやってあんたの力を借り、しっかり治療を受けさせるためなんだって」

「ちがうよ！　どうしてそんなことを言う必要が――そんなことあるはずがない！　だいいちマレディクタはペニーに治療を受けさせたいと思ってる。ペニー、それからスレッドにくらべてさえむしろ積極的なくらいなんだ。だからそれでマレディクタが怒るとかありえない」

「ふーん」とジュリー。「ふーん、そう……先週から多少はいい方向に向かってるような気はするんだけど。とりあえず今回、欠勤の連絡はしてくれた……で、今日はドクター・グレイに診てもらうんじゃないの？」

「そもそも無理なんじゃないかと思うけど。ドクター・グレイは……彼女は今日、面会できない。ペニーが病欠の連絡を入れたのなら、首と関係あるんじゃないかな」

「首？」

「ペニーは昨日、頭を強打したんだよ」ぼくは説明した。「もしかするとむちうちになったんじゃないかとぼくは心配していた。もし体に痛みがあるのなら、体を支配するのが誰であろうが、そいつもやはり痛みを感じる。マレディクタがひときわ敵意を剝《む》き出しにしているように思えたのなら、原因はそれかもしれない」

「ああ」とジュリー。

ジュリーの態度がわずかに軟化したのを見てとり、ぼくは話の流れにうまくのっかった。「昨日のことだけどね、ジュリー、ほんとうに悪かった……ちょうどまずいときに鉢合わせしてしまったみたいなんだ」

「土曜日もだよね？」

「土曜日？」

「土曜の午後、あんたたち二人の車を街なかで見かけたので手を振ったら無視された」

ぼくがかぶりを振ると、ジュリーはまたかんしゃくを起こした。

「ちょっと、アンドルー！」ジュリーが叫んだ。「あたしはあんたたち二人がいっしょなのを見てるんだからね。ちがうとか言わないで！」

「いや、ジュリー、いっしょじゃなかったとは言わないよ。ただ、土曜の午後にきみを見かけた記憶がないんだ」

「手を振ったとき、あたしをまっすぐ見てたけど」

「だからってぼくがきみを見たとはかぎらない。車が走っていたのなら、マレディク夕に気をとられていたんじゃないかな」

「ああ、まあ、なんでもいい」ジュリーが冷淡に言った。「気にしないで」

「ペニーに電話して、どうしてこないのか探りを入れてみようか？」

「いや」ジュリーがかぶりを振った。「しなくていい。今日は多少仕事を片付けないと……ソフトウェア担当チームの半分がいない状態でどれだけのことができるかはともかく」

ついうっかり余計なことを口走り、地雷を踏む可能性は大いにあったものの、ぼくは抜け目なく口を閉ざしていた。そのほんの少しあとになるが、ぼくとはちがい、石橋をたたいて渡ろうという気などさらさらないデニスは、ペニーがいないのに気づき、受けを狙《ねら》ってこう言った。「おっと、提督殿、もうひとりプログラマを雇おうってのは抜群のアイデアだったぜ。あれからまだ一週間だってのに、彼女なしでどうこなしてたのかさえ思いだせないもんなあ……」

ジュリーとデニスはその日ずっといがみ合っていたし、おかげでぼくはジュリーから目をつけられずにすんだ。けど、仕事が終わってファクトリーから出ようとして、ペニーのビュイックがゲートのすぐ内側でエンジンをかけたまま止まっているのを目にした瞬間、みぞおちからいやーな気分がこみあげてきた。

「ペニーか？」ぼくは車に歩みよった。

マレディクタ。「クソ乗りやがれ。スレッドが家のことでいくつか訊きたがってる」

「わかった」ぼくはびくつきながら〈小屋〉のほうを振りかえった。ジュリーはまだなかにいたが、まもなく出てくるだろう。「いいけど、場所を移動すべきだな。今日、ペニーが仕事をサボったんでジュリーはちょっと動揺してるから」

「ジュリーなんぞ知るか。車に乗れ」

ぼくは乗った。マレディクタはすぐには車を出さず、タバコに火をつけ、ひと呼吸入れた。首はわずかにこわばりが残っていて動かせないようだ。「気分はどう？」

「クソ最高」マレディクタが答えた。「けど、マウスの頭がクソぐちゃぐちゃになってるから、しばらく休息が必要だとうちらで判断した」

「ああ、わかった。よかったら、ぼくたちで——」

「それで、もう医者のアポをとったのか？」

「まだだ」ぼくが言った。「できなかった」

「なんでだよ？」

「車を出したらすぐ話す」

「わかった」マレディクタが吐きすてた。ギアをニュートラルから入れかえ、アクセルを踏んだ。が、手遅れだった。ファクトリーのゲートを通りぬける際に後方を見ると、ジュリーが腰に両手をあてて駐車場に立っていた。

火曜日はいろいろな意味で月曜のくり返しだった。ぼくは早めに出勤し、ペニーはまったくこなかった。しかし、ジュリーははなから説明を聞こうともしなかった。

「なんだか知らないけどあんたたち二人でする必要があるんならさ、アンドルー、勝手に進めれば。ペニーが仕事に復帰しようと決めたときというか、もしそう決めればだけど、そのときはあたしに知らせてちょうだい」

「ジュリー……こういうふうになるかもしれないとは言ってたはずだけど」

「たしかにそうだね。あんたのほうに反則、落ち度はない。この辺でいい？」

その日、仕事が終わり、ファクトリーから出ると、また車がゲートのそばでエンジンをかけたままとまっていた。しかし、今回はペニーのビュイックではなかった。レッカー車。土曜の朝、ジュリーとぼくにクラクションを鳴らしたレッカー車だった。ぼくが近づくと男が運転台から出てきた。男にも見覚えがあった。一年以上前、ジュリーが付き合っていたロードサービスの自動車整備工だった。

ジュリーは笑いながら走ってぼくのかたわらをすり抜け、整備工に飛びついた。両腕を男の首にひっかけ、両脚を男の腰に絡ませた。彼らがキスしはじめたのでぼくは顔をそむけた。

「ねえ、アンドルー」地面にまた足をつけたジュリーが呼びかけた。「こちらはレジー・ボーチャンプス。あんたたちが顔を合わせたことがあったかどうかはわからないけど……」

「ないね」観覧台からアダムが言う。「だが、そいつの声なら聞いたことはあるぞ……」

「黙れ」興味なさげに手を払いながらも、同時にこうつぶやいた。

「じゃあ、行かないと」とジュリー。「ペニーに会ったらよろしく言っといて。いい？」

そのときアダムは自らの洞察を開陳した。ジュリーはペニーに嫉妬してんじゃね？

「嫉妬とかありえないね」ぼくは反論した。「ペニーとぼくはカップルじゃない！

それにジュリーは……ジュリーはまたカップルになったみたいだから」

「だな」とアダム。「けどカップルになってなくたって、おまえとはファックしたくないだろうよ」

「アダム！」

「けど、ファックはしたくないとしても、おまえを特別な友人だとは思っている。で、おまえはいまペニーとの間でもっと特別な友情を育《はぐく》もうとしてるみたいだし、自分はそこからハブられてると感じてるんだろう」

「現実は全然そうなってないじゃないか！」

「それはどうでもいい。ジュリーはそう思ってる。おまえはペニーと長いこといっしょにいて、おまえたち二人ともこの件で謎《なぞ》めいた行動ばかりとってると……」

「わざと謎めいた行動をとってるわけじゃない！　だいいちぼくがこんなことをしてるのだって、そもそもジュリーが望んだからじゃないか！」

「まあな」とアダム。「まずい考えだと言ったじゃないか」

ペニーが専門家の助けを受けるようになれば、ぼくとジュリーの関係だってすぐ正常に戻るだろうと考え、その日の晩、またドクター・グレイに電話した。「もしもし」メレディスが受話器を取った。「木曜日にまた電話してくれと言われたけど、やっぱりどうしても……」

「アンドルー」メレディスの声は一本調子で、なんの感情も読みとれなかった。「こんばんは。あのね、ダニエルはまだ――」

その背後からドクター・グレイの声が聞こえた。そのときメレディスは電話の送話口を手でふさいだにちがいない。すべてがもごもごと不明瞭《ふめいりょう》になった。メレディスとドクター・グレイは怒鳴り合っているようだった。

結局、ドクター・グレイが電話に出た。「アンドルー?」

「ドクター・グレイ」ぼくが言った。「いろいろ大丈夫?」

「うん、すべて順調だね」一瞬、また音声がくぐもり、ドクター・グレイが何やら叫んでいるが、うまく聞きとれなかった。それからまた、ドクター・グレイが電話に出た。「アンドルー?」

「聞いてるよ」

「友人の件で電話してきたんでしょう?」

「うん。会う準備はできている。もしあなたの具合が……」

「最高よ。明日はどう?」

「すばらしい! ペニーにもう一回確認しないといけないけど、おそらく――」

「けっこう。じゃ楽しみにしてるから」

だが、あとでわかったところだと、ペニーのほうは楽しみにしていなかった。最初に電話口に出たとき、ペニーはすっかりまごついていた。なぜ電話したか、ちゃんとわかってくれたと確信できるまでに二度、説明をくりかえさなければならなかった。

「明日?」泡を食ったような口ぶりでようやくそう口にした。

「そう。明日の朝。急な話で申し訳ないんだけど、でも行ってよかったと思うはずだ。約束するよ」

「わたしにはわからない」とペニー。「いろいろ手配するのに骨折ってくれたのならすまないけど、いままでずっと考えてたの。わたしは――」

ガチャンと大きな音がした。ペニーが受話器を落としたみたいだ。するとマレディクタが電話に出た。「ペニーのことなんかクソ気にすんな。何時に迎えにきてほしいかだけ言え」

ビュイックは翌朝の午前八時にミセス・ウィンズローの家の前にとまっていた。ペニー自身が運転しているのに気づいてほっとしたが、彼女のひどいありさまを目にした瞬間、安心感はたちまちどっかに行ってしまった。まともに眠れていないうえに首の痛みもまだ残っているようだった。ペニー自身、はっきりそう口にしたわけではないが、乗り気でないのは明らかだった。今回の面談はキャンセルしようと言おうかどうか悩んだが、結局、何も言わずにおいた。白状すると、きわめて利己的な理由からだ。ペニーがキャンセルを許されるとは思えなかったし、余計なことをしてマレディクタがしゃしゃりでてきたら、ポールスボーまでの道すがら、ぶっとおしで相手をつとめなければならなくなる。そんなのは御免だった。

ドクター・グレイの家に着くと、メレディスも不機嫌そうだった。怒りがもっぱらぼくに向けられているのかどうかはわからなかったが、ドクター・グレイからペニーと二人だけにしてくれと言われたとき、ぼくはキッチンで時間をつぶすよりも外に散歩に行くほうを選んだ。

一時間後、ペニーがどうなってるか興味津々《しんしん》で戻ってきた。父は奇跡を期待するなと釘を刺した。六十分かそこいらでペニーの人生に秩序を取りもどすなんて無理ってもんだ。ぼくだってわかってはいたが、それでもここにきたときよりももっとひどいありさまのペニーを目にしたときにはさすがにぎょっとした。いったい何がまずかったのか?

車に乗ってフェリーに向かうとき、マレディクタが突然、怒りくるって出現し、今日、何があったのか、悪態をつきながら説明した。ドクター・グレイの助けを借り、ペニーは他の魂のいくつかとはじめて対面した。どうやらあまりそりが合わなかったらしい。マレディクタは侮辱されたと感じているらしく、しゃかりきになってペニーを攻撃していたところ、ペニーが強引に割りこみ、ふたたび体の支配権を取りもどしたものだから、あやうく車を大破しそうになった。

ペニーはフェリー発着場に着くまで体を支配していた。それから別の魂が引きついだ。最初、マレディクタが戻ってきたのかと思ったが、すぐさま悪態をつかなかったのでこいつはマレディクタの双子のかたわれだと気づいた。

マレフィカはグローブボックスに手を伸ばし、ウォッカの携帯用酒瓶を取りだした。

「おい！」ぼくは抗議した。「おい、何してるんだ？」

ぼくの抗議など無視し、マレフィカは携帯用酒瓶のキャップをはずし、ごくごく飲みはじめた。

「さっさと車を降りろ」アダムが言った。完全に不必要なアドバイスだ。すでにシートベルトのバックルをはずそうと手を伸ばしていたのだから。

だが、そのときマレフィカがぜいぜいあえぎだした。運転席のシートの背後から何かで突き刺されたかのように。体を硬直させると、新しい魂がペニーの体を支配した。

新しい魂は男だった。しかも、しらふで生真面目《きまじめ》だった。手のなかにあるウォッカのボトルを一瞥《いちべつ》すると、腹立たしげにため息をつき、かぶりを振った。ボトルのキャップを締め、グローブボックスに戻す代わりにシートの下に一時的にしまった。それからぼくのほうを見て謝った。「さっきは悪かった。ときどき彼女たちは動揺すると自己破壊的になるんだ。あるいは、たんに全破壊的というか。わたしはどうにかして自分のコントロールを行きとどかせようとはしてるんだがね」

男の名前はダンカンだった。ペニーのお抱え運転手だと自己紹介した。

「ペニーは大丈夫？」ぼくは尋ねた。

「いまは寝てるよ」とダンカン。「目覚めたらどういうふうになってるかはわからない」

「マレディクタとマレフィカはどう？」

「彼女たちは目覚めている。だが」――このときダンカンはぼくひとりではなく、もっと多数の聞き手に向かって話していた――「気持ちが落ちつくまでは出てこない」

フェリーが到着し、乗船を開始した。無事、車両デッキに駐車すると、ダンカンはビュイックから出た。ウォッカのボトルを手にしている。少しして戻ったときには手ぶらだった。

「きみたちをさんざん混乱させてしまい、すまないと思う」ダンカンがふたたび運転席につくと、ぼくはそう言った。「もっと簡単にやれたらいいんだけど、何をしたらいいか実はよくわからないので」

「きみもこういう混乱を経験したんだろ？」

「ぼく自身が経験したわけじゃない。いまペニーが経験していることだって、見当はつくんだけど、自分が直接、経験して知っているというのとはちがう」

「それなら」とダンカン。「ペニーがだよ、混乱を自ら経験して知っている誰かと話をしたいというのなら、きみはその機会を提供できるということか？」

当然といえば当然の提案だった。ぼく自身がその可能性に思いあたらなかったのがむしろ驚きだった。そして、ペニーが話すべき人物をぼくは知っていた。

「わたしは関わりたくないね」父が言った。

「長々と話す必要はないよ」ぼくは言った。「ただ励ましの言葉をかけてくれればいい」

「励ましの言葉……」

「そうだよ！　どんなに怖くても、結局はうまくいくんだと話してくれればいいから。父さんにとって実際、そうだったように」

「自分が何を頼んでいるか、わかってないな、アンドルー」

たしかに父の言うとおりだ。ぼくはわかっていなかった。でも最終的には、ぼくの熱烈な無知が、父のためらいがちな知恵に打ち勝った。そして父も同意した。

ミセス・ウィンズローの家に戻ると、ダンカンがペニーを起こした。家への帰路、ほぼ意識を喪失していたのだと知るや、ペニーはひどく狼狽《ろうばい》した。しばらくしてペニーをどうにか落ち着かせると、父と話してみたらどうかとぼくは提案した。結局、ペニーも同意した。ぼくは父を呼びだした。父とペニーが話している間、ぼくはなかに入り、その日、濃いもやが漂っていた湖の周りを時間をかけてぶらついた。

ぼくがまた外に出ると、三時間近くが経過していた。手短な会話にしては時間がかかりすぎだ。父は疲れきっていた。

「うまくいった？」ぼくは尋ねた。ペニーはすでに帰宅していた。

「彼女はよくなったよ」と父。「いまのところは」それから「おまえにこんなことを押しつけられ、わたしは実に不幸だよ」

「そうか」ぼくが言った。「でも、もう全部終わったんだよね？」

「いや」と父。「そうは思えないな」

翌朝、ペニーは何食わぬ顔でリアリティファクトリーでの仕事に復帰した。最初、デニスは一週間に及ぶ〈休暇〉のことでしつこくからんでいたが、ペニーが事務的に対応するばかりだったので、デニスもそのうち嫌気がさしてしまった。午後の半ばごろ、ペニーがすんなり業務を再開したのを見てとり、ジュリーは彼女の無断欠勤を不問に付そうと決めたようだった。「あんたは反対するかもしれないけど」あるときジュリーがぼくにこう指摘した。「ペニーはちゃんとコードが書ける……だったらよくなってるんじゃないかと思うんだけど」

「よくはなってるよ」ぼくはしぶしぶ認めた。

「よかった」ジュリーは言って、ぼくの肩を軽く叩《たた》いた。

その日、仕事が終わるとペニーがぼくのところにやってきて、ややためらいがちにこう尋ねた。もう少しアーロンと話せないかな？　その要求はぼくをぎょっとさせたが、父は予期していたようで、すでに観覧台で待ちかまえていた。「ペニーにイエスと言え」と父。そこでまたもやぼくは湖の周辺をぶらつき、父はペニーにふたたび長々と〈励ましの言葉〉をかけた。

……その翌日の金曜もまた。こうして話し合いがもたれるたびに父の疲労はより色濃さを増したが、それでもその夜には本物の進歩と思《おぼ》しき変化についての報告があった。「来週、ドクター・エディントンに受診の予約を入れるそうだ」と父。「定期的な治療を開始するらしい」

「すばらしい！」ぼくは言った。「これで最悪の時期は過ぎたし、そしたら――」

「いや、アンドルー、まだはじまったばかりだ」

「ごめん……これからもいくつも困難を乗り越える必要はあるんだろうけど、でも――」

「何もわかってないようだな！」父がぴしゃりと言った。「これは……たしかにこうなったのはおまえのせいとばかりは言えないだろうがな、アンドルー、それでもこんなことに巻きこまれてわたしは心底恨んでるんだよ。思いだしたくもないことがいくつもあるというのに」

もちろん、ぼくは謝りはしたが、心ひそかに喜んでもいた。ペニーの前にどんな困難が控えていようが、それでもぼく自身の生活はこれでまた正常に戻るだろうと考えて。

土曜の昼ごろ、ブリッジ・ストリートでジュリーとばったり会った。最初は少し気まずかったが、それでもジュリーはぼくをランチに誘ってくれた。食事のとき、ぼくは近況についてくわしく話した。実際に話せるようなことがあったから、前みたいに苦労したりもしなかった。話しおえると、ジュリーは、この間、彼女がとってきた一連の行動のことでぼくに謝った。

「あんたにとってはきつい一週間だったはずだよ」ジュリーが言った。

「それはいいけどね、ジュリー」ぼくが言った。「きみにとっても、きつい一週間だったんじゃないかな。自分だけのけ者にされているという気持ちを抱えて……」

「まあね……」

「アダムはきみが嫉妬《しっと》してると言ってた」

ジュリーが目をぱちくりさせた。「嫉妬？」

「特別な友人を誰かに奪われたときに感じる嫉妬っていうか」ぼくは付け加えた。

「嫉妬ねえ。ふーん」ジュリーは頭をさっと振った。縦ではなく横に頭を動かしていたが、それでもあれは一種のうなずきだったのかもしれない。「そっか」

「整備工のほうはどう？」努めて明るい声を出した。「レジー」

ジュリーは手をシーソーのように上下に動かした。

「あまりうまくいってない？」

ジュリーが肩をすくめた。「友人のひとりがあたしの車を牽引《けんいん》したとかで、二週間前に電話してきたんだ。連絡があったのって、えーと、なんて言うか、最後に関係をもって以来、はじめてだったんだよ。それからずっと楽しんだんだけど、でも……」

また肩をすくめた。「やっぱり失敗だったってことになるかもね。おそらくそうなる」

ランチのあと、ぼくはジュリーのアパートメントに行って、何時間かつぶした。ジュリーのところに行かなくなってもう一年以上になるだろうけど、それ以降ではいちばんといっていいくらいに楽しく、くつろいで過ごせた。そんなこんなで最終的にぼくは、ものごとすべてがうまくいきはじめているという確かな手ごたえを得て、まったく新たな気分で家に帰ったのだった。単純すぎる考えだったのは自分でもわかっている。たとえほかに何も起こらなかったとしても、それでもジュリーとペニーそれぞれについて次から次へと問題は生じていただろう。しかし、さしあたりあのときだけは、ただただ幸福感に包まれ、純粋に平穏な気持ちでいられた。

平穏な気持ちは二十時間ばかりつづいたが、日曜の午後になり、ぼくはウォレン・ロッジを殺した。

その後、またたく間にすべてが暗転した。

14

マジックマウス・トーイズを出ようとしたとき、ぼくはやつを見かけた。頭《こうべ》を垂れ、両手をポケットに突っこみ、青いジャージのフードの奥深くに顔を埋めていた。パイオニアスクエアのクーガー。

日曜の朝食後、シアトルまで日帰りで遊びに行こうと決めた。しばらくオータムクリークからは離れたかった。ペニー、さらにはジュリーの電話でさえ、万一かかってきたとして、そのとき家にいたくなかった。それに、家にいる魂たち、このごろまともに外に出る時間を与えてもらってないと感じている連中に埋め合わせするいい機会にもなる。というわけでブリッジ・ストリートにあるメトロバスの停留所で待っているとき、エンジェルとリアを観覧台に呼びだし、町に行ったら何をしたいかそれぞれに訊《き》いた。

こうなるのはわかっていたが、エンジェルとリアが候補を検討するよりも先に、ジエイク、アダム、サムおばさん、ドルー、アレグザンダー、サイモンがごちゃごちゃと観覧台に押しよせると、それぞれが体を占拠する時間をくれと大声でわめいた。驚いたようなふりをしながら、ぼくは彼らに指摘した。ドクター・グレイに面会しようと、一回目にポールスボーに行ったとき、全員に特別な外出時間を与えたはずだと。

「エンジェルとリアの二人には順番が回ってこなかった。公平にやるべきだ」

「何が公平だよ」サイモンが文句を言った。「前回の旅行のときなんて、ぼくはクソおもしろくもないフェリーの上でたった五分、外に出られただけだったんだよ。したいことを選べもしなかった。ぼくがほんとうにしたかったのは、ウェストレイクセンター・モールに行くことだったのに。ぼくがほんとうにしたかったのは——」

さっきも言ったけど、こうした反応が出るのはあらかじめ想定していたし、この特別な外出のために父に許可を願いでた際、二人で対策を話し合った。父のアドバイスに従い、ぼくはシーッと言ってサイモンを黙らせ、こう命令した。「よーし」ぼくは言った。「これがルールだ。全員がシアトルでやりたいことをひとつ選ぶ。常識の範囲内で選ぶように。市街地でできることにしてくれ。まるまる一日使って、シアトルをあちこち移動するなんて無理だ。持ち時間は十分以内、費用は二ドル以内。前回、すっとばされたエンジェルとリアは今回、優先権が与えられ、それぞれ持ち時間は二十分以内、費用は四ドル以内とする。最後に」――サイモンに視線を据えて――「不平を言ったり、いらいらしたり、行儀悪くしている者は選択権を失うだけじゃない。今日は以後、家から出られず、鍵《かぎ》のかかった部屋ですごしてもらう」

ドルーはまだ水族館に行きたがっていたし、リアもすばらしいアイデアだと強く同意したので、水族館が最初の行き先に決まった。好都合なことにシアトル水族館は二つの建物に分かれている。リアはタツノオトシゴや熱帯魚、巨大なタコを見物し、ドルーはサケの孵化場《ふかじょう》と海獣をじっくりと眺めた。つづいて臨海地区の路面電車に乗った。エンジェルが水族館の停留所から乗って、七十番埠頭《ふとう》へ出た。帰路は、アレグザンダーが体を支配した。パイオニアスクエアのオキシデンタルパークで降りると、サムおばさんがカフェを見つけ、チョコレートでコーティングされたクロワッサンを一ドル九十五セントで買った。

正午を少し過ぎたころだった。サイモンはまだウェストレイクセンターに行きたがっていた。アダムはまだ決めかねている。たったひとりの魂だったが、こんな提案をしていた。もしバーに入ってビールをひっかけるのが無理だってんなら――実際それは無理だった――、特殊な本を扱ってる本屋がパイク・ストリートにあるから、寄ってみたいんだよな。

これら二つの場所はいずれも町の中心部に属してはいたが、いまいる場所からは反対側の端に位置していたから、先にジェイクの選択を片づけることとし、マジックマウス・トーイズに向かった。ここはジェイクが大好きなシアトルの玩具《がんぐ》店だった。規模こそニューヨークの老舗《しにせ》玩具店、ＦＡＯシュワルツよりも小さいが、品揃《しなぞろ》えがよく、ジェイクがしょっちゅう買ってる安価な価格帯のアイテム数もはるかに多かった。

といっても、ジェイクの場合、あえてお金を使う必要もなかった。魂たちの大半がやってのけられる芸当があって、とくにジェイクはその特別なコツをものにしていた。両手でモノをつかみ、あらゆる方向からじっくり眺めれば、それを内側に取りこみ、家のなかで想像上のコピーをつくりあげることができるのだ。この実にすばらしい方法を用いるなら、実際にはとうてい買えないような贅沢品《ぜいたくひん》だって手に入れられるし、もっと幅広く応用するなら、多重人格者の人生をやたらと面倒なものにしている、現実世界での乱雑さを大幅に削減してくれるだろう。でも、この芸当には限界がある。いちばんうまくいくのは、単純なモノ、あるいは複雑ではあっても単純に想起できるモノを扱うときだ。揺り木馬や電動列車セットは、たとえばジグソーパズルよりもずっと取り込みが簡単だ。それから、すべての魂が同じくらいコピーのスキルに習熟しているわけでもない。サムおばさんとぼくはかなり上手だが、父は驚くほどに下手だし（父によると、家と地理を建造するので一生分以上の創造力を使いはたしたのだとか）、アダムにはその力が皆無で、しょっちゅう悔しがっている。ジェイクは天才的に上手だが、ほとんどの五歳児と同じく貪欲《どんよく》でもあった。リアルのおもちゃと想像上のおもちゃのどちらを選ぶと言われたら、ジェイクは両方欲しがる。だから、動物のぬいぐるみとブリキの兵隊をどれだけ複製しようと、最終的には自分の二ドルを使うべき何かを見つけるだろう。

ぼくは、高価なおもちゃのほぼすべてが置かれている一階に入り、ジェイクを解放した。ジェイクは列車の模型をさっと通りすぎた。機関車と電車のほとんどをジェイクはすでにコピーしていたが、ジオラマ模型の新作がいくつかあったので一瞬でそれを取りこんだ。それからジェイクはボードゲーム・コーナーに移動した。

マジックマウスでは、通りかかった子供たちをおびき寄せる目的で、販売中のボードゲームの多くはデモ版が用意され、自由に遊べるようになっていた。以前きたときジェイクはそのうちのひとつ、『ラビリンス　動く迷路で宝探し』というドイツから輸入されたボードゲームに魅了された。値段は二十五ドルで、ジェイクにはとうてい手の届かない金額だったが、なんとかそれをコピーしようとした（これまでうまくいった試しはなかったが）。

ボードゲームは頭のなかで複製を作成するのが困難だ。いちばん基本的なゲームでさえ、細々とした情報をたくさん記憶しなければならず、サイコロを転がして数を決めるといった偶然的な要素は厄介な形而上学的《けいじじょうがく》問題を引きおこす。とりわけこのボードゲームの場合、細部には過剰なまでに情報が詰めこまれていた。ゲームの名称ともなっている迷宮は、数十枚の厚紙のタイルで構成されているが、それぞれのタイルはすべて異なり、ゲームの間中、配置されたタイルは次々に置きかわる。カードもあった。それを考えただけで頭が痛くなる。だが、ジェイクはゲームを所有しようと決意した。必要なら何回かに分割して。ジェイクは低い棚に置かれたデモ版の前にしゃがみこんだ。迷宮のタイルをひとつかみ分拾いあげ、集中した。

「あのね、きみ」声が鳴りひびいた。「ゲームするのに必要なプレイヤー数が箱の横に書いてあるよ」

ジェイクはぎょっとしてタイルを落とした。年配の店員、眼鏡をかけたヤギひげの男が隣に寄ってきていた。きっと店員はぼくを手助けしたかっただけなのだろうが、隣にいる大人から見下ろされると――彼の小さな魂の観点からするとそびえ立つようだった――ジェイクは昔から恐怖を感じるのだった。「はっ、な、なんでしょう？」

「ゲームに必要なプレイヤー数は」店員がくりかえし、ゲームの箱の横をコツコツ叩いた。「ここに書いてあるよ。推奨される年齢とか他の情報といっしょに」

「わ、わかった」とジェイク。

店員はうなずき、どこかに行ってしまった。

ジェイクはまたタイルを拾いあげた。

「前に店にきたことはある？」ふたたび姿を見せた店員が尋ねた。ジェイクは叫びを洩《も》らし、体のバランスを失い、倒れかかった。店員が腕をつかみ、支えてくれた。

「なんか用？」態勢を立てなおし、尋ねた。店員の手が触れた瞬間、ジェイクは体を去っていた。

「前に店にきたことがあるか訊いたんだよ」店員は楽しげに微笑《ほほえ》んだ。相手にとって自分がどれだけ苦痛の種になっているかなど知るよしもなく。

「ああ」ぼくは言った。「きたことはあるよ」

「そうか」と店員。「なら〈テイクオフ〉のことは言わなくてもいいか」

「脱《テイクオフ》げ？」この暗黒の一瞬、ぼくはここにいる押しの強い男がほんとうに店員なのかどうかわからなくなる。「脱ぐって何を？」

「〈離陸《テイクオフ》〉だよ、飛行機旅行のゲーム」別の、もっと派手なボードゲームのディスプレイを示した。「うちの店史上、最高の売れ行きだ」

った。

「ああ」とぼくは言った。「それもいいけど、でも……ぼくはこっちのこのゲームに興味があるんだ。ほっておいてもらえたらうれしいんだけど」

「もちろん」店員は気分を害したふうでもなく、うなずいてまたどこかに行ってしま

「ジェイク？」ぼくは言い、厚紙の迷宮のほうに顔を向けた。「もう一回、やってみたい？」ジェイクにその気はもうなかった。集中は打ち砕かれ、ジェイクはおびえきっていたから、なだめすかし、観覧台まで呼びだすくらいしかできなかった。「かまわないよ、ジェイク、そろそろ二階に行くからね」

マジックマウスの二階のかなりのスペースが、シリーパティーやペッツのキャンディー・ディスペンサーみたいな雑貨類のために割かれていた。ぶらぶら歩きながら、さまざまなアイテムを手に取り、のんびりした口調でコメントを加えた。ようやくジェイクの気持ちも落ち着いたので、ぼくはあるものを使って彼の関心を引いた。モーというウシの鳴き声を出しながら糸を上下に移動するまだら柄のヨーヨー。値段は二ドルを超えていたが、それでもぼくはジェイクのために買ってやった。

ポケットにヨーヨーを入れ、店から一番街に踏みだした。「次はぼくの番だ」とサイモン。「次はきみの番だ」ぼくも同意し、ウェストレイクセンターまでバスに乗ろ

うか、それとも歩いていこうかと考えた。

歩道にぼんやり突っ立っていると、フードつきの青いジャージを着た背の高い男がぼくのすぐわきをかすめ、一番街を南のほうに進んでいった。すれちがった瞬間、男——そいつは男だとぼくは確信した——はぼくを押しのけた。いつもなら無視していただろうが、あのときは店員との一件の直後だったから、怒りがこみあげ、ぼくはそいつに呼びかけた。「おい！」

男は歩調をゆるめもせず、振り向きもしなかった。ぼくの声が聞こえなかったらしく、そのまま歩きつづけると、赤信号を無視してイエスラーウェイを渡った。話はそこで終わっていたとしてもおかしくはなかった。ところが、イエスラーウェイの反対側には別の二人の男がいて、トラックの荷台に年代物の衣装ダンスを積みこんでいた。反対側の縁石に足を乗せたとき、青いジャージの男が頭を上げ、衣装ダンスの扉についた鏡に一瞬、顔が映った。ちらりと見えただけだったし、顔の一部はフードで覆《おお》われていたが、それでもぼくにはわかった。

ウォレン・ロッジ。

最初は信じられなかった。逃亡後十日が過ぎていたし、国外脱出とまではいかなくても、この州にはもういないと思うのが普通だろう。カナダとの国境はわずか百六十キロほどしか離れていないのだ。それと、ぼくはテレビの映像とか新聞の写真であいつを見ただけだし、通りで実物と文字どおり鉢合わせするなんて、郵便局に行ったら列のなかに伝説の怪人、ブギーマンが混じっていたというようなものだ。でも、青いジャージの人物が衣装ダンスの男たちをさっとよけたとき、アダムもぼくと同じものを目にし、観覧台から大声で言った。「あいつだ」

理解してもらえるかどうかわからないけど、こんな感じだ。天気のことなど気にもかけずに歩いていたら、突然、太陽が雲の背後に隠れ、急に周囲がほの暗くなる。気がつけば、ほんの一瞬前に歩いていたときとは周囲の風景が一変している。あのときのぼくはまさしくそんなふうだった。一瞬にして今日という一日がまるっきり別物と化した。

「まちがいないか？」ぼくが訊いた。

「あいつだ」アダムが答えた。「ウォレン・ロッジ」

それからサイモン——ウォレン・ロッジが誰かは知らなかったし、興味もなかったが、今日の予定が変更になったらしいと察するぐらいには賢い——が割りこんだ。

「ねえ！　どうしてぐずぐずしてるの？　今度はぼくの番だろ！」

「部屋に戻れ、サイモン」

街なかの通りに野放しにされているクーガーを見たらどうすべきか？　簡単だ。警官を呼ぶ。だが、周囲を見回しても警官はひとりもいない。交通警官さえ。屈強そうな一般人ならいた。たとえば衣装ダンスの運送業者とか。ウォレン・ロッジを拘束するために彼らの助けを借りるという手はあった。しかし、たとえあのときその手に思いいたったとしても、何をしたいか説明するとなれば、それなりに時間を食っただろう……一方で青いジャージの人物はいまにも姿を消そうとしていた。

ぼくはやつを追いかけた。

「アンドルー」アダムが言った。「いったい何を――クソッ！　気をつけろ！」

イエスラーウェイの交差点の信号はまだ赤で、通りに踏みだした途端、車に轢《ひ》かれそうになった。幸いにも運転手はぼくよりも注意深かったので、急ブレーキを踏んだ。

「アンドルー」無事通りを渡ると、アダムがあらためて訊いてきた。「何をしてるんだ？」

「あいつを追いかける」ぼくは言った。「どう思う？　あれはウォレン・ロッジだ。つかまえなきゃ」

「あいつをつかまえる？　どうかしてるんじゃないか？　警官を呼ばないと。彼らにつかまえてもらえ」

「どこにも警官なんかいないだろうが」

「じゃあ公衆電話だ。あそこにあるぞ。警察に電話しろ」

「まずはやつの行き先を確認しないと」

ウォレン・ロッジはぼくより半ブロック先にいて、まだ南に進んでいる。素人《しろうと》じみた努力にすぎないが、ぼくは尾行に気づかれまいと、何メートルか移動するたびに、通りかかった建物がなんであれ、なかに何かが見えようが見えまいが、とにかくその窓を覗《のぞ》きこんだ。ウォレン・ロッジがただの一度でも背後を見たら、ぼくがほんとうは何をしているのか、ものの三秒で見抜いていただろう。

だが、やつは振りかえらなかった。着実な足取りで前に進み、ブロックから次のブロックへと移動した。やがて一番街とキング・ストリートの交差点に近づいたとき、好ましくない何かを目にしたのか、ぴたりと足を止め、脱兎《だっと》のような勢いで一番街を横断し、角を回って姿を消した。

ぼくはブロックの端に急いだ。右手の向こうにウォレン・ロッジを不安にさせた当のものが控えていた。縁石のそばに止めたパトカー。しかし、車内は無人だし、パトカーに乗っていたはずの警官の姿はどこにも見あたらない。

左折し、キング・ストリートの、ウォレン・ロッジが走っていった方向に目を向けた。二ブロック半ばかり向こうのアムトラック鉄道の駅へと至る歩道はがらんとしていた。小走りになり、通りかかった横丁や路地を確認したが、やつの姿をふたたび目にすることもないまま駅に着いた。望みがあるうちになんとか手がかりを見つけだそうと必死に目で探っていたぼくは、〈警備員室〉と記された横手のドアを無視し、単独でメインターミナルに入っていった。

「マヌケにもほどがあるぜ、アンドルー」とアダム。「やつはここにはいないだろうが、マヌケすぎるのに変わりはない」

キング・ストリート駅は小さく、ロビーや待合スペースを確認するのに一分もかからなかった。チケットカウンターにジャージを着た人間がいて、一瞬、興奮したが、よく見ると短髪の女性だった。

いまになって父は何かが起きたらしいという話を聞きつけた。「外で何かあったのか？」父はセフェリスに続いて観覧台に出た。「サイモンが、だまされたと不平をこぼしながら家じゅう走りまわってる」

「ぼくたちはウォレン・ロッジを見た」ぼくは言った。

「ウォレン・ロッジを見ただと？　通りでか？」外に目をやり、そこがどこか理解した。「それで駅で何をしてるんだ？　どうして警察に通報してないんだ？」

「アンドルーは警察の手を借りず、私人逮捕してやろうと決めたんだ」アダムが助け舟を出した。

「アンドルーがなんだと？」

父はかんかんに怒っていないときでも無視するのが難しい魂だったが、一瞬だけ、ぼくは父が存在していないかのようにふるまった。「アダム」ぼくが言った。「ウォレン・ロッジは一番街のどこに行こうとしたんだと思う？」

「さあな」とアダム。「行き先はないのかも」

「どういうこと？」

「やつはいま逃亡犯だろ？　警官がやつの家を見張ってるし、銀行とクレジットの口座もおそらく凍結されているだろう。それならやつは家に帰れず、金もない――」

「ホームレスか」ぼくは言った。「やつはパイオニアスクエアをうろついているだけなのかもしれないということか？」

「ありうるな。だとしたらやっぱりおまえがやつを追う必要はない。遅かれ早かれ――」

「もしやつがおびえていたなら、そしてしばらく人混みにまぎれて姿を隠そうと思ったら、そこはどこだろう？」

アダムは何も言わなかった。その必要もなかった。すでに答えはわかっていた。今日すでに一度行った場所。オキシデンタルパークだ。

「アンドルー……」父が言った。ぼくはすでにオキシデンタル・アヴェニューを駆けていた。「アンドルー、わたしの声が聞こえるか？」

「聞こえてるよ」ぼくが言った。「ぼくのことでうろたえているのは知ってるけど、でも――」

「これがどんなに危険かわかってるのか？ 家全体を危険にさらすんだぞ」

「やつに直接立ち向かうつもりはない」ぼくは約束した。「ただ見つけたいだけなんだ。そしたら――」

「アンドルー……」

「待って」ぼくが言った。

オキシデンタルパークはまるまる二ブロック分を占めている。公園の南側半分に沿ってアートギャラリーやアンティーク家具の店が連なっているが、北半分はみすぼらしく、一方の側は駐車場に接し、木のベンチもたくさんあり、ホームレスにとって格好の集いの場となっている。

「アンドルー……」

「あそこだ！」

やつは公園の最北端にひとりですわっていた。ジャージのフードをまだかぶっていたし、何かの病気にかかってるか、痛みを抱えているかのように背中を大きく丸めていたが、やつだった。アダムは確信した。

「まちがいない」とぼく。「さあ警察を呼ぼう」

ぼくがいるところから遠くない場所に公衆電話があった。電話の前に行き、緊急用の九一一をダイヤルしようとしていると、別の公園住人、無人島の漂着者のようにひどく長いあごひげを生やし、さらに長く髪を伸ばしたホームレスが、ウォレン・ロッジのすわっているベンチに向かっているのに気づいた。無人島漂着者は統合失調症を患《わずら》っているようで、叫び、両腕を振りまわしていた。ウォレン・ロッジは危険を感じて体をぱっと起こし、そそくさと横に移動してベンチを離れ、公園から駆けでると、ワシントン・ストリートを逃げ去った。

「ちっくしょう！」ぼくは受話器をフックに戻した。ワシントン・ストリートに出ると、またもやウォレン・ロッジは姿を消していた。東に向かって上り坂を半ブロック走った……出た先は五叉路《ごさろ》になっていた。

「もういい、アンドルー」父が言った。「そろそろ戻って、電話をかけたほうが——」

「でも、蒸発してしまったわけじゃない！」ぼくはその場でくるりと一回転し、やつがどちらに行ったのか手がかりを見つけだそうとしたが、無駄だった。

最後にぼくは南東方向となる二番街の延長路に顔を向けた。通りのぼくがいる側はブロックの大半が家具のショールームで占められていた。ブロックの三分の一ばかり先には縁石に沿って屋根付きのバス停もあった。さらにその先に行くと、やがて延長路は陸橋となって線路の上を横断し、踏み段を降りていけばキング・ストリート駅に出られた。

「電車の駅だ」ぼくは言った。「やつは引きかえしたんじゃないかな……」

「ありえないね」とアダム。

「どうして？」

「なぜなら」アダムは不快にも指摘した。「引きかえすにはまずそこに行かなきゃいけない。ところがやつは行かなかった。堂々巡りしてるのはおまえのほうだ」

「アダム――」

「もういいだろう、アンドルー」父が言った。「公園の電話に戻って警官を呼べ」

「そうするよ」ぼくは約束し、それでも陸橋のほうに向かった。「とにかくもう一度、駅を調べたい……」

そのときアダムは大声で警告を発したが、ぼくは無視し、耳を貸さなかった。ほんの数秒後、ぼくは自分の過《あやま》ちを悟った。バス停は無人だと思っていたのだが、通りすぎようとしたとき、なかに誰かがいて、背中を丸めてすわっているのに気づいた……。「歩きつづけろ」とアダム。「気づかないふりをしろ」でも、ぼくはもう動きを止めていた。そしてとうとうウォレン・ロッジはぼくに気づいた。

ぼくはやつのほぼ真後ろに立っていた。バス停の後方を覆っている安全ガラスで隔てられてはいたが、いずれにせよやつはぼくがそこにいるのを感じていた。上体を起こし、フードにすっぽり覆われたままの頭を横に向けた。ここにいるのが公園にいた無人島漂着者で、さらに自分にいやがらせをしようとしているのかなどと考えていたのだろう。

やつが立ち上がった。

父とアダムは二人してぼくに走れと大声で呼びかけた。セフェリスは体を引きつごうとして思いっきり前に乗りだした。だが奇妙にもぼくは怖くなかった。いや、もちろん、怖かった、恐ろしかった。でも、縮みあがったりはしなかった。児童殺人者の関心が自分に向けられたら、そう感じるのが当然だというのに。もしかするとぼくはやつの関心を引きたかったのかもしれない。縮みあがらずにいられたのもそれでなのかもしれない。ウォレン・ロッジに立ち向かったりしないとぼくは父に言った。でもぼくはいま、無意識のうちにそれを望んでいたのだと、最初からずっとそう意図していたのだと思う。アダムが示唆《しさ》したように、私人逮捕してやるためではない。やつが逮捕されるときその場にいるためだ。連行され、処罰される前にやつの目をじっくり覗きこんでやりたかった。そうやってやつを糾弾するとともに、そこに潜む何かを見てとり、ぼくの好奇心を満たすために。ミセス・ウィンズローの手紙を読んでみたいという気持ちを父に抱かせたのと同じ好奇心。

そう、ぼくは与えられたチャンスをものにするつもりだった。やつは立ち上がり、振りむこうとした。ほんとうならやつの手に手錠はかけられていないという事実をもっと重く受けとめるべきだったのだろうが、ぼくはたいして気にも留めず、その場にじっと立っていた。それからぼくたちは向き合った。二人の間には、わずか一枚の薄いガラスパネルが立ちはだかっているだけだった。

ひどく哀れな姿からは、狂暴な野生動物の面影など微塵《みじん》も感じられなかった。目は疲労で腫《は》れあがり、あごは不揃いな無精ひげでまばらに覆われていた。ひげを剃《そ》りはじめたものの、途中でやめてしまったとでもいうように。大型ネコ科動物と格闘した際に負ったとされる額のひっかき傷はまだ残っていて、炎症で真っ赤になっている。

鼻から鼻水まで垂れていた。

たいしたクーガーだよ、ぼくはそう考えたのを憶《おぼ》えている。それからやつの唇が動き、問いの形をつくろうとする。「誰だ……?」あるいは「なんだ……?」それでぼくは知った。やつは恐怖を感じている。ぼくが恐怖を感じている以上に。どういうわけかその事実はぼくを激烈な怒りへと駆りたてた。平手打ちしてやりたかったが、かわりに名前を叫んだ。「ウォレン・ロッジ」それから腕を上げ、やつを指差して言った。「おまえが何をしたか、ぼくたちは知ってるぞ」

というか、ともかくもそう言おうとした。言葉をすべて発したのかはわからない。ぼくが腕を上げて指差そうとしたとき、ウォレン・ロッジはあとずさりをはじめた。目の錯覚でも起こしたのかもしれない。指を見て、銃を向けられたと思ったのかもしれない。理由はなんであれ、やつは一歩あとずさった。それからまた一歩、さらに一歩、さらに一歩。四歩目で縁石をまたぎ、車道に出た。その瞬間、ヴァンがやつに突っこんだ。

前触れもなければ、クラクションや急ブレーキの音もなかった。ぼやけた緑色が横からあらわれ、すさまじい衝突音とともにウォレン・ロッジをその場から消し去った。やつは車が接近するのも見ていなかった。いきなり消し去られるその瞬間まで全神経をぼくに集中していたのだから。

それからしばらくの間、混乱がつづいた。甲高いきしみか絶叫、さらに衝突音、ガラスの割れる音、さらに別の音もいくつか聞こえたが、それぞれを特定するのは難しかった。雑な継ぎ目だらけの映画でも見ているように、視界がとぎれとぎれになった。

次に意識がはっきりしたとき、ぼくはまた南の陸橋のほうを見ていた。誰かが陸橋の真ん中に緑色のヴァンをとめていた。ヴァンの車体は、長いスリップ痕《こん》の終端で二つの車線と交差するように横を向いていた。車体の先端はへこんでいて、つぶれたボンネットの下から蒸気が勢いよく噴きでていた。手前のより近いところに目をやると、家具ショールームの板ガラスのウィンドウが誰かの手で――ヴァンを破壊したのと同じ蛮人の仕業かもしれない――ぶち破られていた。

ヴァンとぼやけた緑色とはどうにか関連付けられたものの、壊れたウィンドウが何を意味するのかとなると見当もつかなかった。ウォレン・ロッジは車道か歩道のどこかにいるものとばかり思っていたが、どこにも見つからなかったので、また逃げられたのかと不安になった。もしかしたらヴァンの背後に身をひそめているのかもしれない。その場で両手と両膝《りょうひざ》をつけて四つん這《ば》いになり、車体の下に何か見えないか探ってみたが、あまりにも遠すぎた。そこでまた立ち上がり、前に何歩か進むと右手から音がした。

そのときぼくはショールームの壊れたウィンドウの前にいた。なかではリビング用の家具セットがステージ上に展示されていた。さらにリアルさを加えようとしたのか、青いジャージを着たマネキンが寝ているような姿勢でソファの上に置かれていた。素敵なディスプレイだったが、すべてが割れたガラスで覆われていたし、家具のいくつかはびっしょり濡《ぬ》れ、ソファに張られた生地からは色まで溶けだしていた。

いや、待て、それはちがう……何かを見落としていた。「アダム、ぼくは何を見落としてるんだろう?」ぼくが言うと、マネキンが体を起こした。そいつはクーガーの頭をしていた。クーガーの顔は切りきざまれ、血まみれで、ガラスの巨大な塊が首の横から突きでていて、青いジャージの生地を貫いている。クーガーはぼくに飛びかかろうとするが、ソファの前のコーヒーテーブルに足をひっかけ、よろけた。口を開いて怒鳴ろうとするものの、そこから声は発せられず、ただ赤い血が噴きでただけで、それから映画はまた別の継ぎ目に達した。

ぴちゃぴちゃという打ちよせる水の音がやがてディーゼルエンジンのうなりに変わった。ぼくは両手を見下ろしていて、徐々に気づきはじめた。ぼくの両手はひざに置かれ、ぼくはすわっていて、シートは動いていた。

顔を上げると、自分がメトロバスに乗っているとわかった。外を見ると、州間高速自動車道九十号線の馴染《なじ》みの光景が過ぎ去っていく。バスはイサクアを過ぎたばかりで、オータムクリークに向かっていた。一瞬前にいたシアトルの空はほぼ澄みきっていたが、いまは雲で覆われていた。

バスにいるほかの乗客に注意を向けた。彼らのど真ん中に突然、ぼくが出現したというのに誰も驚いてはいないし、関心さえもっていなかった。

もしかしたらぼくは突然、出現したんじゃなかったのかもしれない。眠りこけてて、いま目が覚めただけなのかもしれない。もちろん、バスで眠りこけるにはまずバスに乗る必要があるのだけど、ぼくにそんな記憶はない。それでもその考えには強く訴えかけるものがあった。もしぼくが寝ていたのなら、夢を見ていたのかもしれず、ひょっとしたらウォレン・ロッジの一件にしてもただの悪夢にすぎなかったとか……。

無理だ。事故のことを思いかえすと、あのときの記憶がまざまざと甦《よみがえ》る。ぼくはヴァンがウォレン・ロッジに衝突するのを見たし、ショールームのウィンドウが粉々に割れる音を聞いたし、割れたガラスが足の下で砕けるのを感じた。あのときぼくは――。

ふたたびぼくは両手を見つめていた。

「終点だ」バスの運転手が大声で言った。「オータムクリーク、終点だ」

　顔を上げると、バスはブリッジ・ストリートに停車していた。ぼくは立ち上がり、よろめきながら外に出た。歩道では冷たく湿った風が吹いていた。まだ雨も霧雨も降っていないが、微風は、露滴の幻影のような、わずかな湿気を含んでいて、ぼくの頭のもやもやをいくらか払ってくれた。ずきずきする鈍い痛みがそれにとってかわった。

　街灯の柱にもたれ、目を閉じた。「アダム？」そう呼びかけた。

　父が応じた。「家に帰れ、アンドルー」

「わかった」ぼくは同意した。疲れがひどく、それ以上は何も言えなかった。

　いつもならこんなとき、もちろん、ミセス・ウィンズローはヴィクトリアンハウスの玄関でぼくを待っているんだろうけど、その日、彼女はいなかった。ぼくは自分の鍵を取りだし、なかに入った。

「ミセス・ウィンズロー？」テレビがついていて、音声が大音量で流れていた。音がするほうへ進み、キッチンに入った。ミセス・ウィンズローがキッチンの真ん中に立って、テレビを見つめていた。両手でキッチンチェアの背をつかんで体を支えていた。ミセス・ウィンズローは泣いていた。でも、それが悲しみの涙なのか喜びの涙なのか、表情からは判別できなかった。「ミセス・ウィンズロー、いったい――」

「シィイーーーーッ！」ミセス・ウィンズローがぼくを制止した。あんなにおそろしげなミセス・ウィンズローの顔は見たことがなかった。

テレビに顔を向けると、ぼくがさっきまでいたシアトル中心部の歩道の白黒映像が映っていた。屋根付きのバス停、破壊されたショールームのウィンドウがあった。通りのさらに向こうには、やや画面からはみでているが、先端のへこんだヴァンもあった。

「――局はロッジが自殺した可能性もあると見ています」テレビの声が言っていた。画面は大破したヴァンのクローズアップに変わった。「車の運転手であるチャールズ・ダイコスが警察の取り調べに際し、事故が起きたとき、シートの下から携帯電話を取りだそうとしていたと証言しています。ロッジが車の前に故意に踏みだしたのかどうかは不明です。ダイコスは衝突で顔に軽傷を負いましたが、命に別状は……」画面はショールームのウィンドウに戻った。警官たちがガラスにできたギザギザの穴の前でうろちょろしていた。なかでは救急救命士が二名、長い灰色の袋をストレッチャーに載せていた。

それからテレビのスイッチが切られ、ぼくはテーブルを前にしてすわっていて、マグカップのコーヒーで両手を温めていた。ミセス・ウィンズローはすでに涙をぬぐい、紅茶のカップのなかをスプーンでかきまぜていた。

「それなら」口にした瞬間、不思議なほど唐突な感じがした。「ウォレン・ロッジは死んだんだと？　まちがいなく死んだんだよね？」

「ええ」ミセス・ウィンズローが答えた。「お腹空《なかす》いてる、アンドルー？」

二人で静かに夕食をとり、ぼくは部屋に引っこんだ。いつもならこんな時間になると、ぼくは体をしばらく放棄し、他の魂が遊んだり、読書をしたり、音楽を聴いたりできるようにしてあげた。でも、今日の夕方は、そんなことを忘れてしまい、何時間も漫然と部屋のなかを歩きまわった。この日課の変更については誰も文句をつけなかった。サイモンでさえ。

外は暗くなっていた。九時ごろに電話が鳴った。ミセス・ウィンズローは居間のドアをノックし、ペニーから電話だと伝えた。「ぼくは家にいないと言っておいて」ぼくは言った。

さらに時間が過ぎた。あるとき父が観覧台からぼくの名前を呼んでいるのに気づいた。しばらく前から父はぼくの名前を呼んでいたのだ。ぼくの耳にはまったく入ってこなかったらしいが、これは変だ。観覧台から何か言われながら、それを聞かずにいられるなんてありえない。これは家のきまりですらない。そういうふうになってるというだけのこと。ぼくはこのことに気づいて戸惑いを感じていたが、そのうち恐怖がとってかわった。ウォレン・ロッジの口から血が噴きでたときの記憶が不意に甦ってきたからだ。

「アンドルー！……アンドルー！」

「たくさんの血」ぼくはつぶやいた。それから「ぼくが殺したんだっけ？　そう、ぼくが殺したんだ」

「いや、アンドルー」と父。「事故だったんだ」

「ぼくが追いたてた……」

「おまえはついていっただけだ」

「……ぼくが彼を車道に追いやった」

「正体に気づかれ、あいつはこわくなった。おまえがヴァンの前に押しやったわけじゃない。やつは自分からあとずさった」

「あとずさったのはぼくが脅したからだ。彼は――」

「事故だよ、アンドルー。おまえが犯した唯一《ゆいいつ》のまちがいは、おまえ自身を――わたしたちを――身の危険にさらしたことだ。わたしが言ったように警察を呼ぶんじゃなく、ウォレン・ロッジと正面から対峙《たいじ》することで――あれは愚かだった。実に愚かだった。しかもきわめて危険だった。だが、邪悪ではなかった」

「わからないなあ」手で髪をかきむしった。「クソッ、警察か……警察に電話しなくちゃいけないんだよね？　電話して話さないと――」

「必要ない」父がきわめて強い口調で断じた。

「でも、ほんとうは何があったのか警察は知らない。ニュースによると、警察はウォレン・ロッジが自殺したと思われると発表した……」

「自殺した可能性もあると思われると発表したんだ」

「でも、それは事実じゃない！」

「別にかまわないじゃないか。何があったのか正確に知る必要はない」

「でも目撃者は証言することになっているはずだよ。目撃者は……目にした事実を話さないで事故現場を離れたりしちゃいけないはずだ」疑問が浮かび、ぼくは口ごもった。ぼくはどうやって現場を離れたのか？　どうやってバスに乗ったのか？　「それがきまりだ」

「きまりだが、いまさら蒸しかえし、きまりを破ってないことにしようとしたって意味がない。かえって面倒なことになるだけだ」

ぼくは眉《まゆ》をひそめた。「ぼくたちが面倒なことになると」

「そうだ」

「ぼくたちが面倒なことになるのを避けるために真実を言うのをやめろと。でも、それって利己的だよね？」

「それがいちばんいい選択なんだよ、アンドルー。今日起こったことは事故だ。ただの事故なんだよ」

ぼくはかぶりを振ったが、何も言わなかった。

「思うに」と父。「そろそろ眠ったほうがいいんじゃないか」

「いや」ぼくは言った。「まだ疲れていない」嘘《うそ》だった。ぼくは疲れきっていた。体は疲れきっていた。でも、意識がなくなるのは怖かった。

「アンドルー。おまえには休息が……」

どうやってバスに乗ったんだろ？　どうして憶えていないのか？

思わず口にしてしまったにちがいない。

「おまえは湖に落ちたんだ」父が言った。

「えっ？」

「ウォレン・ロッジが……あいつが立ち上がり、ウィンドウから出てこようとしたとき、おまえは体を離れ、湖に落ちた。セフェリスが体を引きつがなければならなかった。彼が事故現場からわたしたちを引きはなし、体を無事バスに乗せた」

「ぼくが落ちた？」

「……湖に。何があったか憶えていないのもそれでだ。おまえは水のなかで眠っていた。わたしはマーコ船長に命じておまえを引きあげさせなければならなかった」

「ぼくが時間を失ってたってこと？」

「一時間ちょっとぐらいか。そんなに長く湖のなかにいたわけじゃないが、おまえを起こし、ずっと目覚めさせておくのに少し手間取った」父はため息をついた。「もっと前に言っておけばよかったんだろうが、その前にひと休みしてもらったほうがいいと思ったんだ」

「そんなはずはない。ぼくが時間を失うなんてありえない」

「たしかにおまえは時間を失わないようにはなっている」父が訂正した。「だが、ウォレン・ロッジの身に起こったことは……見るだけでも恐ろしいことだった。恐るべき衝撃だった」

「大変だ」ぼくは言った。「ぞっとする。もしぼくが時間を失いはじめたのなら――」

「わたしも心配している」父が認めた。「だがおまえのせいじゃないぞ、アンドルー。おまえはこれまで一度も見たことがなかったんだ、誰かが――」

「ぼくには体を管理する責任がある。父さんから何度もそう言われた。何があろうと、管理を放棄してはならない」

「わかってる。だが――」

「何があろうと。あなたはそう言った」

それから長い間があった。ふたたび口を開いた父はこう言った。「明日、仕事が終わって家に帰ったら、ドクター・エディントンに電話してアポをとってもらいたい」

「ドクター・エディントン？」

「ドクター・グレイの言うとおりだ」と父。まるでそう認めでもしたら、なんらかの代償を負わなければならないとでもいうような調子で。「おまえには話相手となってくれる人間が必要だ。もちろん、専門家でということだが」

ぼくはそれについて考えた。「そしたら……ウォレン・ロッジのことを話せるかな？　今日あったことを？」

「ああ」父が言った。「それに、ほかに話したいことはなんでも……ペニー、ジュリー、それ以外でも」

「わかった」

「そろそろ眠るべきだ」

「いや」ぼくはかぶりを振った。「眠れそうにない。また意識喪失するのとあまりにも似すぎている……」

「とにかくやってみるんだ。横になれ。不安がるな。わたしがそばにいてやる」

「わかった」

明かりを消し、横になった。もう眠ることはできないだろうと思いながら。そしてそんなふうに思うときのつねとして、すぐさま強烈な眠気に襲われた。父は観覧台にいて、うつらうつらしはじめたぼくを相手に静かな声で話をした。

「父さん？」眠りに陥る一歩手前でぼくは尋ねた。

「なんだ？」

「あれは事故だったんだよね？」

「ああ、そうだ」

「わかった」ようやくぼくはそれを信じた。しかし、そのとき別の問いが浮かんだ。なぜ、そしてどこからその問いがやってきたのかはわからない。そしてぼくはそれをほんとうに訊《き》いたのか、それともそんな夢を見ただけなのか、いまでもはっきりしない。「父さん？……アンディ・ゲージの義理の父親も事故に遭ったの？」

それに対する答えはなく、湖の岸辺に打ちよせる水の音だけが聞こえ、そのままぼくは知らず知らずのうちに眠りに滑りこんでいた。

15

翌朝、目覚めると、またもやぼくは思い悩んだ。すべてはぼくの見た夢だったのか？　ウォレン・ロッジの死はただの悪夢にすぎなかったのか？　しかし、観覧台や家の異様な静けさからすると、そうではなかったようだ。朝の儀式をはじめようとしてバスルームに入っても、ジェイクは歯磨きのために出てこなかった。日課のエクササイズを急いでこなそうとしたセフェリスは、腹筋運動の回数を二度まちがえた。アダムとサムおばさんは、こんなときでもシャワー特権を主張していたが、いつものようにうまいことを言ってさらに時間を稼ごうとはしなかった。

ミセス・ウィンズローでさえ、いつもの元気がなかった。朝食のために出ていくと、スクランブルエッグとトーストがたくさん盛られた皿をひとつだけ用意していた。

「あら、いけない！」皿をぼくの前に置いた瞬間、自分の失敗に気づき、大声を出した。

「大丈夫だよ」ぼくは言った。「ほかの連中は今朝そんなにお腹を空かせてないから」

「ほんとにいいの、アンドルー？」

「うん」実際のところ、アダムはすでに文句を言いはじめていたが、ぼくが無視すると、すぐにあきらめ、他の連中も不満の声を洩らさなかった。

ミセス・ウィンズローも朝食をとろうと席についた。いつものように食事をしながらおしゃべりをした。話の内容はさっぱり憶えていないが、ウォレン・ロッジの名前が出てこなかったのだけはたしかだ。すっかり食べ終えると、いつものようにマグカップでコーヒーを飲もうと父が出てきた。少なくともその程度には通常運転ではあった。とはいえ何かが欠落していた。出かけようとして立ち上がったとき、それが何か気づいた。ミセス・ウィンズローはテレビをつけ、朝のニュースを流そうとはしなかった。

「ミセス・ウィンズローは知ってると思うか？」アダムに尋ねた。

「昨日、何があったかってことか？」アダムが鼻を鳴らした。「なんでミセス・ウィンズローが知ってんだよ？」

「わからない。でも――」

「ミセス・ウィンズローはいつもいつもニュースを見てるわけじゃないだろ」

「でも、いつもとちがって今日は――」

「これまでだってさんざん聞かされてきたんだし、やつが自分の子供をどうやって殺したのかなんて、もううんざりなんだろう。マスコミが話を蒸しかえすのはわかりきってるじゃないか」

「まあね……」認めざるをえなかった。たしかにそうだ。「だろうな」

「ほかのことも言っておくよ」アダムが付け加えた。「朝飯は貸しだ」

「アダム……」

「俺は今回のことで動揺してないんだから」

ほんとうはアダムも動揺しているのだろう。もしかしたら父がそうするなとあらかじめ釘《くぎ》を刺していたからにすぎないのかもしれないけれど、それでもアダムがほんとうにウォレン・ロッジが死んだのを喜んでいるのなら、こんなんじゃなく、さんざん冗談を飛ばしていただろう。

ぼくはミセス・ウィンズローに「行ってくる」と告げ、仕事に出かけた。ブリッジ・ストリートに出た途端、ぼくは心底ぞっとした。オータムクリーク・カフェの表に緑色のヴァンがとまっていた。緑だが色調はちがう。ルーフラックがついていて、ボディにクロムのトリムが入っていたが、ウォレン・ロッジに衝突したヴァンにはどちらもなかった。それでも目にしたときには思わず足をとめた。ぼくは待った。ヴァンは蜃気楼《しんきろう》のように消えたりしなかった。用心してヴァンに近づいた。手を伸ばし、サイドパネルのひとつに触れた。

ガラスが割れるすさまじい音がして、くるりと振りむいた。配送業者のトラックの荷台からボトル入りアイスティーのラックがいくつか落下したのだ。通学中の子供たちがわっと囃《はや》したてた。

ぼくは腰を曲げ、朝食の大半を歩道に吐いた。子供たちがそれを見て、またやんやと囃したてた。アダムもそこに加わるだろうとなかば思っていたが、観覧台は空っぽだった。

ファクトリーに着くと、ペニーがぼくのテントで待っていた。じっくり話をしたがっていたが、ぼくは遠慮してもらおうと思い、こんにちはと言っている途中で大あくびをしてみせたり、頭が痛くてしょうがないというように鼻梁《びりょう》をつまんだりした。

「大丈夫？」ペニーが訊いた。

「昨日、よく眠れなくて」ぼくが言った。「何か用？」

ペニーは不安げに下唇を噛《か》んだ。「ドクター・エディントンに電話するつもりなんだけど」

「知ってるよ。きみがアポをとる気でいると父さんから聞いた。いい知らせだ」

「そうじゃなくて」とペニー。「だから、今朝、電話するつもりなの。いますぐに。それで、思ったんだけど……あなたもいっしょに電話したらどうかなあって」

「きみといっしょに?」

「えーと……ドクター・グレイは、あなたもドクター・エディントンのアポをとったほうがいいと考えてるみたいだったから。だったら二人で——」

「ああ」ぼくは言った。「ああ……いや、悪いけどやめとくかな」もちろん、ぼくもドクター・エディントンに電話するつもりでいたが、すぐにはしたくなかった。「まだ心の準備ができていない」

「ああ……」

「ペニー」ぼくは言った。「大丈夫。ドクター・エディントンはいいひとだ。電話するのを怖がらなくていい」

「わかった」とペニー。「そうだね」口を閉ざすと、歯で下唇を嚙んだりいじったりした。父と話せるかどうか訊くつもりでいるのはわかっていた。だが、父にもぼくにもその気はなかったので、ぼくはすかさず言った。「ほかに何かある?」自分の机を手で示した。これから取りかからなければならない重大なプロジェクトでもあるかのように。ペニーはこちらの気持ちを察し、「いいえ」というように首を振った。頭を突っこむとペニーは電話していた。ペニーのテントに寄って様子をうかがった。ドクター・エディントンの名前が耳に入った。気づかれないまま盗み聞きしていると、ドクター・エディントンの名前が耳に入った。これで一件落着だ、とひそかに思いながら頭を外に出した。ペニーは信頼できる人物に面倒をみてもらえる。ぼくがペニーに言ったことはほんとうだ。ドクター・エディントンはいいひとで、いい医者だった。ぼくもそのうち電話しよう……ただし、今日はなし。気分がよくない。

実際、気分がひどく悪かったので、今日は早めに仕事を抜けだそうと決めていた。午後の半ばごろ、簡易便器《ハニーバケット》にたっぷり溜《た》まった汚物を〈小屋〉の裏へ捨てに行き、戻ろうとしたところ、レジー・ボーチャンプスのレッカー車がファクトリーの敷地にとまっているのに気づいた。レジーはひとりで運転台にすわり、タバコをふかし、ラジオを聞きながらひまそうにしていた。ぼくは思った……いや、ぼくがどう思ったかなんて重要じゃない。だが、このままそこにいて、ジュリーがまたあいつに飛びつくのを見たくもないというのはわかりきっていた。しかも頭はほんとうに痛みだし、朝食は戻してしまい、昼は食べるのを忘れていたから、胃のなかだってすっからかんだった。そこでぼくはそこから出ていくことにした。レジーのトラックのそばを通らなくてすむよう、裏のフェンスにできた穴を通り、敷地からこっそり立ち去った。

ヴィクトリアンハウスに戻ると、ミセス・ウィンズローが焼きたてのチョコレートケーキとともに待っていた。キッチンで腰を下ろし、お腹いっぱいになるまで食べながら、ミセス・ウィンズローにこう頼んだ。とにかく気分が悪いから、誰が電話をかけてきてもぼくは出られないと伝えてもらいたいんだ。

「それなんだけどね、アンドルー」ミセス・ウィンズローが言った。「実は、わたしも少し具合が悪くてね。だから今晩は電話をフックからはずしっぱなしにしておこうと思うんだけど」そしてミセス・ウィンズローはそのとおりにした。

その夜、アンディ・ゲージの脳内光景の上を浮遊している夢を見た。上空から見ると、夢のなかの地理は同心円状に重なったいくつもの輪からなっていた。いちばん外郭の濃いフォレストグリーンの円からラフグレイの〈的の中心〉、コヴェントリー島まで。ぼくは島の上空で停止した。意地悪そうに見上げるギデオンの顔がいまにも目に入るんじゃないかと思いながら。だが、ギデオンはあらわれず、そのうちどうしてなのだろうと疑問に思いはじめた。夢のなかのコヴェントリー島は不毛な岩場で、魂が隠れるような建物も洞窟《どうくつ》もない。ギデオンはどこにいるんだろう？　もっと低い位置にまで降下し、丹念に調べようとしたが、そのときちょうどもやが湧《わ》きおこり、湖面にもうもうと立ちこめた。もやで視界をとざされ、そのうちぼくは雨が寝室の窓に当たるサーッという音にじゃまされて目覚めた。

夜明けには雨はやんでいた。歩いて仕事場に向かっているときはまだ曇っていたが、天気予報によれば午前中のなかばには晴れるらしい。実際、雲もだんだん薄くなっているようだった。ぼく自身はというと、どうやら昨日よりは気分がいいようなので、今日こそは絶対、ドクター・エディントンに電話しようと自分に言いきかせた。遅くとも午後になるまでには。

ファクトリーにつくと、外にいるジュリーに気づいた。ジュリーはキャデラックの運転席にすわっていた。ちょうど昨日、レジー・ボーチャンプスが自分のレッカー車の運転台にすわっていたように。といってもジュリーはタバコを喫《す》ってもいなければ、ラジオを聞いているわけでもなく、ただすわっていた。ジュリーはそれまで泣いていたようだった。

「ジュリー?」ぼくは驚かせないようにゆっくりと車に近寄った。ジュリーはのろのろと顔をこちらに向け、ハンドルを回して窓を開けた。目は充血し、赤く腫れている。ジュリーはほんとうに泣いていた。「ジュリー……どうしたの?」

愚かな問いだった。ジュリーの頰は紅潮し、これから何か皮肉っぽいことを言おうとするときのように唇をゆがめていた。だがジュリーは何も言わなかった。何度か深く息を吸い、感情が爆発しそうになるのをこらえた。「なんでもない」ようやくジュリーが口にした。それから、「レジー」

「ああ」

「予想どおり」

「ああ」

気まずい沈黙があり、ジュリーが言った。「今日、仕事をサボりたくない？」

これは誘いなのか、それともこのごろぼくが欠勤続きなのをあてこすっただけなのか、判断がつかなかった。「えーと……」

「サボってもいいんじゃない」とジュリー。「どこかに行って、まる一日つぶすとか。どう思う？」きっとぼくは〈小屋〉にちらりと目をやったにちがいない。ジュリーはこう付け加えたのだから。「デニスとアーウィンのことは気にしないで。あたしたちの力なんか必要じゃないから」

「わかってる」ぼくは答えた。相手に調子を合わせてというよりは二つ返事で。「だから……わかった、いいよ」

ぼくは車に乗りこんだ。ドアを閉じていると、ジュリーが言った。「ひとつだけ守って。レジーの話はなし」ぼくは喜んで同意した。「で、どこに行ったらいい？」ジュリーが尋ねた。

「どうだろ」とぼく。「思いあたるところとかある？」

ジュリーはかぶりを振った。「シアトルには行きたくない。ここからは離れたいけど、それ以外は――」

「セントヘレンズ山」口から言葉が出てきた。セントヘレンズ山は地元の観光客に人気があり、ぼく自身、そこに行きたいという強い気持ちがあったわけではないのだが、それでもいつかは行ってみようとずっと思っていた場所だった。どういうことかわかってくれたらいいんだけど。とりあえず口にしてみただけというか。

でも、ジュリーはその提案を真面目《まじめ》に受けとった。「いいね」ジュリーは言い、うなずいた。「セントヘレンズ山にしよう」腰をかがめるとイグニッションにキーを差しこんだ。キャデラックのエンジンが滞りなく始動した。「幸先《さいさき》いい」ジュリーが笑みを浮かべた。「次の停車地はセントヘレンズ山……」

ブリッジ・ストリートに出ると、西橋の手前で反対方向に向かうペニーのビュイックとすれちがった。ぼくは手を振り、ペニーも見たようだが、彼女が手を振りかえす暇も与えず、ジュリーはアクセルを踏んだ。

「あの、ジュリー」橋の上を疾駆しているとき、ぼくは訊いた。「あのとき停止して、ペニーに行き先を教えたほうがよかったんじゃないかな?」

「ちがうね」とジュリー。「せっかくあたしたちだけのお出かけなのに」

ジュリーの車のなかに道路地図はなかったので——いずれにせよワシントン州を走る分には必要ないんだけど——、ぼくたちはだいたいの見当をつけ、車を走らせるしかなかった。州間高速自動車道五号線を南に進み、セントヘレンズ山国立公園という標識を目にしたら左折するか、もしかしたら右折すると(標識が教えてくれるといいのだが)、火山に通じる道に出るだろう。予想していたよりもドライブははるかに長くなり、ようやく流出ランプまできたのはいいんだけど、目的地がさらに八十キロも先だと知ったときにはぼくたち二人ともがうめき声を洩《も》らした。といってもそれはご機嫌なうめき声だった。そのときはぼくたちもまだ楽しんでいたのだから。

ぼくたちは山道の上方で車を止め、ビジターセンターで昼食をとった。そこからの眺めは素晴らしく、目的地の全体像が一瞥《いちべつ》できた。セントヘレンズ山は、川が流れる長い谷の向こう端に位置していた。あらし雲が前面を覆《おお》い隠すようにして通りすぎ、山は見えたり隠れたりした。たしかに美しいが、格別、魅力的というわけでもなく、ぼくたちはこれ以上車に乗って近づくのをやめ、日差しの降りそそぐこちら側にとどまることにした。キャデラックのトランクから毛布を取りだすと草の上に広げ、その上にすわりこみ、一日が過ぎ去る様子を眺めた。

「いい気持ち」ジュリーが満足げにため息をついた。「ここに永久にいようよ、アンドルー」

「わかった」ぼくが応じた。「丸太小屋を建てよう」

「いいね……」またため息をついてジュリーが横になり、ぼくのひざに頭を乗せた。ぼくは動かないようにした。体をうしろに傾け、両手で支え、長時間そのままの姿勢を保つのは楽ではなかったが、そのままじっとしていればジュリーは眠りに落ちてしまうかもしれないと思った。

ぼくの上腕三頭筋が音を上げるより先に天気が怪しくなった。雲がセントヘレンズ山を覆いつくし、こちらへと迫りつつあった。ジュリーはまた体を起こし、風から土砂降りのにおいを嗅《か》ぎとった。「戻ったほうがいい」とジュリー。「昨日みたいに降ったら、車にとっては幸せじゃない」

雨は降らなかった。山地にとどまったままの雲を尻目《しりめ》に、ぼくたちは幹線道路に戻った。けれども道はひどく混んでいた。州間高速自動車道五号線のオリンピアから北はのろのろ運転が続き、どちらにしろ車は幸せじゃなかったし、そのうちぼくたち二人も幸せじゃなくなった。タコマを通過中、キャデラックのエンジンが咳《せ》きこみ、息絶えた。ジュリーはすばやくエンジンを再始動させた。しかし、これは数回も続いたエンストの一回目にすぎず、しかも新たなエンストが起きるたびに蘇生《そせい》により大きな努力が必要となった。五度目か六度目のあと、ぼくたちはキング郡国際空港の隣まできていて、シアトルの超高層ビル群ももう目の前だったが、いつまでたってもエンジンは動かなかったから、これじゃもう車を捨て、電話を見つけにいくしかないとぼくは思った。

だが、ロードサービスを呼んでほしいと言ってもジュリーは聞きいれようとしなかった。自分がツキに恵まれていれば、誰のレッカー車が救援に派遣されるか、ジュリーは心得ていた。「いざとなったらオータムクリークまであたしが車を押してくから」とジュリー。キャデラックはその提案を呑《の》んだようだった。次の試みでエンジンが動き、帰路の残りはずっとなめらかに走った。

オータムクリークに着いたのは五時少し前だった。ジュリーはまっすぐアパートメントに向かうか、もしかするとファクトリーに立ち寄るだろう。ぼくはそう思った。ところがジュリーはブリッジ・ストリートにあるお気に入りのバーの外に駐車スペースを見つけた。

「一杯ひっかけたい」とジュリー。「あんたはどう？」

　この問いに対する正しい返答は、もちろん、「いや、やめとくよ」だ。飲酒は依然として家のきまりに違反する行為だったし、ぼくの人生のこのときまでの経験からも飲酒を避けるべきなのは明らかだった。毎度、アルコールを口にするたびに——三度すべてがジュリーといっしょだった——、ぼくは後悔するはめになった。もう充分に学習している。

　だから、あのときひどい選択をしたことに対し、言い訳する余地はまったくない。ウォレン・ロッジの死を目撃した際に受けたショックがあとを引いていたせいだとはいえるかもしれない。あるいは、アダム、父、そして家に住むほかの魂がひとりとしてぼくを止めようと声を上げなかったというのもある。観覧台は一日ずっと空っぽだったから、車内にいるときも、自分が単一人格であり、他の人格に対して責任を負わなくてもいいような気になってしまっていたのだ。だからといって、それで自分の行動を釈明し、ひいては正当化できるかというと、とうていそうは思えなかった。ほんとうの理由——ただの言い訳などではなく——は、ジュリーそのひとだった。ぼくがジュリーに対してもっている感情、山の上にいて、ぼくのひざの上でジュリーが頭を休めていたときに抱いた感情、巡り合わせにさえ恵まれれば、ジュリーがもってくれるかもしれない（とぼくがいまだに期待している）感情のせいだ。

「わかった」ぼくが言った。「一杯付き合うよ」

最初はビールをピッチャーで頼み、それからジュリーのお勧めで、バーボンのショットグラスをビールのマグカップのなかに沈めた〈爆雷〉なる飲み物に変更した。スコッチのストレートに変えるころになると、ジュリーは自ら課したタブーを破り、レジー・ボーチャンプスとの別れのすべてを話しはじめた。聞いているのはつらかった。ジュリーは興奮しきっていて、レジーがどんなにクソ野郎か、さんざん毒づいた……実に馬鹿《ばか》げているが、ぼくは自分が嫉妬《しっと》しているのを感じていた。レジーに対するジュリーの思いの強さに嫉妬していた。たとえそれが否定的な強さであろうとも。

ジュリーはぼくの不快さを感じとり、口をつぐんだ。「ごめん」ジュリーが謝った。「話しちゃいけなかったんだよね」

「かまわないよ」

「そんなことない。あんたを動揺させた」

「動揺してないけど」嘘だった。「ただ……よくわからなくて。きみが言ってるようにあいつといると不幸になるだけなら、そして、この前、別れたときの顛末《てんまつ》からして、あいつといると不幸になるだけだときみが自分でわかってるのなら……どうしてまた会ったわけ？　誰かと付き合うってことはだよ、少なくともそれで自分は楽しめると思っているからなんじゃないのかな？」

ジュリーは悲しげに微笑《ほほえ》んだ。「ずいぶん理屈っぽいこと言うよね……」

「マジな話なんだけどさ、ジュリー——」

「マジな話なんだけどさ、アンドルー……だから、何もかも悪いことだらけだったとか言うつもりはないんだよ。実際、楽しい思いもした。レジーがまたクソ野郎に……」

「ならいい」とぼく。「まだよくわからないけど、まあいいよ」

ジュリーはため息をついた。「あんたにはわからないよ。あたしよりもしっかりしてるんだからね、アンドルー。あたしより頭がいい」ぼくはそれを聞いて顔をしかめたが、ジュリーは言いはった。「ほんとうの話。あんたはあたしよりもしっかりしてる。そう言ってるのはあたしだけじゃない。ペニーはあんたがほんとにしっかりしてると思ってる……ペニーはあんたがすごいと思ってる」

ぼくは眉をひそめた。「どうしていつもそうなのかな？」

「そうって何が？」

「ぼくとペニーの間に何かロマンチックな関係でもあるみたいに話すこと」

「でも、ペニーはあんたに好意をもってるけどね……」

ぼくはかぶりを振った。「そうじゃないよ、ジュリー。そんなんじゃない」

「あのね、アンドルー。あたしはペニーがキスしているのを見たんだよ」

「言ったじゃないか。あれはペニーじゃなかった」

「でもペニーのなかのひとりだよ」ジュリーが主張した。「ぶっちゃけ、いいカップルになると思わない？」

「何を根拠に？　二人とも多重人格者だから？」

「まあ……」ジュリーが肩をすくめた。「あんたも認めないと……」

「ペニーは不安定な多重人格者なんだよ、ジュリー。なんというか、精神を病んだひとと付き合うようなもんなんだ。よくわからないけど、きみが付き合ったほうがいいんじゃないの」

思わずそう口走り、自分が一線を越えてしまったのではないかと不安になったが、ジュリーはにんまりとし、ぼくの言い分を受け入れた。「かもね」ジュリーが認めた。「けど、ペニーはあたしのタイプじゃない」

「でも、ぼくのタイプでもない。たしかにペニーは基本的にはいいひとだと思うよ。それに、治療が終わったら、きっと誰かにとってのいいガールフレンドになるだろう。

でも、その誰かは……ぼくじゃない」

「わかった」ジュリーはすでに空っぽのグラスを見下ろした。「お代わりどう？」

「やめといたほうがいいかな……きみは？」

「うちに戻ればボトルがある」ジュリーが申しでた。「行ってもいいけど」

「わかった」

勘定を払い、外に出た。太陽はまだ出ていて、ぼくはひどくまごついた。ぼくはこれまで昼間から酒を飲んだことは一度もなかったのだから。いまがどれだけ遅い時間なのか確認するため腕時計を見ようとし、ぎょっとして動きを止めた。手首は剝《む》き出しだった。バーに時計を置き忘れてきたと思い、引きかえしはじめた。

そのときジュリーがキャデラックの隣に立っているのに気づいた。「ねえ」ぼくは呼びかけた。「ジュリー、ダメだって……運転するのは無理だよ」

「んん？」ジュリーはぼくを一瞥し、そっけなく手を振った。「心配しないで」とジュリー。「どうせクソなことはスタートさえしやがらない」腹立たしげに唇を引き結ぶ。「クソなこと……クソ車、クソボーイフレンド、クソビジネスプラン。あたしって救いようのないマヌケだよね？」

「だとしてもだよ、ジュリー」ぼくは言った。「それは必然じゃない」ジュリーは聞いてもいなかったが、よく考えてみればこれはこれで別にいいような気がした。

「このクソ車」ジュリーがまた車に罵《のの》った。それから言った。「さてと、さっさとここから離れるか。そこに新しいへこみをつくらないうちに」

ぼくたちは歩いてジュリーが住む建物に戻った。ジュリーは上階にある自分のアパートメントに入ると、キッチンシンクの上の戸棚にまっすぐ向かい、まだ開けていないスコッチのボトルを取りだした。ジュリーが封を破り、二つのグラスを満たすと、ぼくは自分がつぶれてしまうんじゃないかと思った。すでに限界を超えているのは明らかだった。それでもジュリーがグラスを手渡し、「乾杯」と言うと、ぼくはそれを飲んだ。

ボトルを携え、ジュリーは寝室に入った。ぼくもついていった。

「シャワーを浴びるね」ジュリーが告げた。

「えっ？」

「シャワーを浴びるの」ジュリーはボトルと自分のグラスをドレッサーの上に置き、クローゼットからローブを取りだした。「ちょっと待ってて」ジュリーが言った。「すぐ戻るから」

ジュリーはさっさとバスルームに消えた。ぼくはわけがわからずにいた。ジュリーがさっそくシャワーを浴びることにしたのはやっぱり妙な成り行きなのか、それともぼくが酔っぱらっているからそう思うだけで、妙な成り行きでもなんでもないのかと。そんなことを考えながらスコッチをすすると、急にひどい味に思えてきた。「げっ」ぼくは叫んだ。「もう充分だ」グラスをドレッサーの上にしっかりと置いた。

フトンに腰を下ろし、寝室の窓から外を見つめた。外の空はまだ明るく、迫りかけた黄昏《たそがれ》の気配がかすかに漂っていた。ジュリーの目覚まし時計を見ると、午後六時四十七分だった。ミセス・ウィンズローはそろそろ夕食をはじめているだろうと思い、それからはっと気づいた。自分がどこにいるか連絡するのを忘れていた。ミセス・ウィンズローは心配しているだろう。

ぼくはうっかりしていた自分を強く責めた。電話し、大丈夫だと告げたほうがいい……でなければこのまま家に帰るとか。もちろん、いま家に帰ったら、ミセス・ウィンズローはぼくが酒を飲んでいたと気づく。ミセス・ウィンズローは何も言わないだろうが、ぼくに失望するだろう。彼女もまた、ぼくにひけをとらないくらいに父の定めたきまりに通じていた。だとすると家に帰らないほうがいい。しばらくここにいて酔いをさますべきなのかもしれない。

そんなことを考えていたぼくは、うわのそらでグラスに手を伸ばし、またスコッチをひと口すすった。今度はそこまでまずくはない。というか、なんの味もしなかった。しかし、ごくりと飲みこんだその瞬間、当惑しながら、手にしたグラスを見つめている自分に気がついた。ぼくは思った。この状況、何かが微妙に変なんだけど、いったいどこがどう変なのか？

何か思いあたるふしがあったような気もするが、ちょうどそのときジュリーが、新たな論理パズルを携え、シャワーから戻ってきた。ジュリーはバスルームに向かうとき、たしかにローブを手にしていた。しかし、戻ってきたジュリーはタオルにくるまっているだけだ。あえてこういうファッションを選択したというのなら、文句をつける余地はなかった。胸の上部や肩のむきだしになった肌は熱いシャワーの余韻でまだ紅潮していて、ジュリーは信じがたいくらいに美しかった。だがそれでも問題は残る。ローブはどこに消えたのか？

ジュリーはドレッサーの前に行き、自分のグラスを手に取った。それを飲んでいるときの弓なりになった首の曲線の美しさがぼくを魅了した。ぼくは、ジュリーにすごく魅力的だと告げ、それでいてぼく自身の不適切な感情をまったく示唆《しさ》しないような言い回しをひねりだそうとした。

「それで」ジュリーがぼくに顔を向けた。「あたしがマヌケだと思ってんだよね」

　ぼくは目をしばたたいた。「はあ？」

「バーの外で言ってたこと。あたしが救いようのないマヌケかどうか訊いたときに……」ヤバっ。あれ聞いてたんだ。「『だとしても、それは必然じゃない……』だとしてもって、あたしがマヌケだってことだよね？」

「ちがう！　ちがうよ、ジュリー、ぼくは――」

「別にかまわないけどね」とジュリー。「正直でいてもらったほうがうれしいから。もしあんたが――」

「きみがマヌケだとか思ってないよ、ジュリー。ぼくはただ……きみが不器用だと――」

「不器用ね。なるほど」

「――ときどききみはこれって自爆なんじゃないかって方向に突っこんでいくような感じがして、ぼくにはそれはよくわからない。でも、きみがほんとうに才能があって、頭がよくて、美人だというのはわかる。もしきみの人生がかならずしも望みどおりにいってなくても、そんなふうにきみが運命づけられているからじゃない。きみにはもっとすべてをよくするために必要なあらゆる性質が備わってるし、きみはただ……別の戦略を採用すればいい……ただそれだけで……」

「別の戦略ね。なるほど」用心深く笑みを浮かべた。ぼくをからかっているだけなんだということを示す徴《しる》し。だが、ぼくはしゃべりつづけ、謝ったり、さらに賛辞を口にしたりで大わらわだったから、そのうちジュリーはとうとう哀れみまでかけてくれた。

「アンドルー」ジュリーはようやく言い、グラスをドレッサーの上に戻すと、フトンのほうにやってきた。「もういいよ……」

「いや、よくない……きみはふさいでいた。で、ぼくはなんとか気分がよくなってもらえるようなことを言おうとした。あんなふうに——」

「何を言おうとしてたのかはわかってたけどね、アンドルー……だいたいは」

「ごめん、ジュリー」

「アンドルー、シーッ、謝るのはやめて」ぼくと並んでフトンにすわり、ぼくの肩に腕を回した。「あんたはクソ最高な友だちだよ、ほんとあんたは……」もう一方の手を上げ、ぼくの顔の横を撫《な》でると、ぼくはもうこらえきれなかった。身を乗りだし、ジュリーにキスをした。

ジュリーは逃れようとせず、やさしくキスを返した。キスをやめると、大胆になったぼくは頭を下げ、唇で彼女の胸の先端をかすめた。ジュリーが体を固くした。「アンドルー」ぼくを思いとどまらせようとして言いかけた。「アンドルー、待って……」ぼくは待たなかった。ふたたびなかば頭を上げ、ジュリーの喉《のど》のくぼんだ箇所にキスすると、どうやら当たりだったらしく、いきなりジュリーはそれまでとはちがったふうに体をこわばらせた。「ああ、クソッ……」

結局、ぼくたちはフトンに並んで横たわった。ぼくの手はジュリーのむきだしの肌に置かれ、肩の曲線をなぞった。

「まずい考えだよ、アンドルー」ジュリーは本心からそう思っているようだったが、もしかすると事実を直視すまいとしているだけなのかもしれない。その一点にすがりつき、かろうじてぼくは気持ちを奮いたたせていた。とうとう願いが現実になった。またもや好機が訪れたのだから、今度こそ恥ずかしがったり、ためらったりせず、それをものにするつもりだった。

片ひじで体を支え、身を乗りだし、ジュリーの口、顔、胸にキスをした。最初、ジュリーは無抵抗に受けいれていただけだったが、ぼくがふたたび喉のマジックスポットを探しあてると、「ああ、クソッ……」ともらし、自分から応《こた》えはじめた。ぼくの襟をつかむとうしろに押したおし、上にのしかかった。ぼくの喉のくぼみにキスし、軽くかじった。ぼくのシャツのいちばん上のボタンに指をかけてはずし、二つ目のボタンを探りあてた。ぼくはすでにずれかけていたジュリーのタオルに手を伸ばした。二人して取っ組み合い、どちらが先に相手の服を脱がせるか争った。優位なのはぼくだった。タオルに留め具がなかったのに加え、上体の力はぼくのほうがまさっていた。だが、ジュリーは狡賢《ずるがしこ》かった。片手をすばやく引きはなし、下に伸ばし、股間《こかん》をつかんでぼくの体勢を崩そうとした。

そのとき事態は暗転しはじめた。ジュリーはぼくの股間をつかんだ……そして動きを止めた。困惑した表情が顔に浮かんだ。さっき置いた鍵《かぎ》の束を取ろうとしたところ、あるはずの場所に何もないと気づいたときのかすかな困惑の表情。ジュリーの手がまたまさぐりはじめた。今度はより執拗《しつよう》に。ジュリーの困惑はさらに増した……あの鍵はどこにいったのか？

「アンドルー」ジュリーはなおも手でまさぐりながらも、わずかに身を引いた。「あんたはもしかして……まさかあんたにはないとか……」

「何？」

ジュリーはしぶしぶそれを口にした。

「ああ」ぼくはさりげなく答えた。ジュリーがぼくの下着の趣味を知って驚いたとでもいうように。「ああ、そうそう。ぼくにはないんだよ……例のものが」

「あんたにはないって……」ジュリーは目をしばたたきながらもなんとか感情を表に出すまいとしていた。「それって……虐待《ぎゃくたい》の結果？　あんたの義理のお父さんが……？」

「えっ？」意味を察し、ぼくは笑った。「まさか！　いや、そんなんじゃない。何も……切られてない。もともと女性の体だったというだけ」

「ええ！」

「体は女なんだ」ぼくはくりかえした。「何か――」

「いいえ」ジュリーが抵抗した。「いいえ、ありえない……あんたは〈彼〉と言ってた。いつも〈彼〉と言ってるのに」

「えっ？」

「アンディ・ゲージについて話すとき……もともとのアンディ・ゲージだけど……いつも〈彼〉だった。〈彼女〉じゃなくて」

「まあ……そうだね」

「アンディ・ゲージが女なら、そしたら――」

「ジュリー……」よりにもよってこのタイミングでわけのわからない議論をしなくちゃいけないなんて……ジュリーにとっては重要そうなので、ぼくはいらいらを抑えこんだ。「アンディ・ゲージを〈彼〉と呼ぶのは、なんというか、父がいつもそうしていたから……それとアダム、サムおばさん、それから家にいるほかの魂もみんな」

「けど、もしアンディ・ゲージが女性なら……」

「彼の体は女性だったけど、彼の魂は男性だった」ほんとうはそれが事実なのかどうかわからないが、いちばん筋が通っていた。わざわざ父を呼びだして、確認しようとは思わなかった。

「でも、魂と体は対なんだと言ってたよね。他方の反映なんだって」

「単一の人格の場合はね。けど――」

「でも、アンディ・ゲージは単一人格だった。彼は〈原魂〉だったよね？　彼……彼女……は分裂前に存在していた。だったら――」

「ジュリー」ぼくは話をさえぎった。「無礼な真似《まね》はしたくないけど、でも……どうしてこんなことが問題なんだろ？　あとで喜んで話すけど、でも――」

「どうしてって……？」ジュリーは狂ったような笑いを洩らす。首を絞められながらくすくす笑っているかのように。「こんなの嘘《うそ》でしょ……」

「ごめん。体が……すべて理想どおりというんじゃなくて。でも、きっと埋め合わせはできるよ……何が欠けていようと」ぼくは笑みを浮かべた。どうせこんなのはちょっとした行き違いにすぎず、たちまち忘れ去られるだけだろうと思いこんでいたのだ。「望みを言ってくれるだけでいい」手を伸ばしたが、ジュリーは身をくねらせて逃げた。フトンの反対側にしりぞき、タオルを体のまわりにきつくかきよせた。

「ジュリー？」さすがにぼくも不安になりはじめた。「ジュリー、どうしたの？」

ぼくは体を起こし、また手を伸ばしたが、ジュリーが叫んだ。「やめて！」ぼくの手をぴしゃりと払った。ぼくはあのときほどあっけにとられたことはない。

「ごめん、アンドルー」ジュリーは頑《かたく》なだった。「ごめん、でも頼むから……頼むからさわらないで」

「ジュリー……」例によって、心臓に氷水をぴしゃりと浴びせかけられるような感覚をおぼえた。少量の氷水は奔流となった。また同じことが起こった。一瞬、ぼくたちは親密になった。あけっぴろげで愛情に満ちていたが、いまは……もはやチャンスの窓は閉ざされ、釘で打ちつけられ、シャッターを閉じられ、バリケードで封鎖された。ぼくにはわからなかった。「それってそこまで重要なの？　だって、それでもぼくに変わりはないんだから。たとえぼくにない――」

ジュリーはまた例の狂ったような笑い声を発した。「ちがうよ、アンドルー」とジュリー。「重要なんだよ」

「でも……でも、きみが、その、愛し合おうとしていたのはぼくだったよね？　体がぼくの魂の完全な反映ではないときみは知っていた。それなら――」

「アンドルー……」

「――それならただの程度問題にすぎないよね？　それはやっぱりぼくなんだよ、ジュリー……」

「あたしはレズビアンじゃないんだよ、アンドルー」

突飛すぎる言葉だったから、ぼくは一瞬、頭が完全に真っ白になった。「えっ？」

「あたしはレズビアンじゃない。あたしは――」

「でも……ぼくだってレズビアンじゃない」一瞬だけ、理屈に合わない希望がうねりとなって押しよせた。ジュリーの顔がまったく変化していないのを目にし、希望は途絶えた。ぼくがレズビアンかどうかなんて、ジュリーにとってはどうでもいいのだ。どうでもよくないのはアンディ・ゲージが女性の体をしているという点だ。おしまい。

それでもぼくは悪あがきし、新たな論点、そんなことはちっとも問題じゃないんだと説得するための材料をなんとか見つけだそうとした。言葉に窮し、またジュリーに手を伸ばしたが、ジュリーはその手をかわすと、さっとフトンから離れた。蒸発でもしてしまったんじゃないかというくらいのものすごい早業で。

「ごめん、アンドルー」とジュリー。ドレッサーのそばで見下ろすようにして立ち、ぼくから顔をそむけた。ぼくは頭をひねった。ジュリーはどうやってこんなにすばやく服を着たんだろう？「ごめん……こんなことを問題にすべきじゃないし、もっと、なんというか、もっと開放的になれたらいいんだろうけど……でも、重要なの。すごく重要なんだよ。重要だし、それにあたしには、絶対、無理……それに」ジュリーが肩越しにこちらを見て、付け加えた。「さっきあたしが言ったことはやっぱり正しい。あたしたち二人がそういう関係になるのはまずい考えだってこと。たとえ……それは間違いだと思う。もしかしたらこれってお告げみたいなもんじゃないのかな？　今回の件だってやっぱりお告げというか、あたしたちは永遠にただの友だち、いい友だちでいるべきなんだっていう……」

「友だち」その言葉は乾いたしわがれ声になって喉から出た。グラスをもちあげ、スコッチを一気にあおる。体が温かくなり、麻痺《まひ》するのを感じた。「友だち」苦々しい思いでくりかえした。「愛してるんだ、ジュリー……ぼくはきみを愛してるし、ぼくなら大切にするだろうときみは知ってるはずなのに、それでもきみはやつを選ぶんだ……あいつ、そしてその前の連中、きみをクソみたいに扱って……」

「あたしは彼を選ばなかったけどね、アンドルー」ジュリーはかぶりを振った。「あたしはたしかに彼と寝た。でも、いまは別れたし、彼はあたしの人生から消えた――」

「うん、次のときまでは」

「レジーの後釜《あとがま》にすわりたいってこと、アンドルー？　あたしと寝て、それで友だちじゃなくなると？」

「ぼくの望みは両方だ！」ぼくは叫んだ。目が潤《うる》むのを感じた。「きみはいつもお世辞ばかりだ。どんなにすばらしい人間か、どんなに落ち着いてるか……もしそれがほんとうなら、本気で言ってるのなら、どうして愛してくれないんだ？　どうして？」

ジュリーは答えなかった。ぼくはボトルを唇までもっていき、ごくごく飲んだ。スコッチが逆流し、喉がつまった。視界がはっきりすると、ジュリーはもうドレッサーのそばに立っているのではなく、窓のそばの床にすわっていた。目は赤かった。今朝、そうだったように。

「どうしてなの、ジュリー？」しゃがれ声でくりかえした。「どうしてぼくを愛せないんだ？」

ジュリーはぼくを見ようともしなかった。「アンドルー」ジュリーが疲労困憊《こんぱい》という様子でため息をついた。「あたしには……あたしには、あんたがこれ以上何を望んでいるのか、わからない。なんというか、あたしはがんばって――」

「ぼくはなぜかを知りたい。ぼくに話してもらいたいんだ――」

「アンドルー、お願い……すまないとは思うよ、いい？　あんたをひどく傷つけてしまってすまないとは思う。もし……もしあたしがあんたのことをわざと残酷に扱ってるとでも思ってるのなら、すまないと思う。それはちがうというか、少なくともあたしはちがうと思ってるけど、でも……それ以上はわからない。けど、あたしはもう疲れたよ、アンドルー……疲れたし、もう百万回も自分の気持ちを説明したような気がしてるのに、あんたはけっして受け入れようとしない。あたしには百万一回目に説明するだけの気力はない……だからもうやめない？　そうしてくれる？」

「百万回？」ぼくが言った。「きみはまるで説明してないよ、ジュリー……」

ジュリーは両手で顔を覆った。

ぼくはもうひと口ボトルから飲んだ。

「ジュリー」ぼくは言いかけ、それから口をつぐんだ。ジュリーの頭の上の窓から洩れ入る街灯の輝きに気をとられていたせいだ。ようやく意識から窓の輝きを振りはらい、また下を見たとき、ジュリーの姿はすでになかった。

「ジュリー？」ドレッサーのほうに目をやるが、ジュリーはそこに戻ってはいなかった。もう部屋にはいない。どこに消えたのか?「ジュリー?」

ぼくは立ち上がった。実際は二度、立ち上がった。一回目は失敗した。突然、床が上にぐらりと傾き、ジュリーのフトンのマットレスをぼくの側頭部に思いっきり叩《たた》きつけた。二度目のとき、ぼくはもっとゆっくり動いた。気持ちを集中して体のバランスをとり、どうにか足で立てた。

くり返しジュリーの名前を呼び、アパートメント全体を探した。ジュリーの姿はどこにも見当たらなかった。最後にアパートメントの外に通じるドアがわずかに開いているのに気づいた。

「ジュリー?」ぐらつく階段の最上部によろけでた。すぐ前を降りていく足音が聞こえたような気がした。だが階段には誰もいなかった。はるか下にぼんやり輪郭だけが見える一階出入り口のドアは閉ざされていた。階段を降りはじめたが、慌《あわ》てすぎたせいでほんの二、三歩進みでたところでまたバランスを崩した。よろめき、倒れ、階段の壁ごと外に落ち、伏した姿勢でアスファルトと激突した。

「ジュウリィー」ぼくはぜーぜー息をあえがせ、大の字に横たわっていた。ズボンからはみでたシャツが腰の下に敷かれていた。何かの拍子にちぎれたボタンが一個、コツコツコツという小さな音をさせて跳ね飛んだ。手首が何かで湿っていた。

ごろりと転がり、体を横向きにする。手はスコッチのボトルをまだつかんでいた。落下の衝撃でもボトルは割れなかったが、激しい動きのせいで中身がいくらかネックから飛びでたようだ。ぼくが感じた湿り気の正体はそれだった。スコッチが手首でひりつき、体の他の部分にくらべ、そこだけ目覚めが早かった。手首を顔にもっていき、湿り気のいくらかを頬や額にこすりつけた。ぼくはさらにひと口飲んだ。

「ジュリー？」どういうわけかぼくはまた立ち上がっていた。そこは通りの真ん中だった。ジュリーのアパートメントの前の通りなのか、別の通りかはわからない。外は真っ暗だし、視界はざらついて不鮮明だったから、街灯に照らされているのも含め、事物の外形を分離するのは困難だった。左側の歩道に人間――女性？　ジュリー？――を見たような気がしたが、ぼくが接近すると、彼女は消散した。ちょうどコンピユータのなかの幻影がハトの群れに変化するように。

「ジュリー……」ぼくはどこにいるのか？　通りの標識を見つけなければならなかった。意識を集中させられる何かを。通りの角に出るのがいいだろうと判断し、方角をひとつ選び、歩きはじめた。

むしろ、よろめいたといったほうが適切かもしれない。ぼくの魂が体のなかでぶらぶら揺れた。蜘蛛《くも》の巣状に張りめぐらされた伸縮性の綱でアンディ・ゲージと結びつけられているみたいだった。内側から操り人形を操作するようにして動いた。左右に揺れ、よろめき、とまっている車の列を手すり兼ガードレールとして利用した。やがて角に出ると、金属柱を抱え、直角に交差する二つの細長い緑色の帯を見上げた。一方は〈アーヴァイン・ストリート〉、もう一方は〈オスウェゴ小路〉と表示されている。

アーヴァインとオスウェゴ、アーヴァインとオスウェゴ、ここはどこなのか？　ブリッジ・ストリートよりも北、それとも南か？　町の地図を思いうかべ、交差点の位置を割りだそうとしたが、そのうち別の疑問に気をとられてしまう。もしいまいる場所が判明したとして、自分はどこに行きたいのか？　ミセス・ウィンズローの家か？　それとも、ジュリーのアパートメントに戻るべきか？　「ジュリー……」ぼくはため息をついた。いまや他の身体部位との間での協調運動が可能な唯一《ゆいいつ》の部位である腕が勝手にもちあがりだした。ボトルが唇に触れようとしたちょうどその瞬間、かろうじて腕を止めた。

そのときぼくは実際的な戦略を実行しようと決めた。要するに、ただただ歩きつづけるつもりだった。とどのつまり、オータムクリークは小さな町だ。移動しつづけ、新しい通りがあればとりあえずそこに入り、橋はけっして渡らない。そうすれば遅かれ早かれジュリーのアパートメントがある建物か、ミセス・ウィンズローの家、さもなければ自分の位置を教えてくれるランドマークにぶつかるだろう。ジュリー自身、おそらくまだどこかの通りにいる。多少のツキさえあれば、鉢合わせするかもしれない。何よりもそんな思いがぼくをふたたび活動へと駆りたてた。

一歩、一歩、さらに一歩、そしてまた一歩。どれだけの時間、あるいはどれだけの距離、歩いたのかもわからない。言うまでもなく時間喪失は起こっていた。意識される歩行一歩一歩の間に何分か、そして何ブロックかが過ぎ去っていた。一歩、一歩、さらに一歩。それから急に足を止めた。また落下しそうな気がしたのだ。くるりと回転し、目に見えない絶壁から体の向きをそらした。よろめきながら縁石をまたぎ、歩道を横切り、そのままふらふらと進むと、刈られた芝生の一画で足を止めた。

声がぼくの名を呼んだ。酔いはある程度さめていた。ミセス・ウィンズローのヴィクトリアンハウスの芝生になった前庭にぼくは立っていた。ミセス・ウィンズローはポーチにいた。呼びかけたのは彼女だった。「ミセス・ウィンズロー！」ぼくは叫んだ。ようやく家に帰りついたと知って舞いあがったのも束《つか》の間《ま》、次の瞬間には恥辱にさいなまれていた。ぼくは悲惨としか言いようのない姿をしているはずだ……スコッチのボトルはまだ手にしていたっけ？　そう、手にしていた。真剣にその場から立ち去ろうと考えた。ミセス・ウィンズローからまじまじと見られないうちに、さっさと姿を消してしまおうと。そんなこんなしているうちにミセス・ウィンズローがふたたび「アンドルー」と言った。ひどく心配そうな口調だったから、もはや手遅れなのは明らかだ。

ポーチにいたのはミセス・ウィンズローだけじゃなかった。男がいっしょだった。最初は警官かと思い、恥辱はさらに強まった。ミセス・ウィンズローは心配のあまり、ぼくが行方不明だと訴えでたのだ。だが、その警官は制服を着ていなかった。スーツでもない。とするとＦＢＩでもない……。

ドクター・エディントンだ、とぼくは気づいた。オータムクリークで何をしているのか？

おそらくぼくだけでは思いつけなかっただろう。依然としてぼくはかなり酔っていて、そんなことができる状態ではなかった。しかし、別の魂が観覧台から外を見て、結論を導いた。その考えが到来した。ぼくの考えじゃないけど、それでも明晰《めいせき》そのものだった。ドクター・グレイの身に何かが起きたんだ。前回と同じ理由で彼はここにやってきた。

ぼくはそれを聞きたくなかった。事態がどこまで悪化しようが、外の世界に対処するのはぼくの仕事だ。でもぼくはそんなことを聞きたくなかった。災難はもはやぼくの手に負えないものとなっていた。ぼくはウォレン・ロッジを殺した。ジュリーとの友情も〈殺した〉、おそらくは。ドクター・グレイにはそんな力がないにもかかわらず、ふたたび仕事に引きもどそうとし、そのせいでドクター・グレイまで殺してしまったのかもしれない。その事実がすでに明らかだとしても、ぼくは知りたくなかった。そんなことを知るのはお断りだった。

「アンドルー……」ドクター・エディントンは口を開いたが、ぼくはおとなしくその場にとどまり、話に耳を貸したりはしなかった。ぼくは激しく暴れて体から自由になり、ぼくをつないでいる綱を引きちぎった。ガラスの割れる音、家の木材の裂ける音がした。苦悶《くもん》と恐怖で魂たちがいっせいに叫び声をあげた。シューシューと荒れくるうもやにすべてが呑みこまれ、ぼくはまた湖に落下した。深みに没し、底まで沈んだ。黒々とした水に満たされ、悪い知らせはひとつもなかった。

ぼくは湖に落ちた。だが誰かが体を管理しなければならない。そして誰かがそれをやった。体を支配し、体とともに走った。虎視眈々《こしたんたん》とこの機会を狙《ねら》い、長いこと待っていた誰かが。水がぼくの上方を閉ざしているというのに、アンディ・ゲージの体はふたたび動きだし、通りに駆けもどった。夜のなかに。はるか、はるか彼方《かなた》へと駆けていった。

第六の書　マウス

16

マウスにとってはじめてとなるドクター・エディントンとの面談は午後七時三十分に予定されていた。かなり遅い時間だが、ドクター・エディントンはそこしか空いていなかった。アポを取るため連絡すると、驚いたことにドクター・エディントン本人が電話に出た。彼の説明によると、常勤の秘書が二日後に結婚する予定だが、臨時の秘書はまだきていないのだという。「それで、さしあたり自分で何から何までやらないといけなくてね……きみの名前はなんだったっけ?」マウスが告げると、医師は陽気に応じた。「ああ、ペニーか! ダニエル——ドクター・グレイのことだが——から言われてたよ。きみから電話があるかもしれないと。多重人格障害の治療についてだったよね?」

事務的な口調でそう問いかけられ、マウスはぎょっとした。まるで歯に詰め物をしたいのかとか車のタイヤをチェックする必要があるのかとでも訊《き》いているような調子だった。「は、はい」とマウス。

「オーケー、けっこう」電話口のむこうで紙をぱらぱらめくる音が聞こえた。「で、最初のセッションなんだけど、来週の水曜日でどうだろう？」

「来週の水曜って……」マウスが叫んだ。

「申し訳ないが、それ以上早くは無理なんだ」ドクター・エディントンが弁解した。「明日は予定が詰まってるし、水曜は秘書の結婚式がある。木曜に飛行機でサンフランシスコまで行ってセミナーに出席しなくちゃいけない。セミナーは週末いっぱい続く。だから、今週は何もできないが、ただ……」

「ただ？」

「えーと、いま思案中なんだが……明日は定期で入ってる診察が五時に終わる。それから五時四十五分にカラテ教室に行く。さくっと夕食を済ませ、クリニックに戻ってきたら、だいたい七時半というところだろう。きみのほうはそれでいいかな？……ペニー？……聞いてるか？」

「はい」マウスは仕方なくそう言った。しばらく待たされると聞かされたときの失望感に代わって、すぐさま激しい拒絶感が心のなかに広がった。治療をあきらめ、いままでどおりのやりかた——哀れな人生、マウスが慣れ親しんだ人生——に復帰できたらいのにという土壇場《どたんば》での願望。だがもはやそれは選択肢たりえない。「わかりました……明日の七時半にうかがいます」

「オーケー」とドクター・エディントン。「道順を教えておくよ」

ドクター・エディントンのクリニックはフリーモントにある。フリーモントは、ワシントン湖の船舶運河北岸にあるヒッピー／ボヘミアン地区だ。いわゆるスラムではないが、マウスの母親が鼻であしらうような地域にはちがいない。失われた一夜のあと、見知らぬ男のベッドで目覚めるという出来事がここ一年で二度あったのも、この地域でのことだった。ドクター・エディントンのクリニックまで往復する際には、マウスを〈知っている〉誰かの目に留まらぬよう気をつけなければならない。

晩に医者と会うのはなんでもない。マウスにとってたったひとつ気がかりだったのは、仕事が終わってから診察を受けるまでなんとかして時間をつぶさなければならないということだ。ドクター・グレイの催眠治療を受けてからというもの、〈協会〉は大胆さを増していた。覚書を送ったり、留守録にメッセージを残すだけではもはや満足できなくなっていた。マウスは声が聞こえはじめていた。ただのささやき声のときもある。白昼夢のなかで耳にする、自分以外の誰かの思考みたいなものだ。誰かがマウスの肩越しに話しかけているみたいに、大きな声ではっきり聞こえるときもある。

声はいつ聞こえてもおかしくなかったが、彼らがいちばんずけずけと話しかけてきがちなのは、マウスが内なる彼女自身とだけいて、しかもだらだらしているときだった。そこでマウスは、アポ前の時間をアンドルーと、あるいはアンドルーの父親と過ごせたらいいのにと思った。しかし、アンドルーはジュリーとどこかに行ってしまった。アンドルーに付き合ってもらえない以上、父のアーロンに付き合ってもらえるはずがない。

一週間前と比べたら、驚くほどの変わりようだ。アンドルーが最初に〈父親〉を紹介しようと申し出たとき、マウスはやけになって同意したにすぎなかった。いまは彼と話したいと心から思っている。〈父親〉との会話が楽しいとはお世辞にもいえない。アーロン・ゲージは話し上手で軽妙洒脱《しゃだつ》な人物ではない。それでも〈父親〉と出会えてよかったとマウスは思っている。ひとつにはこういうことがある。アンディ・ゲージの肉体をアンドルーではない別の誰かが占拠していると思うと最初は妙な感じがしたが、それをいったん受け入れてしまえば、そこまで妙でもない。そう身をもって知っただけでも、マウスにとっては大きな救いだった。それにだ、アンドルーが多重人格者でありながら、それでいて完全な社会不適合者にならずに済んでいるのなら、マウスにだって希望は残っているのかもしれない。

アンドルーが言っていたことも正しかった。〈父親〉は、マウスが何を経験しているかちゃんと理解している。「もちろん、最初は死ぬほど怖い。きみは自分の頭がおかしいんじゃないかといつも心のどこかで考えている。しかも証拠は雪だるま式にふくれあがるから、もう隠し立てのしようもない。ほかのひとたちもそれに気づくだろう。恐怖だけじゃない。罪悪感だってある。全部自分に原因があると考えるせいだ。こうなったのも自分が何かしたからだときみは思う。ただし、その何かとやらはどうしても思いだせない……ということは、世界中の人間から、きみはたんに頭がおかしな人間としてだけじゃなく、邪悪な人間としても認知される……」

「ほんと、そう……で、どうするの？」

「もしきみがわたしと同じような状態なら、脅《おび》えて多くの時間を無駄にしている。もしかしたら何年も。それからある日、もううんざりだと思う。これ以上、怖がったり、罪悪感に苦しめられるなんてごめんだ。そして救いの手を探しもとめる。運がよければ、適切な助けが得られ、期待は裏切られない……ついにはそれを克服する。もはや恐怖の対象ではなく、うざいと思いはじめたら、自分が確実に前進している証拠だと思っていい」

聞こえる声が〈うざい〉だけになる日がいつかきてくれたらいいのに、とマウスは思う。いまはまだ怖い。それでもマウスはアーロンのアドバイスに従う気になる。「ドクター・グレイは、おそらく〈協会〉を味方だと考えるようにと言ったんじゃないのかな。実際、彼らは味方だ。でも、無作法な泊り客だと考えるのもありだ。彼らが悪さをはじめたら、パニックになったり恥じたりするんじゃなく、いらつくようにしてみるんだ。来客が流しに大量の汚れた皿を残していったときみたいに。完璧《かんぺき》な解決策とまではいかないとしても、窓から飛びおりたいという気分になるのはそれでずいぶん避けられるはずだ。といっても、これはあくまでも間に合わせの手段にすぎない。すぐにでもきみはほんとうの治療を受けるべきだ」

実際、マウスはそうしようとしている。だが、それまでもう二時間ほど時間をつぶさなければならない。マウスは仕事のあと家に帰らず、シアトルのユニヴァーシティ・ディストリクトに行き、ユニヴァーシティ・アヴェニュー沿いの店舗を見てまわる。こんなふうにしているときもマウスは時間を喪失する。通常の感覚からするとあまりにも早く七時となり、財布を確認すると少なくとも十五ドルは足りない。だが、マウスが声を聞くのは一度だけだ。七時直前のこと。マウスはがらがらのピザ屋に入った。フリーモントに向かう前に軽く食事をしておこうと思ったのだ。チーズピザひと切れとソーダが欲しいだけなのだが、カウンター係は電話に夢中で、注文をとりにこようともせず、マウスがそこにいるというのに気づかないふりをしている。いらいらが爆発寸前になっていたマウスは、こいつはどうしようもないクソデブ野郎だといつしか考えていて……それから、これは自分の考えじゃないと気づいてぎょっとする。洞窟《どうくつ》の入り口に身をひそめているアグリーだかマレディクタだかの考えだ。「もういい加減にして！」そう言うと、ようやくカウンター係はこちらに関心を向けたので、マウスは気恥ずかしさでいっぱいになる。「おい、落ち着いてくれ」カウンター係が言い、気がつくとマウスは車に乗ってフリーモント・アヴェニューを進んでいる。マクドナルドのセットメニューの残骸《ざんがい》がビュイックのダッシュボードの上に散乱している。いらついてみせたって所詮《しょせん》このざまだとマウスは思う。

ドクター・エディントンの指示通りに道を進み、三階建ての木造の建物の前に到着する。正面には小さな庭があり、金網のフェンスで囲まれている。マウスが近づくと――ビュイックは一ブロック離れたところにとめ、いまは歩いている――、男が地面にうずくまり、忍耐強く花壇の草むしりをしている。カーキ色のズボンをはき、明るい色のコットンシャツを着て、腕まくりをしていた。剝《む》き出しの前腕は日に焼けて筋肉質で、手櫛《てぐし》した黒い短髪は洗ったばかりのようだ。

「ドクター・エディントン？」マウスが声をかける。

男が顔を上げると、ここ二週間で二度目となるが、マウスは父親の亡霊と対面する。とはいえ、今回の印象は、ダイナーの前で笑っているアンドルーを見たときよりもはるかに強烈だ。ドクター・エディントンはモーガン・ドライヴァーと普通の意味で似ているというか、外見からして似ている。同じ目、同じ鼻、同じ下あごの輪郭。年齢的には、モーガン・ドライヴァーがこの世を去った年よりも上だが――ドクター・エディントンは四十代半ばだろうとマウスは推測する――、目尻《めじり》の薄い皺《しわ》を伸ばし、口元からタバコをだらりと垂らしたら、プロムの翌朝に撮られた父親の写真のそこそこ出来のいい複製が得られるだろう。

「こんにちは、ペニー」ドクター・エディントンが言うと、マウスはあやうくコケそうになり、フェンスに指をひっかけて体を支えた。父親の声がどんなだったかはわからないが、ドクター・エディントンの声はというと――父親が声を発したら、きっとこんなふうだっただろう。「ペニーだよね？」

マウスはかろうじてうなずく。ドクター・エディントンは立ち上がり、ズボンで手を拭《ぬぐ》おうとして考えなおし、両手をはたいて汚れを落とす。それから手を伸ばし、マウスと握手する。温《ぬく》もりと親密さに満ちた手でがっしり摑《つか》まれた瞬間、マウスは二歳のときに戻ったような気がする。

「さてと」ドクター・エディントンが手を離す。「なかに入るか」

二階に行き、寝室二つのアパートメントを業務用に改装した診察室に入る。ドクター・エディントンは先に立って通路を進んでいき、ひとつの部屋の前を通りすぎる。室内には机とファイリングキャビネットが置かれ、そこに山積みになっているのはどうやら数百冊のブライダルマガジンらしい。通路の突き当りにもうひとつのより大きな部屋がある。壁の三面は本棚が占め、残りの一面からやや離れた位置に机が据えられている。ドクター・グレイのときと同じく、ドクター・エディントンも患者に好きな席を選ばせる。革張りの高級なエグゼクティブ用回転椅子《いす》のほか、高級さという点では明らかにぐっと落ちるが、長椅子も置かれていた。長椅子は、『わんぱくデニス』のマンガのコマが重ね刷りされた柔らかそうな生地で覆《おお》われていた。「ガレージセールで入手した」ドクター・エディントンが説明する。机の背後から、自分がすわるためにもうひとつの回転椅子を取ってくる。「どうぞ、好きなところにすわってくれ」

マウスはエグゼクティブ用の椅子を選ぶ。マンガが嫌いだからではなく、そちらのほうがドクター・エディントンに近いから。

「それで」とドクター・エディントン。「きみのことを話してくれ」

マウスは何を訊かれているのかわからず、目をぱちくりさせる。「えーと、その、ドクター・グレイから話は聞いてません？」

「きみが治療にくるかもしれないとは聞いた。その理由も」ドクター・エディントンが続ける。「それと、アンドルーの友人だということも。だが、わたしはきみ自身の口から聞きたい。きみはどういう人間なんだろう？」

自分がどういう人間かって？　「わたしは……」マウスは「わたしは特別な人間じゃない」と口にして、こう言いかえる。「わたしは誰でもない」

ドクター・エディントンはそんなことは信じられないとでもいうように苦々しげな笑みを向ける。「出身は？」

「オハイオ州」

「家族はまだそこに暮らしているのかな？」

マウスはかぶりを振る。「全員死んだ」

「お気の毒に」とドクター・エディントン。「最近？」

「最近……？」

「家族が亡《な》くなったのはいつ？」

「ああ。父はわたしがすごく幼いときに死んだ。祖母――父の母――はわたしが九つのときに死んだ。ほかの祖父母は全然知らない」

「ふむふむ」とドクター・エディントン。「きみのお母さんは？」

「母は……もっと最近、死んだ」マウスが答える。「七年前」詳しく訊かれるのを恐れ、目をそらす。だがドクター・エディントンが次に口にしたのはこんな言葉だった。

「なら、いまはきみだけか」

「ええ」とマウス。それから自分がどうしてここにきたのか思いだす。「えーと……」

「わかった」ドクター・エディントンが微笑《ほほえ》む。「友人はどうなんだろ？　オハイオ州に友だちはいる？」

「いいえ、友だちはひとりもいなかった、ほんというと……」

「シアトルにきてからは？」

マウスはまた、いないと言おうとし、考えなおす。「アンドルーはそうかもしれない」確認を求めるように医者のほうを見る。「ドクター・グレイは、アンドルーがわたしの友人だと言ったんでしょ？」

「そう、言ったね」

「わかった。ならアンドルーはそう。それから……それから、ジュリー・シヴィクもそうかもしれない。わたしのボスでもあるんだけど」

「どういう種類の仕事？」

「ヴァーチャルリアリティの会社」

「クール！」と医者。「きみはコンピュータのプログラマ？」

「と思う」マウスが言う。「そう、それがわたしの仕事で、わたしはプログラマなの。ただ……自分が仕事場で何をしているのかいまいちよくわからない。どういうことかというと、わたしは朝、出かけていき、夜、帰宅し、その間にランチに行き、ファクトリーのほかの社員と話をする。でも、実際に仕事をした記憶はまったくない。いつもこういう感じなの。これまでやった仕事は例外なくそうだった。仕事は仕上がってる。しかも上々の出来で。なのに、自分がその仕事をしているという意識はない。それは別にかまわない。これまでいろんな仕事をしたけど、どれもこれもわたしにはできるはずのない仕事ばかりだったのだから。その仕事のことを意識的に考えなければならないとしたら、おそらくできるはずがなかった」マウスは口をつぐむ。ここまで率直に打ちあけるなんて自分でも驚きだ。

ドクター・エディントンは当たり前のようにそれを受けいれる。「そうか」とドクター・エディントン。「きみのことをうらやましいと思うひとたちもいるだろう……でも、きみの観点からするとあんまり楽しくないというのは理解できる」

「楽しくはない」マウスが答える。「ただそうなるというだけで」

「ということは仕事中に時間を失うわけだ」とドクター・エディントン。「それ以外のときも？」マウスがうなずく。「そんなとき、ただ意識がなくなるだけなのかな、それともきみ自身が見ているようなときもあるんだろうか？　自分自身の行動を見る観客っていうか」

「うーん、そんなふうではなかったかな」マウスが答える。「だいたいはただ……立ち去るだけ。でも、ドクター・グレイが催眠術をかけてからは――」医師の表情が変化したのに気づき、マウスは口をつぐむ。「何？」

「ドクター・グレイが催眠術をかけた？」

「ええ」とマウス。「どうして？」

「催眠術をかけられたとき、どうなった？」

マウスが語る。部屋が伸びひろがり、気がつくと洞窟の入り口に双子のアグリーといっしょにいて、自分自身の声から逃れようとして洞窟の奥にどんどん入りこんでいったと。眠る人々については話したが、袋を手にした少女の出現については触れず、ただこう言う。「洞窟のなかにいるのは不快だった。外に出て、なんていうか、わたしの、体のなかに戻ると、ドクター・グレイにこう話した。わたしはもう二度となかに入りたくない。ドクター・グレイは、その必要はないと言った。わたしの準備ができるまでは。でも、その後、家に帰る途中……」フェリー乗り場に行く途中、マレディクタに束《つか》の間《ま》、乗っとられたと述べる。

ドクター・エディントンは険しい顔をしている。「その後、ほかに事件はあったか？」

「いくつか」とマウス。実際には、ふと気がつくと洞窟の入り口に戻っていたことが二度ばかりあったにすぎない。意識喪失の大半はいままでもそのままというか、ただの意識喪失にすぎない。だが、声の件も事件のうちに含めるべきだとマウスは思う。

「どうかした？」マウスが尋ねる。「ドクター・グレイがミスをしたの？　催眠術をかけるべきじゃなかったってこと？」

「あくまでもわたしの主観的な判断にすぎないが」本心というよりは、当たり障《さわ》りのない言葉でごまかしただけのようにしか聞こえない。「催眠術は、その後の継続的な治療まで待つべきだというのがわたし自身の考えだ。一度だけの来診にふさわしい治療ではないと思う。とくに多重人格障害が疑われる場合には」

「どうして？」

「患者の精神をあえて刺激するような処置は避けるべきだというのが治療の大原則だ。自分自身がその後も治療にあたり、刺激をふたたび鎮静化する手助けができるとわかっているなら、話は別だが。しかし、ダニエルは……野心的なんだ。野心的なあまり、ときにはやりすぎてしまう」

「わかった」とマウス。ドクター・グレイの熱意がプロとしての判断に勝ってしまったのかと思うと困惑したが、正直なところ、自分が裏切られたという気はしない。ドクター・グレイはなんとかして自分を助けようとしていた。それに、たとえあのとき催眠治療を行わなかったとしても、いまごろどうせ〈協会〉は悪さをしていただろう。

それでもマウスは尋ねざるをえない。「もとに戻せる？　また以前のわたしにできる？」

「それがきみの望みなのか？」ドクター・エディントンが尋ねる。

一週間前なら、答えはイエスだっただろう。しかし、ほぼアンドルーの父親との議論のおかげといえようが、マウスの態度は変化していた。それでもマウスは、治療の〈プロセス〉に入ろうという気にはなれない。あの洞窟の少女と向き合いたくはない。でも、それがうまくいけば、結果は……。

「いいえ」とマウス。「ちがうと思う」正面から医者の目を見据える。「どっちにしろもとには戻せないんでしょ？」

「そうだね」ドクター・エディントンが認める。「おそらくは」

「ならわたしは治療をしてほしい」マウスがきっぱり決断する。「わたしは……家を建てたい。あるいは、必要ならなんだろうと。もしあなたが助けてくれれば」

「助けるつもりだ」ドクター・エディントンが言う。もうひとつの部屋で電話が鳴りだす。「わたしたちはこれから定期的な治療をはじめる。初回は来週としよう」電話は鳴りつづける。ドクター・エディントンが立ち上がる。「少しいいかな」とドクター・エディントン。「留守録をセットし忘れたようだ」

ドクター・エディントンが電話に出ている間、マウスは椅子にぐったり腰かけ、別室から流れてくる単調な声に耳を傾け、満たされた気分で椅子を右に左に旋回させる。ぼんやりしているうちに、マウスはありえたかもしれないもうひとつの人生を夢想する。夢想のなかだと母親は飛行機事故で死んでいて、父は生きのこる。ドクター・エディントンそっくりの男がマウスそっくりの少女と手をつないで歩いている。いけない夢想だが、マウスは幸福な気分になる。

別の部屋にいるドクター・エディントンが電話を切る。診察室に戻ってきた医者は悲しげな表情をしている。

「どうしたの?」マウスはなかば夢想に浸ったまま尋ねる。

「メレディス・カントレルからだ」

「ドクター・グレイの補助者の?」

ドクター・エディントンがうなずく。「今日の午後、ダニエルがまた発作に見舞われた。亡くなったそうだ」

知らせの内容にピンとくるまで多少時間がかかる。内容が理解できてからもマウスはそれほど驚かない。「まさか」自分自身のためというよりはドクター・エディントンのためにマウスは言う。それからマウスは気づく。ドクター・エディントンが自分を見つめている——彼女が精神的に崩壊するのか、それともほかの誰かに変化するのか、確認しておこうと待っているのだ。「わたしは大丈夫」そう医者に請け合う。「わたしは——ドクター・グレイが死んだのは悲しいけど、そこまで親しいわけじゃなかった。そうなるだけの時間がなかった。あなたは——」

「ドクター・グレイと親しかった」一瞬だけ自分自身のなかに引きこもり、それからこう言う。「面会をさっさと切りあげるつもりはないが、すぐオータムクリークに行かなければならない。アンドルーに知らせないと」

「アンドルー……大変」

「そうだな」とドクター・エディントン。「アンドルーの面倒を見る必要がある……それもドクター・グレイに約束したことだ」

「わかった」マウスは立ち上がりかける。「もちろん、わたしも――」

「いっしょに行きたいか？」

「ええ。あなたがもし――」

「アンドルーにとっても、そばに友人がいてくれればありがたいだろう」ドクター・エディントンが微笑みかけると、マウスは身内を喜びの波が駆けあがってくるのを感じる。彼は父親とそっくりすぎる。

「わかった」とマウス。

「よし」とドクター・エディントン。「留守録のスイッチを入れたら出かけよう……」

17

マウスがワシントン大学に入学し、最初の学期を過ごしているとき、母親が脳卒中の発作を起こした。一報が届くまでにはしばらく時間がかかったが、その後の何カ月か、どうせなら届かなければよかったのにと何度もマウスは思った。

マウスにはわかっていた。こんなふうにワシントン州の学校に通えているのは〈協会〉のおかげだ。当然ながらマウスの母親は、大学に行かせたいと思っていた——昨今の上品なお嬢様はみな大学に行くのだ——が、つねに自分の監視下に置けるよう、マウスを家の近くの大学、理想としては車で半日以内の距離の学校に通わせるというのが、そもそもの目論見《もくろみ》だった。母親の助けを借りて、マウスはオーバリン、アンティオーク、ノートルダム、ノースウェスタンの各大学に願書を出した。同時に、オックスフォードやスタンフォード、ワシントン大学にもマウスの名前で願書は送られていた……そしてこれらの大学についていうと、マウスがその事実を知ったのはあとになってからだった。

スタンフォードははねられたし、オックスフォードのほうは結果さえわからずじまいだった。だが、ワシントン大学は入学を許可しただけではない。奨学金まで出そうと言ってくれた。ごくごく控えめな額の奨学金にすぎなかったが、〈協会〉の手になる偽《にせ》の送付状には仰々しい文句が連なり、ひと握りのきわめて非凡な受験生のみに与えられる大変な栄誉へと変貌《へんぼう》していた。こうしてマウスは地元を離れ、ワシントン大学に入学した。母親は大学が遠すぎるのを不満に思っていたが、それでも〈大変な栄誉〉を拒絶するようマウスに迫ったりはしなかった。こちらからはなんら働きかけもしないのに、学校の側で勝手にマウスを選んだものと母親は思いこんでいるのだから、なおさらそんな真似《まね》などできるはずもなかった。

大学での新たなルームメイトは会った瞬間から好きになれず、そのせいで、せっかく母親の家を逃れられたという喜び（といってもその感情を態度や言葉にすることはけっしてなかったが）も台無しになった。ルームメイトのアリッサ・ゲラーは、さしずめほんの少しだけ大人になった版のシンディ・ホイートンだとマウスは思った。アリッサもマウスに好意をもたなかった。いくらかはマレディクタがときどき感情を暴発させたせいであり、いくらかはマウスの母親が毎日のように寮に電話をかけてきたせいでもある。しかも、マウスが何かのせいで電話に出られないと母親は疑念に憑《つ》かれ、悪態までついた。一学期の半ばまでにマウスとアリッサの関係は着実に悪化していたが、やがて最悪のときを迎え、アリッサのベッドと所持品の大半がなぜか廊下に運びだされているという結末にいたった。その後まもなく、気がつくとマウスは、キャンパスから離れた地下のアパートメントで暮らしていた。

じめつきがちなのは致し方ないが、壁は明るい色で塗られ、大量に設置された照明が暗がりを駆逐した部屋は、驚くほど居心地がよかった。小さくはあったが、寮の部屋よりは広かったし、すべて自分だけで使えるのだ。〈移行〉の衝撃を克服すると、マウスはひとり暮らしを大いに満喫していたから、母親は自分の居場所を知っているのだろうかという疑問が浮かんだときにはすでにまるまる一週間が過ぎていた。さらに数日が過ぎ、マウスは新しいアパートメントには電話がないのに気づいた。ということは、母親がマウスの居場所を知っていたとしても、向こうからは連絡をとれないということになる。そのときマウスは、電話を手に入れるか、とりあえず公衆電話から家に電話するぐらいはしておくかと考えたが、どちらもやめて、ユニヴァーシティ・アヴェニューの花屋に行き、紫色のドライフラワーでできた大きなリースを買い、〈侵入禁止〉の札のかわりにアパートメントのドアに掛けた。

さらに一週間が過ぎた。十一月のじめついて寒々とした日で、マウスがキャンパスを歩いているとアリッサ・ゲラーが呼びとめようとした。アリッサの表情からして、いったい何を話したいのかマウスには見当がついた。しかし、ヴァーナ・ドライヴァーが娘の居場所を知ろうとして昼夜関係なしに電話してくるなどという話は聞きたくなかったから、そのまま走り去った。一時間後、ケーン・ホールで心理学の講義の開始を待っていると、大学の警備員が二人、講堂に入ってきて、マウスの名前を呼んだ。最後列にすわっていたマウスが息をひそめていると、警備員が向きを変え、教育助手と相談しはじめたので、マウスは後方の扉からこっそり抜けだした。

そのままキャンパスを出て、走って家に帰り、それから六日間、逃亡犯のように潜伏した。自分の滑稽《こっけい》さはよくわかっていた。母親に見つからないよう永遠に身をひそめているわけにはいかない。それでもドアに鍵《かぎ》をかけ、誰も背後から忍び寄ってこられないようにして、ひとりアパートメントにこもっていると自分が滑稽だろうがなんだろうがどうでもいいと思えた。

六日目の夕方早く、マウスの部屋のドアをドンドンとノックする音がした。マウスは急いで電気を消そうとしかけ、思いとどまった。そんなことをしても自分がそこにいると伝えるだけだ。

ふたたびノックの音。ドア越しに男が呼んだ。「ミズ・ドライヴァー？ ……シアトル警察の者です。開けていただけませんか？……ミズ・ドライヴァー、いらっしゃいますよね？」

マウスは息をひそめた。どっかに行って。マウスは思った。しかし、三度目のノックのあと、その声は外にいる別の誰かと話をし、こう告げた。「開けてくれ」錠のなかで鍵がガチャガチャいう音。ドアの前に本棚を倒し、バリケードの代わりにでもしようかという突拍子もない考えが浮かんだが、ドアはすでに開かれていた。四人の男がなだれこんできた。二人の警官、講堂にいた警備員のうちのひとり、マウスの家主。男が四人いると、それだけでマウスの小さなリビングはほぼいっぱいになった。警官のひとりはひどく長身だったから、低い天井に当たらないように首をすくめなければならなかった。

「ミズ・ドライヴァーかね？」長身の警官が言った。マウスが警官の背後の開きっぱなしになったドアを見つめているだけなので――母親が入ってくるのを待っていたのだ――、警官は家主に向かって尋ねた。「彼女か？」家主がうなずくと、警官が続けた。「ミズ・ドライヴァー、大丈夫か？」

「彼女はどこ？」

「彼女とは誰のことだ、ミズ・ドライヴァー？」

「わたしの母親」とマウス。「母があなたたちをここによこしたんでしょう？　わたしを見つけだそうとして。母は外にいるの？」

「いや」長身の警官が気まずそうに言い、ためらった。

警備員が咳払《せきばら》いした。「実際」そうマウスに語った。「お母さんは、きみと連絡がとれないのでひどく心配しておられた。きみを見つけだしてほしいという、えー、とても熱心なご要望があった。きみの身に何かがあったのではないかと考えておいでだった」

「いいえ」とマウス。「わたしは引っ越しただけ……」

「きみのルームメイトもそう言ってたよ」警備員が言った。「だが、お母さんには納得していただけないようでね。ミス・ゲラーがきみに、その、何かした可能性までほのめかしていたくらいだ」

「最悪」事態はマウスの想像以上にひどかった。アリッサは怒り狂っているにちがいない。「だったら、そうじゃないと母に伝えてくれますよね？　わたしは別に――」

「うむ……」

「ただ」とマウス。「ただひとつだけ、もし母にわたしの居場所をまだ話してないのなら、このまま話さずにいてもらえませんか。わたしは大丈夫、ぴんぴんしてるとだけ伝えて。でも居場所は——」

長身の警官はふたたび話をひきついだ。「ミズ・ドライヴァー」警官が言った。「いまはお母さんに何も話せないかと。わたしたちがここにきたのも——」

「話せない？」マウスが尋ねた。きっと職務上のきまりだかなんだかにちがいない。アリッサがマウスを殺していないとわかったからには、これ以上、首を突っこむわけにはいかないとか。「もしそれが問題ならばだけど、電話代は払います。わたしは——」

「ミズ・ドライヴァー」警官が言った。「わたしたちは何も話せないのです。お母さんは病院にいるのですから。脳卒中を起こしたんです」

「脳卒中？」マウスが訊いた。「死んだってこと？」

「いや、いや」警備員が元気づけるように手を上げた。「亡くなってはいません。入院なさっただけです」

「でも」マウスは混乱し、かぶりを振った。「おばあちゃんも脳卒中を起こした」それから「でも、おばあちゃんは死んだ」

二人の警官が目くばせした。それから長身の警官が言った。「おばあさんのことは知りませんがね、ミズ・ドライヴァー、お母さんは生きてますよ。少なくともいまのところは」

「じゃあ、もう長くはないってこと？」

「深刻な状態ですが、安定はしているとのことでした。わたしに言えるのはそこまでです。くわしい話は病院の職員から聞いてください……」

「入院しているのはどこの病院？」

「神聖家族総合病院」長身の警官がメモ帳を参照する。「スポケーンだ」

「ワシントン州のスポケーン？」さらに混乱。「そんなところで何をしてたの？」

「飛行機で移動中でした」警官が説明した。「ここにこようとしたんです。おそらくはあなたを探すために」どこか非難するような響きを交え、こう口にした。「アイダホとワシントンの州境を越えたとき、飛行機は乱気流に巻きこまれ、お母さんはある種の症状に見舞われた」

警官の言う〈ある種の症状〉とは脳卒中のことなのだろうとマウスは思った。その後、マウスは知ったのだが、実際には、母親の飛行恐怖症（紫恐怖症ほどではないにせよ、かなりの重症）が、マウスについての不安、さらにはなんだかよくわからないが、母親の脳内を流れるその他の暗流と結びつき、本格的な偏執症の発作を引きおこしたのだった。脳卒中はその締めくくりにすぎなかった。飛行機が高度九千メートルで激しく揺れると、ヴァーナ・ドライヴァーは席から離れ、自分に対して陰謀をめぐらしていると同乗客を大声で非難した。客室乗務員は母親を拘束しようと追いかけ、飛行機の端から端まで二度にわたって往復し、そこでとうとう母親はファーストクラスの通路に自ら崩れおちた。

「スポケーン」マウスがくりかえし、そこがシアトルに対して正確にどういう位置関係になっているか、どれだけ距離があるか思いだそうとした。

「飛行機は緊急着陸しなければならなかった」長身の警官が締めくくった。「お母さんは神聖家族総合病院に移送され、結局、病院から警察に連絡があった。二日前に」またもや非難めいた調子。「きみを見つけるのにどえらい時間がかかったよ」マウスが何も言わずにいると、警官はさらに続けた。「ミズ・ドライヴァー、余計なお世話かもしれないが、お母さんとの間に何かその……問題でもあったのかね?」

「問題?」とマウス。

――ガチャリと音を残して来訪者が去り、またひとりきりになったマウスがカウチにすわっていると、やがて神聖家族総合病院の住所と電話番号が記された覚書が出現した。覚書にはまた、シアトルからスポケーンまで行くさまざまな飛行機、バス、列車の出発時刻の情報も含まれていた。にもかかわらず、奇妙なことに、マウスがいつ行くべきかを示す〈やるべきこと〉リストは付随していなかった。

もちろん、リストは必要ではなかった。母親は入院していて、まちがいなくではないとしても、おそらくは死にかけている。マウスはすぐにでも駆けつけるべきだ。いい娘ならそうする。だが、マウスはいい娘ではなかった。どうせ役立たずのクズなのだし、警官がアパートメントにきたのは水曜のことだったが、その後、キング・ストリート駅まで行き、アムトラックの東行き列車に乗ったときにはすでに金曜の午前になっていた。

列車は午後七時にスポケーンに到着する予定だった。しかし、カスケード山脈を越えようとするとき、誰かが二度非常ブレーキを引いた。二度目の非常ブレーキ事件のあと、列車は一時間以上停止し、車掌の一団がマウスのいる客車の乗客ひとりひとりに尋問してまわった。犯人は見つからず、そのうち列車はまた動きだした。五時半にウェナチーに着き、スポケーンに到着したときにはほぼ真夜中になっていた。とうてい病院に行けるような時間ではなく、マウスはホテルを見つけた。

翌朝、マウスは寝過ごし、病院へ行く途中、道に迷い、神聖家族総合病院には昼ごろ、足を踏みいれた。土曜の昼。母親の脳卒中について聞いてから三日、脳卒中が実際に起きたときからだと六日。母親がこの世を去ってもおかしくないだけの時間だ。母親の身に起きたのが、ドライヴァーのおばあちゃんのときのような重度の脳卒中だったならば。

しかし、ヴァーナ・ドライヴァーはまだ生きていた。「状態は安定しています」当直の看護師が長い廊下を案内しながら、マウスに告げた。

安定している。長身の警官も同じ言葉を口にしていた。おそらくは、とマウスは推測した。母親は、当分の間、きわめて悪い状態がつづき、それ以上よくはならないという意味なのだろう。「でも、どのぐらい悪いんです？　話はできます？」

「意識はまだ完全には戻っていません」看護師が説明した。「入院してから、二、三度目を開きましたが、ここがどこか、自分に何があったのか理解していないようです。それに——これは覚悟していただきたいのですが——、お母さんは体の一部が麻痺《まひ》しており、意識を充分取りもどしたとしても、会話ができなくなる可能性もあります」

「麻痺」とマウス。「それは一時的なものですか、それとも……」

「それについては医師に確認してください。あなたを病室に案内したら、予後についてあなたと話のできる医師がいないか見てきます……こちらです」

病室にはベッドが二つあった。ドアに近いほうのベッドには誰もいなかった。スポケーンの繁華街を見渡せる窓のそばに置かれたもうひとつのベッドには、ヴァーナ・ドライヴァーがぴくりとも動かず、死体のように横たわっていた。脳卒中を起こし、病院に収容された祖母の姿なら前に見ていた。母親は連れていきたがらなかったが、マウスは、珍しくも母親の意向に逆らって断固、主張を譲らず、とうとう我意を通してしまった。祖母の姿を見た瞬間、マウスは胸が張り裂けそうになった。ベッドの上の小さくてやせ衰えた祖母は、人工呼吸器につながれ、顔の片側全体は麻痺のせいで完全に弛緩《しかん》していた。マウスは泣きだし、すると母親は意地悪な衝動に駆られ、だらりと垂れた祖母の口の隅に指を一本突っこんで引きあげ、紛《まが》い物の笑顔をこしらえた。それから陽気に、「ほらね！　すっかりよくなった！」

そう、時はめぐりきたり、母親の番となった。

ヴァーナ・ドライヴァーは自力で呼吸をしていたが、顔の右半分は祖母と同じように麻痺のせいでだらりとしていた。といっても〈だらりとしている〉というのは適切な形容ではないのかもしれない。そのとき思いうかんだのは〈どろどろに溶けている〉という言い回しだった。皮膚の弛緩したひだは不自然な光沢を帯び、ワックスやパテを連想させた。同様に、ベッドシーツの上に投げだされた右腕も現実の四肢の一部というよりは損傷した装具じみていたし、手は、ぎゅっと握るでもなく、かといって何かをつかもうとするときのようにすべての指先を立てるでもなく、その中間の状態で固定されていた。

祖母を思いだし、マウスはあえて情を断ち切ろうとし、これは母親の自業自得《じごう》なのだと割り切ろうとした。努力はほんの一秒しか続かなかった。「ママ」マウスは急にすすり泣きをはじめた。「ああ、ママ……」

「お気の毒に」当直の看護師が言った。「先生を見つけてきます……」

「え、えー？」マウスは鼻をすすり、遅まきながら看護師が自分を部屋にひとりっきりにしようとしていると気づいた。「ダメ、お願い、待って――」

遅すぎた。マウスが振りむくと、看護師はすでに外に歩みでていた。マウスはまた鼻をすすった。さっきまでの悲しみはどこへやら、不意に緊張感が湧《わ》きおこり、涙が乾く。不安な思いでため息をつき、ベッドのほうに顔を戻す。

母親の目は開いていた。

――マウスは外の廊下にいて、混乱しきって反対側の壁に身を寄せ、自らをかばうような格好でうずくまっていた。人々が周囲を取り巻いている様子と、自分が両方のこぶしにかぶりついているという事実からして、自分は叫びつづけていたにちがいない。マウスはそう結論づけた。

「ちょっと」当直の看護師がマウスの肩にそっと触れた。「ねえ、どうしたの?」

「やあ」白い診察衣を着た男が看護師とは反対側にしゃがみこんだ。「大丈夫かね?」

マウスはどうにかこう言えるだけの間、口から手を引きはなした。「母が目覚めた!」

医者と看護師は二人とも振りかえった。病室の入り口に立つヴァーナ・ドライヴァーの姿を見ようとするように。

「ベッドで」マウスは明確にした。「目を開けていた」

「あのね」と看護師。「たしかに以前、おかあさんの目が開いているという話をしたこともあったけど、でも――」

「いいえ」とマウス。「母はわたしを見ていた。わたしを見た」

「ほんとに?」と医者。「それはよい兆候だ。なかに入って確認しよう」医者は立ち上がり、まわりを取り巻く見物人に視線を向けた。「そろそろ離れてくれないか」

病室に戻ると、ヴァーナ・ドライヴァーの目はまだ開いていたが、焦点の定まらない視線をぼんやりさまよわせているにすぎなかった。「ミセス・ドライヴァー?」医者が呼びかけ、顔の前で手を振った。「ヴァーナ、聞こえるか?」彼女はその声に気づいているような様子をいっさい見せなかった。目は眼窩《がんか》のなかで上下左右に動き、左右の目の動きは同期していたものの、何かに視線をとどめたりはしなかった。

マウスはかぶりを振った。「さっきはちがってた」とマウス。「まちがいなくわたしを見ていた」思いだして体を震わせた。母親の目は、意識を伴い、抜け目なく、弛緩した顔のなかで場違いな印象を与えた。悪ふざけでもしているかのように、自分の顔そのままにつくった安っぽいゴムの仮面をかぶり、目のところの穴を通して外を覗《のぞ》いているみたいに。

医者は胸ポケットからペンライトを抜きとり、マウスの母親の目を片方ずつ照らした。光があたると瞳孔《どうこう》は収縮したが、相変わらず視線はあてのない彷徨《ほうこう》をつづけていた。

いらだちがつのり、マウスは口走った。「意識のないふりをしてるだけよ！」

看護師がそれを聞いて眉《まゆ》をひそめたが、医者は笑みを浮かべた。「わたしたちをかつぎ、見えてないふりをしようとしてるとでも？　もしそのとおりなら、いい兆候じゃないか。しかし、わたしとしては――」

マウスがこわばった。「ほら！」指をさした。医者はベッドのほうに振りかえった。ヴァーナ・ドライヴァーの視線は部屋のなかをあちこちさまよったが、やがてマウスの上に落ち……そこで留まった。目は意識を取りもどし、焦点が合った。誰を見ているのかわかっているのは明白だった。

少なくともマウスにとっては。医者はまだ疑っていた。「ミセス・ドライヴァー？」ふたたび呼びかけた。なんの応答もないのは最初のときと同じだ。しかし、反応がないのは同じでも、今回はちがっていた。以前は医者がまったく見えていなかったのかもしれないが、今度は（マウスには自明だったのだが）医者をただ無視しているにすぎない。娘に気をとられるあまり、振られている手や光にはいっさい注意を向けられずにいるのだ。

「母はわたしを見ている」マウスは右に半歩移動した。母親の目は正確にそれに従った。

試しに医者は、マウスに部屋を出るよう指示した。マウスの母親は、首を回さないままで最大限、追っていけるところまで視線を移動させ、そのまま数分間、目の隅から見つめつづけた。マウスがふたたび出現するのを待っているかのように。やがて目は焦点を失い、うつろな彷徨を再開した。医者はマウスを部屋に呼びもどした。さらに一分が過ぎ、母親の視線はまたマウスにぶつかり……固定した。

「いいだろう」ようやく確信を得た医者が言った。「彼女はあきらかにきみの何かを認識している……といっても、はっきりとした返答を引きだすまでは、どこまで一貫した思考がそこにあるのかはわからない。それでも」――楽天的にうなずいた――「よい兆候だ」

「母はよくなってるってこと？」

「そうだね」適当に言葉を濁した。「回復傾向のひとつではある。今後、さらに回復は進むんじゃないかという期待はもてる。だが正直に言っておかなければならない。脳卒中の深刻さからすると、完全な回復を望むのは現実的ではない。障害は一生残り、おそらくはフルタイムでの介護が必要となるだろう」

「要するに」とマウス。「わたしが面倒を見なければならないと？」

「きみが望まなければ別だが」医者が言い、看護師はさらに眉をひそめた。「一人でやるわけじゃない。きみの家だろうがどこかの施設だろうが、介護関係の専門的なサービスを活用できるだろう」

「施設で」即座にマウスが言った。「あるいは……もしかしたらだけど、ここにいさせてもらうとか？」

「うちの病院では長期的な療養を行っていません」看護師はそっけなく伝えた。

「そもそも」医者が言った。「きみたちの地元は……ケンタッキー州だよね？」

「オハイオ州」とマウス。「母はそうなんですが、わたしはいまシアトルに住んでいます」

医者がうなずいた。「シアトル周辺にはふさわしい施設がたくさんあるし、そのうちのどこかにお母さんを移送してもいいだろう。お母さんがそちらにいるほうが、きみにとっても好都合なはずだ……」長い間があったが、マウスは何も言わなかった。それから医者が続けた。「まあ、選択肢について議論する時間なら先々、たっぷりとれるはずだ」

先々。彼らはマウスが当然、スポケーンに滞在するものと信じている。母親が入院している間は。最終的にどの程度、母親が回復するかは不明だが、マウスがいればそれだけ順調な結果が見込めると医者はほのめかしていた。マウスにはわかっていた。おそらく医者の言うとおりなのだろう。それに、自分はここに留まるべきだということも。しかし、あのとき涙を流したにもかかわらず、マウスはそれを望まなかった。病室にいる間、つねに母親に見つめられているなんて。ましてや母親が回復したらどうしよう？　もし母親が話しはじめ、おそろしいことを言いだしたら？　あるいは、もっと悪い成り行きだが……一種のお遊びとして、母親がマウスと二人きりのときにしか話をしなかったら？　医者と看護師はマウスの頭がおかしくなったと思うだろうし、そのうちマウスは実際にそうなるだろう。

限界までは我慢して滞在した。五日間。一日のうち、実際に病室にいたのは、ごくわずかな時間にすぎなかった。凝視が耐えがたくなり――たいていは三十分以内――、いっしょに病室にいてくれる病院のスタッフも見つからないとき、マウスはそっと部屋を抜けだし、町を歩きまわった。こんなふうに散歩している最中、マウスはたまたま建設予定地に出くわした。掲示されている看板によると、来春、この川沿いの空き地に新しいホテルが建造される予定らしい。そのときはたいして気にも留めなかったが、頭のなかに記憶としてこびりついていたにちがいない。

マウスが病院にきて四日目、当直の看護師から、出ていく途中、会計室に立ち寄るように言われた。母親の医療保険に何か問題があったらしい。その後にわかったのだが、母親の保険はすでに失効していたし、しかもそのこと自体、はるか昔の話だったから、以前、契約していたという事実を探りだすのにさえ、保険会社は一週間近く費やさなければならなかった。母親は保険料を十年以上も納めていなかった。最初にそれについて聞かされたとき、これまでそんな話はいっさい出なかったものの、もしかすると母親は破産していたのではないかという疑問が束の間、浮かんだ。しかし、そんなはずはない。ヴァーナ・ドライヴァーはたっぷり金をもっていて、過去十年間、そのほかにもいろいろ散財していた。保険料の支払いを忘れていただけにちがいない。

それとも支払うのをやめにしたのか。もしかしたら、とマウスは思った。貧乏人でない以上、医療保険に用はないとの結論にでも達したのかもしれない。

「母を追いだすということですか？」マウスは尋ねた。

会計課長は即座にそれを否定し、たとえ無一文の人間でも医療を受ける権利はありますからと不安を一蹴《いっしゅう》した。「お母さんとあなたの財力に応じた支払い計画を立てることもできます。ですが、受け入れ先の長期療養施設を決める際にはその点が問題になるかもしれません」

保険が使えないという事情を知って最初は戸惑ったマウスだったが、困惑はたちまち怒りに変わった。ホテルの部屋に戻ると、怒りは憤激にまで高まり、その夜の大半は意識を喪失していた。翌日、母親の病室に行き、凝視する視線にさらされると、マウスはまた意識を喪失した……気がつくと母親のベッドのかたわらに立っていて、母親の口を手で覆っていた。きつく押しつけたりはしなかった——母親はまだ呼吸できた——が、その暗示するところはあまりにも恐ろしく、マウスはあとずさりして病室を出ると（母親の目はずっとマウスを追っていた）、そのまま誰にもひと言も告げずに病院を去った。気がつくと、マウスはシアトルに戻っていた。

その後の数週間についてはぼんやりとした記憶しかなかった。潜伏やら、スポケーン滞在やらで、学校の授業からは絶望的に落ちこぼれ、間近に迫った期末試験の準備もまったくできなかった。にもかかわらず、その後の記憶にあるかぎりでいうと、たった一度の徹夜での詰め込み勉強も、それどころかたった一度のテスト勉強さえもしなかったというのに、全教科軒並み合格した。こうして試験期間を終えた十二月の十六日か十七日ごろ、マウスの生活はふたたび一貫性を取りもどし、ようやくアパートメントに電話を設置するだけの余裕もできた。

マウスは神聖家族総合病院に電話した。母親はまだ生きていたが、以前に比べてより回復してもいなかった。病院は、マウスの不在中に、母親を州営の養護施設に移送していた。移送は一時的な措置にすぎなかった。より永続的な取り決めを結ぶかどうかは、近親者であるマウスの一存にかかっていた。

マウスはさらに一週間、先送りにし、それからスポケーンに今度はバスで戻った。雪《ゆき》嵐《あらし》ブリザードが来襲する数時間前に、マウスはグレイハウンド社のバスに乗った。

嵐は予想よりも早く到達し、マウスの乗ったバスはどうにか山脈を越え、エレンズバーグに入ったところで緊急停車し、待機せざるをえなくなった。全行程を終え、スポケーンに到着したときには二日近く経過していた。

養護施設は病院ほど立派ではなかったが、思っていたよりも清潔だったし、職員は親切そうだった。そのためマウスはここに到着した瞬間から、ずっとここで母親の面倒をみてもらうのもいいかもしれないと考えはじめた。もちろん母親がそれに反対するのはわかっていた——公共の養護施設なんてどうせ貧乏人しか利用しない——が、現在の状態からすれば、母親にはおそらくそのちがいもわからないだろう。仮にそのちがいがわかっていたって、マウスが医療保険を失効させたわけじゃない。

母親の新しい部屋はベッドが二つではなく、四つ置かれていて、印象もちがってい た。ベッドはすべて埋まっていた。二つは人工呼吸器につながれた高齢の患者で、三つめは若い女性が占めていた。若い女性は見たところ健康そうだったが、マウスがいる間、ぴくりとも動かなかった。

マウスの母親は何も変わっていないようだった。目は開かれ、すぐさま視線をマウスの上に固定させた。あの気味の悪い凝視。

「ママ」マウスは自分の声を聞いた。「言ってることがわかる？　自分がどこにいるか知ってる？」

反応なし。一度のまばたき、まつげのかすかな震えさえない。突きさすような視線をひたすら向けるばかりだったから、たちまちマウスは息苦しさをおぼえ、部屋を出てひと息ついた。

それでも何かは確実に変化していた。その後、部屋を訪問するたびに、母親がマウスに気づくまでにより多くの時間を要するようになっていった。一度など、視線はマウスの上を数回移動し、ようやく停止した。だとすると、母親は衰弱しているのかもしれない。それどころか死にかけているのかもしれない。緩慢にではあるにせよ。

マウスは、終身での入所を認めてもらうための手続きをとった。養護施設の管理者が最初、強く抵抗したため、手続きをすませるまでに数日かかった。どういうわけかそれもうまく片付き、手続きは完了した。

マウスはもう一度、母親の部屋に行ってみた。このときにかぎり、母親は寝ていて、視線がなかったせいでマウスはリラックスし、ふたたび泣くこともできた。マウスは泣き、たびたび訪れると約束し、それからそろそろと腰をかがめ、母親の頰にキスした。

マウスは、その後、生きている母親の姿を二度と目にすることはなかった。

あらかじめそのように目論んでいたわけではない。ともかくも意識的には。マウスは月に一度、最低でもふた月に一度はスポケーンに戻ろうと本心から思っていた。だが、いったんシアトルに戻ると、新学期で毎日ばたばたしていたせいで、その思いは実行に移されないままとなった。マウスはいつも、すぐにでも母親を訪ねにいくつもりだった。そのうちすぐに、でも、いまじゃない。

　電話は定期的にかけた。毎週金曜日になるときまってマウスは養護施設に電話し、母親の状態を確認した。こんなふうに電話するのは母親を心配しているからだとマウスは自分に言いきかせたが、事情はもっと複雑だった。実を言うと、マウスは悪夢を見るようになっていた。おそらくは罪悪感のせいだろう。夢のなかで母親は奇跡的にまた動けるようになり、真夜中に養護施設を抜けだす。娘をもう一度、震えあがらせてやろうと考えて。マウス自身、経験したことのないほどのスピードで母親がスポケーンとシアトルの間を移動している最中に悪夢が終わりを迎えるときもあった。別の夢では、すでに移動を終えた母親は、マウスを見つけだし、恐怖のどん底に突きおとす。マウスは脳卒中を起こし、麻痺した体でベッドに横たわり、母親のなすがままにされる。

　こうしてマウスは毎週、養護施設に連絡を入れていたが、それは娘の献身ぶりを示していただけではない。母親に対する恐怖心がマウスをそうした行動へと駆りたててもいたのだ。

　その後、一九九〇年五月二日のことだった。午前九時少し前、マウスが学校に行こうと準備していると、養護施設から電話があり、母親が危篤《きとく》で、長くはもちそうにないと告げられた。四十分後、マウスがまだアパートメントにいて、これから何をしようか決めようとしているとき、あるいは確認しようと待っているとき、養護施設からまた電話があった。母親が死んだ。

今度はぐずぐずしなかった。二時間のうちにシータック空港で飛行機に乗っていた。それから一時間少し後にはスポケーンのターミナルにあるレンタカーのサービスカウンターにいて、ステーションワゴンが用意できないかどうか尋ねていた（ここ何カ月か、母親を訪問するかわりに、マウスはいくつかのことに取り組んでいた。車の運転の習得もそのひとつだった。楽ではなかった。マウスは計三期間、断続的に講習を受けなければならなかったが、四月十二日付で免許を取得した）。一台のステーションワゴンが利用可能だった。マウスはすぐさま押さえ、養護施設へ車を飛ばした。

しかし、間に合わなかった。「お母さんはもういってしまわれました」マウスが着くと、受付係がそう告げた。

「ええ、母が死んだのは知ってるけど。でも、どこに――」

「いいえ、わたしが言っているのはご遺体のことです」と受付係。「もうここにはいらっしゃいません」

「母はここにはいないってこと？」マウスが叫んだ。「母は死んだんでしょ。ここにいないってどういうこと?」

受付係は冷静にコンピュータの画面を見つめた。「この記録だと、大天使葬儀社が三十分前に引きとったそうです」

「どうしてそんなことができるの? そうするには許可が必要なんじゃ?」

「葬儀社は許可を得たと思ったのでしょう」と受付係。「もし何か手違いでもあるのなら、責任者にお会いになっていただいてもよろしいですが……」

「気にしないで」そんなことをしても無駄なのはわかっていた。おそらく彼女自身が実際に許可を与えたのだ。「葬儀社の住所を教えてもらえます?」

大天使葬儀社のある地区に向かったマウスは、〈掃きだめ街〉を思いだし、不快な気分になった。葬祭責任者のミスター・フィルチェンコは、ずんぐりした小山のような男で、しわだらけの黒いスーツを着ていた。マウスは、前にも自分と話したことがあるかどうかたしかめようと、さりげない調子で訊《き》きだそうとしたが、適当にはぐらかされた。ミスター・フィルチェンコからは母親の遺体を確認するのはよしたほうがいいとも言われた。

「少しだけ見栄《みば》えよくしてもよろしいですが」ミスター・フィルチェンコが申しでた。

「ショックを和らげるために……」

「いいえ、けっこう」とマウス。「いますぐ母を見たいの」

「どんなに安らかな死であろうと、それが死であるというだけで、外見に……残酷な影響を及ぼしかねないのです。ましてや故人が近しい間柄の方、親友や親だったりすると――」

「お願い、いますぐ母が見たいの」マウスは頑として主張した。折れずに済んだのは、ミスター・フィルチェンコの身長が自分よりそんなに高くなかったためだ。

ミスター・フィルチェンコはため息をついた。「どうしてもとおっしゃるのなら――」

ミスター・フィルチェンコに導かれ、葬儀屋の作業場に入った。刑事映画に出てくる遺体安置所のように遺体収納用のロッカーが一列、一方の壁に設置してあった。

「化粧だけでもさせていただいたほうがより満足していただけるとは思いますが」フィルチェンコはロッカーの前で足を止めた。「葬儀用に素敵な化粧を施させてもらえないでしょうか。きちんとした衣装を着せ、美しい棺《ひつぎ》に収め、花で飾って……そうすればお母さんとの別れは素敵な思い出としてあなたの心のなかに残り、けっして――」

「ははーん」マウスは理解した。「大金をぶんどりたいってことね」

無礼な難癖をつけられ、ミスター・フィルチェンコは口をあんぐり開けていたが、マウスが何も言わなかったかのように話をつづけた。「お話ししているとおり――」

「化粧は必要ない」マウスが告げた。「葬儀もしない」ポケットのなかのリストに指で触れた。リストは何をすべきか具体的に指示していた。「火葬してもらえませんか」

「火葬ですか、大変けっこう。お引き受けいたしましょう」ミスター・フィルチェンコが慇懃《いんぎん》に頭を下げた。「ですが」――ふたたび顔を上げて――「まずもってささやかな告別式でも済ませておけば、後々――」

「いいえ」とマウス。「とにかく一度、母を見たいの。それから火葬して。ほかは何もいらない」

「わ、わかりました……それなら、ひと目見ておきましょうか」――ミスター・フィルチェンコはロッカーを手で示した――「それからオフィスに戻って、棺を選んでください……」

「火葬するのにどうして棺が必要なの？」

「なんと！」ミスター・フィルチェンコは肝をつぶした。「まさか、あなたは……わたしたちにですよ、あなたのお母さんをゴミ袋か何かみたいに焼却炉に放りこませるのがご所望というわけじゃないですよね」

その後、時間が崩壊した。マウスに残っていた、緊密な記憶の塊はあとひとつだけだった。ロッカーが開き、台ががらがら出て、シーツが上にめくられた。母親の顔が見えた。いまでは顔の両側が完全に弛緩していた。下の前歯が口から底意地悪そうに突きでていた。目は開いていたが、視線は動かず、もはや意識を伴っていない。悪意はもう跡形もない。「すっかりよくなった」マウスはそう言う声を聞いた。

——それから、おそらくはまるっきり別の日だろうが、マウスは葬祭会館の裏に出て、目の前の作業を見つめていた。ミスター・フィルチェンコの助手のひとりの手で、マウスが借りたステーションワゴンの後部に、ふた付きのプラスチック桶《おけ》が積みこまれていた。ミスター・フィルチェンコもそれを見つめていた。おそらくは火葬場と思《おぼ》しき建物の裏口のすぐ外に立ち、顔にむっとした表情を浮かべている。

「あるまじきことだ」ミスター・フィルチェンコが不平をこぼした。「ここでは州法が踏みにじられている」

マウスはフィルチェンコに目をやり、彼がたじろいでいるのを見て満足感をおぼえつつ驚きも感じた。とはいえミスター・フィルチェンコはたちまち落ち着きを取りもどし、こう言った。「それで、いただいてもよろしいかね？」

「いただく？」

「わたしの金だよ」ミスター・フィルチェンコが平板な調子で言った。「余分なサービスをつけようがつけまいが、こっちは慈善事業でやってるわけじゃないんでね」

マウスは何も考えないまま着ている上着のポケットに手を入れ、そこにあった無地の封筒を取りだした。封筒を手渡すと、ミスター・フィルチェンコはすぐさまそれを開き、なかから札の束を取りだし、枚数を数えはじめた。マウスには大金のように見えたが、ミスター・フィルチェンコのほうはそうは思っていないようだった。四度枚数を数えると封筒のなかをもう一度見て、取り忘れがないのをたしかめた。いま手にしている札が自分が受けとるすべてなのだとようやく観念したらしく、金をふたたびしまいこんだ。

「壺《つぼ》にしてくれたらよかったのにといまでも思うがね」ミスター・フィルチェンコがぶつぶつ言った。「特別にサービスしたのに」

それがマウスに向けられたミスター・フィルチェンコの最後の言葉だった。助手はすでにステーションワゴンの後部ドアを閉ざしていて、葬祭会館のなかに入ってしまった。ミスター・フィルチェンコも、背後の火葬場のドアをバタンと閉ざし、それにつづいた。マウスはステーションワゴンに乗りこんだ。

マウスはバックミラーを覗きこみ、母親の遺灰を入れたプラスチック製の桶を見た。

背後に置くのは好ましくなかったが、少なくとも目を離さずにいられた。トランクに入れ、見えないようにしたら――たとえトランクをロックしていようと――不安でたまらなくなるだろう。

ステーションワゴンのイグニッションに差したキーを回した――

――それからしばらくあと、明らかに別の日で、夜明け直後だった。マウスはホテルの建設用地を取り巻く金網のフェンスにもたれていた。以前、十一月に掲示を見た、例の建設用地だ。用地は活気に満ちていた。セメント運搬トラックの一団が列をなし、用地の正面口から外にまで続いていた。トラックはホテルの基礎となるセメントを流しこんでいた。

マウスの背中が痛んだ。ひどく疲れていた。まるで前の晩、一睡もしていないかのように。しかも全身が汚れていた。靴には泥がこびりつき、衣服も両手も髪の毛でさえも土だらけだった。マウスはすべてを冷静に把握していたが、感じているはずの不快さは無視し、フェンスの内側で続けられている作業に意識を集中させていた。荷台からセメントが基礎坑に流しこまれるたび、マウスは自分自身の気分が軽くなり、この六カ月にわたって蓄積されてきた不安のすべてが剝落《はくらく》していくのを感じた。

何時間か過ぎた。最後に――いまでは太陽が空高く昇っていた――最終トラックがミキサーの中身を基礎坑にあけると、建設労働者が大急ぎで基礎の表面をならし、コンクリートが固まる前に作業を終えた。マウスは満足し、顔をそむけた。〈案内人〉に助けられ、ステーションワゴンがとまっている場所を突きとめた。マウスは運転席に滑りこみ、ふたたびバックミラーをちらりと見上げた。母親の遺灰は消えていた。

マウスは空港まで車を走らせ、レンタカーを返却し、次の飛行機に乗ってシアトルに戻った。その後、二、三カ月かけ、母親関係の残務を整理した。ウィローグローヴには一度も戻らなかった。かわりに弁護士を雇い、母の家とその中身を売却する手続きを進め、同時に母親の銀行口座を閉鎖した。現金の大半は母親の医療費その他、未払いの借金の返済にあてられた。残りは、マウスの学費をまかなうための資金となった。

その年の九月のある日、自分はまったく新しい人生に歩みだしているのだという事実をマウスは意識した。過去との最後の絆《きずな》は断ち切られたし、心はまったくの白紙状態に戻り、自分の望むなんにでもなれそうな気がした。こうした気づきは、それまでの苦しみから解放してくれるものではあったが、一方で、一連の新たな意識喪失の開始をも意味していた。以前なら意識喪失はトラウマ的な出来事に続いて起きるのがお決まりだったが、いまでは比較的心穏やかな瞬間にも起こりはじめていた。外を歩いているときや図書館にいるとき、あるいは店でショッピングをしているときにも。同じころ、マウスは自分のアパートメントにさまざまなものを発見しはじめた。洋服や装身具、子供の玩具《おもちゃ》。買ったことを思いだせない品々。それらの品がすぐ目につく場所に置かれているときもある。しかし、たんすやキャビネットのなか、棚の奥にしまいこまれていて、マウスが偶然、発見するといったケースのほうがむしろ頻繁にあった。とくにキッチンとバスルームをつなぐアルコーブに設けられたクローゼットなどは、よほどのことでもなければ、のぞきこまないようにしていたくらいだ。

そのころさらにまた別の出来事が起こった。マウスの資産計画にほころびが生じはじめた。二年生になってからというもの、学費用の特別資金は蒸発しているかのような調子でどんどん目減りした。三年生の開始時には、すでに奨学金を受けていたにもかかわらず、学費を捻出《ねんしゅつ》するために追加の学資補助を願い出なければならなかった。マウスがお金をやりくりするためにアルバイトをはじめたのもこのころのことだ。それも、いくつものアルバイトをかけもちで。

その後の何年か、マウスは新たな人生を立てなおそうと必死に努力し、なるべく母親のことを考えまいとした。マウスに直接の記憶はなかったが、遺灰をどう始末したか、薄々は知っていた。それについて考えようという気にはなれなかった。恥ずべき行為だった。

恥ずべき行為だが、安心感ももたらしてくれた。当時でもマウスはときおり悪夢を見た。夢のなかで母親は、すでに死んでいるというのに死んでおらず、夜の闇《やみ》のなか、裏道を歩いているマウスにそっと接近する。恐怖のあまりマウスが悪夢から目覚めたとき、恐怖を手っ取り早く解消するための手段はつねに用意されていた。かなり以前に完成していたスポケーン・チャーター・ホテルの予約係の電話番号をマウスは記憶していて、昼夜問わずダイヤルできた。フロント係が受話器を取り、「スポケーン・チャーター・ホテルです。ご用件はなんでしょうか?」と口にした瞬間、マウスは知るだろう。ホテルはまだ建っている。十四階分の全重量をかけ、基礎の下に埋められたありとあらゆるものをまだ押さえつけているのだと。

マウスは悪い娘だった。役立たずのクズ。母親はわずか数カ月の命だというのに、マウスは最後までむごく扱った。それでもマウスは、母親がいま――つねに――どこにいるか知っていたし、それを知るためなら、母親がいなくそこにいると確信するためなら、この世の恥辱のすべてを引きうけたとしても充分に元はとれた。

18

マウスは、ドクター・エディントンの運転するフォルクスワーゲン・ジェッタから何台分か距離を置き、オータムクリークに向けて車を走らせながら、こう考える。最後の最後、ドクター・グレイは自分自身のためにどんなことを手配したのだろう？　いまはそんなことを考えている場合じゃない、むしろアンドルーのことを心配すべきだとわかってはいるが、それでも考えずにはいられない。

ドクター・グレイが自分で葬儀のプランを練り（葬儀を行う気があればだが）、遺体を処理するための手続きをあらかじめ手配し、おそらくは料金まで支払っていることに疑問の余地はない。会ったのは一度きりだが、マウスにははっきりわかっていた、ドクター・グレイは、その手の細々とした事柄を他人の手に委《ゆだ》ねてよしとするような人間ではない。ミスター・フィルチェンコ同様、相手が望みもしないサービスを売りこもうとした哀れな葬祭責任者には同情の念を禁じえない。

ドクター・グレイならどんな式を望むだろう？　おそらくはささやかな式だ、とマウスは推測する。ごくわずかの参列者。パートナーのメレディス、ドクター・エディントン、その他何人かの親しい友人や仕事仲間、ひょっとしたらアンドルー。火葬ではなく土葬。ドクター・グレイなら、風に乗せて散骨されたり、壺のなかにぎちぎちに詰めこまれるよりは、なんらかの仕方で場所を占有しつづけるほうを選ぶんじゃないかという気がした。それならば土葬だ。質素な棺に収まり、格安の地所に。といっても、本物の墓石が立てられる共同墓地に。墓標は簡素なものであり、装飾的なエッチングも美文調の墓碑銘もないが、それでもなぜか堂々たる印象を与える。もしかすると石は黒みを帯びている。ひとの目も惹《ひ》くが、一方でそれ相応の敬意も払わずに通りすぎていこうとする人間がいれば、そのすねにがつんとぶつかって怪我《けが》させるような墓石だ。

マウスは薄笑いを浮かべ、こんなことを想像しているが、そのうち頭のなかに思い描いている墓地が祖母のそれにほかならないと気づく。そして、ドクター・グレイならきっとこんなふうに考えるだろうと思いめぐらしてはみたものの、これまた、そのおもとはというと、以前、どういうふうに埋葬してもらいたいか尋ねたとき、祖母が口にした返答からきているのだった。

そんな記憶に浸っていると、ほんの数分間だが、マウスは追いはらわれ、その隙《すき》にマレフィカが出てきて、急ブレーキを踏み、ここ何キロか、こちらの車に何度も追突しかけているトヨタの運転手をシャキッと目覚めさせる。トヨタがスピードを落とし、ぐんぐん後方に遠ざかる。マレフィカがにやりとし、ウォッカで祝杯をあげようとグローブボックスに手を伸ばす。だが携帯用酒瓶は消えていて、マレフィカはマレディクタと交替し、マレディクタはおせっかい屋のダンカンに対し、ものすごい剣幕で怒鳴りちらす。

――するとふたたびマウスが目覚め、ブリッジ・ストリートの信号でビュイックはドクター・エディントンのフォルクスワーゲン・ジェッタの背後に止まった。

二人の車が家に近づくと、アンドルーの家主がポーチで見張りに立っている。家主の様子にはいつもの用心深さ以上の何かが感じられる。家主はポーチの上を行ったりきたりしていたが、彼らの姿が目に入った途端、出迎えようと歩道へ駆けだす。

「ドクター・エディントン」医者がワーゲンから出てくると、ミセス・ウィンズローが言う。まるで医者が到着したおかげで、それまで取り組んできたパズルを解くための手がかりを得たとでもいうように思慮深くうなずく。

「こんにちは、ミセス・ウィンズロー」ドクター・エディントンが挨拶《あいさつ》する。「アンドルーはいる?」

「いいえ」ミセス・ウィンズローがかぶりを振る。「まだ戻ってない。何もなければいいんだけど。仕事から戻ってないし、電話もない……」

マウスが言う。「ジュリーとまだいっしょかもしれない」

ドクター・エディントンとミセス・ウィンズローの二人がマウスを見る。

「アンドルーとジュリーは今朝、車に乗っていっしょに出かけたみたい」マウスが説明する。「仕事場には戻ってこなかった」

ミセス・ウィンズローは顔にひどく複雑な表情を浮かべる。「そう」ほんの少しして言う。「ジュリーの番号ならたしか控えてるはず。なかに入って。二人とも」敷地内の小道を戻りながら、ドクター・エディントンに言う。「ここにきたのは悪い知らせを伝えるためなんでしょう?」

「ええ、残念ですが……」ドクター・エディントンがドクター・グレイのことを伝える。

「お気の毒に」とミセス・ウィンズロー。「アンドルーはひどく深刻に受けとめそうな気がする」ため息をつく。「こんなことが起こるのにふさわしいときなんてあるはずがないけど、よりによっていま起こらなくてもいいのに」

「アンドルーに何か別のことも起こってるんですか?」とドクター・エディントン。

「だと思う」ミセス・ウィンズローはそう言いながらドクター・エディントンに目を向ける。しかし、マウスはその言葉がほんとうは自分に向けられているのではないかと感じる。

なかに入り、家の奥にあるキッチンに向かう。ミセス・ウィンズローはコーヒーを淹《い》れ、紅茶用の水を火にかける。コーヒーが用意され、お湯が沸くまでの間、ミセス・ウィンズローはひと言断りを入れ、二階に行く。やかんがピーピー鳴りだしたちょうどそのとき、ミセス・ウィンズローが戻る。

「ジュリーの家に電話したけど、誰も出ない」ミセス・ウィンズローがドクター・エディントンにはコーヒーを、自分のためには紅茶をそそぐ。マウスはどちらも丁重に断る。

「それで」とドクター・エディントン。「アンドルーに何か問題でも?」

「ええ」ミセス・ウィンズローが言い、マウスは身構える。きっと自分のことを非難しはじめるのだろうと思ったのだ。しかし、ミセス・ウィンズローが口にしたのはまったく聞いたことのない名前だった。「ウォレン・ロッジと関係があると思う……例のニュースには関心をもってた?」

ドクター・エディントンがうなずく。「わたしの患者のなかにもニュースをずっと追っかけてるひとがかなりいた。アンドルーもそうなんだね？」

「わたしたち二人とも。わたしはあの件でいちばん動揺しているのはわたしだと思っていたし、おそらく最初に関心をもったのもわたしのほうだった。でも、日曜の晩、ロッジが事故に遭ったか、自殺をしたか、とにかくなんであれ、それが実際に起こってから二、三時間してアンドルーは家に戻ってきた。アンドルーはすでにその話を聞いていて、なんというか一種の……ショック状態だった。わたし自身、ひどく動揺していたから、あのときは別にどうとも思っていなかった。でも、そのあともアンドルーはいつもとちがっていた。うわの空で——もちろん、いつも以上にってことだけど。わたしはそのことでアンドルーと話をするつもりだった……そしたら今日の五時半ごろだけど、アンドルーは家に戻ってこないし、電話もないから、嫌な予感がしはじめ、もしかしたらと思った。ウォレン・ロッジが死んだとき、アンドルーはシアトルにいたのかもしれない。それならアンドルーは話を聞いただけじゃない。ひょっとしたら自分の目で見たんじゃないかって」

「そうかもしれない」ドクター・エディントンが認めた。「でも、もし何かを見たのなら、どうして話さなかったのだろう？」

「わからない」

「ウォレン・ロッジって誰？」マウスが尋ねる。ミセス・ウィンズローは、テーブルにマウスがいたのを忘れていたとでもいうようにこちらを見る。またもやマウスは叱《しか》りつけられるのではないかと思い、身構える。だが、ミセス・ウィンズローはただ背中を丸め、静かな声でマウスに恐ろしい話を物語る。

「それならあなたはこう考えてるの？　アンドルーは、ウォレン・ロッジがヴァンに轢《ひ》かれるのを見たと？」

「事故のあと、たまたま現場に行ったというほうがありそうだけど」ミセス・ウィンズローが推測する。「でなければ、まるっきり別のことなのかもしれない。わからないけど。とにかく何かが日曜日にアンドルーの身に起きた。わたしは――」言いかけて口をつぐむ。一瞬の間があり、ミセス・ウィンズローは首をかしげ、椅子《いす》からさっと立ち上がる。「アンドルー？」そう呼びかける。廊下を駆け、玄関に向かう。ドクター・エディントンがマウスに問いかけるような目を向けると――彼はなんの物音も聞かなかった――、二人でミセス・ウィンズローを追いかける。

二人が追いついたとき、ミセス・ウィンズローはポーチの端にいて、暗い通りに目を凝らしていた。船乗りが陸地を求め、水平線を見つめるように。一瞬、マウスは、ミセス・ウィンズローの想像にすぎないのではないかと思う。しかし、それからマウスは目にする。アンドルーはまだ一ブロック離れたところにいて、道の真ん中を歩いている。

　もっと接近するにつれ、アンドルーがひどく取り乱した様子だとわかる。ボタンは掛け違え、片側の髪の毛が突き立っていた。コミカルとさえいえる外見だったが、その何かがマウスをぞっとさせる。アンドルーは一方の手でボトルをつかんでいるが、酔っ払いの動きではない。自動操縦されているような、夢遊病者のような動きをしている。つかんだボトルを揺らしているが、心ここにあらずで、自分がそれをつかんでいるのにさえ気づいていないようだ。顔はまったくの無表情だった。

　立ちどまりもせず、家の前をそのまま行きすぎてしまいそうだったが、ヴィクトリアンハウスの正面玄関と並んだとき、自分をつないでいる見えない革ひもがピンと張りつめたので、もうこれ以上先には行けないとでもいうようにぴたりと足を止め、きっかり四分の一周分、回転する。またも笑えないコミカルさ。依然として無表情のまま、アンドルーはマウスのビュイックとドクター・エディントンのワーゲンの間の隙間を抜けて、縁石の上に飛びのる。

　敷地内の小道を見落とし、ふらふらと芝生に入り、またぴたりと足を止める。まぶたがひくつき、その背後で、より高次な意識がスパークし、息を吹きかえす。マウスはすっかりおじけづき、ドクター・エディントンの背後に身を隠している。

「アンドルー？」とミセス・ウィンズロー。まだまともな状態ではなかったが、アンドルーがぼんやりとそちらに目を向ける。「ミセス・ウィンズロー？」ろれつの回らない口でアンドルーが訊く。

マウスが一方の足からもう一方の足に重心をずらし、ポーチをきしませる。小さな音だったが、アンドルーはそれを聞きつけ、マウスのほうに顔を向ける。

アンドルーがドクター・エディントンを見る。

「アンドルー……」ドクター・エディントンが言いかけるが、アンドルーはかぶりを振り、すでにあとずさりしている。歩道の亀裂《きれつ》でつまずき、ボトルを手放す。ガラスの砕ける音が鳴りひびき、それがスターターピストルの合図の音でもあるかのようにアンドルーは猛然と動きだす。くるりと振りむき、一目散に通りへ駆けていく。

ミセス・ウィンズローはポーチから跳びおり、アンドルーのあとを追う。しかし、通りに出たとき、アンドルーのほうはすでにかなり先に進んでいた。アンドルーの名前をもう一度呼ぶ。声がかすれる。ドクター・エディントンのワーゲンの前にとめてあった古いダッジのセダン車へ突進する。キーのジャラジャラいう音、それからカタカタという音。ミセス・ウィンズローが罵声《ばせい》を発し、地面に四つん這《ば》いになる。ミセス・ウィンズローがキーを取りもどそうとしているとき、ドクター・エディントンはマウスのほうに顔を向け、こう言う。「わたしも彼女といっしょに行く。きみはここにいてくれないか。アンドルーは自分の力で戻ってくるかもしれない」

「わかった」

ミセス・ウィンズローはなんとかセダンのドアを開け、運転席にすわり、エンジンを始動させようとしている。ドクター・エディントンは助手席側に駆けていき、しつこく窓を叩《たた》く。ダッジのエンジンがうなりをあげて息を吹きかえし、一瞬、ミセス・ウィンズローはドクター・エディントンを車内に入れるのか、それともドクター・エディントン抜きで出発するのかという問題が生じ、それから助手席側のドアがパッと開き、ドクター・エディントンが乗りこみ、彼がふたたびドアを閉ざすよりも先に、ミセス・ウィンズローはバックし、ダッジの後尾をワーゲンのフロントにぶつける。逆戻りし、アクセルを踏み、轟音《ごうおん》とともにアンドルーを追いかける。ダッジの助手席のドアは、掛け金のはずれたゲートのようにまだバタバタしている。

「かまうか、クソッ！」声が叫ぶ。マウスはそれを無視し、ポーチのスイングチェアに腰かける。

アンドルーは一度もヴィクトリアンハウスに戻らないが、その後の三十分間に、ダッジは二度戻る。どちらのときもミセス・ウィンズローは一瞬、車を減速させ、それを見かけたマウスが立ち上がり、かぶりを振る。するとダッジはふたたび急発進し、再度の捜索に出発する。最後に——夜も更《ふ》け、すでに九時半を回っている——ダッジが三度目に戻り、停止する。無造作にとめた車からミセス・ウィンズローが出て、マウスを一瞥《いちべつ》し、さっさと家のなかに入る。さんざん引きまわされ、少々げっそりした様子のドクター・エディントンが、ゆっくりとやってくる。

「見つからなかったんだ」マウスが言う。問いかけというよりは自分の見解を口にするような調子で。

「小学校のそばで見かけたような気がした」とドクター・エディントン。「でも、Uターンしてみたら」——振りかえり、ダッジに目をやる。フロントフェンダーの右に真新しいへこみができている——「また消えていた。こっちにきた様子はないか？」

マウスはかぶりを振る。

ドクター・エディントンは踏み段を上り、ポーチの欄干にぐったりともたれかかる。「それで」とドクター・エディントン。「なんとかやれてる？」

「ええ」とマウス。「アンドルーだけど……大丈夫かな？」

「そのはずだ。いったん落ち着きさえすれば」玄関のほうにあごをしゃくる。「いまミセス・ウィンズローが警察に通報しているし、そのうち捜索もはじまるだろう……ただ、率直に言うと、アンドルーが正気に戻り、自分の足で帰ってくるに越したことはない」

「アンドルーはこんなふうにならないはずじゃなかったの？」マウスは尋ねる。「だって、アンドルーは……なんというか……わたしみたいだというのは知ってるけど、ただ、本人によると、意識の喪失はないって話だった。アンドルーはもっと……もっと安定してるはずなのに」

「たしかにそうだ。だが、アンドルーの問題は……」ドクター・エディントンは次の言葉を注意深く選び、口ごもる。「アンドルーというか、アンドルーの人々が、ほんとうならまだ治療を継続しているべきだという点にある」

「わたしには大丈夫そうに見えたけど」マウスが指摘する。「今日以外は」

「アンドルーの歴史には、アンドルー自身が意識しているとは思えない、いくつかの重要な側面がある」ドクター・エディントンは、マウスの目に浮かんだ問いに向かってかぶりを振る。「悪いが、くわしい中身に立ち入ることはできない。ただ、これだけは言っておこう。ドクター・グレイのもとで行った最初の治療コースでは、望んでいた結果が得られなかった」

「アーロンがまだ家を建設中のとき、ドクター・グレイが最初の発作を起こしたというのは知ってる。アーロン自身が話してくれた。結局、自力で事業を完了させなければならなかった。あなたから助けを得たりして……」しかし、ドクター・エディントンは口を固く閉ざし、ただマウスを見つめるだけだ。マウスは理解する。あの話には、マウスがまだ聞いていない続きが残っている。「それなら」マウスが続ける。「今夜以降、アンドルーはあなたの診察を受けようとアポをとるかもしれない。ドクター・グレイが望んでいたように」

「だといいんだが」とドクター・エディントン。「今夜のわたしたちは最悪だが、これがきっかけとなって事態はよい方向に向かうかもしれない。大きなトラブルに見舞われる前にアンドルーを見つけだせればだが……」

「今夜のアンドルーの様子だけど」とマウス。「わたしも……わたしもあんなふうなの？〈協会〉が支配しているときって」

「ぞっとしたよな」

マウスがうなずく。

ドクター・エディントンが温かい笑顔を向ける。「いいかな」ドクター・エディントンがつづける。「わたしは四十三歳だ。タバコは喫《す》わない。太ってもいない。心血管疾患の家系でもない。きみが治療を受けている間、わたしが脳卒中になる可能性は低い」縁石のそばに斜めにとめた、へこみのあるダッジに目を向ける。「自動車事故のほうはどうかわからないが」そう付け加える。「だが、今夜が終われば、いつもの安全運転に戻ってけっして無理はしないつもりだ」

マウスも微笑《ほほえ》む。話がおかしかったからというよりは自分への気遣いがうれしかったせいだ。

「うわっ、もう十時だ」ドクター・エディントンが時計に目をやる。「明日、仕事だよね？」

「ええ」とマウス。「おそらく」

「それなら、そろそろ帰ったほうがいいかもしれない」

「そんな。わたしはここにいて……」

「今夜、アンドルーが戻ってくるとしても、数時間先になるかもしれない。わたしはもう少しここにいるが、ただ――」

「ミセス・ウィンズローはわたしにいてほしくないってこと？」

ドクター・エディントンはそれを聞き、感じのいい笑い声を洩《も》らす。「ミセス・ウインズローはいまアンドルーのことで頭がいっぱいだから、ほかのひとのことなんか目にも入らないんだろう」――またダッジに目をやる――「消えてくれと思うどころじゃない。きみがここにいたいのなら、それはそれでかまわない。たいしてすることもないがね。ましてアンドルーがひと晩じゅう戻ってこなかったりしたら……」

「今度はわたしが探しにいってもいい」マウスが申しでる。

「そうしたいのなら。町じゅうあらかた見てまわったが、きみのほうがツキに恵まれているかもしれない」ドクター・エディントンが励ますように微笑む。「もし見つけたらだけど、ここの電話番号は知ってるか？」マウスがうなずく。「これはうちの電話番号だ」ドクター・エディントンが名刺を手渡す。「通常、患者には十一時以降の電話は控えてもらっているんだが、今夜はどうせ眠れそうにない。だから仮にアンドルーが見つからなくても、きみが誰かと話がしたいと思ったら……」

「ありがとう」とマウス。跳ぶようにして踏み段を下り、くるりと振りかえると、こらえきれずに告げる。「あなたといると父を思いだすの」ドクター・エディントンが目をぱちくりさせる。驚いた様子だが、面映ゆがってもいるようだ。何か言う暇も与えず、マウスは自分の車へと駆けだす。

綿密な捜索を実行しようにも、マウスはオータムクリークの地理に通じていない。

これでアンドルーが見つかったら、それこそまぐれもいいところだ。それでも――こんなふうに感じるのは、ドクター・エディントンが別れ際《ぎわ》に浮かべた微笑みのせいにすぎないのかもしれないが――マウスはいつになく楽観的だ。まずどこにあたったらいいか、マウスには考えがある。メイナード公園。アンドルーから多重人格についての耳をふさぎたくなるような話を聞かされたあの日、マウスが身を隠そうとして逃げこんだ例の公園だ。といっても、アンドルーもそこに身を隠しているような気がするだけで、何か特別な理由があるわけではない。しかし、マウスはやるだけやってみるつもりでいる。

直感ははずれた。公園――少なくとも出入り自由で照明もあり、夜にもかかわらずマウスが気安く歩きまわれる区画――は閑散としている。アンドルーは木々の奥に身をひそめているのかもしれないが、闇に包まれたそんな場所を捜しまわる気にはなれない。わずかにくじけた気分を抱えつつ、マウスは車に戻り、ブリッジ・ストリートに引きかえす。

そこでマウスはアンドルーを見かける。ブリッジ・ストリート沿いのメトロバスの停留所。丸見えの場所に隠れている。マウスはわが目を疑う。アンドルーはここにきたばかりにちがいない。屋根付きのバス停は二つの街灯にはさまれていて、アンドルーの姿は一ブロック先からでも目につく。前からここにいたら、ミセス・ウィンズローが見落とすはずがない。

自分の車が接近したらアンドルーが逃げだしてしまうかもしれないとマウスは心配する。しかし、いざそうしてみると、アンドルーは気にも留めない。そこでマウスはいったん通りすぎてUターンし、バス停の少し先の縁石沿いにビュイックをとめる。

マウスが車を降り、バス停のほうに歩きだしてからでさえ、アンドルーは無視を決めこんでいる。何か腹積もりがあってというよりは、いかにもさりげない調子で。知らない誰かが待合所に入ってきたが、余計な会話をするのは勘弁、というときみたいに。

こわがらせないようにとなおも気をつかいつつ、停留所の外で足をとめ、名前を呼ぶ。「アンドルー？」

反応はない。アンドルーはそっぽを向き、遠くを見つめている。気合ひとつでバスを呼びだそうとするかのように。両手は太腿《ふともも》の上でいらだたしげにビートを刻んでいる。

マウスはもっと近くに寄る。「アンドルー？」そうくりかえす。

両手が空でとまる。顔がさっとこちらを向く。

「あのね」アンドルーが尋ねる。「次のバスが何時にくるか知ってる？」

声がちがう。甲高く、テンポも速い。

「次のバス？」とマウス。「いいえ、わたしは――」

「バス時刻が書いてあるはずなのに」彼が文句をこぼし、バス停の支柱のひとつに固定されている四角い枠を指す。枠のなかは空っぽだった。「時刻表があるはずの場所に何もないなんて無責任すぎる」

言葉はもう不明瞭《ふめいりょう》ではない。息からアルコール――大量のアルコール――のにおいがするが、早口な口調はきはきしていて聞きとりやすい。身だしなみも整っていた。シャツのボタンははめなおし、裾《すそ》はズボンにたくしこみ、髪はうしろに撫《な》でつけている。

「どこに行くの？」マウスが尋ねる。

一瞬、彼がいぶかしげな目で見る。それから肩をすくめ、こう答える。「ミシガン州」

「ミシガン州には何しに行くの？」

彼がため息をつき、目をそらす。「それじゃ次のバスがいつくるか知らないんだね？」

「というか、今日はバスはもうないんじゃないかな」

「バスはもうない？」憤慨し、さっと顔を向ける。「どうして？」

「えーと……時間が遅い」マウスが答える。彼が納得していないので、マウスは口ごもりながらもつづける。「時間が遅い。で、ここのバスは基本的に町に行き来する通勤客用だし……」

「それで？　だから？」

「だから……こんな遅い時間にバスを利用する通勤客はいない」

「ああ」と彼。「ああ、そうか」パーカッションか何かのように腹をすばやく連打し、リフを打ち鳴らす。それからさりげなさを装《よそお》って尋ねる。「町って？」

「シアトル」一応、念のため、「ワシントン州シアトル」

「だね」彼がうなずく。最初からわかっていたかのように。「そこはミシガン州からどれぐらい離れてる？」

「すごく遠い。三千キロ以上」

この情報に対する彼の反応は、なんとも判断がつきかねた。一瞬、無表情になるが、それから同じくらい唐突に、うなずき、眉《まゆ》をひそめ、また手でドラミングをはじめる。

「だったら……歩くには遠すぎるということだよね？」

「まあ……そうね」とマウス。「ええ、でしょうね」

「でも、飛行機なら」いたずらっぽく言う。「飛行機に乗れば、遠くだって行ける……だよね？」

「ええ」

眉をひそめる。「でも、飛行機の料金は高い」

「ええ、そうね」とマウス。「どうしてミシガン州まで行きたいの？」

彼は尻《しり》ポケットを叩き、一瞬、当惑した表情を浮かべ、それからうなずき、前ポケットに手を入れ、財布を取りだす。財布を開き、薄い札の束を抜きとる。二十ドル札二、三枚、十ドル札数枚、一ドル札数枚。「ミシガン州まで飛行機で行くのなら、これで足りる？」

「いいえ」とマウス。「安売りチケットだってそれ以上はする」

「こっちもある」クレジットカードを見せる。「隠してあったんだ」自慢げに付け加え、財布の隠しポケットを示す。「でも、見つけたけど」自尊心がしぼむ。「けど、いくらまで利用できるかはわからない……飛行機のチケットを買おうとして、限度額を超えてしまったら、まずいことになると思う？」

「どうかな」とマウス。「そんなことにはならないと思うけど……もしそれがあなたのクレジットカードなら」

彼はそれには答えず、金とクレジットカードを財布に戻す。

「でも、聞いて」マウスがつづける。「もっと現金が必要なら、それを調達できる場所がある。ここから少し先に家があって、いっしょにきてくれたら、そこに住んでる女性はきっと――」

「タクシーにすべきかも」彼が財布をしまう。「今夜はもうバスがないのなら」

「乗せてあげてもいいけど」マウスが申しでる。「いくらで？」

またもや彼はいぶかしげに眉をひそめる。

「ただで……さっきも言ったけど、もっと現金が必要なら、そこの家に立ち寄っても……」

だが、彼はかぶりを振る。「寄り道はしない。大至急、ミシガン州まで行かないと」

「どうして？」マウスが尋ねる。これで三度目だ。もはや答えは期待していなかったが、今回は粘り強さが功を奏す。

「遺産を受けとる必要があるんだ、わかった？」いらだたしげにため息をつく。「義理の父親から受けとることになっていたはずのお金」

「義理の父親？」

「もちろん、アンディの義理の父親……アンドルーの義理の父親だ」その問いを聞き、驚いているようだ。「ほかに、ぼくにお金を残してくれる義理の父親なんていると思う？」

「それで、その義理のお父さんは亡《な》くなったの？」

バスの時刻表がないことをぼやいていたときと同じ口調で。「死んだはずだ。死にそうに見えた。居間の床に横たわっていて、絨毯《じゅうたん》の上は血だらけだった……」陰うつな調子で。「でも、ぼくはじっととどまってはいなかった。寒気がしたし、とにかく逃げだしたかった」彼が自分をかき抱く。「で、クレジットカードを使っても、ヤバいことにはならないってこと？」

「さ、さあ、どうかな」マウスはどうにかして平静さを保とうとする。「でも、でも、聞いて、どうせなら――」

彼は縁石を越えて踏みだし、通りをきょろきょろ見渡す。「タクシーはどこへ行けばつかまるのかな？」

「どうだろう。ここでつかまるのかな」

「タクシーも使えない？　ここはどういう種類の場所なのかな？」

「小さな町なの」

少し間があり、頭が上下に揺れだす。「ミシガン州のこれから行こうとしてるところもこんな感じだ」彼が告げる。「あそこじゃバスさえない」また眉をひそめる。「空港はどれくらい遠いの？」

「かなり遠い」とマウス。「歩ける距離じゃない。でも、車で送っていってもいいよ」

彼が目をやる。「寄り道はなし？」

「寄り道はなし」マウスが嘘《うそ》をつく。頭のなかではやはり考えている。自分が国内のどの辺にいるか訊《き》く必要があるような状態なら、アンドルーを乗せてミセス・ウィンズローのところまで車で戻ったとしても、そこに着くまで気づきもしないのでは？必要なら車で芝生に突っこみ、ポーチに駆けあがったっていい。予知能力と超人的な耳を兼ね備えたミセス・ウィンズロー、マウス、ドクター・エディントンが力を合わせれば、アンドルーがまた逃げだすのを防げるはずだ。

「料金はなし？」まだ納得がいかないようだ。

「もちろん」マウスはビュイックのほうを手で示す。「乗って」

ただで乗せるという申し出はたちまち疑いを圧倒する。それからほどなく二人はビュイックの車内にすわっている。「いい車」内装を確認し、彼が言う。

「ありがとう」とマウス。

「ガソリンを入れるのなら」彼が太っ腹なところを見せる。「お金は出すよ。空港まで長い道のりならってことだけど」

「わかった」バス停から半ブロック行ったところで赤信号にひっかかり、車を止めなければならない。平静さを装い、ウィンカーを出す。

信号が青に変わる。アクセルを踏み、右折しはじめる……すると第三の手がハンドルをつかみ、右折させまいとする。マウスはブレーキを踏み、交差点の向こう側の縁石に突っこむのを回避しようとする。

「いった――」マウスは言いかけるが、助手席に座っている男の現在の姿を目にし、キーッという甲高い声になる。

彼はまた変化していた。どういうわけか体も大きくなったようで、新たな精神が彼の身に宿り、バス停でマウスが軽口をたたいていた、ねじの外れた、躁病《そうびょう》的な人物は、いつのまにかはるかに険悪な誰かへと変貌《へんぼう》していた。マウスがリアリティファクトリーにはじめて行った日に一瞬だけ垣間見た、あの陰うつな魂。ジュリー・シヴィクをおせっかいなクソ女と呼んでいたやつ。

そいつがマウスに告げる。「そっちはミシガン州行きの道じゃないぞ……マウス」

恐怖の波に襲われ、マウスは消え去る。マレディクタが出てきて、怒って歯を剥《む》き出しにする……のだが、彼女も脅《おび》えている。助手席にいるクソ野郎は目を光らせていていた。この世を去る直前、母が目に浮かべていた光だ。それでマレディクタは脅えているのだが、脅えている自分を表には出さない。「そのど汚ねえ手をハンドルから離せ」マレディクタがうなる。

「失礼」そいつはにたりとし、ハンドルから手を離す。そうしておいて幸いだった。というのも、お次はマレフィカの番で、彼女は少しも脅えていないし、しかも怒り狂っているのだから。だからといって、アンドルー——いまのアンドルーが誰だろうが——は気を緩めたりはしない。マレフィカがこぶしをつくるよりも先にドアを開け、外に踏みだす。「乗せてくれてありがとうよ」とそいつが言う。「ここからは自分で行く」慇懃《いんぎん》無礼を絵に描いたような物腰でドアをそっと閉ざし、さよならと手を振り、夜のなかへ小走りで姿を消す。

「そうだ」マレディクタが再び姿を現わして言う。「クソ走ったほうがいい」

——するとマウスは空っぽの助手席を見つめている。隣でクラクションが鳴りひびく。ほんとうにアンドルーが消え去ったのかたしかめようと、片手を伸ばす。後部座席も確認する。それからようやくマウスは外に目をやり、誰がクラクションを鳴らしているのかに気づく。

マウスの車はまだ交差点の真ん中で立ち往生している。深夜のブリッジ・ストリートを行きかう車は、マウスのビュイックを迂回《うかい》して先に向かっていた。ところがいま、一台のミニヴァンが、ブリッジ・ストリートと交差する道に入ろうとしてマウスの横を無理やりすり抜けようとする。マウスはビュイックのエンジンをかけなおし、バックする。最後に一度、盛大にクラクションを鳴らし、ミニヴァンが通りすぎる。

マウスは角にビュイックをとめる。少しの間、気持ちを落ち着け、バックミラーに目をやると、半ブロックほど後方のバス停はがらんとしている。車から出て、ブリッジ・ストリートのそれぞれの方向、さらに交差する道のそれぞれの方向をじっくりと確認する。アンドルーはどこにもいない。マウスはほっとし、そんな自分を強く責める。アンドルーはマウスを助けようとして骨折ってくれた。それなのにマウスはアンドルーを見捨てた。マウスはまた車に乗りこむ。

どうしたらいい？　マウスは思う。意識喪失していた時間は長くない。せいぜい二、三分だ。アンドルーがずっと自分の足で移動しているなら、遠くまでは行ってない。多少ツキに恵まれれば、マウスはふたたびアンドルーを見つけだせる。でも、それからどうすれば？

もうひとつの、おそらくは最上の選択肢は、家に戻り、ミセス・ウィンズローとドクター・エディントンにことの次第を知らせることだろう。だが、その場合、いったんアンドルーを車に乗せながら、またもや逃げられてしまったことまで話さなければならない。そもそも先週、ちょうど逆の立場というか、マウスが逃げる側だったとき、アンドルーは、助けを求めて時間を無駄に費やすことなく、自分自身でマウスを追いかけた。もしアンドルーが追いかけてこなければ、いまだにマウスはリアリティファクトリーの裏の森のなかをふらふらさまよっているかもしれない。

折衷案を実行してもいいだろう。自分自身で十分か十五分、アンドルーを探す。見つからなければ、ドクター・エディントンとミセス・ウィンズローに事情を話しにいく。アンドルーが見つかったら、自分で対処せず、あとを追い、どこかで足を止めたら、電話を見つけ、ドクター・エディントンに連絡する。

それはプランだ。しかしそれを実行に移そうとすればある情報が必要不可欠であり、それを手に入れるには、ある度胸試しを乗りこえなければならない。

マウスはハンドルの縁に両手を軽く添え、ひと息吸い、バックミラーを見上げ、覗《のぞ》きこむ。見るだけじゃダメだ。覗きこまなければ。鏡のなかの自分と目が合い、マウスは鏡がもっと巨大で、そこに自分の顔全体、全身が映っていると想像する。マウスの背後の光景、ビュイックの後部座席ではなく、暗い洞窟《どうくつ》の入り口を想像する。

「よーし」マウスはそこに集まった人々、召喚に応じた〈協会〉のメンバーに語りかける。「誰が見たのかわからないけど、話して……アンドルーはどっちに行ったの?」

II

CHAOS

第二部　混沌《カオス》

第七の書　バッドランズへ

19

ぼくは闇《やみ》のなかで前後に揺れていた。

ぼくは湖に落ちた。それはわかっていた。すべてが霞《かすみ》のなかの出来事だった。意識はずっとぼんやりしていた。でも、それはほんの少し前のことらしく、それが起こったのは知っていた。ぼくはまだそこ、湖底の黒々とした水のなかにいるにちがいない。ぼくの魂は胎児のように縮こまり、暗い流れのなかで揺れていた。

水は凍りつきそうなくらいに冷たかった。冷たい風のようにぼくの周囲を流れ、ぼくの肌を撫《な》で、髪をくしゃくしゃにした。ぼくの魂をまるごとひっぱり、一掃しようとするが、ぼくの両手は湖底から生えている水草に絡《から》まり、それぞれの手がべたつく水草を一本ずつつかみ、三本目の水草は左の前腕に巻きつき、きつく締めあげていた。水草は伸びるものの、ちぎれはしない。こうして潮の満ち引きのまま、ぼくは前後に揺れうごいていた。ゆらゆら、ゆらゆら、ゆらゆら。

　ぼくは目を開いた。

　ぼくは湖底にいなかった。外に出て、体のなか、野外の空間のなか、日差しのなかにいた。ある種のブランコというか、吊《つ》り下げ式の腰かけにすわっていて、一匹の恐竜がぼくに微笑《ほほえ》みかけていた。

　ぼくは目をしばたたいた。

　恐竜はたしかにぼくに微笑みかけていた。緑と紫のブロントサウルス。側面にはしごが固定され、恐竜の背中からしっぽにかけて滑り台になっていた。

　左右に目を走らせると、ほかにも何匹か恐竜が見えた。鮮紅色のプテラノドンは両翼がシーソーになっていた。トリケラトプスの赤ん坊が三体。黄、オレンジ、青のそれぞれが太いばねのコイルの上に据えつけられている。背中にはサドルがあり、襟カラーのように立てられた装甲襟飾りの背後からハンドルが突きでていた。

　ぼくの真横に立ち、ぼくの上にのしかかっているのがいた。ティラノサウルス。マヌケ顔に笑いを浮かべ、子供たちから愛されそうなティラノサウルスは両腕を広げ、チェーンの端をつかみ、ぼくがすわっている腰かけを吊り下げている。チェーンを構成する輪っかと輪っかの間に小さな指がはさみこまれたりしないよう、チェーンは全体が柔軟でつるつるするビニールの筒で覆《おお》われている。

ブランコを止めようと両脚を下げた。ビニールカバーに覆われたチェーンの上方へ手を滑らせ、体を引き上げて立つと、左の前腕に鋭い痛みを感じる。ブロントサウルスの向こう、遊び場を取り囲む金網のフェンスの向こうを見た（ぼくは遊び場にいた。外に出て、体のなかにいて、遊び場にいた——けど、ここはどこだ？）。起伏に富んだ草原がぎざぎざになった丘の連なりまで広がっている。丘は不毛の土地で、月の表面を連想させた。風雨にさらされ、荒涼とした丘の正面は、灰色と茶色のぼんやりした水平の帯がいくつも重なり、縞模様《しまもよう》になっていた。

〈層〉だ、とぼくは自分に言った。帯は〈層〉と呼ばれている。その言葉は、これまでたんに辞書的な意味しかもたなかったが、いま新たな意味を帯び、ぼくはおびえていた。ぼくは馴染《なじ》みのない風景を見ていた。ここがどこなのかわからなかったが、オータムクリークのどこかでもなければ、オータムクリークの近くのどこかでもないのはわかっていた。

小さくて白い何かが空からひらひら落ち、一瞬、ぼくの顔の前で気流に乗って舞いおどり、束の間《つかのま》、鼻の上にとまり、また吹きとばされた。

雪だ、とぼくは思った。雪？　いまは五月の最初の週だ、いや、だったというべきか。五月に雪は降らない……いや、待て、それは正しくない。五月にだって雪は降る。

ただそこまで一般的ではないというだけのことだ。ともかくもオータムクリークでは。だから、そう、ぼくはオータムクリークにはいなかった。そこまではっきりしていた。もしかするとここはずっと北のほう、あるいはもっと高地なのかもしれない。もしかすると気まぐれな春の寒冷前線のせいなのかもしれない。雪と思ったのは、風に吹かれて漂っていた一片の糸くずだったのかもしれない。

もしかすると。あるいは、もしかするともう五月ではないのかもしれない。時間を失ったのはわかっていた。だが、多くの時間を失ったとしたらどうか？　いまが十一月だったら？　六カ月失っていたら？　あるいはもっと、さらにもっと悪い事態だが、何年も失っていたら？　いま体は何歳なのか？

脚には力が入らず、自分を支えるためにブランコのチェーンをつかまなければならなかった。また腕に痛みを感じた。今度は気を紛らわそうとして、痛みの原因をたしかめようとした。腕には包帯が巻かれていた。前腕全体が包帯にくるまれていた。誰が処置をしてくれたのかはわからないが、そのひとはひと巻き分をすべて使いきったようだった。包帯は分厚い層をなしていたから、シャツの袖《そで》はひじの上までめくりあげておかなければならなかった。

シャツの袖！

「ああ、ありがたい」ぼくは叫び、へなへなとブランコのシートに崩れおちた。

シャツの袖。意識喪失したときに着ていたのと同じシャツだ。

待て待て、同じシャツなのか？　酔って通りの真ん中に転げおちたのは憶《おぼ》えている。ボタンがちぎれ、地面の上をコッコッとはずんでいったのを憶えている。確認した……やっぱり！　シャツのボタンがなくなっていた。首を曲げ、生地のにおいをかいだ……やっぱり！　スコッチのにおいがした。ズボン、靴下、靴も、あの夜、身につけていたのとすべていっしょだった。

よし、よし。何年とか何カ月ではなかった。ひょっとしたら二、三日、しかしせいぜいそのぐらいだ。人生のかなりの時間を意識喪失してはいなかった。

ぼくはひと安心して笑い、ブランコに乗って体を揺らした。

もちろん、すべてがよしというわけじゃない。時間的にはともかく、空間的には、ぼくはまだ家から遠く離れている。どこにいるかはやはりわからなかった。体がこれまで何をしてきたか、ぼくがどんな行動に対して責任をとらなければならないかもわからなかった。といっても、完全な意識喪失以前に、家のきまりを故意に破り、ミセス・ウィンズローとジュリーの二人の前で醜態をさらしたのはわかっていた。

ジュリー……ああ、大変だ。

いや。ジュリーのことは考えるな。まずはここがどこか確認しろ。心のなかで、「ぼくたちはどこにいるのだろう？」口に出してそう言い、それから「もしもーし？」

返事はない。だが、観覧台に答えるやつが出てきていないとかいう感じではなかった。観覧台そのものがないようだ。ぼくはぞっとした。なかに入って調べたかったが、体をこの遊び場にほったらかしにしておくわけにはいかなかった。

ぼくはまた立ち上がった。

それまでぼくはずっとだいたい一方向を向いていた。そこで一回転し、背後がどうなっているか確認した。

モーテルが回転しながら視界に入った。遊び場は、V字型の駐車場の狭くなった先端に位置していた。駐車場の外縁に沿って、平屋の客室の列が二つ、左右に斜めに伸び、間にはさまれた三角形の島にはモーテルの管理室がある。管理室の屋根でゆっくりと回転するネオンサインは〈バッドランズ・モーターロッジ〉と表示されていた。

数歩進んで駐車場に入り、用心深く動いた。そこがアスファルトではなく、黒い氷で舗装されているかのように。駐車場は四車線の道路に通じている。道路をはさんで真正面にはファストフード店が二軒あるが、その向こうには住宅らしきものが連なり、さらにその向こうには建物と屋根が見えた。といってもそれらはせいぜい二階か三階の高さしかない。それならば小さな町だ。ぼくは小さな町、バッドランズのどこかの町の端っこにいた……そこがどこであれ。

ぼくは頭のなかで思いえがこうとしてみた。いったいどんな出来事が継起し、最終的にこの場所にくるにいたったのか？　これまでの経緯のすべてではない。直近のほんの十分か十五分だけ。ぼくはモーテルに滞在していたのか？　たまたま通りかかったところ、遊び場を目にし、ブランコに乗ろうと決めたのか？　後者なら、いかにもジェイクがしそうなことだ。子供はたいていそうだが、ジェイクも恐竜が大好きだ。その一方で、知りもしない町をひとりでうろつくのをジェイクは好まないし、ここの道をあてもなくふらふら歩いている姿だってイメージできなかった。もちろん、もし内部規律が完全に破綻《はたん》してしまったのなら、ここまで歩いてきたのは別の誰かであって、ジェイクは恐竜を目にし、ぴょんと飛びだしてきただけという可能性もある。

管理室に入り、モーテルの管理人がぼくに気づくかどうかたしかめてみようかとも思った。うまくいくかもしれない。しかし、チェックインしたとき、別の管理人が勤務していたのなら話は別だ。とはいえ、もし管理人がぼくにまったく気づかないようでも、宿帳に記録が残っていないかどうかずばり訊《き》くのもありだろう。だが、なんという名前で訊けばいいのか？

それからはっと気がついた。キー。もしモーテルにチェックインしているのなら、キーをもっているはずだ。

ポケットを探しはじめた。ポケットのひとつ、普段とは別のポケットに財布が入っていた。軽い。オータムクリークのバーで最後に取りだしたとき、現金で百ドル近くあった。しかし、いまは五十ドルもない。誰かはぼくのクレジットカードも使ったみたいだった。カードは隠しポケットに収めているはずなのに、残りの現金とともに真ん中の仕切りに入っていた。財布のほかの中身——図書館とレンタルビデオ店の会員証、父の期限切れの運転免許証、アンディ・ゲージの母親の写真——は、まったく手を触れられていないようだ。

ほかのポケットも探った。家の鍵《かぎ》はあったが、モーテルの部屋のキーはない。だからといってそれで一件落着とはいかない。遊び場に行こうと決めたのが誰かはともかく、キーは部屋に置いてきたのかもしれない。駐車場の両側に連なる部屋にざっと目をやり、ドアが開いている部屋を探す。すべてのドアは閉じていた。

これがはじめてのこととなるが、家の建造以前、父がつねに抱えていた混沌《カオス》をぼくはありありと感じつつあった。ペニー・ドライヴァーがいまも抱えている混沌を。

ペニー……そういえば。左側の駐車スペースに見覚えのある黒いセダンがとまっていた。黒のビュイック・センチュリオン、そして――そう！――ワシントン州のナンバープレート。じっくり見ようと近づいたとき、いちばん近くのモーテルの部屋のドアがさっと開き、ペニーが駆けでた。裸足《はだし》で、恐竜マーク入り緑色のモコモコのバスローブを身にまとっている。髪は濡《ぬ》れていて、頭にべったり貼《は》りついている。車のそばに立っているぼくを見て、彼女はぱっと足を止め、キーッと声を洩《も》らした。

「ペニー？」ぼくが言った。

自分の名前が口にされると、ペニーはまたもやぎょっとし……突然、希望を感じたようだ。「アンドルー？」ペニーが言った。ぼくはうなずいた。「よかった！……アンドルー！……ようやく！」

「ようやく」ぼくはくりかえした。その言葉がどれだけの時間の喪失を意味しているのかと考えながら。「いまは何月何日、ペニー？」

「五月八日」ペニーが言った。「午前十時ごろ。ここの時間で。大丈夫、たったの二日だけ。オータムクリークを出発したのは一昨日《おととい》の夜」

ぼくはまたうなずいた。大丈夫でもなんでもないが、少なくとも最悪のケースじゃないと考えながら。また遊び場、その向こうの風景に目をやった。「ここはどこ？」

「サウスダコタ州」とペニー。「町の名前は知らないけど、ラピッドシティの近くね」

顔をしかめた。「というか、そう聞いた」

「サウスダコタ州……」ぼくは一瞬、間を置き、それがアメリカのどの辺か思いうかべようとした。ロッキー山脈の東。ぼんやりと思いだした。ワシントン州からだと、州でいったら少なくとも二つか三つ離れている。こんなのは時間稼ぎのための質問にすぎない。しかしこれ以上、先送りにはできそうになかったので、ついに本題に入った。「どうやってここまできたんだろう?」

「それが……」ペニーは言いかけ、ため息をついた。「複雑なのよ」

20

マレディクタとマレフィカは運転を交替しながらトラックを追跡し、ワシントン州を横断する。マウスは口うるさい部外者扱いされ、洞窟《どうくつ》の入り口で身動きがとれずにいる。〈協会〉に助けを求めたとき、マウスはこんなことになると思ってもみなかった。しかし、ようやくマウスは学びつつあった。〈協会〉に援助を求めるならば、自ら進んで支配権を放棄するならば、その代償を支払わなければならないのだと。

「アンドルーはどっちに行ったの？」オータムクリークにいたとき、マウスは尋ねた。それは簡単な質問だったし、出された答えは、マウス自身、薄々わかっていたことにすぎなかった。西。ハイウェイに向かった。おそらくは空港までヒッチハイクしようとして。

「けど、あの野郎に追いついたらクソどうする気なんだ？」とマレディクタ。マウスはビュイックを始動させ、走行を開始した。「轢《ひ》いてやるか？　ぶん殴って気絶させるか？」

「いいえ」マウスは冷たく言う。すでに必要な情報は手に入れた以上、自分自身相手のおしゃべりに興味はない。「頼むからほっておいて」

「ど腐れマンコが」

マウスは州間高速自動車道のジャンクションに到達したが、それまでアンドルーの姿はまったく見かけなかった。別の誰かに拾われたりしていませんようにと祈りながら、西行きの流入ランプに乗り入れる。ランプの最上部でいったん停止し、路肩の両方向にざっと目を走らせたとき、中央分離帯を隔てた反対側の車線でブレーキライトが赤く光るのが見えた。一台の大型トラックが東行き車線の路肩に入ろうとしていた。

「まずい」マウスが言った。人影が現れ、トラックの背後に走りより、束の間、テールランプに照らしだされた。アンドルーだった。マウスはハイウェイの反対側にいた。

「空港に行きたいと行ってたのに！」

「ミシガン州に行きたいと言ってたんだ」誰かが訂正した。「この所持金じゃ飛行機のチケットは買えないときみは言った」

マウスは、州間高速自動車道の両側を隔てるとぎれとぎれのブロックにちらりと目をやった。マウスは思いだした。リアリティファクトリーへの初出勤の日、オータムクリークへの出口を見落とし、Uターンできるまでに何キロも無駄道を走らなければならなかった。

「あたしに運転させろ」マレディクタが洞窟の入り口から申しでた。「あっという間にあっちに連れてってやる」

アンドルーは大型トラックに乗った。トラックのブレーキランプが消え、また動きだした。同時に、西行き車線の通行量が急増し、自動車が途切れずにビュンビュン走り去っていったので、反対側の車線にただ乗り入れるのさえ至難の業だった。マウスはうろたえはじめた。

「ほら！」マレディクタがせっついた。「あたしにクソ運転させろ。あいつが行っちまう！」

トラックは路肩を離れ、スピードを上げ、カーブを曲がって消えようとしていた。

「クソ見失っちまう！」

「わかった」マウスが言い、手放した。現実が収縮した。マウスは洞窟の入り口まで吹きとばされた。マウスはそこで踏んばりながら、マレディクタがアクセルを踏みつけ、強引に割り込みでもするつもりだろうと思った。洞窟にいるときに自動車事故があったら、どんな感じがするのだろう？

だが、マレディクタはハイウェイに乗り入れようとはしなかった。かわりにギアをバックに入れ、流入ランプをうしろ向きに下りはじめた。「ヤバっ」マウスが身をすくめた。別の車が背後に現れたせいだ。「このクソ野郎」マレディクタが叫んだ。片手でハンドルを操り、車にぶつからないように回りこんだ。ビュイックのフェンダーをガードレールにこすりつけたが、衝突は回避した。数秒後、同じ操作をくりかえし、もう一台をうまくかわした。ランプを降りきり、うしろ向きでウェストブリッジ・ストリートに入った。「クソッ、けど、あたし、でかした」マレディクタは自分を称《たた》えた。

ブレーキを踏み、ギアをドライヴにシフトした。直進し、陸橋をくぐり、州間高速自動車道の東行き車線に入るべきところだが、マレディクタはまたもや意表を突く行動に出た。その場でUターンし、オータムクリークに戻りだしたのだ。

「ねえ」マウスが叫んだ。「何してるの？　道がちがう！」

マウスは前に進みでて、体を取りもどそうとしたが、どうしてもできなかった。前回、マレディクタがマウスに体を渡すまいとしたときとはちがって、乱闘にさえならない。マウスは洞窟の入り口からどうしても動けなかった。

「道がちがう！」マウスがいらいらとくりかえした。「アンドルーを見失う！」

「クソ上等」とマレディクタ。「アンドルーは長距離トラックに乗ってる。クソ州間高速自動車道から降りたりしない。あたしらはクソ何がなんでも追いつく。大丈夫。けど」ビュイックのダッシュボードのメーター類を指で差した。「クソカスケード山脈を越える前にガソリンを調達しないと。ガソリンと食料」

「ああ」とマウス。「ああ、わかった。だったらいい……でも、運転はわたしにさせて……」

マレディクタが笑った。「クソでも食らえ」

西橋のすぐ隣にガソリンスタンド兼コンビニがあった。マレディクタはそこに入り、セルフの給油機に車を寄せた。マウスが見たこともないシェルのクレジットカードを使って、マレディクタがガソリンを入れはじめた（そういえば、マウスには、自分でガソリンを入れたはっきりとした記憶がひとつもなかった）。ビュイックのタンクがいっぱいになるまでの間、コンビニに入り、スナック類とタバコを買った。

マレディクタがスナック菓子の棚を漁《あさ》っているとき、マウスはもう一度、体の支配権を取りもどそうと試みた。ダメだ。目に見えないバリアが洞窟の入り口に張られているみたいで、マウスが振りきろうとすればするほど、力の場はより強大な力で動きを押しとどめた。

「あきらめなったらあきらめな、クソッタレのベイビーちゃん……」マレディクタがＫＣ＆ザ・サンシャイン・バンドの曲を歌った。レジに向かい、チョコケーキのお菓子二箱をカウンターにぽんと置いた。「ウィンストンも」マレディクタが店員に言った。「両切りで」

男の店員が頭上のラックに手を伸ばした。マウスはなおもバリアを押しやろうとするが、まったく功を奏さず、店員に呼びかけようとした。「助けて！……助けて！」店員がマレディクタのウィンストンをチョコケーキの箱の隣に置き、レジを打ちはじめた。

「ねえ」マレディクタが店員に尋ねた。「何か聞こえる？」

店員が無表情な顔を向けた。「どんな音？」

「クソネズミがキーッと鳴いてるような」

「俺の新しい靴じゃねえか」店員がカウンターの背後の床に靴のヒールをすべらせ、キュッキュッと鳴らした。

「ほんとだ」マレディクタが笑った。「それだね」

マレディクタは代金を払い、車に戻った。マウスは打ちのめされ、自分自身の頭のなかの囚《とら》われ人という境遇を仕方なしに受け入れようとした。しかし、マレディクタはそれでも州間高速自動車道に向かおうとせず、またもやマウスは落ち着きをなくした。「いったい何をしてるの？」マレディクタが買ったばかりのウィンストンをふかしながら言った。

「クソしつこい」

「ほっとけ」

「アンドルーを追ってるはずでしょ！　わたしたちは――」

「まずクソ一杯ひっかけたい」

「そんな時間ないよ！」

「クソほっとかねえんだったら」マレディクタが警告した。「クソ車を止めて、ひとパックまるまるクソ喫《す》いきるまでもう一キロも走んねえぞ。もちろん、酒はひっかける。おまえにはクソどうにもできない。だから、洞窟に戻って寝てろ。どっちにしろ、それがおまえのいちばん得意なことだろ」

ブリッジ・ストリートに酒屋があったが、九時に閉まっていたので、その代わりにマレディクタはバーに行った。駐車しようとして車の向きを変えたとき、マウスは、縁石沿いに並んでいる車に混じって、ジュリー・シヴィクのキャデラックがあるのに気づいた。キャデラックの車内にいるジュリーの姿を見たような気もしたが、振りむいて確認しようにもマレディクタが視界を支配しているため、どうにもならなかった。

「ねえ」とマウス。マレディクタが新しいタバコに火をつけ、ビュイックから飛びでた。「ねえ、待って、右を向いて。向こうにいるのってジュリーじゃない?」

「クソ知るか」マレディクタが言い、バーに入った。

平日の夜のかなり遅い時間だったので店内は閑散としていた。カップルが何組か、ボックス席にいて(奥に近いところにいるやかましい酔っ払いのカップルを含めて)、女性バーテンダーを別にすれば、バーカウンターには誰もいない。

バーテンダーは吸血鬼だった。白い肌、黒い髪、黒いアイシャドー、黒い口紅、黒いマニキュア、鼻、眉《まゆ》、両方の頬にステンレスのピアス。マウスは、相当ヤバいなと思った。マレディクタも、相当ヤバいなと思い、まさしくそのせいで好意をもった――束の間は。

「ウォッカ。ポポフを」マレディクタがカウンターに歩みよった。「氷なしで」

「ああ」吸血鬼がむすっと答えた。「いい酒だ」

吸血鬼が安ウォッカを一杯注ぐと、マレディクタが尋ねた。「クソボトルごと持ち帰るとしたらいくらだ?」

「持ち帰りはやってない」吸血鬼が伝えた。「酒屋ならすぐそこ」

「酒屋は閉まってた」

「そりゃ気の毒に」

「クソ四十ドルやる」マレディクタがマウスの財布をかかげ、そうもちかけた。

「すっごーい！」吸血鬼がいやみったらしく声をあげた。「クソ四十ドル！　ちょっと考えさせて……やっぱダメ！」

「ヤな女」マレディクタがつぶやいた。吸血鬼はボトルを棚に戻していた。マレディクタはグラスを手に取り、腹立ちまぎれに一気飲みした。マウスはささっという小さな音に気づいた。音は洞窟の入り口に近づいている。マレフィカがヒョウみたいに這《は》いよるのが見えた。

それから彼女たちの背後の誰かが言った。「マウス？」

マレディクタが周囲を見回した。ジュリー・シヴィクだった。「失《う》せろ」そう挨拶《あいさつ》し、またカウンターのほうに顔を向けた。

「マレディクタ」ジュリーが言った。

マレディクタがまた振りむいた。「やれやれ」とマレディクタ。「クソしゃべり屋がいるらしい」肩をすくめ、ショットグラスをかかげた。「一杯やってる？」

「えっ？」とジュリー。そこがバーだとはじめて気づいたとでもいうように。「ああ……まさか、いえいえ、今夜はもうなし。さっきまで二、三時間、んーと、隠れてたんだけど……いまは帰るとこで、ついでに車も取っていくかと思ってたら、あなたがここに入っていったんで……」

「ふーん」マレディクタはこの話にもうあきていた。

「とにかく聞いて。アンドルーを見た？ 会いたいわけじゃないんだけどさ」ジュリーはあわてて付け加えた。「でも、ちょっと心配なんだ。それに、家にちゃんと帰ったかどうか知りたかった。で、思ったんだけど、あなたがこんな夜中に街なかのこの辺にいるってことは——」

「あんたがアンドルーを泥酔《でいすい》させたのか」マレディクタが推測した。「クソお見事」

「泥酔」ジュリーがくりかえした。「ということはあなたはアンドルーに会ったんだし、それなら……」

「クソ黙れ」マレディクタがにやりとした。「会ったよ」

「大丈夫だった？ 家に戻った？」

「十秒くらいな」マレディクタが言った。「それからまたクソどっか行った」

「どっか行った？」

「町を出ると言ってた……いったい何をしたんだよ？ あんなにクソ狼狽《ろうばい》してるやつははじめて見た」

「こんなのやめて」マウスが洞窟の入り口から大声で言った。「意地悪よ」

「町を出ると言った？」とジュリー。「それって——まさかもう戻ってこないってことはないよね？」

マレディクタが指をくいっと曲げ、ジュリーに耳を貸せと合図した。ジュリーがそうすると、マレディクタが耳にささやいた。「あんたに頼みがある。うしろにクソ女がいるだろ？　一瞬、カウンターから引きはなしてほしいんだけどな」

「はあ？」とジュリー。

「ちょっとトイレに行って、またここに戻り、クソトイレットペーパーが切れてると言ってくれないかな。あるいは、待て待て、それじゃやっぱダメか。この女なら、ほったらかしのままにしときかねない……思いついた！　クソ洗面台がぶっ壊れてると言ってもらうか。水があふれてると……」

「マウス——マレディクタ！」とジュリー。「アンドルーはなんて言ってたの？」

「ああ！」マレディクタはうんざりして、ジュリーを解放した。またカウンターのほうに顔を向け、木のカウンターにショットグラスを打ちつけ、吸血鬼の注意を向けさせた。「お代わり」

「喜んで」と吸血鬼。もう一杯ウォッカを注ぎかけたが、突然、バーの奥から大きな物音がして、つづいて笑いのどよめきが起こった。二人組のやかましい酔っ払いだった。どういうわけかボックス席の上の照明器具を叩《たた》き割ったのだ。「この野郎！」吸血鬼が吐きすてる。カウンターにウォッカのボトルを置いたまま、酔っ払いをどやしつけに行った。マレディクタは喜んだ。吸血鬼が背中を向けるや、ボトルをひっつかんでバーから逃げだした。

「ちょっと！」マウスは無駄を承知で洞窟の入り口からキーキー叫んだ。「そんなことしないで！泥棒だよ！」

「そのとおり！」とマレディクタ。「あのバカ女、みすみす四十ドル、パーにしちまった」

「けど……全部わたしのせいにされるんだよ！」

「そうだ」マレディクタが笑った。「今度がはじめてじゃないだろうが」

すでに彼女たちは車まできていた。ジュリー・シヴィクが追いかけてきた。「マレディクタ！……マレディクタ、待って！アンドルーに何があったのか話して！」

「そんなにクソ思いつめるな」マレディクタがキーを探す。「うちらで連れもどす」

「連れもどす？どこにいるか知ってるってこと？」

「どうクソ発見したらいいかは知ってる」

「あたしもいっしょに行くよ……」

「ありえねえし」

「マレディクタ――」

バーの正面扉がバンという音とともに開いた。吸血鬼が出てきた。「ちょっと！」

吸血鬼がわめいた。

「行かないと」マレディクタがかがみこんで運転席についた。猛スピードでその場から走り去るとき、うしろを振りかえると、ジュリーの姿が見えた。自分の車へ突進したが、吸血鬼に行く手を阻《はば》まれて終了。二人でさぞや愉快な会話に花を咲かせているだろう。

「ハハハ――ファック！」マレディクタがうれしそうに奇声を発した。コントロールポーラーがついたままのボトルを傾けると、完璧《かんぺき》に計量された一杯分が開いた口に注ぎこまれた。「あぁぁぁぁあ……クソ興奮しただろ？」

「あなたってほんと恐ろしい」とマウス。

「ああ、なんたって役立たずのクズだからな」そう言ってまた笑った。

それが二時間半前のことだ。州間高速自動車道に乗ってしまうと、一時間もしないうちに例のトラックに追いついた（といっても、あくまでもマレディクタがそう言ってるだけのこと。マウスはそれがほんとうにあのトラックだったらいいのにと思う）。その後、比較的遅いスピードでずっとついていった。さっきの大興奮のあとだし、もはや退屈なだけだったが。

この一時間、マレディクタとマレフィカが交互に運転した。十分かそこいらであきてしまい、相手と交替するという調子だった。二人が交替しようというとき、その隙《すき》をついて割りこめるかもしれないとマウスは考えたが、事故を起こすのは嫌なので洞窟の入り口にいて、もっと安全な機会を待つ。とはいえ、二人とも車を停止させる気配はまるでなく、何キロもだらだら運転が続くと、マウスも神経を張りつめっぱなしではいられなくなり――

――するとマウスは体に戻っている。

明け方だ。空が明るみを帯び、全体が灰色に覆われている。ビュイックは、ハイウエイのサービスエリア内にある、レストランチェーンのIHOP《アイホップ》の外にとまっていた。覚書がマウスの頭上のサンバイザーに差しこまれていて、そこにはこう書かれている。州間高速自動車道九十号線、サービスエリア、アイダホ州境越えて十六キロ。

マウスはあくびし、伸びをし、顔をこする。ダッシュボードの時計をチェックする。五時三十一分。変だ。ある意味、ここ何時間かマウスは寝ていた。しかし、別の意味ではまったく寝ていなかった。マウスの魂は休息をとった——いくらかは——が、体はひと晩じゅう起きていた。新しい体験というわけではなかったが、こんなふうにはっきり理解したのははじめてであり、そうした理解に達したとき、マウスは強い衝撃を受け、自分がばらばらになったように感じる。

もしかしたら、ただ酔っているだけなのかもしれない。くんくんと嗅《か》いでみる。自分の息、服、車、そのすべてがウォッカとタバコのにおいを放っていた。オータムクリークでマレディクタが買ったウィンストンの空き箱がくしゃくしゃにされ、ダッシュボードの上に放りだされている。床の足元に転がっているポポフのボトルも空だった。といってもよくよく見てみると、別に飲みほしたわけではなく、中身の大半はその辺にこぼしてしまったようで、床のマットがぐっしょり濡れていた。

マウスはサンバイザーから覚書を引きぬき、メッセージの全文を読んだ。州間高速自動車道九十号線、サービスエリア、アイダホ州境越えて十六キロ。道で車四台玉突き事故＝一時間クソ渋滞、やっぱりおまえにクソ運転させときゃよかった。トラックはここでアンドルーだか誰だかをおろし彼なしで出発した。おまえの番だヘマするな。

マウスはマレディクタが渋滞にはまったとこぼしているのを読み、残酷な喜びに浸った。いい気味だ、とマウスは思う。ひとの車を悪臭だらけにした報い。それとアンドルー……アンドルーは徒歩に戻ったらしい。だが、どこにいるのか？　覚書には何も書いていない。

「アンドルーはどこ？」マウスは声に出して尋ねる。「アイホップに入ったの？」

答えはない。マレディクタとマレフィカは洞窟に戻り、運転に疲れて寝ているにちがいない。それ以外の目覚めている〈協会〉メンバーは誰ひとり事情を知らないか、それとも知っていて話さないかのどちらかだ。

マウスはタバコの空き箱とチョコケーキの包み紙を集め、二本の指でウォッカのボトルのネックをつまんで拾いあげる。車から出る。外の空気はひんやりしていたが、マウスは気にもしない。ゴミを処分すると、しばらくその場に立ちつくし、両腕を広げて風を真っ向から浴び、冷気で悪臭を消そうとした。しかし、たいして効果はない。ほんとうに必要なのは熱いシャワーと服の着替えだ。念入りに歯磨きするのもいいだろう。だが、優先事項から片づけないと。

アイホップへと向かい、窓のひとつからなかを見る。案の定、アンドルーはなかにいて、大きなテーブルを独り占めしている。新聞を斜め読みしながら、二つのパンケーキの山――一方はバターとシロップがたっぷりかかっていて、もう一方は何もつけていない――を少しずつ切り分けている。

レストランのすぐ外に公衆電話がある。長距離電話をかけるだけの小銭がないため、オペレーターを介し、コレクトコールでドクター・エディントンに電話しようとする。応答したのは留守録で、メッセージを残したいところだがオペレーターは了承しないだろう。次にミセス・ウィンズローの番号を試す。話し中だったので電話を切る。次はどうする？　九一一に電話してもいいが、警察にマウスの話を信じてもらえるかどうかはわからない。ましてマウスはこのざまだ。警察はマウスを酔っ払い運転の嫌疑でブタ箱に放りこみ、アンドルーのほうはそのまま放免するかもしれない。アンドルーを厄介ごとに巻きこむのも嫌だ。警察がアンドルーを尋問し、アンドルーが義理の父親のことを話したら？

それでもなんとかプランをひねりだそうとし、マウスはまた窓の前に戻る。なかにいるアンドルーはパンケーキの一方の山を片付け、もう一方の山はわきに押しのけていた。コーヒーをすすり、新聞を読む。コーヒーカップを下に置き、ティースプーンを手に取り、テーブルの表面をつづけざまに打ちつけだす。

いや、打ちつけているのではない。ドラムのように叩き、リズムを刻んでいる……。

「ハイ」マウスが言い、アンドルーのテーブルの空いている椅子《いす》にさっとすわる。

「こんにちは」マウスを見て興味を引かれたようだが、それほど驚いたふうでもない。

「ここで何をしてるの？」

甲高くて早口の声……マウスの予想どおりだった。昨日、バス停であったやつだ。車に乗せてあげようかという申し出を受けいれたやつ。こちらの次の出方次第だろうが、別のやつを呼びださず、うまくやってのければ……。

「たまたま通りかかっただけ」そう簡潔に答えると、彼がうなずく。五百キロ近く離れた場所で会った人間が車で同じルートをたどり、自分と同じサービスエリアにひょっこり姿を見せたとしても特筆すべき偶然のうちには入らないとでもいうような調子で。「それで、あなたのほうはどうなの？　昨日の晩はミシガン州まで飛行機で行くと言ってたような気がするんだけど」

「ああ」まごついて、「ああ、ええ、そう、飛行機には乗れないとわかったんだ」

「あら」とマウス。「それはお気の毒」

「まあね……きみのあと、きみがぼくを空港で降ろしたあと、ぼくは、その後の便がなかったはず、なかったんだ」一瞬、途方に暮れ、それからこう続けた。「でも、それはいい。トラックに乗せてもらった」

「ああ」マウスはわざわざ周囲を見回す真似《まね》をする。「運転手は――」

「まあ、完璧というわけじゃない」マウスをさえぎって口を出す。「理解しているかぎりで言うと、トラックははるばるシカゴまでぼくを連れていってくれるって話だった。ミシガン州の近くだよね？　けど、それからトラックの運転手とぼくは、えーとどうもいわゆる相性ってやつが悪かったみたいで、運転手はぼくをここに放りだした。あまり責任ある行動とはいえない。自分のした約束を反故《ほご》にしたんだから。たとえ相手が気に入らなくたって……それで、ぼくがまた別の自動車に乗せてもらうのって難しいと思う？」

　マウスはためらう。いまはいったいどれだけの繊細さが要求されているのか計りかねて。おそらくはさほど気にしなくてもいい。「わたしが乗せてあげてもいいけど」

「ほんと？」彼もためらう。マウスにはわかる。乗せてもらうにはお金が必要なのか訊いてもいいかどうか考えているのだ。

「お金はいらない」マウスは言い、質問する労を省いてやった。「飛行機に乗れなかったのは残念ね」

「まあ、そうだな……きみのせいじゃないのはわかってる。で、きみはミシガン州に向かってるの？」

　マウスがうなずく。「友だちに会う予定なの」

「ああ、それなら……行こう！」すぐさま出発するつもりで椅子から立ち上がりかけるが、マウスがそうしないのに気づき、当惑して動きを止める。「そうか」少し考えて言う。「きみは……まず何か食べたかったの？」食べ残りのパンケーキを手で示す。「ウェイターがまちがって二品もってきたんだ。もしよかったら……」

「いいえ、けっこう」とマウス。マレディクタがさんざん喫ったタバコのせいで一時的に食欲は減退しているし、そのうち食欲が戻っても、気分が悪くなり、吐き気をもよおすだけだろう。それなら、ここで誰かの食べ残しを口にするのはやめたほうがいい。「でも、ひとつだけ」とマウス。「あなたが道草を食いたくないのは知ってるけど、どこかに車をとめて、二、三時間休憩をとりたいの」

「はあ？」

「ひと晩じゅう運転しっぱなしなの。眠りたいというか、せめてうたた寝ぐらいはしたい。いまじゃなくていい。おそらくもう一時間くらいはなんとかなる。でも、そのあと、どこかのモーテルに寄る必要がある」

彼が顔をしかめる。「モーテル？」

マウスがうなずく。頭のなかではこう考えている。州間高速自動車道を降りたどこかのモーテル。あなたが足止めを食っている間に、わたしはドクター・エディントンに電話する。

「どれぐらいそこにいたいの？」

「そこまでは」マウスが約束する。「二、三時間」

「二、三時間……そうだな……」

「遅れたくないのはわかるけど、もしここにいても車はつかまらないんじゃないかという気もするの……少なくともただで乗せてくれる車は……」

説得にはたいして時間を要さない。いったん同意を得ると、マウスが尋ねる。「ところであなたの名前は？」

「ゼイヴィア」そう告げる。「ゼイヴィア・レイズ」

「こんにちは、ゼイヴィア。わたしはペニー」マウスが握手し、付け加える。「ここでちょっと待ってて。トイレに行ってくるから。いい？　すぐ戻ってくる」

マウスはさっさとすっきりしたら、そっと外の公衆電話に行ってミセス・ウィンズローの番号をまた試してみようと考えている。しかし、トイレから出ると、ゼイヴィアはドアのそばでマウスを待っている。いらいらとあごをしゃくり、さっさと行こうとうながし、マウスはついていかざるをえない。

外に出ると、ゼイヴィアはまっすぐマウスの車に向かう。どこにとめたのかなどとたずねもせずに。それからわきに立って、マウスがドアを開けるまで待っていようともせず、運転席に近寄り、キーをよこせと言うように手を伸ばす。「しばらく運転はこっちがする」彼が言う。「ずいぶん疲れてるようだしな」

「あなたは——」

「……マウス」残忍な笑みを浮かべ、そう付け加える。

やつだ。マウスはおそるおそる退き、すでに姿を消す寸前だ。とはいえ、ついさっきの、洞窟の入り口で身動きがとれずにいたときの記憶に押しとどめられ、マウスは支配を放棄しようとはしない。代わりに肉体を使ってその場からすぐ逃げられるよう気を引きしめる。だが、彼は飛びかかったり手でつかんだりはしない。実際、あの陰険な笑みを除けば、とくに脅迫的な素振りも見せなかった。

「聞いてくれ」彼が言う。「おまえの車を盗む気はない、いいか？　俺につきまとうつもりならそれはそれでいいだろう。だが俺はオータムクリークには戻らない。それと、どこぞのモーテルに入って、おまえが白衣を着た男たちに連絡してる間、つま先をトントン床に打ちつけながら待っていたりはしない」

「あなたは誰？」マウスが尋ねる。

彼はその問いを無視し、伸ばした手でいらだたしげにうながす。「キーを渡せ」

マウスがかぶりを振る。

「いいだろう」彼が肩をすくめる。「それなら別の車に乗せてもらうまでだ。目覚めたままでいられると思うのなら勝手についてくりゃいい……」そう言うと立ち去ろうとする。

「待って！」

そいつが振りかえる。

「わたしは」口ごもりながら言う。「わたしはあなたを信用しない」

「俺もおまえを信用しない」そいつが言う。「しかも、もっとまともな理由だってある。だが、俺はおまえを傷つけるつもりはない。おまえがそれを恐れているのなら言っておく。そちらから俺を傷つけようとさえしなければ」ふたたび手を伸ばす。「キー」

マウスはポケットからキーを取りだすが、渡そうとしない。「あなたは……ちゃんと運転できる自信はある？」

「腕は落ちてるかもしれないが」そう認める。「ハンドルを握ったまま眠ったりはしない」

「頭のほうはどう？　昨日の夜はめちゃくちゃ酔ってたけど……」

「俺じゃない」

「あなたの体よ」

「そっちもな。いろんなにおいからすると」肩をすくめる。「今朝は二日酔い気味だが、俺はタフだ。対処できる。俺の二日酔いでもない。運転手の野郎を黙らせてからは、トラックのなかでいくらか眠りもとれた……」またいらつき、「それでやるのかやめるのか、どっちなんだ？」

懸念《けねん》は山のようにあったが、ほかにいい考えもなかったので、マウスはキーを手渡す。やつが手からキーをひったくると、またもや恐怖が湧《わ》きおこる。わたしはバカだ、一杯食わされた、こいつは車を盗むつもりでいる、わたしをここに置き去りにして、自分ひとりで立ち去る気なのだ……。

彼は目のなかに恐怖を読みとって噴きだす。「ここにおまえを置き去りにしてもいいが」そう言う。「その気はない。俺が疲れたら、代わりに運転してくれ」ビュイックの後部ドアの鍵を外し、開く。「ほらよ、横になれ。おまえの番になったら起こしてやる」

マウスは乗りこむが横にはならない。疲労の度合いは五分前となんら変わりなかったが、とうてい眠れる気がしない。かわりにしっかり体を起こし、ビュイックの後部座席のシートベルトと両手で格闘する。シートベルトは絡《から》まり、すりきれ、そもそもバックルにまともにはまった試しは一度もなかった。

「うへえ」彼は運転席に滑りこむ。「くっせー!」肩越しにマウスを見る。「おまえのせいじゃないんだろうが」

「わたしは」マウスは言いかけ、あきらめる。悪臭が誰のせいだろうと彼にとってはどうでもいい。マウスをなじっているだけだ。

彼は馴染《なじ》みのない飛行機を操縦するパイロットのようにゆっくりと動き、ビュイックのエンジンを始動させる。それからじっくりとダッシュボードの計器類や表示器、ウインカーのスイッチ、変速レバーを確認する。マウスは彼がマレディクタのように無謀な運転をするものとばかり思っていたが、意外にもその反対だった。いざサイドブレーキを解除し、動きだすと、マウス自身よりもよっぽど慎重に運転している。サービスエリアから出る途中、横切ろうとする車があれば必ず相手を優先させ、ハイウエイの流入ランプのいちばん上に出てからも車線になかなか入ろうとせず、完全に流れが途切れるのを待っていたので、背後に乗用車やトラックの渋滞ができ、クラクションまで鳴らされた。州間高速自動車道に乗るとずっと通常の走行車線を走った。しかも、掲示されている制限速度より四十キロも下、時速八十キロを維持しつづけた。

「それで」マウスは雑談でもして、こいつの名前とかそれ以外の情報とかを聞きだそうと思い、言いかけるが、すぐさまさえぎられる。

「運転中にじゃまするな」

「ごめん」マウスは残念に思いながらシートの上でわずかに体をずらす――

――すると車がまた停止し、マウスは揺さぶられて目を覚ます。マウスが目を覚ますと、車外に立つ彼が片手をマウスの脚に置き、体の上に身を乗りだしている。マウスがキーッと鋭い叫びを発し、彼はぎくりとし、頭を車の天井にぶつける。

「いって～！」彼が叫び、手で後頭部を押さえながらビュイックからふらふら後退する。「チクショウ、このバカ女！……痛めつけようとしたんじゃない、運転を代わってもらおうとしただけだ……」

マウスは体を起こす。車は別のパーキングエリアにとまっている。前のパーキングエリアよりも小さく、広々とした緑の谷のなかに位置し、てっぺんに雪をいただいた山々、おそらくはロッキー山脈に囲まれている。ダッシュボードの時計をチェックする。十一時二十五分。「ここはどこ？」

「モンタナ州」彼が顔をしかめる。「ミズーラを過ぎ、いまはビュートの手前。ガソリンを入れるために寄っただけ……ああ、いてえ！」

「ごめん」マウスが口先だけで言う。うなじに指でそっと触れる。木にぶつかったときの怪我《けが》は治りかけていたが、多少痛みは残っている。また悪化しないよう用心しなければならない。いまのところは大丈夫そうだ。

ひどく空腹でもあった。車から出ると、このサービスエリアではどんなものが食べられるかたしかめようと周囲を見回す。

「こっちで用意しといた」

「えっ?」

「腹が減ってるんだろ?」車の屋根に載った白い紙袋を指差す。「ハンバーガーとフライドポテトを買っておいた。ペプシも入ってる」

「ああ……ありがとう」もちろん、親切でそうしてくれたんじゃない。目を離した隙にこそこそ電話されるのが嫌なだけだ。とにかくマウスとしてはレストランに入ってやりたい気分だった──それも、ただただ相手に歯向かうためだけに。頭をぶつける姿を見てからというもの、やつに対する恐怖心はたいしてなくなった。しかし、恐怖心うんぬんはさておくとして、車のキーをもっているのはやつだ。頭に血が上ったりすれば、自分を置いてけぼりにして車で立ち去ってしまうかもしれない。

山頂こそ雪をいただいてはいるが、ここはアイダホ州のサービスエリアよりも暖かい。空は晴れ、太陽はほぼ頭の真上にある。真昼の風は穏やかで、それほど冷たくもない。マウスは車のかたわらに立ったまま食べる。彼はボンネットにもたれ、タバコをふかす。ウィンストン、マレディクタと同じ銘柄。

「名前を教えてくれない？」食べる合間に尋ねる。

彼はかぶりを振り、けむりを吐きだす。

「じゃあどう呼べばいい？」

「〈アンドルー〉でいいんじゃないか」

「無理」とマウス。「そうは思えない」

そいつがマウスをにらむ。「俺はアンディ・ゲージなんだ」そいつが言う。「ほかの誰よりも。あいつらは現実の存在ですらない。ただの……妄想のエゴにすぎない」

「ゼイヴィアはどう？」

「ゼイヴィアがどうした？」

「えーと、あなたたち二人は……共同作業しているっていうか。彼は妄想の産物にすぎないの？」

「ゼイヴィアは道具だ」彼が言う。「役立たずの道具」いらいらと付け加える。「つまり、おまえはやつに会ったんだよな。あいつは頭が切れるはずだった。だが、ふたを開けてみたら、ただの見掛け倒しで、たいして悪知恵もはたらかない。ハエにだって出しぬかれちまう。しかも臆病者《おくびょうもの》だ……」

「臆病者?」とマウス。

やつがタバコをふかす。

「あなたが」マウスは別の方向から攻める。「あなたがゼイヴィアをつくったの?　彼を呼びだしたとか?　アーロンがアンドルーを呼びだしたみたいに?」

マウスがおかしなことを言ったかのように、そいつがくすくす笑う。が、問いには答えない。

「そろそろ片づけろ」ほんの少ししてやつが告げ、吸いさしのタバコを地面に捨てて踏みつける。「移動をつづけたい」

「わかった……」マウスはフライドポテトの最後の一本を口に放りこみ、ゴミ箱でもないかと見回す。しかし、やつは紙袋と空になりかけのソーダの缶を奪いとり、地面のタバコの吸い殻の隣に放り捨てる。「行くぞ」

そいつがキーを手渡し、後部座席に乗りこむ。マウスは運転席に乗る。背後にすわられるのは気に食わない。といっても、恐怖のせいではない。むしろ不快さのせいだ。彼に自分を傷つけようとする意図がないのはまずまちがいない。マウスは、マレディクタとマレフィカが洞窟の入り口でくつろいでいるのを感じる。仮にやつが自分を傷つけようとしたとしても、二人がいつでも前に進みでて、自分を守ってくれるだろう。あることに気づき、マウスは思わず噴きだす。

「なんだ？」やつが言う。「何がおかしい？」

「なんでもない」とマウス。エンジンが始動する音を利用し、またもやこみあげてきた笑いをごまかす。いや、何もおかしくない。まさかこうなるとは思っていなかったし、そんなつもりもなかったが、マウスがドクター・グレイのアドバイスを受け入れ、〈協会〉を味方とみなしはじめているということ以外は。

気づきは、また別の気づきにいたる。マウスには味方がいるかもしれないが、やつには味方などいない。彼はゼイヴィアを〈役立たず〉と呼んだ。危機のときに頼れる魂はほかにいないらしい。とすると、もしマウスが危機を引きおこし、やつが自力で対処できないような状況をつくりだせるならば、別の誰か、やつの味方ではない誰かを出現させられるだろう。アンドルー、あるいはアンドルーの父親、あるいは少なくともマウスをアンドルーたちにつないでくれるような誰か。

それについては運転しながら考えなければならない。実際、マウスは考えをめぐらし、マレディクタと無言で議論しさえする。だがマレディクタはたいして役に立たない。同乗者を動揺させ、アンドルーの体を放棄させるのに何かいい方法でもないかと尋ねたところ、マレディクタはこう答える。「マレフィカに頼んだらいいんじゃないか。あいつを後ろのバンパーに括《くく》りつけ、何キロか引きずりまわせとな」マレディクタはふざけてそう言ってるわけでもなさそうだ。

「彼を傷つけたくないの」とマウス。「とにかくアンドルーは傷つけたくない」

「きみがしなければならないのは」別の〈協会〉メンバーが声を上げる。「彼のことを当人の口から聞きだすことだよ。彼が何を恐れているか探りだすんだ」

いいアイデアだ。だが、彼はおしゃべりに興味をもっていない。ましてや何を恐れているかなど話しそうにもない。「運転しつづけろ」やつが言う。

マウスは運転しつづける。そして自分自身に向かって話しかける。〈協会〉は集合的な目をひん剝《む》いて、やつを騙《だま》すか、それとも力ずくでやるかして、なんとか人格転換させるチャンスが到来するのをうかがいつづける。

ダッシュボードの時計が二時四十五分になるころにはビリングズに入っていて、マウスはまたガソリンを入れようと車をとめる。マウスはマレディクタのシェルのカードをわざわざ探しだそうとはしない。そのかわりに、彼のほうがガソリン代を支払うべきだと要求する。ガソリンスタンドで用事をすませると、ファストフード・チェーンのアービーズに行って食事をし——アンドルーの二十ドル札の一枚を使い、彼はここでも代金を支払う――、トイレを借りる。もう一度、マウスは急いで用を足すが、女性用化粧室から出ると彼がその場でマウスを待っている。彼らは外に出て、車に戻る。彼はまた運転しようとするが、マウスは相手の意のままになるのは嫌だったので、あと二、三時間は大丈夫だと言う。

四時五十二分に州境を越え、ワイオミング州に入る。六時三十九分にマウスは日が沈みはじめているのに気づく。日没が早いような気がし、マウスは思いだす。シアトルから千四、五百キロ近く東に移動している以上、すでに標準時の異なる地帯に移行しているはずだ。ダッシュボードの時計をセットしなおそうかとも思うが、洞窟《どうくつ》の入り口にいるマレディクタはそれに反対する。「まちがった時間にセットしたらどうだ。うしろの席にいるクソ野郎の頭を混乱させるために。どうせ時間を変えるんなら、もっとまちがった時間にすべきだ。クソ東京時間とかに」結局、マウスは時計をそのままにしておく。

ロッキー山脈ははるか後方に過ぎ去った。いまはビッグホーン山系とブラックヒルズの間に広がる草原の幅広い帯を横断している。交通量はきわめて少なく、だらだら起伏する似たような光景が延々続き、そのせいでますます運転は退屈さを増す。マウスは午後の間、ほぼずっと時速百キロを保ち、安全運転に専念してきたが、ついつい気が緩んでスピードを上げ、いつのまにかビュイックは制限速度の百二十キロに達しようとしている。すると、マウスが放心した瞬間、退屈し、悪さしたくてうずうずしていたマレフィカがここぞとばかりにするりと抜けでて、ペニー・ドライヴァーの右足をがっちりアクセルの上で固定する。

――するとちょうど太陽が地平線の下に沈んだ瞬間、背後に回転灯が出現し、サイレンが響きわたる。マウスがメーターを見ると、針は百六十キロに向かってじりじりと接近している。

「ヤバっ」とマウス。

「――スピードを落とせ、バカ野郎！」彼が後部座席から怒鳴る。怒鳴りつづけている。「スピードを落とせ、スピードを落とせ、スピードを落とせ――」

マウスはスピードを落としている。足をアクセルから離すと針が戻りはじめる。百四十五キロ、百三十キロ、百キロ、六十五キロ。すでにパトカーは後尾にぴったりとついている。回転灯はまだ輝いていて、車を片側に寄せるよう合図を出している。マウスは素直に従い、ビュイックを未舗装の路肩に寄せる。

後部座席では彼がキレかけている。

「このバカな、バカな……」マウスを侮蔑《ぶべつ》する言葉が見つからず、言葉に詰まる。

「なんでこんなスピードを出したんだ？」

「あれは……」マウスも言葉に詰まる。「わたしじゃなかったと思う」

「マジか」

「こっちだっていい迷惑なの」マウスが指摘する。「いまさらこんなことであわてないで」

「余計な真似はするなよ」そう釘《くぎ》を刺す。「余計なことは何も言うな……」

「心配しないで」実際、マウスはすでにその可能性を考え、そして却下していた。アイダホ州のサービスエリアにいたときでさえ九一一に電話するのをためらったというのに、いまスピード違反で道路わきに車をとめさせた警官相手に状況を説明できるはずもない。

　ワイオミング州の警官が車から出る。一方の手で懐中電灯をもち、もう一方の手は銃の床尾にあてている。こちらに歩みより、マウスの側の窓をこぶしでコツコツ叩く。マウスが窓を開ける。

「こんばんは」州警察官が言う。窓に顔を寄せ、懐中電灯でビュイックの車内を照らす。免許証と登録証の提示を求められるのをマウスは辛抱強く、不思議なほど落ち着いて待っていたが、うしろの座席にいる同乗者は不安げに体を揺らし、光に照らされるとはっと息を呑《の》む。

州警察官の鼻がぴくぴくする。

まずい。マウスが思いだす。車は今朝から多少、空気を入れ替えてはいた。モンタナ州を移動している間、マウスは前の窓をわずかに開けていた。しかし、それでも車内は蒸留所のにおいがする。

警官が懐中電灯でマウスの顔、目を照らす。「今日の晩はアルコールを口にしましたか、奥さん？」

「いいえ」マウスが答える。背後でまた不安げに息を吸う音が聞こえる。「いいえ、ごめんなさい、車のなかが酒臭いのは知ってるけど、でも……お酒は飲んでいません」

警官がなおもマウスの顔を照らしながら待つ。

「わたしたちは……わたしは昨日の夜、パーティーだったんです」

「昨日の夜、車でパーティーしたと？」

「ちがいます！」マウスの声はわずかにかすれる。「いいえ、パーティーに出たんです。車をとめて。そしたら……そしたらちょっとした災難があって。ウォッカのボトルの中身をぶちまけてしまい、後始末する機会がなかったんです。わたし、わたしたちは一日中、運転を続けていたので」

「なるほど」警官が運転席のドアからわずかに下がる。「車から降りていただけますか、奥さん？」

「わかりました」マウスが従う。「すみません、かなりスピードが出てたのはわかっています――」

「ええ、奥さん、そうですね。車のうしろにきていただけますか……けっこうです。さて今度は、こんなふうに肩まで上げた両腕をまっすぐ伸ばし、目を閉じ、鼻に手をあててください」

マウスは指示に従う。鼻先に指をあて、なおも目を閉じ、次の指示を待つ。だが、警官がふたたび口を開いたとき、その言葉はマウスには向けられていない。「御主人！」声はマウスから離れる。「車のなかにいてもらえませんか。御主人！」

マウスは目を開く。ビュイックの後部座席では、名無しの同乗者がパニックに陥り、外に出たがっている。だが、警官は車のドアの前に進みでて自分の体でブロックする。同乗者は脅《おび》えて弱々しい泣き声を洩《も》らし、ドアに激しく体を叩きつける。警官は懐中電灯を落とし、押しかえす。「御主人！」必死に声を振りしぼり、ドアを懸命に押さえつける。「車内にとどまっていてください」

──もう、やめて」とマウス。

「お願い……彼は閉所恐怖症なの！　お願い、やめて──」マウスは車のほうに一歩踏みだす。警官が銃を抜く。

──すると、またすべてが静まりかえる。マウスは運転席に戻っている。ビュイックはまだ路肩にとまっているが、パトカーは消えた。ダッシュボードの時計は七時四十八分と表示されている。

震える手でマウスはビュイックの車内灯をつける。スピード違反の切符がサンバイザーにはさみこまれている。マウスは違反切符を引きぬき、見るともなしに一瞥《いちべつ》し、わきに置いた。

「アンドルー？」背後を見る。後部座席は空っぽのようだ。が、それから頭が浮きあがり、視界に入る。

「どうしてとまってるの？」彼が尋ねる。「まだミシガン州だよね？」

「ゼイヴィア？」

「ごめん、どうやら寝てしまったみたい」ゼイヴィアは窓の外の暗い光景を見る。「ここはどこなんだろ？　ミシガン州？」

「い、いいえ」とマウス。胸で心臓が早鐘を打つ。「いいえ、ここは……まだ半分くらい」

「まだ半分？　じゃあどうしてとまってるの？」

「ああ……車がトラブったの」マウスが告げる。「もう大丈夫だけど。でもどこかの自動車修理工場に寄って、見てもらわないといけない……」

「また立ち寄り？」とゼイヴィア。

「大丈夫」とマウス。「遅れは取りもどす」くるりと前を向き、イグニッションに手を伸ばす。

「マウス」彼が言う。「ダメだ」

マウスはイグニッションキーにかけた手を止める。泣きたい気分になる。

「出ろ」彼が告げる。「俺が運転する」

マウスは涙をこらえる。「運転なんて無理よ」

「無理？　できないと思うか？」

「また警察に止められたらどうするの？」

「インディ500じゃあるまいし、ぶっ飛ばす気なんかない」

「それでもまた止められたら？」とマウス。「そもそも免許証をもってるの？」

「俺は──」口をつぐむ。彼が財布を取りだし、中身を確認する音が聞こえる。「ほっほ～！」意気揚々と叫ぶが、たちまち叫びは断ちきられる。「待て」彼が言う。「いまは何年だ?」

「一九九七年」とマウス。

「チックショウ!……」

「じゃ運転免許証はないのね」とマウス。「また止められたら、ましてや車がこんなにぷんぷんにおってたら、あなたはおそらく逮捕される」

「いいだろう」彼はドアの取っ手に手を伸ばす。「俺は車を降りる。それから――」

「ここはずいぶん辺鄙《へんぴ》なところだし」マウスが思いださせる。「外は寒くなる。車がつかまるまでに凍死してしまう」

彼が目を向け、マウスをぞくりとさせる。「わかった」彼が言う。「運転したかったら、そうすればいい。次の大都市まで。そしたら俺は車を降りる」

マウスはためらう。「ねえ」声の調子が和らぐ。「わざと車を停止させようとしてたわけじゃないの。もしいっしょにこのまま移動を続けたいのなら、約束する、わたしはけっして――」

彼がさえぎる。「さっさと運転しろ……でなければ」

マウスは運転する。

次の大都市はサウスダコタ州のラピッドシティだ。せいぜい一時間半ほどしか離れていない。たとえマウスが遅いスピードを維持したとしても。九十分のうちに何かを思いつかなければならない。最初は絶望的に思える。バックミラーに目をやると、そのたびに彼はマウスをじっと見つめている。まるで悪事をたくらんでいるマウスの心の声が聞きとれるかのように。

しかし、マウス自身、自らの経験から知っていたように、警戒態勢を維持するのはときにひどい消耗を伴う。州境を越えてほどなく、もはや何度目かさえわからなくなっていたが、バックミラーを見ると彼は寝ている。

とにかく彼の大半は。彼の体はシートの上でへたり、頭はうしろにがくんと垂れていた。しかし、バックミラーと前方の道路のそれぞれに注意を振り分けながら、マウスが見つめつづけていると、かごから出てくるコブラのように彼の右腕が上がり、やがて手の甲が車の天井をかすめる。接触した瞬間、手が引きもどされ、緊張し、強弱変化をつけながら故意に屋根を打ちつけはじめる。

ドンｰバシッｰバシッｰドンｰドン……ドン……バシッｰドン……バシッｰドン……バシッｰドンｰバシッｰバシッ……

「ゼイヴィア？」とマウス。しかし、これはゼイヴィアのドラムソロではない。別の何かだ。

……ドンーバシッーバシッ……ドンードンードンードン……ドン……ドンーバシッ
ードン……ドン……
信号だ。マウスが気づく。信号によるメッセージ。
「わからない」とマウス。
ドンドン叩く音が止まり、それからまたはじまる。ドンーバシッーバシッ……ドン
ードンードンードン……
「いいえ」とマウス。「わたしはモールス信号を知らない。ただ……マレディクタ?
あなたは――」
突然、彼がぱっと目覚め、頭が前にガクンと動く。「なんだ……?」彼が叫び、も
ちあげられた自分の腕を見つめる。マウスをにらむ。「いったい何があったんだ?」
「何も」マウスが言うが、説得力はない。「あなたは大の字になって寝てただけ」
「わかった」道路標識を過ぎ去る。ラピッドシティ――四十二。「もっとスピードを
出せ」
「八十キロで走ってるんだけど」とマウス。「たしかあなたはあまり――」
「スピードを出せ。さっさと目的地に行きたい」
彼はシートにゆったりもたれ、左手で右の前腕をつかんでいる。腕が動かないよう

押さえつけているかのようだ。マウスにはわかる。彼は脅えている。州警察官との遭遇は彼を心底動揺させた。彼は自制を失いかけている。しかし、もう一度、警官に停止させられるといった成り行きを別にするなら、残されたわずかな時間のうちで、どうやってとどめの一撃を加えればいいのか、マウスには見当もつかない。

結局、サウスダコタ州観光局が代わりにその役目をはたしてくれる。

彼らは、里程標だけでなく、さまざまな観光名所を勧める看板をいくつも通りすぎる。ラシュモア山、クレイジーホース記念碑、ウーンデッドニー、ペトリファイドガーデンズ、そしてウォールドラッグ。マウスはウォールドラッグという名をそれまで聞いたこともなかったが、このあたりではかなりのビッグネームらしい。ある看板には〈あなたのジャグをいっぱいに……ウォールドラッグで〉といういささか謎《なぞ》めいた誘いかけの文句が記され、また別の看板には、さまざまな商品であふれかえる陳列ケースが描かれ、こんな文言が添えられている。〈ウォールドラッグストア──これらすべて、そして無料の氷水も！〉

「まいったな」彼が後部座席で言う。「いまのはあのウォールドラッグストアだったよね？」

新しい声だ。「ど、どうだったかな」とマウス。「たしかそのはずだけど。それってモールか何か？」

「アメリカでいちばんわくわくするモールのひとつとされてるんだよ」彼が言う。

「ウェストレイクセンターなんか足元にも及ばないんじゃない」

「へえ。だったら——」

「この前、モールに行くはずだったのにごまかされちゃったんだよね」秘密でも打ち明けるかのような調子だった。「ほんの少しの間だけウォールドラッグに寄ってもいいと思わない？　ほかの連中にはきっとバレないよ」

「いいね」とマウス。「もちろん、喜んでそうするけど、ただ——まずアンドルーと話せないかな？」

アンドルーの体が痙攣《けいれん》し、彼が戻る。「車を止めろ！」彼が叫ぶ。「止めろ——」

別の看板が過ぎ去る。「わあ！」子供のファルセットで叫ぶ。「もじゃもじゃのマンモスだあ！」

マウスは何も言わず、ただ待っている。彼らはまた別の看板を通りすぎる。キャメルのタバコの広告だった。

身を乗りだし、すばやくまばたきする。「あら」彼が女性の声で言う。「ちょっと一服して頭をすっきり——」

「ダメだ！」彼がまた痙攣する。「車を止めろ！　車を止めろ！」

マウスは運転を続ける。

「車を止めろ！」彼が怒鳴り、前のシートの背を蹴《け》る。「車を止めろ、車を止めろ、車を止めろ――」

わずかな時間が欠落し、彼らの車はハイウェイの縁石のそばに寄せられている。マウスはシートでなかば身をよじっていて、彼の姿が目に入る。背後のドアを開いたまま、逃げだそうとしている。

「アンドルー！」マウスが呼ぶ――

――それからマウスも車の外に出て、路肩に沿って走る大きな排水溝の端に立っている。彼の悲鳴が聞こえる。

「アンドルー？」マウスが呼ぶ。「アンドルー？」

排水溝は深さ二・五メートルで、ビュイックのテールランプに照らされ、その底でアンドルーの体がバタバタしているのがぼんやり見える。何かにひっかかっている。マウスは不安になる。動きの激しさから、そして口から発せられるぞっとする悲鳴からすると、トラバサミか何か残忍極まりない道具の餌食《えじき》になったのかもしれない。それから別の車がハイウェイを通りすぎ、ヘッドライトが排水溝を一閃《いっせん》し、彼の動きを封じているものの正体が見える。有刺鉄線。

誰かが排水溝に有刺鉄線のフェンスを投棄したらしく、アンドルーの体はぐるぐる巻きになった長い有刺鉄線に絡まっていた。余計な動きを止め、有刺鉄線をそろりそろりと引きはなせばいいのに、パニックに陥り、なおも暴れている。鉄線の山とフェンス柱が揺れるのが見える。

「大変、アンドルー！」とマウス。「アンドルー、やめて、自分を傷つけるだけよ……」下に降り、助けたかったが、こんなふうにアンドルーが暴れていたら、自分までフェンスに巻かれやしないかマウスは不安に思う。そこで排水溝の上にとどまり、暴れるのをやめるよう懇願する。

アンドルーは最後に耳をつんざく叫びをあげたかと思うと、ぱたりと動きを止める。マウスはさらに十秒待って排水溝を這《は》いおり、アンドルーのそばに行く。

予想していたほどひどくはない。アンドルーの全身が有刺鉄線でくるまれているものとマウスは思っていたが、実際のところ絡まっているのは左腕だけだった。それでもひどいことに変わりはない。前腕の鉄線は少なくとも二回りはしているうえに、悪あがきしたせいでぎゅっと締めつけられ、とげが深々とめりこんでいる。マウスが手で触れると、袖《そで》は血でべとついている。

「アンドルー……」彼は気を失っているようだが、それはそれで好都合だ。といってもどうやって車に連れもどせばいいかまではわからない。まずは絡みついた鉄線をほどく必要がある。暗闇《くらやみ》のなか慎重に手探りし、腕に巻きついた有刺鉄線をたどり、どこかにとっかかりを与えてくれそうな弛《たる》みがないか確認する。弛みがありそうに思え、マウスが試しに鉄線を引くと、アンドルーがふたたび意識を取りもどす。自由なほうの手がもちあがり、マウスの肩を乱暴につかむ。「Πού είμαστε（ここはどこ）;」アンドルーがマウスに尋ねる。「Τι συμβαίνει（どうしたの）;」

マウスがキーッと声を洩らす。

21

「──で、それが最後の記憶」ペニーが締めくくった。「気がつくと、わたしたちはここにいた」

ペニーが話をしている間に、ぼくたちはモーテルの部屋に戻っていた。ペニーはテレビの上から一枚の恐竜のキャラクター入り便箋《びんせん》をとってきた。「〈協会〉がメモを残していた」ペニーが言い、ぼくに手渡した。

メモにはこう記されている。

ペニーへ

わたしたちはバッドランズ国立公園の端の町にいる。ラピッドシティの南東。街なかで車をとめるとか、でなければウォールに向かって移動しつづけるのは賢明じゃなさそうだと判断した。それで州間高速自動車道を離れ、ここにきた（裏の地図を参照)。アンドルーは運転中ほぼずっと意識をなくしていたし、できればもうしばらく眠りつづけてくれればいいのだが。できるかぎり彼の腕をきれいにし、包帯を巻いたが、医者に破傷風の注射をしてもらう必要があるだろう。ドクター・エディントンに電話せよ。

ダンカン

「ダンカン」ぼくが読みおえると、ペニーが言った。「誰かはわからない」

「ぼくは知ってる。一度会った。彼は——」口をつぐみ、ペニーがどんな顔でぼくを見ているか確認する。「大丈夫だよ、ペニー」ぼくが言った。「ダンカンはきみの保護者のひとりだ。いいやつだ」またメモをちらりと見下ろす。「それで、ドクター・エディントンには電話した?」

「試してはみた」とペニー。「でも、電話の調子が悪かった」——ナイトテーブルを手で示す——「でも、ほかで電話しようとして部屋を出たら、あなたがまた逃げだしてしまいそうで怖かった。だから椅子《いす》で寝たんだけど、起きたらあなたはまだ意識をなくしたままだし、軽くシャワーを浴びるぐらい大丈夫だろうと思ったんだけど、でも——」

ペニーは泣きだす寸前だった。「ペニー」ぼくが言った。「大丈夫だよ。きみはよくやってくれた。ぼくは――」

「よくやってなんかない！」ペニーが太ももをこぶしで叩《たた》く。「もう少しでまたあなたを見失うところだった！　シャワーを浴びたかったけど、バスルームのドアを開けておくのは嫌だった。万一、彼が目覚めたらと――」

「大丈夫だよ、ペニー。ぼくは逃げなかった。それに、いろいろあったんだし、シャワーを浴びたくなるのも当たり前だ……ほんとうにどう感謝の気持ちを伝えていいか、わからないくらいだよ。こんなに長い距離、ぼくについてきてくれるなんて……この二週間のことを思うと、ぼくはそれにふさわしい人間じゃないから」

ペニーがかぶりを振り、その考えを打ち消す。「わたしが逃げたときにあなたは追いかけてくれた」

「えっ、それってきみが林に逃げたときのこと？　せいぜい二、三キロだよ、ペニー。でも、これは……ぼくがきみのためにしたことなんか比べものにもならない」

「あなたはわたしを助けてくれた」ペニーが言いはった。「だから、わたしもあなたを助けた。でも、あなたをひとりにすべきじゃなかった。ほんの一瞬も。もう大丈夫と確信できるまでは……」

「ペニー、あのね……ぼくたちのうちのどちらかが自分のことを責めなければならないというのなら、それはぼくのほうだ。これはぼくのせいなんだから」

「いいえ。あなたにはどうにもできなかった——」

「いや、ちがう。どうにかはできたはずだった」ぼくが言った。「酔っぱらうべきじゃなかった。父の定めたきまりに反する。どうしてそれが禁止事項なのか、これまではわかってなかったけど、いまはちがう。ぼくは自分をコントロールする力を手放した」ぼくはため息をついた。飲酒のこと、ジュリーのこと、ドクター・グレイのこと（ドクター・グレイ……ほんとに死んでしまったのか？）。ありとあらゆる罪悪感と自己叱責《しっせき》の衝動がいまにも押し寄せ、ぼくを呑みこもうと待ちかまえている。だが、いまはそんなものに身をまかすわけにはいかない。

「誰だか知ってる？」ペニーが尋ねた。「あの意地悪なやつだけど。自分の名前を言おうとしないやつ」

「いや。きみが会った魂は、どちらも知らないやつだ。ゼイヴィアのことは一度も聞いたことがない。もうひとりのやつは……ギデオンっぽいけど、そんなはずはない」

「ギデオン」とペニー。「悪人なの？」

「利己的だ」腕の包帯に指で触れる。「それに、先の尖《とが》ったものなら、ナイフだろうが釘だろうが棘《とげ》だろうがすべてを恐れている。心底、恐れていて、そういうのに対しては手も足も出ない。ただ、それより何より、ギデオンはもう外に出てこれないはずなんだ。それなのに、もしやつが体を支配していたのなら……」

「で、いまはどうなってるの？」ペニーが尋ねる。「あなたがまた体を支配する立場に戻ったんでしょ？」

「だといいんだけど……とにかくいまはまず、まともに通じる電話を見つけ、ドクター・エディントンとミセス・ウィンズローに電話しないと。そうそう、ミセス・ウィンズローだよ！　いまごろはすごく心配してるはずだ」

「それでだけど」とペニー。「マレディクタの話だと、あなたを追っているところだとジュリーには話したみたい。もしかしたらジュリーがミセス・ウィンズローに話しているかも……」

「もしかしたらね」ぼくは疑わしげに言った。どういうわけか、ジュリーの口からマレディクタと会ったという話を聞かされても、ミセス・ウィンズローがほっとするとは思えなかった。「やっぱり電話はしておいたほうがいいだろうね。それが済んだら、ぼくはなかに入って父と話をし、家がどういうふうなありさまになっているか確認する必要があるだろう。ぼくがそうしているとき、代わりに体を見張っていてもらえるといいんだけど」

「うーん……わかった」ペニーがバスローブの襟をつまんだ。「とにかく着替えだけさせて。それからいっしょに電話しに行こうか」

モーテルの部屋の外でペニーを待っているとき、父に呼びかけようとした。最初のうち返事はなかった。観覧台もないままだった。でも、そのうちはるか遠くで発せられたと思《おぼ》しきかすかな声でぼくの名前が聞こえた。「……ドルー？……」

「父さん？」ぼくが言った。

モーテルのドアが開き、ペニーが勢いよく飛びだし、片足でぴょんぴょん跳ねながらも必死に靴を履こうとした。遠くでぼくの顔の表情を目にしてぞくりとする。「アンドルー？」

「大丈夫」ペニーに告げ、家とコンタクトをはかろうとする試みを放棄した。「まだぼくだから」

モーテルの管理室に行き、部屋の電話が故障していると管理人に言った。管理人は肩をすくめた。どうしてそんなことが自分に関係があるのかわからないとでもいうように。それでもぼくが懇願すると、渋々ではあるが、管理室の電話を使わせてくれた。

ミセス・ウィンズローの番号にかけると、留守録の音声が流れてきたのでびっくりした。「こちらはミセス・ウィンズローです。そちらがアンドルー、アーロン、あるいは家族のそれ以外の人間なら、どこにいるかメッセージに残してちょうだい。自分がどこにいるかわからないのなら、すぐに九一一に電話して。誰が出ようと自分は道に迷ったと伝えて、それからわたしの電話番号を――」

話の途中でピーッという音がして音声が途切れる。「ミセス・ウィンズロー？」ぼくは言った。「無事だよ、ミセス・ウィンズロー、ぼくは――」またピーッという音、パリパリという雑音、それから通話が切断された。

「何？」ペニーが尋ねた。

「留守録になってた」とぼく。「ミセス・ウィンズローがあんなのをもってるなんて知らなかった……いや、もってたって不思議でもなんでもないんだけど、彼女はほとんど家にいるもんだからつい」

「メッセージは残さなかったの？」

ぼくはかぶりを振った。「なんか妙な感じがしたんだ……」ぼくはもう一度、番号をダイヤルしたが、プープープーと話し中の信号音が聞こえた。いらいらして電話を切り、ドクター・エディントンの番号にかけた。

「えへん」モーテルの管理人が咳払《せきばら》いした。「いったい何遍、電話をかけるおつもりなんですかね？」

「あと一回だけ」ぼくが言った。呼び出し音が二度鳴り、それからドクター・エディントンの留守録が活動をはじめた。だがともかくもまともには作動しているようだ。ぼくは長たらしいメッセージを残した。

「いいだろう」電話を切ったあとペニーに言った。「部屋に戻ろう。それから――」

管理人がまた咳払いした。「十五ドルだな」

「十五ドルって、何が？」

「長距離電話三本」と管理人。「一本五ドルかな」

「最初の電話は三十秒で切った」ぼくは指摘した。「二本目は話し中だった」

管理人は肩をすくめた。「信号音は聞こえなかったがね」

「そんなの……」ぼくはあきらめた。議論するだけの気力はなかった。

「ごめん」部屋に戻りながら、ペニーが謝った。「ダンカンがろくでもないモーテルを選んだせいで」

「ダンカンはもっと重要な問題で頭を悩ませてたんだ。というかきみたち二人ともそうだった。大事なのはなんとかしてミセス・ウィンズローと話をすることだったから。金の問題じゃない」

部屋に戻ると、さっとシャワーを浴びようかと思ったが、渋々ながらも断念した。まずは重要な問題から片づけないと。ぼくはこれから何をするつもりかペニーに説明した。

「で、また意識をなくすと?」ペニーが尋ねた。

ぼくはうなずいた。「寝ているように見えるはずだ」ぼくは言う。「緊急事態になったら、揺さぶって起こしてくれてもいい。起こすのに何秒かかかるかもしれない」

「かわりに別の誰かが目を覚ましたら?」とペニー。「彼が目覚めたら?」

「そうはならない」

ペニーがじっと見た。

「わかった」ぼくは答えた。「わかった……」何か尖って鋭い、それでいて鋭すぎないものがないかと室内を探した。ナイトテーブルの引き出しのなかに、聖書やモルモン書と並んでペーパーナイフがあった。「さあ」ペニーに差しだした。「ギデオンが出てきたら、彼に向かって振ってみて……」

ペニーが目をぱちくりした。「クソふざけてんのか?」マレディクタが言った。「クソぶっ刺してもらいてえのかよ?」

「刺すんじゃない」ぼくは言った。「使う必要はない。見せてやればいい。それで脅すというか、つつく振りでもしてくれれば……」

「そいつでつつくのか」とマレディクタ。「どうせならクソ窓を叩きわって、そのかけらでつっつくと脅したらどうだ？」

「わ、わかった」とぼく。「これってあまりいい考えじゃないかもね……」

彼女がまた目をぱちくりした。「そんなことない」ペニーが言った。「そうよね。ごめんなさい、わかった。そうする」

ペニーにそうしてもらいたいのかどうかぼくにはわからなかった。「その必要はないよ、ペニー。もしここにいると居心地が悪いというのなら、ぼくだけで――」

「かまわない。ペーパーナイフを貸して」

ほんとうにいいのだろうかという迷いもなくはなかったが、ともかくもペーパーナイフをペニーに手渡した。「とにかく……気をつけて」ぼくは言った。「ギデオンが出てきたらだけど、もしかしたら、いちばんいいのは一歩下がって、やりすごすことかもしれない」

それに対してペニーは何も言わなかった。椅子にすわり、ペーパーナイフをもてあまし気味に握りしめていた。

ぼくはベッドに横たわり、目を閉じた。

内部に入りこむのは、いつもよりずっと困難だった。体から一歩足を踏みだすと、ぼくを押しもどそうとする力を感じた。真綿が詰まったトンネルをうしろ向きに進んでいこうとするようなものだ。だが、ぼくは集中し、押しやり、ついには何かが崩れ、ぼくは落下した。周囲の風景は激変していたから、まちがった地理のなかに迷いこんでしまったのかと思ったほどだった。

つねにコヴェントリー島を覆《おお》っているもやが濃密さを増し、霧となって湧《わ》きおこり、湖と湖岸の大半を消し去っていた。より稀薄《きはく》ではあるが確固たる実体を備えた霞《かすみ》は、湖岸を取り巻く森林にまで達し、木々をぼんやりとしたシルエットにしている。光の柱が到達している丘の上に立っても家は見えなかった。

「父さん？」呼びかけると、もやがぼくの言葉を呑みこんだ。「アダム？……誰か？」

返事はなかったが、遠くでドンドンと打ちつけるようなくぐもった音がしていた。ぼくはそちらへ移動し、気がつくと家の前にいた。

家はめちゃくちゃだった。まだ建ってはいたが、つまみあげられ、高いところから落とされたみたいになっていた。周囲の地面には裂けたボード、割れたガラス、ひびの入った屋根板が散乱していた。思ったとおり、観覧台は引きちぎられ、完全に消え去っていた。観覧台を二階の回廊に結びつける戸口は、ずっしりとした厚板でふさがれていた。

　父は正面の芝生に立ち、全体の損害を調べていた。隣に立つぼくに気づいたが、父の反応はびっくりするくらいに抑制されていた。「アンドルー」父が言った。「ということは、おまえはとうとう目覚めたんだな」

「ええ」父の物腰に当惑しながらぼくは答えた。「少し前から。それと、ぼくは……ぼくは体を支配する立場にまた戻った」

「体はどこだ？」たいして関心もなさそうな口調だった。「おそらくはオータムクリークからはるか彼方《かなた》なんだろうが」

「そうだね」とぼく。「ぼくたちはサウスダコタにいる。木曜日だ」しばらく待ったが、父はなんの反応も示さなかった。言葉が口をついて出た。「酔ってしまってほんとうに悪かったと思ってる」

「ああ、当然だ」父が眉《まゆ》をひそめた。ぶんなぐられるんじゃないかと思ったが、父の怒りはそのまま消散してしまった。「まあ、わたしの責任でもあるんだろうな」

「父さんは……ぼくを怒鳴りたくないの？」

　父はかぶりを振り、失望感をにじませ微笑《ほほえ》んだ。「そんなことをしても無駄だ。おまえはそれがまちがいだったと知っている。実際に自分がそうする前から、それがまちがいだと知っていた。それに、こんなことになったのだって別に今回がはじめてじゃない。だが、いずれにせよ、おまえはやってしまった」

「でも、こんなことになるなんて思わなかったんだ。そうでなければ――」

やはり笑みを浮かべながら。「どうしてわたしが禁じたんだと思う、アンドルー？ ただおまえに楽しい思いをさせたくないからだとでも思ったのか？」

「自分がどう考えていたのかわからない。おそらくそうは考えてなかっただろうね、少しも」ぼくはうなだれたが、少ししてそれでもやっぱり父が怒鳴らないので顔を上げ、家のほうを見た。「ここでは何があったの？」

「まるっきり地震といっしょだよ」と父。「ただ、空も揺れたがね。それと湖の上のもや……もやがどういうありさまかは自分の目で見てとれるはずだ」

「みんなは大丈夫？ どこにいるの？」

「〈証人たち〉はなかの育児室にいる。他の連中は……その辺にいる。ミーティングのために呼びあつめようとしたんだが、彼らはあちこちに散らばり、霧のなかをさまよいつづけている」何秒か黙っていたが、それからこう問いかけた。「サウスダコタ州だと？」

「うん。ラピッドシティの近く」

「ペニー・ドライヴァーはいっしょか？」

「うん。どうして知ってるの？　その間ずっと──」

「見てたかって？　いや。観覧台が吹き飛ばされてからは、外部からだとせいぜいぼんやりとした印象しか得られなかった。わたしたちが旅をしているのは知っていたが、それ以上はよくわからなかった。わたしは外にも出られなかった。たった一度、それも途中まで行きかけたときはあったが。体はペニーの車の後部座席にあって、わたしたちは夜のハイウェイを走っていた」

「モールス信号のメッセージ。あれは父さんだったんだ」

父はうなずいた。「我ながら愚かだった──ペンか鉛筆でも渡してくれと合図すべきだった。といって、そんな時間があったわけでもない。かろうじてコンタクトをとった瞬間、誰かに蹴りだされた。ところであれは誰だったんだろ？　誰が体を支配していたんだ？　知ってるか？」

「よくは知らない」オータムクリークからバッドランズまでの旅についてペニーが話してくれた内容を極度に短縮し、父に伝えた。

「わたしはゼイヴィアという名前の魂をまったく知らない」ぼくが言いおえると父が言った。父はもやのなか、湖のほうに視線をさまよわせた。「もしかすると新しい魂かもしれない……」

「新しい魂じゃないと思う。ペニーによると、彼はミシガン州に行ったことがあるらしい。それだけじゃなく……義理の父親にも会ってるんだ」口をつぐみ、あることに気づく。「けど、ちょっと待って。もしそれがほんとうなら、あなたは彼を知っているはずだよね？ すべての魂の調査記録を作成するのも、家を建造するプロセスの一部じゃなかったっけ？」

父はもやの向こうを一心に見つめていた。「彼の姓だが、レイズだと言ってたか？」

「うん……だと思う」

「おもしろい」父が言った。「昔、ミシガン州にいたとき、オスカー・レイズという男がいた。わたしたちがまだ小さかったときのことだ。セヴンレイクスで有害生物抑制業をしていた」

「有害生物抑制業……駆除業者ってこと？」

父がうなずいた。「一年に一度、家にきてキッチンの燻蒸《くんじょう》消毒をしていた。それである とき、わたしたちの母親が、ウサギに菜園を荒らされ、困っていた……」父の声が消え入ったが、ぼくにはそのほうがありがたかった。ウサギの話は聞きたくなかったので。

「もうひとつの魂はどう？」ぼくが尋ねた。「名前を言おうとしなかったやつ。ギデオンだという可能性はある？」

「ギデオンはコヴェントリー島から離れられない」

「そのはずだとは聞いてる」とぼく。「でも……」でも、父の知らない魂が地理のなかを動きまわっているのなら、それ以外も推して知るべしだ。

「そうだ。だが……」父がため息をついた。「いっしょにやつを調べにいったほうがいいだろうな」

「いっしょに？」

「これはおまえの責任でもある。行くぞ」

ぼくたちは桟橋に通じる小道を下っていった。マーコ船長がその場で待っていて、渡し船を見張っていた。渡し船はコヴェントリー島へ行き来する唯一《ゆいいつ》の手段だった、というか、そのはずだった。もちろん、そのときでさえ、そんなはずがないとぼくは知っていた。周囲を湖に囲まれている以上、どうあがいても脱出は不可能と思えるかもしれないが、実際にギデオンをその場に幽閉しているのは父が地理に対して行使する支配力だった。父の力が低下してしまえば、ギデオンのようにわがままな魂にとっては脱出路を構築することなど造作もないだろう。

渡し船は平底の小舟で、ぼくたちが乗りこんだときも水面で安定を保っていた。父が前に乗り、ぼくが真ん中にすわり、マーコ船長が長い竿《さお》を手に船尾に立った。横断にはたいして時間を要しなかった。マーコ船長が小舟を押しやって離岸すると、たちまちのうちに桟橋は霧のなかに消えた。三度、竿を湖にさすと、小舟は移動し、船首がコヴェントリー島の灰色の岸にぶつかった。

コヴェントリー島は、もしこれが現実の存在なら、長さ約二百メートル、広さは約十エーカーになるだろう。この小さな領域内で、父はギデオンにわずかな自治を認め、彼自身の家の建造を許した。こうしてギデオンはとどまることなく家を建造しつづけた。前回、父が島を訪ねたとき、ギデオンの家は木造の魚釣り用ロッジだった。その前は灯台だった。その前は中世の城。ぼくは一度だけコヴェントリー島を訪ねたことがある。生まれてまだ間もないころだった。ここぞとばかりにギデオンは大いに張り切り、のたうつように伸びひろがる監獄の建物で島全体を覆った。父とぼくは迷路のように入り組んだ壁やセキュリティゲートを根気よく通りぬけたが、ギデオンは、悪態をつく以外、まともに口をきこうともしなかった。

「今回はなんだと思う?」小舟から降りようとするとき、ぼくは尋ねた。

父は当ててみようという気にもなれないようだ。「すぐわかるだろう」ぼくたちは島の中央に向かって坂を上りはじめた。ギデオンがいちばん見つかりそうな場所はそこだ。

島に上陸するとまた霧が薄れ、もやに変わっていた。一歩進むごとにさらに薄まり、やがて驚くべきことが起こった。もやが完全に二つに分かれ、青空がわずかに顔をのぞかせていた。ぼくの知っているかぎりで言うと、いまこのとき地理全体のなかで晴れ間が見えているのはここだけだった。

開けた空から柔らかな光が差しこみ、精緻《せいち》に組み立てられた廃墟《はいきょ》の光景を照らしていた。焼けつき、割れた石が、円形の基礎の周辺に輪をなして散乱していた。円形の塔が内側から爆破されたかのように。ぼくは自分が見た夢を思いだした。夢のなかでぼくは空高くにいて、そこから下を眺めると、コヴェントリー島は的の中心のように見えた。塔を破壊した力がなんであれ、その力にはなんら影響されず、無傷のまま生きのこったとでもいうように、残骸《ざんがい》の中央でひとりの魂がテーブルを前にすわっていた。一人二役で対戦相手の役までこなし、チェッカーをしている。芝居か何かの演出よろしく、光が髪にあたってきらめいた。

「ギデオン」父が瓦礫《がれき》の輪を注意深く突っ切りながら呼びかけた。なかばまできたところで足を止め、腰をかがめ、ごちゃごちゃした石のなかから何かを引っぱりだした。

独房の窓にはまっているような棒状の鉄格子《てつごうし》。その象徴的な意味合いは難なく解読できた。「ギデオン!」ギデオンはチェッカーボードに身をかがめ、ジャンプの連続により相手の残りの駒《こま》すべてを取った。バン、バン、バン、バーン! にやりとし、ボードの反対側を一掃し、自分の駒をキングにした。

「ギデオン」

「いい朝だ」ギデオンが言い、空を一瞥した。「俺が何か力になれることでも?」こちらに顔を向けたとき、ぼくは食い入るように見つめざるをえなかった。ギデオンの魂とアンディ・ゲージの体は恐ろしいくらいに似ていた。自分こそが体の管理者だと自負したところでなんら不思議はない。

ぼくの反応に気づき、ギデオンの笑みが広がった。「ほう」父に向かって言った。「チャチなつくりものを連れてきたらしい」

返事をする代わりに、父は鉄格子をテーブルの上に放った。チェッカーボードの上に落ち、ギデオンの駒を散らし、新しい王《キング》をお払い箱にした。ギデオンは笑いだしたが、そのとき父は指をパチンと鳴らした。鉄格子から長さ三十センチほどの棘が四方八方に飛びだし、テーブルの表面を穴だらけにした。ギデオンは罵《ののし》りながらさっと身を引き、椅子から転げおちた。

「おまえの関心をこちらに向けさせた以上……」父は言った。棘が引っこみ、鉄格子は消滅した。

ギデオンはゆっくりと立ち上がった。右手で左手をつかみ、親指の付け根のすぐ上のすりむけた箇所をさする。「出ていけ」かっとして言う。「おまえらと話すことなど何もない」

父はその場を離れようとしなかった。「長袖か」ギデオンの魂が着ている、ゆったりとしたシャツに気づく。「珍しいな」

「出ていけ」ギデオンがくりかえした。「ここは俺の島だ」

「ここにいるかぎりはおまえの島だ」父が言った。「二年前、わたしはおまえに選択をさせた。ここか、それともカボチャ畑か。心変わりしたというのなら、この場で言ってくれ」

このぞっとする脅しを目《ま》の当たりにしたぼくは、いたたまれず、体をもぞもぞさせた。ギデオンは一瞬、視線をすばやくぼくに向け、口の端をひきつらせた。しかし、そのとき父が「それで?」と言い、ギデオンの視線はもとの位置にさっと引きもどされた。

「何ひとつ心変わりはしていない」とギデオン。「いまおまえのくだらない玩具《おもちゃ》の家が大変なことになってるのは知ってるが、俺とはなんの関係もない」

「そのほうがいい。ゼイヴィアという魂について何か知ってるか？」

「誰だ？」

「ギデオン……」

「おまえは全数調査の責任者だ。おまえが知らないのに、どうして俺が知ってるんだ？」

「ギデオン、いいか――」

「ゼイヴィアなどという魂は知らない」

やつはまちがいなくゼイヴィアを知っていた。顔がはっきりと物語っていた。それに、ギデオンが島を離れ、体に入っていたこともまちがいない。左の袖をめくれば、有刺鉄線でできた傷がさらされるだろう。しかし、父は結論を急がなかった。「いいだろう」と父。「だが、これ以上、ゼイヴィアを使って厄介ごとを起こさないほうが身のためだ。ゼイヴィアだろうと、他の名無しの魂だろうと」警告が理解されるだけの時間をおき、立ち去ろうとして踵《きびす》を返した。

「考えたことはあるのか？」ギデオンが尋ねた。「誠実さという点で問題が生じるかもしれないと」

父は足を止めた。

「つまり」ギデオンがつづけた。「嘘《うそ》という土台の上に建てられた家がたいして安定しているはずがないよな？」ぼくを見て笑みを浮かべた。「アーロンはまったく話してないんだろ？」

「話してないというと？」

父がまたこちらを向いた。「ギデオン」父が警告した。

「何を話してないんだ？」ぼくは言った。

「おいおい、頼むぜ」ギデオンが父をたしなめた。「真実を口にしたからといって俺を懲《こ》らしめたりしないよな？」

「真実って何？」ぼくは言った。「いったい彼は何の話をしてるの？」

「大マスタープランについて話してるんだよ」とギデオン。「アーロンが老いぼれ〈灰色顔〉といっしょにでっちあげたプランだ。おまえは自分がその一部だったといまだに思ってるんじゃないか？　そうじゃなかったというのに」

「わからない……〈灰色顔〉？　ドクター・グレイのことか？」

「死んだばかりのやつだ。彼女とアーロンとで一から十までこしらえた。大勢を手なずけ、家を建て、新たなフロントマンを創造した。もっとも、最後に挙げたことは最初のプランにはなかったんだがね」

いまだについていけず、ぼくはかぶりを振った。

「彼が体を支配するはずだった」ギデオンが父を指差した。「それがプランだった」

「ちがう」ぼくはまたかぶりを振った。「ちがう、それはぼくの仕事とされていた。父は疲れていて――」

「俺たち全員が疲れていた。それでもアーロンはその役割を果たしたいと願った。それに、おい！」――ギデオンは傷を負った左手を掲げた――「彼は、俺より自分のほうがタフだと証明した……あるいは、少なくとも俺よりも冷酷だと。それで、彼がすべてを受け持つはずだった……ところが土壇場《どたんば》になって、彼は自分が適していないとの判断を下した。そこでその場の思いつきで行動し、チャチな補助者を呼びだした……」

ぼくは父のほうに顔を向けた。「それって――ほんとうじゃないよね？」父は答えなかった。だが、父がギデオンを見る目付きからすると、そしてギデオンはしゅるしゅる萎《しな》びて絶命するといった目にあってもいないという事実からすると、やつの言ってることはほんとうなのかもしれない。「父さん？」

「家に戻ろう」父が言った。

「待ってよ。だとしたら、いまの話はほんとうだってこと？」

「こいつの前でこのことを議論するつもりはない」父が言った。「家に戻ろう」踵を返すと、もやのなかに進み、姿を消した。

「いいだろう」とギデオン。「玩具の家に戻れ！」それから、ぼくがまだその場にいるのを見てとり、もう一粒、災いの種をまこうと決意した。「家について言うと」ギデオンが言った。「ちょっとおまえの力を貸してもらいたいんだがね。一階にいくつドアがあるか、憶《おぼ》えてるか？」

「えっ？」

「アーロンの玩具の家の一階だよ。あそこにドアはいくつある？」

「三つだ」ぼくが答えた。「表のドアと裏のドア」

ギデオンがうなずいた。「表のドアと裏のドア……それで三つか？」

「アンドルー！」父が呼んだ。

「い、行かないと」ぼくはあとずさりをはじめた。ギデオンはぼくを見てにやにやした。

「いいだろう、チャチなつくりものが」ギデオンが言った。「そのまま父親といっしょに玩具の家に戻っていけ。だが、どうせ俺たちはすぐまた顔を合わせることになる。いいか？」突然、前に突進し、足をドンと叩きつけ、ぼくをつかまえようとするかのように両腕を大きく広げた。ぼくは逃げだした。ギデオンの嘲笑《ちょうしょう》に追いかけられながら、岸まで戻った。

ぼくは父に合流し、渡し船に乗りこんだ。マーコ船長が竿で岸をついて舟を出した。このときは湖をまっすぐ横断しなかった。父がぼくと内密の話をしたがっていると感じとると、湖面に漕《こ》ぎだし、コヴェントリー島と本土の両方から見られず、話を聞かれることもない位置にきて、竿の動きを止めた。ぼくたちは霧のなかを漂った。

「ほんとうなんだよね？」ぼくが尋ねた。

「すべてがほんとうというわけじゃない」父が答えた。

「すべてじゃない……それならどの部分がほんとうなの？」

「嘘の部分からはじめよう」父が言った。「わたしは〈その場の思いつき〉では行動しなかった。何かのはずみでおまえを呼びだしたんじゃない」

「それなら何が――」

「プランはひとつだけじゃなかった。いつだって。セラピーのとき、ドクター・グレイとわたしは最終的な決定に向けてさまざまな選択肢を検討した。わたしがとくに気に入っていたのはおまえが知っているプランだ。わたしが内側でいろいろと管理し、体を支配するために新しい人物――おまえだ――を創造するといったような」

「父さんが気に入っていたプラン」とぼく。「でも、ドクター・グレイは気に入らなかった」

「ドクター・グレイはこう感じていた。乗っ取りをたくらむギデオンとの間で問題を抱えている以上、権限を誰かと共有しないほうが望ましいと。できれば体はわたし自身で支配するべきだ、せめて試すぐらいはしてほしいとドクター・グレイは求めた。だが最終的に決定するのはわたしだ。ドクター・グレイはその点についていつも強調していたが、彼女自身がそう勧めていたことに変わりはない。たしかに」父は付け加えた。「わたしたちの最後のセッションのとき、一応やってみるとは言った。でも、その後、ドクター・グレイが脳卒中を起こしたあと、わたしは考えなおし、またもや気持ちをひるがえした」

「ドクター・エディントンはそれに同意したの？」

「いや」父が認めた。「ドクター・エディントンはわたしがまちがいを犯していると考えた」

だとすると、あくまでも理屈の上ではだが、ぼく自身の存在までまちがいということになる。だからといって、ぼくはその言葉が孕《はら》む深い意味にまで思いをめぐらせようとはしなかった。代わりにぼくは尋ねた。「どうしてこれまでまったく話してくれなかったの？」

「おまえが知る必要はないと思った」

「ほかにもぼくが知る必要のなかったことはあったと？」

答えはない。ぼくはそれをイエスという意味だと受けとった。

「立ち去る直前、ギデオンが妙な質問をした」少ししてぼくが言った。

「どういう質問だ？」

「家の一階にいくつドアがあるか知りたがっていた」

「三つだ」父が答えた。「表のドアと裏のドア」

「そう、ぼくはそう答えた。でも……それじゃ数が合わないよね？」

父は不思議そうにぼくを見た。ぼくは突きだした指を折って数えなければならなかった。「表のドアでひとつ……裏のドアで二つ……」

「そうだ」

「そう、でも三つめは？」

「三つめは表――……ちがう。いや、三つめは……それは……」

「ぼくも知らない」ぼくは言った。「三つあるのは知ってるけど、でも――」

「待て」父が言った。「待て。三つめは……階段の下のドアだ！　そう、それだ！」

「階段の下のドア」必死に頭をひねり、ようやく思いうかんだ。小さな木のドアがあった。一階の休憩室から二階の回廊に通じる階段の下の暗がりのなかに。「そうか、わかった……けど、それでだけど、あのドアはどこに通じてるの？」

「どこ……？　あれは……あれは……」父がまばたきし、黙りこんだ。

「ひょっとして」つづいてぼくは尋ねた。「家には地下室があるとか？」

第八の書　レイクヴュー

22

なかにいるとき、ぼくは寝ているように見えるだろうとアンドルーは言った。しかし、マウスの目には、むしろ昏睡《こんすい》状態のように見える。呼吸はきわめて緩慢で、ほとんど感知できない。体は微動だにしない。そろそろとベッドわきに近づき、よりじっくり確認すると、閉じたまぶたの下では眼球さえ静止し、夢見のときの特徴とされる急速運動も認められない。

アンドルーが行き先から戻ってくるのを待っているうち、マウスは次第にそわそわしてくる。椅子《いす》に腰を下ろしてはみるものの、居心地の悪さは変わらない。立ち上がり、窓に向かい、しばらく駐車場を眺める。それにも飽き、ドアのほうにふらりと移動し、ゼイヴィアを真似《まね》し、ペーパーナイフの取っ手を使ってドア枠の横をビシビシ叩《たた》いてリズムを刻む。それにも飽きると、また窓に向かう。ただ一度、アンドルーがほんとうに息をしているのかどうかたしかめようとしたときを除けば、ベッドには近寄りもしない。

時間が経過する。マウスは少なくとも三十分はたったのだろうと思うが、ナイトテーブルの時計を確認すると、まだ十分しか過ぎていなかった。マウスは小用を足そうと思う。

マウスはトイレに行く。ドアはわずかに隙間《すきま》を残しておいた。音は入ってくるが、そこからなかなか外の様子はうかがえないほどの隙間。マウスは腰を下ろす。

用を足しながら、アンドルーが目覚めたあとはどうなるのだろうと考える。自分がどういうつもりでいるのか、アンドルーは何ひとつ明らかにしていない。ワシントン州に戻るのか、このままミシガン州に行くのか、それとも別の何かをするのか。何をしたいのか、アンドルー自身もわかっていないのだろう。

できれば家に帰りたい。マウスはそう自分に言うが、それについてさらに考えると、自分がほんとうにそう思っているのかどうかわからなくなる。そもそも火曜の夜、マレディクタがバーであんな真似をやらかした以上、戻ったら戻ったでいろいろと尻拭《しりぬぐ》いをしなければならない。マレディクタの無礼なふるまいについてジュリーは理解し、クビにはしないだろう。しかし、今後もオータムクリークで仕事を続けていくつもりなら、ウォッカのボトルを盗んだ件に関して損害を弁償しなければならないだろうし、吸血鬼のバーテンダーがあっさり水に流してくれるとはとうてい思えない。

仮にそんな悩みが心にのしかかっていなくても、自分がシアトルでの暮らしをとくに気に入っているわけじゃないのは先刻承知の上だ。もしかしたらシアトルに戻るべきではないのかもしれない。どこであれ、アンドルーが行こうと決めた場所に彼を無事、送りとどけたら、マウスはさらに移動をつづけるべきかもしれない……そう、このまま移動をつづけ、自分が行きつく先を見届けてもいい。

ダメだ。

ありえない。馬鹿《ばか》げている。もちろん、マウスは戻らなければならない。住み慣れた場所を離れ、どこか別の土地に逃げようにも先立つものがない。そもそもドクター・エディントンは――彼を思うと萎《な》えかけたマウスの気持ちがまた高揚する――、力になると約束してくれた。ドクター・エディントンをがっかりさせるわけにはいかない。マウスは――

別の部屋からスイッチを入れたテレビの音声が聞こえる。

「アンドルー？」マウスは呼びかけ、それから自分がズボンを下ろし、トイレに腰かけているのを思いだす。ロールからひとつかみのトイレットペーパーを引きちぎり、すばやく拭《ふ》きとる。マウスが立ち上がる。水を流さず、ドアにそっと近寄り、少しだけ隙間を広げて外を見る。

アンドルーがベッドにすわり、テレビのリモコンのボタンを押している。顔にいらだたしげな表情を浮かべている。

「アンドルー？」マウスが静かに呼びかける。

マウスの声が届いていないのか、それともアンドルーが無視しているかのどちらかだ。アンドルーはリモコンのボタンを押しつづけ、突然、いらだちは満足に変わる。

「やったぜ！」アンドルーが叫び、テレビは新しいチャンネルに変わる。

マウスはドアをさらにもう少しだけ開く。「アンドルー？」

「ごめん」アンドルーがマウスに目をやる。口元がにやつく。マウスは思う。やつだ！　だが、そのとき彼が言う。「心配しないで、俺はギデオンじゃない。ギデオンはいまアーロンやアンドルーといっしょにいて、お山の大将ごっこをしている……みんな忙しそうだし、完璧《かんぺき》に調子のいい体をただ横にさせとくなんてもったいないと思ったんだよね。ところで」――部屋をざっと見回す――「ここには酒の入った冷蔵庫とかあったりしないの？」

「お酒の入った冷蔵庫？……まさか！」とマウス。「二度と酔っぱらわないで！」

彼は眉《まゆ》を吊《つ》り上げる。「そうかい？」とでも言うように。だが、幸いにもそれは問題たりえない。どうせ部屋に冷蔵庫はない。「はあ、そりゃムカつく」それから肩をすくめ、テレビにまた注意を向ける。

マウスもテレビを見る。そしてぎょっとする。画面に映し出されているのはモーテルの部屋だ。この部屋とたいしてちがわない……ベッドの上に裸の女たちがのっているのを除けば。

「背後でヌイてるインディアンはポルノ女優のハイアペイシャ・リーだ」こちらの理解を助けようとして情報をくれる。「実際に絡《から》んでる二人だけど、一方はサマー・ナイトで、小さいほうがフレーム」何かに気づいたかのように身を乗りだす。「あのさ」彼が言う。「彼女、ちょっときみに似てる……きみの髪が赤かったら」にやりとする。「それと軟体っぽくやれるんなら」

「軟体っぽくやれるけど」〝淫乱《いんらん》〟ロインズがマウスの恐怖とすれ違うようにして前に進みでる。「けど、カウボーイブーツはあそこまでうまく履きこなせない」画面のシーンが変わり、四人目の女性が登場する。といっても、どういうわけか彼女はベッドの上の行為にはまったく参加していない。「うわあ」とロインズ。「あたしも彼女みたいだったらなあ」

「むむむ、クリスティ・キャニオンか」彼が言う。「彼女みたいになりたいという人間なら山ほど――」口をつぐむ。「ちょっと待って」振りむいて正面からマウスを見る。
もうほくそ笑みは浮かべていない。打って変わってびくびくしている。ロインズは
それをどこか好ましく思う。ベッドまで行き、隣に腰を下ろし、彼が嫌がって離れる
とくすくす笑う。「どうかしたの？」ロインズが猫撫《ねこな》で声で言う。「見ること以外興味
ないとか言わないで」手を太腿《ふともも》の上に置く。彼はあえぎ、張りつめ……やはりたちま
ちのうちに弛《し》緩《かん》する。
彼はロインズの手の甲を軽く叩く。愛情はこもってはいるがそこに情熱はない。
「問題はね」彼が言う。女性の声になっていた。「あなたがタイプじゃないってこと」
ロインズの手を自分の脚から引きはなし、彼女自身のひざの上に戻した。「これでそ
の点ははっきりしたし、タバコとかもってないかしら？」
「ないね」マレディクタが言った。「昨日の晩、チンポしゃぶり野郎のダンカンはど
っかに寄ってタバコを調達しようともしなかった。ほんとに持ち合わせはないのか？
昨日はウィンストンを喫《す》ってただろ？」
「ウィンストン」彼――彼女――が顔をしかめる。「好きな銘柄じゃない」彼女は自
分の体を探るが、タバコは見つからない。「もってたのかもしれないけど、どうした

のかはわからない」

「クソ排水溝に落としたのかもな。買いにいきたいか？」

「ええ、そうしてもらえたら素敵だけど」手を差しだす。「ところでわたしはサマンサ。友だちの間ではサム」

「マレディクタ」とマレディクタ。「あたしにダチはいない」それからにやりとし、握手する。「わかった、サム。うるさい大人どもが戻ってくる前にモクを調達しにいくか」

彼女たちは外に出る。駐車場を横切っているとき、サムはくるりと一回転し、周囲の光景を視界に収める。「なんて美しい風景」とサム。

「クソふざけてんのか？」とマレディクタ。「荒れ果てたクソ恐竜の国だぞ……」

「荒れ果ててたって気にしない」サムが言う。「砂漠に住みたいとずっと思ってた。わたしが選べるなら、ニューメキシコ州に行きたい。タオスかサンタフェで画廊を開くんだ」

「マジか？　ほかのやつらから選挙で否決されたのか？」

サムが笑う。「選挙なんかしない。民主制じゃない。重要な問題は全部アーロンとアンドルーとで決める。その他大勢のわたしたちはそれに従うだけ」ため息。「そうしなくちゃいけないのはわかる。それでも、ときどきわたしはやっぱり……えーと……」

「ふーん」マレディクタが不安そうに言う。「マウスのやつ、あたしがおとなしく従うと思ったら大間違いだからな」ご丁寧にかぶりまで振ってみせる。「クソでも食らえ」

モーテルの管理室の外にタバコの自動販売機が設置されている。マレディクタが先に進み、ドル紙幣を何枚か入れ、ウィンストンのディスプレイの前のつまみを引く。カチャリと音がするが、タバコは出てこない。「クソどうなってんだ……?」マレディクタはもう一度ウィンストンのつまみを引き、次にキャメルでもやってみる。何も起こらない。機械を蹴《け》るが、やはり何も起こらない。

「待って」とサム。「クールも試して」

機械からはメンソールタバコも出てこない。マレディクタは入れた金を戻すためのつまみやボタンを探すが、見つけたのは札の差し込み口の上にテープで貼《は》りつけられた手書きのメモだった。〝この機械は釣銭が出ません。返金お断り。――管理人〟

「クソ野郎」マレディクタが血走った目で管理室のドアに突進しかけるが、サムが腕をつかんで引きとめる。「待って」とサム。「もめごとはやめて」

「そのクソ手を離せ！」マレディクタが言う。「クソ野郎のカモになんかなるか」

「お願い」サムはがっちりつかまえている。「もめごとになったら、わたしはこのまま外にとどまれないかもしれない。で、アンドルーが戻ってきたら、あなたといっしょにタバコを喫いたがらない」

マレディクタは腹の虫がおさまらないようだが、それを聞いて二の足を踏む。

「ねえ、お願い」とサム。「コンビニまで車で行かない？　あなたの分のタバコ代は払うから」

「ほう、そうかい」とマレディクタ。「誰の金で？」

「気にしないで。お金は……アンドルーから借りとく。あとで返せばいい」

「それってアンドルーが気づいたらってことだよな……わかった」マレディクタが折れる。「クソコンビニに行くか。けど、戻ったら誰かのケツに蹴り入れるからな」

二人は車に乗りこむ。薄れてはいるがどことなく漂っているウォッカのにおいにつられ、一瞬、マレフィカが前に出る。グローブボックスのなかを探り、もしかしたら新しい携帯用酒瓶が出現していないかと確認するが、そこには何もない。

「ダンカンのクソ野郎」マレディクタがぼやく。「なあ、サム。せっかくモクを買いに出たんだし、クソ酒屋にも寄ってかないか？」

「あんまり賢明とはいえないと思うけど」とサム。「いろいろ考えたら」

「分別なんかクソ食らえ。酔っぱらってニューメキシコ州までひとっ走りしたってい い」

「ここはどこなの？」

「サウスダコタ州のブロントサウルスチンポコ。サンタフェからはクソ遠いが、それでも……」

サムが笑う。「絶対、無理よ」そう言いながらも目は期待で輝いている。

「だね。けど、クソやってみてもいいぜ」

だがサムはかぶりを振る。「ねえ、たしかにそれも魅力的だけど、もっと単純な喜びで満足しておいたほうがいいと思う。タバコを一本だけ、もし時間があれば二本」

そこで口をつぐみ、気持ちを集中させる。「けど、急がないと。もうすぐ彼らは戻ってくる」

「クソ大丈夫だって」マレディクタが言い、車を始動させる。

もちろん、ニューメキシコ州までぶっ飛ばそうと本気で誘いかけたわけではなかった。そんなことができるはずはないとマレディクタも承知している。目覚めたとき、ジョージア・オキーフが好んで風景画に描いた土地にいると知ったマウスの慌《あわ》てっぷりは、さぞや見ものだろうが。だが、べろんべろんに酔いたいというのは本気だった。マレディクタは一杯やりたかった。マレフィカだって一杯やりたいに決まってる。マレディクタはサムになんとなく好感を抱いている。「お願い」とか「ねえ」とかいう甘えた言葉遣いにもかかわらず、自分と一脈相通じる気質を感じとっていたせいだ。ただ、欲を言うと、あと一歩、お堅さから脱してもらいたい。

道のすぐ先に夫婦経営の小さなコンビニがあるが、その隣はピンクマンモスというバーになっている。クソバカな名前だとマレディクタは思う。ではあるが、営業を開始しているようなので、ピンクマンモスの駐車場に乗り入れる。サムは顔をしかめるが、とくに反対もしない。

「ほら」マレディクタが言いくるめようとする。「クソ一杯だけ。いいだろ？」

「紅茶も飲めるかな？」

「ロングアイランドアイスティーならな」マレディクタはカクテルの名前をあげる。

二人はなかに入る。マンモスは紛《まご》うことなき安酒場だった。開拓時代の西部風装飾、床にはクソおがくず、石化した吐しゃ物のかすかなにおい。剣歯虎《けんしこ》の群れが氷河期前にここで嘔吐《おうと》し、そのまま化石化してしまったようだ。よい点としては、バーのタバコ自販機は故障していないし、まだ早い時間だというのに酒も提供してくれる。サムとマレディクタの二人でほぼ店を独占しているような状態だった。ほかに客は酔っ払いの老人がひとりいるだけで、老人はカウンターの上のテレビでアニメを見ている。

二人はタバコを買う。サムがタバコに火をつけているとき、マレディクタはビールを二杯注文する。「ねえ、わたしはけっこう」サムが言うが、マレディクタはとりあわない。「ああ、そうかい」それから注文をくりかえす。バーテンダーはバドワイザーを二つのグラスに注ぐ。マレディクタが一方を渡すと、サムは手に取るものの、飲みはしない。マレディクタが乾杯しようとするが、やはり口をつけない。マレディクタは腹が立ってきたが、こちらから何も言わないのにアンドルーの財布を取りだし、二人分のビール代を出してくれたので冷静さを取りもどす。

マレディクタがバールームの反対側の端に据えられたビリヤード台に向けて親指を振る。「勝負する？」

サムが微笑《ほほえ》む。「楽しそう」

二人はビリヤード台のほうに行き、マレディクタが壁に掛けたラック（球をそろえる木枠）をつかむ。「腕におぼえでもあったりするのかい？」

「以前はね。何年も前だけど、昔の恋人にやり方を教わったの。筋がいいと言われた」笑みが薄れる。「まあいろいろ言ってたけど、それはほんとうだと思う」

「恋人だって？ アンドルーが責任者になる前のことか？」

「ずっと前。当時はまだセヴンレイクスにいて、わたしたちが育った家に住んでいた」

ラックに球が詰められる。マレディクタが二度、前後に動かし、球を隙間なく固める。「クソ個人的な問題、訊《き》いていいか、サム？」

「いいけど」

「あんた、チンポもってんの？ それともマンコのほう？」

サムは頭をうしろにもたげる。気分を害したかのようだが、たちまち気を取りなおす。「マンコのほう」とりすまして言う。「知る必要があるのなら」

「クソそう思ったんだよな」マレディクタがラックを壁にかけ、自分の使うキュースティックをつかむ。

「アンドルーとかアーロンがクソ運転席にいるときにはどっちがどっちか全然わからない。でも、あんたが体にいるときにはクソ明白だ。彼らじゃなく、あんたが仕切るのはまずいとか思ってんのか？」

サムがかぶりを振る。「そんなことを夢見たりもするけど、フルタイムで現実に対処するほど強くないから。それは証明ずみ」

「そう？ 充分強そうだけどね。別にあたしのひとを見る目が世界最高にクソまちがいないとかそんなんじゃないけどさ……キューを突いていいかい？」

サムがうなずいて同意する。それからマレディクタがキューの先にチョークを塗っていると、サムが言う。「わたしは自殺しようとした。一度も」

「へえ？ なんで？」

「恋人のジミー・カーヒルが軍隊に入った。駆け落ちしようと話をしていたのに、彼は結局、自分だけで逃げだした。基礎訓練キャンプから、別れを告げる手紙が送られてきた……それでわたしは自殺しようとした。最初は薬を使って。医者から処方された睡眠薬をまるまるひと瓶分、大量のスコッチで飲み下し――」

「――クソ病院で目をさましたと？」

「いいえ、ちがう。二日酔いになって家で目がさめた。誰かはわからなかったけど、きっと魂のうちのひとりが妨害したのよ。カプセルの中身を全部出し、かわりに小麦粉を詰めておいた。その後何日も便秘で苦しんだけど、死にはしなかった。それで今度は首を吊ろうとしてみたけど、そのたびに結び目がゆるんだ。第三の可能性を考えようとしたら、いつのまにか寝てしまい、延々眠りつづけた。それからわたしはずっとこもっていて、その後はじめて外に出たのはシアトルでドクター・グレイのセラピーを受けたときだった」

「うーん」何を言っていいかわからず、マレディクタがうめく。ビリヤード台に身を乗りだし、球を突く。球がいくつかポケットの縁で弾むが、ひとつも入らない。「クソッ」

「それであなたのほうは？」サムが尋ねる。「恋人はいた？」

「あたし？」マレディクタが笑う。「いーや。ファックするのはあたしの専門じゃないんで」サムがまた気分を害しかけているので、マレディクタは付け加える。「まあ、ロマンスも……もし気づいてないなら言っとくけど、あたしはクソ人間嫌いなんだよ」テーブルに向かってうなずきかける。「あんたのショット」

二人はつづけて二ゲームする。筋がいいと言われたというサムの言葉はけっして冗談ではなかった。最初のゲームでサムがマレディクタを打ち負かす。二回目のゲームの際、マレディクタは難しいショットを全部マレフィカにまかせ、かろうじて勝利を収める。

プレイ中、マレディクタはビールを飲み、サムのぶんも飲む。マレディクタはマレフィカとダブルのウォッカも分け合う。二回目のゲームでエイトボールを沈めるころにはまた小用を足したくなる。少し時間をつぶしておいてくれとサムに言いのこし、奥のトイレに向かう。

マレディクタがバールームに戻ると、ビリヤード台のそばからサムの姿は消えている。サムはカウンターの席につき、酔っ払い老人といっしょにテレビを見ている。サムが笑い声をあげている。

あるいは、別の誰かの笑い声か。マレディクタはサムの笑いを聞いたことがある。これはちがう。サムの笑い声は低く、かすれていて、ぜーぜーというあえぎに近い。しかし、いまのキャーキャーという笑い声は甲高く、明瞭《めいりょう》で、しかもひどくやかましい。言いかえるなら幼い子供の笑い声。身のこなしも幼い子供のそれだ。バーのスツールの上で危険なくらいに体を揺らし、彼（あるいは彼女）の腹をかかえ、指差し、膝《ひざ》をパンパン叩く。

マレディクタはテレビを見る。アニメの時間は終わり、番組は映画の『ヤング・フランケンシュタイン』に変わっている。あのクソアホなメル・ブルックスが監督した、ホラー映画のパロディーだ。フランケンシュタイン役のジーン・ワイルダーが、トランシルヴァニア駅でマーティ・フェルドマン演じるアイゴールの出迎えを受ける。

「こちらにどうぞ」フェルドマンが言う。ワイルダーがせむし男のよたつきを真似ると、アンドルーの内なる子供は脱糞《だっぷん》しそうなくらいに大喜びする。

それからワイルダーはアイゴールの干し草用荷馬車の後部に目をやると、テリー・ガー演じる巨乳の実験助手、インガがいる。「干し草のなかでいちゃついてみない？」とインガ。アンドルーの笑いがもっと若者らしい声音に変わる。ガーの胸の谷間にじっと視線を注ぎながら、カウンターの目の前に置かれたマグカップを手に取り、中身を飲みだす。マグカップの中身がビールではなくミルクなので口から吐き、「バーテンダー！」と呼ぶ。

しかし、彼が注文する前に、またくだらないダジャレネタがはじまる。今度は狼《おおかみ》男《おとこ》についてのダジャレで、「オオカミおとこ、オオカミ、おっ、どこ？」というセリフにつられ、またもや子供が出てくる。「オオカミそこだ！」子供が野次る。膝をパンパン叩き、調子に乗って身を乗りだした拍子にスツールからこけ、床にドシンとぶつかる。

「ねえ」彼が起き上がるとき、マレディクタが言う。「サム、あんた、まだそこにいる？」

「Πού είμαστε（ここはどこ）？　Τι（何）——」

「話すんならクソ英語にして。サムをここに戻して——勝負の決着をつけなくちゃいけないのに」

彼は目をパチクリさせ、転換する——アンドルーに。「ペニー?」アンドルーが困惑して言う。

「クソッ」パーティーは終わった。マレディクタはひどく腹をたてて、洞窟《どうくつ》のなかに飛んでもどり、マウスを貯蔵庫から引っぱってきて、外に蹴りだす。最新の情報を教えもしない。マウスはぜーぜー息をあえがせ、外に出る。モーテルの部屋でテレビを見ていたのがマウスの最後の記憶だった。ふたたび目覚めると、目はカウンターの上のテレビに自然に引きよせられる。いったい何がどうしてテレビは天井から吊り下げられるはめになったのか? それと、モノクロでしか映しだされない、画面上のこの妙ちくりんなものはなんなんだろう?

「マレディクタ?」まだついていけずに、アンドルーが言う。

「アンドルー?」とマウス。

「ペニー」とアンドルー。

それから二人いっしょに、「ここはどこ?」

「きみたちはモンゴ星にいる」酔っ払い老人が言う。「わたしはフラッシュ・ゴードン。そしてこのブサイクが」——手でバーテンダーを示す——「無慈悲なミン皇帝」

バーテンダーもおふざけに付き合い、空のビール用マグカップをつかんでかかげ、そのまま敬礼する。

「われらの銀河にようこそ」とバーテンダー。「ミルクのお代わりはいかがかね?」

23

どうやってもドアは開けなかった。

桟橋から上陸すると、父とぼくはまっすぐ家に戻った（といっても、瞬時にその場に移動するのではなく、わざわざ歩いてもどった）。近づくにつれ、階段下のドアの記憶は徐々に鮮明さを増した。と同時に、もしかしてギデオンが悪さをしてるだけじゃないのか、やつの手でぼくたちは偽りの記憶に感染させられたのではないかという疑念にもさいなまれた。おかげでぼくは、ドアがほんとうにそこに存在しているという確信を最後の最後までもてなかった。

だが、ドアはほんとうにあった。しかも、露骨にさらけだされていた。薄暗さのなかに隠れているのではなく、階段横の目立つ位置に設けられていて、見逃しようがなかった。

「地震の影響を受けたんだ」ぼくは考えた。「こんなに目につきやすかったら、これまでだって見落とすはずがない……ちゃんと知ってて勘定に加えたはずなんだ……」父が無言でいるので戸惑い、目を向けた。「ほんとに地下室をつくってない？　でなきゃ大きな収納用クローゼットとか？」

「つくってれば知ってるはずだよ、アンドルー」

「ぼくもそう思いたい」ぼくは答えた。「でも、父さんはゼイヴィアのことも知らなかった……」

ドアの存在を確認してからも、くぐりぬけるべきかどうか踏ん切りがつかず、長いことその前に突っ立っていた。驚いたことに先に手をかけたのはぼくのほうだった。父が先手を打つとばかり思っていた。しかし、父は全身が麻痺《まひ》してしまったかのようだった。何分かが過ぎ、ぼくは気づいた。もし父が先に動くのを待っていたら、ここに丸一日、立っているはめになるかもしれない。そこでぼくは、いかなる衝撃に対しても正面から受けとめようと覚悟を決め、手を伸ばし、ノブをつかんだ。

ノブは動かなかった。回転しないだけじゃない。揺することさえできなかった。ドア自体もやはり動かなかった。それがドアではなく、大理石でできたドアの像であり、巧みに塗装して、本物のドアに見せかけているだけだとでもいうように。「まるで動かない」うしろに下がり、ぼくが言った。「やってみて」

最初、ぼくは父がやらないのかと思ったが、奮起して取りかかってくれた。ノブはやはり回転せず、ドアは固く閉ざされていた。

ぼくはうしろに引っこみ、考えこんだ。「もしかすると背後には何もないとか？」ぼくは言った。「もしかしたらただのいたずらで、ギデオンは――」

家の玄関ドアがバンと開き、サムおばさんが入ってきた。顔に浮かんでいるのはアダムやジェイクと口喧嘩《くちげんか》したときと同じ表情。とはいえ父やぼくに不平をこぼしたりはせず、ぼくらを避け、ひと言も口をきかず、二階に向かった。サムおばさんが通りすぎていったあと、タバコの煙を示唆《しさ》するごくかすかな何やらが一瞬、ぼくをとらえた。かろうじて感じとれる程度の微弱なにおい。何かが起きたと気づくべきだったのだろうが、こちらも目の前の件で頭がいっぱいだったから、そんなことに注意を向ける余裕などなかった。

「それで、どう思う？」謎《なぞ》のドアにまた顔を向けた。「これ、いたずらかな？」

父が返答する間もなく、下から一陣の風が吹きあげ、紙のたてるパリパリという音が聞こえた。下を見ると、ドアの下から突きだされた紙の隅が隙間風にあおられ、はためいていた。

このとき最初に行動に出たのは父のほうだった。腰をかがめ、紙をつかみあげた。

実際には二枚の紙で、半分に折りたたまれ、ホッチキスで綴《と》じられ、薄いパンフレットになっていた。ぼくのほうはというと、それが何かわからず、ただただ途方に暮れていた。父はパンフレットを手にし、ぼくの目から隠すようにしていたが、それでも表紙の十字架と〈追悼〉という言葉は目に入った。

「なんなの？」パンフレットに手を伸ばし、押し下げて中身を確認しようとしたが、父はさっと引きはなした。父がページをめくった。読んでいるというよりも検査をしているような印象を受けた。以前にも見たことがあるらしく、記憶に残っているとおりかどうか現物でたしかめているといったような感じだった。

「父さん」ぼくが言った。「なんなの？」

「渡し船のなかで」父が言った。「わたしがまだ話していないことがあるのかとおまえは訊いた。実を言うと――」

　玄関ドアがまたバンと開いた。アダムがよろめきながら入ってきた。ジェイクがそのすぐうしろにいて、悪魔に追いかけられているかのようにあたふたしていた。アダムをさっと追いこし、自分の部屋を目指し、階段を駆けあがった。

「いったいぜんたい――」ぼくが言いかけたとき、外から警告の叫びが聞こえた。

「セフェリスだ」父が言った。「体に問題発生だ」

ぼくはすでに動きだしていた。玄関ドアから飛びだし、光の柱を上り、危機的というよりはそもそも理解しがたい場面に出現した。どういうわけか体はモーテルの部屋から酒場に移動していた。ペニーも酒場にいて、やはり当惑していた。見ず知らずの男も二人いたが、ぼくたちがどうしてまたこんなところにいるのか把握するうえでなんの役にもたってくれなかった。

ペニーとぼくはさっさと店から退散した（男のひとり、バーカウンターの背後にいた男は〈モー・ジュース〉の代金として一ドル支払うよう要求した。いったい彼がなんの話をしているのかわからなかったが、金は支払った）。幸いにもモーテルからそれほど離れていなかった。外に出た瞬間、道のすぐ先にモーターロッジのネオンサインが見えた。

「ごめん」車が見つかったあとでペニーが言った。

「なんで謝るの？　何があったか知ってるの？」

ペニーは憶《おぼ》えていることを話してくれた。彼女はぼくの体を見張っていたんだけど、トイレに用を足しに行ったら、誰かが目覚め、テレビをつけた。「成人向けチャンネルを」頰を赤らめ、彼女が言った。「そしたら、あなた、というかそれが誰であれ、言ってたんだけど、わたしは……映画の出演者のひとりに似てるんだって。そのあと……どうやってここにきたかわからない」

アダムのやつめ、とぼくは思った。心のなかでは怒り狂いながら。「だったら」ぼくはペニーに言った。「謝るのはぼくのほうだ」

「なかで何があったの？」ペニーは尋ね、話題を変えようとした。「知りたかったことはわかった？」

「充分じゃない」ぼくは言った。「またなかに戻らなきゃいけない。心配はしないで。すぐにじゃない。あとで。今度は体の面倒をみてくれとか頼むつもりはない」

「いや、それは別にいいんだけど」とペニー。「ただ……次のときはテレビのプラグをコンセントから抜いておいたほうがいい」

ビュイックにはウォッカのにおいが漂い、ぼくは何かを思いだした。お椀《わん》のように丸めた手を口の前にもっていき、自分の息のにおいを嗅《か》ぎ、酒を飲んだのかどうかたしかめた。ぼくの息は……ミルクのにおいがした。

「モー・ジュース」ぼくは言った。

「えっ？」とペニー。

「なんでもない」とぼく。それから「きみはこんなのに慣れたりしてるの？　奇妙な状況で目覚め、何がなんだかわけがわからないってことに？」

「わからない」とペニー。「だって、わたしにとってはそれが普通のことなんだから。慣れるも何もなかった」

ぼくはペニーに目をやった。「ほんとにぼくは心からすまないと思ってるんだよ、ペニー」

「どうして？」

「ジュリーから、きみを助けてほしいと言われたとき……きみから助けを求められたとき……ぼくはノーと言いかけた。ノーと言おうとした」

「それはかまわない。わたしもノーと言おうとした。憶えてる？　いずれにせよ、あなたはイエスと言った」

「たしかにそうだけど、でも……」でも、ジュリーがそう望んだからにすぎないと言いかけたが、いまならもっと自分自身に正直になれそうな気がした。「もっと早くイエスと言わなくてすまなかった」

ぼくたちはモーテルの駐車場に戻っていた。すぐには部屋に入らなかった。車のなかにすわりつづけた。疲れがひどくて動くこともできなかった。ペニーはただ疲れているだけじゃなかったとぼくは思う。ペニーの息からミルクのにおいはしなかった。

「それで、そろそろ家に戻る？」ペニーは好奇心からそう尋ねただけだったのだろうが、ぼくは彼女が何か別の考えでもあってそう口にしたのだろうと受けとめた。

「もちろん、きみは帰ったほうがいい」相手の背中を押してやるつもりでそう声をかけた。

「いいえ」ペニーがかぶりを振った。「急いで帰りたくてそう言ったんじゃない。ただ知りたかっただけなの。まだミシガン州に行くつもりなのかどうか……知るために……事実をたしかめるために……」

義理の父に何があったのか知るために。ゼイヴィア・レイズがやつを駆除したのかどうかたしかめるために。

「……ほかのどこだろうと」ペニーがつづけた。「もしそれがあなたの望みなら、喜んであなたを連れていく」

「ぼくは」とぼくは目をこすった。「ぼくは熱いシャワーを浴びたい。それから何か食べ、ミセス・ウィンズローにまた電話をしたい。それから、それから、決めることにしたいと思う……それでいいかな?」

ペニーがうなずいた。「でも、あなたがシャワーを浴びている間、私はここで待っている」

「わかった」ぼくは微笑んだ。「なかにいるときにテレビのほうも始末しておく」

モーテルの部屋のドアは鍵《かぎ》がかかっていなかったし、なかに入るとテレビはつけっぱなしで、アダルトチャンネルのままだった。「アダムのやつ」ぼくは憤慨した。テレビのプラグをコンセントから抜くまではせず、スイッチを切るだけにしておき、リモコンを隠した。それから服を脱ぎ、シャワーを浴びた。ぼくは長いこと熱いしぶきの下でじっと動かず、立っていた。

ぼくはビリー・ミリガンのことを考えていた。

おそらく彼の名前ぐらいは聞いたことがあるだろう。シビルやイヴ・ホワイトほど有名ではないが、ビリー・ミリガンもよく知られた多重人格者のひとりだ。小物の薬《ドラッグ》の売人、盗人《ぬすっと》であり、一九七七年には誘拐、強盗、三人の女性に対する強姦《ごうかん》の罪で逮捕された。ビリーは心神喪失による無罪を主張した。犯罪を犯したのは他の魂であって、彼らを制御しようにもビリーの力ではいかんともしがたかったというわけだ。四人の精神科医——シビルの主治医、コーネリア・ウィルバーを含む——がビリーのために証言し、法廷は責任能力がないことを認めた。

ビリーはその後の十三年間、いくつかの州立精神病院を転々として過ごした。一九九一年、ビリーは〈治癒した〉とのお墨付きを得て釈放された。その後の一九九六年、ビリーはふたたび逮捕された。真偽こそ不明だが、判事を脅迫したというのがこのときの逮捕理由だった。この件はシアトルでニュースとなり、ジュリーの興味を引いた。ついには父がもっていたダニエル・キイスの著書、『24人のビリー・ミリガン』まで借りていった。

「いやーっ」二、三日してジュリーが言った。「ぐっとくる話だわ」

「だろうね」ぼくは盛り上がるでもなく応じた。

「はあ？」とジュリー。「あんた感動しなかったの？」

「感動？　それがふさわしい言葉とは思えないけど。こいつは三人もレイプしてるんだよ、ジュリー」

「そうだともいえるし、ちがうともいえる」

「ほぼそうだよ。とくにレイプされた三人の女性からすれば」

「彼が多重人格のふりをしてたって言いたいの？」

「いや」ぼくは言った。「本を読んだだけじゃ確実なことはわからないけど、おそらく彼は多重人格者だったというか、いまもそうなんだろう。とにかく法廷はそう考えた。けど、その一方で彼はレイプ魔でもあった」

「でも、それはあくまでも彼の一部にすぎない。ビリー・ミリガンというか、ビリーと呼ばれる魂にはなんの罪もなかった」

「たしかに彼には罪がなかったのかもしれないけど、だからといって責任がないわけじゃない」ぼくは父の言葉を引用した。「一家を管理する立場についている以上、一家に属するすべての魂の行いに対し、責任をもたなければならない。たとえ自分だったら絶対にしないことを彼らがやったとしても」

「けど、レイプが行われたとき」ジュリーが主張した。「ビリー・ミリガンは管理していなかった。誰も管理してないって感じだった。一家は混乱していたんだ」

「感動的でもなんでもないね」

「あのね、アンドルー。別にあたしは——この件にかぎってなんでそんなひねくれたことを言うのかな？」

「ひねくれてなんかないよ。多重人格者にとってビリー・ミリガンというのは誇らしいだけの存在じゃないんだ。彼はちょうど……ＭＰＤ界のＯ・Ｊ・シンプソンっていうか」

それを聞いてジュリーが笑った。「それでも」とジュリー。「ビリーの場合、無罪放免とはいかなかった。それに、ビリーにとってムショより病院のほうがふさわしい場所だったと思わない？」

「閉じこめられた場所がどこであろうとだよ、誰かをレイプしておいて……あるいは誰かがレイプされるのを見逃しておいて、たったの十三年で出てくるなんてずいぶんムシのいい話だ」

ジュリーは思いにふけっているようだった。「あんたならどうした？」

「ぼくがビリー・ミリガンの事件を担当したらってこと？」

「いや」とジュリー。「あんたがビリー・ミリガンだったら」

「どういうこと？」

「あんたの別の魂が……そうだな、レイプほど下劣じゃないこと、たとえば、銀行強盗をしたとして……」

「銀行強盗？」

「そう、たとえば――」

「ぼくは銀行強盗なんてしないよ、ジュリー」

「あんたじゃなくて別の魂がってこと」

「家のなかの誰だって、銀行強盗なんかやらないよ。誰かがそんなことをしようとしたら、父はそいつをカボチャ畑送りにするだろう」

「じゃあ、家が建造される前にそんなことがあって」ジュリーが食い下がった。「あんたはただそれを発見しただけだとしようか。あんたが生まれる前に別の魂のものだった収納ロッカーをたまたま発見する。扉を開くとなかには金の入ったずだ袋が入っていて、〈ファーストナショナルバンク所有〉というラベルが貼りつけられている。ほかにも銃、それからロナルド・レーガンのマスクがある……」

「……まあ、十年前、お洒落《しゃれ》な銀行強盗の間でトレンドだったマスクだったらなんだっていいんだけど。こういうのがすべて見つかる。それと、ロッカーにブツを隠したのはあんた――あんたの体――だと示すような決定的証拠も。あんたならどうする？」

「そんなのありそうにないよ、ジュリー」

「現実の話じゃない。あくまでも仮定の話。で、どうする？」

ぼくは肩をすくめた。「警察に電話するかな。発見したものについて報告する」

「それだけ？」

「ほかにどうしろと？」

「それって自首するのといっしょだよね……」

「いや、かならずしも自首するってことにはならない。ひょっとしたら何か別の説明ができるかもしれない……でももちろん、それが盗まれた金だとほんとに思うのなら、警察に話さなければならない」

「で、あとは警察の手にすべてを任せると。なんのためらいもなしに」

「体がとった行動がなんであれ、ぼくは自分が責任を負っていると認めるよ。いやいやだとしても——おそらく少しはためらうだろうけど——最終的にはそうせざるをえない。それがぼくの務めだ」

ジュリーは疑わしそうにしていた。「よくわからない」とジュリー。「ご立派には聞こえるけど、ずいぶん脳天気というかさ、あんたが正直に接したからといって警察が公正に扱ってくれるとはかぎらない。もし実際に銀行強盗の罪で起訴される事態に直面したら——」

「けど、別に直面してないし」ぼくはむっとした。「仮定の話じゃないか。もしきみが銃とロナルド・レーガンのマスクを勝手に仮定するのなら、ぼくが自分は義務に従って行動すると仮定しようが別にかまわないはずだ」

「それはそれで面白い問題だよね。どうしてただの仮定の話として片付けられるの?」

「ジュリー——」ぼくはいらいらしはじめていた。

「あんたが銀行強盗をしたとは思ってない。ほんとにそうなら、逆にびっくりだよ。

でも、家の建造前のことについて百パーセント確実だとあんたはほんとに――」

「アダムは万引きをしたけどね、その時代に」ぼくはそう話した。「セフェリスはバーの喧嘩《けんか》で男の指の骨を折った。といっても正当防衛だったけど。それ以外にもいろいろあった。ほかの魂だって、ケチな犯罪だとか喧嘩だとかいくつかやらかしてはいた。でも、重罪はひとつもないし、見知らぬひとへのいわれのない攻撃は絶対にない」

「あんたの知るかぎりでは……けど、前にあんたも話してたじゃないか。当時のことについてあんたの情報には欠落がまだいくつもあるんだって。だから――」

「銀行強盗サイズの巨大な欠落はないね」

「なんで確信できるの？」

「もしそんなことが起こったら、父は知っているだろう。わかっていたはずだ。それは父の仕事だよ、ジュリー」

「でも――」

「話題を変えてもいい？」

父は知っているだろう……それは父の仕事だよ、ジュリー。たしかにそうだった。でも、ほかにも父の仕事はあった。すべての魂を把握し、地理内で秩序を維持し……

それからぼくに対して正直に打ちあけるということも。

ゼイヴィア――あるいはギデオン――が義理の父親に対してろくでもないことをしていたとしたらどうだろう？　そして父はそれを知らなかった、あるいはぼくに話すまいと決めていたとしたら？

ある意味、それは簡単な質問だった。ジュリーに言ったことはほんとうだ。アンディ・ゲージの体を管理する魂として、やっぱりぼくは、体がするあらゆる行動、過去や現在の行動すべてに対して責任を負っている。厳密に言えばぼくには責任のないことだろうとも。そうしないわけにはいかなかった。家の規律を維持し、なおかつ善良な市民としての素朴な務めを果たそうとするならば。犯罪が実行されているというのに、誰ひとり罪を認めないということなどあってはならない。

簡単。それでいて難しくもある。これはもう仮定の話ではないのだから。最悪な事実が明らかになった場合、そこで受け入れなければならないいくつかの帰結を考えるなら、少なくともぼくがジュリーに話したことのひとつはまちがっていた。責任を負うべきかどうか、少しだけためらうどころじゃない。

最悪の事実が明らかになったと仮定しよう。たとえばアンディ・ゲージが義理の父を殺したとしよう。殺人をおかし、しかも正当防衛でも、かっとしたはずみでもなく、冷酷にやってのけたと。それはどの程度、邪悪なのか？　もちろん、普通、殺人はレイプよりも邪悪な少数の犯罪のひとつだ。でも、レイプ犯を殺したとしたらどうだろう？　自分をレイプした人物を殺したとしたら？　それはより邪悪なのか？　復《ふく》讐《しゅう》が暴力を正当化するわけではない。だが、復讐を受ける相手が充分におぞましかったならば、正当化される余地はないだろうか？

ビリー・ミリガンとは事情が別だ、とぼくは思った。やつは好き好んで性犯罪者になり、見ず知らずの人々を傷つけた。彼に何ひとつ害を与えたわけでもない人々を。それを常習的にやっていた。アンディ・ゲージが義理の父親を殺したとしてもそれは一回こっきりだ。そのときだけ、もののはずみでやってしまった行為であって、反復的になされたわけではない。

ウォレン・ロッジの身に起こったことを勘定に入れなければ。

ちがう、ちがう。いまは彼のことを考えるな。一度にひとつの殺し――ひとつの死――に集中することだ。

そもそも、義理の父が死んだのかどうかさえはっきりしない。たしかそうだったはずだ――そんな気がした――が、明確に聞かされた記憶はなかった。無駄にいらいらするより先にさっさと調べるべきだ。どういうふうに義理の父が死んだのかという点についても確認すべきだろう。心臓発作やガンだとわかれば、ぼくは疑念から解放される。

でも、もしかしたら確認すべきではないのかもしれない。　知らないままでいたら、責任だってとる必要はない。　完璧《かんぺき》とはいえないが、論理として魅力的ではある。もしもゼイヴィアが義理の父に対して何かしたなら、それは何年も前、少なくとも五年以上は前だろう。それだけの時間が経過したら、ぼくから先に真実を求めないかぎり、真実がぼくを探しにくることなどありそうにない。ぼくが放置してしまえと決断したら、どうなるのか？

その決断を永続的に保持しつづける必要もない。当分の間、オータムクリークに戻り、かつてミシガン州で起こったことがなんであれ、そちらの問題はすべて先送りにするというのもありだろう。そして、どれだけ長い時間がかかろうとも、まずは家の復旧を優先し、いったん片のついた段階でそちらにとりかかればいい。義理の父親が死んだのなら、どこにも行ったりしない。責任ならあとでいくらでもとれる。

魅惑的。実に魅惑的。

だが。

シャワーを浴びる前に、ぼくは腕から包帯を剝《は》がした。有刺鉄線でできた傷はすでにかさぶたとなっていたが、熱いしぶきを浴びるとまだひりひりした。傷をしげしげと眺め、それから手をひっくりかえし、アンディ・ゲージの手のひらに残された古い刺し傷の痕《あと》を見た。それをつけたのは父だ。ギデオンとの最後の闘いのとき。

それはダイナーで起こった。ハーヴェストムーンじゃない。ビットウェアハウスに近い別のダイナー。父がランチを終え、勘定を払っていたとき、ギデオンが支配権を奪おうとした。通常の乗っ取りとは異なり、ギデオンは父を永遠に黙らせるつもりだった。ギデオンの本気度を感じとった父は、思いきった行動をとるほかなかった。腕を振りあげると、ダイナーのレジ係がすくみあがるのもかまわず、レジスターわきのレシート差しに手を叩《たた》きつけた。こうして父は闘いに勝利した。

これがどういうことかわかってもらえないかもしれない（もしかすると、もうわかってもらえているのかもしれないけど）。多重人格世帯を支配する立場に立つからには、他のどの魂よりもトラウマに耐えぬくだけの力量を備えていなければならない。ある魂が他の魂に対してどれだけの支配力を行使できるかは、人格転換の衝動にどれだけ長く抗することができるかで定まるといってよい。自らの手をブスリと突きさすことで、父はまざまざと見せつけたんだ。自分が大きな痛みに耐えられるばかりか、必要ならばあえて自らに痛みを加えるだけの勇敢さの持ち主でもあるということを。

一方でギデオンは痛みを受けとめられもしなかった。父が痛みの出所として選んだのはギデオンがとくに感じやすい箇所だったため、ズルをしたように思えるかもしれないが、これは別に公正さが求められるコンテストなんかじゃないのだ。

こうして父は支配権をめぐる争いに勝利し、その結果、手に入れた強大な力をふるい、ギデオンをコヴェントリー島に閉じこめた。その後、ぼくを湖から呼びだし、自分は体の管理から手を引くと、父の力は弱まった。加えて二晩前にはぼく自身の弱さが露呈されたこともあり、おそらくギデオンは島をこっそり抜けだす自由を獲得した。

それはぼくにとってジレンマだった。これ以上、弱さを示したら、全面的な乗っ取りという事態へ道を開きかねない。ぼくがこのままミシガン州に行ったときに起こりかねない結果を恐れ、引きかえそうとする一方で、ギデオンのほうは何がなんでもミシガン州へ行こうとしたら……というわけで、ぼくがオータムクリークへと戻りだしたからといって、そこに到着する保証は何もなかった。

ギデオンに体を奪われるのは嫌だった。それは決定的な失敗となるだろう。でも、その一方で、自分が会ったこともない誰かを殺したという理由で刑務所送りになるなんて絶対に、絶対に嫌だった。

ビリー・ミリガンを想像した。やつがいまどこにいようとも、ぼくの苦境を見て笑っているだろう。「うひゃひゃひゃひゃ、いい気になって他人を批判するからこんな目に遭うんだよ！」

「地獄に行け」シャワーヘッドの下の壁にこぶしを押しつけた。「義務はちゃんと果たしてやる。責任だって引きうけてやる」傷ついた前腕をつかみ、ふたたび出血するくらいの強さでぎゅっと絞った。歯を食いしばって痛みを耐えながらも、気分はよかった。もはやビリー・ミリガンが口出しする余地はなかった。

シャワーから出ると、自分の体を拭《ふ》いた。服を着ようとして、着替え用のきれいな服がないのに気づいた。あるのは二日間ずっと着ているシャツとズボンだけだ。余分な包帯もないので、同じ包帯でまた腕を覆《おお》った。

思ったほどリフレッシュもできず、外の車に戻った。「オッケー、ペニー」車に乗りこみながら言った。「ぼくが何をしたいか。というか何をする必要があるかはっきりした」

「ん？」とペニー。ペニーがタバコを喫《す》っているのに気づいた。

「マレディクタ」

「察しがいいじゃないか、例によって」

「マレディクタ」ぼくが言った。「ペニーと話をさせてくれ。ミシガン州まで行こうと決めた。それから――」

「交換条件だ」とマレディクタ。

「えっ？」

「クソ交換条件。大陸横断のお抱え運転手を務めてもいいとマウスは言ったかもしれないが、あたしは絶対ヤだね。あんたがミシガン州まで行きたいのなら見返りが欲しい」

「どういう？」

一方の肩だけを上げ、半分だけ肩をすくめる。「サムとあたしは、ビリヤード一ゲーム分お預けを食らっている」

「サムって……サムおばさんか？　きみとサムおばさんがビリヤードをした？」

「さっきも言ったけど、クソ察しがいい」

「ほかの望みは？」

「結局、クソドライブのかなりの距離、あたしが担当することになる。そのときなんだけど、サムが助手席に乗るようにしてもらいたい」

ぼくはかぶりを振った。「そんなことをやったら他の連中も外に出る時間を欲しがる。いまはそんなことで喧嘩してる余裕なんてないよ」

「ふざけんじゃないよ」とマレディクタ。「またなかに戻らなくちゃいけないとマウスにはクソ話したよな？　あんたがいない間、誰かが外にいていろいろ見張ってる必要があるのはクソ明白だ。だったらそのクソ仕事をサムにまかせりゃいいだろ」

ぼくはそれについて考えた。実際、筋が通っている。家の秩序が完全に回復するまでは、ぼくが体を不在にしている間、誰かがそこを占有している必要があるだろう。そういう意味では、サムおばさんのほうがアダムよりはるかに適切だ。二人よりもセフェリスのほうが適切なのだが、いっしょに旅をする相手としては疑問符がつく。それでも、サムおばさんがマレディクタとそりが合ったなどと聞くと、やっぱり不思議な気がした。

「わかった」とうとうぼくは言った。「おそらくなんとかなるだろう。けど、こっちにも交換条件がある」

マレディクタがいらだたしげにぼくを見た。「なんだ？」

「ペニーにはこの話が聞こえるのか？」

「無理だ。彼女はクソ洞窟で寝てるよ」

「きみが眠りにつかせたのか？」

「もう一本クソタバコが喫いたかった。マウスはここにクソすわってる以外、何もしてなかったようだし」

ぼくはうなずいた。「今後は、タバコが欲しくなっても、いや、それ以外のなんでもいい、とにかく何かが欲しくなって、そのためには体を占拠する必要があったとしても、いきなり乗っ取るのはやめてほしい。まずは許可をとるようにしてくれ」

「クソでも食らえ」

「マレディクタ。真剣な話だ」

「クソありえねえ」とマレディクタ。「第一にそもそもクソ許可なんかとらなくたっていいんだし、第二にあたしが許可を求め、マウスから拒否されたら、あたしにはそれができないとか――」

「そのとおりだ。もうひとつ、マウスが望んでもいないのに無理やり気絶させるような真似《まね》はもうやめてくれ。マウスが動揺し、自分から眠りにつこうとしたら話は別だ。でも、タバコ休憩で出てくるだけなら、マウスが背後から見守っていようが別にかまわないはずだ」

マレディクタが目をそらし、いらいらと小声でつぶやいた。「ふざけたことぬかし……」

「ふざけてないよ」ぼくは言った。「きみはMPDになんとか対処しようとしてぼくに助けを求めた。自己鍛錬は対処法の重要な一部をなしている」

「自己鍛錬！」マレディクタは冷笑を浮かべ、またこちらを向いた。「あんたがよく言うよな！」

「たしかにいまのぼくはその点で問題を抱えてる」ぼくは認めた。「それもまた、ぼくがこんな頼みごとをしているもうひとつの理由なんだ。きみとぼくの二人ともが同時に制御不能な人格転換をはじめたら、行きつく先はまったく読めない。でも、きみがすべての秩序を維持しようと真剣に努力をするなら、そしてぼくも同じことをするなら、うまくいけばの話、いついかなるときであろうと、少なくともぼくたちのうちの一方は安定した状態を保っているだろう」

「あ〜あ〜あ〜……」マレディクタはうしろへ腕を引く。その提案を払いのけようとするみたいに。だが、彼女の心をつかんだという手ごたえはあった。

「これで取引成立かな？」ぼくは尋ねた。

「あ〜あ〜、クソッ」窓を引き下げ、タバコの吸い殻を駐車場に放った。「約束なんかする気ないね」とマレディクタ。「あたしが必要な時間をマウスが与えてくれないのなら、というか、それもこっちが下手に出てるのにクソすかした態度で――」

「そのことならペニーはきっと親切に応じてくれるはずだよ」ぼくは手を差しだした。

「あんたはなんだ、善人ぶりっこ俳優のジミー・クソ・スチュアートか。握手する気なんかないね。言ったはずだ。クソ約束はない。ただ……クソ試してはみるよ、それでいいか？」

マレディクタは侮蔑《ぶべつ》の表情で手を見つめた。

「いいか？」

「わかった」とぼく。「充分だ」

「はいはい、クソッ、いいだろう」とマレディクタ。「で、そろそろ食い物にありつこうぜ」

24

モーテルをチェックアウトして、昼食をすませると、二人は手持ち資産の評価にとりかかる。マウスは現金で六十ドルもっている。アンドルーの金は十五ドルにまで減っていた。二人ともキャッシュカードはもっていない。アンドルーは限度額千ドルのクレジットカードをもっているが、現在、限度額のうちのいくら使っているかたしかめるにはフリーダイヤルに電話をしなければならない（少なくとも二百ドルは使っている。正規の時間から十分遅れてチェックアウトしたせいで、バッドランズ・モーターロッジの管理人からさらにもう一泊分の料金を請求されたのだから）。ビュイックのタンクにはガソリンが半分残っているし、ガソリンスタンドのカードも少なくとも一枚ある。何本か喫ったタバコ二箱。着替え用の服や洗面用品はまったくない。

ラピッドシティに戻り、ウォルマートを見つける。アンドルーとマウスはくっついて店内に入り、延々と会話をつづける。非公認の人格転換に抗《あらが》うにはそうするほうがいい。二人はそれぞれシャツやブラウス、下着、靴下、ブルージーンズを何点かずつ選ぶ。アンドルーには包帯と消毒薬、マウスにはアスピリン、二人のために歯ブラシと歯磨き粉を手に入れる。あるとき洞窟《どうくつ》の入り口に潜んでいたマレディクタが好みのスカーフ——燃える骸骨《がいこつ》柄で赤、白、黒の三色バンダナ——を見つけ、それを買ってもらえないかなとマウスに頼む。マウスは、その要求自体にも、言葉遣いの前例のない丁寧さ（慇懃《いんぎん》無礼の趣はあるが）にも驚く。スカーフの値段はわずか四ドル九十九セントだったのでマウスは購入に同意する。ただし代金はそれだけ別に現金で支払うつもりだ。

　レジ係が主要な商品の価格を打ちこんでいるとき、一瞬、ひやひやするが、アンドルーのクレジットカード支払いは無事、承認される。町はずれのガソリンスタンドで服を着替え、ふたたび州間高速自動車道に乗ろうとすると、マレディクタがまた洞窟の入り口から大声で呼びかける。「しばらくあたしに運転させてもらえないかな」

「どうした？」マウスの反応に気づき、アンドルーが言う。マウスはマレディクタの頼みごとを話す。「ああ」とアンドルー。「マレディクタはサムおばさんと遊びたがってる。礼儀正しくしたらそうしてもいいとマレディクタに話した——それと、きみが了解してくれたらだけど」

「あなたが話した？」マウスはいまの自分が置かれている立場を快く思わない。アンドルーが助け船を出す。「今日はあきらめてほしい、そうぼくが言ってたとマレディクタに伝えてくれ。今朝の一件から全然時間がたってない。明日とかに頼む。もうちょっとぼくの気持ちが落ちついてからというか」

「わかった……」マウスはアンドルーの拒絶の言葉をそのまま伝えようとするが、マレディクタはそれをさえぎる。「クソ野郎の話なら聞いてたって！　おまえはほら吹きのチンポ舐《な》めだと言ってくれ！　クソ約束しやがったくせに！」マウスはこのメッセージを伝えない。

夕方にはスーフォールズに到着する。夕食を食べ終えても外はまだ明るいが、マウスはひどく疲れている。「あなたはここに泊まりたい？」そうアンドルーに訊《き》く。アンドルーは葛藤《かっとう》している。ここに泊まりたいのはやまやまだ。マウスにそう説明しかけたものの、こんなんじゃ自分が逡巡《しゅんじゅん》しているようには思われないんじゃないかと不安になり、ずばりこう言う。「もう少し先に進んだほうがいいかもしれない」

「どうかな」マウスは地図を調べる。「ハイウェイでもう少しだけ行けるかどうかわからない……次の大きな町ははるか先、ミネソタ州の東側になるみたい」

アンドルーは眉《まゆ》をひそめる。彼女に圧をかけたくはないが、ここであきらめるのも嫌だ。

「もしかしたら……」マウスが思案する。「運転したいの？」

アンドルーがかぶりを振る。「無理だよ」

「別に免許証なんて要らない」マウスが言う。「まあ注意さえしていれば、それとスピードを出しすぎたり、車にぶつかったりしなければ」

「免許証だけの問題じゃない。運転の仕方も知らない」

「運転なら教えてあげる。別に難しくない。交通量も少ないし、ほぼずっと線と線の間からはずれないようにしてればいいだけ」

マウスはアンドルーをそそのかしたわけではない。もしこのまま自分が運転しつづければ、そのうちハンドルを握ったまま眠りに落ちてしまいそうで不安だっただけだ。それでもアンドルーはその気になったらしく、深く息を吸い、吐きだすと、こう言う。

「オーケー、ならできるよ」

「無理して運転しなくたっていいよ」とマウス。「もしわたしがうとうとしたら――」

「いや、できるよ」

ビュイックに乗りこみ、マウスが基本を説明する。アクセル、ブレーキ、ギアシフト、ウィンカー。アンドルーが完全に覚えると、マウスはまた席を交換する。「町を出るまではわたしが運転する」とマウス。

スーフォールズから出ると、州境近くのサービスエリアに向かう。それからアンドルーが運転を交替する。最初のうちはおどおどしていたが——マウスも同様で、失敗だったかもと思い、はらはらしている——、たちまち自信をつける。自信をつけすぎたくらいで、そのうちマウスはスピードに気をつけてと指摘してやらなければならなくなる。

「ごめん」アンドルーはアクセルを緩める。「でも、きみの言うとおりだ。難しくない」

「運転を習ったことがないなんてびっくりよ」とマウス。「便利なのに」

「便利すぎる」とアンドルー。「キャッシュカードをもつようなものだ。父は運転するのが大好きだった。たしかに車は便利だけど、下手に運転できたりすると時間喪失のとき、かえってまずいことになりかねない。そこまでして運転をする必要はないと父は最終的に判断した。ぼくが誕生したとき、車の運転を再開してもよかったのかもしれない。けど、ぼくは車の必要性を一度も感じたことがなかった。オータムクリークから出ることだって、そこまで頻繁じゃない」道端に目をやった。「こんなに遠くまで出かけたのははじめてだよ」

「どこに向かってるかわかってる？」マウスが訊く。

アンドルーがうなずく。「アンディ・ゲージが生まれたミシガン州の町。名前はセヴンレイクス。州の二股《ふたまた》手袋みたいな形をした部分の西側にあり、マスキーゴンやグランドラピッズに近い」

「けど、あなたはそこに行ったことがないのよね？」

「自分ではね。でも、地図で二度ほど調べたから場所は知ってるし、必要なら父が道案内をしてくれる」

マウスがアンドルーを見つめる。「怖い？」

「そこに行くのが？　そうだね」とアンドルー。「でも、興味もある。アンディ・ゲージが育った家をぜひ見てみたい。いまもまだあるのなら。義理の父親について言うと、ぼくが殺したなんて、どうしても腑《ふ》に落ちないんだよ。それがまあ、なんというか……何かの事故だとでもいうんならともかく」マウスを見る。「どう思う？　そんなことがあると思う？　ぼく、ぼくのなかのひとりがもしかしたら――」

「わたしは一度、母親を殺そうとした」とマウス。

「殺そうとした？」アンドルーの声からすると、驚きはしたが、ショックを受けたというほどでもないらしい。「どうやって？」

「病院で。母の口を手でふさいだ……」マウスはそのことをアンドルーに話す。最初はかいつまんで、それから細部を何度も付け足し、母親の死をめぐる経緯をほぼ語りつくす。母親の遺灰をどう処分したかという点を除くすべてを。

「本気で殺そうとしたようには思えないな」マウスが話しおえるとアンドルーが言う。「母親殺しを夢想していたようにしか聞こえないけどね。そんな状況に追いこまれながら母親殺しを夢想しないでいられるとしたら、それこそ神業だよ」

「夢想じゃなかった。母親の口を実際に手でふさいだの」

「でも、息が止まるほど強い力で押さえつけたわけじゃないときみは言ってた。しかも、自分のしていることに気づくとすぐにやめた」

「あんなことをすべきじゃなかった。邪悪だった」

「あのね、ペニー」とアンドルー。「セヴンレイクスに着いて、睡眠中に一度、義理の父親の鼻をつまんだのがぼくのやった最悪なことだとわかったら、ぼくはこれから喜んでその罪悪感とともに一生を送るよ」

「義理のお父さんはあなたに何をしたの？」マウスが尋ねる。「あなたは知ってるの？」

「父は話さなかった？」

マウスはかぶりを振る。「わたしたちの話は、あなたのお父さんが家を出てから何があったのかということにほぼ終始していた。自分が多重人格だとどういうふうにして気づいたか、どうそれと対処したか。それ以前のことは話したくなさそうな感じだった」

「ぼくの父が話したがらないというのはそのとおりだね」アンドルーが同意する。「それからこう言う。「義理の父がやったことだけど、だいたいのところはぼくも知ってる。第一に、それは、きみときみのお母さんの間であったことよりもずっとセクシュアルだった。暴力もあった――彼はかんしゃくもちだった――けど、何よりも問題はアンディ・ゲージを自分の玩具《おもちゃ》として扱うことだった。彼の、彼のファックドールとして」自分自身が選んだ言葉だというのに、それを耳にしてアンドルーは顔をしかめる。マウスはロインズのタンクトップを思いだし、耳まで紅潮するのを感じる。「しかも、それはすごく早い時期にはじまった。どれほど早い時期か正確には言えないけど、ぼくの父なんて、すごく早い時期だったから、猥褻《わいせつ》という言葉で語ることさえ生易しいと考えてるくらいだよ。その後、アンディ・ゲージが成長する間ずっと……」

アンドルーは口をつぐみ、無意識のうちに歯を食いしばり、それからまた別の方向から話を続ける。「ぼくたち、彼らはひどく孤立してもいた。セヴンレイクスはオータムクリークとほぼ同じ大きさなんだけど、ゲージ家は町はずれのさらに外側に建っていた。イーストブリッジ・ストリートでいったら、リアリティファクトリーからさらに七、八キロ先で暮らしているようなものだ」

「住んでたのはあなたと義理のお父さんだけ？」

「うん」

「お母さんはどうしたの？　亡《な》くなったの？」

アンドルーはそうだと言いかけてためらう。「ぼくは……そう、ぼくは当然そうだと思ってたけど」それを聞いてマウスは小首をかしげ、無言の問いかけを発する。

「だから」アンドルーがつづける。「たしかこれまで話してなかったはずだけど、ぼくの父が彼女を愛していたのは知っている。ぼくの父は彼女をすごく愛していた……彼女が逃げだしていたら、そのせいで義理の父親と二人っきりになっていたら、ぼくの父が彼女のことをそんなふうに感じていたとは思えない。だからそう、彼女は死んだにちがいない……」だがアンドルーは自分自身の論理に納得がいかず、顔をしかめる。

「それについて訊かなければならない」

彼らはもうしばらく話をする。それから日没の三十分後、マウスは頭を背後にあずけ、次に気づいたときにはふたたびハイウェイのわきに車はとまっている。

「何？」マウスは体をぱっと起こす。「ここはどこ？」

「もう少しでウィスコンシン州の州境」アンドルーが告げる。「この先に町がある。だから、またきみが運転したほうがいいと思ったんだ。そろそろ車をとめて、宿泊してもいいかなと」

　ウィスコンシン州……マウスはダッシュボードの時計を確認する。十時二十九分。今朝、モーテルを出る前に正しい時間にセットしたかどうか思いだそうとする。たとえ時刻をセットしなおしたとしても、また別の標準時間帯の区域に入っているはずだ。とするといまはもう十一時を過ぎている。もしかすると十二時を過ぎているかもしれない。

　もう遅い。マウスはハンドルを握り、ミシシッピ川を越えてウィスコンシン州のラクロスに入る。モーテルを見つける。マウスはまたうとうとしかけていて、アンドルーがチェックインのためのやりとりをしているというのにほとんど注意を払わない。〝淫乱《いんらん》〟ロインズはそれほど眠くない。

「ツイン、それともクイーンサイズ？」フロント係の娘が訊く。

「はあ？」とアンドルー。

「ベッドひとつ、それとも二つ？」

「ああ……二部屋で頼みます」

「いや、かまわない」ロインズがすばやくマウスの意識を失わせ、話に割って入る。「ひとつの部屋をシェアすればいいんじゃない。わたしはかまわない」

「本気なの？」とアンドルー。

「本気も本気」ロインズは正体を悟られまいと必死だった。「二つ部屋をとってお金を無駄にする必要はないよ」

「わかった……」フロント係にまた顔を向ける。「ならベッド二つで」

「失礼」ロインズはカウンターに身を乗りだすと、フロント係に何やら耳打ちし、それから二人で大笑いする。

「いったい何？」とアンドルー。

「ああ、なんでもありません」フロント係がクスクス笑う。「どうぞ、二三〇号室です」

彼らは二階の部屋に行く。部屋にベッドはひとつしかない。アンドルーはそれを見て顔をしかめる。「ごめん」まるで自分がミスしたかのように言う。「下に行って、やっぱりもうひとつ――」

「かまわないけど」ロインズが言い、アンドルーのかたわらを通って部屋に入る。

「大きなベッドね」マットレスの端にすわり、何度かポンポンはずんでテストする。

「二人とも納まる」

「ああ、ペニー……」

「わたし、すごく疲れてるの、アンドルー」とロインズ。「部屋を変えてもらうとか、面倒なことはしたくない。わたしが一方の側に小さく丸まって寝れば、あなたはわたしがここにいることさえ気づかないはずよ」

「ペニー……」アンドルーは何かが変だと思っているが、それが何かはわからない。

「マレディクタか？」

ロインズが笑う。「マレディクタっぽく聞こえた？　わたしよ、アンドルー」すばやく立ち上がると、顔を洗って用も足そうとバスルームに入る。出てくるとアンドルーは開いたドアのかたわらにまだ立っている。「どうしたの？」ロインズが尋ねる。

「ひと晩じゅう、そこに突っ立ってる気じゃないでしょう？」

「ペニー……」

「せめてドアを閉めて」

「ペニー、いったい――」

「あなたに何が必要かわかる？」ロインズが言う。「心地のいいシャワー」

「シャワー？」

「ええ」ロインズがうなずく。「リラックスできる。一日の疲れを洗いながして」頭を振り、誘いかけるような笑みをこれみよがしに浮かべる。「でなきゃ、気持ちのいい熱いお風呂《ふろ》……とにかくわたしはソーダを買いにいく。出かけてる間、好きにして……」

「ソーダを買いにいく？　すごく疲れてるんじゃなかった？」

「ええ、疲れてるのはほんと」とロインズ。「けど、すごく喉《のど》が渇いてるの」またアンドルーのわきを通って外に出る。そのついでにどうしても衝動を押さえきれず、アンドルーの頰に指を這《は》わす。「戻ったときにまた……」

五分だ、ロインズはそう自分に言いきかせ、一階に下りる。モーテルの二つの棟の間を走る屋根なしの通路に飲み物の自動販売機を見つける。タバコの自動販売機もあるが、ロインズは目もくれない。そもそもタバコは好きじゃない。かっこつけのために喫うだけ。けれども、ロインズの直感が教えるところだと、アンドルーは喫煙をセクシーだと思うようなタイプじゃない。

だが、セクシーな喫煙者ということなら……ロインズが何を買うか悩んでいると、通路の奥の暗がりで燃えさしのタバコの火が光っていた。タバコの持ち主は頭を剃《そ》り、ジョギング用の格好をした男だった。男はひどくセクシーで、ロインズは一瞬、アンドルーのことを忘れる。

「ハイ」ロインズは甘えた声を出す。「連れを探してる?」

喫煙者は誘いを聞いて笑みを浮かべるが、左手をかかげ、指を振る。薬指で結婚指輪がきらめく。

「あたしと付き合えなくて損したね」とロインズ。自動販売機からセブンアップの缶を取りだすと、夜の空気は涼しかったが、体がほてってってしょうがないとでもいうように首の横に押しつける。「おやすみ……」

ロインズが二階に戻ると、バスルームのドアが閉じていて、シャワーの音が聞こえる。ソーダの缶をベッドに放り、ドレッサーの上の鏡を使ってすばやく身だしなみを整え、アンドルーのところに向かう。

「ねえ」ノックもせずにバスルームのドアを押しひらく。「わたしもいっしょに――」

なかは空っぽだった。さっきのシャワーの音の出所は隣の部屋だった。

「何してるの?」背後からアンドルーが声をかける。

ロインズがくるりと振りむく。アンドルーが部屋のドアのそばの椅子《いす》にすわって腕組みをしている。なかに入るとき、ロインズはそのすぐ横を通りすぎてきたにちがいない。

「何してるの？」アンドルーがまた尋ねる。

ロインズが微笑《ほほえ》み、軽く肩をすくめる。「何か助けが必要かと思って確認しただけ……」

「きみはペニーじゃない」

「バレたか」ロインズが相手をおだてるかのように両手をかかげ、降参のポーズをとる。しかし、アンドルーはその手に乗らない。

「きみはこれが正しいと思ってるの？　自分でない誰かになりすますのが？」アンドルーが尋ねる。

「正しい……？」その口調からは、〈ずいぶん大げさな概念だこと！〉というニュアンスが汲《く》みとれる。「楽しいと思うけど」

「それは無礼だと思う。ぼくに対しても無礼だし、ペニーにとっても無礼だ。こんなふうに飛びだす前に、ペニーの許可を求めようと思わなかった？」

「許可を求める？」ロインズが笑う。「ペニーはあたしのことを知りもしない。うんざりしきってるから、あたしを知るどころじゃない」

「ペニーがうんざりしているとは思わない。彼女はいいひとだし、いい友だちだ。ペニーと話したい。連れもどしてもらえないかな？」

「いいえ。無理。あたしは楽しみたい。あなたが興味ないなら、別にいい。ほかの誰かを見つける……」

ロインズがむっとして部屋を出る。屋外通路にまた下りていき、こう思う。上等だ、結婚指輪がどれだけのものかたしかめてやる。最大五分。しかし、その場に行くと喫煙者はすでに消えていた。タバコを喫い、妻のもとにジョギングで戻った。ロインズはしっかりたしかめるために屋外通路の向こうの端まで行ったが、男は影も形もなく、代わりになってくれそうな人間も見当たらない。

そのとき背後でウィーンという音がした。誰かが自動販売機に金を入れている。セクシーな笑みを顔に貼《は》りつけ、くるりと振りむく。「こんばんは……」

たちまち笑みが消える。そこにはアンドルーがいるだけ。それならそれで別にかまわない。「気持ちが変わった？」甘えた声でそばに寄る。

「いや」とアンドルー。自動販売機からタバコをひと箱取りだし、彼女からもラベルが見えるように掲げる。ウィンストン。「キャッチして」そう言って彼女に向けて放る。

「……クソ野郎！」マレディクタが怒鳴り、空中のパッケージをつかみとる。マレディクタがタバコを振りかざす。「クソ袖《そで》の下のつもりか？」

「いや」とアンドルー。「きみの気を惹《ひ》きつけようとしただけだよ。きみならほかの子たちよりペニーの体を信頼して任せられる」

「信頼！」マレディクタが嘲《あざけ》る。「クソ信頼のごり押しは勘弁してくれ」それから「ロインズのやつ、ふざけやがって――あのクソ売女《ばいた》、かならず……」

「今日の午後、サムおばさんといっしょにいさせられず、申し訳ない」

「せいぜいクソ申し訳なく思ってくれ」

「……ただ今日、そうするとは約束しなかった。もしかして明日なら――」

「もしかして？　こっちがへこへこお願いした見返りがそれか？　クソもしかしてなのか？」

「ぼくは疲れてるんだ、マレディクタ。明日、もしかしてなんかじゃなく、まちがいなくサムおばさんといっしょにいさせると約束したら、部屋に戻ってそのままいてくれるか？　ペニーを確実に部屋にいさせてくれるか？」

「あんたはどこでクソ寝るんだ？」マレディクタが尋ねる。「あたしといっしょってのはなしな」

「そう、きみといっしょには寝ない」アンドルーが同意する。「もうひと部屋借りるか、でなければ車のなかで寝るとか……」

「あたしのクソ車のなかでは寝るなよ」

「それなら別の部屋を借りる」二三〇号室のキーを差しだす。「これでいいか？」

「クソ野郎……」

「部屋の冷蔵庫に酒が入ってた」マレディクタがキーを受けとるとき、アンドルーはついでにといった調子で言いたす。「無茶しないで」

――こうして約七時間後、マウスは目覚める。息はタバコ臭く、酔いも軽く残っていた。枕《まくら》の上の頭の横にメモが残されていて、マレディクタの筆跡で〈彼クソ周辺〉と記されていた。あらんかぎりの集中力をふりしぼり、アンドルーの物理的な位置について述べているらしいと気づく。

マウスはベッドから出て、シャワーを浴び、歯を磨く。アスピリンを三錠飲む。服を着て、モーテルの駐車場に行くと、車のそばでアンドルーが待っている。

「昨日の晩、何かが起こった」アンドルーのほうに向かいながらマウスが言う。

「きみの人格が転換した」アンドルーがそう告げる。「マレディクタを呼びださなければならなかった。きみが……ふらふらとどこかに行ったりしないように」

「それよりも前に体を支配していたのは誰？」マウスが知りたがる。「マレディクタのほうがましだと考えるなんて」

「えーと」アンドルーがためらう。「よくわからないけど、たしか名前はロインズだったんじゃないかな……」

「なんなのよ」ロインズがしたこと、あるいはやろうとしたことを聞き、マウスが言う。

「問題ないよ、ペニー」

「問題ない？」

「なんていうか、押しまくるって感じじゃなかった。ぼくが調子を合わせるつもりなどさらさらないとはっきり言ったら、途端に引っこんだ。抗《あらが》わないやつばかり相手にしてきたんじゃないかという気がしたな」

「すばらしい」とマウス。それから「けど、問題大ありよ。あなたは知らないけど、こいつ……ロインズ……のせいでどんなにひどい目にあったことか。リアリティファクトリーにはじめて出勤する日の前の夜だって……」だがマウスはそのことを話しだせない。

「えーと、ペニー」アンドルーは提案する。「彼女の行動が気に入らないのなら、いつでもやめてくれと言える」

「彼女に言う？」

アンドルーがうなずく。「心のなかに入って彼女を探しだし、自分が幸福ではないと伝えるんだ。きつく言いきかせてやれ」

「それでうまくいく？」

「最初の二、三十回は失敗するだろうが、でもしつこく言いつづけたら……」肩をすくめる。「きみの家族だ、ペニー。というか、きみの家族となる。もしきみが管理を引き受けるならば。今日、ぼくは自分のなかに入っていかなければならない」アンドルーが付け加える。「父からいくつか指示を受け、父とぼくとでしていた会話を終える必要がある。サムおばさんと付き合ってもいいとマレディクタに約束めいたことをしてるし、それでうまいこと調整がつくかもしれない。ぼくはなかに入って父に会い、きみはなかに入ってロインズと話をし、マレディクタとサムおばさんに旅の次の行程を任せる」

「マレディクタ……」マウスは充血した目をしばたたく。「いい考えだと思う？」

「あらかじめサムおばさんと話をしてもいい。寄り道は絶対しないようきつく言っておく。きみが丁寧に頼めば、マレディクタだって……」

マウスは疑いを捨てられなかったが、それでも自分が尻込《しりご》みしているほんとうの原因が何か、いまでは理解している。マレディクタが体をどう扱うか心配しているからじゃない。自分自身が洞窟に入ったとき、そこで出会う何やらが怖いからだ。マウスはパーティードレスを着た少女について考える。「もしわたしがロインズとそりが合わなかったら?」マウスが尋ねる。「あるいは、なかに入ったときに話したくもない誰かと出会ったら?」

「きみたちとは話したくないと言うべきだね」アンドルーが少し考える。「ドクター・グレイと会ったとき、採掘用のヘルメットをかぶらされ、何かさせられなかった?」

「ええ」

「ドクター・グレイはぼくの父にも同じことをさせた」とアンドルー。「とても役に立ったと父は言ってた。太陽を内側に取り入れる前だけど。ロインズと話すときにはヘルメットを持参したらいい。ヘルメットさえあれば安全でいられるはずだから」

彼らはモーテルをチェックアウトする。朝食後、シェルのスタンドに行き、ビュイックにガソリンを入れた(昨夜、アンドルーは〈もう少し先に行こうとして〉タンクをほぼ空にしていた)。車にガソリンを入れるのは、マレディクタがこれぞ自分にふさわしいと称している仕事だったから、彼らはここで人格を転換する。まずアンドルーがサムを呼びだし、次にマウスは、よりしぶしぶとだが、マレディクタを呼びよせる。

採掘用のヘルメットは、洞窟の入り口に入ってすぐの地面に置かれている。マウスはそれを拾いあげ、頭に載せると――前回と同じく完璧《かんぺき》にフィットする――、ライトがつく。

「クソ考えたんだけどさ、サム」外に出たマレディクタがすぱすぱタバコを喫いながら言う。「しばらくこの道を走るとするか。あくまでも問題なくやってると思わせるためだけどな。で、イリノイ州の州境まできたらいきなり方向を変え、南に直進し、セントルイスで右に曲がる。アクセルをめいっぱいふかし、小便のために止まったりしなけりゃ、明日の明け方にはクソサンタフェにつけるだろう……」

ただの軽口だったらいいんだけど、とマウスは思う。その一方、マレディクタとサムが悪さをしでかすようなら、この探検をさっさと切りあげるいい口実となるだろう。

マウスは巨大洞窟へと下り、入り口で立ちどまると、足音が聞こえないか耳をすます。寝ている連中の安定した呼吸以外、何も聞こえない。それでもマウスは不安であり、採掘用ヘルメットのライトをもっと明るくできないのだろうかとふと思う。手を伸ばすと、案の定、ライトの横側につまみがついている。試しにひねってみるとぱっと明るくなり、これほどの輝きなら接近してくる記憶どもだって目がくらむだろう。

よし。マウスはつまみを戻す。必要もないのに自分自身の内側など見たくもない。

白い小石の山は、前回、マウスがここに下りてきたときに放りだしたまま同じ場所にあった。また拾いかけたものの、そのうちためらいが生じる。大量の石を抱えてえっちらおっちら移動するなんて考えただけでも面倒だ。万が一、ライトを明るくする必要があるときのために、少なくとも一方の手は自由にしておきたい。もう少し近くを見回すと、大量の白い糸が都合よくぐるぐると巻きつけられたリールがあった。

さて、リールをどこかに固定しなければ……手ごろな石筍《せきじゅん》が突きでている。マウスは糸の一方の端をそこにぐるりと巻きつけ、何度か強く引っぱる。結び目はしっかりしている。

「オーケー」万が一、糸が切れた場合を考え、念のためマウスは洞窟の壁づたいに移動することに決める。運頼みで方向を決めると、左側に向かい、ほどけた糸を背後に残す。

遠くまで進まないうちに馴染《なじ》みの音が聞こえ——ピシャ、ピシャ——、凍りつく。しかし、今度は接近する足音ではない。水だ。バシャ。温かい海水のように塩気を孕《はら》んだ、どこか麝香《じゃこう》を思わせるにおいがする。突然、マウスは自分が正しい方向に進んでいると確信し、そのまま歩きつづけ、やがて洞窟の壁の開口部に出る。向こう側の開けた場所が淡いピンクの光に浸されている。

マウスはなかに入る。そこは小洞窟で、海に接する洞穴か、山腹の隠れ家を思わせた。中央には下から照らしだされ、光り輝く池がある。なんらかの力が作用して小洞窟の床をくりぬくと、岩の下からネオンが出てきたとでもいうように。マウスは池の縁に進みでて、静かに湯気をたてている湯に浮かんでいる自分自身を見る。

いや、マウス自身ではない。池に浮かんでいる魂は、外形こそ似ているかもしれない。瓜二《うりふた》つとまではいかないが、それに近い。しかし本質において彼女とマウスには何光年もの開きがある。

ロインズ。

彼女は裸だった。もちろんんだ。仰向けに浮かび、腕と脚をゆったりと動かして、かきたてられた小さな波は彼女のツンと上を向いた乳房、彼女の……もういや、うんざり。マウスは不快に思うが、それと同時に魅了もされ、視線をそらせない。

マウスをいらいらさせたのは外形的な類似性だ。自分が性的な魅力とはまるっきり無縁だと、わざわざ考えずともマウスは知っている。セクシーだったことは一度もない。人生でただ一度も。だがロインズはちがう。いったいどうしてそう思えるのかとなるといわく言いがたい。ロインズは何かをしているわけではない。ただ浮いているだけだ。だがそれは紛れもない事実だ。ロインズからはセクシーさがにじみでている。誰の目から見てもそれは明らかだ。もしロインズがセクシーになれるのなら、そしてロインズがマウスに似ているのなら、おそらくはマウスだってセクシーになれるし、その素質だってあるのだろう。

マウスが知りたい情報はこんなことではない。ただでさえ汚れた彼女の人格に対して、恥ずべき一撃がまたも加えられただけのこと。それでも千分の一秒だかなんだか、とにかくほんの一瞬、必ずしも不快ではない驚きを感じる。

すると恥辱が湧《わ》きおこり、自分を責めたてる母親の声が聞こえる。母親は、せっかくの恵まれた境遇を自ら捨てようとするなんてどうかしてるんじゃないかと罵《ののし》る。〈掃きだめ街〉のガキんちょのために全部パーにしちまうなんて。耐えがたかった。意識を喪失しそうになりながらもマウスはぐっとこらえる。

そのときロインズがマウスに気づく。バシャバシャ音をたてて池のなかで立ち上がり、両手をもちあげ、濡《ぬ》れた髪をうしろになでつける。おそらくはご本人も承知の上なのだろうが、その身振りには、乳首を前に突きだすという副次的な効果もある。□

をゆがめ、にたりとする。

「へー」とロインズ。「まさかあなたがこんなところに下りてくるとは。泳ぎにくる?」

マウスはゲーゲーと空えずきする。

「こないか」ロインズがくすくす笑い、池から出ていこうとする。マウスはあわてて後退する。「それであなたのお望みは? 昨日の晩のことかしら?」ロインズは水から出て、大きな石にひっかけていたタオルに手を伸ばす。ロインズが体を拭《ふ》く。髪、顔、首、腕、背中、胸、腹。つねにマウスの目に肌を最大限にさらすよう意識して、タオルを動かす。「わかってるだろうけど、何もなかった。あたしはアンドルーとファックしようとしたけど、まったく相手にされなかった……」上半身を拭きおえると、大きな石に片足をのせ、両脚の間にタオルを放り、激しくこすりつける。必要とされるよりもずっと激しく。首をうしろにそらし、束《つか》の間《ま》、話を中断する。

マウスは目を閉じる。

「ああ、すごい!」ロインズが叫ぶ。その口調には、マウスには理解できない気持ちがたっぷりこもっている。「ふう!……ごめんなさい。なんの話だっけ? そうそう、アンドルー。彼は完璧な紳士よ」ロインズが笑う。「完璧に退屈……でも、なんだかんだでいいひとそう。あなたの貞操を守る気でいるんだもの」さらに笑い。「あたしをこっぴどくやっつけた……比喩《ひゆ》よ、もちろん」

やめて。マウスが思う。

「そう、あたしを叱《しか》りとばした。こっちもちょっとムカついたけど。でも、あなたについていくつかいいことも言った……よくわからないけど、試しに彼とファックしてみたらいいのに」

「やめて」マウスが言う。目は開いているが、視線はそらしっぱなしだ。相手に命令を下すどころじゃない。マウスは無理やり自分を駆りたて、正面からロインズを見据える。「それは言わないで」

ロインズは体を拭きおえ、タオルを首にかける。だがそれは洗顔タオルの大きさにまで小さくなっていて、何ひとつ隠せない。彼女はまだ裸だ。「何を言わないでなの？〈ファック〉？　マレディクタとも付き合ってるんだし、そろそろその言葉に慣れていいころじゃないかという気もするんだけど。けど、マレディクタの場合だと、〈クソッ《ファッキン》〉という意味で使ってるだけなのかもね」ロインズが大きな石に腰を下ろす。「あたしがその言葉を使うのをやめてほしいってこと？　それともするのをやめてほしいってこと？」

「それをすること」口からその言葉を押しだすようにして言う。「もういやなの……知らないひとの隣で目を覚ますのは」

「だから、あたしがバーで男漁《おとこあさ》りをするのはやめてくれと」

「そう」

「そう」ロインズがくりかえす。一瞬、道理をわきまえ、相手の意見にちゃんと耳を傾けようとしているような口調になる。そんなの問題ない、もっとずっと前に言ってくれればよかったのにとでも言いたげな。それからまた、さっきまでの意地悪な笑いに戻る。「えーと、あたしたちはみな何かを欲しがってるよね？　あたしが欲しいのは楽しい時間」

「楽しい時間」マウスはその言葉にこめられるだけの侮蔑をこめる。「あなたが飲まずにいられないのはそれでなの？　朝になったら、自分はどこかに行って、知らない連中の後始末をわたしに押しつけるのはそれでなの？」

「朝は退屈なんだ」ロインズが平然と言う。「酒を飲むといったって、その時間の半分はあたしじゃないし、たとえあたしのときだって酒を飲むのは遊びの一部でしかない。それこそが楽しい時間なんだ。一度自分でやってみる勇気があれば、あなたにもわかる。そのうち何がいちばん楽しいか知りたい？」

「いいえ、知りたくない。わたしはただあなたに——」

「実際にファックすることじゃない。ええ、嘘《うそ》じゃないわよ。それはそれで楽しいかもしれない。自分がいま何をしてるか男がちゃんと心得ていればの話。でも、絶対的にいちばん楽しいのはまさしく発端の部分なの。彼らをひっかけ、好意を抱かせる。彼らをものにしていると意識しているとき、自分といっしょになるためなら彼らがなんでもすると意識しているとき……うーん、あんな満足感、ほかじゃ得られない」ロインズが目を閉じる。記憶をじっくりと味わうかのように。「ああ、もう……」上半身をうしろに倒し、石に覆《おお》いかぶさる。「ただ考えてるだけでたまらない……そう……これが」両脚を地面から引きあげ、折り曲げて立て、両方のひざを開く。マウスはその場に立ち、大口を開けて見つめ、採掘用のヘルメットの光がスポットライトのように輝いて照らしだし——。

耐えられない。マウスは後退し、小洞窟から大洞窟によろめきでる。ヘルメットのライトが消える、マウスが意志の力で消す。そのまま闇《やみ》のなかをよろよろ進み、洞窟の中央部に入り、眠りについている人々のなかに身を投げ、恥辱が自分の上を過ぎ去っていくにまかせる。

時間が過ぎる。マウスは闇に横たわり、意識へ侵入しかけては消失し、やがてまだ手首に巻きついている糸がぐいと引っぱられるのを感じる――

――それから午後になり、マウスとアンドルーはレストランのボックス席にすわっている。二人を隔てるテーブルの上に並ぶ空の皿、マウスの胃袋に残る膨満感からすると、マレディクタとサムはパイやタルト、チーズケーキをがつがつむさぼり食べたばかりらしい。「サムめ！」請求書に目を通し、アンドルーが叫ぶ。

「あ、あなたの話し合いはどうだったの？」マウスが尋ねる。彼の態度が何かを物語っているのなら、自分とロインズとの出会いと似たり寄ったりだったのだろう。

「セヴンレイクスに行く前に立ちよる場所ができた」とアンドルー。「運がよければ、セヴンレイクスは問題じゃなくなるかもしれない」

「わかった」とマウス。窓からレストランの駐車場を見たが、ここ三日間で見た他の道端の駐車場とほとんど区別がつかない。「ここはどこ？」

「インディアナ州ゲイリー」とアンドルー。「ほぼその辺」

アンドルーが料金を支払い、外に出て車を見つける。マウスが運転する。三十分後にはミシガン州に入っている。巨大湖の岸辺に沿って移動し、午後遅くにはマスキーゴンにいる。アンディ・ゲージの生地に行くにはここから内陸に入る必要があるが、アンドルーはマウスになおも北進させる。

ついにはハイウェイを降り、ミシガン湖の岸沿いを走る狭い二車線道路に向かう。数キロ走ると、道が二股になり、一方は砂浜へ下り、別の枝道は湾曲し、樹木の生い茂る断崖《だんがい》へと上がっていく。彼らは上りの道を進む。

墓地は〈レイクヴュー〉と呼ばれている。半エーカーほどのV字型の草深い区画は断崖の先端に位置し、低い石壁に囲まれ、側面はカエデの木が列をなしている。降車地点から奥に進むにつれて地面は勾配《こうばい》し、高さを増しているせいで、墓石の列は円形劇場の座席のように見える。「レイクヴュー（湖の光景）かよ」マレディクタが洞窟の入り口からあざけるように言う。「その着想を得るにはさぞやインスピレーションがクソ必要だっただろうな」

「静かに」とマウス。タバコを喫《す》いまくり、パイを食べまくったせいなのだろう、吐き気がずっとおさまらない。

「はあ？　何をクソ言いやがった？」

「聞こえたよね」ロインズはマウスの手に負えないかもしれないが、マレディクタはもう怖くない。

アンドルーはすでに車を降りていた。墓地のゲートまで行き、そこで足を止める。不安なのか、それともただ考えごとをしているだけなのか、マウスにはわからない。

マウスは念入りにサイドブレーキを引き――墓地の駐車場もやはり勾配をなしている――、アンドルーのところに行く。

「アンドルー？」マウスが声をかける。

「ここの光景、カボチャ畑を思いだすよ」とアンドルー。「まるっきり同じというわけじゃない。カボチャ畑に墓石はそんなにたくさんない。それでも……」マウスのほうに顔を向ける。「手を握ってくれる？」

マウスはうなずき、手をアンドルーの手のなかにすべらせる。アンドルーはゲートの掛け金をはずす。彼らはなかに入る。

「ここにはもう埋葬されない」円形劇場内に立ちならぶ列の間を歩きながら、アンドルーが言う。「ここは墓地の一部――いちばん古い部分――にすぎず、ぼくの父によると、ずっと前に満杯になってしまったらしい」マウスは通りかかった墓石のいくつかをじっくりたしかめる。案の定、いちばん最近の年号でも一九五〇年代後半だった。

アンドルーは石壁の開口部に向かって進む。その先では上り勾配になった小道がくねりながら木々の間を抜け、別の墓地に通じている。こちらの墓地は円形劇場よりもずっと大きく、湖の光景はまったく見えない。高さのある墓石の上に上がろうという気がなければだが。

「オーケー」アンドルーが足を止め、家族の誰かに相談する。「オーケー」アンドルーが指差す。「あっちだ」

墓地を斜めに横切る。アンドルーが小声で列を数える。二十五列目のあたりで歩速を緩め、ひとつひとつの墓石をチェックしはじめる。

「なんという名前を探してるの？」マウスが尋ねる。

「義理の父親の名前」アンドルーが答える。「それだ」

光沢のある巨大な御影石《みかげいし》の板が立っている。通常は家族全員の追悼のために用いられるような石板だ。鑿《のみ》で彫られた碑文は次のとおり。

ホレス・ガーフィールド・ロリンズ

1932年2月3日―1991年5月24日

ここにわたしはいっとき眠る

ふたたび呼びだされ

父の家へと招かれる日まで

アンドルーの顔は錯綜《さくそう》する複数の感情をあらわにしている。だが、他にいかなる感情を彼が感じていようとも、とにかく怒っているのはたしかだ。両手をきつく握りしめ、一方の手のなかにあるマウスの手も思いっきり締めつけたので、彼女は悲鳴をあげる。「ごめん」アンドルーがうわのそらで言い、手を離す。

ホレス・ロリンズの墓石を見て、かぶりを振る。「五月二十四日。日付が違う」

「日付が違う？」

「ぼくがそうであってほしいと願っていた日付じゃない」アンドルーが明らかにする。といっても、マウスにとってはひとつも明らかになっていないが。

アンドルーはもうしばらく墓石を見つめる。それから「オーケー」と言い、退き、すぐ右隣の墓に顔を向ける。墓標によると、それはジョシュア・グリーンの墓で、彼は一九九六年六月五日に世を去っている。

アンドルーの眉間《みけん》にしわが寄る。ホレス・ロリンズの左側のスペースに目をやるが、そこは空き区画となっている。

「彼女はどこだ？」アンドルーが尋ねる。質問はマウスに向けられていない。「そんなことがあるのかな？　彼女がいない――……えーと、彼女はいるはずの場所にいないよ、父さん」

アンドルーは周囲の墓を順繰りに調べはじめる。上に三列、横に六区画進んだところで目当てのものを見つける。

こちらの墓標はずっと壊れやすい。バラ色の石目の入った白い大理石の細長い銘板。そこにはこう記されている。

アルシーア・ゲージ

1944年12月8日—1994年12月16日

最愛のひと

「一九九四年」アンドルーが言う。今度はその顔から感情の葛藤《かっとう》はまったくうかがえない。ただ純粋な悲しみだけがある。「やっぱり、ほんとうなんだ」

それがどういうことか、尋ねなくてもマウスにはわかる。母親がここ、アンディ・ゲージが幼かったとき、母親が死んでいなかったのはもはや明らかだ。母親がここ、アンディ・ゲージの義理の父親のそばに埋葬されている以上、おそらく母親は義理の父親のもとから逃げてもいなかった……とはいえ、興味深いのは、本来なら母親は義理の父親のすぐ隣に埋葬されているべきなのに、実際にはそうなっていないという点だ。

アンドルーの目に涙があふれる。最初はゆっくりと。それから不意に全身が沈んだかと思うと、おいおい泣きじゃくった。「ママ」アンドルーの声ではない。アーロンの声。

マウスは隣に歩みより、慰めようとするが、やり方がわからない。彼が横のマウスに目をやり、涙に濡れた顔で苦々しげに微笑む。「いいかい?」彼が言う。「きみは自分が無価値だと思っていた。でも、少なくともきみのお母さんは、きみに対して何かを感じてはいた。たとえそれが歪《ゆが》んだ思いだとしても。けど、わたしたちの母親は……」また石に顔を向ける。さっきまでの苦々しさはふつふつとした怒りへと変わりはじめている。「どうしてあなたはわたしたちを愛せなかったんだ?」そう詰問《きつもん》する。「彼を愛せたのに、どうしてわたしたちを愛せなかったんだ? どうして?」

だしぬけに彼はくるりと振りかえると、墓石の列を突っ切り、タックルでもぶちかましてやりそうな勢いでホレス・ロリンズの墓標に突進する。巨大な塊は彼の攻撃などものともしない。こぶしは磨きたてられた表面をかすめるだけで、なんの損傷も与えない。全身を叩《たた》きつけるが、墓石はわずかに揺らぐにすぎず、逆に彼のほうが地面に投げだされる。

「アーロン!」マウスが呼びかけ、大丈夫かどうかたしかめようと駆けよる。そばにいくと、彼はまたもや泣いている。マウスが身を乗りだすと、彼は一方の腕を上げ、マウスの手をつかむ。指関節がすりむけ、血だらけになっている。

「どうして彼女はわたしたちを愛さなかったんだ？」泣きじゃくりながらもそう尋ねる。いま話しているのが誰なのか、マウスにはわからない。「いったいわたしたちがどんなにひどいあやまちをおかしたというんだ？　あんなに徹底してわたしたちを拒絶するなんて……」

「わたしにはわからない」マウスにはそうとしか言えない。「ごめんなさい、アーロン……アンドルー……わたしには答えられない」

ふたたび手を離すと、彼は転がって横向きになり、ボールのように体を丸める。

「どうして彼女は愛してくれなかったんだ？」アンディ・ゲージが泣き叫ぶ。「どうして？」

第九の書　帰郷

25

「おまえはこう思っていたのか？　アンディ・ゲージがひどく幼いときにわたしたちの母親が死んでしまったのだと」ぼくの父が言った。

「そもそもそんなこと考えもしなかったよ」ぼくは言った。「まあ、そういうふうに思いこんではいたかな。おそらく彼女はずっと前に死んでるはずだって。彼女について語る父さんの口ぶりはつねにそんな調子だったから。けど、一度もそれについて考えたことはなかった。考えるはずがない。振りかえるのはぼくの仕事じゃない」

ぼくたちは家の玄関前の踏み段に腰を下ろしていた。日差しを浴びながら。一夜のうちに湖岸のもやは晴れていた。とはいえ、湖はすっぽりもやに覆《おお》われていた。今朝早く、父はどうにか観覧台を再建した（文字どおりのやっつけ仕事だが、ともかくも役目は果たせる）、いまはセフェリスがそこにいて、体を監視していた、というかむしろサムおばさんを監視していた。サムおばさんは体にいて、マレディクタといっしょに車でウィスコンシン州を横断していた。

「これは母親の葬儀式次第だ」父は、昨日、謎《なぞ》のドアの下から取りだしたパンフレットを掲げた。「現物は処分した。おそらくはわたしが注意を向けていないときに、誰かが写しをもちこんだんだろう……でなければ、どういうわけか記憶が勝手に定着してしまったのかもしれない」

父はぼくにそれを手渡した。表紙にはアルシーア・ゲージの名前、それから日付が記されていた。

「一九九四年十二月」ぼくは驚いた。「ほんとなの？　たった三年前？」

「三年半だ」

「そんなに最近？」それからふと思いあたる。「ぼくが生まれる、ほんの二カ月前にすぎない」

父がうなずいた。「ドクター・グレイが脳卒中を起こしたのと同じ週に母についての知らせも届いたんだ」

「それはあなたの決定と関係が――」

父が泣きだした。

怒っている父ならそれまで何度も見たことがあったが、泣く姿を見るのははじめてだった。父が泣けるとは思ってもいなかった。しかし、いま父の目には涙があふれ、魂を振りしぼるかのような、耐えがたいすすり泣きの音を洩《も》らしていた。その姿はいたましかったが、同時に恐怖も感じさせた。気がつくとぼくは何度も空を見上げては、太陽までそれに調子を合わせて暗くなっていないかどうか確認していた。大丈夫だった。だが、湖のもやはまちがいなくまた濃密さを増していた。

「わたしは母を愛していた」また話ができるようになったとき、父が言った。「母を愛していた。そして何年もの間、母もわたしを愛しているという徴《しるし》が、それがいかなる徴であれ、わたしの前に示されるときを待った。わたしが抱いたあらゆる願いのうち、それこそはわたしがもっとも長く、もっとも強く抱いていたものだった。わたしは母の愛を欲した。他の何よりも、それこそやつから逃げることよりも欲していたくらいだ」

「義理の父親」ぼくは言った。別の点についてもはっきりわかった。「母はそこにいた。同じ家で暮らしていた。それもずっと、やつが……」

「そうだ」

「彼女は知っていたの?」

「愚問だな、アンドルー。もちろん、知っていた。母自身はけっして虐待《ぎゃくたい》しなかった」力を込めて付け加えた。「ただの一度も。二人だけのとき、やつが不在のときは、何も問題がなかった。というか、ほんとうに素敵だった。だが、やつが家にいるとき……母は知っていた」

「それならやつと同じくらいに邪悪だ」

それを聞いて父が激昂《げっこう》した。「そんなことを言うな！　おまえはその場にいなかった！　母についてけっしてそんなことを言うな！」

「ごめん、父さん。でも、あなただってそのとおりだとわかってるはずだよ。何が行われているのか知っていながら、彼女がなんの手も打たなかったとすれば――」

父が消えた。父の顔はすでに真っ赤で、殴りかかってくるんじゃないかと思っていたら、そのまま父は消失した。数秒後、家の裏の森からすさまじい轟音《ごうおん》が何度も聞こえてきた。荒れ狂う力が立ちならぶ木々を根っこから引きぬき、激しく叩《たた》きつけていた。しばらくそれがつづき、ぼくはまた空を確認した。今度は到来しつつある大気現象を見定めようとしたのだ。

轟音がおさまった。落ち着きを取りもどした父がぼくのかたわらにふたたび出現した。

ぼくは話の終わったところから再開しようとはしなかった。「どうして彼女はそんなことをしたんだろ？」かわりにそう尋ねた。「そこまで義理の父親を愛していたってことなのかな？　彼に好きなように――」

「母親の動機がなんだったのかはわからない」父が言った。「母をそんなふるまいに駆りたてたのは何か？　わたしにはまるでわからなかった。わたしに言えるのは……やっと結婚するのは母にとってきっと好都合だったのだろうということ。とにかく好都合だったから、ほかの余計なことは見逃し……好きにやらせて……」さっきまでの平静さは影をひそめていた。「もしも母が誰かを愛していたのなら、愛していたのはやつだ。わたしじゃない。

「それでも」父がつづけた。「わたしは希望を抱き、徴を探した。一度、わたしはそれを見つけたと思った。高校の終わりごろ、そろそろ大学に願書を出そうかという時期のことだった。義理の父はわたしを家から出したがらなかった。でも、母はわたしの側に立って義理の父を説得しようとしてくれた。なんについてであれ、母が義理の父親と言い合いをするところなんてそれまで一度も見たことがなかった。それでわたしは思った。これだ、これこそが証拠だ。たしかに母は、義理の父がわたしにあれをするのをやめさせることはできないかもしれない。わたしたちが同じ家で暮らしている間は。それでも母はわたしが脱出するのを助けようとしている。やっぱりわたしのことを気にかけているのだ。やっぱりわたしを愛していて……」

父はかぶりを振った。「そこでやめておけばよかったんだ。自分の信じたいことを信じ、それで満足すべきだった。だが、それだけでは充分じゃなかった。どうしても真実をたしかめたかった。そこで家を出て、大学に行くことが決まったあと、母がひとりでいるときにつかまえ、ありがとうと言おうとした。わたしがどんなに感謝しているか伝え、それから、わたしの望みをどうしてあんなに頑張って後押ししてくれたのか、お母さんの思いならちゃんとわかっていると言った。

「わたしが最後まで話しきらないうちに、母はさえぎって言った。『下手な憶測はよして。何もあなたのためにやったんじゃない、わたしはただ……彼の関心を自分に向けさせたいのに、あなたと争わなきゃいけないなんてうんざりなの』」父が口を閉ざした。また泣きだすのかと思ったが、予想に反し、父は笑みを浮かべた。ぞっとするような笑みだった。「というわけで、返ってきたのは……わたしが期待していたような答えじゃなかった」

「それからあなたは、望みを捨て去った……」

父が実際に笑った。「あのな、アンドルー」と父。「たとえけっして叶《かな》えられないとわかっている望みだろうが、そんなに簡単に消えるものか。おまえも知ってるだろう」

「でも、そんなひどいことを言われたら、とうてい考えられないよ。ひょっとして彼女が——」

「おまえは義理の父親と一度も会ったことがない。やつには……力があった。怪物だったが、魅力的にもなれた。魅力が力を発揮しなければ、言葉で説き伏せた。自分が望むまま何かを言わせることも、言わせないこともできた。やつにされたことをわたしがようやく口にすることができたのも、やつのもとを逃れ、かなりの時間がたってからだった。だから、こんなふうに考えるのはけっして難しくなかった。そばにいないときでさえ、やつがその手の支配力をわたしにおよぼしていたのなら、母にも支配力をおよぼしていたのだろうし、母が以前、話したことにしたって、実際には母が話していたんじゃなく、やつの力でそうさせられていたにすぎないのだと。

「でも、やつは母よりも年上だった。しかも酒飲みだった。時がたつにつれ、やつの酒量も増していった。母がやつよりも長生きするのはまずまちがいないし、それならばいつかは——十年後だろうと二十年後だろうと——、母がやつの影響を脱し、とう とう母の真の感情が明らかになる日がやってくる……」

「そんなの……」

「滑稽《こっけい》か？」父が言った。「だろうな。しかし、希望にすがりつけないほどの滑稽さというわけでもない」

「それで、あなたはその日まで待ってもいいと思ったわけ？」ぼくは尋ねた。「やつが自然死を遂げる日まで？」

「待ってもいいとかよくないとかいう問題じゃなかった。やつを殺そうとしても、絶対に成功しなかっただろう。そもそもわたしをファックするのさえやめさせられなかったのに。実際にやつの息の根を止めるのなんて……」父がかぶりを振った。「どうしようもなかった。やつを負かすには手の届かないところに逃げるしかなかった。わたしにとっての復讐《ふくしゅう》は、やつよりも長生きする、そしていつかやつの墓にクソしてやることだった。やつが勝手に墓場入りしたあとで」

「それについてだけど」ぼくが言った。「義理の父はもう――」

「ああ、そうだ」と父。「やつは死んだ。だが、長いことわたしはそれを知らなかった。

「大学に行くために家を出ることは、逃亡の第一歩にすぎなかった」父がつづけた。「わたしが大学生活を開始したミシガン州立大学は、充分遠くはなかった。セヴンレイクスから車でほんの二時間だ。前期の間、やつは大学の寮までできて、わたしに会おうとした。それも二度。最初のとき、わたしはやつがくるのを知っていたから、三日間隠れていた。二度目のときは、事前通告がなかったから、わたしは窓から飛びだし、逃げだした。

「三度目はなかった。不意打ちの訪問のあと、わたしは大学を退学した。郵便物の転送先も教えずに……」口をつぐみ、前言を訂正した。「〈わたし〉と言っているが、ほんとうのところ、それをやったのはギデオンだった。ギデオン、それからおそらくはアダム。わたしはただ、ある日の午後、イーストランシングで目を閉じただけだ。また目を開くと、すでに九カ月が過ぎ、アナーバーで暮らしていた。

「セヴンレイクスにはもう戻らなかった。電話もしなかった。公衆電話からでさえ。また母と話をしたかった。でも、どういうわけかやつが電話の発信元を探りあてるか、それこそ線を通ってやってきそうな気がした。それでわたしは電話しなかったし、手紙も書かなかった。彼らの動向をうかがう巧妙な——とそのときは思えた——やり方を思いついた。ときどき番号案内サービスに電話して、義父の名前を伝える。番号案内のリストに載っているかぎり、義父はまだ生きているとわたしは推測した。やつが死んでからも母はやつの名義で電話を使いつづけるかもしれないなどとはこれっぽっちも考えなかった。

「というわけでとにかくわたしはそこ、アナーバーにいた。話のこの部分について、おまえはほとんど知っているはずだ。わたし、わたしたちはいろいろな事実を総合し、自分が多重人格なのだと徐々に理解しはじめた。やがてドクター・クロフトと会って作業を進めたが、結局、仲たがいした。それからわたしたちはシアトルに移り、ドクター・グレイに出会った。

「その辺のことも知ってるはずだ。わたしがまったく話さなかったこともある。たいして重要だとも思わなかったんでね。とうとうわたしは、また母に連絡をとってみようという気になった。ドクター・グレイのもとで治療を開始して、しばらくたってからのことだった。治療はかなり順調な経過をたどっていて、わたしは楽観主義の新たな爆発だか、すべてを台無しにしようという倒錯した衝動だかを感じていた。わたしは母と接触をはかろうとし、わたしたちが生きていると母に伝え、母が寂しく思っているかどうかたしかめようとした。わたしたちを愛してくれるのかどうか」

「嘘《うそ》でしょ」ぼくが言った。

「そう」と父。「ドクター・グレイもあまりいい考えとは思わなかった。でも、ミセス・ウィンズローはもっと力になってくれた。わたしは電話じゃなく手紙にしようと決めた。相変わらず、義理の父親に居場所を突きとめられそうで怖かったんだ。ミセス・ウィンズローは、手紙から居場所を突きとめるのがより困難になるよう、何か手を打ってみたらどうかと提案してくれた。こうしてわたしは、シアトルで私書箱を借りた。それならば、ポールスボーへ行く途中、立ち寄ってチェックできる。母への手紙を書き、私書箱気付とした。ミセス・ウィンズローはどうにかして義理の父がわたしたちの居場所を見つけたとしても、自分が相手になると約束してくれた」父が微笑《ほほえ》んだ。「さぞや見ものだったろうね。やつにはパワーがあった。しかし、ミセス・ウィンズローならやっつけてくれただろう」

「でも、やつは姿を見せなかったんだよね？」

「そうだ。そのときにはもう死んでいた。それでも、やっぱり母は返信をくれなかった。わたしは二、三カ月待って、また手紙を出した。それから次の手紙も……全部で五通出した。最後の手紙はもう私書箱のことなんてどうでもよくなっていて、オータムクリークの家の住所やら電話番号やらを書きいれてしまった」父はかぶりを振った。

「愚かだった……しかし、それでも母はまったく連絡をよこさなかった。

「でも、一九九五年一月、ドクター・グレイが入院した直後、セヴンレイクスのブラッドリー警察署長から連絡があった。わたしたちが小さかったとき、彼がまだブラッドリー巡査だったときのことを憶《おぼ》えている。ブラッドリーはわたしたちの父、ほんとうの父の友人で、ときどき母の様子を見にうちに寄ってくれた」

「義理の父親について彼に話したことはある？」

「話そうとはした」父が言った。「一度。だが、わたしは脅《おび》えきっていたから、うまく説明できなかった。ブラッドリーは、わたしが何を話しているのか、まるでピンとこないようだった。その後、義理の父親はどういうわけかそのこと、わたしが悪さをしたことを知っていた。それ以降、いいか、誰かに話そうなどという気を起こしちゃいけない、そんなことをしたってろくなことにはならないという教訓はしっかりわたしの心に刻まれた。

「それはともかく、ブラッドリー署長が電話してきて、母が死んだと教えてくれた。ブラッドリーはこう言った。もっと早く連絡せずに悔やんでいる――すでに葬式は済ませてある――と。ただ、ブラッドリーによると、わたしたちが母に宛《あ》てて書いた最後の手紙を見つけたのはそのころになってからだったらしい」

「じゃあ彼女は手紙をちゃんと受けとってたんだ」ぼくが言った。「そしてそれをとっておいた」

「捨てるのを忘れてただけなんじゃないのかな」父が答えた。「あのときの会話で、義理の父が四年近く前に死んでいることも知らされた。四年間――心臓がつぶれそうな思いだった。だってだよ、残念なことだが、たしかにやつは支配していた。やつが支配していたのをわたしは知っている。でも、四年の歳月があれば、母だってそこから脱することができたはずじゃないか。

「そしてとどめの一撃。ブラッドリー署長は、実はもうひとつ理由があって電話をしたと言った。むしろこっちが本題だったんだろうけど、その話によると、母は遺言で全財産を妹に残したのだという。ただし、妹も死んでいて、その相続人はひとりもいないとその後、判明した。そこでブラッドリー署長は、わたしたちが地所や家屋を受けとるのが筋だろうと判断した。『きっとお母さんだってそうしたいと思っていたはずだ』ブラッドリーはそう言った。

「でも、そんなはずはない」父がぼくを見た。「そんなはずがなかった。わたしはもう自分をごまかせなかった。わたしたちがどんなまちがいをしたのか、わたしたちに何が欠けているのか、わたしにはわからないが、とにかく母はわたしたちを愛していなかった。愛していなかったんだ。

「だからわたしはおまえを呼びだそうと決めた」と父はそう結論を下した。「ドクター・グレイにあんなことがあって、わたしはつらい思いをしたが、それでもなんとか耐えられただろう。だが、母の件は……やっぱり母は……」またもや父の目に涙があふれた。

「義理の父はどうして死んだの？」次にぼくは尋ねた。

「何かの事故だったらしい」

「事故」

「ブラッドリー署長はそう言っていた。それ以上くわしくは教えてくれなかったが、質問しようという気にもなれなかった」

「うーん」とぼく。「それはぼくが期待していた答えじゃない」

「わたしたちがやつの死に関係していたとは思えないな、アンドルー」父が言った。「父さんが自分はやつを殺せたはずがないと思っていたからといって――」

「わたしだけじゃない。やつのことを知っていた、わたしたちのうちの誰ひとり、そんな真似《まね》はできなかったはずだ。ギデオンも含めて。そもそもギデオンは母の愛を求めてもいなかった。ギデオンが求めていたのは、ギデオン自身の愛だけだ」

「誰かを殺す理由はほかにもある」

「復讐とかか？」父親がかぶりを振った。「ギデオンは、人々を愛せないだけじゃなく、人々を憎むこともできない。誰かについて愛や憎しみを強く感じるには、まず相手のことを思う必要がある。だがギデオンの場合、頭にあるのは自分自身のことばかりなんだ」

「でも、ギデオンは、けっこう上手《うま》く父さんを憎んでるみたいだけど」

「無視できないからそうしてるだけのことだ。もし同じ頭のなかに閉じこめられていなければ……」

「お金についてはどう？」ぼくが訊《き》いた。「ゼイヴィアは、ミシガン州に遺産を受けとりにいくとペニーに言った」

「そうだな」父が認めた。「たしかにギデオンは、わたしにセヴンレイクスの家を受けとらせたがっていた。それがこの前の喧嘩《けんか》のきっかけだった」手のひらの傷痕《きずあと》に目をやった。「あのころ、わたしはギデオンを黙らせたものとばかり思っていた。ギデオンは地理のなかの自分の居場所をとうとう受けいれる気になってくれたと。ところがそのときあの電話がかかってきた。わたしが母の地所などいらないとブラッドリー署長に言ったと知って、ギデオンは激怒した。地所は当然、自分のものだし、おまえにはそれを断る権利などないとギデオンは言った」

「ギデオンが乗っ取ろうとしたときのこと？」父がうなずいた。「それならその前はどうだったの？」ぼくは訊いた。「もっと早い時期、義理の父親がまだ生きていたとき、ギデオンが彼のところに行き、よくわからないけど、たとえば、遺産の前渡金を要求したという可能性はある？」

「……義理の父親がダメだと言ったので殺したと？」父は懐疑的だった。「まず考えられない。わたしが言ったように——」

「もしかしたらひとりでやったのではないのかもしれない。自分のかわりにそれをやらせようとして別の誰か、新しい誰かを呼びだしたのかもしれない。それがゼイヴィアが呼びだされた理由なのかもしれない」

「わからない。わたしはゼイヴィアについて何も知らないし、その事実を前にして当惑せざるをえない。しかし——」

「ぼくたちがどこにいたか知ってる？　義理の父親が事故に遭った日に？　その日、セヴンレイクスにいた可能性はある？」

「義理の父親が死んだ正確な日付さえわたしは知らない。尋ねもしなかった」

「父さん！」

「そんなこと、気にもしなかったよ、アンドルー！　彼が死んだと聞いてわたしは喜んだけど、ブラッドリー署長には母のことしか質問しなかった」

「だいたいの時期とかでも——」

「一九九一年の春も終わろうかというころ。わたしたちにとってはかなり混乱した時期だった。ドクター・クロフトと大喧嘩したのもそのころだった」

「ドクター・クロフトか……だとしたら義理の父が事故に遭ったとき、ぼくたちがアナーバーの施設に監禁されていた可能性もある」

父がうなずいた。「日付次第だがな。その年、四月の大半は状態もけっこう安定していた。多少は時間喪失もした。あちこちで二、三時間とか。だが、長期にわたりごっそり抜けているといったことはなかった。それから四月の……二十九日だったと思うが……ドクター・クロフトとのセッションがあり、わたしたちは強制的な人格融合を試した。その後の五日間は完全に失われていた。ただし、最後の三日間は、精神医療センターに監禁されていた。解放されたのが五月六日で、翌日、セッションのためセンターに戻った。いまとなってみれば、あれがドクター・クロフトとの最後のセッションだった。あのときわたしはかんしゃくを爆発させ、それから二週間かそこいらまた監禁されることになった」

「二週間かそこいら？」

「五月の最後の二週間は完全に空白なんだ」父が言った。「十八日に意識喪失が起こったとき——十九日かもしれない——、わたしはまだ病棟にいた。六月二日に目覚めたとき、わたしはグレイハウンドバスに乗っていて、ワシントン州シアトルに向かっていた」

当時の事情はある程度、知っているつもりだったが、こんな話は初耳だ。「バスで目覚めた？　でもたしか……父さんは自分でアナーバーのあるミシガン州を出ていこうと決断したといつも言ってたんじゃないのかな？」

「たしかに」父が言った。「けどね、途中のシカゴでバスを降り、やっぱり引きかえすとか、やろうと思えばできたんだ。でも、財布をチェックすると、わたしの貯金残高に等しい金額と思われる額面の銀行小切手、それから所持品一式を転送させるためにかけなければならない電話番号を見つけた……アナーバーに戻ったとしても、住む場所も銀行口座もないのは容易に想像がついた。仕事だって確実にない。そもそもわざわざ帰るべき理由も見当たらない。ドクター・クロフトとは縁を切り、人生の一時期に区切りをつけた。新しいことにトライすべきときだ。そこでわたしは決断した。わたしが決断したんだ。このままバスに乗って、先に向かおうと」

「でも……」そこで口をつぐんだ。後々解明する必要はあるだろうが、目下のところそこまで深入りすべき問題ではない。「ということは、まるまる二週間失われてるってことか。五月の十八日か十九日から六月二日まで」

「そうだ」

「まずいね」

「義理の父親が死んだ日によるだろうな……やつの墓石を見れば、それがいつだったか確認できるはずだ。墓地はマスキーゴンのはずれにある。目的地に向かう道の途中にあるといっていいだろう」

「義理の父親が埋葬された場所は知ってる？」

「母が埋葬された場所なら知っている。彼らは隣り合った区画に埋葬されていたはずだ」湖にかかっているもやに目をやった。「もしあそこに立ちよるのなら……」

「ほんとうに彼女にお別れを言いたい？」

「わたしたちの母親だったんだ」

ぼくたちはもうしばらく話をし、それからもっと長いこと話をせずにすわっていた。最後に父が立ち上がり、森を散歩してくると言った。葬儀式次第を返そうとしたが、父は受けとらなかった。「おまえがもっておけ」父が言った。「でなければ湖に捨てるんだな」

「どこに保管しておけばいい？　その辺に放りだしておくわけにはいかないし、処分するっていうのもどうも……」

「もしとっておきたいのなら」父が疲れきったような声で言った。「わたしの部屋にしまっておいてもいいぞ」

父は顔をそむけ、姿を消した。ぼくは家に入った。階段を上って二階に行くとき、家のなかがあまりに静かなのに驚いた。普段は、休憩室か上の回廊に最低でも四人か五人の魂がいる。今日は誰もいなかった。家のなかは無人のようだった。全員が外に出払っているとは思えない。おそらく多くの魂はそれぞれの部屋に隠れているのだろう。

単一人格の精神全体がそうであるように、魂それぞれの部屋も、独特な仕方ではあるが、きわめて厳重にプライバシーが保持される空間となっている。通常、入室――しかも、部屋の住人の同伴なしで――を許可するのは、その人物に対する全面的な信頼の証《あかし》といえる。けれども、あのとき父は疲れきっていて、ぼくが部屋のなかを捜しまわるかもしれないなどと心配するどころではなかった。といっても、別に捜しまわれるような場所がたいしてあるわけでもなかったのだが。父の部屋は四方の壁とひとつのベッドがあるだけで、簡素そのものだった。

ついつい部屋を探ってみようという出来心を起こしたのは、まさしくこの簡素さのせいだった。ぼくは葬儀式次第の置き場所を見つけなければならなかった。父が目にしたくないのは明白だったから、ただ床の上に放りだすとかベッドの上に置くのは論外だ。棚か衣装箱かファイリングキャビネットでもあれば、葬儀式次第を突っこめただろうが、そんなものはなかったし、残された場所はひとつしかなかった。ベッドの下。だがベッドの下に手を入れると、すでに別の何かが置かれていた。少しだけわきにずらすつもりで――ほんとうだ――つかみとり、結局は引っぱりだして見てみた。

その何かは絵だった。油絵のカンバス。油絵ならサムおばさんもよく描いているが、スタイルがまるでちがう。描かれているのは小さな女の子を抱きしめている女性だった。背景は何もなく、場所もわからない。二人の人物像だけ。少女の顔は女性の胸に押しつけられていて見えないが、女性の顔――肖像のうちもっともきめ細かな描写のなされている部分――は輝くばかりの愛情にあふれ、ぼくの財布に入っている写真で見ていなくても、その女性が誰かは簡単に見当がつく。

絵をベッドの下に戻し、葬儀式次第もその隣に押しやった。ベッドの下にまだ何か隠されていないか物色したい気持ちをこらえ、立ち上がって出ていこうとした……そのとき、〈証人〉が回廊に立って、こちらをじっと見つめているのに気づいた。彼女は年長の〈証人〉のひとりで、十一歳か十二歳の少女だった。

「何か用か?」こそこそ探っていたのを見られた気まずさからぶっきらぼうに尋ねた。

彼女は答えなかった。向きなおり、ぼくの視界から歩き去っただけだった。ぼくは戸口まで行ったが、すでに彼女は回廊を渡りきっていて、育児室に消えていた。

追いかけようとはしなかった。かわりに一階に下り、謎のドアをもう一度開けてみようとした。やっぱり開かない。思いきってノックした。やはりなんの反応もなく、誰もいない休憩室でノックの音が反響すると、ぼくは肝をつぶし、ぱっと手を止めた。最後には——ふたたび隙間風《すきまかぜ》を感じながら——四つん這《ば》いになってドアの下の隙間に耳を寄せた。かすかに聞こえる不規則な吐息は、くぐもったいびきにも思えた。

立ち上がると、ふたたび視線を感じた。〈証人〉が戻っていて、回廊からぼくを見つめていた。今度はなんの用かは訊かなかった。ぼくは家を出た。「サム！」そう呼びながら、地理を急いで横切り、光の柱へ向かった。「時間だぞ、サム」

ぼくたちはすでにインディアナ州にいた。サムおばさんとマレディクタは思った以上に早く進んでいた。二人は羽目も外さなかった。二十ドルかけてデザートを食べまくったのを別にすれば。宴《うたげ》のあとのひどいありさまだけは目にしたが、ガミガミ文句をつけたりはしなかった。すでに午後の半ばだったし、どうしても暗くなる前にホレス・ロリンズの墓に行きたかった。こいつが四月か五月のはじめ、さもなければ六月になってから死んでくれる程度には協調性のあるやつだったのかたしかめるために。

そんな幸運には恵まれなかった。墓石に刻まれた死の日付は五月二十四日だった。

やつが死んだのは二週間にわたる意識喪失のちょうど真ん中ということになる。となるとぼくたちの嫌疑は晴れていないということだ。

ぼくたちが墓地を出たのはすでに六時近かった。その気になればだが、暗くなる前にセヴンレイクスに行けるだろう。しかし、恐怖やためらいを表に出したくはなかったが、無理をしてまで先を急ぐ気にもなれなかった。明日の朝でもけっして遅くはない。

マスキーゴンに戻り、モーテルを見つけた。昨夜の事件をくりかえさないよう、充分隔たった二部屋を用意してもらった。しかし、それぞれの部屋のキーを手にし、別れて部屋に入ろうという段になると、急にペニーが渋りだした。「待って」とペニー。

「なんだ?」ぼくは即座に身構えた。

「まだわたしよ」そう請け合った。「いいえ……ロインズじゃない。でも、今日はロインズにもほかの誰にもなりたくない。だから、わたしが眠りに落ちるまでそばにいてもらえない?」

「ああ……ペニー……」

「お願いだからそうしてもらえる? 気まずいのはわかってる……でも、明日の朝、知らない人間の部屋で目覚めたくないの。でなきゃ、また二日酔いとか……」

「もし人格転換してもぼくには何もできないかもしれない」

「わかってる。でも……そうしてもらえない？」

ぼくたちは彼女の部屋に行った。ペニーはベッドに横たわり、ぼくは椅子《いす》にすわった。

「ここからセヴンレイクスまではどれぐらい？」ペニーが尋ねた。「もう近くまできてるのはわかってるけど──」

「とても近い。一時間もかからない」

「着いたらどうするつもり？」

「おそらくだけど、まず家に行き、それから……何かたしかめなければならないことでもあればそうする。それから町の図書館に行く」ペニーがいぶかしげな視線を向けた。「古い新聞」ぼくが言った。

「なるほど」

「やつの……やつの死をめぐる記事が掲載されていればいいんだけど。記事の内容がくわしければ、警察の手を煩《わずら》わせる必要もない。おそらく警察が三番目の行き先となる。ブラッドリー署長が力になってくれるかもしれない」

「勇ましい」とペニー。

「別に勇ましいわけじゃない。これがぼくの務めというだけで」

「あのね」ペニーが言った。「母が死んでから、こんなに自分の生まれ故郷の近くまできたのってはじめて」

「たしかに」ぼくが言った。「オハイオ州。これが終わったら、行ってみたい？」

「まさか！」ペニーがきっぱりと言った。「ウィローグローヴにはたしかめておきたいことなんてない。何ひとつ」

「きみのお父さんについても何もない？」

「父について知る必要のあることならもう知ってる」顔にはかすかな笑みが貼《は》りついていた。「祖母がたくさんの話をしてくれた」

「きっと素敵だったろうな」ぼくは言った。「少なくともひとりがいい親なら。たとえその親が死んでいたとしても」

「あなたの実のお父さんはどうなの？」ペニーが尋ねた。「悪いひとだった？」

「ぼくは知らない。彼のことはよく知らない。陸軍にいて、アンディ・ゲージが生まれる数カ月前に溺死《できし》したのは知ってる。でも、ひととなりについては、何かそれを伝えるような話がぼくたちの間であったのかもしれないけど、ぼくは聞いたことがない」

「もしかすると明日、聞くことになるかもしれない。あなたのお父さんを知っているひとと町で会うかもしれない」

「どうだろうね、ペニー。できればセヴンレイクスでは誰とも話したくない。町に行き、義理の父親について必要なことを突きとめたら、あとはもうさっさと家に帰りたい」

それで思いだした。受話器を取り、またミセス・ウィンズローに電話をかけてみた。

「やっぱり出ない？」二十回以上、呼び出し音を鳴らしたあと、ペニーが言った。

「うん」受話器を置いた。「わからない。行くところなんてあるのかな？」

「向こうはもっと早い時間よ。まだ外にいるのかもしれない……んーと……」

「ぼくを探して」かわりにぼくが締めくくった。また受話器をつかみ、ドクター・エディントンの番号にかけた。留守録が作動し、ぼくはまたメッセージを残し、話しているうちに留守録の時間が切れた。

受話器を置き、ついベッドに腰を下ろそうとした。「ごめん」途中で動きをとめた。「そろそろ部屋に戻らないと」

「必要ないよ」ペニーは不安げだった。「というか……もしまだいたいのなら、わたしは別に――」

おそらくはまずい考えなのだろうし、彼女の顔にほんのかすかな笑みでも浮かんでいたら、さっさとぼくは引きあげていただろう。でも、いま目の前にいるのは猫を被《かぶ》ったロインズではない。ひとり残されたら自分が何をしでかすかわからず、不安な思いでいるペニーなのだ。ぼくも、自分がひとりっきりになったときのことを思った。心配ごとを山のように抱え、罪悪感がどっと押しよせたら……。

ぼくはなるべくベッドの端に寄り、落ちないように気をつけて横になった。ペニーもなるべく離れようと反対側の端にすわったまま体をずらした。そんなふうにして静かに話をしているとそのうちうとうとしてきた。ぼくが腕を伸ばすとペニーもそうし、距離を置いたまま手を握り合い、そのままぼくたちは眠りに落ちた。

朝になると、ペニーはまだいびきをかいていたが、ぼくはそっとベッドを抜けだし、シャワーを浴びるため部屋に行った。シャワー室に足を踏みいれると、アダムが修復された観覧台に出てきて、いつもの二分間を要求したので、ぼくはぎょっとした。

「いったいなんだよ?」とアダム。「たった二、三日ご無沙汰《ぶさた》してただけじゃないか。いろんな声が聞こえるってのがどういうもんだったか忘れてたとか言うなよ」

「きみがそんなふうに言うってことは、ぼくは静寂に慣れていたんだな」それから「サウスダコタであんなことをやらかした以上、外に出てくるのは無理なんじゃないかな～」

「サウスダコタでやらかしたって言うけど、テレビをつけただけだろ。バーに行ったのはサムだ。それなのに昨日、半日も体にいさせてたじゃないか……くどくど言うつもりはないが」

ぼくはアダムにいつものように二分与えたが、結局、十分ぐらいかかっていたようだ。アダムが済むと、ほかにもいつもの朝の時間を欲しいやつがいるかどうかたしかめてみたが、サムおばさんとジェイクは呼びかけに応《こた》えようともしなかった。「部屋に隠れているんだ」アダムが告げた。「他の魂の多くも。怖がってるんだよ。俺たちが今日、どこに行こうとしているのか知ってるからね」

だが、セフェリスは恐れていなかった。ぼくたちがシャワーから出ると、セフェリスは、手や腕といった、まだひりひりと痛む部分を意識した修正版のワークアウトを大急ぎでやっつけた。セフェリスが終えると、ぼくはシャワーに戻り、もう一度、汚れを洗いおとした。すべてを終えるころになるとペニーも目を覚ましていた。モーテルの部屋のドアをノックする音が聞こえたのは、ちょうどぼくが服を着終えたときだった。

ぼくたちはさっさと朝食をすませ、出発した。車を走らせると、せいぜい六十五キロの道のりだというのに、目的地には永遠に到着しないような気がした。ぼくは座席のクッションに指を食いこませ、時間をやりすごした。「まだ引きかえせる」ぼくの指関節が血の気を失い、すっかり白くなっているのに気づき、ペニーが言った。

「いや」ぼくはかぶりを振った。「どうしてもやらなきゃ」

セヴンレイクスはマニスティー国有林のちょうど末端に位置している。町の名の由来となっている湖は、どちらかといえば大きな池のようだった。ぼくの父によると、湖の正確な数はその年の降水量に応じ、増減するらしい。まもなく最初の湖が見えてきた。インゲンマメの形をした湖面が道の湾曲部にひたひたと接していた。名ばかり湖の体面を保つための魚を一匹か二匹、養えるか養えないかといった程度の大きさだが、それでも胴付き長靴を履いた釣り人がひとり、水面の中央にいて、気怠《けだる》そうに釣竿《つりざお》を振っていた。ぼくたちが通りすぎるとき、釣り人がこちらに振りむいた。だが、大きな麦藁《むぎわら》帽子をすっぽり被っていたし、しかも朝のまぶしい日差しが水面で照り映えているせいで、顔は確認できなかった。

名ばかり湖を過ぎて百メートルほど進むと、道がまた湾曲し、〈ここからセヴンレイクス〉との標識があった。カーブを回りこむとアンディ・ゲージの故郷の町の大通りに出た。

父とアダムはマスキーゴンからずっと観覧台に出ていた。いまでは彼らが抱いている危惧《きぐ》の念――予想される事態次第で恐怖にもなった――にもかかわらず、他の魂たちも前に出てきた。彼らの多くは観覧台に出てきては、ほんの一瞬、ちらりと盗み見て、それから家のなかに駆けもどった。ぼくの心の奥では、彼らが出てきてはまた戻るときのバタバタという足音が絶え間なく鳴りひびいた。

ペニーはスピードを落とし、車を徐行させた。ぼくは通りかかった建物や店舗をじっくり眺め、認知の光が明滅するのを待ちうけたものの、結局は何も起こらなかった。消防車一台だけの消防署があり、敷地内の車道で眠たげなブルドッグがだらりとしていた。エクソンのガソリンスタンド、パン屋、ウィンチェルズというダイナー、CDとレコードと本の店、小さな郵便局、理髪店、同じレンガ造りの建物内で一列に並んでいる洋品店、仕立て屋、コインランドリー。セヴンレイクス警察署、ビデオレンタル店、食品雑貨店、金物店、美容院、うらぶれたアンティーク店が二店。板で囲われ、一部分解体されたファストフード店。輪郭と配色からするとおそらくケンタッキーフライドチキンだろう。これらすべてが大通りにあった。通りがかりに横道に目を走らせると、二つの教会、バー、学校、図書館だか町庁舎だかの建物が見えた。

ひとつも見覚えがなかった。もちろん、憶えている由《よし》もない。それでもぼくは何かいという感覚を期待していた。どこか馴染《なじ》みがあるというあの感覚を。一度もきたことがないというのに、この町を知っているはずだという気もしてきた。といっても、ぼくにあるのは別の魂を介して得た間接的記憶にすぎなかったんだけど。観覧台へ出入りするバタバタという足音に区切りを入れるかのようにして、あれこれの目立った建造物について魂たちがささやきや叫びを発し、それでそんな気になっただけのことだ。

「次はどっち?」閉店したKFCを過ぎると、ペニーが尋ねた。

「わからない」ぼくが言った。「どうせなら――待って! 止まって!」

ビュイックが民家らしき建物の前で急停止した。表のポーチの上に張りでたひさしから木の看板が垂れ下がっていた。「オスカー・レイズ、弁護士」

「弁護士?」ぼくは父に話しかけた。「たしか駆除業者と言ってたよね?」

「両方だった」父が答えた。「セヴンレイクスの人々の多くは仕事をひとつ以上もっている。だが、法律業のほうは、わたしたちが町を出てから精を出すようになったんじゃないか――この建物は新しい」

ぼくはペニーに顔を向けた。「ここにとめて、いっしょになかに入ってもらえるかな?」

「弁護士を雇いたいの?」

「いや」ぼくが言った。「少なくとも、いまはまだ。ちょっと妙に聞こえるかもしれないけど、この男にゼイヴィアと似たところがあるかどうか、きみに確認してもらいたい」

「わかった……」

しかし、ポーチに上がると、玄関のドアに張り紙がしてあって、ミスター・レイズは休暇でカナダに行っていて、六月一日まで戻らないと書いてあった。期待を裏切られがっかりしながら、ぼくは表の窓からなかを覗《のぞ》きこもうとした――何を求めているか自分でもわからないままに――が、カーテンが引かれ、ブラインドも閉ざされていた。

ペニーと車に戻るとき、道の向こう側から二人の通行人がこちらに視線を向けているのに気づいた。最初、ぼくたちがミスター・レイズの家を探っているので興味を惹《ひ》かれたのだろうと思った。その後、もしかすると彼らはぼくのことを知っていて、それで視線を向けているのかもしれないと思えてきた。こんな状況に対処するだけの心づもりもできていなかったから、急いで車に乗りこみ、父にゲージの家へ行くための道順を尋ねた。

父から聞いた道順をそのままペニーに伝えた。「この道をまっすぐ、さらに五キロ先に行き、それから左折して未舗装の小道に入り、さらに二キロほど林のなかを進んで」最初の行程を快調に進みきったのはいいが、小道はすでに拡張され、舗装路に変わっていたため、ペニーはその道を越えてさらに先に進んだ。父がまちがいに気づき、Uターンしたあとで気づいたのだが、林のかなりの部分は伐採され、住宅建設用の更地になっていた。「ふーん」それ以前の風景を見たことがなかったので、どの程度の変貌《へんぼう》かは正確に判断できなかったが、父の反応からだいたいわかった。「もうそんなに孤絶してないんだ」

最後の一キロほどはまた未舗装に戻り、林が出現し、両側から道を圧するかのように木々が立ちならんでいた。それから劇的な展開もないまま、ぼくたちは到着し、アンディ・ゲージが生き、そして死んだ家の前の庭に車を入れた。ペニーはビュイックのサイドブレーキを引き、エンジンを切った。不意の静寂があたりを支配した。いまでは観覧台も静まりきっていた。ぼくたちは車内にすわったまま、家をじっと見つめた。まるでそれが竜の骨、でなければ神話の世界から出現したそれ以外の何かででもあるかのように。

予想していたよりも家は小さかった。たいして考えたわけでもないが、ぼくはいちばん馴染みのある二軒の家——アンディ・ゲージの頭のなかの家とミセス・ウィンズローのヴィクトリアンハウス——をもとに想像をめぐらせ、それなりに立派な家、二階か三階建て、たくさんの部屋がある家を思いえがいていた。だが実際のゲージ家はというと、物件のいい点だけを強調する不動産屋の売り文句を借りるなら、〈こぢんまりして居心地がいい〉家だった。基本的には一階建てのコテージで、勾配《こうばい》の緩やかな屋根の下に天井の低い屋根裏部屋が押しこまれていた。

コテージの外壁は白く、アンディ・ゲージの母親の死後に塗装が施されたようだった。コテージは——すぐさま気づくことになるある理由により——目下、誰も住んでいないのは一目瞭然《りょうぜん》だったが、それでも他のいくつかの形跡からすると、どうやらときどき誰かがやってきてメンテナンスをしているらしい。表の庭の芝は最近になって刈られたようで、玄関ドアの両側に並ぶ狭い花壇には新しい春の花が植えられていた。

「なかに入りたい？」ペニーが尋ねた。

「いや」ぼくは言ったが、それは〈入らなければならない〉という意味だ。

「安全じゃないかもしれない」ペニーが指摘した。

「そうだね」ぼくも同意した。

コテージにはもうひとつ重大な事実があった。傾いているのだ。地盤の浸食により基礎の一方の側の地下が削りとられ、ぱっと見でもわかるくらいに家屋は傾いていて、転覆しかけた船を思わせた。誰か——おそらくは庭の手入れをしたのと同じ人物——が大量の木の長い厚板やら一本の切りたおした電柱やらを使って家を支えていた。急場しのぎの支えはさしあたり役にたっているようだったが、それでも間に合わせの解決策に変わりはない。厚板の大半は圧に負けてたわんでいるし、電柱は真ん中のあたりにらせん状の亀裂《きれつ》が入っていた。コテージが倒壊したところでこれといった不服もなかったが、ペニーとぼくがなかにいるときだけはそうなってほしくなかった。

というわけで、さっさとすませるに如《し》くはなし。玄関のドアに向かい、維持管理をしている男が施錠せず、ほったらかしにしていないかどうかたしかめた。鍵《かぎ》はかかっていた。でも、そのときアダムの提案に従って、敷居の周辺を探すと、緩んだ板石があり、その下に鍵が隠してあった。

家が傾いているせいで玄関のドア枠がゆがんでいた。ドアは、がっちり固定されてにっちもさっちもいかないというほどではないが、何かにひっかかっているようでうまく開かない。ドアの錠前をどうにかこうにか開くと、勢いをつけて体当たりし、なかに入った。ドアが狭い玄関の内側にさっと開いた。玄関の向こうは幽霊だらけのリビングだった。

本物の幽霊じゃない。かといって、脅えた気持ちがつくりだす、ただの幻影でもない。あのとき目にしたものは、ひとつとしてぼくの記憶にはなかった。リビングの幽霊は家具の幽霊だった。二人掛けのソファ、揺り椅子、コーヒーテーブル、大型の振り子時計だとその後にわかった背が高く、細長いもの。すべてが白いシーツで覆《おお》われていた。ほこりまみれになりながらもお化けの格好をして待ちかまえている子供たちのように。向こうの壁の開いた戸口からは、やはり幽霊たちが群れているキッチンが見えた。

「なかに入っても大丈夫そう？」背後にきたペニーが尋ねた。

「だと思う」ぼくはリビングに足を踏みいれようとしたが、そのとき、外から庭に入ってくる別の車の音が聞こえた。「誰だろう……？」

パトカーがペニーのビュイックの隣に止まるのを見て、ぼくは真っ先に思った。まんまと罠《わな》にかかった。やっぱりほんとうだったんだ。ぼくは義理の父親を殺した。セヴンレイクス警察はそれを知っていた。家を四六時中見張っていて、ぼくが戻ってくるのを待っていた……。

「あわてるのは早い」アダムが言った。「俺たちは大通りであの男とすれちがった。Uターンした直後に。俺たちがわき道に入っていったのを見て、興味を惹かれたんだ」

運転手はパトカーから出ると、ぼくたちに向かって歩いてきた。濃いブロンドの髪と細い口ひげ。おそらくぼくと同じくらいの年だろう。「やあ、お二人さん」そう挨《あい》拶《さつ》した。「この家に何か用かな？」

「公《おおやけ》の用件じゃない」ぼくが答えた。「以前、ここに住んでたんだ」

ぼくがそう言ったせいなのか、それともぼくの姿がよくわかる程度に接近したせいなのか、何かに思いいたったようにパトカーの運転手の目が大きく見開かれた。「この男は誰？」ぼくはせきたてるように尋ねた。「知り合いなの？」

「そうだ」父が観覧台で答えた。「面倒なことになった、あいつは……」

パトカーの運転手はこちらへと歩きつづけていた。会話できる距離になり、制服の名札からカーヒル巡査という文字が読みとれた。名前はジェームズだ。友人たちは――彼のガールフレンドも――ジミーと呼んでいたが。

「やあ、サム」男が言った。

26

カーヒル巡査は事情が呑《の》みこめずにいる。

「サム……」傷ついたような、へつらうような口調。

「ぼくはサムじゃない」アンドルーが三度目に言う。

「なあ、きみが怒ってるのは知ってるけど――」

「怒ってない。ただあなたが思ってるひととは別人だというだけ。ぼくの名前はサムじゃない、アンドルーだ……」

「サム……アンドレア……頼むよ。あんなことをした以上、ぼくをぶち殺したくなるのはわかる。でも――」

「全然わかってない」アンドルーが言う。マレディクタが洞窟《どうくつ》の入り口から加わる。

「クソ確実」アンドルーがつづける。「あなたがサムにしたなんだかのせいであなたを懲《こ》らしめようとしてあなたのことを知らないふりをしてるんじゃない。ほんとにあなたのことを知らないんだ。あなたが思っている人間とぼくは別人だよ」

「ぼくだって同じ人間じゃないよ、サム」警官が答える。「きみを捨てたあの利己的な若者のことを思うと――」

「カーヒル巡査――」

「サム――」

「ゴードン・ブラッドリーはまだセヴンレイクスにいる？」

話が脱線し、カーヒル巡査はわずかに面喰う。「ブラッドリー署長のことか？　ああ、まだここにいる」

「彼と話をする必要がある」

カーヒルがまた言いかける。「サム――」

「彼と話す必要がある」アンドルーがさえぎる。「もしかするとぼくは誰かを殺しているかもしれない」

さらに間。今度はもっと長い。「えっ？」

「もしかするとぼくは誰かを殺したのかもしれない。確信はないし、そうでなければいいけど、でもブラッドリー署長と話をする必要がある」

「誰を殺したって？」カーヒル巡査がけげんそうに言う。

「巡査――」

「サム、もし厄介なことになってるのなら――」

「ぼくはサムじゃない」アンドルーはキレかける。「そのうちサムはあなたと話をするのに同意するかもしれないけど、その前にまずぼくがブラッドリー署長と話をしないと。だから署長のところに連れていってくれない？　頼むよ」

「わかった……」カーヒル巡査はなおも信じられないという表情をしている。「パトカーに乗っていくか？」

「いや」とアンドルー。「自分たちの車でついていく」

「わかった……」カーヒルが歩きだし、足を止めて振りかえり、言う。「サム……」それからあきらめる。さしあたりは。

一方でアンドルーは首をかしげ、頭のなかの誰かに怒りをぶつける。「いったい彼となんの話をさせたかったわけ？　ぼくはそれについて話をしなければならないだろうね。もし事実を知ろうとすれば……あなたは黙ってて！」

「サムおばさんだけど」車のなかで少ししてマウスが言う。「カーヒル巡査と……関係があったの？」

「よくわからない」とアンドルー。「サムおばさんはいつも〈恋人〉がいると言ってたけど、あいつがそうなのかもしれない。でも、ぼくはその話を知らない。いまはもうサムは何も話してない」

「彼はあなたをアンドレアとも呼んでいた」

「アンドレア・サマンサ・ゲージ。それがぼくの正式な名前だ（アンディは男性名アンドルーの愛称であるとともに女性名アンドレアの愛称でもある）」

「お母さんがあなたをアンドレアと名づけたの？」

「そう」アンドルーが告げる。陰気な声。「体は女性だ」何かを待ちうけるような目でマウスを見る。だが、マウスはこんな言葉しか思いつかない。「えっ……わかった」

「わかった？」とアンドルー。「ショックを受けてないの？」

マウスはかぶりを振る。「そりゃ……びっくりはした。けど、ショックを受けたかって？　それはない」マウスは腕を振る。三週間前にリアリティファクトリーで働きはじめてから起こったすべてのことを囲いこもうとするかのような身振りだった。

「だって、いまのところ……」

「わかった！」こんなふうに物事を受けとめてくれる誰かを待っていたとでもいうような調子で。「わかった。たしかにたいしたことじゃない。ぼくだってどうでもいいことだとずっと思ってた。でも、ジュリーは……」口をつぐみ、両手を突きだす。まるで何かを押しやろうとするかのように。「いや……ぼくはもう二度とくりかえすつもりはない」

セヴンレイクス警察署のなかは法執行の砦《とりで》というよりは不動産屋のようだ。正面ドアを開くと、化粧板の張られた受付スペースになっていて、壁の一方はこの町の巨大な地図で覆われている。地図は測量技師用で、所有者別に土地が区分されている。部屋の奥、散らかった二つの机の先に署の留置室があり、かんぬきのついた扉が開かれ、支えで固定されている。扉の一部は大きな鉢植えのシダの陰になって、視線からさえぎられていた。留置室自体は、茶色と白のファイルを入れた大量の箱の保管場所となっている。ここにはあまり重罪犯はいないのだろう。アンドルーの状況にとって吉と出るか凶と出るかはわからない。

「モーティマー」カーヒル巡査は机の一方についている男に呼びかける。「署長はいるか?」

モーティマーは首を振る。「そろそろくるはずですが。さっき無線で連絡があり、これからウィンチェルズへパイを食べに行くと言ってました」

「わかった」とカーヒル巡査。「署長がきたら、ぼくが話したいと言っていたと伝えてくれ」アンドルーとマウスのほうに振りむく。「休憩室で待とう。こっちだ」

カーヒルは二人を連れ、建物の奥の隅にある簡易キッチンに向かう。ドアを閉め、またアンドルーに絡《から》みだす。「いいだろう、サム、どうした？」

「ぼくは――」

「いいか、サム。ぼくのことを知らないふりをしたいのかもしれないが、ぼくはまだきみのことを気にかけている。誰かを殺したとかいう話が冗談じゃないのなら、きみのことを気にかけている人間が必要になる。だから署長がきて、大ごとになってしまう前に、何があったか話してくれないか。きみと」――マウスを胡散臭《うさんくさ》げに一瞥《いちべつ》する――「きみの友人は、移動中、何かのトラブルにでも巻きこまれたのか？」

「いや」アンドルーが首を振る。「ペニーは関係ない。昔の殺人のこと。もし殺人なら。義理の父親――ぼくの義理の父だよ」

「ホレスか？」

「うん。ホレス・ロリンズ。彼は――」

「ホレスは殺されていないよ、サム」カーヒル巡査が当惑して言う。「自分で死んだんだ」

「義理の父は自殺したの？」

「というか事故だった……でも、自業《じごう》自得だとみんな知っている」

「どういう事故？」

「ほんとに知らないのか？」巡査が言い、肩をすくめる。「彼は酔っていた。つまずいてガラス製のテーブルに倒れかかった。ひどい傷を負った……知らなかったのか？」

アンドルーは質問を無視する。「ほんとうにつまずいたの？」

「ぼくは――」

「自業自得だとみんな知ってるらしいけど、あなた自身で事故を調べたの？」

「いや」カーヒル巡査が言う。「当時は警官じゃなかった……ぼくはウェストヴァージニア州にいた」後のほうの事実を打ちあけたとき、その声は恥辱の念を色濃く漂わせている。ウェストヴァージニア州で暮らすのが罪悪だとでも言わんばかりに。

「それがどうしたの？」アンドルーが訊く。

「結婚していた」巡査が口をすべらせる。「つい去年までは……兵役を終えたあと、結婚した」アンドルーに何かを待ちうけるような目を向ける。車のなかでアンドルーがマウスに向けたのと同じ視線。

アンドルーの反応も、マウスのそれと同じだ。まるっきり気にしていない。「ああ」とアンドルー。「わかった」

それから部屋が突如、収縮をはじめたかと思うと、マレディクタはマウスを洞窟の入り口へと引きずりこみ、彼女にとってかわろうとしゃにむに突進する。「このクソ野郎！」マレディクタが激昂《げっこう》する。「サムにクソ縛られるのは嫌だとかふざけたことを抜かしくさったくせに、なんとまあ、クソ結婚しやがったって！　おまえが彼女を捨ててからどれぐらいあとの話だ、二日か？」

カーヒル巡査がたじろぐ。非難は覚悟の上だったが、予想もしない方角から浴びせかけられるとは。弁解しようとアンドルーに語りかけるが、目はマレディクタのほうに向けている。「サム、ちがうんだ。最後の手紙にあんなことを書くなんて、ぼくはまちがっていた。でもあのときは本気でそう思っていたんだ」

「悪いけど、カーヒル巡査」アンドルーが言う。「ぼくにはどうでもいい。ぼくは──」

「あのね、サムはクソ気にするだろうよ」マレディクタが口をはさむ。「少しサムを出して。彼女はきっとクソバットをこのクソ野郎に叩《たた》きつけて……」

「マレディクタ！」とアンドルー。「こんなことしたって役にたたないよ」アンドルーを無視し、マレディクタは別のことを言おうとして口を開く。そのときマウスがまた割りこみ、乱闘して体を奪いとる。

「ごめん」マウスが詫《わ》びる。「わたしの出る幕じゃない」

カーヒル巡査は突っ立ったまま、あっけにとられ、何も言えずにいる。

「義理の父親の話に戻ると」アンドルーが言う。「まちがいなく事故だったのかな？　もしかしたら別の誰かが——」

「サム」巡査がまくしたてる。「サム、いったい何がどうなってるのかわからないけど——」

ドアが開き、別の警官——年輩の男でこめかみの毛は白くなっている——が部屋に入る。釣竿を手にし、広縁の麦藁帽子をわきに抱えている。顔を紅潮させ、恐ろしげな形相を崩さない。「いったいなんの騒ぎだ？」警官が詰問《きつもん》すると、あまりの大声にマウスが跳びあがる。

「署長」カーヒル巡査が叫ぶ。「えーと……こちらは」——アンドルーを指差す——「こちらは……」

「アルシーア・ゲージの娘のアンドレア」ブラッドリー署長が言う。「知ってるよ」マウスにちらりと目をやる。「きみには会ったことがない」たんに事実を口にしただけなのか、それとも自己紹介するよう促しているのかはわからない。しかし、マウスが口を開く間もなく、署長は視線をまたカーヒル巡査へと戻す。「二人はどうしてここにいるんだ？」

「サム——アンドレア——が、いくつか、えーと、義理の父親の死について知りたいとかで」

「そうか」ブラッドリー署長が唇をすぼめる。そしてカーヒル巡査に向かって、「くる途中に見かけたんだが、デイヴ・ブリアソンがまた店の真ん前にトラックをとめて、水道栓をどかっとふさいでた。やつに注意してくれ。もう一回やったらトラックを没収すると言ってやるんだな」

「デイヴには注意しますが」カーヒル巡査が答える、「もしよければ、もう少しだけここにいて、アンドレアが——」

「すぐとりかかったほうがいいだろう」署長がさえぎる。「デイヴが自分でトラックを移動し、わたしが幻影でも見たのだろうと主張する前に」

「わかりました」とカーヒル巡査。「わかりました、えー……」アンドルーに目をやる。「またあとで会おう、サム……」

ブラッドリー署長は、カーヒルがいなくなるまで待って言う。「署長室に行こう」

マウスは、自分は招待されていないと思ったが、アンドルーは彼女の手を取り、引っぱっていく。全員で署長室に入る。なかに入ると、署長はゆっくりと釣竿をしまい、麦藁帽子と上着を掛ける。

「それで、アンドレア」ようやくブラッドリー署長が言う。「前回、あんな話をしたし、まさかきみが舞いもどるとは。この町にはもう二度と戻ってこないと思ってた」

「ぼくもそう思ってた」とアンドルー。「とはいっても、事情は」ためらいがちにつづける。もしかしたらブラッドリー署長もカーヒル巡査と似たりよったりで、全然わかってもらえないかもしれないと心配していたせいだ。「事情はいろいろ複雑で、母親が死んだ後にあなたが電話で話した人間というのは、正確にはぼくじゃない。なんというか、たしかにぼくなんだけど、ぼくじゃない……」

「そうか」ブラッドリー署長が言う。「要するに、多重人格障害のせいだと。そういうことかね？」

アンドルーが目をぱちくりさせる。「知ってるの？　あのときぼくの父が――ぼくが――それについて話した……いや、話さなかったか」

「きみの医者が教えてくれた」

「ドクター・エディントンがあなたに電話した？」アンドルーが興奮する。「ミセス・ウィンズローからは？　彼女はぼくが――」

「落ちついてくれ、アンドレア」ブラッドリー署長が片手を上げる。「ミセス・ウィンズローのことは何も知らない。それと、わたしが話した医者の名前はクロフトだ。エディントンじゃない」

「ドクター・クロフト……でも、どうして電話をかけようとしたんだろう？　ぼくがここにくるとか、知ってるはずがない。連絡だってずっととっていない——」

「六年前の話だ」署長が説明する。「一九九一年五月、クロフトなる人物から電話があって、アンドレア・ゲージがアナーバーの精神病棟から脱走したと言われた。故郷に戻って、何か悪さをしでかすかもしれない。きみが男性の格好をしていて、アーロンかギデオンと名乗るだろうとも……だが、そのときの話でいちばん変だった部分はそれじゃなかった。正直に言うと、最初はずいぶん変な御仁だと思ったよ。彼自身、精神を病んでるような気もしたし、きみに悪意をもった人間からのいたずら電話なのかとも思った。一応調べてみたところ、少なくとも頭のおかしな人間でないのはわかった。アナーバー警察は、きみが精神医療センターから脱走したという報告を受けとっていた。

「そこでわたしは医者に折り返し電話し、さらにもう少し話をした。結局、彼が悪意ある人物かもしれないという印象は最後まで払拭《ふっしょく》できなかった。きみが姿をみせなかったので、わたしはむしろほっとしたくらいだった。もちろん、きみが無事でいるかどうか心配はしていた。だが、それだからこそ、もしきみをあの医者の治療に戻す段になったら、どうしても気が進まなかっただろうから」

「ということは、ぼくはここに戻ってこなかったんだよね?」とアンドルー。

「要するにそれを知りたかったのか?」署長が尋ねる。「自分がホレスを殺したのかどうか思い悩んでいると?」

「そう……誰もが事故だと思っているのは知っている。けど――」

「わたしは思ってるだけじゃない。知ってるんだ。事故のときその場にいたんだから」

「実際に見たの?」

ブラッドリー署長がうなずく。「二度目に交わした会話の際、ドクター・クロフトは義理のお父さんについていくつか……申し立てをした」目をさっとマウスに向け、それからアンドルーに戻す。「その申し立てについてくわしく説明する必要はないと思うが?」

「うん」とアンドルー。「ペニーはもう知ってる。でも、別にそれについて言う必要はない」

「わかった……医者はいくつか申し立てをし、最初にわたしは思った。また突拍子もない話がはじまったぞ……しかし、電話を切ると、別の妙な会話を思いだした。きみとの会話。当時、きみは十歳か十一歳だった。ホレスのことで何か話そうとしていたのだが、あまりにも漠然とした言い方だったから、そのときには何を言わんとしているのかわからなかった。しかし、医者の申し立てを踏まえると、あのときの会話についても不意に合点がいった。

「それからほかにもいくつか思いだした。クリスティン・ウィリアムズという少女を憶《おぼ》えてるか？」

アンドルーはかぶりを振りかけ、動きを止め、意識を集中し、それから言う。「小学生のころ、親が不在のとき、何度か面倒をみてもらった」

「十六歳の誕生日に飲酒運転で逮捕した」とブラッドリー署長。「父親のプリマスに乗ってグリーンウォーター湖に突っこんだ。湖岸で供述をとろうとしたら、ホレスに対する嘲《あざけ》りの言葉を口にした」

「どういう言葉？　自分が何かされたと言ったの？」

「そのときはちんぷんかんぷんだった。彼女はまだ酔いが残った状態だった。素面《しらふ》になってからも彼女から説明はなかったし、どうせ酔っ払いのたわごとだと思って真剣に受けとめもしなかった。きみの医者とあの話をするまでは。

「一日かそこいら、この件についてじっくり考え、ホレスと話したほうがいいと決めた。あのとき、きみのお母さんは、妹を訪問するとかでちょうど町にいなかったし、いい機会に思えた。家に行くと、ホレスは酔っていて、話もしたくないとのことだった。家に入れてくれと言い、なんのためにきたか話すと、やつはひどく動揺した。家のなかをうろうろしはじめ、そして例の事故が起こった。リビングを横切ろうとし、きみのお母さんのガラス製のコーヒーテーブルにつまずいた」ブラッドリー署長がアンドルーの目の上の傷痕《きずあと》を指差す。「たしかきみがその傷を負ったのも同じテーブルじゃないかな……ただし、ホレスの場合、体重が百十キロもあり、しかもまともに倒れかかったものだから、ガラスを粉々に叩き割り、十数カ所も傷を負った。助けようと手を尽くしたが、救急車がきたときにはすでに失血死していた」

署長が話を終えると、アンドルーはほっとして肩の力が抜けるのを感じる。「だったらぼくじゃなかったんだ」

「そうだ」ブラッドリー署長が認める。「ずっとわだかまりを抱いていたのか？」アンドルーがうなずく。「そうか」と署長。「これでほっとしてもらえたかと思うとうれしいね」

この間ずっと三人とも立っていた。ようやく署長が机を前にして腰を下ろし、アンドルーとマウスにも壁に立てかけてある折り畳み椅子にすわるよう指示する。しかし、アンドルーはそのまま立ちつづけ、自分が部外者だという思いを拭《ぬぐ》えずにいるマウスもそれにならう。

少しの間、さっきの話をもう一度振りかえり、アンドルーが尋ねる。「二年前にぼくたちが電話であなたと話したとき、どうしてこのことについてまったく触れなかったの？」

「ホレスの身に起こったことについて話そうとはしてみたんだが、きみはどうもその話題には触れまいと固く決意しているようだった」

「ぼくたちが彼について話をしたがらなかったのは知ってる」とアンドルー。「でも、ドクター・クロフトとか、精神医療センターから脱走した部分についてもいっさい話に出なかった」アンドルーがいったん間を置く。「それって……そのせいでいまもぼくは脱走患者だってこと？」

「まあ」とブラッドリー署長。「アナーバーにいるときには検問で車を止められないよう気をつけるんだな。アナーバーだけじゃなく、ミシガン州のなかのほかのどこの町だろうと。だが、きみのことを積極的に捜索しているわけじゃないし、わたしも連絡を入れるつもりはない。二年前にワシントン州警察にも確認した。向こうでほかにも何かトラブルを抱えてないかと思ってね。でも、とくにトラブルもないようだったし、電話での声もまともそうだったから、この問題は寝かせておくことにした。わたしは思った。お母さんを亡《な》くし、それでなくとも悩みごとならたくさん抱えているはずだ。〈多重人格障害〉について言えば、まともに受けとめるつもりもないが、きみが別の人間を演じたいという欲求を感じているのなら、それはそれで理解できるような気がする」署長が真剣な表情を浮かべる。「心から申し訳なく思う。ホレスの本性をもっとずっと前につかんでおくべきだった。さっさと真実を見抜いておけば、ぎりぎりのタイミングできみを保護できたかもしれないのに。わたしの犯したもっとも大きな失敗のひとつだ。わたしがどんなに後悔しているか、とうてい言いあらわせそうにない」そのお詫びは切々とした響きをたたえていたが、マウスにはどういうわけかそれが通り一遍のものにしか聞こえなかった。もしかしたら、署長がお詫びの言葉を言いおえ、別の話題に移るときのあまりのそっけなさにひっかかっただけなのかもしれない。「ところで……もう昔の家には行ってみたかね？」

「ええ」とアンドルー。「少しの間だけ」

「それについてもわたしは謝らなければならない。わたしは、きみのお母さんが亡くなってから家の状態を維持しようとしてきた。もしかするときみが心変わりし、あそこを欲しがるようになるかもしれないと思ったものでね。だが、わたしのできることには限界がある。基礎は何年も前から問題が生じていた。それで去年の秋、大雨がつづいたときに……」

「さっさと倒壊させたらよかったのに」

「そんな言い方はよすんだな」ブラッドリー署長ががっかりする。「お母さんはあの家を愛していた」

「けどぼくは愛していない」アンドルーが返事する。「ぼくのために家を保存しようとしてくれたのはありがたいけど、いまでも欲しいとは思わない。これからだって絶対に思わない」

「それはかまわないがね、アンドレア。だったら売却すべきだ。ただほったらかしにするんじゃなくて……」アンドルーはかぶりを振ろうとすると、署長が付け加える。「なあ、価格さえ適切なら、わたしが買いとってもいいぞ」

「こんな崩れかけの家をどうして買いたいの？」

「家の一部はまだ救いだせる。それと土地はそれなりの価値がある」ブラッドリー署長が肩をすくめる。彼にとってはたいしたことじゃないとでもいうように。だが、マウスは、実際のところこれは大ごとなんじゃないかと感じる。しかも、署長は、アンドルーが価格を吊《っ》り上げるのを押しとどめたいようだ。「考えておいたほうがいいと思うがね」と署長。「これですべての質問に答えが出たわけだが、しばらく町に滞在する予定なのか？」

「どうだろう」とアンドルー。「予定は何もない」

「コンスタンス・マクロイがツーシーズンズ湖のそばに宿泊施設をオープンした。料金は手ごろだ」

アンドルーはかぶりを振る。「もしぼくたちがこの地域にとどまるとしても、町には宿泊しない。マスキーゴンならすぐそばだ」

「好きにするんだな」署長が言う。「もしかしたら……もしよければ、いつかうちに夕食を食べにきてくれ。地所の適正価格について話し合える。オスカー・レイズを憶えてるか？」

「ぼくは……彼を知っている」

「彼はいま休暇をとっている。わたしはいくつか貸しがある。所有権移転の手助けをしてもらえるだろう」

「考えてみるよ」とアンドルー。「連絡先がどこかは知っている」

ブラッドリー署長が会話に入ってはじめての笑みを浮かべる。「仕事には特権がつきものだ」立ちあがり、手を差しだす。アンドルーが握手に応じる。署長はマウスにさよならとも言おうとしない。

「好きになれない」ビュイックに戻るとマウスが言う。

「どうなんだろ」アンドルーが応じる。「けっこういいひとみたいだけど」

「あなたが義理のお父さんにされたことについて話すときより、家の状態について話すときのほうがつらそうだった」

「まともに受けとめるのはつらすぎると思ってるんじゃないかな。とてつもなく邪悪な出来事だと認めてしまえば、自分がそれを防げなかったという事実を抱えて生きるのはより難しくなる」

「かもね」とマウス。「だとしても、あんなふうにいきなり家を売ってくれと言いだすなんていくらなんでも失礼だと思う。それに、彼がずっと装《よそお》っていた、ほんとは別に興味ないもんね的な態度からすると、もしかしてあの家にはあなたの知らない秘密の価値があったりするんじゃない？」

「裏庭に金が埋蔵されてるとか？」やんわり否定する。「ありえないよ、ペニー」

「彼に売るつもり？」

「かもしれない。いつまでも自分のものにしておく気はまったくない」

「安売りはしないで」

「ただあげちゃうとかダメだよ」マウスは説得する。「安売りはしないで」

「売る気はない、いまはまだ……とにかくぼくとしては、もしきみにその気があれば

だけど、あの家に戻り、全部見てまわりたい」

「ほかにも疑問に思ってることがあるの？」

「はっきりこうだというわけじゃない」とアンドルー。「義理の父の死の件からは解

放された。たしかにそれこそがいちばん大きな問題だったんだけど……何かがひっか

かるんだよ。それを見つけ、きっちり正せたら、もうセヴンレイクスには戻らないで

すむ」

「わかった」マウスが言い、車を走らせる。

27

義理の父の死後、アンディ・ゲージの母親が代わりに購入したコーヒーテーブルは天板がガラスではなく木製だった。意外でもなんでもない。とはいえ、最初、コーヒーテーブルにかけていたシートをもちあげたとき、心のどこかではガラス製のテーブルを期待していた。ただのガラス製のコーヒーテーブルじゃない。骨折って一個一個破片をつなぎ合わせたか、魔法でもかけて戻したのかはわからないが、とにかくあのガラス製のコーヒーテーブルがそこにあるような気がしていたのだ。それが新しいテーブルだと知ってからも、手で表面を撫《な》でまわし、亀裂《けっこん》や血痕を探しもとめずにはいられなかった。もちろん何も見つからない。コーヒーテーブルの下の敷物も染《し》みひとつなかった。床板を検証したいという欲求はこらえた。

「さてと……」ぼくはほこりよけのカバーをもとのようにかけた。「見てまわるか」

リビングはコテージの一階フロアのざっと四分の一を占め、家の中心にあたる角の部分にはレンガ造りの大きな暖炉が君臨していた。すでに言ったように、玄関と反対側の壁には開いた戸口があり、キッチンに通じている。だが、玄関から右に曲がるとまた別のドアがあり、こちらのドアは家の左方向への傾きにより閉ざされたままになっていた。

「彼らの寝室だった」父が告げた。口調が口調だったので、積極的になかを見たいという気は起きなかったが、それでも大胆でありたい、少なくとも大胆に見えるようふるまいたいというぼくの決心は固かったから、恐怖心が湧《わ》きおこる前にドアに近づき、さっと開いた。

部屋のなかは蒸し暑く、かび臭かった。かといって、二年半ほど閉ざされっぱなしになっていたのを思えば、そこまでのひどさではない。ブラッドリー署長は、メンテナンス仕事のひとつとして、ときどき空気の入れ換えをしていたのだろうか。標準サイズのベッドがひとつだけ置かれていて、ぼくは鼻白む思いがした。ここに寝ていた人間が誰であれ——たとえそれが悪い母親であろうと——、義理の父親のような怪物じみた男とぴったり体を寄せ合って横たわらなければならないと想像してしまったせいかもしれない。ベッドの隣にはドレッサー、小さな化粧テーブル、へこんだ笠《かさ》のスタンドを載せたナイトテーブルがあった。やなぎ細工の台座の上ではテレビがあぶなつかしく均衡を保っていた。ドレッサーや化粧テーブルを覆うカバーは、その下に置かれたフォトスタンドその他の所持品の形をくっきりと浮かびあがらせていた。おそらくあとで調査すべきだろう。しかし、まずは左手を向き、部屋を横切ると、また一対のドアがあった。一方はクローゼットのドアで、もう一方はバスルームのドアだった。バスルームは窮屈だが、トイレとバスタブがどうにかおさまっていた。

「ここは……？」言いかけると父がかわりに締めくくった。「家の唯一《ゆいいつ》のバスルームということか？　そうだ」

だとすると、アンディ・ゲージが風呂《ふろ》に入るとかトイレに行きたければ、ホレス・ロリンズの寝室を通らなければならないということになる。そして――ぼくは確認したのだが――ドアに鍵はなかった。突然、どうしてアダムとサムおばさんがシャワー特権に対してあそこまで熱烈にこだわるのか――専用バスルームにこもってひとりきりでうんちできたときに父が大きな喜びを感じる理由については言うまでもなく――すんなり納得がいった。

「アンドルー？」ペニーが呼びかけた。彼女は何歩か寝室に入ったところで尻込《しりご》みしていた。「なんなの？」

「この家が気に入らない理由がまたできた」

リビングに戻り、キッチンに入った。コテージのなかでいちばん明るく、本来はいちばん陽気な部屋のはずだが、ぼくには寒々しく感じられた。いわゆるダイニングキッチンで丸テーブルがひとつと椅子《いす》が四脚置かれていた。テーブルと三脚の椅子にはシートがかけられているが、四つ目の椅子は部屋の真ん中まで引きだされ、何もかけられていなかった。興味を惹《ひ》かれ、座部に指を走らせたが、きれいで、ほこりもついていなかった。

裏口に行くと、裏庭に目をやった。表の庭と同じく、芝は刈りとられていた。そこにも庭園があり、敷石を使って大まかに境界が区切られていた。しかし、正面の花壇とはちがい、こちらは最近になって何かが植えられた様子もなく、雑草だけがはびこっていた。

父は裏庭の縁に沿ってぐるりと植えられているイバラの列にぼくの関心を向けさせた。イバラは裏庭と林の間で天然の障壁となっている。「ほとんどがブラックベリーの灌木《かんぼく》だ」と父。「家の側面に沿っていくらかバラも植えたんだが、うまく育たなかった」障壁はほぼ完璧《かんぺき》だったが、一カ所だけ空隙《くうげき》があり、ゲート付きの小道が林へと続いていた。ゲートのすぐ内側の右手に小さな小屋が立っていた。おそらくは庭仕事の道具の保管場所として使用されていたのだろうが、その大きさといい位置といい、有料道路の料金所を思わせた。

「あっちには何があるの？」ぼくは父に尋ねた。

「クワリー湖だ」父が言った。湖には何か物語が、もしかするといくつもの物語がありそうだった。「この道の一キロ近く先。木々の間を抜けていけば距離はもっと長い」

ペニーが小道をじっと見つめているのに気づいた。それからマレディクタが出てきた。

ペニーはただかぶりを振っただけだったが、それからマレディクタが出てきた。

「クソ道具小屋。ヴァーナなら気に入っただろう。出たり入ったりの際、待ち伏せするのにうってつけの場所だ。それと、うろうろ徘徊《はいかい》できるクソ林、悪辣《あくらつ》な大オオカミみたいに……」

マレディクタは庭から顔をそむけると、キッチンわきにある食料貯蔵庫を探りにいった。そこは洗濯室の役割も兼ねていて、くぼみの部分に洗濯機と乾燥機が置かれていた。マレディクタはそこをざっと見ると、食料貯蔵庫の棚をチェックしはじめた。蜘蛛《くも》の巣の張った缶や広口瓶が大量に残されていた。「クソ千年前からの保存食料」とマレディクタ。「うまそうだ」あとずさりし、キッチンに戻り、タバコを求めて体のあちこちを探し、欲求不満になり、ペニーに持ち場を譲った。

「アンドルー」ペニーが知りたがった。「あなたはどこで眠ってたの？　寝室がひとつしかなかったら……」

ぼく自身、それを考えていた。答えは目の前にあった。裏口と食料貯蔵庫の間に、もうひとつドアがあった。それを開くと狭い階段があり、上に行けるようになっていた。

「まずいよ」とペニー。屋根裏部屋に行く階段は、コテージが完全に水平だったときでも危なっかしく思えただろう。いまでは階段の踏み板同士の間に取りつけられた垂直の板が後方に傾斜し、あからさまに危険な状態となっていた。

「きみはここで待っていてくれ」ぼくはペニーに言った。「上に行ってざっと見てくる」

「いいえ」ペニーが不満げに言った。「いっしょについていく」

ぼくは先に立ち、手すりをぎゅっとつかむ。手すりといっても、実際はひと続きの仕上げをしていないツーバイフォーの板で、金属製の腕木で内壁に固定されていた。ある程度進むと階段は右に曲がり、それからまた右に曲がり、やがて低い天井の下に出た。

いちばん上に着いたとき、背後でペニーがけつまずく音がした。マレディクタが罵《のの し》った。「大丈夫か?」ぼくはそう言って、振りかえった。ペニーは階段の最後の曲がり角で片膝《かたひざ》をついていた。義理の父が酔っぱらってこの階段を上り下りする様子を思いえがいた。ぼくの父の言っていたことは正しかった。ぼくたちはすっかり怖気《おじけ》づいていて、やつを殺すどころじゃなかった。でなければ、やつはあの年まで生きられなかったはずだ。

「大丈夫」ペニーが言い、立ちあがった。

屋根裏部屋はリアリティファクトリーを連想させた。スペースこそ狭いが、ひとつだけの大きな部屋が、問題ありそうな屋根の下に広がっていて、中央ではくずれかけたレンガの柱が一本——暖炉の煙突——、支柱のように伸びていた。光はあまり入らない。両側に窓はあるが、それらは小さく、ガラスはすすで汚れていた。家の手入れに余念のないブラッドリー署長も、どうやらコテージのこの部分は見落としたらしい。そしてこの場所をほったらかしにしていたのは署長だけではなかった。というのも屋根裏部屋の床を歩くと、足元では何年間にもわたって溜《た》まりに溜まっていたほこりがもうもうと湧きあがったのだから。アルシーア・ゲージもまた、自分のたったひとりの子が家を去ってからというもの、この場所をろくに掃除しなかった。しかし、そのときぼくは苦々しく思った。掃除なんかするはずがない。昔の思い出に浸るとかなんとか、彼女の柄《がら》じゃない。

屋根裏部屋の半分、階段に近い側はアンディ・ゲージの寝室だった。その場に置かれている家具類そのものは別として、その配置にはどことなく馴染みがあった。父、アダム、サムおばさん、その他の魂——当時はおたがいの存在にぼんやり気づいているだけにすぎなかったのだが——が延々ルームメイト同士で喧嘩《けんか》をくりひろげ、レイアウトを配置し、再配置する様子が目に浮かんだ。窓のそばに折りたたみ式のベッド——ほんとうのベッドじゃなくて簡易ベッド——が置かれている。彼らはその簡易ベッドで寝て、夜ごと、裏庭を見ながら眠りについていたのかもしれない。柱のような煙突のそばには机があり、階段から丸見えにならないよう、視線の届かない位置に据えられていた。部屋の側面、屋根が傾斜し、屋根裏の床に向かって達しようとする付近にはブロックや厚板を寄せあつめてつくった低い棚がいくつかあり、本や玩具《おもちゃ》や雑多ながらくたが置かれていた。いまでも大量の品々が残されたままになっているのでびっくりしたが、父が大学にもっていけるがらくたの量にはかぎりがあったのだろう。いよいよ荷造りも終わろうとする頃は混乱をきわめていたはずだ。薄々事情を察した魂たちはこぞって時間をくすねては、どうにかして自分のお気に入りの所持品をもっていく荷のなかに加えさせようとしたのだから。

屋根裏のもう半分、煙突の向こう側は物置にあてられていた。実際のところ両者は截然《せつぜん》と区切られていたわけではない。目が薄明かりに慣れていくと、貯蔵品の多くがやはりただのがらくたにすぎないと気づいた。どうやらぼくたちは昔からずっと物の置き場所問題に悩まされていたらしい。

棚のひとつの前で腰をかがめ、一列に並んだ本からほこりと紙魚《しみ》の死骸《しがい》を払った。記憶にある書名はひとつもなかったが、ここでもまた漠然とした馴染み深さを感じた。これらの本は誰かのものだった。誰々かのコレクション。ぼくがその趣味を知っている誰々か。そのうちの一巻がとりわけぼくの目を引いた。ウィリアム・セフェリス著、『ギリシャ英雄物語』。ぼくはそれを手に取った。表紙では、威嚇《いかく》するヒュドラの首を切り落とそうとヘラクレスが身構えていて、その背後で王女が縮こまっている。

本をペニーに見せようと振りむくと、またもや彼女はじっと視線を注いでいた。今度は屋根裏部屋の物置側に山積みされたさまざまなものに。

「どこもかしこも闇《やみ》だらけだろ？」ぼくが言った。

「よかった」ペニーが答えた。「よかった、ウィローグローヴのうちの家に屋根裏部屋がなくて。母親は……こんな部屋に閉じこめられたら、わたしの頭はおかしくなっていただろうから」

こんな部屋にいたからぼくの頭は実際におかしくなってしまったんだ。そんな冗談を言おうとしたが、どうせ父にこのおかしみはわかってもらえないと思ってやめにした。かわりにこう口にした。「仮に屋根裏部屋があったとして、お母さんがきみを閉じこめていたとほんとうに思う？　だって、きみがこれまで話してくれたことからすると、それってなんというか、あまりにも——」

「貧乏臭い？」ペニーが肩をすくめた。「かもね」ペニーが自虐《じぎゃく》ネタをかます。「たしかにうちの母親なら、せめて階段ぐらいはもう少しマシな造りにしてくれと言ってきかなかっただろうけど」

「大理石の階段とか？」

ペニーがうなずいた。「しかも金の手すり付きで。それとビロードの絨毯《じゅうたん》。自分の足音が聞こえないように」おそらくは冗談がおかしかったからというよりは自分の大胆さに気づき、ペニーが微笑《ほほえ》む。ぼくも微笑み、ここにきてからほこりで鼻がむずむずしていたのだが、ついにくしゃみが出た。柱のような煙突の向こう側に広がる闇のなかで何かが飛びあがり、箱が一個、山の上から落ち、床にドンとぶつかった。ペニーはおびえ、キーッという声を口から発した。

「なんでもない」ぼくはくしゃみをこらえながら言った。「大丈夫だと思う。こんな小さい幽霊なんていいるはずがない……」闇のなかで一対の目がきらめいていた。怒りにまかせ、ふさふさの尻尾《しっぽ》をシュッとひと振りする。「リスだ！　大丈夫だよ、ペニー。ただのリスだから……」リスはぼくに向かってキーキー鳴き、入れ歯のはずれた小さな老人のように口をもごもごさせた。それから突進し、入ってきたときに使った穴を抜け、屋根裏部屋から出ていった。

ぼくはリスがひっくり返した箱のほうに行った。手巻きの目覚まし時計が詰めこまれていた。ぼくはひとつ手に取り、よく見ようと掲げた。「これはあなたのもの？」父に尋ねかけたが、質問を言いきるよりも先に、文字盤のガラスぶたに、ぼくの背後に立って、肩越しに覗《のぞ》きこんでいる人物の顔が見えた。ペニーじゃない。少女だった。〈証人〉。むしろ、〈あの証人〉と言うべきだろう。父の部屋のベッドの下を探っていたとき、ぼくの背後に出現した〈証人〉。

むろん、彼女が実際に肩越しに覗きこんでいたわけではない。反射像はただの幻影にすぎず、気づいた瞬間、消え去った。だが、消え去ってからもなお、〈証人〉の存在が感じられた。

ぼくの頭に奇妙な考えが浮かんだ。ぼくは振りむいた。

「ペニー」ぼくは言った。「一瞬、わきに寄ってもらえる？」

「な、なんなの？」リスの突然の出現が引きおこした動揺をいまだに抱えたまま、ペニーが言った。

「とにかく少しだけどいて」片手を使ってうながした。「やってみたいことがある」

ペニーがわきに寄った。ぼくは目覚まし時計を階段に向かって下手投げで放った。時計は吹き抜けに吸いこまれ、視界から消えたかと思うと、ドンドンと音を立てて踏み段を落ち、壁にぶつかって跳ねかえり、キッチンに入りこみ、そこでとうとうばらばらになった。ガラスのふたが割れ、歯車やバネがリノリウムの床に飛びちる音がした。

その音ははっきり聞こえた。たんに階段に通じるドアが開いていたからというだけじゃない。音は屋根裏部屋の床からも丸聞こえだった。別の目覚まし時計をリビングや寝室でばらばらになるように転がしたとしても、やっぱり音はほぼ同じくらいはっきり聞こえただろう。

「どう思う、ペニー？　小さな子供がここにいて大声で助けを求めたら、下でその声が聞こえるかな？」

ペニーは不安げに目をしばたたいた。ぼくがまだぼく自身なのかどうか思い悩んでいるかのように。「と思うけど」

「ぼくもそう思う」ぼくは同意し、また〈証人〉の存在を感じた。幻影が気を惹こうとしてシャツの袖《そで》を引っぱってるっていうか。

ぼくは簡易寝台に向かった。ぼくが着ているのと同じサイズの服が二着、見比べるために並べてみたとでもいうようにマットレスの上に広げられ、ただほこりをかぶっていた。服の生地は何かに齧《かじ》られて、いくつも穴が開いていた。服をわきにどかすと、何やらは毛布やシーツ、マットレスのカバーも齧って穴を開けていた。すべてが汚らしかった。だが、簡易ベッドのフレームはまだしっかりしているようだ。ぼくは両手を押しつけてたしかめてからそろそろと腰かけた。

「ペニー」ぼくは言った。「頼みがある」

「嘘《うそ》でしょ……またなかに入りたいの？　ここで？」

「誰かが何かをぼくに見せたがっているようだ。長居しすぎないようにするから」

ペニーのあごがリスそっくりに動いた。しかし、リスとはちがい、ペニーは逃げださなかった。「わかった」とペニー。「頼むから急いで。ここは好きになれない」

光の柱から丘の上に出ると、〈証人〉はぼくを待っていた。挨拶《あいさつ》はなく、手を振ってもくれなかった。視線がこちらに向けられていなければ、彼女がぼくの到着に気づいたかどうかさえわからなかっただろう。

父もその場にいて、もう少しだけ感情を表に出していた。

「いったい何をしてるんだ、アンドルー？」

形ばかりの質問にすぎなかったが、ともかくもぼくは答えた。かならずしも意図したわけではなかったが、口にした返答は嫌味な響きを帯びていた。「そのうちなんかじゃなく、いまぼくは知りたいんだ」

「ここではそんなことをすべきじゃない」父が言った。「この家では。シアトルに戻って、ドクター・エディントンに指導してもらえば——」

「あいにくシアトルにはいないんでね」嫌味はより意図的になった。「あなたがぼくに正直に打ち明けてくれたら、ここにこないですんだかもしれない」

「おまえに教えずにいたのは申し訳ないと思う。まちがった判断だった。いまはそれがわかる。しかし、これは」——〈証人〉のほうを手で示した——「これは危険だ」

「彼女は何か見せたいものがあるみたいなんだ」

「いまだ知らない何かを知ろうとするな。そんなことをしてもさらに傷つくだけだ」

父は真実を語っている、少なくとも自分の言葉を信じているように感じられたが、それは別にどうでもよかった。もう後戻りはできない。「観覧台に戻って、父さん」ぼくは言った。「体を見張ってて」

「アンドルー……」

「観覧台に戻って。あなたの言うようにこれが危険で、ギデオンがそれにつけこもうとしたら……あいつが出てきたら、またペニーになんとかしてもらうしかないけど、それは避けたい。それでなくても、さんざんつらい思いをさせたのに」

父はぼくにやめるよう命令したいと思いつつためらっていた。でも、ぼくたちの間の力関係はすでに変化していて、結局、ぼくの意向どおりになった。父は観覧台に戻った。

辛抱強くその場に立っている〈証人〉に顔を向けた。「いいよ」ぼくは彼女に言った。

〈証人〉が誰かに秘密を打ち明けるとき、そいつは相手の頭を呑《の》みこむ。ぼく自身はそれを経験しているわけではないが、それが何を意味するのか重々承知していて、ちょうどサーカスのライオン使いがこれからあごをこじあけようとするライオンを見るような目で〈証人〉を見た。

意を決してそばにひざまずき、彼女の口元のあたりまで耳を引き下げた。彼女がぼくに何かをささやきかけるときにそうするように。最初、彼女はまさしくささやきかけようとしているようだった。彼女はぼくの肩を片手でつかむと、もう一方の手で自分の口元を覆《おお》い、腰を曲げて体を寄せた。彼女の口が音をたてて開き、その息がぼくの耳をくすぐった。しかし、舌から転がりでてきたのは言葉ではなく、もっと雑多な音の寄せ集め、別の時代と場所の喧騒音だった。息は次第に強さを増していった――すでに手遅れだ、ぼくは怖気づいて逃れようとしたが、肩をつかんだ手ががっちりと押さえこんだ。彼女の口が大きく開き、人間の口というよりはカバンの口かすっぽ抜けたフードのネックみたいというか、ありえないほどの大きさになり、そいつがぼくの頭のてっぺんを流れ、目を覆った。一瞬、真っ暗闇になって息ができず、すさまじい圧迫感に襲われ――ぼくの魂の頭蓋骨《ずがいこつ》は万力にかけられたみたいになる――それから――融合――〈証人〉とぼくはひとつになり、ぼくたちは一者となり、わたしになって――

――わたしは湖岸に立って、石が水の表面をぴょんぴょんかすめ飛んでいくのを見ている。体重は左足にかかっていて、左の腕は前にまっすぐ伸びている。手首と肩が強張《こわば》り、さっきまでつかんでいた固くて平べったい物質の感覚が上向いた手のひらから消えようとしている。

よろけてバランスを崩す。水切り石が何度か表面をかすめ、ついには沈んでしまう。あと一度か二度、水面で跳ねれば、湖の中央で島を形作っている砂と砂利の巨大な塚に達していたというのに。わたしが倒れないようにバランスをとると、石が水を切った箇所から波紋が広がり、拡張する同心円のつらなりが生じる。

知っていることがいくつかあった。目の前の水域はクワリー湖だ。北東のアイディル山からちょろちょろ流れおちる三つの小川が水源となっていて、クワリー湖自体もハンセン小川というもっと大きな流れの水源となっている。ハンセン小川は数キロほど西に流れ、ツーシーズンズ湖に流れ入る。土と砂利の山に正式な名前はないが、わたしは悪魔の島だと思っている。いまは明るい日差しを浴び、それほど悪魔的ではない。荒涼としているだけだ。でも、月の光の下や朝の霧に包まれているときはまったく別の様相を呈する。泳げないほどの距離でもなさそうだが、実際には島への行き来はかなり困難だ。クワリー湖は見かけよりも深く、水は夏でさえぞくりとするほど冷たい。

湖や周辺の地理についての詳細な知識のほかに、わたしは自分が十一歳であり、アンドレア・ゲージというのが自分に与えられた名前で、背後の林のなかにあるコテージに住んでいるのも知っている。そこでは自分がとても不幸で、どうして不幸なのかも知っている。

わたしが知らないこともいくつかある。今日は何月何日なのか。何時なのか。二分前に何をしていたのか。一時間前には何をしていたのか。昨日は、一昨日は何をしていたのか。

どうしてわたしは脅《おび》えているのか。

ほんとはなぜ脅えているかを知っている。とても悪い何かが自分の身に起ころうとしているからだ。でも、その何かの正確な性質、どういうふうにしてそれを知ったか、そしてそんなものがあればだが、自分はそうされても仕方がないようないったい何をしたのか――そのすべての情報が欠落している。

湖岸やそれに接する木立をざっと見渡し、次に何が起こるのか知るための手がかりを探る。何がどうだというわけでもないのだが、花をつけた背の高いひと群れの灌木に目がいくと、わたしの全神経系がびくっと跳ねあがる。灌木はわたしが住むコテージに戻る小道の入り口に目印のように立っている。わたしは灌木を見つめ、そこに隠れている誰かを探す。広がった枝からこちらを覗いている顔を。何も見えない。だが、自分が何を恐れているかいまは知っている。

顔をそむけ、ふたたび木々の列を調べだすと呼び声が聞こえる。歌うような調子の叫びが湖面で反響する。

おぉぉぉぉぉぉいぃぃぃぃぃぃ……。

視線を灌木にすばやく戻すと、一本の枝がかさかさ揺れているのが目に入る。やつの姿を見ることはできないが、確実にそこにいる。恐怖でなかば麻痺《まひ》したようになりながら、やつがそこから出てきて、姿を見せるのを待つ。やつは姿を見せず、叫びはくりかえされない。

時間が過ぎる。やつのじっと見つめる視線が感じられる。わたしが動くのを待ちかまえている。こんなふうにもてあそばれ、わたしの怒りは爆発寸前になるが、自分の無力さに思いいたり、怒りは消散する。つづいて膝の力が抜ける。このまま崩れ落ち、やつに懇願したい。出てきて、さっさと片づけてほしいと。なんであれ、やろうとしていることをやればいい。この感覚も薄れていく。さらに時間はかかるが。こうしてわたしにはある種の抜きがたい宿命観だけが残される。何がなんでも逃亡を試みなければという感覚。たとえすべてが無駄なあがきに終わるとしても。

わたしは知っている。ここを離れるための道は三つある。わたしが住むコテージに戻る小道。アイディル山に上り、ぐるりと回る山道。ハンセン小川沿いに走り、ツーシーズンズ湖へ至る小道。これらのうち、最良の脱出路はアイディル山を経由する道だろう。道は険しく、ごつごつしていて、大きくてもたもた歩く人間よりも小さくてすばしっこい人間のほうが有利だ。その道はまた何度も分岐したり、折れ曲がってもとの方向に戻ったりするから、走って逃げきるだけでなく、うまくまいて追っ手を出しぬくチャンスだっていくらでもある。もし山道の最初の分岐点まで行ければ、難なく行方をくらませられるはずだし、たとえ永遠に行方をくらましつづけるのは無理だとしても、いくらかでも時間を稼げるならまったく時間的猶予《ゆうよ》がないのよりはまだマシというもの。もしかしたらやつはわたしが戻ってくるのを待つのに飽き飽きし、もうあれをやろうという気が起きなくなるかもしれない。でなければ、今夜は家に客がやってきて、誰もがこのうえなくお行儀よくふるまうというあの稀《まれ》な夜のひとつだったりして。夕食の際、やつは飲みすぎてしまい、そのまま寝てしまうかもしれない。

山道にはひとつだけ問題がある。そこに行くには、湖岸に沿って東に歩き、やつが隠れている場所のすぐそばを突っ切らなければならない。逆方向を回りこむのはまず不可能だ。不可能を承知で進んだとしても、ハンセン小川への流入地点を歩いて渡り、クワリー湖の北岸の大半を通行不能にしている密生したやぶを踏破する以前に、やつは山道の起点に悠々と到着して待ちかまえ、やつの手を逃れようというわたしの無益な抵抗を大笑いするだろう。

灌木を見つめ、その前を突進し、なおかつつかまらずに済む可能性はどの程度あるだろうと考える。

まず不可能だと結論を下す。アイディル山を通る道は問題外だ。となれば小川沿いの小道を試すしかない。あそこはほぼ平坦《へいたん》な道がずっと続くので、長い脚をもつ人間のほうが有利だろう。

わたしはうしろ向きに歩きだす。ゆっくりと。走ったりしなければ意図を悟られずに済むとでもいうように。もちろん、やつが欺《あざむ》かれるはずがない。それでももしツキがあれば、やつはわたしに調子を合わせ、わたしにせめてものハンデを与え、少しだけ遅れて出発するだろう。大きなツキに恵まれたら、わたしのリードが尽きるよりも早く、やつのスタミナが尽きるだろう。わたしは後退する。一歩、一歩、また一歩。

すると不意に新たな音がする。姿の見えない人物の発したクスクス笑いが高まっては低くなり、湖面を渡って響きわたる。何かがすぐそばの湖面に落下し、大きなしぶきを上げる。

わたしはいきなり駆けだす。シャツの縁が両膝の間に垂れさがり、脚に絡《から》まって転びそうになる。つま先を岩にぶつけ、よろめくが、そのままかまわず進む。湖岸沿いを進み、ハンセン小川への流入口に出る。左に曲がり、ツーシーズンズ湖に至る小道に入る。

……ぱっと足を止める。行く手がイバラでふさがれている。

最初、わたしは混乱した頭で『眠れる森の美女』の話を思いだす。邪悪な妖精《ようせい》が王子を城に行かせまいとして魔法でイバラの森を出現させた。しかし、こちらのイバラは枯れている。枯れて乾燥したバラの木。枝を括《くく》りつけ、いくつも大きな束をこしらえ、ここまで引きずってきて、古木の大量の大枝とともに積みあげ、棘《とげ》だらけの枯れ枝の巨大な塊としていた。わたしの一部は、構築に要した労苦、投入された労力を思い、驚嘆する。

それは小道を完全にふさいでいる。乗りこえるのは無理だ。ただ迂回《うかい》するならば……右に目を向け、小川の岩だらけでゴツゴツした川床を見つめると、泥でぬめぬめした石に混じってきらきらしたものが見える。きらめく、鋭い何か。割れたガラス。壊れた酒瓶。

逃亡は無理だ。思考がひどく鮮明に訪れる。ひょっとしたらその言葉を口にしていたのではないかと思うくらいに。あのクスクス笑いがまた聞こえてくるのを、やつの手がうなじにかかるのを待つ。だがそれは起こらない。もちろんだ、とわたしは思う。追いかけるまでもないとやつはわかっている。ただ待てばいい。わたしが逃げられないと理解するのを。あきらめて戻ってくるのを。この枯れ枝の巨大な塊――（いったいどれだけの時間をかけて取り組んだのか？　何時間？　何日？）――でさえ、ほんとうは必要でない。やつから逃げたところでどうなのか？　ツーシーズンズ湖までつかまらずに行ったところでどうなのか？　どんなに速く、どんなに遠くまで行こうが、結局は家に戻らなければならない。

逃亡は無理だ。それならそれでいい、あきらめよう。降参だ。湖岸に戻ると、やつが開けた場所で待っていないので少し驚く。だが、どうでもいい。やつがどこにいるかなら知っている。頭《こうべ》を垂れ、やつが隠れている場所に向かう。やつが跳びだし、わたしにつかみかかる瞬間がいつ訪れてもいいように覚悟を決めて。

その瞬間は訪れない。わたしはその場にいる。灌木のそばにいるが、それでもやつは襲いかからない。当惑し、顔を上げる。あいつはどこだ？

やつがここにいたのをわたしは知っている。呼び声、あのクスクス笑い。わたしはそれを聞いた。なのにどういうわけか、やつはいない。説明を求め、必死に頭をはたらかせる。自分がイバラの枯れ枝を集め、行き止まりにしていたのを忘れるだろうか？　わたしが途方もない速さで逃げ去るのを見て、追いつくのは無理だと観念し、追跡をあきらめたとか？

馬鹿《ばか》げた考えだが、それを打ち消すよりも先に、不合理な希望はわたしを圧倒する。アイディル山の道だ、とわたしは思う。いまならたどりつける。そこに行き、行方をくらまし、ひょっとしたらだが、もう帰らずに済むかもしれない。林のなかで永遠に身をひそめていられるかもしれない。

急いで。わたしは思う。急いで。やつが過《あやま》ちに気づき、戻ってくる前に――。

いや、待って。

もちろん、アイディル山の道だ。やつはあきらめていない。立ち去っていない。まだわたしを弄《もてあそ》んでいる。あきらめたとわたしに思わせ、もう少し先まで走らせ、最後に襲いかかる。アイディル山の道。やつはそこに隠れている。

ほんとうにそこに隠れているのか？　確信は得られないまま、山道の入り口に目をやる。

木々の間で人影が動いている。やつだ！

待って。待って。やつなのか？

頭のなかには疑念が渦巻いていたが、足取りはたしかだった。わたしはまた動きだし、低木の間を抜け、コテージに行く道をたどる。駆けだすと、木々がぼやけ、背後に過ぎ去っていく。つま先を別の岩にぶつけ、今度は転ぶが、問題はない。すぐさま立ちあがると、コテージはすぐ目の前にあり、裏庭のゲートがわたしを招きいれようとするかのように開いているのが見える。

開いたゲートに突進し――なんという馬鹿さ――、もちろん、その瞬間、やつはわたしをつかまえる。道具小屋の陰から歩みでると、このうえなく巧みにわたしを抱きかかえる。わたしは恐怖といらだちがないまぜになった悲鳴を発し——馬鹿、馬鹿——、意味もなく手足を振りまわしている。やつは笑い、苦もなくわたしを抱えこんでいる。わたしの胸骨にあてた手を胸の上いっぱいに広げ、もう一方の手をスカートのなかに差しいれ、股間《こかん》を指でいじくり、わたしがどんなにジタバタしようが意にも介さない。

あきらめはすぐにやってくる。力ではやつにかなわない。わたしたち二人ともがそれを知っていた。蹴《け》りつけるのをやめ、両腕をわきにだらりと垂らす。やつはわたしをもっと近くに引きよせる。親密な抱擁。やつの手の動きが執拗《しつよう》さを増し、やつの唇が首の横、喉《のど》のくぼみに押しつけられるのを感じる。わたしは自分の内部を死なせようとする。それが可能なら、体から離脱するところだ。でも、それは不可能なので、わたしはなんとしてでも耐えぬく責めを負う。そこでわたしは死のうとする。何も感じず、それが起きるにまかせる。庭に点在する畑のひとつでカボチャがたくさん育っている。わたしは、柔らかい土に覆われ、カボチャに混じって埋められている自分自身を想像する。

太陽が雲の下に隠れる。庭を照らす日差しが変化する。

突然、わたしは生きかえる。太陽のぎらつきが弱まり、キッチンの窓に顔が見える。母だ。外を見ていない。皿洗いをしているようで、流しに目を向けている。でもたったの一秒でも顔を上げれば、わたしが見えるだろう。わたしたちが見えるだろう。押しとどめる暇さえなく、わたしのなかでふたたび希望が満ちる。虚《むな》しい希望――わたしのどこかの部分はそれを完璧に心得ている――だが、それでも希望はわたしを励起し、活気づける。母親の顔を上げさせなければ、なんとしてでも。母はわたしを目にするだろう、わたしを救ってくれるだろう、これを終わらせてくれるだろう！

わたしは口を開く。悲鳴をあげる。

悲鳴はひどく大きくて、キッチンの枠に収まった窓をガタガタ揺らしているかもしれない。

悲鳴は、わたし自身の恐怖によって、また胸を乱暴に押さえつけるやつの手によって抑えこまれ、まったく音を伴っていないかもしれない。

耳を弄《ろう》するほどの轟音《ごうおん》だろうが無音だろうが、母はそれを聞く。顔を上げる。わたしたちを見る。目を見開く。

あの瞬間の喜びは言葉にしがたい。母はわたしを救ってくれる。わたしを救ってくれるのだ。すぐさまものすごい勢いで裏口から飛びでるだろう。洗い物の水を両手から滴《したた》らせて。母は怒鳴る。怒鳴ってやめさせる。やつに叫び、やつをぶち、わたしを解放させる。救出を予期し、わたしは両腕を伸ばす。

それから母が眉《まゆ》をひそめる。不機嫌そうな表情に変わる。憤激ではなく、いらだたしさのせいだ。息を吸い、吐きだす。漏れでたのはいらだちのため息か？　両手が視界に入る。ふきんを使い、きびきびしたせっかちな動きで両手を拭《ふ》く。それが終わると、ふきんをわきに放る。

母が背を向ける。

母は背を向け、彼女の後頭部が遠のき、窓から離れ、家の奥へひっこむのが見える。わたしはよくわからず、それから理解する。母は彼女の寝室、彼らの寝室に向かう。目を閉じ、うとうとする。母はよくそうする。わたしはそれを知っている。

母が消えた。

母は消え、こうしてやつとわたしだけになる。わたしと義理の父親。やつはつかんだ位置をずらし、一方の腕でわたしを抱えたまま、もう一方の手を離し、背後に伸ばす。道具小屋の扉がギーッと音をたてて開く。わたしを旋回させ、なかへと運びこむ

——

——「アンドルー！」——

——ドアがバンと音をたてて背後で閉じる——

——足が勢いよく叩《たた》きつけられ、厚板をぶち破った。

「やめて、アンドルー！　アンドルー、お願い、やめて、このままだと——」

——やつはわたしを床に下ろし、顔を道具小屋の奥の壁に向けさせる。手でわたしの全身をまさぐるが、わたしはもはやどうでもいい。これ以上感覚を殺す必要はない。わたしは死んでいて、わたしは——

——「クソ死のうって気か、このアホなクソチンポ舐《な》め野郎が？　やめろ！」——

——そしてやつの重みが背後からわたしにのしかかり、わたしの顔は道具小屋の壁に押しつけられる。でもわたしが見るのは壁ではなくキッチンの窓で、母親は顔をそむけようとする最中に凍りつき、つねに顔をそむけている。それから木がひび割れる音がする。壁はわたしの両手の力に屈し、湾曲し、壁自体の上に折れ曲がる——

——ぼくの両腕は電柱の周囲に巻きつけられ、ぼくは筋肉を張りつめ、ぐいっと引っぱった。マレディクタがもう一度「やめろ！」と怒鳴り、つづいてマレフィカが背後からぼくにつかみかかった。ぼくの後頭部に一発パンチをお見舞いし、電柱からぼくを引きはなし、地面に投げだした。わき腹を蹴った。一度目はぼくが立ちあがれないようにするため、二度目は確実にぼくが立ちあがれないようにするため、三度目はただ怒りをぶつけるために。蹴りは痛かったが、ぼくは叫ばなかったし、自分を防御しようともせず、マレフィカに投げだされた場所にただ横たわっていた。〈証人〉との融合は一時的なものにすぎなかった。しかし、おそらく〈証人〉はそれが永遠につづいてほしいと願っていた。内側のどこか、湖岸か森のなかから、彼女のむせび泣く声が聞こえた。これからも彼女自身として存在しつづけるのを嘆き悲しんでいるのだ。ほんとなら彼女に対してすまないと思うところだが、あのときのぼくはひたすら喜ぶばかりで、それ以外に気を回す余裕などなかった。幻影が薄れ、そこから生気が失われていくのをぼくは大いに喜んだ。束の間《つかのま》ぼくのものだった記憶がふたたび別の誰かの記憶となり、ぼくにとっては記憶の記憶、語られはしたが自ら生きなかった物語になるのを。

頭が痛んだ。だが心はもっと痛んだ。でも、あなたはまちがっていた、父さん、とぼくは思った。ぼくは何かを知った。

「ぼくは何かを知った」ぼくは言った。もう一度言った。内側で。でも観覧台からは何も返ってこなかった。

ぼくは体を起こした。ゆっくりと。マレフィカにまた蹴られないように。ぼくたちはコテージの外にいた。支えの役割を果たしていた板材はすべて引っぱりだされているか、折られていた。誰かが大ハンマーを叩きつけたようだ。でもアンディ・ゲージの足や脚、手、腕に残る生々しい痛みは、別の事実を物語っていた。ぼくの指関節は血まみれで、木材の裂片だらけだった。

「何があったの?」ぼくが言った。

「何があった?」マレディクタはかんかんに怒っていた。「このドアホ、何がクソあったと思うんだ?」

「ぼくが家を破壊しようとしたってこと?」

「そうだ、おまえはクソ家をクソぶっ壊そうとした! あたしらがまだなかにいるってのに!」

「きみが……いや、ちがう、マレディクタ、ぼくはけっしてそんな……」そこで口をつぐんだ。彼女の頬の打撲傷と鼻のなかの血の泡に気づいたのだ。「その顔、どうしたの?」

返事のかわりに、彼女はぼくのわき腹に狙《ねら》いを定めて蹴りを入れようとしたが、思いとどまり、片方の踵《かかと》でくるりと回転し、どかどか裏庭に入っていった。一瞬の後、リズミックに叩きつける音がはじまった。マレフィカは道具小屋をぼくの胸郭に見立てていた。叩きつける音がつづいているとき、ぼくはいまや唯一、コテージの支えとして残っている電柱を見つめていて、自分のなかのある部分がそいつを引きたおしてやりたくてうずうずしているのに気づいた。胸の前で腕を組み、両手をわきの下に押しこんだ。木材の裂片でできた切り傷など無視して。ひどく寒かった。

第十の書　ブラッドリー署長の涙

28

「父はまちがっていた」アンドルーがマウスに言う。「父は言った。いまだ知らない何かを知ろうとするな、そんなことをしてもさらに傷つくだけだ、と。でも、直接感じた痛みはちゃんと何かを教えてくれた」

彼らはウィンチェルズ・ダイナーのボックス席にすわっている。冷めかけのコーヒーのカップが二人の間のテーブルに手つかずのまま置かれている。マウスはナプキンでくるんだ氷を頰の打撲傷にあてている。

「彼女はやつ以上にぼくたちを傷つけた」アンドルーが言う。「実際に与えたダメージの量について言ってるんじゃない。それでも義理の父親に責任があるというか、やつこそがアンディ・ゲージの魂を粉々に破壊した張本人だとぼくは思う。〈量〉について言うなら、やっぱりやつは断然、最悪だ。けど、彼女がぼくたちを傷つけた〈やりかた〉は……そこにはある質、深みがあった。義理の父親にはとうていおよばないような。たとえやつが……」

彼女はやつ以上にぼくたちを傷つけた。この点についてアンドルーはさっきからなんとか言葉にしようとしていた。アンドルーが話していることについて、マウスは知的なレベルではたやすく理解できたが、感情的にはいまひとつピンとこない。クワリー湖の岸辺で義理の父親が彼と演じていた残酷な〈ネコとネズミごっこ〉についての話——それなら理解できる。それはマウス自身の母親が得意としていたのと同じ種類の遊びなのだから。だが、アンドルーはこんなことを語りはじめる。彼の母親は見て見ぬふりをしていて、そちらのほうが、義理の父親による暴行よりもどういうわけかアンドルーをより傷つけたと……マウスも理解はできる。だが、ほんとうの意味で理解しているとはいえない。マウスはついこう考えてしまう。最悪の罪が何もしないことだという母親と交換してもらえるのなら、自分が手にしたすべてを差しだし、おまけまでつけてやっただろうに。

「ひどい暴力のように思えたっていうか」アンドルーが言う。

「暴力？　でも、それなら義理のお父さんのほうが——」

「肉体的な暴力のことじゃない。秩序、ものごと本来のありように対する暴力、侵犯というか……義理の父親はつねに怪物だった。それ以外のときはなかった。ぼくたちにとってほんとうの父親だったときは一度もない。うちでいっしょに暮らしている恐ろしい人間にすぎなかった。いってみれば野生動物に嚙《か》まれたら、痛いし、トラウマにもなるけど、別にものすごい驚きとかそういうんじゃない。野生動物が嚙むというのはあたりまえの話だ。気に入らないかもしれないけど、そういうものだと誰もが知っている。

「でも、母が背中を向け、立ち去ったときにぼくたちが感じたことは——水が低いところから高いところへ流れていくのを見たようなものだった。しかも、ぼくは、うーん、母がずっとそうしつづけた、ぼくたちを無視しつづけたにちがいないと知っている。それなのに、いったいどういうわけで、母から別の反応を期待するようになったんだかはわからないけど、とにかくそうなったのをぼくは知っている（というか、そんな気がしていた）。途方もない失望感、裏切られたという思いに見舞われ、しかもおそらく毎回、母がただ傍観し、やつにあれをさせるたびにきまってぼくは……。

「だからぼくがほんとうにわからないのは」そこで深く息を吸う。「どうして自分がこんなことを知らずに何年もやってきたのかということなんだ。きみは憶《おぼ》えてるんじゃないかな、二晩前、ぼくの母親のことを訊《き》かれたけど、母がぼくたちを産んだあと生きていたのかどうかさえぼくは答えられなかった。父が真実を話してからでさえ、父が泣き、母のことで泣きくずれるのを見てからでさえ、それでも……ぼくはまったく、夢にも思わなかった。これまでずっと、ぼくの父やアダム、他の誰かが自分の受けた虐待《ぎゃくたい》について話をするとき、そこで話されるのはきまって義理の父親についてだった——やつの邪悪さ、やつが彼らにしたこと。〈彼女〉についてはひと言もなかった」

アンドルーはマウスを見つめる。彼女ならきっとこの謎《なぞ》の答えがわかるとでもいうように。だが、彼女はただ肩をすくめる以外、何もできない。肩をすくめる動きをした瞬間、マウスは痛そうな顔をする。

「頬《ほ》っぺたはどう？」彼女のしかめっ面《つら》を見てアンドルーが尋ねる。

「痛む」

「だよね」

もちろん、これまた、マウスがなかなか同情を示せずにいる理由のひとつだ。コテージで受けたショックはまだ尾を引いている。

あのときアンドルーはほこりまみれの簡易ベッドで身動きもせず、横たわっていた。屋根裏部屋の向こう端の暗闇《くらやみ》から何かがこそこそ動きまわる音がして、見張り役のマウスは、次第に怖くなってきた。洞窟《どうくつ》の入り口まで出ていたマレディクタは、「そんなにびくつくなよこの臆病女《おくびょう》、どうせさっきのクソリスだろうが」とマウスに向かって何度も語りかけた。しかし、マレディクタ自身もおびえているようだし、彼女の下品な忠告のおかげでマウスの恐怖はさらに増すばかりだった。忍び足で簡易ベッドに近づき、ついにはアンドルーを見下ろす位置へといたり、脚で不潔なマットレスの端を軽く小突いた。脚の小突きは次第に強く、執拗《しつよう》になり、やがて簡易ベッド全体が振動した。しかし、それでもアンドルーはその場にただ横たわっていた。それから何かが屋根裏の向こう端をすばやく駆けぬけた。マウスはアンドルーの体をじかに揺らして言った。「起きて！　起きて！」

アンドルーが目を開け、叫びながらガバッと起きあがった瞬間、マウスはわきに押しやられ、屋根裏部屋の床に顔から衝突した。衝撃でしばらく頭がぼうっとし、回復したときにはすでにアンドルーはいなかった。階段を降り、裏口から出て、家の横手に回りこんだ。マウスが立ちあがると、下のどこかから板の割れる音が聞こえた。最初、マウスはアンドルーがコテージをぶち壊そうとしているのかと思った。それから家を支えている板材のことを思いだし、アンドルーがやろうとしているのはそれだと気づいた。

マウスがいまだに態度をはっきりさせられずにいたのはそのせいだ。パニックになったアンドルーが自分をぶちのめしたのはたいした問題じゃない。それぐらいならマウスだってやっているというか、彼女が自分自身に対してすでにやっていることにすぎない。だが彼女がなかにいるというのに、家を破壊しかけたとなると話は別だ。マウスを傷つけようとしたわけじゃない。彼、というかあの瞬間、彼が誰であれ、その人物はマウスのことなどまったく考えていなかったのだろう。しかし、それでも……もし倒れたときに打ち所が悪かったら、もう少し勢いよく頭をぶつけていたら、コテージが倒壊するまで屋根裏部屋の床に意識を失ったまま横たわっていたかもしれない。いまごろは死んでいた可能性だってある。アンドルーだって死んでいたかもしれない。家を破壊させまいとマウスが下に駆けおりたとき、アンドルーは自分の身の安全など気にかけてもいないようだった。

「それで」マウスは言う。「そろそろシアトルに帰ってもいいと思ってるんだ。はっきりさせたいことがあるのはわかってるし、力になってあげたいとも思う。でも……もうコテージには戻りたくない。あなたからあんなふうな反応を引きだすような場所はほかのどこだって」マウスがアンドルーを見る。「ここは終わりってことにしない？　お願い」

アンドルーが答える間もなく、ダイナーの入り口の上のベルがチリンチリンと鳴り、誰かが息を弾ませ、呼びかける。「サム！」

まずい。ドアに背中を向けてすわっていたマウスが振りむくと、カーヒル巡査がつかつか歩みよろうとしていた。懸命に動きまわっていたせいで巡査の顔は真っ赤になっていた。おそらくここにきたのは偶然ではない、とマウスは推測する。一ブロック半ほど先にとめてあるビュイックを見かけ、ひとつひとつ窓を覗《のぞ》きこみながら通りを走り、とうとう彼らを見つけたのだ。

またまた人格間違いのやりとりがひとしきりくりひろげられるのかと覚悟して、顔を元に戻すと、アンドルーの様子はさっきまでとは異なっていて、落ち着きのある女性的な物腰になっていた。サムおばさんは頼みこんで外に出してもらったか、あるいはむしろ——こちらのほうがありそうだとマウスは思う——アンドルーの精神的な混乱につけこみ、まんまと出てきたのかもしれない。

「サム……」ボックス席にやってきたカーヒル巡査が、いったん気を落ちつかせ、いよいよ話を切りだそうとした矢先、サムはうっとりした笑みを浮かべて言う。「こんにちは、ジミー。元気？」

カーヒル巡査は歓迎の挨拶《あいさつ》を耳にすると、あっけにとられて目をパチクリさせる。それから自分も笑みを浮かべる。「サム」興奮した声だった。「ぼくは……同席してもかまわないかな?」答えを待たず、ボックス席に入ってきて、マウスの隣にすべりこもうとする。膝《ひざ》の上にすわられるんじゃないかと思い、マウスはあわてて横にずれ、マレフィカに支配権を譲る。マレフィカはティースプーンをひっつかむと、カーヒル巡査の尻《しり》に突っこんでやろうと身構える。

「待って、ジミー」サムが言う。カーヒル巡査は素直に従い、ボックス席に半分入りかけたところで動きを止める。「腰かける前にパイを買ってきてもらえない?」

「パイ?」一瞬、カーヒル巡査は途方に暮れる。まるではじめてその言葉を耳にしたとでもいうように。それからまた笑みを浮かべる。「わかった。種類は?」

「チェリーパイでお願い」サムは目をきらきらさせ、笑みを返す。「ホイップクリームののってるやつ。ホイップクリームたっぷりね」

「ホイップクリームたっぷりのチェリーパイだね。わかった」カウンターへと急ぐ。

「サム?」マレディクタが言う。

「ねえ」笑みを浮かべてはいるが、いまは悲しげに見える。「タバコをもってる?」

両手が震えている。

「いや、ごめん」マレディクタはスプーンをテーブルに放る。「ありゃなんだよ、サム? あのクソ野郎のことは相手にしないはずだろ?」

　サムは答えず、ただ両手を見つめている。カーヒル巡査がチェリーパイを手に戻ってきたときには両手の震えを止めていた。

「どうぞ、サム……」フォークときれいなナプキンをテーブルの彼女の前に並べ、パイの皿も下に置きかけたが、サムが手首をつかむ。「サム？」

「ジミー……」何かささやきかけたいと訴えるように首をかしげると、ジミーは身を乗りだす。サムはもう一方の手をパイの皿の下に滑らせ、たっぷりのホイップクリームやら何やらをカーヒルの顔に叩《たた》きつける。カーヒル巡査はくぐもった抗議の声を洩《も》らし――「ぎゃあ！」――、口から食べ物を飛ばしながらあとずさる。サムは立ちあがり、走ってダイナーから出ていく。突進していくとき、すんでのところで今日二人めとなるノックダウンの被害者をだしそうになる。

「やるじゃん、サム！」マレディクタがはやしたて、テーブルをどんどん叩きつけたので、二つのコーヒーカップが引っくりかえりそうになる。ボックス席をあとにし、外に出ようとしたが、ドアの前で足を止め、肝をつぶしているウェイトレスに向かって叫ぶ。「クソ勘定のことなら心配するな。そこの女たらしが払うってよ！」

　ビュイックをとめているブロックでサムに追いつく。サムはコインランドリーの前に立っていて、ぼんやり窓のなかを覗きこんでいる。マレディクタが近づき、心からたたえるように背中をポンと叩く。

「クソ最高だったよ、サム」そう言って近くの横道を手で示す。そこにバーがあったのをマレディクタは憶えている。「それじゃ、一杯やりに行こうや。クソおごってやる」

「いや、けっこう。酒はいまのぼくにとっていちばん不要なものだ」

アンドルー。マレディクタは歓喜の表情からしかめっ面に変わる。「クソッ！」

「がっかりさせてすまない」アンドルーが言う。

「あたしのクソケツをがっかりさせやがって、このクソ野郎。サムをここに連れてこい」

「サムは自分の部屋に行ってしまった。今日はもう戻ってこない」通りの向こうのダイナーを一瞥《いちべつ》する。「ほんとに……残念だった。あんなことになるなんて」

「残念かよ」マレディクタがあざける。「クソすばらしかったぜ！」

「きみが楽しんでくれてうれしいよ、マレディクタ。でもそろそろ町を離れたほうがいいと思う。ぼくのためにペニーを連れてきてもらえないかな」

「いや、あんたのためにクソマウスを連れてきたりするもんか。クソ酒を一杯飲むまで町は離れない」

「マレディクタ……ひょっとしたら気づいてないかもしれないけど、さっき警官を攻撃したんだぞ」

「アホらしい！　あいつはクソ警官じゃなかった。元ボーイフレンドのクズで、当然の報いを受けたまでだって」

「たとえそうでも、ぼくたちは行くべきだと思う。ここにはもう用がない、少なくとも――」

「あたしはクソ用があるんだよ。クソ酒を一杯やりたい」ぎろりとにらむ。「クソ神経を鎮《しず》める必要がある。誰かさんがあたしの上にコテージを崩壊させかけたんだから」

「マレディクタ、ほんとに、ほんとに申し訳ないんだけど、でも――」

もうたわごとはたくさんだ。「あんたもクソくるか？」そう言って歩きだす。

「マレディクタ……」

マレディクタは振りかえろうともしない。肩越しに中指を突き立てて見せ、そのまま歩きつづける。

「マレディクタ！」

「マレディクタ！」ぼくは呼びかけた。だが、マレディクタは無作法な身振りをして歩きつづけた。一瞬、ぼくはどうすべきか決めかねたが、もしかしたら彼女を驚かせ、人格転換を引きおこすかもしれないと期待し、叫んだ。「ペニー！」

ダメだ。マレディクタはそのまま角に行き、それから通りを渡り、青信号なので渡って当然だと決めこんでいる運転手を罵《ののし》った。不満を抱え、後を追う以外、どうしていいかわからず、ぼくはこちら側の車線を走行してくる車に背中を向け、通りを横ぎりかけた。

クラクションが鳴りひびき、ぼくはぎょっとしてまた縁石へと飛びのいた。振りむくとパトカーがわきに停止した。またカーヒル巡査かと思ったが、運転席から身を乗りだしたのはゴードン・ブラッドリーだった。

「そんなにここで死にたいのか、アンドレア」ブラッドリーが諭した。

「ブラッドリー署長、ごめん、ぼくは――」マレディクタを指差そうとしかけ、腕を下げた。「ぼんやりしてたんだ」

「ああ、事故が起きるときはだいたいそうだ。ジミーとは会ったか？」

「カーヒル巡査？　えーと……」

「きみを探しにいかせた。きみがわたしへの質問のなかで名前を出した、例の女性から電話があった」

「どの女性？」

「きみの家主。ミセス・ウィンズローだよな？」

「ミセス・ウィンズローから電話があった？　元気そうだった？　ぼくは大丈夫だと言ってくれた？」

「言っておいた」とブラッドリー署長。「自分でこっちまでくると決めたそうだ。いまは空港に向かっている途中だそうだ」

「嘘《うそ》だろ」自分が興奮しているのか、戸惑っているのかもわからなかった。「シアトルからわざわざ飛行機でくるってこと？」

「シアトルじゃなく、サウスダコタ州のラピッドシティからだろうな」

「ラピッドシティ？　どうしてミセス・ウィンズローは……まさか」

「サウスダコタ州のバッドランズから電話をよこした。きみがそこにいると医者から聞いたらしい。はっきりとは訊《き》かなかったが。とにかくきみがここにいるのを知っていて、自分がここにくるまできみを引きとめておくようにと頼まれた。正式に身柄を拘束するつもりはないが、しかし——」

「わかった」ぼくは言った。「どこにも行かない」

「それならいいが……」署長は肩越しに目をやり、二台の車がすでに接近しているのを確認した。「なあ、このままここで通行の邪魔をするわけにはいかないから、きみもわたしの家にきて、昼飯でもどうかね？　わたしが地所を買いとる件についてももう少し突っこんで話せるしな」

「えーと、実は……」マレディクタが向かった通りに目をやった。彼女は姿を消していた。それから別の方向に目を戻すと、カーヒル巡査がダイナーから出てくるのが見えた。ひとつかみのナプキンを手に、顔からホイップクリームをまだ拭《ふ》きとっていた。

「……実は、わかった」ぼくは言った。

パトカーの助手席はすでに釣り具の入った大きな箱でふさがれていた。そこでぼくはなるべく体を小さくして後部座席に滑りこんだ。ブラッドリー署長は怪訝《けげん》そうな顔でぼくを見ていたが、何も言わなかった。車を進め、次の角で左に曲がった。マレディクタが一杯やりに入ったバーを通りすぎた。署長に言って車を止めてもらい、マレディクタを誘っていっしょに行こうかとも思った。しかし、マレディクタを説得できるという自信もなく、そもそもブラッドリー署長の家に彼女を連れていくのがいい考えとは思えなかった。ペニーならいいが、マレディクタはダメだ。

次の角でも左折し、それからまた左折し、最後に右折し、大通りに出て、ウィンチエルズ・ダイナーと同じブロックに戻った。ブラッドリー署長が車をとめ、ぼくを見つけたぞとカーヒル巡査に告げたりしませんようにとぼくは祈った。署長はそうしなかった。ぼくがようやく上体を起こし、周囲を見回すと、すでに消防署を過ぎ、町の外に向かっていた。

「えーと、ブラッドリー署長」ぼくは言った。「あなたの家はどこにあるの？ セヴンレイクスに住んでないの？」

「町の境界のすぐ外。スポーツマンズ湖の隣に二エーカーの土地をもっている」スポーツマンズ湖というのはおそらく、彼が今朝、釣りをしていたインゲンマメ形の池のことなのだろう。

ふたたびマレディクタについて考え、せめて店に寄り、行き先ぐらいは伝えるべきだったといまさらながら思った。「あのね、ふと思ったんだけど、友人がまだ町にいて、えーと、何か買い物をしてるんだけど、終わってぼくがどこにもいなかったら、ぼくのことを心配するかもしれない」

「すぐ戻ってくるよ」とブラッドリー署長。「いつでも無線でジミーと連絡をとれるから、友人にはジミーからきみの居場所を伝えられる」

「まあ、正直言わせてもらうとだけど、ブラッドリー署長。カーヒル巡査にはぼくの居場所を教えてもらいたくないんだよね」

ブラッドリー署長はバックミラーでぼくを見た。「きみとジミーの間にはある種の問題でもあったのか？」

「ある種のね」ぼくが同意した。

「あいつはまだきみに気があるんだろ？」ブラッドリー署長がかぶりを振り、それから付け加えた。「男は」自分はその一員ではないかのように。「男は愛に憑《つ》かれた生き物だな、アンドレア……」

ブラッドリー署長の家は、水辺からずっと奥まった場所に建てられていたが、スポーツマンズ湖に面した高いテラスがあった。私道を走りながら、ブラッドリーはテラスを指差した。「岸辺に建てたかったんだが、あの池ときたらつねにサイズを変えやがる。きみのお母さんの家の基礎がえぐられたのと同じ大雨のときだったっけか？あやうくうちまで流されそうになった。それも、新しい地所を購入しようと考えている理由のひとつだ」

「あまり現実的とはいえないね」ぼくは意見を述べた。「同じ雨のせいで母のコテージも崩れそうになったのなら、結局、地所が変わっても同じ問題を抱えることにならない？」

ブラッドリーは痛いところをつかれたとでもいうようにくすくす笑った。「たしかにそうだな、アンドレア。わたしはあまり現実的な人間じゃないのだろう」

ブラッドリーは車をとめ、外に出ると、うしろにきてぼくのためにドアを開けてくれた。ぼくは差しだされた手を握った。しかし、ブラッドリーは後退してぼくを立たせようとするでもなく、その場に突っ立ったまま、これからキスでもするかのようにぼくの手を見つめた。

「ブラッドリー署長?」

「おいおい、アンドレア」とブラッドリー。「いったいどうしたんだ?」

なんと。ブラッドリーはぼくの指関節を見つめていた。ウィンチェルズ・ダイナーの化粧室で木の裂片をほぼ取り去り、血が止まるまで水道水で手を冷やした。だが、包帯を巻く余裕はなかった。包帯はまだビュイックのなかにあった。

「なんでもない」彼が買おうとしている当の家を自分がどうやって破壊しようとしたか説明するつもりはなかった。「大丈夫だよ。見た目ほどひどい傷じゃない」

「消毒すべきだな、アンドレア。でないと――」

「大丈夫だよ」そうくりかえした。「それで、そろそろ外に出ても……出してもらえる?」

「もちろん」ブラッドリーがうしろに移動し、ぼくは外に出た。「それで」ぼくが歩みでると、ブラッドリー署長はそっとドアを閉じた。「腹は減ってるか？」腹は減っていなかった。しかも、突然、ここにいるのがどうにもいやになった。町に駆けもどり、ペニーをつかまえ、セヴンレイクスからなるべく遠くに行きたかった。だが、まだ離れるわけにはいかない。ミセス・ウィンズローがこちらに向かっているのだ。

「そうだね」ぼくは無理に笑みを浮かべようとした。「いいよ。何か食べよう」

マレディクタが二杯目のウォッカを飲みおえようとしたとき、カーヒル巡査がバーに入る。マレディクタはアンドルーだろうと思っていたが――アンドルーを車に乗せる人間は誰もいないのだから、ほかのどの場所に行けるというのか――、それが誰かに気づき、急に苦虫を嚙みつぶしたような顔になる。

クソッ。またこのクソ野郎かよ。マレディクタは隠れようかと思ったが、うまくいきそうにない。バーは狭く、客もほぼいない。マレディクタとバーテンダーを別とすれば、店には白髪頭のアル中たち、ピンクマンモスにいた素っ頓狂《すっとんきょう》な老人の同類が何人かたむろしているだけだった。女性用トイレに逃げこんでもよかったが、面倒なことをするまでもないと結論を下す。

バーテンダーと素っ頓狂な老人たちは警官がやってくると、常連に挨拶するように全員が手を上げる。カーヒルも右手を上げて、ひとりひとりと叩き合い、それからマレディクタに目を留め、ぎょっとする。マレディクタは、彼が自分をここまで追いかけてきたわけではないと気づく。悲しみを酒で紛らそうと勝手に入ってきただけだ。この手のつまらない町にはありがちな問題のひとつだ。酒を飲む店が少なすぎる。警官がマレディクタを探していたわけではないとしても、こうして見つけてしまった以上、彼女の楽しい時間をどうしたって邪魔することになる。そうせざるをえない。

案の定、カーヒルはマレディクタにまっすぐ向かってくる。「サムはここか?」詰《きつ》問《もん》するような、それでいて懇願するような口調で訊く。

警官を罵るのは危険だ。マレディクタでさえ知っている。しかし、この男のいちいちがマレディクタの神経を逆撫《さかな》でする。「およびじゃないんだよ、クソが」

カーヒルがいら立つ。「おい、いいか」マレディクタのほうに身を乗りだす。「あんたが何者かは知らないが——」

「そのとおり」マレディクタがさえぎる。「あたしが誰か、あんたはクソ知らない」バースツールにすわったまま体を起こし、目線を合わせ、顔と顔を突き合わせる。

「知るわけがない。あんたは今日ずっとあたしを無視し、少しも目に入らないかのようにふるまってたんだから。十五分前はあたしの上にすわりかけた。あたしが誰か、あんたは知らない。でもあたしが誰じゃないか、あんたは知ってるか？　あたしは、あんたとサムの間にいて、すべてをぶち壊しにした張本人なんかじゃない。すべてあんたがあんた自身の手でやったんだよ、このバカたれのチンポ舐《な》めが。それであたしを痛い目にあわせようとか思ったら大間違いなんだよ！」

バーは静まりかえる。バーテンダーと素っ頓狂な老人たちは彫像になったかのように固まっている。といっても、本物の彫像なら耳が真っ赤になったりはしない。カーヒル巡査はというと、配色は逆方向に向かう。耳、頬、額は血色を失って白くなる。

マレディクタは満足してバーのほうに顔を戻し、カウンターにショットグラスを打ちつけ、バーテンダーをはっとさせる。バーテンダーがもう一杯ウォッカを注ぐあいだ、カーヒル巡査は会話するのに必要な脳の部分の回路を懸命に復元しようとしている。「いいか」カーヒルが口ごもる。「そんなつもりじゃなかった……謝るよ、もしぼくが……」障害物にぶちあたり、足を止め、一瞬、目を閉じ、ため息をつき、それから続ける。「サムがどこにいるか、お願いだから教えてもらえないか」

マレディクタはショットグラスを鼻の下にもちあげ、蒸気を鼻孔の毛に絡《から》みつかせる。「サムは家に行った」とマレディクタ。

「家？　コテージに戻ったのか、それとも――」

「地元の家《ホーム》」突然、いいアイデアが浮かび、マレディクタはにんまりする。「ニューメキシコ州に」

「ニューメキシコ州？」

マレディクタは首をそらし、酒をぐっと飲みほす。「そ、そ、う」むせびながら言う。「そう。ニューメキシコ州。サンタフェ。あたしたちがクソ暮らしてるとこ。サムとあたし、あたしたちは自分たちのアートギャラリーをもってる」

「するときみたちは二人とも……アーティストなんだ」

「いや、あたしはちがう。あたしはパフォーマンスアートとかその手のやつを適当にやってんだよね。でも、サムは本物のクソ才能の持ち主なんだ。あたしは商売面の担当というか。サムは絵を描き、あたしはクソ金の管理をする」

「で、二人はいっしょに暮らしていると」

「そう」マレディクタは言うが、それからカーヒルの質問の真意に気づく。「えっ、まさか。そういうんじゃないからな！　あたしたちはレズじゃない。クソ勘弁してくれ」

「わかってるって」とカーヒル。そんなつもりでそう発言したわけじゃなかったという印象を与えようとしているらしい。

「あたしたちはクソ友だちなんだ」マレディクタが強調する。「いい友だち、最高の友だち、だからって――」

「わかった、わかった……」隠そうとしてはいるが、ほっとしているのは明らかだった。「そしたら、サムはいま、誰かと付き合ってたりしてないんだな？」

洞窟の入り口でマウスは大騒ぎし、こんなのまちがってる、そんなことをしたらダメだ、と叫んでいる。だが、マレディクタにとっては幸せな時間であり、当然、それをやるだろう。「付き合ってない？　いや、そうは言ってない……実は、サムは結婚してるんだ……」

これを聞いたとき、カーヒルの顔に浮かんだ表情ときたら――クソ金には代えられない！「結婚している……」カーヒルの頰からまた血の気が失《う》せだす。「でも、きみはサムといっしょに暮らしていると言ったはずだ……ということは、サムや彼女の夫といっしょに暮らしてるのか？」

「まあ、クソ事情はいろいろ複雑なんだよ……」そのとき、マレディクタはまた閃《ひらめ》く。ショットグラスを差しだす。「ウォッカをもう一杯飲ませてくれ」

カーヒルは目をパチクリさせながら見つめるしかない。

「大丈夫だよ。クソぶっかけたりしないから」とマレディクタ。「でも、一杯やってリラックスしようとここにきたんだ。クソ質問に答えさせようとするんなら、クソ一杯おごってもいいんじゃないか」

カーヒル巡査はためらう。まんざら馬鹿《ばか》でもないし、心のどこかでは自分がからかわれているだけではないかという疑念もあった。しかし、最終的に報われない愛は良識に打ち克《か》つ。カーヒルはマレディクタの右のスツールに腰を下ろし、バーテンダーに合図する。「ウォッカ一杯」

「タバコも」とマレディクタ。「やっぱモクもないとさ」

「チリはどのくらいの辛さがいい？」ブラッドリーが訊いた。

「わからない」ぼくは言った。「チリって一度も食べたことがないんじゃないかな」

「一度も？」

「憶えているかぎりはないな」

「なら辛すぎるのはやめよう」ブラッドリー署長が言い、鍋《なべ》類をまたドッカンガラガラさせはじめた。昼食なら短時間でさっさと済ませられるだろうと踏んでいたが、一大調理作戦の様相を呈しつつあった。少なくとも発せられる音量の物凄《ものすご》さから判断するかぎりは。

ブラッドリー署長の家の正面部分は、壁で細かく仕切らず、オープンプランになっていた。テラスからスライド式のガラスドアを抜け、天井を高くとったU字型のスペースに入った。Uの左側はキッチン、右側はリビングになっていて、それらを見晴らしのいいダイニングがつないでいた。最初、ぼくはテラス越しに遠くの池が見渡せるダイニングテーブルについていたが、ブラッドリー署長はなおも鍋類をドッカンガラガラやかましくやっていて、チリができるまでにはどうやらしばらく時間がかかりそうだったので、立ちあがり、リビングにふらふら入っていった。

部屋はすっきりしている部分と雑然としている部分とが混じっていた。家具類はたいしてなかったが、壁はごちゃごちゃしていた。たくさんのアート作品――大半は番号式の塗り絵だが、クロスステッチの刺繍《ししゅう》も混じっていた――があり、張りだした二つの棚にはスポーツで獲得した古いトロフィーが並んでいた。写真も大量にあり、とくに一方の壁は写真で埋め尽くされている。まるでアルバム二冊か三冊分の中身を引っぱりだし、すぐ見られるよう壁に掛けておいたとでもいうように。一見すると、写真はデタラメに配置されているように思えるが、よくよく眺めてみると、あくまでもざっくりとではあるが、主題別にいくつかの群、集合体をなしているとわかった。ある集合体では、若いゴードン・ブラッドリーとひとりの友人が共通して写っていた。ぼくは徐々に気づきはじめた。写真のなかの友人はアンディ・ゲージの生物学的な父親、サイラス・ゲージだ。なぜ気づくのに時間がかかったかというと、それまでサイラス・ゲージの写真を一枚しか見たことがなかったからだ。ぼく自身の〈父〉がどうにか保存できた結婚式のときの写真。そしてここに貼《は》られている写真の大半に写っているのはまだ十代のサイラス・ゲージだったのだから。こちらでは、サイラスとブラッドリー署長は、ジュリー・シヴィクのキャデラックによく似た古い車の前でポーズをとっていた。こちらでは、高校の楽隊のなかにいた（ブラッドリー署長はトロンボーンを、サイラス・ゲージはサクソフォンをもっている）。こちらでは、なかば泥に覆《おお》われ、フットボールフィールドにいた。こちらでは――少し年をとっている――、他の十数人の男といっしょに気をつけの姿勢で立っている。全員が制服を着ている。こちらでは、やはり制服を着ているが、二人ともふざけていて、ブラッドリー署長は手で耳をふさぎ、サイラス・ゲージは大砲の砲弾の鼻先に向けてハンマーをふるおうとしている。

そしてこちらでは、結婚式に出ていて、ブライダルドレスを着た花嫁の隣に立っている。花嫁の顔はよく知っていた。アルシーア・ゲージ。これが、サイラス・ゲージが写っている最後の写真だった。だが、アルシーアの写っているスナップショットはほかに二枚あった。一枚は、何かのパーティーでいっしょにいるアルシーアとブラッドリー署長をとらえたもの。もう一枚では、コテージ——そのときはまだ傾いていなかった——の前にアルシーアがいて、見るからに自慢そうな顔をして、家を手で示している。その写真を目にした瞬間、軍隊の写真から砲弾を拝借できたらいいのにとぼくは思った。

「チリはぐつぐつ煮えているところだ」ブラッドリー署長がぼくのところにやってきて言った。「二十分もあればできあがる。喉《のど》は乾いてないか？ 少し早い時間だが……」手にしたビール瓶を差しだした。

「いいえ、けっこう」ぼくは写真にむかってあごをしゃくった。「知らなかったよ。あなたが……ぼくの父とこんなに親しかったなんて」

「兄弟のように親しかった。最初に会った日から。いや……正しくは二日目か」

何を言わんとしているのかわからず、ぼくはかぶりを振った。

「わたしはイリノイ州ピオリアの出身だ」ブラッドリー署長が説明した。「だが十三のとき、母親が家出し、父親ひとりではわたしを育てられず、父の姉とその旦那《だんな》のもとで暮らすよう、わたしをここに送りだした」そう言って、年輩の夫婦が写っている何枚かの写真を示した。年配の夫婦は、ブラッドリー署長の両親なのだろうとそれまでは思っていた。「ここにきたわたしは小さな学校に転校した。最初の日、きみのお父さんはわたしに喧嘩《けんか》を売ろうと思いたち、当時、何もかも腹だたしく思っていたわたしは大喜びで喧嘩を買った……」口角に指をひっかけ、唇をめくりあげると、奥歯の列にできた隙間《すきま》を見せた。

「ぼくの父が歯を叩《たた》き折ったの？」ぼくが言った。

「いや」指を離すと、唇がもとに戻った。「わたしが彼の歯を一本、叩き折った。彼はわたしの歯を一本、ぐらぐらにしたが、抜けたのはその後だ」ブラッドリーがクスクス笑った。「次の日、わたしたちは二人とも、昨日の喧嘩のつづきをまたやらなければならないのかと考えながら登校した。だが彼はわたしをちらりと見、わたしも彼をちらりと見て、二人とも見た……よくわからないが、何かを」やや気恥ずかしげに肩をすくめた。「その瞬間から、わたしたちは親友になった」

「へえ」熱い友情がどうして殴り合いから生まれるのかさっぱり理解できないまま、ぼくは言った。また写真のほうに顔を戻し、別のグループを指差した。ブラッドリー署長が、美しいが滅多に笑みを浮かべていないブロンドの女性といっしょに写っている。「このひとがあなたの奥さん？」

「そうだった」妻に先立たれたという意味なのか、それとも離婚したという意味なのかはわからなかった。それからブラッドリー署長が付け加えた。「彼女は出ていった」

「ああ、ごめんなさい」

「謝らなくていい。エレンは慎みのある女性だったが、わたしたち二人が結婚したのは誤りだった。わたしの望んでいた結婚ではなかった」ビールをぐいとあおった。

「きみのほうはどうなんだ？」

「ぼくのほう？」

「きみは魅力的な若い女性だ。結婚はしてるのか？」

彼から〈アンドレア〉と呼ばれるのには慣れはじめていた。でも、〈魅力的な若い女性〉という言葉を聞いてぼくは当惑した。しかも、ただお世辞でそう言ってるだけじゃなく、本心からそう思っている様子がうかがえ、なおさらぼくの当惑は増した。

「ぼく――ぼくは……いいえ」とぼくは言った。「結婚してない」

署長が微笑《ほほえ》んだ。「だが、結婚を考えている相手ぐらいはいるはずだ」

「いいえ、そんなの全然。なんというか、ひとりだけぼくが……でも、彼女、いや、そのひとはぼくについて同じように思ってくれなかった」

「それだときびしいかもな」ブラッドリー署長は写真の列をちらりと見上げた。それからこう尋ねた。「わたしが送った式次第だが、受けとったか?」

「なんの式?」

「きみのお母さんの葬儀。要らないとは言っていたが、きみがもっているべきだと思ったんだ」

「ああ」とぼく。「あれはあなたから? うん、受けとった」おざなりな「ありがとう」を言いたそうとしたが、ちょうど口のなかが乾いていた。何も考えずに瓶──どういうわけか、なんだかんだで瓶はぼくの手のなかにあった──をもちあげ、ビールをひと口ぐいっと飲んだ。

「きみが式にこられなかったのだけが残念だ」とブラッドリー署長。「悲しかったが、素晴らしかった……彼女、きみのお母さんはすてきな女性だった……」

「あなたがそう言うのなら」ぼくはつぶやいた。もう一度、ビールをあおった。さらにもう一度。我に返ったとき、ビールはほぼ空になっていた。そのときにはもう手遅れだった。

「……それでいま、二人の子供はシアトルにいて、彼女の旦那とともに暮らしている」マレディクタが言う。「ここにくる前、あたしたちはそこに立ちよってきた」

「するとサムと夫は」カーヒル巡査が言う。「彼女の夫……」

「デニス」マレディクタは手首の内側をつねり、どうにか笑いをこらえる。さっきからずっとつねりっぱなしだったのだが、効果は減っていた。酒を飲むにつれ、つねったときの感覚は薄れていった。マレディクタはいま七杯目のウォッカを飲んでいる。

「デニスか、わかった──彼らは別れたのか？」

「法的にはまだだね。あまり期待しないで。クソ一時的なものにすぎない。そのうち目が覚めるだろうし、サムといっしょに暮らすためにサンタフェに引っ越すだろうさ。クソまちがいなし」

カーヒル巡査は自分のウォッカをすする。ひまし油かほかのまずい薬か何かのように。といってもうそれで三杯目だし、何はさておき、カーヒルはマレディクタの話を信じかけているらしい。巡査はまだ職務中だし、一杯だけにとどめるつもりでいた──だいぶ前にそう言っていた──というのに、マレディクタがサムには二人の子供（双子！）がいると言うと、そんな抑制はクソどうでもよくなってしまった。

「で、旦那と元のさやに納まるのなら」つづいてカーヒルが知りたがる。「サムはセヴンレイクスに戻って何をしてるんだ？　いったい全体、今朝のあれはなんだったんだ？　自分はホレスを殺したかもしれないというのは」

「ああ、あれか」マレディクタは手を振り、バースツールの上で少し体を揺する。

「だから、なんというかな、クソ旦那のことやら何やら、サムにはいろいろ問題があって、それをさかのぼれば義理のクソ親父《おやじ》が彼女に対してやったことに行きつく。あんただって知ってるだろ」

「いや、知らない。いったい――」

「あのな、勘弁してくれ。あんた、クソ元彼だろ、サムがいっしょに駆け落ちしたいと思ってた男だろ。知らないとか言わないでくれ」

「サムとホレスがうまくいってなかったのは知ってるが――」

フンと鼻を鳴らす。「うまくいってなかった」

「わかった。サムはホレスを憎んでいた。しかし――」

「サムがそいつを憎んでいたのは、やつがファックしていたからなんだよ、このマヌケ！」カウンターの反対側の端で素っ頓狂な老人の顔がピクリとひきつり、マレディクタは一瞬、気恥ずかしさに襲われた。ここでは嘘だけ言うつもりだったのに、愚かにも真実を口走ってしまった。

クソ食らえ。

「やつがなんだって？」カーヒル巡査が言う。「もう一度言ってくれないか」

「クソ聞いただろうが」マレディクタはショットグラスでカウンターをコンコン叩き、お代わりを要求するが、カーヒル巡査はその腕をつかむ。「おい！」マレディクタが反発する。「文句あんのか？」

「それは冗談か？」カーヒルが尋ねる。「適当に話をつくったのか、それで、それで、なんのためかは知らんが……」

「いいや、クソ冗談なんかじゃない！　クソふざけたことぬかすな！　信じられないのなら、あんたのクソボスのところにでも訊きにいけ」

「ブラッドリー署長はこのことを知ってるのか？」

「まあな。クソ知ってる。手遅れだったが、それでも……」マレディクタは腕をふりほどき、うしろに引く。かんかんに怒りながらも興味を惹《ひ》かれたようだった。「ほんとに知らなかったのか？　サムは話さなかったのか？」

「まさか！　いや、サムは言わなかったぞ、そんな――」不意に口を閉ざす。マレディクタは、落ちたレンガよろしく、記憶が然《しか》るべき場所に収まるドンという音を聞いたような気がした。「ありえない。サムがそんなことを伝えようとしていたなんて……」

「そうだ」とマレディクタ。「やっぱりサムはクソ伝えてた――あんたがクソ理解しなかっただけ。クソありがちなこった」

「ああ、なんてことだ。ああ、サム……」

「ああ、頼むぜ。クソ勘弁してくれ」マレディクタは目の前に置かれたタバコの箱から一本抜きとり、火をつける。

「ブラッドリー署長は知っていた？」とカーヒル巡査。「気づいたのか？」

「もはやクソの役にもたたなかったが、とにかく気づきはしたようだな」

「なんという。署長は死ぬほどつらい思いをしたにちがいない」

「そうだな」とマレディクタ。「あたしたちが話をしたときには、マジでクソ死にかけてたぜ」

カーヒル巡査が冷たい目を向ける。「これを知ったとき、ブラッドリー署長はくやしがったはずだ。サムを思ってというのはもちろんだが、それだけじゃない。彼自身の問題としてもそうだったんだ」

「彼自身の問題？　なんで？　やつがしくじったからか？」

「止められなかったというのももちろん、そうだ。それに……」

「なんだ？」

「なんでもない」

「なんだよ、なんでもないってのは。それ以外に、なんであいつがくやしい思いをしなきゃならないんだよ？」

カーヒル巡査は、どことなくきまり悪そうにしていて、これから秘密を打ち明けようとしているようだ。だが、マレディクタは、彼が口を開くまでじっと見つめている。

「要するに」カーヒル巡査が言う。「善人に負けたとしても充分きついのに、ましてやその相手ときたら……そういうことだ」

「負けたって、どういう意味だ？　何を争って負けたんだ？」電球がぱっと点《つ》く。

「ああ、クソッ」

「サムのお母さん」カーヒル巡査が言う。「署長とサムの父親――ほんとうの父親のサイラス――は二人とも同じ女性に求愛した。サイラスが勝った。彼が彼女と結婚した。しかし、その後まもなくサイラスが世を去り、ブラッドリー署長は――」

「ああ、実に素敵だ」マレディクタが言う。「何したんだ？　クソ葬式のときにプロポーズでもしたのか？」

カーヒル巡査はまた冷ややかな目を向ける。「それはちがうと思う。だがアルシーアは彼を好きだったし、生まれたばかりの赤ん坊もいて、面倒を見なければならなかった。おそらく、アルシーアのほうもまんざらでもなさそうにしてたんじゃないのかな。だが、実際にことが進展する前に、アルシーアはがらりと態度を変え、ホレスと付き合いはじめた」

「どうしてあんたはそんなことをクソ知ってるんだ？　当時はまだクソ生まれたばかりだろ？」

「ブラッドリー署長が教えてくれた」カーヒル巡査はショットグラスの縁を指でトントン叩く。「二年ばかり前、ぼくたちは一度、コテージで酒を飲んだ――」

「はあ。あそこはいまあんたたちのクソ私設クラブハウスなのか？」

「いや。だが、知ってるように、アルシーアの死後、署長は家の状態を維持しようとしてきた。ある晩、ぼくは署長があの家にいて、なんの作業もせず、酒のボトルとともにキッチンですわっているところに出くわした。そこでぼくもいっしょにすわり、署長は何年もずっと愛していたと語りはじめた……。

「それだけでも充分にきつかっただろう」カーヒル巡査が結論づける。「そんな思いを抱え、拒絶されるなんて。それも一度だけじゃなく、二度も。しかし、それだけじゃなかった。自分を負かした男が、子供への性的虐待者《ぎゃくたいしゃ》だったなんて……ぼくには想像できない」あわてて付け加える。「もちろん、サムが経験した苦しみとは比べものにならないが……」

マレディクタはカーヒル巡査をどついてやりたかったが、そのかわりにバーテンダー――聞いていないふりをしながらも、彼らの上に身を乗りだしていた――のほうに目をやり、空のグラスをかかげる。「最後にもう一杯」

「もう充分飲んだとは思わないか？」とカーヒル巡査。

「クソ口出しするのはやめるべきだとは思わないか？」マレディクタはやりかえす。

カーヒル巡査がため息をつく。「わかった」とカーヒル巡査。「どうせきみの肝臓だ。勘定を払うのはぼくだが、肝臓はきみのだ」財布と小切手を取りだし、すべての飲み物代を払うだけの金がちゃんとあるかたしかめる。「最後にもうひとつだけ。すでにサムはサンタフェの家に向かっていると言ってたけど、ほんとじゃないよな？　サムはまだこの町にいる」

「といっても、あたしがクソ車にのろくさ戻るまでの話だよ」マレディクタが言う。

「けど……」グラスにまた酒が満たされ、マレディクタがぐいっとあおる。「くぅぅう！……これ以上、サムをクソかまうな。それと彼女の義理の親父についてあたしがクソ話したことをサムには絶対言うな」

「もちろんだ。そのつもりはない。ただ、もしサムが……だが、きみたちが行く前に、もう一度彼女と話をしたい。かまう気はない。ただ……おい、大丈夫か？」

「クソ大丈夫だ」そうマレディクタは言うが、事実ではない。ウォッカの最後の一杯は脳幹に強烈な一撃を加えた。マレディクタはグラスを落とし、ふらつく体を支えようとカウンターの端をつかんだ。

「大丈夫なようには見えない」カーヒル巡査が言う。「ひどい顔色だ」

マレディクタは答えない。胃の中身がいまにも逆流しそうだった。

「……一万ドルだ」ぼくたちの間をドアが隔てているせいでブラッドリー署長の声はわずかにくぐもっていた。「たいした金額じゃないのはわかっている。だが、きみも知っているように、コテージはほぼ確実に損失になるだろう。基礎を修理する方法があればだが、どうにかしてコテージを残したいとは思っている。しかし、結局は取りこわし、新たに建てなおさざるをえないだろう。ここ二年以上、メンテナンス仕事をつづけてきたというのもある。そりゃきみが頼んだわけじゃないが、わたしは自腹を切って費用を出してきたし、その点は考慮されてしかるべきだと思う……で、きみの考えはどうだろうね、アンドレア？」

「まあ……妥当なところじゃないかな」ちゃんと声が届くよう、話をする間、ぼくはずっと顔を上げていた。「決めるも何も、いまはまだそんな気持ちになれない」

「急かすつもりはないがね」とブラッドリー署長。「ただ、きみの話からすると、このまま《せ》ヴンレイクスにとどまる気はなさそうだったんで」

「たしかにそうだけど、でも――」

「わかった。それに、これからだってあまりここにくるとは思えない」

「それもそのとおり」

「ほらな！　これでわかっただろ。きみ自身で使う気がないのなら、それをただ雨ざらしにしておくなんて、このうえなく素晴らしい地所をドブに捨てるようなもんだ。それに、きみも知ってるように……」

しかし、それに続く言葉は耳に入らなかった。というのも、新たな吐き気の波に襲われ、ぼくはまたもや便器に頭を突っこんでしまったのだから。

自分がこんな目に遭っているのはブラッドリー署長お手製のチリのせいだとつい思いたくなった。ほとんど味のないハンバーグシチューには、信じられないほど辛いトウガラシが大量にぶちこまれていて、あちこちがピリピリした。といっても、食べたのはほんの少しだけだ。便器を覗《のぞ》きこめば、ほとんど食べていないのは明らかだった。スプーンで五、六口分というところか。

むしろビールのほうが元凶っぽい。どれだけ飲んだのかは自分でもわからなかった。テーブルにつこうとするとき、自分が酒を飲んでいると意識しかけたにすぎなかった。ブラッドリー署長はぼくの手のボトルを指し、もう一本飲むかと訊いた。ぼくはぎょっとして、いらないと言った。それでもそのほんの少しあと、ひと口のチリをあわてて飲みくだそうとしてふと気づくと、新しいバドワイザー、冷蔵庫から取りだしたばかりでまだ冷たいやつを傾けていた。それからまた少しして、飲みこもうとしたハラペーニョの細片が喉の奥にひっかかり、そのまま貼りついてしまったとき、むせながらグラスに手を伸ばした。水かと思っていたのだが、いざ飲んでみるとまたもやビールの味がした。

気分が悪くなりだしたのはそのときだった。ハラペーニョは無事、除去されたが、なんとなく指で喉の奥を押しつけられているみたいでゲーッと吐きそうになった。その感覚が急激に悪化すると、ぼくは立ちあがってバスルームの場所を訊いた。かろうじて間に合った。

ともかくもブラッドリー署長は、ぼくが彼のつくったランチを無駄にしたからといってむっとしてはいなかった。というか、そんなことに気づいてもいないようだった。

「……きみが決心する前にこの辺の不動産価格についてもっとちゃんと知りたいとい

うのなら、それはそれでわかる。きみにも納得してほしいんだ、アンドレア。でも、どうせきみは……」

吐き気は落ちついたようだ。確認のためもう少しだけ待ち、それから洗面台を使おうと立ちあがった。長いこと背中を丸めていたせいでめまいがし、水で口をゆすぐと、排水口に栓をし、洗面台を水で満たした。頬や額に水をぴちゃぴちゃかけていると、蝶番《ちょうつがい》がギーッときしむ音がして、背後にひとの気配を感じた。「ぼくなら大丈夫だよ、ブラッドリー署長」ぼくは言ったが、顔を上げて鏡を見るとバスルームの戸は閉ざされていた。ぼくの肩越しに覗きこんでいる顔は署長のそれではなかった。

「また会ったな、つくりものちゃん」ギデオンが言った。

洗面台の隅のプラスチックのカップには歯ブラシと先が鋼《はがね》になったデンタルピックが入っていた。ぼくはデンタルピックをつかもうとしたが、左手が機先を制し、カップを払いのけた。つづいてその手がぼくの喉をつかむと、バスルームの壁が消え、さえぎるもののない空に変わり、ぼくは体からひきはがされた。見下ろすと、はるか下に湖が見え、黒々とした水がコヴェントリー島の灰色の点のまわりで渦巻いていた。

「アンドレア？」ブラッドリー署長が呼びかけるが、その声は遠くで反響するだけにすぎなかった。「何が落ちた？……アンドレア、そっちは大丈夫か？」

「大丈夫」とギデオン。「すぐに出る」

大通りの食料雑貨店の外に飲み物の自動販売機が設置されている。マウスは天然水のボトルが売られているような自販機ならいいのにと思う。マウスがいまほんとうに必要なのはそれだ。新鮮な水。だがここはシアトルではなく、セヴンレイクスだ。機械に入っているのは炭酸飲料水だけだった。店に入って水を買ってもいいが、レジ係や他の客の顰蹙《ひんしゅく》を買うのを承知で、酒のにおいをぷんぷんさせながらレジ待ちの長い列に混じり、恥ずかしさのあまり卒倒するか意識が薄れそうになるのをこらえ、その場にいつづけるなんて、とうてい耐えられそうになかった。

炭酸飲料水だ。機械に硬貨を入れ、ジンジャーエールのボタンを押す。機械から出てきた缶はぬるく、ジンジャーエールは入れ歯の洗浄液のような味がするが、マウスは無理やり流しこむ。いまは液体が必要だ。

マウスは通りの向こうにとめてあるビュイックのほうを見る。アンドルーはまだ戻ってきていない。マウスは、アンドルーがふらふらどこかに行ったからといって責めたりできないと自分を戒めるものの、やはり心のなかではアンドルーを責めている。アンドルーは待っているべきだったのに。自分を探してくれたらよかったのに。わかってる、いや、やっぱりアンドルーは彼女を探すべきじゃなかった。マレディクタは口汚いし、もしアンドルーが彼女を追ってバーまできたら、事態はさらに悪くなっていただろう。でも、アンドルーは待っているべきだった。

マウスは自販機にもたれたまま、ずるずると下に移動し、ついには歩道にへたりこみ、立てたひざにあごを乗せた。マウスはぬるいジンジャーエールを飲む。ひどく具合が悪い。食料雑貨店に出入りする人々は、マウスがホームレスか何かのように変な目で見る。

実際、自分がホームレスになったように感じる。モーテルに部屋はなく、この町には何時間か安心して眠りにつけるような場所もない。しかもマウスはほかのどこにも行けない。たとえアンドルーを見捨てる気になったとしても——ちょうどアンドルーがマウスを見捨てたようにね、と腹立ちまぎれに思う——、車を運転できない。マレディクタが飲んだウォッカの多くはバーに戻してきたものの、マウスの体内にはまだかなりの量が残っていたし、車の運転をしようという気にはとうていなれない。

現在の状況にささやかなりともよい点があるとすれば、カーヒル巡査に対し、もう二度とマウスにかまうべきではないと思いしらせてやったことぐらいだ。マウスが店から走りでたとき、カーヒル巡査はまだ男子用トイレにいて、汚れを落としていた。

だが、それにしたって所詮《しょせん》は一時しのぎにすぎない。ちゃんと汚れを始末するには、家に帰って服を着替え、おそらくは熱いシャワーを長時間、浴びなければならないだろう。マウスは、この件で大喜びするのはまちがいだと知っている――自分自身を嫌《けん》悪《お》し、マレディクタに対して憤慨すべきだ――実際、そうしている――しかし、さしあたり、彼女がさっさとこの町から出ていこうとするのを邪魔立てする障害の数がひとつでも減るのは、とにもかくにも喜ばしいことにはちがいない。

「お願い、アンドルー」マウスが言う。「早く戻って。さっさとここから出ていこう」

だが、アンドルーが戻ったのはもう少ししてからだ。アンドルーの声が聞こえ、酔ってうたた寝していたマウスが目をさます。起きたときには頭が混乱していて、いま自分がどこにいるのか思いだすには生ぬるいジンジャーエールがひと口必要だ。ジンジャーエールは、いまではすっかり気が抜けている。オエッ。

アンドルーは通りの反対側にいて、パトカーの窓越しにブラッドリー署長と握手している。「今夜、七時半に」マウスはアンドルーの声を聞く。それからアンドルーはあとずさり、署長はパトカーで去る。

マウスは歩道から立ちあがる。「アンドルー！」そう呼びかける。

アンドルーがマウスのほうに振りかえる。不意をつかれ、驚いた顔は敵意じみた表情を浮かべているが、たちまち笑顔に変わる。「やあ、ペニー！」そう挨拶《あいさつ》する。「元気？」

マウスは別の車が行きすぎるのを待ち、道を渡る。「アンドルー」マウスがそばに寄る。「どこにいたの？」

「ブラッドリー署長の家」遅ればせながらマウスの不機嫌さに気づく。「しまった、ペニー、心配してなかったらいいんだけど」

「心配してたよ」とマウス。「でも、とりあえずそのことはおいといて。もう出発できる？」

「いや、実は」彼が言う。「それについて話したくて戻ってきたんだ。ぼくはまだ出発できない」

「えっ？」

「コテージをブラッドリー署長に売ろうと決めた」アンドルーが説明する。「もちろん、正式な手続きに入るのは、所有権がまちがいなくぼくに属していることがはっきりしてからだけど、とにかくぼくたちは取引を進めるという点で合意したし、ブラッドリー署長は頭金も支払う予定になっている。今夜、また署長の家に行って、金を受けとるつもりだ」

「今夜？　じゃあここにまだいなきゃいけないの？　お願いだからやめて」

「二人でここにいる必要はない」とアンドルー。「ぼくはいなきゃいけないけど、きみはとどまらなくていい。もしひとりでシアトルに戻りたいのなら……」

「いいえ」マウスが言う。「それは無理」

「大丈夫だって。ぼくのことなら心配しなくていい、ぼくは──」

「いいえ、不可能なの。マレディクタのせいでわたしたちは酔っぱらって、わたしも酔ってる。運転できない」

「ああ」アンドルーが身を乗りだし、くんくんにおいを嗅ぐ。「ゲッ、ヤバっ！　ペニー……」

「だから、あなたに運転してもらう必要があるの」マウスは有無を言わさず、車のキーをアンドルーの手に押しつける。「お願い……とにかくどこかへ連れていって、休めるところならばどこにでも。そのあとあなたがわたしの車を借りて、今夜、ブラッドリー署長に会いに行くというのなら、それはそれでいい。わたしはどこかであなたを待っている」

アンドルーは手のひらの上でキーをはずませ、何やら思案しているようだ。「うーむ、わかった、どうにかなるか……」

「とりあえず行こうよ」マウスが強調する。「これ以上ここにいるのは耐えられない」

「わかった」彼がまた微笑む。「うしろで横になってればいい。あとはぼくがなんとかする」

ビュイックの後部座席で体を伸ばす前に、マウスは窓を下げる。新鮮な空気を取り入れたら、どんなにしつこい吐き気だろうが消し去ってくれるように思えたのだ。結果は狙《ねら》いどおり。アンドルーが駐車スペースから出す間、彼女の胃袋はぐらぐらしているが、いったん走行を開始すると涼しい微風が流れこみ、たちまち不快感を鎮《しず》めてくれる。「もうひとつだけ……」うとうとしてまぶたが垂れおちる。

「ん？　何かな？」

「水が一杯欲しい。どこかに寄って、わたしに……」

「いいよ、マウス」彼が言う。「楽にしてて。さっそくそうしよう」

「ありがとう……」車がなめらかに前進する動きにあやされ、マウスはゆったりくつろぐ。そして――

――何かがまぶたをくすぐる。微風はまだ窓から吹きこんでいるが、さっきまでとはちがいペースは一定していない。ビュイックはどこかにとまっている。マウスは顔に手を上げ、くすぐってくる何やらを寝ぼけたまま払いのけようとする。葉っぱ。

マウスは体を起こし、まばたきをして眠気を振りはらう。アンドルーの名前を呼ぼうとするが、口と喉が乾ききっている。運転席に目をやると、そこには誰もいない。

ここはどこかのハイウェイのサービスエリアなのだろう。アンドルーは、きっと彼女のために水を手に入れようとして車を離れたんだ。マウスは大きくあくびし、気分がずっとよくなったのに気づいて驚く。喉はからからに乾いているし、頭も痛かったが、それでもかなり酔いはさめていたし、午後ずっと寝ていたような気さえするくらいだ。

なんか妙だ。ダッシュボードの時計に目をやる。やっぱりマウスは午後ずっと寝ていた。それに――よくよく外を眺めてみると――サービスエリアにしてはずいぶん変だ。駐車場は芝で覆《おお》われ、給油機もなければファストフードのレストランもない。白いコテージ風の建物が一軒、しかも一方に傾いていて……

そんなバカな。

マウスは首をひねり、リアウィンドウから外を眺める。さっき目にしたものがただの幻影であればいいと願いながら。だが、車の背後にもやはりサービスエリアはなく、すでにおなじみになりかけている未舗装路が延びているだけだった。

だとするなら、どうしてアンドルーはここに戻ってきたのだろう？

考えなおす。気にするな。理由などどうでもいい。マウスはとにかくここを離れたいだけだ。ビュイックの背もたれから身を乗りだし、クラクションを鳴らす。最初は短く、何度か。それからけたたましい音で長く。鳥たちが驚き、周囲の木々から飛び去る。だが、アンドルーは駆けもどってこない。

あいつめ。キーがイグニッションに入っていれば、マウスは自分で運転してこの場から去ろうという気になっていただろう。酔いはもう充分さめている。だが、キーはなく、いずれにせよ、ただ去るのはまちがいだとマウスは知っている。ここで起こっているのがなんであれ、少なくともその一部はマウスのせいだ。そもそも酔っぱらって運転不能の状態になっていなければ……。

マウスは車を出て、コテージに向かう。玄関ドアをノックするが返事はない。どの石の下に鍵《かぎ》を隠してあったかマウスは思いだせない。コテージの横手を移動する。ここでマウスは、アンドルーがなんのために戻ってきたのか知るための手がかりを見つける。家の支えとして使われていた厚板のうち折れたのはきれいに片づけられ、無傷だったのはもとに戻されたうえ、等間隔に並べられ、何本か少なくなっている事実をうまくごまかしている。それでもブラッドリー署長は気づくだろうが、破壊された木片が周囲に散らばっていない以上、ここで何があったかまではまずわからない。

マウスはさらに回りこみ、裏口に出る。鍵はかかっていない。コテージに入ると、なかは静まりかえっている。誰もいないというたしかな状況証拠。とりあえずざっと見回す。アンドルーはキッチン、食料貯蔵庫、リビング、あるいは一階寝室の、戸口から見える部分のどこにもいない。つづいてマウスは屋根裏部屋のドアに向かう。階段の吹き抜けに頭を突っこみ、耳をすます。音はしない。リスの鳴き声さえも。アンドルーが上にいて、また簡易ベッドに昏睡《こんすい》状態で横たわっている可能性はある。だが、そうだとしても、アンドルーは好きでやっている。たとえ見返りに新鮮な水がもらえようと、ひとりでこの階段を上っていくのは御免だ。

水。キッチンのシンクはマウスの真後ろにある。両方の蛇口をひねるが、一滴も出てこない。もう一度、食料貯蔵庫をチェックし、今度は飲み物を探す。ガラスの広口瓶があり、野菜や果物が液体に漬けられているのもたくさんあったが、さすがに酢や濃厚なシロップを飲まなければならないほど切迫しているわけではない。缶詰類についていうと、その種類からして、アンドルーの母親がスープやシチューを頻繁につくっていたのは明白で、ひとつの棚などは塩ビーフブロス、塩チキンブロス、濃縮クラムチャウダーだけで占められている。

シンクに戻り、窓から裏庭を見る。この二分のうちに誰かがなかに入り、噴水盤でも設置してくれたかもしれないという淡い期待を抱いて。もちろん、そんなはずはないが、かわりに別の変化に気づいた。小道のゲートが開きっぱなしになっている。今日、一度目にマウスとアンドルーがきたとき、ゲートは閉じていた。マウスは、さっきコテージの横を回ってきた際にゲートが閉じていたかどうか記憶をたどるが思いだせない。

マウスは小道を見つめ、その先に湖があるはずだと思う。一キロ近く先。アンドルーはそう言った。とくに行きたいわけでもないが、選択肢は限られている。セヴンレイクスまではるかに距離があるし、町に行ったところでアンドルーや自分の車のキーが見つかるはずもない。

ゲートの向こうには密になった暗い林が広がっている。マウスはすばやく歩く。やがて前方の木々の間から湖が見える。離れていてさえ、水は自分を手招きしているように見える。マウスは小走りになり、小道の最後が傾斜になっているのに気づかず、けつまずきそうになる。

クワリー湖の周辺には、アンドルーが自分の――あるいは〈証人〉の――記憶をもとに述べていたとおりの光景が広がっている。それでも多少の違いはある。小道の端に大きな灌木《かんぼく》はないし、湖の中央の〈島〉はアンドルーの話から受ける印象よりももっと小さく、瓦礫《がれき》の先端がわずかに水面から突きでているようにしか見えない。湖はまちがいなく深く、冷たい。そして水はおいしい。マウスはくぼめた手で水をすくい、何口も飲んだ。そのうち胃が抗《あらが》うかのように痙攣《けいれん》を起こす。マウスはいったん休止し、深く息を吸い、視界の隅に立っている人物に気づく。

「やあ、ペニー」アンドルーが言う。

声を回復したマウスは、口からキーッと大きな音を洩《も》らし、崩れおちる。

「ペニー……」アンドルーは安心させようと両手を掲げる……。

……そして、動作の最中に心変わりし、余計な真似《まね》はしないことにする。

「なんでもない」とアンドルー。「おまえは骨折るに値しない」

マウスは見上げ、目をしばたたく。「アンドルー？」

彼がその言葉を訂正しようともせず、侮蔑《ぶべつ》するような目でじっと見つめていると、やがてマウスははっと気づく。

「まさか」とマウス。ゆっくりと立ちあがる。「あなたのはずがない。あなたは絶対――」

「絶対なんだ？」ギデオンが言う。「出てこられないはずなのにか？　それはなんでだ？　アンドルーが勇敢で誠実だからか？　あいつは自分の責任から逃げたりしないと?」ギデオンが笑う。「アンドルーは現実の存在ですらないんだよ、マウス」

「アンドルーは現実よ!」マウスが抗う。「彼、彼は勇敢よ」

「おまえに比べたら、そうかもな。だが、やつの行動がどれだけ勇敢かなどどうでもいい。あいつは恐怖と弱さから生まれた。結局、やつの本質はそれだ。恐怖と弱さ。アーロンの恐怖」ギデオンはそう言うとき顔をニタニタさせ、歯まで剝《む》き出しにするが、押さえつけた怒りのせいで手はわずかに震えている。「アーロン! とにかくひどい野郎だ。俺の人生を奪い、俺の地所を放棄し、俺をクソ妖精《ようせい》みたいに瓶のなかに閉じこめておこうとしやがる! それでいて最後には態度をがらりと変え、ただ……責任を打ち捨ててしまうなんて。自分には不要だと言わんばかりに…… いやはや!」一瞬、怒りのあまりギデオンは言葉に詰まる。「要するに挫折《ざせつ》した。とはいえ、弱さは弱さだ。俺はただ、好機をうかがい、その時がくるのを待っていればよかった」

マウスは無言でいるが、ギデオンは反論でもされたかのように突然、にらみつける。

「おまえが何を考えているかはわかっている」とギデオン。「どうせこう考えているのだろう。こいつは以前も一度出てきたが、その立場を保持できなかった。体を保有するにしたって一日、せいぜい一週間というところだ。どうせ、そのうちアンドルーは力を取りもどすだろう、と」

「わたしは全然――」

「おい、いい加減にしろ、マウス！」彼は体をかがめ、石をひとつつかむ。マウスはびくっとするが、ギデオンは彼女にではなく、湖に向かって投げつけ、水切りをする。軽い力で放りなげたので、石は何度か湖面を跳ねただけで沈んでしまう。かといってギデオンは不満げかというとそうでもなく、むしろ満足そうな顔をして、しぶきとともに生じたさざなみが湖面に広がり、消えていくのを見つめている。それからギデオンが言う。「アンドルーはもう戻らない。以前は準備が足りなかった。だが今回は完全に片づけた」

「で、いったい……いったいこれからどうなるの？」

「どうなるかは言ったとおりだ。コテージはブラッドリー署長に売る。金――そのすべて――が手にはいったら、こんなところに用はない。どこか新しい場所に行って、俺が本来、送るはずだった人生をそこで送ってやる」

「わたしはあなたを助ける気はない」

ギデオンがマウスを笑う。「俺がおまえの助けを必要としているとでも？　ほらよ……」ポケットからキーを取りだし、マウスの足元に放る。「どうぞ、さっさと行ってくれ。シアトルに帰れ。勝手にセラピーを受けろ。さあ！」

マウスは驚きながらもキーを拾う。

「なんだ?」とギデオン。「俺がおまえを拘束して離さないとでも思ってたか?」

そのとおりだ。実際、マウスはそう思っていた。

「なんで俺がそんなことを思わなくちゃいけないんだ?」とギデオン。「念のために言っておくが、俺はおまえを恐れていない。おまえには俺を止める手立ては何もない」

マウスにはそこまで確実とは思えない――前回、ギデオンが外に出てきたとき、いったいどういうまい手を使ってギデオンを止めたのか思いだしているようだ――だが、マウスの疑念に満ちた顔つきを見て、ギデオンはまた笑いだす。

「なんだ?」ギデオンが挑むように言う。「いったいおまえに何ができる? 俺がアンドルーの体を盗んだと警察に訴えるか? おまえがその件についてジミー・カーヒルに説明するところをぜひ見たいもんだ。ブラッドリー署長でもいい。やっぱりコテージを手に入れるのは無理だとやつに説明してやれ。なにせいまの取引相手はちゃんとしたアンディ・ゲージではないのだからと。それで、たとえそう信じさせたとしても、やつがそんなことを顧慮すると思うか?」

マウスはキーを握りしめる。「今夜、ブラッドリー署長の家まで車で行く必要があるんじゃない？」

「いや、別に。必要なら歩いていく。昔は、ここの辺をいつも長時間、歩いていたものだ。だが、俺は歩く必要もないだろう。おまえが送ってくれる」

「いいえ、わたしは送らない」

「いや、おまえは俺を送る。アンドルーはもう戻らないと俺が言っても、おまえはそれを信じない。やつが戻ってくると信じている。やっぱりやつは戻ってこないと思えるようになるまで、おまえは俺のそばにいたいと考えるだろう。ということはブラッドリー署長のところに行くときがきたら、おまえは俺を車でそこまで連れていくか、でなければ車に乗り、歩いている俺に時速六キロでついてこなければならない。道端を延々テクテク歩いてくぐらいの親切さを俺が持ち合わせていればだが」肩をすくめる。「きっと俺を乗せてくれるはずだ」

マウスはこのまま立ち去り、ギデオンのまちがいを証明したいと思う。残念ながらギデオンはまちがっていなかった。

「まだここにいるのか？」ギデオンがすまして言い、周囲を見回し、また別の水切り用の石を探す。

マウスは話題を変えようとする。「ゼイヴィアのことを教えて」

ギデオンが微笑む。そうくると思っていたとでもいうように。「やつの何についてだ？」

「最初、ゼイヴィアについて訊《き》いたとき、やつは道具だとあなたは言っていた。何に使う道具かは言わなかった」

「義理の父親を殺すために俺がやつを呼びだしたのかどうか知りたいのか？」ギデオンが笑う。「駆除業者のゼイヴィア。おまえにとって、やつはそういう存在みたいに思えると？」

「いいえ」とマウス。「けど、たいした弁護士とも思えない」

「実際、たいした弁護士じゃない。本物の弁護士に頼めば金がかかる。そして俺には無駄遣いする金がない。肝心な点はそこだ」

「あなたは義理の父親からお金を手に入れようとしていた」

「俺は金が欲しかった」とギデオン。「義理の父親はいいカモになりそうだった」

「だからあなたは弁護士をこしらえた。義理の父親を訴えるために。恐喝するために」

「ゼイヴィアはやつにチャンスをくれてやろうとした。俺に金を払うのも選択肢のひとつだった」

「ただ、ゼイヴィアはくるのが遅すぎた。ブラッドリー署長がすでにその場にいた」

「俺のせいじゃなかった」ギデオンがうんざりしたように言った。「もしもミスター・役立たずが林のなかで迷わなければ、俺たちが先に到着したのに」

「だとしたら、あの話はやっぱりほんとうだったんだ。あれは同じ夜のことだった。リビングの絨毯《じゅうたん》の上に残っていた血についてゼイヴィアが言ってたことだけど――あれは事故だった。ゼイヴィアはそれを見た」

「そう、義理の父親が死んだ夜のことだ。タイミング最悪。だが俺は事故のことは何ひとつ知らない」

「どういうこと？」

ギデオンは別の石を湖に放る。今度は水切りをしようともしない。「わかるよな」とギデオン。「俺は実際にはその場にいなかった。コテージへ行ったのはゼイヴィアだ。ゼイヴィアが窓から見たんであって、俺が見たんじゃない。だが、いくつか声は聞こえてきた。やつがあわてふためいて走り去る前に。公式の説明だとなんだった？義理の父親はつまずいてコーヒーテーブルの上に倒れたんだっけか？」

「……で、体に致命的な傷を負った」マウスが目をしばたたく。「実際はそうじゃなかったの？」

「いや、俺は知らない」彼女の反応を楽しみながら、ギデオンが言う。「大量出血のせいで錯乱してしまっただけなのかもしれない。けど、コーヒーテーブルに慈悲を請《こ》うなんて妙な話だと思わないか?」

ぼくは死んだ。

それ自体は、たいして気にもかけなかった。死を恐れたことは一度もなかった。うん、死ぬのを恐れたことはある。苦痛に満ちた最期《さいご》、あるいは早すぎる最期――重大なことをやり残したままの――については言うまでもない。でも、現に自分が死んでいることについて考えても、格別、恐怖をおぼえなかった。ぼくは誕生の瞬間を憶《おぼ》えていた。闇《やみ》から出てきたのだから、いつかはそこに戻るのだってごく当然のこととしか思えなかった。恐ろしいのは生と死を分かつ中間の領域のみだ。というわけで、死んでいるのは気にもならなかった。気になったのは、自分が死を気にせずにいるのはいったいどうしたわけなのかという点だった。意識消滅後の不在において感情が生じるはずがない。死に対して安らかな思いでいられるのは、あくまでも死が起こる前であって、死が起こってからではない。だとすると、その問題について依然として感情を抱いていられるのはどういうわけなのか?

質問ついでにもうひとつ加えるなら、依然として目が見えるのはどういうわけか？　そもそも闇のなかでは何も見えるはずがない。だが、ここ――ここがどこであれ――には、何かがあった。その何かがいったいなんであるか言いあてるのは困難だった。

これってひょっとして迷路なのか？　隆起し、曲がりくねった小道がぎちぎちに詰めこまれた左右対称の迷路は、ちょうど真ん中の位置を走る、ひときわ深い溝で分割されている。その灰色の何やらを目にしたとき、ぼくはコヴェントリー島を連想した。が、それにしては全体の設計があまりにも複雑すぎる。またもやギデオンが、来訪者を寄せつけまいとしてこしらえたというのなら話は別だが。

ぼくはその上で宙吊《ちゅうづ》りにされ、見下ろすだけで動くこともままならなかった。少なくともこの部分だけは適切に思えた。死んでいたら動けるはずがない。しかし、それ以外は……。

死について振りかえり、いったいどこから、どうしてそのプロセスがおかしな方向に進んでしまったのか突きとめようとした。ギデオンはかなりの上空からぼくを湖に落とし、ぼくはものすごい力で水面にぶちあたった。それにより確実に生じるはずの津波で家が流されないようにとぼくは願うのみだった。衝撃はすさまじく、それだけでぼくはもう死にかけた。意識を取りもどしたときには水のずっと深いところにいて、溺《おぼ》れ死ぬ以外、何ひとつできそうにもなかった。冷たい水流のなか、ぼくの魂はぐにゃりと曲がったプロペラのように旋回し、螺旋《らせん》を描きながら下降した。生きのびるための努力を何ひとつできずにいたのは、肉体的な、あるいは形而上学《けいじじょうがく》的なダメージのせいではなかった（橋から飛び下り、背骨を折ったならいったいどれだけの激痛に見舞われるのかということはよくわかったが）。絶望感のせいだ。失敗したという確固たる認識。この最新の失敗、予見しておくべきだった今回の奇襲についてだけじゃない。ぼくの失敗のことごとく。ぼくの短い人生のあらゆる欠点、ヘマ、しくじり。そのすべてが集中し、ひとつの自己啓示となり、重りのついた鎖のようにぼくを縛りつけた。そのうちわかるとも。父はつねにそう言っていた。そしてぼくは、最後にもうひとつの教えを得た。ぼくは役立たずだった。役立たず。

こうしてぼくは溺れた。ほっとしたことに、とうとう湖底に達した。水草をすり抜け、泥ではないぬかるみのなかに。最後の明かりが消え、ぼくの魂は抹消されるべく無に吸いこまれた。これですべてが終わった。すべて終了。あとはただ消え去るのみ。

待て、待て。

そう、まさしくこのときだった。ことここにいたり、死の情景はほころびを見せはじめた。ぼく自身がほぐれる寸前のところで。ぼくの魂は一気に分解し、無と化すのではなかった。段階を経てバラバラになり、自己の層が一枚ずつ剝《は》がれ、少しずつ削られ、非存在へと移行しようとした。ただし、完全な非存在にはいたらなかった。なぜならば、アンドルーの内にあって、わが身のいたらなさを嘆いていた部分、解体を歓迎していた部分こそが、真っ先に処分される部分だったのだから。いったん精神的な動揺を捨て去ってしまうと、アンドルーの残存部分——いまなおこうした思考をめぐらしているアンドルーの中核——は、もうそうやすやすとあきらめようとはしなかった。仕事がまだ終わっていない以上、あきらめるわけにはいかない。あのアンドルーは彼の〈目的〉にしぶとくしがみつき、魂の残骸《ざんがい》をがっちりと抱えこんだ。その間もどんどん沈みつづけた、さらに下へ下へと……。

ああ。

ああ、もちろん。

灰色の迷路。ぼくはその上にいて、見下ろしているんじゃなかった。ぼくはその下にいて、見上げていた。それは地理だった。まさしく地理、ただし反対側から見たそれだ。ぼくは湖の底で溺れているのではなかった。突き抜け、その下に出た。その下の——。

「対蹠地《たいせきち》」声が言った。

正反対の地点、対蹠地、そう、もちろん、そういう呼び名だ。といっても、対蹠地を自分の目で見たことはなかった。バッドランズの丘の表層の下にある地層を目にしたことがないように。その名前からイメージするものとはちがう。どうして〈対蹠地(antipodes)〉という言葉は複数形なのか？　単数形の対蹠地があるとしたら、ぼくが目にしているもののうち、どの程度の部分なのか？

「言葉遊びで時間を無駄にするな」

誰が話しているのか？　声のほうに顔を向けようとするが、やはり動けなかった。自分が死んでいないとわかったいまとなっては、動けないという事実が腹立たしかった。もう少し実体があれば役に立つだろうと考え、ここに来る途中で捨て去った層をいくらか取りもどした。すると案の定、魂は再結合し、ぼくは可動性をまた手に入れた。しかし、そのとき挫折感まで甦《よみがえ》り、またもやぼくから力を奪おうとした。

幸いにもそのための解決策はあった。ぼくは地理に手を伸ばし、灰色のうねのごつごつした箇所を均《なら》した。感情のボリューム調整のつまみを下げたかのように、不快な感情はどうにか耐えられるレベルにまで縮減した。

だが、その感情はまだ残っていた。ぼくはひどい失敗をいくつかしたし、とてつもなくひどい決定もいくつか下した。そしてぼくはそれを知っていた。それを知らなかったほうがはるかにましだ。あの灰色のうねをつかみ、きれいに引きはがしてみたらどうか？

「しないほうがいい」声が言った。「そもそも、もとはといえばぼくがこんなごたごたに巻きこまれたのだってその手のことが原因だった」

いまは顔をそちらに振りむかせることもできたが、そこには誰もいなかった。自分相手のおしゃべり。いかにもぼくらしい。

「ぼくらしい」ぼくが地理のほうに顔を戻すと、声は愛想よく同意した。「それで今度はなんだ？」

「簡単」ぼくが言った。「上に戻らなきゃ」

「そのための計画はどうやって立てる？　家のまわりを歩くのとはわけがちがうぞ。コヴェントリー島から脱出するのだって、これに比べたらなんてことはない。ここから戻るには、誰かにぼくを呼びだしてもらう必要がある」

「ぼくの父は……」

「……おそらくぼくがもう二度と戻らないと考えている。マーコ船長が湖からぼくの魂を釣りだそうとし、何も見つけられなかったら——」

「それならぼく自身でやる必要がある」

疑わしそうに。「ぼく自身を呼びだす？　そんなこと可能なのか？」

「さあね」ぼくは認めた。「ぼくのためにそれをしてくれるひとがほかにいないのなら……」ぼくはふたたび手を上げると、テコ代わりに利用してやろうと地理全体をつかんだ。「ぼくの名前はアンドルー・ゲージ」

――冷たい、冷たすぎる衝撃に耐え、もう一度湖底から飛びあがった。水草や黒々とした水が激しく裂け、ぼくは自分自身をぐんぐん引きあげた。

ぼくが突きぬけたとき、湖の表面は嵐《あらし》で荒れ狂っていた。もやは消えていた。風は湖面の水を激しくかきたて、もやを吹きとばした。その上の空は黒々として雲に覆われていた。雨が降り、雷が鳴っていた。立ち泳ぎし、白い波頭のなかでひょこひょこ上下していると、稲妻が閃《ひらめ》き、いちばん近い岸辺が浮かびあがった。はるか遠くにあるようだ。でも、それは目の錯覚にすぎない。ぼくはもうずっと先まできていた。ぼくは泳ぎはじめた。

今回、湖の岸辺にぼくを待っている人間はひとりもいなかった。船着き場もカボチャ畑も閑散としていた。マーコ船長の渡し船は放置され、係留所で浮いていた。サイレント・ジョーのシャベルがカボチャ畑のゲートに無言でもたれかかっていた。一見すると、家も閑散としているようだ。観覧台には誰もいないし、湖に面したすべての窓はよろい戸が下ろされていた。しかし、注意して見ると玄関ドアの下から明かりが洩れでているのがわかった。小道を進んでいくと、立ちどまってノックしようともせず、ぼくはなかに入った。

家のなかは無人ではなかった。満杯だった。ミーティングが招集されていた。休憩室には長いテーブルが置かれ、ぼくの椅子以外はすべて埋まっていた。上の回廊では、〈証人〉全員が欄干の背後に集まっていた。

ぼくがなかに入ると全員がこちらに顔を向けた。アダムがいつもの尊大な作り笑いを浮かべ、ぼくの到着を迎えた。しかし、テーブルについている他の魂はぼくの姿を目にし、一様に唖然《あぜん》としていた。「アンドルー！」ぼくの父が飛びあがって叫んだ。

何かを言うべきだった。せめて「ハイ」くらいは。しかし、ぼくは使命感に突きうごかされ、階段下のドアにまっすぐ向かった。ノブをつかんでガタガタさせたが、やはり回らない。

これじゃダメだとぼくは思った。

「このドアは鍵をかけられていない」ぼくは言った。

ノブが回転した。ドアがさっと内側に開き、ぼくは狭い踊り場に出た。踊り場、そしてそこから下へと続く階段には、蜘蛛《くも》の巣が花綱のように垂れさがり、床を覆うほこりの分厚さたるやコテージの屋根裏部屋にもけっしてひけをとらなかった。ほこりのなかには二組の足跡がくっきりと残っていた。

下の地下室は真っ暗だった。

こっちもダメだとぼくは思った。

「光！」呼びだすと、一本のひもに吊るされたいくつもの電球が階段の上に出現した。地下室スペースに蛍光灯の明滅する白い輝きが浮かびあがった。

ほこりにぼく自身の足跡を残しながら階段を下りた。

作品数がありすぎる美術館の地下室を想像してもらえば、ぼくがそこで何を目にしたか、うまくイメージしてもらえるだろう。家の地下室は真四角で、広さは上の休憩室とほぼ同じくらいだった。床はセメント、壁はコンクリートブロックでできている。スペース内には、さまざまに異なるスタイルで制作された大量の美術作品が必ずしも無秩序とはいえないパターンで配置され、ブラッドリー署長の家の写真を貼《は》りつけた壁を連想させた。

表現技法の幅広さには目をみはるものがあったが、いずれの場合でも扱われているのは同じ主題だった。父の部屋のベッドの下で見つけた絵と同じ主題。幼い娘を抱擁する女性――母親。

「アンドルー?」ぼくの父が言った。ぼくを追って階段を下り、周囲を見回し、集められた美術作品、アルシーアのおびただしい数の顔を見て面喰った。「なんだこれは?」

答えるかわりにぼくは壁の一画を手で示した。コンクリートブロックの壁には穴が開いていて、その向こうには雑な造りのトンネルがあり、下方に傾斜し、視界の外に消えた。下からつねに風が吹きあげ、湖水のにおいを運んでいた。

「ギデオンの脱出路だ」ぼくは言った。「トンネルははるか向こうのコヴェントリー島に通じているにちがいない。しばらく前からここを利用しては、ちょこちょこ時間を盗んでいたのだろう。だが、まともに活用するには危機を待たなければならなかった」

「だが……」トンネルのなかを一瞥《いちべつ》し、父は振りかえって油絵と水彩画、木炭スケッチ、クレヨンのなぐり書き、銅像や紙張り子の像を見つめた。「これはなんだ?」

「物置。ここは、ぼくたちの母親に対しての感情、あなたが扱いかねた、あなたたち全員が扱いかねた感情をあなたが押しこめてきた場所だ。ギデオンは別だけど。あいつにはどうでもいいから。ここはあなたにとって〈盲点〉とでもいうべき場所なんだ、父さん」

「ちがう」父はかぶりを振った。「わたしはここをつくらなかった」

「いや、あなたがつくった。あなたは隠しつづけた。あなた自身からさえも。だが、つくったのはあなただ。ドクター・グレイが見つけられなかったのは驚きだ。彼女ならいつかは聞きだしていたはずだ。でも、ドクター・グレイは脳卒中を起こし、あなたはずっとそれを隠しておけた……ギデオン以外の全員から」

「ギデオン」父はそっと言った。

「ギデオンが逃亡したからといってそんなに気に病む必要はない。ある意味、やつはぼくたちに恩恵を施してくれた。やつがあなたより精神的に強いわけじゃない。あなたが言ったようにやつは利己的で、そもそも母の愛をまったく必要とはしなかった。おそらくはこれまた、愛が得られないという事態に対処するやりかたのひとつなんだろう」

「ギデオンには対処すべきことを与えてやるつもりだ。やつをとっつかまえたら――」

「ダメだよ、父さん」

「ダメだと？」

「ギデオンに関して責任を負うべきなのはあなたじゃない。責任を負うのはぼくだ」

「ちがうぞ、アンドルー。家庭のしつけはわたしの仕事だ」

「たしかにあなたの仕事だった」ぼくは言った。「でも、それは変えなければならないことのひとつだ。もしほんとうに秩序を維持したいのなら、これからは体と家を別々のものとして扱っちゃいけない。ぼくたちは両方を管理するひとつの魂が必要なんだ。そして、その魂はぼくでなければならない」

「アンドルー――」

「あなたじゃダメなんだよ、父さん。あなたは自分の役割を果たした。ぼくたちを暗い部屋から連れだし、家を建てた。でも、いまのあなたは疲れている。ギデオンにも管理はできない。やつがそうしたいとどんなに願おうと。ギデオンはあまりにも利己的で、ぼくら全員を否定しようとしてるけど、そんなのうまくいくはずがない。

「そうなると残るのはぼくだ。引きうける覚悟はできている。あなたはこれらの感情をここに封じこめたけど、ぼくならそれにも耐えられる。ぼくはギデオンとはちがう。どうでもいいなんてことは絶対にないし、母親がぼくたちを愛してくれなかったんだと思うとつらくなる。それでもぼくはその事実を受け入れ、これまでどうにかこうにかやってきた。ぼくなら、ぼくたちの歴史、そのすべてを受け入れ、なんとかやっていけるんだ、父さん。それに結局のところ、あなたはそのためにぼくを呼びだしたはずだよね？」

「わたしは……」父は言いかけて口をつぐんだ。その姿は急に老《ふ》け込んだようだった。父は階段に腰を下ろした。上の踊り場からすり足で歩く音が聞こえた。他の魂たちが好奇心に駆られ、様子をうかがいにきたのだ。

「ギデオンから体を取りもどすのは容易ではない」父が言った。「やつは今度こそ死に物狂いで保持するつもりでいる」

「それはあとで考えよう。それよりもまずは……」ぼくはあるものを見つけだそうと地下室のなかをあちこち移動した。

「どうした、アンドルー？」

「思いだしたんだ。階段には二組の足跡があった……。ミーティングに出ていなかったのはギデオンだけじゃなかった。これだ！」二つの彫像の間の床に汚れよけのシートが敷かれ、魂のかたちが浮きあがっていた。ぼくは腰をかがめ、シートをわきにどかした。

ゼイヴィア・レイズが目を開けて、体を起こした。「やあ」とゼイヴィア。「これからまたひと仕事させようってのか？」

「仕事はいい」ぼくは告げた。「そのかわりいくつか訊きたいことがある」

「骨には気をつけてくれ」ブラッドリー署長がテーブルに湯気の立つ大皿を置く。

署長はもてる力を振りしぼってディナーを用意した。焼きたてのコーンブレッド、ロンググレインとワイルドライス、茹《ゆ》でたアスパラガス、そしてメインの料理として、オートミールをまぶし、フライパンで揚げた白身の魚。すべてが驚くほどに食欲をそそらない。いや、すべてではない。ライスはいけそうだ。だが残りはというと、アスパラガスはふにゃふにゃだし、コーンブレッドの上はラードがぐじぐじにじみ、底は焦《こ》げていた。魚は……焼きすぎてパリパリだ。

マウスは空腹だったが、食事をざっと目にしてからは空腹でないふりをしようと決める。胃の調子が悪いふりをしてもいい。今日の午後、さんざん羽目をはずしたあとだし、まんざら出まかせでもない。

だが、ギデオンに先を越される。「実は」ギデオンが魚の載った大皿料理を見て用心深く言う。「さっきのチリでお腹《なか》がまだあやしいから……」

「ああ、魚はスパイシーじゃない」ブラッドリー署長が請け合う。「ころもにほんの少しだけ胡椒《こしょう》が入ってるが」

「それでも」とギデオン。「ライスだけもらおうかな……」

洞窟の入り口から見ているマレディクタがひと言口にする。マウスは注意深く聞きとり、それから大声で言いたてる。「やめて、アンドレア、そんなことしないで！」

ギデオンが鋭い目でマウスを一瞥する。「なんか言った？」

「ラ、ライスだけなんてダメだよ」マウスがわずかに口ごもる。「ブラッドリー署長がものすごく頑張ってわたしたちのために魚をとってきたのに……」

ブラッドリー署長がくすりと笑う。「実際は、大通りの市場でつかまえたんだがね」と署長。「こんな魚をスポーツマンズ湖でつかまえてお客に出すとか無理だと思うよ」

「でも、この料理、美味《おい》しそうよ！」マウスは大皿のへらを手に取り、魚を二枚、自分の皿に載せる。ギデオンの皿にもよそってあげようとするが、腕をさえぎられる。

「いや、けっこう」とギデオン。

「いい加減にして、アンドレア」マウスが言う。「失礼な態度はやめてちょうだい……」へらを突きだそうとするが、ギデオンは手首をつかんでいる。握った手にぐいっと力をこめてマウスの腕を押しもどし、それからねじりあげると、魚は給仕用の大皿にぼとりと落ちる。

「ほんとに」ギデオンはマウスの手首をさらにもうひとひねりして痛めつけ、それから手を離す。「何もいらない」

「無理やり食べてもらわなくてけっこう」とブラッドリー署長。むっとしたような口ぶりで。それからマウスのほうに顔を向け、微笑《ほほえ》む。「まあ、きみとわたしの分が増えるだけだがね……そうだろ、ペニー？」

「実際」ギデオンが口を出す。「彼女はむしろ〈マウス〉と呼ばれたがってる」

「なら、マウス……付け合わせでアスパラとかどうかね？」

ブラッドリー署長は、マウスにアスパラガスとコーンブレッドをたっぷりとよそわせ、それから自分自身の分を取り分ける。ギデオンは、ワイルドライスを独り占めしようと、自分の取り皿の上にどかどか盛ったので、ほかの料理を載せる余地はいっさいなくなる。

マウスはひと口魚を齧《かじ》る。おそろしくまずい。砂でコーティングされたタバスコ風味のゴムだ。だが、ごくりと呑《の》みこまず、舌の上にとどめておく。じっくり味わおうとするように。

「んーーー！」マウスが突然言う。口に指を入れ、何やら長細いものを引っぱりだす。「骨のこと、冗談じゃなかったんだ」ギデオンにも見えるように掲げる。「小さな槍《やり》みたい」

「まあな。呑みこまないよう気をつけてくれ」とブラッドリー署長。

「こんなの絶対、喉《のど》に刺さってほしくない」マウスは皿の端に骨を載せ、縁から突きでた先をギデオンに向ける。

「で、きみは何で生計を立ててるんだね、マウス?」ブラッドリー署長が尋ねる。

「コンピュータのプログラマなんです」マウスはまた骨を吐きだし、付け加える。

「アンドレアはその会社の用務員なんです」

「用務員?」とブラッドリー署長。「きみの話だと、オフィスの管理者じゃなかったかね、アンドレア」

「そうだよ」とギデオン。「つまりだ、オフィスの管理者だったし、そのうちまたそうなる」マウスをにらみつける。「用務員の仕事は一時的なものだ。もうすでにやめると伝えた。もう仕事には戻らない」

「いや、別に恥じることじゃない」とブラッドリー署長。「わたしのおばは長年、清掃人をしていた」

「別に恥じてない」ギデオンが言う。「それに自分の一生を費やそうという気にはなれないだけで」

マウスはもうひと口魚を齧り、もうひと組の骨を皿の縁に並べる。魚のころもにふくまれた胡椒がぴりぴりしはじめ、無性に飲み物がほしくなる。ブラッドリー署長が全員の前に並べたグラスに水と白ワインそれぞれを注いでいた。マレディクタはワインを飲めと勧めるが、いまのマウスはこれ以上酒を飲もうという気にはまったくなれず、ずっと水だけを飲もうと決意する。すると、ギデオンも水だけを飲んでいるのに気づく。

「せっかくだし、乾杯しない?」結局、マウスはワイングラスを手に取る。「地所の売却を祝って」

「乾杯しよう」ブラッドリー署長がワイングラスを掲げ、ギデオンもそれにならわざるをえなくなる。彼らは乾杯し、ワインを飲む。

ともかくもブラッドリー署長はワインを飲む。マウスは飲むふりだけし、ギデオンはお付き合いで軽くすする……最初のうちは。しかし、グラスをテーブルに戻そうとしたギデオンは、下に置かず、左手から右手に移しかえ、また唇に運び、一気に飲みほす。それからグラスをちゃんと下に置き、そして――何が起こったのか気づいてもいないかのように――左手でスプーンを取り、またライスを食べはじめる。

マウスは見るとはなしに見ていたが、ぞくぞくするような高揚感が湧《わ》きおこるのを感じた。また乾杯しようと誘いかけてみようかとも思ったが、それだとあまりにも露骨すぎる。そこでマレディクタが別の提案をする。

「それで、ブラッドリー署長」マウスが言う。「コテージはどうするつもり？　取りこわしが必要だと思うんだけど」

「だろうな」とブラッドリー署長。「ランチのときアンドレアに話したように、コテージを破壊せず、基礎だけ修繕する方法があれば、そうするつもりだが、やはり――」

「コテージを計画的に解体したらどうかな？　それもできるよね？　コテージを分解し、それから新しい基礎の上にもう一度、組み立てるとか？」

「それも考えたが」署長がうなずく。「やっぱり難しいし、費用もかかる……しかし、それを言うのなら、まるっきり新しい家を建てるのだってやっぱりそうだ。できればコテージを保存したいのだがね。というのもいくつか感傷的な理由があって……」

「もちろん」とマウス。「もしそうするつもりなら、早めに取りかからないと。コテージが自然に倒壊する前に」

「たしかに。そうなる前にもうしばらく時間があるといいんだが」

「ああ、それはどうかわからないけど」マウスは頬のあざに指をあてる。「今朝、アンドレアとわたしとで行ったときだけど、家が倒れて、つぶされるかと思った」

ギデオンがスプーンを落とし、カチャンと音がする。

「どうういう意味だ？」ブラッドリー署長が訊く。「何があった？」

「えーと——」マウスが言いかける。

「何もなかった」ギデオンが負けじと声を張りあげる。「マウスは大げさすぎる」抑制され、愛想のいい声だったが、警告するかのように目をぎらりと光らせる。マウスは怖気《おじけ》づくが、それでもギデオンが彼女のことですっかり気をとられている間、右手が独立した動きで白ワインのボトルに伸びるのを見逃さない。

「何が大げさなんだね？」ブラッドリー署長が知りたがる。「どういうわけで怪我《けが》したんだ、マウス？」

「ペニー」自信を取りもどしたマウスが訂正する。「ペニーのほうがいいんだけど」

「ペニー……どうして怪我した？　何があった？」

「わたしたちは屋根裏部屋にいた。アンドレアは……いくつか古いことを調べていた。わたしはいきなりその場に投げだされた。いまにもコテージが崩れるんじゃないかと思った」

「屋根裏部屋にいた？　アンドレア、頭がどうかしてるのか？」

「危険だと彼女には言ったんだけど」とマウス。「でも、アンドレアは自分の昔の部屋を見たがった」

「投げだされたという話だが」署長が言う。「床が揺れたという意味かね？」

「はっきりしない。あまりにも突然だった」マウスがギデオンのほうを向くと、彼はふたたび満たされたワイングラスから酒を飲んでいる。「あなたは何を憶えてる、アンドレア？　床が揺れたんだっけ？」

ギデオンがぞっとするような笑みをマウスに向ける。「いいか、マウス」とギデオン。「きみが転んだことさえぼくは憶えてないんだよ。そのときは、自分の頭のなかにでも入ってたのかなあ。けど、ほんとうはただきみがどんくさかっただけなんじゃないのか？　自分がどんなに不注意な人間か知ってるだろ」

「たしかにわたしがどんくさかっただけかもしれない」マウスもにやりとする。「けど、つっかえ棒代わりの板の件は忘れないで――」

「両手の怪我はどうしたんだ、アンドレア？」ブラッドリー署長が割って入る。

「ぼくの両手？」とギデオン。「ぼくは――」口をつぐむ。指関節のかさぶたに目をやり、不意にワイングラスに気づく。「ぼくの両手」そうくり返し、しぶしぶながらも一本取られたと認めるかのような目をマウスに向ける。「えーと」とギデオン。「ぼくも不注意だったみたいだ……」裏切り者の右手をじっと見つめていると、やがて右手はテーブルへと下がっていき、ワイングラスを置く。

「アンドレア？」署長が言う。

ギデオンがふたたび右手をもちあげ、自分のコントロールがおよぶかどうかたしかめようと指を折り曲げる。満足し、また署長へと関心を振りむける。「すまない、ブラッドリー署長。この一日、ずっと情緒が不安定なもので。あなたならわかってくれるはずだ。義理の父にされたことの記憶のすべてが……」

「もちろんだよ」ブラッドリー署長が頰を赤らめる。

「屋根裏部屋に行くなんて愚かしいというあなたの考えはもちろん正しい」ギデオンがつづける。「いったいどういう考えに取りつかれ、あんな愚かしい真似をしてしまったのか、自分でもわからない。けど、マウスの話がどうあれ、被害はいっさい出ていないはずだ。そもそも」そう付け加える。「地所の適正価格について交渉をしていたとき、たしか何度も言ってたよね。コテージについては完全な損失になるだろうという腹積もりでいると」

「たしかにそうだな、アンドレア。だが、当然ながら、コテージを無傷のまま維持できるのなら、それに越したことはない」

「まあ、無傷ではある。少なくともぼくが最後に見たときには、まだ建っていた。ぼくはあそこに戻るつもりはない。コテージが今後、どうなるかはあなた次第だ……金はもってきたか?」

「頭金のことか?」ブラッドリー署長がうなずく。「ああ、問題ない」

「現金か?」

「ああ、食事が終わったら渡すつもりで――」

「すぐ渡してもらえないか」ギデオンが言う。「用事はさっさと済ませたい。そしたら……食事の残りをじっくり楽しめる」

「わかった」ブラッドリー署長が言い、椅子をうしろにずらす。「いっしょにきてくれ」

署長が立ちあがり、リビングを抜け、家の裏に向かう。ギデオンもついていこうとするが、テーブルを離れる際、マウスの耳にささやく。「もし俺のためのこの取引をぶち壊しやがったら、後悔することになるからな」

ギデオンは奥の廊下に出るドアのところで署長に追いつく。ブラッドリー署長がこう尋ねるのが聞こえる。「つっかえ棒代わりの板について彼女は何を言いかけてたのかね?」

彼らは数分間、その場を離れていた。彼らが戻ってくるまでにマウスは自分の魚をたいらげ、アスパラとコーンブレッドを彼らの取り皿にすべらせた。

「なら、六月の末には片付くかもしれないと考えてると?」ブラッドリー署長とともに席に戻ってきたギデオンが言う。

「おそらくは」ブラッドリー署長が返す。「オスカーが休暇から戻ってきたら、なんと言うか確認してみないと。オスカーは郡内にかなりコネがあるし、お役所仕事をすっ飛ばし、奇跡を起こすのを何度となく目《ま》の当たりにしてきた。だったら、そのぐらいのスピード感でもって片づけてもらえるんじゃないかと勝手に想像してるんだがね」

「わかった」とギデオン。「今夜、金を受けとったし、ほかにもいくつか貯《た》めていた金もあるから、七月いっぱいはなんとかなるだろう。で、きみは」——マウスのほうに目を向ける——「そろそろワシントンに戻るんだな。ぼくに代わってみんなにさよならを言ってくれ」スプーンを手に取り、たっぷりひと口分のライスをよそう。

「わかってもらいたいんだがね、アンドレア」とブラッドリー署長。「そこまで早くことが運ぶか保証の限りではない。わたしにしたって、きみに負けず劣らず、さっさと片をつけたいと思ってはいる。しかし、オスカーと話をするまでは……アンドレア?」

咀嚼《そしゃく》の途中でギデオンのあごが動きを止める。一瞬、たんにうろたえているように見えたが、つづいて頬がふくらみ、ぎょっとした目で周囲に視線を走らせる。

「いったいどうしたの、アンドレア？」マウスが訊く。「食べ物に問題でもあった？」

ギデオンがマウスに視線を向け、それからマウスの皿の縁を見下ろし、最後に自分の皿を見る。自分のロンググレインとワイルドライスのなかに少なくとも十数本の魚の骨が混ぜこんであるのに気づき、目を見開く。

ギデオンは口を開き、嚙《か》みかけのライスの塊を吐きだす。水のグラスをつかもうとするが、水のなかにもやはり魚の骨が浮いている。

「このクソ女！」ライスと唾液《だえき》をまきちらしながら言う。「クソ女が！」すわったまま体をなかばねじり、腕をうしろに引き、マウスの顔めがけて水のグラスを投げつけようとする。だが、それを実行する前に何かが気管にひっかかる。ギデオンがぜーぜーあえぎ、恐怖のあまり大声を発する。つかんでいたグラスがマウスに危害を加えることなく滑りおち、手が喉のほうに移動する。

「大変だ」とブラッドリー署長。「喉をつまらせているぞ」立ちあがりかけるが、ギデオンが「やめろ！」とうめき、その声が自分に向けられたと思った署長が椅子から腰を浮かせたまま動きを止める。

「おい……おまえ……やめろ」ギデオンが言う。首の腱《けん》が浮きあがり、顔が赤くなる。

左手が喉につかみかかろうとする間、右手はまたもやギデオンの意志を無視し、皿の向こうへと伸びていく。「やめろ！」怒気を含んだ声でささやくが、なんとしてでも狙《ねら》いを遂げようとしている右手はぶるぶる震えながらもなおも先へと伸び、やがてまたもやワイングラスに指を巻きつけにかかる。しかし、このとき手はワイングラスをもちあげようとはせず、ただぎゅっと握りしめる。

「なんてこと」次に起こることを予想し、マウスが言う。ワイングラスが乾燥した枝が折れるような音とともにひび割れ、粉々になる。手はなおも閉じつづけ、血だらけのにぎりこぶしとなる。

ギデオンが悲鳴をあげる。悲鳴をあげながらもなおも体を放棄せず、その場にとどまり、するとやがて裏切り者の手は顔の正面にまでもちあがり、ぱっと開いて、一面にガラスの破片が食いこんだ手のひらを見せつける。そのありさまは、ギデオンにとってはとうてい耐えられないものだった。しりごみし、自分自身の手から逃れようとし、椅子がうしろにひっくりかえる。

「なんてことだ……」ブラッドリー署長も自分の椅子をひっくりかえし、ギデオンを助けようとテーブルを回りこむ。「アンドレア！」呼びかけ、その体の上にのしかかる。手足を激しくジタバタさせ、まぶたをピクピクさせている。「アンドレア、言ってることがわかるか？」返事がないので署長はマウスに顔を向けて尋ねる。「どうしたんだ？　てんかんか？」マウスは両手を丸めてこぶしをつくり、指関節を嚙みちぎらんばかりにしていて、質問には答えない。「おい！」署長が怒鳴る。「アンドレアはてんかん持ちか？」マウスはどうにか首を横に振る。「そうか」とブラッドリー署長。「何かの発作を起こしている……わたしは救急医療サービスに電話しにいくが、きみはここに屈《かが》みこんで、アンドレアが窒息死しないよう見張っていてくれ。まかせていいか？　……おい！　娘さん！　やってもらえるか？」マウスはまた頭を動かし、ブラッドリー署長は迷いながらも、彼女がうなずいたのだろうと解釈する。立ちあがり、家の奥へと駆けだす。

アンディ・ゲージの体は床の上で手足をじたばたさせているが、マウスはブラッドリー署長に代わってその場にひざまずこうとはしない。椅子にすわったまま、母親が飛行機のなかで発作を起こしたときもきっとこんなふうだったにちがいないと考える。あれ、あの発作を引きおこした張本人はマウスだ。またやってしまった。ギデオンを出しぬいてやり、わたしってなんて冴《さ》えてるのだろうと思った。だが、実際には出しぬいてやったというより、発作を引きおこしたにすぎない。結果的におそらくアンドルーは死に、そして――。

だが、マウスが最悪の事態を思いえがいていたとき、〈発作〉が収まる。じたばたした動きは止まり、無意識的なまぶたのひくつきは落ち着いたまばたきに変わる。アンディ・ゲージが頭をもたげ、マウスを見る。それから向きなおり、血まみれの右手をじっと見つめ、だるそうに言う。「なんであいつは闇を全然恐れてくれないのかな？」

「アンドルー？」

「用務員のね」アンドルーが認める。

「よかった……」マウスはようやく椅子から離れ、アンドルーの上に崩れかかる。一方のひざがアンドルーの太腿《ふともも》を押しつぶす。「ごめん」とマウス。「ごめんなさい……」

「大丈夫」アンドルーがうめく。マウスが転がって離れ、アンドルーがゆっくり体を起こす。「あれはいいアイデアだった。魚の骨を使うなんて……」

「マレディクタの提案。でも、あなたがほんとうに窒息しかけてると思っちゃった」

「まあね」やや自慢げに言う。「ギデオンもそう思った。それでもやつはあきらめようとしなかった。そこでぼくは思いきった手をとらなければならなかった」ふたたび自分の手を見る。「これが最終ラウンドならいいんだが。これ以上、新しい傷痕《きずあと》を受け入れるだけの余地は残ってない」頭を上げ、興味深そうに周囲を見回す。「ブラッドリー署長はどこに行ったのかな？　救急車を呼びに？」

「そう」とマウス。それから声を低め、付け加える。「聞いて、アンドルー、わたしたちは気をつける必要がある。ギデオンは、ブラッドリー署長があなたの義理のお父さんを殺したのかもしれないと思っていると言ってた」

「知ってる」アンドルーが言う。「なかでゼイヴィアと話をした。ゼイヴィアによると、義理の父はコーヒーテーブルにつまずいて倒れたんじゃなかったらしい。ブラッドリー署長が殴りたおし、やつを失血死させた」

「大変。だったらここを出なきゃ。このまま――」

「やあ、ブラッドリー署長」アンドルーがマウスの肩越しに声をかける。「よくなったのか」

「アンドレア」ブラッドリー署長が一本調子な声で言う。

「ええ」とアンドルー。マウスは彼が落ちつきはらっているのに驚く。「よくはなりました。完全ではないですが」負傷した手を上げると、血が一筋、前腕の内側に垂れおちる。「救急車はこちらに向かってるんですか？」

「いや」ブラッドリー署長が答える。「向かってないんじゃないかな。セヴンレイクス緊急医療サービスに電話をしたら、救急車は往診に出ていると言われた。車両指令員は別の救急救命班をここに差し向けるつもりだと言っていたが、きみがよくなった以上、わたし自身で救急病院に送っていけばいいだけだ」

「いや、お気遣いなく。わざわざお手を煩《わずら》わせるまでもありません。ペニーに送っていってもらいます」

「いや、わたしが連れていく。きみたち二人とも連れていくつもりだ。少しここで待っててくれ……」

署長がまたリビングを抜けて去っていく。姿が見えなくなった途端、マウスはあわてて立ちあがる。アンドルーが立ちあがるのを手伝い、いっしょにポーチに通じるスライド式のガラスドアへと向かう。しかし、そこから出るよりも先にブラッドリー署長が、今度はキッチンからふたたび姿を見せ、先回りして二人の行く手をさえぎる。マウスは署長がガンベルトをしているのに気づく。

「これで手をくるめ」署長がぶっきらぼうに言い、キッチンのカウンターにあったふきんをつかみ、アンドルーに向けて放る。それからうしろにさがり、自分の前を通っていくよう手を振ってうながす。「行こう」

こうして彼らは外のポーチに出ると、踏み段を下り、庭先にとめた二台の車のほうに向かう。そのときのマウスは、まるで宙に浮遊しているかのようで、自分のビュイックのほうにふらふら行きかけたところ、ブラッドリー署長が一喝する。「ちがう！」マウスは足を止め、くるりと振りむく。署長はパトカーの背後に近づいてドアを開くと、アンドルーとマウスに向かって車に乗るよう身振りでうながす。

アンドルーは承諾しかけるが、マウスはしりごみする。「いや」聞こえるか聞こえないかというぐらいの声で拒絶する。「やっぱり、わたし、わたしは自分の車に乗って——」

署長はとくに否定もせず、少し体をずらし、腰の銃をよりはっきりと見せつける。アンドルーは、もしマウスが逃げようとしたらどうなるかを恐れたのだろう、こう言う。「行こうか、ペニー。署長の車に乗ろう」

「アンドルー……」

「ほらほら」アンドルーがマウスの手を取る。「大丈夫だよ」

マウスはかぶりを振る。まさか、そんなわけない。アンドルーは微笑み——どうして彼はこんなに落ち着いていられるのか？——体をすぐそばまで傾け、ささやきかける。

「怖がらないで」アンドルーがマウスに言う。「数ではこちらが勝ってる」

ぼくたちをパトカーの後部座席に閉じこめると、ブラッドリー署長は前部座席から無線機をつかみとり、外に立ったままそれに話しかけた。何を言っているかは聞きとれなかったが、予想はついた。緊急医療サービスにまた連絡し、さっきの電話はただの思いすごしにすぎなかったと告げ、さらに警察の緊急車両指令員にも、しばらく連絡してこないようにしてくれ、プライベートな用件で手が離せないから、と話したのだろう。

その用件がなんであれ、ぼくは冷静にそれを待った。ペニーはおびえているが、それも当然だ。ペニーは、ぼくとちがって死の世界から戻ったばかりじゃないし、そうした絶体絶命の危機を切りぬけた人間に特有の無敵感とは無縁だったのだから。その一方で、ペニーは夕食のときにぼくほどワインを飲んだわけでもなく、ぼくみたいに出血もしていないし、したがって、ぼくよりも冴えた頭で適切に状況を把握しているのかもしれないということ——そんな考えはこれっぽっちも浮かばなかった。

ブラッドリー署長は無線での話を終えた。パトカーに乗り、バックミラーでぼくたちを確認するが、何も言わず、エンジンを始動させた。町へと車を走らせた。しばらくしてカーブを回りこみ、大通りに出た。前方の警察署の前には別のパトカーが見えた。ぼくは疑問に思った。カーヒル巡査がいるのか？　何か話すとすれば、ブラッドリー署長はなんと声をかけるのだろう？

しかし、ブラッドリー署長はそちらには向かわなかった。消防署を過ぎたところで左折し、すぐさま大通りを離れた。大通りとの交差路をそのまま三ブロック進み、セヴンレイクス救急病院に着いた。建物は小さいが明るく照らされ、正面の芝生で赤十字が輝いていた。ブラッドリー署長は車を減速させ、駐車場の入り口に向かった。驚いてきちんとすわりなおし、やっぱりぼくは署長のことを誤解していたのかもしれないと思った。するとブラッドリーはふたたびアクセルを踏みこんだ。ペニーは過ぎ去っていく赤十字を見て、発育不全の抗議の声をキーッと洩《も》らした。

「曲がりそこねたんじゃないか、ブラッドリー署長」ぼくは言った。

署長は運転しつづける。突きあたりが丁字路になっていて、ブラッドリー署長は右に曲がって軽く湾曲する道に入り、別の湖の岸辺をたどった。湖岸に密集しているバンガローやキャビンの間に黒々とした水が沈みかけの残照を浴びて赤くきらめくのが見えた。

その名前からして、ツーシーズンズ湖に水が満ちるのは一年の半分だけだと思われがちだ。オータムクリークのソー運河がそうであるように。実際はというと、ツーシーズンズ湖はセヴンレイクスでもっとも大きく、もっとも恒常的に水をたたえた湖のひとつだ。これより大きいのはグリーンウォーター湖だけだ。ツーシーズンズ湖の西端の岸にはかなりの数の人家が見られるが、ハンセン小川が流れこむ東端は、キャビンがぽつりぽつり点在し、ハイキング道が何本か通っている以外はほぼ未開発のままになっていた。

ブラッドリー署長がぼくたちを連れてきたのはこちらだった。湖岸沿いの道を走るにつれ、家はますます少なくなり、それから完全になくなった。路面の状態はどんどんひどくなり、ほどなく行き止まりに達するように思えた。だがブラッドリー署長は最後にまた道を曲がって、草の生い茂る小道に入った。小道は湖までまっすぐ進み、湖面に入るぎりぎりのところまで続いていた。水陸両用車以外のドライバーへの警告として、湖のほとりから二、三メートル手前の位置で、反射加工された停止標識付きのチェーンが道に張りわたされていた。

パトカーはその標識に従いたがらなかった。チェーンからまだ多少離れているとき、ブラッドリー署長はアクセルから足を離したが、車は前進しつづけた。どこまで達するかたしかめるかのように署長は車が進むにまかせた。署長はハンドルから手も離した。これから全員でひと泳ぎかと思いきや、ぎりぎりの瞬間になり、ブラッドリー署長は手を下げ、サイドブレーキを引いた。パトカーは激しく揺れて停止した。

ブラッドリー署長がエンジンを切ったが、ヘッドライトは点《つ》けたままにしていた。光が汚れた湖面を照らす。いったいなんのためにここにきたのか、ぼくはもう少しで署長に尋ねそうになった。答えを知りたかったからじゃない。その問いがやつに恥辱を与え、もう一度、やつが考えをあらためるきっかけになればいいと思ったからだ。結局、ぼくはブラッドリー署長に口火を切らせることにした。何度かブラッドリーは何かを語ろうとしているようだったが、そのたびに最後の瞬間になって言葉が逃げていったかのようにため息を洩らした。

「知ってるか」とうとう語りだした。「ここはきみの父親が溺死《できし》した場所だ」ブラッドリーがあからさまに溺死という言葉を口にした瞬間、ペニーははっと息を呑み、他方で、ぼくはブラッドリーが言っているのはどの父のことだろうと一瞬、思いなやんだ。「ここじゃない」ブラッドリー署長が付け加えた。「向こう側のもっと水が深くなっているところだ。以前、あそこには木製の浮き桟橋が錨《いかり》でとめられ、飛び込みに使われていた。若いやつらはときどきあそこまで行っていた。夜の水泳。ときには酔っぱらって。たまに事故もあった」

「サイラス・ゲージは事故にあった」ぼくは言った。〈やっぱり彼も？〉と言いかけたが、それはぐっと呑みこんだ。

「そんなんじゃない」くるりと振りむき、座席の前部と後部を隔てる仕切り越しにぼくと向き合った。目に涙らしきものが浮かんでいて、ぼくは驚いた。「そんなことを考えるとは……」声が消え入った。正面に顔を戻しかけたが途中でまたこちらに向きなおり、こう詰問《きつもん》した。「何を考えてる、アンドレア？　いったいわたしに何を求めてるんだ？　今朝、仕事場に行き、きみがジミーと話をしているのを見たとき、わたしは思った……それからあの馬鹿話《ばかばなし》、もしかしたら自分がホレスを殺してしまったのではないかと不安に思っているという……」かぶりを振った。「何をしたいんだ？　恐喝か？　すでに言ったように地所の金は渡すつもりだ。もっと欲しいのなら……それとも何かの理由でわたしに罰を加えようとしているのか？　もしそうなら、遅すぎたな。人生はすでにわたしに罰を加えている」

「罰を加えようとは思わない」仕切りの金網に指で触れる。セフェリスならこれをぶち破るのにどのくらい時間がかかるだろう？　「サイラス・ゲージに何があったのか話してくれ」

「わたしがきみのお父さんを溺死させたんじゃないぞ、アンドレア。彼が自分でそうしたんだ」

「あなたは彼に嫉妬《しっと》していた」

ブラッドリー署長はため息をついた。「ジミーが言ったんだな」

「いや」ぼくが言った。「あなたが言ったんだ。あれだけ熱烈に母の家を欲しがり、その前には母の葬儀の手配をするなんて……埋葬もそう。お墓の場所を変更したのもあなただったんだよね？」

「当然の配慮をしただけのことだ。彼女を永遠にあの男の隣に寝かせておくなんて忍びなかった」

「それと、あの男の名前とも。墓石にはアルシーア・ゲージと刻まれていた。アルシーア・ロリンズではなく」

ブラッドリーが苦々しげに笑った。「目敏《めざと》いな、アンドレア」

「墓碑銘も見たよ。あなたが彼女を愛していたのは明白というか」

「そう」ブラッドリー署長が言った。「そのとおりだ。自分でも愚かだと思うがね……しかし、わたしはきみのお父さんも愛していた。もしそちらのほうがよければ、墓石にきみのお母さんの旧姓を刻んでもよかったし、なんならわたし自身の姓を使ってもよかった。反対する者は誰もいなかった。結局、わたしは彼女のことを気にかける最後の、そしてたったひとりの人間だった。たとえ彼女がけっして……。

「わたしがきみのお父さんに嫉妬していたとしよう。だが、それ以上にわたしはきみのお父さんに失望していた。きみに理解してもらえるかどうかはわからないがね、アンドレア、望みのものを手に入れられないこと以上につらい経験がたったひとつあるとするならば、そのありがたみなどまったくわからない別の誰かがそれを手に入れるのを目にすることにほかならない。二人してアルシーアに言いよっていたとき、サイラスは彼女の愛を得ようと必死だった。しかし、いったんそれを手にし、しかも結婚までしてしまうと、あいつはいっさいの努力を放棄したかのようだった。わたしなら溺愛していただろうに……たとえ溺愛しなかったとしても、たとえ彼女が特別というか、溺愛に値する女性ではなかったとしても、それでも……妻を迎え、家族をつくるとき、男は変化を求められるものだ。いい加減、大人になれ！　それこそが社会の常識というものだ。だが、サイラスはそうしようとはしなかった。サイラスはアルシーアを愛していたし、けっして裏切ったりはしなかっただろうが、それ以外となると、妻――というかアルシーアそのひと――にふさわしい思いやりを示そうともしなかった。よくわからないが、もしかしたら」――そう言って肩をすくめた――「アルシーアはそういうところに惹《ひ》かれたのかもしれない。彼女にとってそれも魅力のひとつで、自分が無視されるのを好ましく思っていたのかもしれない。だがわたしにはそれがどうにも許せなかった。

「サイラスが死んだ夜、わたしは任務でパトロールに出ていた。偶然、道できみのお父さんと会った。火曜の夜十一時半、彼は車に乗っていた。すぐ隣のシートにはビールの六本入りパックを置いていた。そしてサイラスは家に向かっていなかった。「どこに行くのか訊《き》いたよ。サイラスはこう答えた。アルシーアと喧嘩《けんか》した。彼女には落ち着くための時間が必要だ。だから自分は外に出て、少し遊んでこようと決めたのだという。『遊びかよ』とわたしは言った。『彼女は妊娠五カ月なのに、ひとりきりにしてきたってことか？　何かあったらどうするんだ？』すると、サイラスは、女房なら大丈夫だ、しばらくはむくれているだろうが、自分が家に帰るころにはどうせ寝てしまっていると言った。わたしも、いっしょに泳ぎにいくかと訊かれたよ。こっちもついカッとなり、そろそろ大人になったらどうだ、もしアルシーアが俺の女房なら……と言いかけると、あいつは噴きだした。『アルシーアはおまえの女房じゃない』とやつは言った。『彼女は俺を選んだ、憶《おぼ》えてるか？　いずれにせよ、おまえは幸せになるべきだ。もしアルシーアがネグレクトが原因で俺と離婚したら、またチャレンジできるじゃないか』

「それを聞いてわたしはあいつをもう少しで車から引きずりだすところだった。そうしていたら、あの野郎にふさわしく、徹底的にぶちのめしていただろう……実行はしなかったが。逮捕される前にさっさと消えろと言った。わたしは言った、このバカ野郎が溺《おぼ》れ死んじまえと言ったんだ……」

「その後、起こったことというか」ブラッドリー署長がつづけた。「その後、起こったと最終的にわたしたちが結論づけたことというのはこうだ。サイラスはここにとめた車のなかで六本パックのビールをほぼ飲みほし、それから最後の缶を携え、泳いで木製の浮き桟橋まで行った。飛び込みに失敗して頭を打ち、意識を失った。朝には彼の体が湖の西端に流れついていた。わたしは朝の九時ごろに連絡を受けた」

「それで父は事故にあった」ぼくは言った。「それから、えー、あなたとぼくの母が――」

「彼女はわたしのところにきたよ、アンドレア。きみがわたしをどう思うかはわからないが、きみの父親の死――わたしの親友の死――をクソチャンスとは思わなかった。あの夜、彼が言ったことがなんであれ。しかし、彼女はわたしのところにやってきた。助けを求めて。拒絶できるはずがない。

「わたしがその場にいたのは知ってるか？　きみが生まれた日のことだが。ほんとうだ。わたしはきみのお母さんを病院に連れていき、彼女のそばにずっと付き添っていた。コテージの件でも力を貸した。サイラスの死亡給付金はたいした金額じゃなかったが、わたしが力になっていくらか手を回し、彼女のために取引をまとめてやった。幼いきみがトレイラー暮らしをしなくてすむように……」

「でも、そのどれもが」ぼくは言った。「利己的な理由のためにやったんじゃないと」

肩をすくめるかのように署長の肩が動いた。「もちろん、わたしはまだアルシーアを求めていた」署長が言った。「男は夢見がちな生き物なんだ……一時は彼女もわたしを求めていたようだった。いまになってみれば、ただの勘違いにすぎないような気もするが。だが、ぜひともわかってほしいんだがね、アンドレア、ことはただたんに欲望という次元にとどまるものじゃない。わたしを駆りたてていたのは、なんとかして道理に合致させたいという思いだった。

「きみの父親の死に対してわたしはひどい罪悪感をおぼえた。いや、わたしに責任はなかった。だが、その気にさえなれば簡単にそれを阻《はば》めたのにという思いはどうしても脳裏から離れなかった。もしあの夜、サイラスを止めていたら、あるいはただ同行しただけでも……あの件について、よく夢を見た。悪夢だ。わたしも同行し、サイラスが頭をぶつけたときも浮き桟橋にいるのだが、ただ突っ立っているだけで何もせず、彼が溺れ死ぬにまかせている。

「アルシーアがわたしのところにきたとき、彼女がわたしを必要としたとき、愛した女性を手に入れるチャンスがまためぐってきたというだけじゃなかった。それは、サイラスの身に起きた出来事を正当化するチャンスでもあった。たんに男が死んだだけなら、無意味な悲劇にすぎない。だが、もし彼が死んだがゆえに、女――いい女、そして彼女の娘――が別の男の世話を受けるようになったなら、そしてその別の男が必ずしも最初の男よりよい男ではないとしても、彼女たち二人にとってよりよい男なら、悲劇は意味、潜在的な秩序を獲得する。その悲劇がどれほど恐ろしいものであろうとも……。

「自分勝手な考えだということはわかっている」ブラッドリー署長はなんらかの反論を期待するかのようにバックミラー越しにこちらを一瞥《いちべつ》した。「わたしはわかっているし、その報いを受けてもきた。だが、当時、わたしは心底から信じていた。そう信じていたがゆえに、わたしはあんなにも苦しんだのだ。自分自身の論理に搦《から》めとられて。第二の男、よりよいとされる男がわたしではなかったとわかったときに」

「義理の父親はどうかかわってきたの？」ぼくが尋ねた。「あいつもあなたの友人のひとりだったとか？」

「ちがう！」その思いつきを耳にしてぎくりとし、ブラッドリー署長が言った。「いや、彼はよそ者、部外者だ。アルシーアは彼女の妹の家でやっと会った……わたしはアルシーアに結婚してくれと言った。早すぎるというのはわかっていた。だが、あのころのわたしは、これは運命だ、わたしたちは一緒にいる定めなんだと思いこんでいた。そこでわたしはプロポーズし、アルシーアは考える時間をくれと答えた。これからマウントプレザントにいる妹を訪ねる予定だし、戻ったら返事をすると。もちろん、わたしは同意したよ。どうせ形だけのことなのだろうとあのときは思っていた。彼女は十一日間戻ってこなかった。三日のはずだったのに、十一日いたんだ。そして戻ってきたとき、彼女が指にしていた婚約指輪はわたしが渡したものじゃなかった。

「当然、わたしは怒った。わたしをたぶらかしたと非難し、さらにひどい言葉もぶつけた。わたしは陽気な人間でもなければ、愉快な人間でもなかった。それに、ホレスのことは一度も好きになれなかった。ホレスのことを知ってから、彼のことを知っている、いると思えるようになってからさえも。だが、アルシーアから、ホレスこそ自分がほんとうに必要とする人間なんだという思いを正直にぶつけられたら、返す言葉などあるはずがない。

「わたしは自分自身の論理に搦めとられていた。すべてが道理に即していなければならなかった。だからといって、わたしが気に入るような仕方で道理に即している必要はなかった。こうして、手遅れにならないうちに――アルシーアの前ですべてをぶち壊すような真似《まね》をやらかす前に――わたしはそれを受けいれなければならなかった。ホレスはよりよい男なのだ。どうしてそうなるかはわからなかったが、とにかくそうでなければならなかった。理屈がそう要求した。

「二十五年以上もわたしはそんなふうに自分を偽っていた。それからある日、電話が一本あり、わたしはそれが真実ではなかったと知った。ありえなかった。大酒飲みで暴力的、それどころか残忍な男。それでもおそらくはだが、何やら計りしれない仕方でよりよい男なのかもしれない……よりよいといっても……だがあんな男が……そこにはなんの道理もなかった。クソ道理などなかった。最低最悪の悪ふざけのようなものだった」

「それであなたは彼を殺した」ぼくが言った。

「あれは事故だった」ブラッドリー署長が言った。「やつが否定するとわたしは怒りくるった。やつが嘘《うそ》をついているのはわかっていた。何年もの間、やつは彼女に嘘をついていた、やつが何者だったかについて嘘をついていたかと思うと……」

「彼女はあいつがどういう人間か知っていた」

「わたしはやつのことを彼女には話さずにいようと思った」署長はぼくの言葉に耳を貸さず、さらにつづけた。「話すべきじゃなかった。だが、ホレスが死んでからアルシーアはひどく長いこと、とても悲しんでいたから、結局、そうせざるをえなかった。彼女がその死を嘆き悲しんでいる男がほんとうはどういう人間だったのか、教えた。もちろん、アルシーアはわたしの言葉を信じなかった。わたしのでっちあげだと、そもそもはきみのでっちあげたたわごとだと片付けた。もう二度と自分に話しかけないでくれとアルシーアは言った。そしてアルシーアはけっして、彼女はもう二度とわたしを許そうとしなかった」

「ブラッドリー署長」ぼくは言った。

署長は濡《ぬ》れた目でバックミラーを見上げた。「なんだ、アンドレア？」

「母はあなたに嘘をついた。彼女は義理の父のことをすべて知っていた。あなたの言葉を信じないふりをしていたとしたら、誰からも彼女の責任を問われたくなかったということ、ただそれだけのことにすぎない。でも、彼女は知っていた」

「いや」署長はかぶりを振った。最初はゆっくりと、やがてより断固たる調子で。「いや、それはきみの誤解だ、アンドレア。知っていたらけっして容認しなかったはずだ」

「容認していたよ」

「いや。きみのつらさはよくわかるが、もしきみを守ってやらなかったという理由で誰かを責めようとするのなら、わたしを責めてくれ。あのときもっとちゃんときみの言葉に耳を傾けていれば――」

「無理筋なのは自分でわかってるはずだ、ブラッドリー署長。はずみでやつを死なせたとか言ってるくせに、今度はもっと前に殺害しなかったからといって謝罪するなんてありえない。そもそも、あなたはぼくのためにやったんじゃない――彼女のためでもない」

「そうかもしれない」署長がむきになって言った。「そうかもしれない。だが――」

「それともうひとつ。ぼくのほうがあなたより彼女の心のうちを知っているなどと言うつもりはないけど、ひとつだけ気づいたことがあってね。あのひとは、ほんとうに自分の愛情を必要とする人間にはけっしてそれを与えなかったんだ。だから、もっと前に義理の父親を始末していようと、あなたは望むものを手にすることはできなかった。彼女はけっしてあなたを選ばなかった。たとえぼくの義理の父親を百人殺そうとも」

「まあ……」とブラッドリー署長。「いまとなってはなんとも言いようがないな」

「たしかに」ぼくは同意した。「それならこれ以上、こんな話をしていても仕方がない。話してくれて感謝してるけど、手も痛むし、そろそろ救急病院に行きたいんだよね」

「アンドレア……」

「もしそうしたければそこまで送っていってくれてもいいよ。でなければ、ただこのドアのロックを解除するだけでもいい。ペニーだって歩いてもいいと思っている」

ブラッドリー署長はフロントガラスから外の湖を見つめ、両手でハンドルを握っていた。「まだわたしの質問には答えていないぞ、アンドレア」そう口にする。「ここに戻ってきた理由だ」

「あなたを傷つけるとか、厄介ごとに巻きこむためじゃない」ぼくが言った。「でも、あなたがやったことを許すのもぼくの役割じゃない。もしあなたがさっきの話を裁判官に話したいのなら、もしかすると――」

「裁判官?」甲高く陰気な声で笑った。「裁判官……やはりわたしを罰するためにきたのか」

「ちがうよ、ブラッドリー署長」

「もし話したとしても、誰もおまえの話を信じないとわかっているはずだ。問題を抱え、精神療養施設に入っていた娘」かぶりを振った。「おそらくおまえは何から何まででたらめを並べたてるのだろう……だが証拠がなければ誰も信じるものか」

「だったらあなたには何も恐れるものなどない。ぼくたちを解放してくれ」

長い沈黙があった。ふたたび署長が口を開いたとき、その言葉は後悔をにじませながらも断固たる響きをたたえていた。名前を呼び、ぼくに語りかけるふうを装《よそお》ってはいたが、実のところ自分自身に向かって語っているのは明らかだった。「悪かったな、アンドレア。誰かを傷つけるつもりはまったくなかったんだ。わたしはただ公正でよき人間であろうとしただけだ……」

「まだそうなれるよ、ブラッドリー署長」

「……だがほとんどすべてを台無しにしてしまった。親友を失い、愛した女も失った……愛していなかった女さえも。わたしに残されているのはこの町で得た名声だけだ。それまで失ってしまったら、わたしはもうおしまいだ。そんな危険をおかすわけにはいかない。すまない、ほんとうにすまないのだが、わたしにはできない」左手がハンドルから離れ、視界から外れた。アダムが観覧台から叫び、緊急の警告を発するが、その必要はなかった。

「こちらこそすまない、ブラッドリー署長」ぼくは言い、それからぼくは覚悟を決めた。「セフェリス、ここからぼくたちを出してくれ」

その瞬間が訪れたとき、マウスは意識喪失を起こしかけている。ブラッドリー署長が停止することなく救急病院の前を通りすぎてからというもの、マウスは車の床から溶けて流れ、脱出しようと試みるが、成功するはずもなかった。物理法則を曲げることもできず、マウスは、着実に増大する恐怖を抱えながら、ブラッドリー署長とアンドルーの間の会話に耳を傾けざるをえない。ブラッドリー署長の発言のすべて――もっとも自己憐憫《れんびん》に浸っていた部分でさえ――は脅威に満ちているが、ほんとうに彼女をはらはらさせたのはアンドルーが口にしていた言葉のほうだ。自分の命運が誰かの胸三寸にかかっているとき、通常なら自分の言葉に慎重になるだろうが、アンドルーは、後先考えず、ずけずけと好き勝手にものを言い、ときにはほとんどブラッドリー署長を挑発し、ブチ切れさせようとしているかのようだ。黙れ、マウスは怒鳴りつけてやりたいと思う。黙れ。マレディクタは洞窟《どうくつ》の入り口にいて、思うだけにとどまらず、実際に怒鳴りちらしている。

いよいよ決定的な局面にいたると、会話は独白となりつつあり、ブラッドリー署長は何かきわめてひどいことをやらかそうと覚悟する。洞窟の入り口でマレディクタは歌うような調子でくりかえす。「ああクソッ、ああクソッ、ああクソッ、ああクソッ」

それからマウスは時間の制御を喪失しかけ、闇《やみ》が迫るのを感じ、自らの殺人の場に居合わせるのを望まないので、彼女はそれを歓迎する。

それから隣にいるアンドルーが言う。「こちらこそすまない、ブラッドリー署長」はっきりした大きな声だったので、マウスは顔をそちらに向ける。彼の変化を目にする。姿勢が変化し、座席の上でふくれあがっているように見える。まるで彼の肉体自体が膨張しているかのように。右の腕を上げ、ひじを車のドアの窓にあてる。ぐいと押しやると、窓が外側に炸裂《さくれつ》する。マウスがこの芸当を目のあたりにしてあっけにとられるよりも先に、彼は開口部から外に飛びでている。

「アンドレア！」ブラッドリー署長が怒鳴る。車を回りこもうとする足音が外からドカドカ鳴り響く。足音が運転席側に到達した瞬間、署長がドアを開け、外に出る。大きなうなり声があがり、もみ合う音が聞こえる。ボンネットの上でバタンバタンというやかましい音が響く。

それからマウスの側のドアがねじり開かれ、アンドルーが身を乗りだす。「行くぞ、ペニー」アンドルーが言う――。

――彼らは外にいる。アンドルーはマウスの腕を引き、彼女を引っぱりつづけるが、パトカーのヘッドライトの輝きに照らされ、呆然《ぼうぜん》としたブラッドリー署長がふらついているのが見え、マウスはためらう。署長はよろめき、視界から消えるが、やはり瞬時のうちに、今度は銃をつかんでまた現れる。アンドルーはふたたびマウスの腕を引き――

――彼らは暗闇のなかの密集した下生えを突きぬける。目に見えない枝がマウスの顔をくりかえしピシャリと打つ。だがアンドルーの腕が腰に巻きつけられ、マウスを支え、引っぱっていく。

「アンドレア！」ブラッドリー署長が呼び、背後の遠くないやぶのなかでまごつく。「アンドレア、止まれ！　アンドレア、きみの姿は見えてる――」

――それから単調な〈ボキッ〉という音。大きな枝が折れたような――

――マウスとアンドルーが背中を木の幹に押しつけて立っている。アンドルーは手でマウスの口を覆《おお》い、キーッという音を出させないようにする。そうするのは正解だ。というのも、ブラッドリー署長は彼らのすぐ目の前、手を伸ばせば届きそうなところにいるのだから。署長は彼らに背を向け、身構え、聞き耳を立てている。マウスは自分自身の鼻孔を通る息の音が突如、ジェットエンジンじみた轟音《ごうおん》になったような気がする。

ブラッドリー署長は左、それから右、ふたたび左を見る。いまは真っ暗だが、これだけ近くにいる以上、ぐるりと見回したら、いやでも彼らを目にするだろう。

署長は振りむかない。一歩うしろにさがる。腕を伸ばせば届く範囲内となり、マウスはアンドルーが緊張するのを感じる。マウスをわきに押しやり、署長を背後から羽交い締めにしてやろうと待ちかまえている。

それから闇のなかで別の何かが動く。何かの動物。ブラッドリー署長は音に集中し、そちらに動きだす。その動物がなんであれ、そいつは彼が近づく音を聞き、跳ね飛んで逃げ去る。署長が追跡し、暗闇に姿を消す。

アンドルーの緊張が解ける。マウスの口から手を離す。

マウスがくずおれる――

――するとマウスは生い茂る雑草のなかにしゃがみこんでいる。隣の道が、月明かりでぼんやりと見える。すぐ近くから水の音がする。湖かもしれない。ただ、むしろ川や小川の流れる音のように聞こえる。反対側のさらに離れたところでは、またやぶのなかで何かが騒々しく動きまわっている。ブラッドリー署長が、とマウスは推測する。まだ野生動物を追いかけているのだろう。ずいぶん大騒ぎしているが、いっこうに近づく気配はない。

だがアンドルーはどこなのか？　ささやきよりももっと声を低め、マウスは彼の名前を呼ぶ。小道の向こう側の影が「シーッ……」という静かな音で応じる。

アンドルーがマウスのほうに這《は》ってくる。ひそひそ話でもするみたいに丸めた手を彼女の耳に当ててつぶやく。「傷を負った？」

マウスは気づく。アンドルーは、発砲の際に「撃たれたか？」という意味でそう言っているのだろう。

「大丈夫だと思う」マウスがつぶやきかえす。

「よかった」アンドルーが一瞬、手を上げる。「ブラッドリー署長はもう充分離れている。体を低くしてこの小道を進んでいこう。小川のそばで道が曲がっているところまできたら、立ちあがって走りだす」

「小道はどこまで行ってるの？」マウスは尋ねかけるが、アンドルーは指を彼女の唇に押しあてる。下生えのなかをやかましく移動する音が不意にまた大きさを増す。

「すばやく動け」アンドルーがささやき、そして——

——マウスは走る。

ハンセン小川に手を浸すと、一瞬、ひりひりした。それから冷たい水が効き目を発揮し、傷口を洗い流して痛みを麻痺《まひ》させる。ぼくは土手の縁にひざまずき、体を傾けていた。もう一方の手で枝をつかみ、転げおちないようにしながら。

ぼくたちは小道を二キロ近く進んだ。ここで立ちどまるのは賢明ではないが、ペニーは息切れしていたし、ぼくは危険なほど意識がもうろうとしていた。心臓の鼓動と同じタイミングで、手がずきずきとうずいた。出血はもう限界を越えつつあるのかもしれない。小川の近くにひざまずく前に、追っ手の接近する音が聞こえるかどうか慎重に聞き耳をたてた。聴力の点ではぼくより上のセフェリスを呼びだし、彼にも聞きとらせた。ぼくたちはどちらも何も聞かなかった。

何分かして水から手を引きぬいた。じっくり見てみようとしたが、すっかり暗くなっていて、あまり細かいところまではわからなかった。星明かりの下では血も影も同じ色にしか見えなかった。わずかに震えながら、またふきんで手をきつく縛った。ペニーも震えていた。自分自身をかき抱き、体を前後にひねってはなんとかぬくもりを保とうとしていた。

「ねえ」静かに呼びかけた。「具合どう?」

「寒い」答えが返った。「怖い」

「ぼくもだ」ぼくは言った。「でも、大丈夫だと思う……」

「大丈夫?」ペニーは大声にならないよう苦労して自分を抑えていた。「アンドルー、署長はわたしたちを追っている。あなたは彼を殴った。殴ったのはいいとして、あいつはわたしたちをあっさり殺すんじゃなかったら、牢屋《ろうや》に叩《たた》きこむつもりでいる」

「いや」ぼくは反論した。「そうはいかない。悪事をはたらいたのはやつであって、ぼくたちじゃない！」

「そんなのたいした問題じゃない。彼は警察署長なんだから。そうしたければ悪事だってやってのけられるのよ」

「彼は白状したんだ。ぼくたち二人に対して！　それをほかのひとに伝えたら――」

「信じるはずがない。彼が言ったとおりよ。あなたの頭がどうかしているという点については、ミシガン州がお墨付きを与えている。わたしは……わたしはあなたとずっと同行している。わたしたち二人が証言したって、彼の主張をくつがえすだけの力はない」

「カーヒル巡査は信じてくれる。少なくとも、たしかな証拠もないまま、一方的にぼくが悪いと決めつけたりはしない。それとミセス・ウィンズローがここにきたら……」

「ミセス・ウィンズロー？」

「うん」ぼくが言った。「ここにくることになっている。今朝、ブラッドリー署長がミセス・ウィンズローと話をした。もしかしたらもう着いているかもしれない」

「たしかに彼女がきたら援軍になってくれそうだけど」とペニー。「どうやってわたしたちを見つけだすの？」

「えーと……」一瞬、思い悩んだ。「えーと、いまいる道をずっと行けばクワリー湖に出るから、そこからコテージに向かい、それから……」

「無理」ペニーは言い、あの場所には絶対、行きたくないという気持ちを表明する。

「わかってる」とぼく。「ぼくだって行きたくない。でも……ほかに手があるか？　きみの言うとおりで、ここにずっととどまっていたら、ミセス・ウィンズローは絶対にぼくたちを見つけだせない。とにかくまずこっそり町に戻る必要がある。コテージまで行けば、移動する経路についても選択が可能になる」

「でも、コテージに向かったら、ブラッドリー署長に見つかったりしない？　この道がどこに通じてるか、知ってるはずだし」その考えがじわりじわりと浸透してきたとでもいうのか、マウスは道のクワリー湖側に顔を向け、脅《おび》えたような面持ちで彼方《かなた》を見やる。すでに署長がぼくたちを出しぬき、きっと先で待ちかまえているはずだとでも思いこんでいるかのように。

一理あった。ブラッドリー署長はこの地域のハイキング道を知りつくしているはずだ。彼が喉《のど》から手が出るほど欲しがった家に出る裏道ともなればなおのことそうだ。

だがアダムが観覧台から話に割りこみ、こう主張した。署長は、ぼくたちがこちらにきたと知っているわけじゃない。そう勘ぐったとしても、なるべく長くその結論を受け入れまいとするだろう。「あいつは湖のそばで俺たちを見つけたいと思っている」アダムが言った。「俺たちがもうあそこにはいないと薄々察していたとしても、やつはしばらく捜しまわるだろう。自分の予測がまちがっていればいいと思いながら」

「けど、どうして……？」

「ブラッドリー署長は俺たちを撃ちたくないんだ。事故にあわせたがっている――ブラッドリー本人でさえ事故と思ってしまうような何やらに。コテージにスイミングプールはない」

「クワリー湖はある」ぼくは指摘した。

「クワリー湖じゃ、車が勢い余って落っこちるなんてありえない……なあ、やつはコテージに行かないと言ってるんじゃないぞ。だが、やつがくるまでに多少の時間はあるはずだ。それを無駄にするな」

ペニーも、彼女自身の内的な議論に従い、同じような結論に達した。「しょうがない、さっさと終わらせるか」と言い、歩きだした。ぼくはいっしょに行った。

ぼくはゼイヴィアのことを思った。彼は六年前、同じ道を通ってきた。ギデオンから地図と指示書を与えられていた。その指示によると、裏からコテージに忍びよらなければならない。日没ごろに裏のゲートから入り、来客が不在なのをまず確認したら、キッチンのドアを叩け。プランの残りの内容はこうだ。一万ドルの小切手を切れ、さもなければおまえがやった児童性加害の実態をさらしてやるとホレス・ロリンズを脅迫する。さまざまな点でそんな計画がうまくいくとはとうてい思えなかったが、義理の父親は、ゼイヴィアの面前で笑いとばすチャンスをけっして得られなかった。夕暮れにクワリー湖に到着すると、ゼイヴィアはコテージに行く道を見落とし、かわりにアイディル山にいたる道に入ってしまった。道をまちがえたとゼイヴィアが気づいたときには――ギデオンに命じられて方向転換したときには――太陽はもう完全に沈んでいて、その夜がほぼ満月でなかったら、正しい道を見いだせなかったかもしれない。結果、すべてが遅すぎた。ようやくゲートを通ったとき、コテージの内側から叫び声が聞こえた……。

ぼくはぱっと足を止めた。小川の隣の道が突然、いきどまりになり、目の前にクワリー湖が広がっていた。不意打ちされ、思わず振りかえり、いまきた道のほうを見た。

「どうしたの？」ぼくの動作を誤解し、ペニーがささやいた。「何か聞こえた？」

「いや」ぼくは言った。「ただ……」ここにイバラの森がなかったっけか？　つい朝方のことだったはずなのに。いや、とぼくは思った。あれは二十年も前のことだ。邪悪な魔法使いは、悪《あ》しき王子と出会い、落命した。「なんでもない」かぶりを振った。「ただの亡霊たち」

「急いで」ペニーがぼくの手を取り、湖岸に沿ってぼくを導き、コテージに通じる小道の入り口にいたる。ぼくたちは身を寄せ合い、林のなかに足を踏みいれた。

木々の下は真っ暗だった。彼らはゆっくりと上っていき、ときおり足を止め、コテージへの道から離れていないのを確認する。前方で疑わしい物音がしないか聞き耳をたてる。林はありとあらゆる奇妙な物音を聞きとるよう強要する。あるとき不気味なきしみが聞こえ、マウスはマンホールカバーをずらしたときの音を連想する。きしみがくりかえされるかどうかたしかめようと待ってみるが、音は一回だけで途絶え、彼らはそのまま歩きつづける。

地面が平らになり、暗闇の質が変化し、真っ暗さの度合いは次第に減少する。前方にゲートに中断された、でこぼこの影の線が見える。

ゲートは閉じている。なかに入るよう手招きしていない。マウスはこれをいい兆《きざ》しと受けとる。それでも突進したりはしない。すぐ外に立ち、怪物を待ちうける。林の闇のなかにいたあとではコテージの裏庭を照らすほのかな月明かりでさえサーチランプのように見える。マウスはブラッドリー署長の姿を目にしない。あるいはブラッドリー署長に変化しそうな何かさえも。コテージ自体から音や兆しはいっさいうかがえず、ここから表の庭の様子は見ることができず、たとえいま車が私道に入ってきたとしても彼らにはわからない。

マウスはささやき声で話すのさえはばかり、アンドルーの手を軽く引き、前進する準備ができたかどうかたしかめる。できていないようだ。自分が気づいていない何かにアンドルーは気づいたのではないかと思い、マウスはまた裏庭をざっと見渡す。

「クソ道具小屋だ」マレディクタが洞窟の入り口からアドバイスする。「あいつはそれを怖がっている」

道具小屋。ブラッドリー署長がその背後に、あるいはなかに隠れている可能性はあるが、マウスにはそう思えない。もしやつがいたら、これだけ接近している以上、懸命に耳をすませばその音が聞こえるだろう。だがアンドルーはこうした状況についてより多くの経験がある。マウスは彼の手を離さないまま、手振りで横の方向を示す。アンドルーは裏庭を完全に避け、ぐるりと回りこみたいと考えているのか？

アンドルーが長いことためらっているので、心のどこかでその気になりかけているとマウスは気づく。だが最終的にアンドルーは首を振る。もし回りこもうとしたら、うっかりイバラのやぶに突っこんで、余計な音をだしかねない。アンドルーは腹をくくり、手を伸ばす。掛け金を上げ、ゲートを引き開ける。

掛け金がカチャリと鳴る。ゲートの蝶番《ちょうつがい》が鋭い音を発する。

何かが彼らに跳びかかってきたりはしない。

「いいだろう」アンドルーがささやく。「ここをまっすぐ突っ切り、コテージの横を忍び足で回り、前庭に誰もいないのをたしかめたらただちに走りだす。アダムによると、道に出て二百メートル行けば別の歩行者用の小道があり、そこを抜ければ町に入ったも同然らしい」

ゲートを通りぬけると、アンドルーは横方向へ小刻みに移動しては道具小屋から間合いをとるとともに、体の向きを変えてつねに小屋を視界に収めようとする。ブラッドリー署長は小屋の裏に隠れておらず、なかからいきなり飛びだしもしない。彼らは無事、裏庭を横断する。

それからコテージの裏に到達し、横手を移動しはじめたとき、マウスは突然、用心深くなる。何かがおかしい。何かが変だ。違和感の正体に気づかないまま進んでいると、足が硬いものとぶつかり、マウスは思いいたる。

つっかえ棒代わりの厚板だ。それらはふたたびすべて取りはらわれている。電信柱はまだその場にある。しかし、今日の午後、ギデオンがもとに戻しておいた厚板はすべて引きぬかれ、地面に放りだされている。マウスはそのひとつにつまずいたのだ。マウスが地面にぶつかると懐中電灯がつき、マウスとアンドルーを光のなかにとらえる。光のほうを見上げたマウスの目がくらむ。

まぶしい光の背後からブラッドリー署長の声。「そこから動くな、アンドレア」

またもや信じられないほどに落ちつきはらっているアンドルーの声が応じる。「やあ、ブラッドリー署長」

ブラッドリー署長の右手が光のビームのなかに入る。銃をつかみ、それを向けている。「そこにいろ、アンドレア」署長が言う。「よく聞け。おまえとおまえの友人は向きを変え、ゆっくり歩いてコテージの裏口まで行け。それからわたしたち全員でなかに入る」

「なぜだ?」とアンドルー。「そうすれば、ぼくたちを事故にあわせせられるからか?」

「アンドレア……」

「コテージを犠牲にするつもりでいるなんてびっくりだよ。けど、おそらくはアダムの言うとおりなのだろう。あなたには選択の余地がない。コテージにプールはない」

「アンドレア、真剣に言ってるんだよ」ブラッドリー署長の親指が銃の撃鉄を起こす。マウスはカチリという音を聞き、キーッという声を洩らし、うしろ向きに這いだす。銃口の位置がずれ、ブラッドリー署長が言う。「やめろ」

アンドルーは一歩横にずれ、マウスと銃の間に入る。「ぼくの母がこれを見て喜ぶと思うか？」とアンドルー。「これを見て、母があなたを愛すると思うのか？」

「アンドレア、畜生……」

「ずいぶん利己的だな、ブラッドリー署長」アンドルーが言う。「望むものが手に入らず、お気の毒だ。自分がやらかしたことの結果を直視できないのも気の毒だ。だが、もしここで銃を下ろしたら、ほかに何が起ころうとも、あなたは慰めが得られる。自分が少なくともひとつはよい決定を下したのだと確信できる……」

「アンドレア……」ブラッドリー署長の口調からは感情が読みとれない。動揺しているのかもしれず、引き金を引く心づもりをしているのかもしれない。

「だが、もし銃を下ろさなければ」アンドルーがつづける。「もしぼくたちをこのまま解放してくれないならば、あなたがほんとうはひどいことなど何もしていないかのような振りをするのをぼくは手助けしたりしない。あなたはぼくを撃たなければならず、そしてあなたがほんとうにそうしたら、ぼくは母の名前を叫ぶつもりだ。そしたらあなたはこれから生きているかぎりずっと、母のことを思うたびにこの瞬間を思いだし、自分でもまちがっているとわかっていながらあえてそれを選択したことを思いだす……」

「アンドレア……アンドレア、畜生……」

「アルシーア」アンドルーが言う。「アルシーア、愛《いと》しいアルシーア……」

「こん畜生めが……」署長の声がうわずり、マウスは発砲を予期し、両手をさっと頭にもっていくが、芝生に顔を埋めるよりも先に光が移動するのを目にする。

ブラッドリー署長は両腕を下げている。銃と懐中電灯が地面に向けられている。署長の肩が震えている。署長はすすり泣いている。ブラッドリー署長の涙が頬できらめくのをマウスは見る。

きらめき……だが涙をそんなふうに輝かせているのは月や星でもなければ、反射した懐中電灯の光でもない。新たな輝きが宙を満たし、新たな音を伴っている。エンジンのうなり。

車が接近している。ブラッドリー署長がマウスと同時に気づく。表の庭のほうに顔を向ける。その瞬間、ヘッドライトが道路の最後のカーブに沿って移動する。

タイヤのきしむ音がする。運転手はコテージにこんなに早く到着するとは思わず、車はスピードを出しすぎている。光がまた減衰し、それから完全に消える。その車がブラッドリー署長のパトカーの後部に激突する。連鎖反応を起こし、パトカーが前に飛びだし、コテージの正面に激突する。

コテージの全体が衝突の衝撃で震える。木材がうめき、窓が粉々になる。裂けた木の悲鳴。

マウスはすっくと立ちあがる。アンドルーの手が肩に置かれ、後方の安全な場所まで引きずられていくのを感じる。ブラッドリー署長もその場から離れようとするが、かかとがつっかえ棒代わりの厚板のひとつにひっかかり、誰も支えてくれず、後方によろめく。

「クソッ」ブラッドリー署長が吐きすて、両手で顔をかばう。

コテージが彼の上に倒れかかる。

III

ORDER

第三部　秩序

最後の書
エピローグ

29

その夜遅く、救援隊によりコテージの下から救いだされたあと、ブラッドリー署長は罪を認めた。

最初、署長の負傷はどの程度かはっきりしなかったが、実際はそれほど重傷でもなかった。腕、それからろっ骨が何本か折れていて、折れた腕の肩には十センチほどの木の裂片が突き刺さっていた。打撲傷ができ、ショック状態だった。署長を診察したセヴンレイクス診療所の医師は、頭部の傷害や内臓の損傷を示す形跡はまったく見いだせなかったが、大事をとって署長をマスキーゴンの病院に移送する決定を下した。ジミー・カーヒル巡査は救急車に同乗し、道すがら、あらかじめこちらから聞いていた物騒な話について、いくつか問いたずねた。ブラッドリー署長は痛み止めのせいで口が軽くなっていたらしく（もしかしたら、やましさを抱えて死ぬという恐怖がさらに拍車をかけていたのかもしれない）、カーヒル巡査にすべてをぶちまけた。ホレス・ロリンズにしてやったこと、その件で町にやってきた二人組にしてやろうと考えていたこと。

それから翌日になり、痛み止めの効果が薄れ、腕の骨折で死にはしないのだとはっきり理解するにおよび、先の自白を撤回した。面談にきた刑事たちに、昨日の夜は混乱していたし、カーヒル巡査はその言葉を曲解したらしいと告げた。自分は陰謀の犠牲者にすぎない。精神に障害のある若い女が、彼女の義理の父親を事故死にいたらしめたのはブラッドリーなのだとなぜか決めつけ、陰謀を画策したのだ、と。さらにブラッドリーはこうほのめかした。カーヒル巡査はこの精神に障害のある若い女に好意を抱いていて、いいように利用されているのだ。

もしかするとその後、事態は悪い方向に進んでいたかもしれない。しかし、そのときミセス・ウィンズローが介入した。松葉杖《まつばづえ》にたよりよたよたした足取りで——空港のレンタカーがブラッドリー署長のパトカーの後部に激突したとき足を骨折したのだ——病室にいる署長を訪ねた。ミセス・ウィンズローは、一時間以上もブラッドリーと二人きりでいた。そのときに何があったのかは彼ら二人だけの秘密だが、とにかくそれが終わったとき、ブラッドリー署長は刑事たちを呼びもどし、自分が嘘《うそ》をついていたと認め、最初の自白が正しかったとあらためて是認した。

それで一件落着とはいかなかった。当局の捜査が継続している間、こちらはミシガン州にとどまっていなければならなかった。ほぼずっとマスキーゴンのモーテルにこもっていたが、ドクター・クロフトが白衣の一団を引きつれ、姿を見せなければばいいと祈り続けていた。しかし、ドクター・クロフトも、州精神医療局の他の職員も姿を見せず、とうとう家に帰っていいと言われた。

ブラッドリー署長がホレス・ロリンズ殺しの件で正式に告発されることになっていたのと同じ日、コテージを最後に訪問すべく二人で車に乗り、セヴンレイクスに向かった。カーヒル巡査——臨時の署長代理に任命されていた——がゲージ家の地所で解体作業員の一団とともに待っていた。

コテージは部分的に倒壊したにすぎず、それもブラッドリー署長があの程度のけがですんだ理由のひとつだった。一方の壁が倒れ、屋根のほぼ半分が崩れていたが、骨組みがまだ電柱で支えられていたおかげで構造の大部分は無傷の状態で残された。放置しておいてもあまり長くはもたなかったろうが、それでもカーヒル巡査は危険建造物に指定したうえ、ブルドーザーで解体し、更地にする決定を下した。そこでカーヒル巡査は、作業を見にこないかと誘ってくれたのだ。

「誰か何か言いたいひとはいる？」全員が表の庭に集まると、カーヒル巡査が尋ねた。

アンドルーのほうを見ると、彼は思考に没頭しているようだった。アンドルーが自らを奮いおこして言った。「いや、何も言いたくないけど、でも……少し待ってくれる、いい？」カーヒル巡査がうなずき、アンドルーがコテージと向き合った。アンドルーの表情が次々に移り変わっていった。その場をひと目見ようとして魂たちが列をなして前進し、順繰りに通りすぎていくかのように。何人かは見覚えがあった。アーロン、ジェイク、サマンサ、セフェリス。だが、ほかはおそらくわたしが会ったこともない魂たちだった。

やがてアンドルーが戻ると、カーヒル巡査に顔を向けて言った。「やってくれ」カーヒル巡査がブルドーザーに合図した。

コテージはほんの数分で倒壊したが、カーヒル巡査はブルドーザーの運転手に指示し、その後もしばらく残骸《ざんがい》の上を行き来させ、ぐちゃぐちゃに粉砕し、きれいに均《なら》した。最後にカーヒル巡査はまたアンドルーのほうに顔を向けて言った。「こんなもんでいいか？」アンドルーがうなずいた。

カーヒル巡査がまた合図し、ブルドーザーは裏庭に移動した。同時にアンドルーの顔もまた変化し、ちゃめっけのある表情になった。アダム。コテージの玄関ドアのあった場所まで歩みでると、その日の朝、ウィンチェルズ・ダイナーで失敬した食卓用塩入れを取りだした。ふたをひねって開け、手の上に塩を出すと、跡地にそれをまいた。

ひと仕事終えたアダムは食卓用塩入れを放りすて、体をサムおばさんに譲った。サムはカーヒル巡査のところに行き、頰に熱烈なキスをして驚かせ、さらにこう言ってまた驚かせた。「あなたはいまでもクズ野郎だけど、今回の件は感謝するよ」それからサムはアンドルーに体を譲り、アンドルーは顔を赤らめ、うしろにさがり、つぶやいた。「ごめん」

「かまわない」とカーヒル巡査。「わかってる。いや、ほんとはわかってない、でも……いや、ぼくは平気だから」

またもやすさまじい音。ブルドーザーが道具小屋を破壊していた。ブルドーザーの運転手が運転台から身を乗りだし、カーヒル巡査に呼びかけた。「ほかになんかあるか?」

「いや」巡査が返した。「いや、これでいい!」

それからアンドルーは疲れたような顔でわたしを見て言った。「どう思う、ペニー? もう帰る準備はできてる?」

「ええ」わたしは答えた。「準備はできてる。帰りましょう」

30

驚いた？

ぼくはこの記述を取りこまざるをえなかった。その一方で、不要な誤解は招きたくないからはっきりさせておくけど、ぼくたちの冒険の結果として、ペニーはいかなる奇跡的な変換も経験しなかった。ドクター・エディントンのところに毎週通い、自らをマウスではなくペニーとしてすんなり受け入れられるようになるまでにほぼ一年を要した。症状の処置を終えるまでにはさらに一年半かかった。セラピーの一部として、やがてペニーはスレッドの電子日記――ぼくがペニーの視点からこの物語を語る際に活用させてもらったのと同じ日記――に目を通し、そのうちの一部を一人称で書きなおすことにもなった。だが、彼女がそうするのは、治療がかなり進んでからのこと。より短期的に見るなら、彼女が他のいくつもの自己と直接にコミュニケーションがとれているという事実は、それ以前と比べれば、たしかに飛躍的な前進にはちがいない。

にもかかわらず、それは、延々とつづく治療プロセスにおける最初の一歩にすぎなかった。

こうしてぼくたちはワシントン州に戻ってきて、そこでの人生を再開した。本来ならぼくには手が届かないはずの、平穏無事な秩序への回帰。ぼくたちはまだリアリティファクトリーの職を失っていなかっただけでなく、ジュリーは信じられないほどの寛大さを発揮し、ぼくたちが不在にしていた期間の賃金もまるまる払うといってきかなかった。「有給の病欠扱いにしとくよ」とジュリー。「ベストな会社は全部そうしてんだ」

ジュリー。オータムクリークに戻ってぼくが最初にやったことのひとつがジュリーに長い謝罪の手紙を書くことだった。手紙は自分で届けた。ジュリーはそれを読み、ぼくたちは夕食に出かけ（暗黙の了解により、酒類販売許可証を取得していないレストランを選んだ）、おたがい腹を割ってじっくり話し合った。すべての問題を解決したと言うつもりはないが、その日の晩が終わるまでには二人の友情が受けたダメージをほぼ修復し終えたような気がした。

もちろん、ジュリーはジュリーだし（そして――公平にいこう――ぼくはぼくだ）、いつもつねに新たな挑戦をしていた。戻ってから二週目、ぼく自身もドクター・エデイントンとセラピーを開始した。金曜の午後四時にぼくはアポをとった。ペニーがぼくを車で連れていってくれた。リアリティファクトリーを三時ごろに出発し、町に向かった。戻りはバスに乗るときもあったが、やっぱりたいていはペニーが家まで送ってくれた。あるいはマレディクタがサムおばさんを送っていった。二人がともに上機嫌ならだけど。ペニー自身とドクター・エディントンのセッションは毎週水曜日なので、そんなときにはやはりぼくも同行するようになった。ペニーが医者に診てもらっている間、アダム、ジェイク、その他の魂にフリーモントの町を探索させた。その後は、ペニーの気分次第で映画に行ったり、ユニオン湖沿いを散歩したり、あるいは――セッションがとくにうまくいかなかったときには――ただガスワークスパークですわって話をした。

どれも楽しかったが、それはつまりぼくたち二人が週に二回、仕事を早退しているということだ。最初、ジュリーはこの件について全面的に理解を示していた――ふたたびミシガン州に逃亡させないよう手をつくしたのだ――が、夏のなかばになると労働時間の損失についてぼやきだし、生産性を害していると言った。ぼくはそれが別に生産性を害しているとは思わなかった。ジュリーはただ、ペニーとぼくがいっしょの時間を過ごしているので嫉妬《しっと》していただけなのだろう。ペニーはセラピーの日を水曜日から金曜日、ぼくのセッションのすぐあとの時間にずらし、労働時間の損失をなるべく減らそうとした。しかし、ジュリーはそれでも文句を言いつづけ、しかも我ながら驚いたことにぼくはたいして気にもしなかった。

やがて判明したのだが、リアリティファクトリーはわずかな日々を残し、事業に終止符を打つこととなった。九月になり、ジュリーが何カ月も前から進めてきたベンチャーキャピタルとの大がかりな取引は、結局、双方ものわかれのまま、御破算となった。ジュリーはミーティングのため一同を招集し、新たな財源を見いだせないかぎり、まもなくファクトリーは破産するだろうと告げた。つづいてデニスも爆弾発言をした。

破産しようがすまいが、とデニス。俺はアラスカに戻ると決めたからな。

「いったい何言ってんの？」とジュリー。「勝手にやめて、はい、さよならというわけにいくか！　プロジェクトをやり遂げるにはあんたの――」

「おいおい、お偉いさん」デニスがはだけたシャツでばたばたあおぐ。「あんただって俺に劣らず、承知してるはずだろ。プロジェクトは永遠に終わりゃしない。もううんざりだ」

その後、修羅場のようなひと幕があり、その最中にペニーとぼくはこっそりそこから抜けだし、つづいてアーウィンも出てきた。「ぼくはアラスカには戻らないから」

強い口調で告げると、その後は無言で物思いにふけった。やがてジュリーがやってきて、すべて終わったと告げた。ぼくたちは仕事を失った。

十月のなかばになった。すでにデニスは去っていた。アーウィンは、自分が言ったとおり、兄の驚きをよそに、ワシントン州にとどまることにした。ただし、オータムクリークからは離れ、レントンに引っ越すと、そこに本社を有するさるファンタジー系カードゲームの会社に職を見つけた。その話を聞いたとき、ジェイクは大いにうらやんだ。

ペニーとぼくはビットウェアハウスで働くことになった。そう、ぼくが以前、勤務していたところだ。あなたがたがどう思うかはわかってる。けど、アダムの冗談がずばり本質を突いていた。ずいぶん時間もたったし、おまえの〈ドラッグ問題〉のことなんか誰も憶《おぼ》えてるもんか。離職率の高さゆえに、好都合にも選択的記憶喪失が生じていた。ミスター・ウィークスはとっくにいなくなっていたし、ぼくの父と親密にしていたその他の同僚も全員、ご同様だ。それでも父のおおむね良好な業務記録はまだ残っていて、ぼくはすんなり再雇用してもらえた。今度は商品補充係ではなく、レジ係として。ペニーはテクニカルサービス部で働きだし、コンピュータの修理やアップグレードに従事した。

ジュリーについて言うと、リアリティファクトリー閉鎖につづく何カ月か、いったいなんの仕事をしていたのかよくわかっていない。おじさんのためにいろいろ半端《はんぱ》仕事をしていたのは知っている。しばらくシアトルにいて、おそらくは臨時雇いで働いていたのも。でも、ジュリーはそれについて話したがらなかった。ジュリーの時間の大半は、訴訟のために費やされた。ファクトリーの敷地についての賃貸借契約を破棄しようとすると、家主は未払い賃借料および不動産改良約束の不履行で告訴した。事件は最終的に示談で解決するだろう。ジュリーが家主に二千ドル払い（どうやってその金を捻出《ねんしゅつ》するかは不明）、小屋のなかの備品、少なくとも債権者にまだ押収されていないものについてはそっくりそのまま譲渡するという条件でだが。コンピュータ類は現金で売却済みだし、簡易便器《ハニーバケット》は破壊されて焼却されているだろう。しかし、ぼくの知るかぎり、テントはまだそこにあり、ほこりとカビにまみれ、次の幻視的な企業家がやってくるのを待っている。

翌年の夏も終わりに近づいたある日のこと、ジュリーはぼくをランチに連れだし、自分もオータムクリークを離れると告げた。「行き先は絶対、あんたの予想を超えてる。アラスカなんだよね、これが」

「アラスカ?」とぼく。「デニスを見つけて仕返しでもするつもり?」

「いや、デニスのことなんかもう忘れたよ……だから、そりゃまあ、デニスと偶然出会って、たまたまあいつが崖《がけ》の端にいて背中をこっちに向けていたらどうするかわからないけど、あいつを殺そうとは思っていない」やりたいのはそうじゃなくて、とジュリー。魚の加工処理船で働いてみたいんだよね。加工処理船というのは一種の巨大な工船らしく、いったん出港すると何カ月も洋上にいて、数千トンのタラやら何やらを捕まえ、船上で冷凍の切り身やフィッシュスティックに加工する。ジュリーの説明を聞いてると、この世で最悪の仕事にしか思えなかった。十六時間交替、危険だらけの労働環境、前科者ばかりからなる乗組員、などなど。しかし、ジュリーいわく、もし生きて帰れたら、それまでの苦労が報われるだけの報酬が得られる。「売り上げの一パーセント分がもらえるから、水揚げが多かったら報酬はすごい額になる」

「水揚げがたいして多くなかったら？」

「だから、船選びが重要なんだって……心配すんな、うまくいく。二、三カ月地獄で過ごし、ひと財産つくったら、またここに戻ってくるから、新しい会社を立ちあげようぜ」

ジュリーは自分が去る側だというのに、ぼくに餞別《せんべつ》として二つのプレゼントを用意していた。第一のプレゼントは彼女の愛車のキャデラックだった。「もってけそうにない」とジュリー。「乗っていったら途中でオシャカだろうな。仮に最後までもったとして、アンカレッジのパーキングガレージに三カ月もほったらかしにしてたら、確実にあの世行きだ」

「きみのかわりに面倒をみるのはうれしいんだけどね、ジュリー、知ってるようにぼくはまだ免許をとってないんだよ」

「そのうちとるって」ジュリーが言った。「ペニーによると、あんたは運転がすごくうまいそうじゃないか……」

そしてそれがきっかけとなり、ジュリーのもうひとつの餞別についての話に移った。ジュリーのアパートメントの賃貸借契約は来年の二月まで有効だった。リアリティファクトリーの賃貸借契約をめぐるごたごたがようやく片づいたばかりだったので、そちらの契約を下手に破棄する危険は避けたかった。そこでジュリーは、ペニーに転借するための話をまとめていた。ペニーのほうは、現在、クイーンアンのアパートメントを月ぎめで借りていた。「隣人がひとりいなくなれば、またひとり新しい隣人がくる」ジュリーが言った。「これであんたも寂しくない」

ぼくに不服はなかった――ペニーがオータムクリークで暮らしてくれたら素敵だろうとぼくは思った――が、それでもこう口にした。「やっぱりそういうふうにはいかないよ、ジュリー」

「そういうふうにいかないって何が？」

「しっかりわかってるはずだ。また、くっつけようとしてるんだろ。けど、ぼくとペニーはただの友だちなんだ」

「くっつけようとしてる？ あたしが」もはやすっかりお馴染《なじ》みになった、例の無邪気そうな笑みを浮かべて。「考えすぎだって、アンドルー。けど……あんたたち二人、かわいいカップルになりそうなんだけどねえ……」

ジュリーは九月にアラスカへ旅立った。十二月になり、ぼくは彼女から一通の手紙を受けとった。それによると、魚の加工処理船の話はうまくいかず、いまはアンカレッジ動物園の売店で働いているとのことだった。「マジ大笑い。営業は昼の間――いまの時期だと十時から四時まで――だけだし、動物の半分は冬眠してる。それでも食うためにはやらざるをえない。追伸 あたしの車を売って、その金を送ってちょうだい」

ぼくは彼女のキャデラックを売り、ジュリーが以前、予想していたのよりもずっとわずかな金額を受けとると、ぼくの貯金からおろした分で少しだけ水増しした銀行小切手を送った。それからもジュリーからはときおり手紙やEメールが届き、アラスカ州のさまざまな都市や町での生活模様をざっくり伝えてくれた。時間が経過するにつれ、ジュリーは北極に近づいているみたいだ。最後の葉書にはこうあった。「結婚の計画は取り消し。いまはフェアバンクスで飛行機の操縦を習っている。春までには免許をとって小型機のパイロットになってるはず。愛をこめて、ジュリー」

それが七カ月前のことだ。それから手紙は届いていないが、ジュリーが小型機のパイロットになっていないのは確実だろう。それ以外はなにひとつわからない。ジュリーが何をしていようと、幸せならいいと思う。もちろん、ぼくはまだジュリーを愛しているし、ぼくの力ではどうにもならないことだとわかってはいるけど、それでもジュリーの幸運を心から願わないわけにいかない。

そして、そう、ジュリーの言う結婚の計画なるものについては皆目見当もつかない。


もしこれがつくり話なら、二人をくっつけようとするジュリーの努力は最終的に実を結ぶだろう。ペニーとぼくは恋に落ち、その後は幸福に暮らす。現実はどうかというと、(これまでのところ)そんなもんじゃなかった。かといって、ぼくが以前、予想していたみたいにまるっきり何も起こらなかったというわけでもなかった。ミシガン州から戻ってしばらくの間、ぼくたちはほんとうにただの友人だった。ただの友だち、とはいっても何重もの意味でそうだったんだけど。ぼくはペニーと友人で、サムおばさんはマレディクタと友人で、アダムはマレフィカと友人――ポーカー仲間――で、ジェイクは、これがいちばん奇妙なのだが、ロインズと友人だった。『リトル・マーメイド』やその他のディズニー作品のビデオは、意外なことにロインズにとってもツボだったせいだ。家族間にはほかにも親和性がいくつもあったが、一日のうちにそれらすべてを開拓するような時間はなかった。

ジュリーがオータムクリークを離れ、ペニーが彼女のアパートメントに引っ越すと、ぼくたちの（いくつかの）友情は自然に強まった。ペニーはその前から毎日、ぼくを職場へと送り迎えしていた。いまでは朝食もいっしょに食べ（ペニーがミセス・ウィンズローの家にくるときもあれば、二人でハーヴェストムーン・ダイナーに行くときもあった）、晩や週末の時間を長いこと、というのは、つまり、それ以前にも増してということだけど、いっしょに過ごすようになった。

最初は、ジュリーがもと住んでいたアパートメントにペニーとずっといたら奇妙な感じがするんじゃないかと思っていた。でも、ペニーはアパートメントに全面的な改装を施した。ジュリーが残していったすべての家具を処分し、部屋を塗り替え、家主の許可を得て、バスルームの床は新しいタイル、キッチンは新しいリノリウムに変更した。外階段にはいくつかの電球をひもで吊《つ》るし、最後に一階のドアのノブを交換した。ペニーが作業を終えるころにはまるっきり新しい住まいに変わっていた。ときには一瞬、既視感をおぼえるときもあった——いちばん多かったのは階段を上り下りするとき——けど、いざ部屋に行ってみると、ぼくが期待していたのとはまるっきり別の場となっているのだった。

ちがっているように感じたのは塗り替えた壁や家具のせいだけじゃなかった。言うまでもなく、ペニー自身によるところが大きい。ぼくたちの友情にはそれなりにめんどくさいところもあったが、ジュリーとちがい、ペニーはけっしてぼくを無駄に惑わすような真似《まね》はしなかった。ペニーの行動に理解できないところがあったら、説明を求めればいいし、ペニーの釈明は納得がいった。ペニーがぼくに対してかんかんに怒っているなら、そこにはたいていもっともな理由があった。謝罪は、不和の新たな局面のはじまりではなく、喧嘩《けんか》の終了を意味した。なかでも、ジュリーのときにはお馴染みだったあの感情、自分とは現実認識の仕方が九十度異なる人間を相手にしているという感情をほとんど感じることがなかった。ペニーとぼくはときには異なる結論に到達するかもしれないが、同じものを見ていた。おたがいを理解していた。

「これじゃ楽すぎる」ペニーとぼくが、とくに憎しみも抱かず、あることについておたがいの見解が一致しないという点でおたがいの見解が一致したあと、アダムがこぼした。「一見、消極的な態度で相手を攻撃する例のあの態度、いわゆる受動攻撃的なふるまいってやつはどこだ？　矛盾し合うシグナルと隠れたメッセージはどこだ？　苦悩はどこだ？」

「全部きみにあげるよ」ぼくは言った。「ぼくはこっちのほうがいい」

ペニーもこちらのほうが好きなようだった。この親密さを思えば、やがてぼくたちが友情の先に進む可能性を模索したところで意外でもなんでもない。はじまりは一九九九年二月のある夜だった。ぼくの誕生日を祝い、ライル・ラヴェットのコンサートを見るため町に行った。ショーが終わったときには雪が降っていた。ペニーとぼくはシアトルのモノレールに乗り、雪を眺めようと決めた。乗っているとき、どういう成り行きか、ぼくたちはキスすることになった。その夜はそれだけだったが、その後、ぼくたちの関係のすべてが変わり、さらにその後――それほどあとではないが――別のこともした。

ぼくたちはいろいろやって、それは楽しかったが、ぼくたちの家族に属するほかの魂たちに問題を引き起こしもした。魂たちのなかにはこの新たな展開を快く思わない者もいた。より決定的だったのは、二、三の性的行為がペニーの母親に関する記憶、そのときまでペニーがかろうじて回避していたきわめて陰うつな記憶を呼び覚ましてしまったことだ。三月になると、ペニーは、一年以上ぶりになるが、また意識喪失を起こしだした。四月には三日間、姿を消し、スポケーンのチャーター・ホテルの地下室で目覚めた。この事件があってから、ぼくたちは、少なくともペニーがいくつかの問題を克服するまでは、またただの友人でいようと決意した。

ペニーは、まず週に二回、やがて三回のセラピーを受けはじめた。会う機会は減り、ぼくはつらい思いをした。だが、それでも顔を合わせたときには、まだ質問したりできたから、自分たちの状況をつねに把握できた。ペニーは快方に向かっていた。最後の障壁を打ちこわしたかのようにセラピーは猛スピードで進展し、やがて真夏を迎えると、最終的な解決もいよいよ近いといったようなことをペニーは語るようになった。

だが、治療を終える前に、ペニーはある決定を下さなければならなかった。そしてその決定が明らかにされたとき、ぼくは呆然《ぼうぜん》とせざるをえなかった。

「再統合？」自分の耳がどうかしたのかと思いながら尋ねた。「ペニー、それは……」

「……たしかに驚きよね」

馬鹿《ばか》げてる、とぼくは言おうとしたのだ。進んでロボトミーをしようとするようなものだ。よりあたりさわりのない言い方を探した。「再統合はうまくいかないよ、ペニー。うまくいかないし、かりにうまくいったとしても死ぬようなものだ。きみはもういままでのきみではなくなる」

ペニーは唇を嚙《か》み、ぼくのこんな反応を見て不満そうにしていた。「ドクター・エディントンはうまくいくかもしれないと言ってた」ペニーが言った。「彼の考えだと――」

「ドクター・エディントンはまちがってる」ぼくは途中で口をはさんだ。「もしドクター・グレイがここにいたら――」

「ドクター・グレイは再統合がうまくいかないとは言ってないよ、アンドルー。わたしは彼女の本を読んだ。再統合は選択肢のひとつであって、けっして不可能ではないと言ってた」

「まずい選択肢だ」ぼくは主張した。「ほかの連中はどうなの？　全員が同意しているはずがない」

「同意してるよ」とペニー。「少なくとも、誰ひとり異議を唱えてはいない。いずれにせよ、それがわたしの選択なの。これからも共同所有の人生を生きるなんて嫌。ひとりの人間になりたい。あなたなら理解できるよね？」

たしかに理解はできた。ただそれを受けいれることができなかっただけだ。ぼくはその考えに反対しつづけ、次にドクター・エディントンに会ったときにはこっぴどく非難した。

「いいかね、ペニーのセラピーのことできみと議論はできない、アンドルー」とドクター・エディントン。「今回の件がきみ自身の治療について問いを投げかけているように感じているのなら――」

「ぼくの治療？　ぼくとはなんの関係もない。ぼくは絶対に再統合をするつもりはない」

「たしかにそれは正しい決定だ。あくまでもきみ自身にとってはだがね。だが、きみはペニーじゃない」ため息をついた。「なあ、アンドルー……きみが自分とペニーの間には多くの共通点があると考えているのは知っている。しかし、二人の症例の間にはいくつか重要なちがいがある。ペニーの場合、基本的な人格の分裂は、一見、深刻そうだが、実はそこまで重症ではない。オリジナルのペニー・ドライヴァーはまだ存在し、まだ存在したいと考えている。さて」ドクター・エディントンが片手を上げる。「だからといって、再統合がうまくいくという保証はないが、可能性はあるということだ。そしてペニーがこれを望んでいる以上、きみも友人として積極的に彼女を応援してくれるとうれしいんだがね」

応援しようとはしてみた。だが、ペニーとぼくは再統合をするという彼女の選択をめぐってその後も定期的に議論をした。普段は二人の間を上手にとりなしてくれる父も、助けにならなかった。むしろぼくよりもペニーの決定に反対だったくらいだ。でも、ぼくたちが何を言おうが、何をしようが、ペニーに考えをあらためさせることはできなかった。

八月になり、ポートタウンゼントのオルフェウスセンター――再統合治療を受ける多重人格者専用の中間施設――に一カ月間、入所するため、ペニーはアパートメントを離れた。前日の夜に喧嘩していたため、さよならも言わずに出ていったが、それでも書き置きとアパートメントの鍵《かぎ》は残していった。その後の四週間、ぼくは律義《りちぎ》にペニーの郵便物を取りにいった。九月になったら、いまぼくが取りにいっている郵便物のほんとうの受取人ははたしてまだ存在しているのだろうかという思いを抱えながら。

ペニーが戻ってきた日、ぼくはフリーモントにいた。週一回予定されているぼく自身のセラピーを受けるためだ。持ち時間の十五分が過ぎ去ると、ドクター・エディントンは旧友に挨拶《あいさつ》したいかと尋ねた。ペニーは医師の診察室から少しだけ離れたカフェでぼくたちを待っていた。外に置かれたテーブルについていて、なんの助けもなくそれが彼女だとわかったのでぼくはほっとした。髪は長くなっていた。夏の間、髪を伸ばしていて、それがとうとう肩にまで達していた。しかし、それ以外は以前と同じペニーだった。

だが、彼女の表情や仕草はぼくを面喰わせた。ぼくたちが近づくと、彼女はタバコを喫《す》っていた。通常はマレディクタの専売特許とでもいうべき行為。だが、彼女が顔を上げ、ぼくたちがきたのに気づいたとき、見せた反応はというと——彼女の顔に浮かんだ表情、ややためらいぎみに手を振る様子——ぼくにとって〈ペニー〉そのものだった……そして、それから表情をまったく変えず、タバコを最後にもう一度ふかし、マレディクタそのものの、いかにもいらだたしげな身振りでタバコをもみ消した。

この再会の最初の何分間か、ぼくは柵《フェンスポスト》の柱のようにすっかり固まってしまった。たしかなんとか「やあ」と言ったはずだが、ドクター・エディントンひとりで会話の出だしを仕切らなければならなかった。彼はいつまでもその場にいたりしなかった。ぼくを椅子《いす》にすわらせ、ぼくが実際には緊張症ではないとたしかめると、きみたちのうちのどちらかがわたしを必要とするようなら、あとしばらく診察室にいるからとだけ言って席を離れた。

ドクター・エディントンがいなくなってからしばらく沈黙が続き、ペニーはテーブルに置かれたウィンストンの箱に手を伸ばした。見ていると、彼女はタバコを一本取りだし、火をつけたが、その身振りはまたもやマレディクタを想起させた。しかし、最初に一服すると、ぼくに向かって直接吐きだすかわりに、肩越しに吐きだし、その煙がテーブルの上に逆流してくると手で払って押しかえした。

「ごめん」最後にぼくは言い、目を伏せた。「じっと見ているつもりはなかった……」

「いや、大丈夫」ペニーの声はより豊かに、少なくともより大きくなったようだ。「そしてまた――といっても、ぼく自身の想像力が過剰にはたらいているだけなのかもしれないが――ぼくはそこに一抹の調和を感知したように思った。「なんか奇妙だと思ってるんでしょう。わたしだっていまだにそんな気がしてるんだから。慣れるのにもしばらく時間がかかった」

「どういう感じ？」ぼくは尋ねた。

「うまく言えそうにない」ペニーが笑った。ロインズを連想させる笑い。「こんなふうに……」――タバコを掲げる――「タバコを喫ってもおいしくもなんともないのに、それでもやっぱり喫ってしまう。要するに、やめたいけどやめられないの」

「マレディクタやその他のひとたち」とぼく。「彼女たちは……？」

「まだ生きてるかって？」ペニーがうなずいた。「そうなるだろうなあとわたしが思ってたのとはちがってるっていうか。彼女たち、わたしたち、わたしたちは全員まだここにいて、ただ、以前よりもより分裂してないだけなんだ。一回につきひとりで体を占拠する必要がない。わたしたちは体のなかで共存している」

「共存？　だとしたらきみはまだ多重人格なの？」

「イエスでもありノーでもある」ペニーがまた笑った。「これは言葉にするのがいちばん難しい部分なの。ちょうど、いまわたしはあなたを見て、あなたについて感じている。ペニーがそうしているように。同時に、あなたを見て、あなたについて感じている。マレディクタがそうしているように。そして、もしそうしたければ、ペニーの感じ方とマレディクタの感じ方をより分けることもできる。けど、それをいっしょに流しておくこともできる……」

「他のひとたちでもそうなの？　彼ら全員でも？」

「全員一度にというのは難しい。全員同時に舞台に上げることもできるけど、わけわからなくなるだけ」

「で、それは……まだいいときみは思ってるのかな？　これまでよりはよくなってると？」

「うん」タバコを喫いおえると、ペニーはまた一本取りだそうとしかけ、それからかぶりを振り、タバコの箱を押しやった。「うん。よくなった。だいたいのところは。

オルフェウスの医者たちは、慣れれば楽になる、より多くの経験を共有するにつれ、うまくかみ合いはじめるだろうと言っていた。それがほんとうなのか、それとも医者たちがほんとうのはずだと思いこんでるだけなのかはよくわからない。そのうちはっきりするんじゃないかな」

「まあ」ぼくは言った。「きみが幸せだというのなら、それはそれで……」

「わたしたちは……満足している」とペニー。「うまく言えなくてごめん。けど、それで思いだした。あなたにあげるものがあるの」贈り物用に包装された小さな包みを取りだした。「オルフェウスに行く前に渡すつもりだったんだけど、まあ……」

もやもやしたものを感じながら、ぼくは包みを受けとり、開いた。なかに入っていたのは金色のＣＤで、マジックペンで〈スレッド.doc〉と書いてあった。

「スレッドの日記のコピーなんだけど」とペニー。

「どうしてぼくに渡そうと思ったの？」

「読んでもらうため……あなたがそうしたいと思えばだけど。どうしてわたしがこれをやらなければならないと感じたか理解するのに役立つはずだし、それに――」

「ああ、ペニー」ぼくは言った。「別に説明してもらわなくてもいいよ。悪いけど、もし――」

「いいえ、アンドルー。わたしは理解してもらいたい。ほかにもある。そこには、わたしたちが知り合って以降のあなたのことも書かれている……いいことばかりじゃないけど、あなたに知ってもらい、記録をもっていてほしかった。あなたがわたしにとってどんなに大切な人間だったかについての」

そのときぼくは理解した。ぼくを困惑させているものの正体を。これは別離にあたっての贈り物だ。「ペニー」ぼくは言った。「オータムクリークに戻ってくるんだよね？」

ペニーは唇を噛んだ。「しばらくは」

「しばらくは」ぼくは言った。「で、その後は？　引っ越すつもり？　これって……これって、ぼくがあんなふうにふるまっていたからってわけじゃないよね？　きみは――」

「いいえ！　ちがうのよ、アンドルー。これはあくまでもわたし自身のためにすることなの。セラピーの最後のステップというか。新しい場所でやりなおす。新しいわたしで」

「新しい場所？」

「カリフォルニア」ペニーが言った。「どの町にするかはまだ決めてない。でも……

サンディエゴとかいいかな。オルフェウスの入居者のひとりによるとずいぶんいいところみたいだから」

サンディエゴ。カリフォルニア州の南端。シアトルからは千五百キロ以上。ぼくの頭のなかは真っ白だった。「いつ出発するつもり？」

「感謝祭のあとにしようと考えていたけど」

「三カ月か」ぼくの声がかすれ、まぶたがまばたきをくりかえした。「そんな……そんな」

「アンドルー？」とペニー。「大丈夫だよね？」

大丈夫じゃないと言いたかったが、再統合のことでペニーにあれだけ悲痛な思いをさせた以上、今年一年分の利己心はすでにほぼ使い果たしたような気がした。「それは……つらいな」ぼくは言った。「でも、そうする必要があるのなら……」

ペニーは手を伸ばしてぼくの手をとった。その身振り、ぼくの手のなかにあるペニーの小さな手の感触は、完全にペニーそのものだった。「まだ三カ月先じゃない」とペニー。「それまでいっしょの時間をたっぷりとれる。それからだってあなたを訪ねてくる」

「いいね」ぼくは言った。涙が両頰を流れおちていた。「わかった。よかった……」

その夜、ペニーはぼくをオータムクリークに送りとどけた。それからペニーが出発するまで、ぼくたちは空いた時間ができるたびにほぼいっしょに過ごした。それでも時間は足りなかった。三カ月という時間をあのとき以上に速いスピードで過ごそうとしたら、時間を喪失するしかない。

とはいえそれだけの時間があれば、再統合のせいでペニーがどれだけ変化したか十二分に見てとることはできた。といってもそれを説明しようとすると、ペニーが用いていたような矛盾した話しぶりに陥ってしまうのだった。ペニーは変わってしまった、しかし同時にペニーは変わっていない、というように。やがてぼくは新しいペニーに慣れた。半ダースもの魂の特徴を同時に示しているようなペニーに。だが、彼女はつねにそうだともかぎらなかった。往々にしてストレスを抱えているときや感情がたかぶっているとき、だがときにはもっと穏やかな感情のときでさえ、単一の魂がペニーを支配し、紛れもなくマレディクタ――かつてのマレディクタ――がその場に現出しているのをぼくは確信した。あるいは、ロインズやダンカンが。あるいはマウスが。そのことについてぼくは何も言わなかったが――彼らが満足しているのなら、代わりにぼくがぶち壊しにしてやることもない――、それでも、再統合がそれほど恐ろしいものでもないと思えば慰めにはなった。ぼくの親友、彼女のすべてがまだ存在していた。

それから十一月の末になった。最後の朝食をいっしょに食べたあと、ハーヴェストムーン・ダイナーの駐車場でぼくたちはさよならをした。長々とした別れとなった。ほぼ全員が外に出て、ペニーの旅の安全を祈願したいと言ってきかなかったからだ。ぼくは不安になった。このままではペニーがぼくのためにもう何も残してくれないんじゃないか？　だが、ペニーは残しておいてくれた。ぼくたちはとても長い時間ハグし合い、それからペニーは車に乗った。

「絶対、手紙書いて」ぼくは運転席側のドアにしがみついて言った。「電話も」

「そうする」ペニーが約束した。ぼくの顔を引きよせ、唇にキスした。「かわいい子」ペニーが言い、ウインクした。「誰からもナメられるんじゃねえぞ」それから一方の手をハンドルにかけ、もう一方の手でシガーライターのボタンを親指で押して走り去った。

ひと月後、二〇〇〇年の到来を祝うために、ぼくはミセス・ウィンズローと夜更《よふ》かししていた。花火をカラーで見られるよう、二人でぼくのテレビをキッチンに移動させた。真夜中になるとノンアルコールのスパークリンググレープジュースのボトルの栓を開けた。こんなに幸福な気分になったのはしばらくぶりだったが、にもかかわらず憂うつさは隠しようもなくにじみでていた。

「彼女がいないと寂しいよね？」とミセス・ウィンズロー。

「毎日ね」それからせっかくの晩を台無しにしたくなかったので、「でも大丈夫。あなたがいる」

「そうかい……あなたの口からそんな言葉を聞くなんて変な気がするよ」

「何が変なの？」ぼくが尋ねた。「まさかあなたが……ええっ、嘘でしょ、ミセス・ウィンズロー！　死期が近いってことはないよね？」

ミセス・ウィンズローが笑った。「いや、死にかけたりはしてない。むしろその逆だよ。あなたは気づいてないだろうけど、このごろ前みたいに郵便を待たなくてもいいようになったんだ」

実を言うと、ぼくは気づいていた。というかアダムが気づいていた。ここ数週間、朝に仕事に行くぼくを見送りに出たあと、ミセス・ウィンズローは、ポーチで見張り番を開始したりせず、ヴィクトリアンハウスに入っていくようになった。「でも、どういうわけか、思ったんだよ、ただ寒いからだろうって……」

「わたしのぎしぎし鳴る老骨はもう冬の寒さには耐えられないってこと？」ミセス・

ウィンズローが微笑《ほほえ》んだ。「そこまで年じゃない。そのうちそうなるだろうけど。今度の春がきたら、ジェイコブと二人の息子が死んで十五年目になる。最後の手紙がきてからだって十年近い。わたしもそろそろ歩みださないと」

まさか、ぼくは思った、あなたもなんて。「すばらしい！」ぼくは言った。「素敵だよ！」

「嘘が下手だね、アンドルー」ミセス・ウィンズローの口調はどこか温《ぬく》もりを感じさせた。「あなたにとってつらいことだというのはわたしにもわかる。もしあなたには耐えられそうにないとわたしが考えていたら……でも、そうじゃない。あなたはここ一年、試練に見舞われてきたけど、うまく乗りこえた。もうわたしなしでもやっていけるはずだよ」

「もちろん」何がもちろんなのか、自分でもはっきりしなかったが。

「よかった。これからあなたの力が必要になるだろうから」

「もちろん」今度はもっと確信をこめて。「なんでもどうぞ。ぼくに何をしてほしい？」

「過去のことをきれいさっぱり忘れるべきなんだろうけど、わたしはそこまで強くない。いきなりは無理だね。だからこの家を去るなら、信頼できる誰かに残ってもらい、かわりに郵便受けをチェックしてもらいたいと思ってる。万が一のために。永遠にはつづかない。せいぜい一年あれば――わたしが戻ってきたりしなければだけど――、そしたらきれいさっぱり忘れ去る覚悟だってできてるはず」

「それならできるよ。新しいアパートメントを探さなくてすむし、ぼくにとっては好都合だ」

「家全体を好きに使ってもいい」とミセス・ウィンズロー。「もちろん家賃はなしで」

「えっ、いや、ミセス・ウィンズロー、そんなことしなくていいよ」

「かまわないよ、アンドルー。わたしは、あなたがその分お金を貯金し、これから何をしたいかそろそろ考えたほうがいいと思ってる。さっきも言ったようにこの状態を永遠につづけるつもりはない。一年、もしかすると二年先になるかもしれないけど、わたしはこの家を売りたいと考えるようになるだろうから」

「だったらいいよ」ぼくが言った。「あなたが処分する気になるまで家はぼくが見ておく」

ジュリーだけじゃなく、ミセス・ウィンズローも車をぼくに残してくれた。しかし、今回は一時的な貸与ではなく、ほんとうの贈り物だった。ミセス・ウィンズローは、ぼくに免許を取るべきだと言いはった。そのおかげで五月一日に彼女が町を出たとき、ぼくは空港まで車で送っていくことができた。ミセス・ウィンズローはテキサス州のガルヴェストンに向かった。そこには仲間、大学時代の旧友たちがいて、何年も前から引っ越してくるようミセス・ウィンズローに誘いかけていた。「要するにわたしをどこか別の場所に引っ越しさせようとしてた」とミセス・ウィンズロー。「もしテキサス州が気に入らなければ、ほかにも行くところはある」

ミセス・ウィンズローを乗せた飛行機が飛びたつと、ぼくは車に戻り、ピュージェット湾岸をあてもなく、ひたすら流しつづけた。オータムクリークに戻ったのはずいぶん暗くなってからだった。まっすぐベッドに行くつもりだった。そうすれば、ヴィクトリアンハウスがどんなに空っぽか考えずにすむだろう。でも、なかなか寝つけなかった。そこでキッチンに入り、紅茶と温かいミルクを用意した。ミセス・ウィンズローが気に入るように紅茶をいれ、テーブルの彼女の席の前にマグカップを置いた。それからぼくは自分の席につき、温かいミルクを飲み、そして泣いた。

だが、その夜はなんとか乗りきった。朝になると、自分のために朝食をつくった。アダムのベーコンは少しカリカリだったし、ぼくのスクランブルエッグは塩が多すぎた。でも、経験を積めばもっとうまくつくれるようになるだろう。

一週間後、ミセス・ウィンズローから手紙を受けとった。ガルヴェストンはとても暑いが、いい家、メキシコ湾の海岸にエアコン付きのバンガローを見つけた。「昨日は、午後ずっと泳いだ」ミセス・ウィンズローは書いていた。「そして昨日の夜、憶えているかぎりはじめてなんだけど、夜明けまで寝ていた……きっとしばらくここにいるような気がする」実際、ミセス・ウィンズローはそうしている。

こうして、報告すべきはぼくについてのみということになる。

いまは二〇〇一年六月なかばだ。ぼくは三十二歳、あるいは六歳。数え方次第だ。いまもオータムクリークのヴィクトリアンハウスに住んでいる。ミセス・ウィンズローが出てから、ぼくは自分の領域を少しだけ広げた――キッチンは、ミセス・ウィンズローだったら絶対に許さないほどとっちらかっていた――が、二階の部屋には進出しないようこらえていた。ぼくの頭のなかでそこはまだミセス・ウィンズローの領域だし、加えてスペースが広がれば物欲も増すが、いまぼくはお金を貯《た》めようとしているのだ。

ぼくはいまでも毎朝同じ時間に起床し、やっぱり同じ朝の儀式を遂行する。ビットウェアハウスには自分で車を運転して通勤し、晩には、職場の友人たちとどこかに出かけていなければ、帰宅し、待ちかまえている魂たちに時間を配分する（いつものようにどれだけよい子にしていたかに応じて)。

昨年の末、ドクター・エディントンのもとでのセラピーは終わった(上首尾に、とぼくたち双方が思っている)。メンタルヘルス的点検のため、いまでもぼくは月一ペースでドクター・エディントンと会っている。とはいえ、このセッションはきわめてうちとけたもので、たいていはドクター・エディントンの診察室で会い、それからどこかへ食事しにいく。この前会ったときにはフェリーに乗ってベインブリッジ島に行き、ストリームライナー・ダイナーで日曜のブランチをとり、それからポールスボーに行き、ドクター・グレイのお墓に花を供えた。メレディスのところにも寄って彼女と会った。メレディスは新しい家に新しいパートナーと暮らしていて、幸福そうだ。

もちろん、アンディ・ゲージの頭のなかでもいくつかの変化は生じていた。いまはぼくが家を管理している。いまでもアドバイスを求めて父のところに行くが、すべての公的な問題についての最終的な決定権はぼくがもっている。ハウスミーティングの際にはぼくがテーブルの上席につく。家の規律はぼくが司《つかさど》っている。かならずしも簡単ではないが、いろいろ考え合わせると責任を担《にな》うのはぼくにとってよかったように思う。

家は以前よりもがらんとしている。セラピーの過程で、数人だけを残して〈証人〉

を吸収し、彼らの記憶をぼくのものに変え、その最中にホレス・ロリンズとアルシーア・ゲージについてこれまで知りたいとも思わなかったくらいの知識を得た。家の管理を任されるのと同じで、これまた過酷だったが、最終的には有益だった。ぼくは前よりも幾分か気楽さを失い、かわりにもっと成熟し、名目上の年齢に近づいている。そしてよかれ悪《あ》しかれ、ぼくは自分自身の歴史を知っている。

おそらくもっとも驚くべき変化は、ギデオンが地理を自由に出入りしていることだろう。セヴンレイクスでの一件のあと、ぼくの父はギデオンをカボチャ畑送りにしたがった。一家の新しい長となってぼくがまずやったことのひとつが、執行猶予《ゆうよ》の布告だった。ぼくはギデオンをコヴェントリー島に何カ月か幽閉しておいたが、ドクター・エディントンと話し合って、ギデオンを社会化するためにもう一度努力すべきだとの結論を出した。コヴェントリー島と家の地下室を結ぶトンネルをふたたび開通させ、その後、そこに置かれていたがらくたを一掃したあと、地下室をいわば来客用の寝室に変え、ギデオンが好きなときにいられるようにした。

この更生のための試みは結局、なかば成功し、なかば失敗だった。ギデオンは依然として家における最大の破壊的勢力でありつづけている。最悪のときにはぼくたち他の魂の現実性を否定しつづけ、最良のときでさえ手に負えない厄介者としてつねにトラブルを起こしている。ギデオンとぼくの父はまったく口をきこうとしない。ごく稀《まれ》にだが、ギデオンがハウスミーティングに顔を出すと、彼らはかならず第三者を介して意思を疎通《そつう》する。

ときにはひどく困難な状況にもなるが、それでもギデオンはもう体の支配権を奪おうとはしなかった。ぼくがギデオンに信頼を置き、やつが外に出てくるのを自分から進んで許せるようになるかというとそれは疑わしい。しかし、たとえこの程度であれ、ギデオンを一家に〈再統合〉させたという事実は、ぼくの誇りの源であり、最終的に家の秩序が保たれたことを示す最上の証拠でもある。

今週、手紙が三通届いた。

最初の手紙はミセス・ウィンズローからのもので、ついにヴィクトリアンハウスを売る決意が固まったとぼくに伝えていた。「といってもすぐというわけじゃない」ミセス・ウィンズローはあわてて明言していた。「九月はじめの労働者の日の近辺にオータムクリークに戻り、家を点検し、そしてどこの箇所の修繕が必要か確認し、不動産業者に連絡をとり、残していた荷物をまとめる、などなど。景気もよくないし、おそらくすぐには売れないでしょう。実際、おそらくいますぐ手放すべきじゃないのかもしれない。でも、それは永遠に手放さないでおこうという誘惑にすり替わる……いずれにせよ、今度はどこに行くか、あなたはたっぷり時間をかけて決めればいい」

二つ目の手紙はゴードン・ブラッドリー、元ミシガン州セヴンレイクス警察署長からのものだった。いや、獄中からの手紙ではない。自白したにもかかわらず、ブラッドリー署長はホレス・ロリンズ殺害の罪で一日たりとも刑務所に入ることはなかった。過失致死との主張が認められ、十八カ月の保護観察処分に付すという決定が下された。ぼくとペニーにやった行為については、一時的な錯乱か途方もない誤解、あるいはその両方によるものだとして免責され、ブラッドリーへの告発もなされなかった。

ブラッドリーが自由の身なのは知っていたけど、あいつから手紙がきたときには驚いた。多分に支離滅裂な最初の段落——やがて気づいたのだが、どうやらツーシーズンズ湖で溺死《できし》させかけた件でぼくに謝罪しているつもりらしい——につづき、ブラッドリー署長は述べていた。オスカー・レイズから、とうとうぼくが昔のゲージ家の地所の所有権者としての地位を確固たるものとしたという連絡を受けた（これは事実だ。一年前、ギデオンに対して和解のお礼として、ぼくはオスカー・レイズ——ほかに適当な人間がいる？——に連絡をとり、いまからでもアルシーア・ゲージの土地を相続するのは可能かと尋ねた。レイズは少額の手数料で手配してくれた）。「わたしと取引したくないときみが思うのは充分に理解できる」ブラッドリー署長がつづけた。「それでもわたしはいまなおあの地所の購入に興味をもっている。わたしのオファーを聞いておきたいのなら、オスカーにそう伝えていただきたい」

アダムはこう提案した。ブラッドリー署長に返信を出し、地所はあなた以外の誰かに売るつもりだと言ってやれ。でも、実際のところ、あんなことがあったというのに、ぼくは格別ブラッドリーに対して含むところはない。正直言って自分がやつに対してどう感じているかわからない。これからぼくは、オスカー・レイズに頼んで、できるかぎりいい値段で地所を売却するつもりだ。だが、買い手が誰かはぼくに話さずにいてもらう。もしブラッドリー署長が母の家の跡地を所有するため金を払いたいというのなら、それはそれでいい。

今週、届いた第三の手紙は、実際にはEメールだが、サンディエゴにいるペニーからのものだった。

件名：7月15日は大丈夫？
日付：2001年6月21日（木）　08:08:51
送信元：ペニー・ドライヴァー〈pdriver@catchpennylane.org〉

送信先：housekeeper@pacbell.net

アンドルー、
やっと休暇をもらえるという言質《げんち》をとったので、これで訪ねていける。七月十五日からの八日間はどう？　返事ちょうだい。そしたらチケットを予約する。
またね
ペニー

十行ほど中断があり、それから、

追伸　サムにクソよろしくと言っとけや……M

「いや～」アダムが観覧台から声をかけた。「こりゃ珍妙な親睦会《しんぼくかい》になるぞ」

二〇〇一年六月二十四日、日曜日、午前七時三十五分（前後に数分の差異はあり）。

ぼくはヴィクトリアンハウスのポーチに設置されたスイングチェアにすわり、朝のコーヒーを飲んでいる。何かを待っていたわけじゃない。今日は郵便は届かないし、ペニーはあと三週間はこない。ただそこにいて、一日がはじまりゆくのを眺め、それほど切迫感があったわけじゃないけど、これからどんなふうに人生を過ごしていこうかと思いをめぐらせる。

もちろん、ペニーがここにきたらどんなことが起こるか、いろいろ空想はしている。けれども、それがただの空想にすぎず、なんのあてにもならないとわきまえているぐらいには成長している。最後にペニーと顔を合わせてから一年半が過ぎているし、その間、ずっと連絡を絶やさないようにしていたというのにいまのペニーがどういうふうになっているのかあまりよくわからない(しかも、マレディクタのあの追伸がただの冗談でなければ、ペニー自身、最近の自分についてよくわかってないのかもしれない)。だから、ペニーはサンディエゴにこいと誘いかけてくれるかもしれないと夢想はしていたが、余計な期待はしないつもりだ。

でも、ここにいる間、いくつかいっしょに楽しいことはできる。

もっと先の話、ミセス・ウィンズローがヴィクトリアンハウスを売ったあとのことだけど、しばらく旅に出るのもいいと考えている。今度はじっくりと検討したうえで。アメリカのほかの土地もいくつか見てみたいし、楽しく暮らせそうな場所、土地の値段が安く、賃借しなくてもいいところがあるかもしれない。

ぼくはニューメキシコ州について考えている。サムおばさんにとっては夢の場所であり、もしかすると自分の欲望をぼくの潜在意識にこっそり忍びこませたのかもしれない。といってもサムおばさんが暮らしたいのはサンタフェであり、あんなところに地所を買うだけの余裕はない。でも、市外の砂漠のなかなら——それなら何エーカーか買えるかもしれない。日干しレンガでぼく自身の家を建てる。いいかも。

「まあな」とアダム。「藁《わら》を育てたら、日干しレンガだって自前でつくれるぞ。で、ジュリー・シヴィクをアラスカからひとっ飛びさせ、手伝ってもらうとかさ」

はいはい。どうせただの絵空事なのだろう。

それでもぼくは家の外観を思いえがける。小さくて平屋で充分。でも、東向きの広いポーチだかパティオだかがあり、朝の日差しを浴びながら朝食をとることができる。家の周辺には多少、スペースがあり、何本か木を植える。何ひとつさえぎるもののなそい長い私道が延び、来客があればつねに目に入る。裏手には庭園。屋内には、保護こそされているがけっして隠されることなく、たくさんの棚や飾り棚やクローゼットが配置され、ぼくが所有するすべてのもの、これから手に入れるすべてのもののためにふさわしい置き場がそこには用意されているのだ。

謝辞

本作を執筆するに際して、例によって多くのひとから恩恵を受けた。とはいえ、妻のリーサ・ゴールドは、圧倒的に大きな恩恵を与えてくれた。妻はきわめて頻繁に、しかも実に多くの面で手助けしてくれたから、彼女への謝辞だけにページを費やしてもいいくらいだ。妻は、霊感の源、相談役、批評家、編集者、校正者、調査助手、親友、チアリーダー、ビジネスカウンセラー、実務全般の管理者等々、さまざまな役割を演じてくれた。ありがとう、リーサ。

マイケル・Bにも感謝する。女性に対する彼の理解しがたい趣味は、わたしがこの物語の着想を得る最初のきっかけとなった。

わたしのエージェントであり、二番目に大きな貢献をしてくれた支援者であるメラニー・ジャクソンに感謝する。

わたしの三人の編集者に感謝する。ダン・コナウェイは、わたしを出発させてくれた。ジェニファー・ハーシーはわたしの行き先を気に入ってくれた。そしてジェニファーが、どこだかわからないが、さる会社に引き抜かれたあと、アリソン・キャラハンは見事な手腕を発揮して仕事を完了させてくれた。

ジョン・スピン、グレッグ・ディレイニー、ニール・スティーヴンスン、エレン・ラッカーマン、ハロルドならびにリタ・ゴールド、スーザン・ワインバーグ、リディア・ウィーヴァー、エリオット・ビアード、オルガ・ガードナー・ガルヴィン、マイケル・マッケンジー、アンドレア・シェーファー、シンシア・ジーノ、リー・ドレイク、マイケル・アレグザンダー、ノア・プライス、カレン・カー、リーサ・フォーゲルマン、ジョナサン・ジェイコブズ、ジョージ・クールリス、クリストドゥールス・リサリスに感謝する。最後に、調査を進めていく際に生じた数々の疑問を解消していくうえで力になってくれた図書館員、ウェブ上の書き手、ユーズネットの投稿者たちにも感謝する。

ネット上でマット・ラフを訪問したい向きは www.bymattruff.com にどうぞ。

解説

霜月蒼

　出版界では一般的に、「ジャンル分けしにくい作品は売りにくい」とされている。「SF!」とか、「ミステリー!」とか、「青春!」とか、ばしっと呼べない小説がなぜ売りにくいかというと、本というのは実際に読む前にお金を払って買うものなのに、あらかじめジャンルがわからないということは、自分を待ち受けているのがどんな体験で、果たしてドキドキするのかハラハラするのかほっこりするのか、そういうことがわからないということなのである。

　身も蓋《ふた》もない言い方をすれば、どんな得があるのかわからない。なのに値段ぶんの投資をすべきか否《いな》か。そこで皆さん二の足を踏んで、買うのをためらうという次第である。

　いま本書を手にとって——分厚さに腰を抜かしてから——この「解説」を開いているあなたが感じているのは、そんな躊躇《ちゅうちょ》なのではないかと僕は想像する。だからまずはこう申し上げたい。本書は、①ボーイ・ミーツ・ガールな青春小説であり、②非＝日常的な世界のメカニズムを解明してゆくSFであり、③毒親の影響から必死で抜け出そうとする若者たちの成長小説であり、④その軌跡を苦難の旅路として描くロード・ノヴェルであり、⑤過去の死の謎《なぞ》に迫るミステリーであり、最後にそのすべてが渾然《こんぜん》とした大団円を迎えるのだと。

たしかに分厚い。上下巻にわけても成立する分量だ。でもこれは一冊で読むのがベストな小説なのである。なぜなら『魂に秩序を』という小説は、先ほど挙げた五つの要素がさまざまに連なった造りになっていて、読者の目の前に展開する「謎」や「冒険」や「戦い」は、①から②へ、さらに③から⑤へ、はたまた②を深掘りしてから④を通じて⑤を経て再び①へ――という具合にシームレスに移行する。だから読者たる僕たちの興味も、あるページから次のページへスライドしてゆきながら移り変わり、するするっとシームレスに先へ先へと読まされてしまう。だから中断ナシで行くべきであって、上下巻の区切りは邪魔なのだ。

これはそういう本なのです。安心して読みはじめてほしい。あとはもう一気だ。

本書はまず青春小説としてはじまる。

時代は一九九〇年代、主人公は二十八歳のアンドルー・ゲージ。ワシントン州シアトルにほど近い町のIT企業〈リアリティファクトリー〉に勤めている。ここは社長のジュリーのほかはアンドルーとエンジニアしかいないVR技術の開発会社。がらんとした倉庫のような社屋に個人オフィスや会議室に相当するテントをいくつも立てて、そこで仕事をしている若者たちの話だから、ゲームやITのカルチャーを呼吸する人物たちを描くギーク系フィクションらしく、今風に明朗快活に進行する。

のだが、さっき書いたように本書は簡単にジャンル分けできるような小説ではない。何せ冒頭が異様なのだ。開巻早々二行目に、「はじめて湖から出てきたとき、ぼくは二十六歳だった」という文章が置かれている。これは何なのか。

奇妙な文章はそれだけではない。彼を湖から呼びだしたのは「父」であり、湖水から上がってきた「ぼく」を「アダム」「ジェイク」「サムおばさん」が迎え、湖のほとりに「家」があり、その「観覧台」には「セフェリス」がいる――と、「ぼく」の回想はつづく。どうも現実のこととは考えにくいし、かといって幻想小説でもなさそうだ。この「湖」とは、「家」とは、「父」とはいったい何なのか?

「ぼく」ことアンドルー・ゲージは多重人格者なのである。アダムやセフェリスやサムおばさんというのは中心的なサブ人格で、普段は脳内の「家」にいる。家に付属する「観覧台」からは、アンディ・ゲージの身体の目を通して現実世界を見ることができる。アンディの混乱した精神を整理し、家や湖などの「地理」をつくりあげたのが「父」で、湖面の島には忌《い》み神のように恐れられる謎めいた人格「ギデオン」が封じられている。こんなふうにアンディ・ゲージの精神が複数の人格に分裂してしまったのは、継父による凄惨《せいさん》な虐待《ぎゃくたい》の結果だった。

本書の序盤は、そんなアンドルーの〈リアリティファクトリー〉での日常を描いてゆく。

さまざまな特技を持つ脳内人格（洞察力にすぐれたアダムとか屈強なセフェリスとか）とやりとりしながら日々の生活をこなすさまは、ディズニー／ピクサー映画の『インサイド・ヘッド』とか、あるいは日本の水城せとなのコミック『脳内ポイズンベリー』を思わせる面白さと言えばいいか。現実世界においては大したイベントは起きないけれど、アンドルーの脳内は大忙しで、ここが実に読ませるのだ。

そして「第二の書　マウス」がはじまると、自身を「マウス」と卑下っぽく呼ぶペニー・ドライヴァーが視点人物となる。彼女もまた、「毒親」たる母の虐待の末に多重人格を持つに至った女性だった。

こうして本書は一種の「ボーイ・ミーツ・ガール」物語になってゆく。アンドルーとペニーのそれぞれの脳内会議と、不器用なふたり＋ジュリーのほのかに恋愛小説めいた交流は、不思議な知的スリルをともなうギーク青春小説として、若々しく大らかにスウィングしてみせる（おまけに一件の犯罪をめぐるサスペンスの挿話まである）。

著者マット・ラフのウェブサイトにある一文（https://bymattruff.com/set-this-house-in-order/origins/）によれば、当初はアンドルーとペニーのラブ・ストーリーにするつもりだったという。しかし書いている途中に、これはそういう小説ではないと気づく。アンドルーは未熟すぎ（何せ「湖」から生まれて二年しか経《た》っていないのだ）、ペニーは精神が混乱（彼女は人格転換を制御できておらず、めちゃくちゃ口の悪い人格がしばしば顔を出す）していて、まだ恋愛のできる状態にはなかったからだ。マット・ラフは言う、「もし登場人物が自分の思惑に抵抗していたら、それはキャラたちが本当の意味での深みを得た兆候だ」。そして「ふたりの多重人格者のあいだのプラトニックな友情の物語」にしようと決める。

――のだが、実のところは「プラトニックな友情の物語」なんていう言葉には収まりきらない波乱万丈のストーリーに雪崩《なだ》れこんでゆくのだ。

ふたりの多重人格者が絆《きずな》を深めてゆく第一部が終わりを告げると（ちなみに第一部終盤にはちょっとしたドンデン返しがあります）、均衡は崩壊し、物語は一挙に文字通りカオティックに爆走を開始する。ここまでですでに長篇一冊分（「第二部　混沌《カオス》」が始まるのは633ページ！）。さらにまた新たな小説がはじまるのである。

それは虐待者であったアンドルーの継父の死の真相を追うロード・ノヴェルでありミステリー――展開が静かだった第一部から一転、物語のトーンはサスペンスフルにうねり出す。

アンドルーの心に封じられた秘密も、事故死したとされる継父の末路にまつわる真相も、アンドルーの故郷のスモールタウン、セヴンレイクスで劇的に明らかにされることになる。それまでの「脳内会議」がまるで無類に面白いチュートリアルであったかのごとく、第二部では人格の転換や、複数人格による身体《からだ》の主導権争いなどがアンドルーの主観と、それを見るペニーの客観とでめまぐるしく描かれてゆく。

心の中の葛藤《かっとう》を、擬人化したキャラクターによる闘争として描く――本書後半は、そんなはなれわざによって描かれたスリラー小説であると言ってもいいだろう。その意味で本書は、『ジキルとハイド』のような多重人格サスペンスではなく、筒井康隆の「最後の伝令」や「二元論の家」などに近い。あくまで人の脳内でのみ起きている葛藤を、目に見えるアクションのかたちで描く。「本当の敵は自分だ」というのはよく聞くセリフだが、本書でマット・ラフが実現してみせたのは、「敵」である「自分」

と、実際に戦って打ち克《か》つ物語だったのである。

だから本書は心理小説でもあるし活劇小説でもあり、ミステリーでもありロード・ノヴェルでもあると言ったのだ。ジェンダーへの認識をうながすSF・ファンタジーに与えられるジェイムズ・ティプトリー・Jr.賞（現・アザーワイズ賞）を受賞したSFでもある（どうして「ジェンダーSF」なのかは読んでのお楽しみ）。そのすべてであるけれども、でも、未熟な者たちが自分の過去と向き合って決着をつけ、自分の心の中の敵と対決して「自分自身」を強く確立するのが本書の背骨であるからには、これはすばらしく豊穣《ほうじょう》な青春小説である、と言うのが一番よさそうな気がしている。よい小説です。終わってほしくなかったな、と、最後のページを読みながら思いました。

さてジャンル分けといえば、本書の著者マット・ラフはジャンル分けしにくい小説ばかり書いている変わり者である。邦訳は本書の以前に二作。本書に続く第四長篇『バッド・モンキーズ』（文藝春秋）と、第六長篇『ラヴクラフト・カントリー』（創元推理文庫）である。このいずれも本書に似ていない。

『バッド・モンキーズ』は「悪」を殲滅《せんめつ》する組織の一員だと主張するジェインという

女を主人公とする強いて言えばアクション・スリラーだが、物語内の「現在」のパートではジェインは拘禁されており、精神科医による尋問を受けている。だから、彼女の語る「活躍」が真実なのかわからないという不安な読み心地が印象的。

一方『ラヴクラフト・カントリー』は、題名通りアメリカの怪奇小説の巨匠H・P・ラヴクラフトにインスパイアされた作品だが、これもいわゆる怪奇小説というよりも魔術的秘密結社とレイシズムをめぐる奇想小説の趣。陰謀論と幻想が奇怪に入り混じり、ロード・ノヴェル的な要素もあいまって、映画『グリーンブック』のアメリカン・ゴシック・ヴァージョンのような不思議な作品として成立している（二〇二三年には続篇 *The Destroyer of Worlds* が発表された）。

本書もふくめ三作三様。ジャンル分けを拒否することがマット・ラフという作家の軸であるように思えてくる。こうしたジャンルの記号や文法を脱構築するような作風は、ときに、すべてと戯《たわむ》れる「頭で書いた」と言われるような作品となりがちである。しかしマット・ラフの場合はいずれも、真摯《しんし》なテーマが遊戯のネタにされずに芯《しん》のところに置かれている。現実を非現実で相対化してもなお残るキャラクターたちの真情のようなもの――荒木飛呂彦《ひろひこ》にならって「人間賛歌」と言ってもいいかもしれない。めくるめく物語の転調の末に、読後に残るのはそれである。

この『魂に秩序を』も例外ではない。むしろこれまでの邦訳作品のなかで、もっともストレートにそれを謳《うた》っているのが本書なのではないか。「どこに向かうかわからない」物語の展開に幻惑されながら、最後にアンドルーとペニーがたどりつく成長を、じっくり嚙《か》み締めていただきたい。新潮文庫で最厚の一冊という長い旅路の果てにふさわしい、それは大きくてしみじみとした後味だ。

（令和六年五月、ミステリー評論家）

マット・ラフ著作リスト

【長篇小説】

Fool on the Hill（1988）

Sewer, Gas & Electric: The Public Works Trilogy（1997）

Set This House in Order: A Romance of Souls（2003）※本書、国際ダブリン文学賞候補作、ジェイムズ・ティプトリー・Jr.賞、ＰＮＢＡブック・アワード、ワシントン州ブック・アワード受賞作

Bad Monkeys（2007）『バッド・モンキーズ』横山啓明訳／文藝春秋 ※ＰＮＢＡブック・アワード、ワシントン州ブック・アワード、アレックス賞受賞作

The Mirage（2012）サイドワイズ賞最終候補作

Lovecraft Country（2016）『ラヴクラフト・カントリー』茂木健訳／創元推理文庫 ※ワールド・ファンタジー・アワード候補作、二〇二〇年にＴＶドラマ・シリーズ化（邦題「ラヴクラフトカントリー 恐怖の旅路」）

88 Names（2020）

The Destroyer of Worlds: A Return to Lovecraft Country（2023）

本書は、本邦初訳の新潮文庫オリジナル作品です。

本作品中には、今日の観点からは慣用的でない表現ともとれる箇所、また、今日とは名称・症例の異なる疾病に関しての言及等がありますが、作品の本質、時代背景に鑑み、原書に忠実な翻訳をしたことをお断りいたします。

（新潮文庫編集部）

L・ホワイト
矢口 誠訳
気狂いピエロ

運命の女にとり憑かれ転落していく一人の男の妄執を描いた傑作犯罪ノワール。あまりに有名なゴダール監督映画の原作、本邦初訳。

D・E・ウェストレイク
木村二郎訳
ギャンブラーが多すぎる

ギャンブル好きのタクシー運転手が殺人の容疑者に。ギャングにまで追われながら美女とともに奔走する犯人探し——巨匠幻の逸品。

P・ベンジャミン
田口俊樹訳
スクイズ・プレー

探偵マックスに調査を依頼したのは脅迫された元大リーガー。オースターが別名義で発表したデビュー作にして私立探偵小説の名篇。

W・グレアム
三角和代訳
罪の壁

善悪のモラル、恋愛、サスペンス、さまざまな要素を孕み展開する重厚な人間ドラマ。第1回英国推理作家協会最優秀長篇賞受賞作！

D・ヒッチェンズ
矢口 誠訳
はなればなれに

前科者の青年二人が孤独な少女と出会ったとき、底なしの闇が彼らを待ち受けていた——。ゴダール映画原作となった傑作青春犯罪小説。

D・R・ポロック
熊谷千寿訳
悪魔はいつもそこに

狂信的だった亡父の記憶に苦しむ青年の運命は、邪《よこしま》な者たちに歪められ、暴力の連鎖へ巻き込まれていく……文学ノワールの完成形！

C・ニエル
田中裕子訳
悪なき殺人
吹雪の夜、フランス山間の町で失踪した女性をめぐる悲恋の連鎖は、ラスト1行で思わぬ結末を迎える――。圧巻の心理サスペンス。

M・ロウレイロ
宮﨑真紀訳
生贄の門
息子の命を救うため小村に移り住んだ女性捜査官を待ち受ける恐るべき儀式犯罪。〈スパニッシュ・ホラー〉の傑作、ついに日本上陸。

J・バブリッツ
宮脇裕子訳
わたしの名前を消さないで
殺された少女と発見者の女性。交わりえないはずの二人の孤独な日々を死んだ少女の視点から描く、深遠なサスペンス・ストーリー。

S・ボルトン
川副智子訳
身代りの女
母娘3人を死に至らしめた優等生6人。ひとり罪をかぶったメーガンが、20年後、5人の前に現れる……。予測不能のサスペンス。

B・シュリンク
松永美穂訳
朗読者
毎日出版文化賞特別賞受賞
15歳の僕と36歳のハンナ。人知れず始まった愛には、終わったはずの戦争が影を落していた。世界中を感動させた大ベストセラー。

G・ルルー
村松　潔訳
オペラ座の怪人
19世紀末パリ、オペラ座。夜ごと流麗な舞台が繰り広げられるが、地下には魔物が棲んでいるのだった。世紀の名作の画期的新訳。

J・ノックス
池田真紀子訳

堕落刑事
―マンチェスター市警
エイダン・ウェイツ―

ドラッグで停職になった刑事が麻薬組織に潜入捜査。悲劇の連鎖の果てに炙りだした悪の正体とは……大型新人衝撃のデビュー作！

J・ノックス
池田真紀子訳

笑う死体
―マンチェスター市警
エイダン・ウェイツ―

身元不明、指紋無し、なぜか笑顔――謎の死体〈笑う男《スマイリー》〉事件を追うエイダンに迫る狂気の罠。読者を底無き闇に誘《いざな》うシリーズ第二弾！

J・ノックス
池田真紀子訳

スリープウォーカー
―マンチェスター市警
エイダン・ウェイツ―

癌で余命宣告された一家惨殺事件の犯人が病室内で殺害された……。ついに本格ミステリーの謎解きを超えた警察ノワールの完成型。

J・ノックス
池田真紀子訳

トゥルー・クライム・ストーリー

作者すら信用できない――。女子学生失踪事件を取材したノンフィクションに隠された驚愕の真実とは？ 最先端ノワール問題作。

T・R・スミス
田口俊樹訳

チャイルド44（上・下）
CWA賞最優秀スリラー賞受賞

連続殺人の存在を認めない国家。ゆえに自由に凶行を重ねる犯人。それに独り立ち向かう男――。世界を震撼させた戦慄のデビュー作。

フリーマントル
稲葉明雄訳

消されかけた男

KGBの大物カレーニン将軍が、西側に亡命を希望しているという情報が英国情報部に入った！ ニュータイプのエスピオナージュ。

S・キング
永井淳訳
キャリー
狂信的な母を持つ風変りな娘――周囲の残酷な悪意に対抗するキャリーの精神は、やがてバランスを崩して……。超心理学の恐怖小説。

S・キング
山田順子訳
スタンド・バイ・ミー
――恐怖の四季 秋冬編――
死体を探しに森に入った四人の少年たちの、苦難と恐怖に満ちた二日間の体験を描いた感動編「スタンド・バイ・ミー」。他1編収録。

S・キング
浅倉久志訳
ゴールデンボーイ
――恐怖の四季 春夏編――
ナチ戦犯の老人が昔犯した罪に心を奪われた少年は、その詳細を聞くうちに、しだいに明るさを失い、悪夢に悩まされるようになった。

S・キング
白石朗他訳
第四解剖室
私は死んでいない。だが解剖用大鋏は迫ってくる……切り刻まれる恐怖を描く表題作ほかO・ヘンリ賞受賞作を収録した最新短篇集！

S・キング
浅倉久志他訳
幸運の25セント硬貨
ホテルの部屋に置かれていた25セント硬貨。それが幸運を招くとは……意外な結末ばかりの全七篇。全米百万部突破の傑作短篇集！

中村能三訳
サキ短編集
ユーモアとウィットの味がする糖衣の内に不気味なブラックユーモアをたたえるサキの独創的な作品群。「開いた窓」など代表作21編。

八月の光
フォークナー
加島祥造訳

人種偏見に異様な情熱をもやす米国南部社会に対して反逆し、殺人と凌辱の果てに逮捕され、惨殺された男ジョー・クリスマスの悲劇。

サンクチュアリ
フォークナー
加島祥造訳

ミシシッピー州の町に展開する醜悪陰惨な場面——ドライブ中の事故から始まった、女子大生をめぐる異常な性的事件を描く問題作。

フォークナー短編集
龍口直太郎訳

アメリカ南部の退廃した生活や暴力的犯罪の現実を、斬新な独特の手法で捉えたノーベル賞受賞作家フォークナーの代表作を収める。

闇の奥
コンラッド
高見　浩訳

船乗りマーロウはアフリカ大陸の最奥で不気味な男と邂逅する。大自然の魔と植民地主義の闇を凝視し後世に多大な影響を与えた傑作。

オンブレ
E・レナード
村上春樹訳

「男《オンブレ》」の異名を持つ荒野の男ジョン・ラッセル。駅馬車強盗との息詰まる死闘を描いた傑作西部《ウェスタン》小説を、村上春樹が痛快に翻訳！

J・M・ケイン
田口俊樹訳

郵便配達は二度ベルを鳴らす

豊満な人妻といい仲になったフランクは、彼女と組んで亭主を殺害する完全犯罪を計画するが……。あの不朽の名作が新訳で登場。

D・ラニアン
田口俊樹訳
ガイズ&ドールズ

ブロードウェイを舞台に数々の人間喜劇を綴った作家ラニアン。ジャズ・エイジを代表する名手のデビュー短篇集をオリジナル版で。

R・ブローティガン
藤本和子訳
アメリカの鱒釣り

軽やかな幻想的語り口で夢と失意のアメリカを描いた200万部のベストセラー、ついに文庫化! 柴田元幸氏による敬愛にみちた解説付。

R・ブローティガン
藤本和子訳
芝生の復讐

雨に濡れそぼつ子ども時代の記憶とカリフォルニアの陽光。その対比から生まれたメランコリックな世界。名翻訳家最愛の短篇集。

ブコウスキー
青野聰訳
町でいちばんの美女

救いなき日々、酔っぱらうのが私の仕事だった。バーで、路地で、競馬場で絡まる淫猥な視線。伝説的カルト作家の頂点をなす短編集!

M・ブルガーコフ
V・グレチュコ
増本浩子訳
犬の心臓・運命の卵

人間の脳を移植された犬、巨大化したアナコンダの大群——科学的空想世界にソ連体制への痛烈な批判を込めて発禁となった問題作。

チェーホフ
松下裕訳
チェーホフ・ユモレスカ
—傑作短編集I—

哀愁を湛えた登場人物たちを待ち受ける、あっと驚く結末。ロシア最高の短編作家の、ユーモアあふれるショートショート、新訳65編。

魂《たましい》に秩《ちつ》序《じょ》を

新潮文庫　ラ－21－1

Published 2024 in Japan
by Shinchosha Company

令和六年七月一日発行
令和六年十二月五日二刷

訳者　浜《はま》野《の》アキオ

発行者　佐藤隆信

発行所　株式会社 新潮社

郵便番号　一六二—八七一一
東京都新宿区矢来町七一
電話　編集部(〇三)三二六六—五四四〇
　　　読者係(〇三)三二六六—五一一一
https://www.shinchosha.co.jp

印刷・株式会社光邦　製本・加藤製本株式会社

ISBN978-4-10-240581-9 C0197